BASTEI
LÜBBE

ESTHER FRIESNER
im BASTEI-LÜBBE-Taschenbuchprogramm:

DIE SCANDAL- UND KENDAR-SERIE
20 265 Die Katze läßt das Zaubern nicht
20 274 Scandal in Wingdingo-Land
20 286 Die Käseburg-Connection

ESTHER FRIESNER

Die Katze läßt das Zaubern nicht

Fantasy-Roman

Ins Deutsche übertragen
von Ralph Tegtmeier

BASTEI LÜBBE

BASTEI-LÜBBE-TASCHENBUCH
Band 20 265

Erste Auflage:
September 1995
Zweite Auflage:
Februar 1997

Deutsche Lizenzausgabe 1995
Bastei-Verlag
Gustav H. Lübbe GmbH & Co.,
Bergisch Gladbach
Originaltitel:
Majyk by Accident
Lektorat:
Stefan Bauer
Titelbild: André Janout
Umschlaggestaltung:
Quadro Grafik, Bensberg
Satz: Fotosatz Schell, Hagen a.T.W.
Druck und Verarbeitung:
Brodard & Taupin,
La Flèche, Frankreich
Printed in France

ISBN 3-404-20265-1

Der Preis dieses Bandes
versteht sich einschließlich der
gesetzlichen Mehrwertsteuer.

KAPITEL 1

»*Da* bist du also, du nichtsnutziger Rattenklopper!« sagte Velma Chefköchin. Ihre schwere Hand legte sich wie ein Sack Kartoffeln auf meine Schulter. Der große Saal der Thengorianischen Akademie für Hochzauberei hallte von ihrer barschen Stimme wider, die den Kristallüster an der Decke ins Schwanken brachte und die zaghaften Irrwische in ihren getrennten Glaszellen furchtsam flackern ließ. Selbst die großen, in Messingrahmen eingefaßten Türen zu den Zimmerfluchten des mächtigen Meisters Thengor bebten in ihren Angeln.

»Was hast du hier oben zu suchen, hm?« wollte Velma wissen und schüttelte mich durch, bis mir die Zähne klapperten, um mich schließlich bis auf Daumenbreite vor ihre rote Nase zu ziehen und mir ihren würzigen Knoblauchatem ins Gesicht zu hauchen.

»Bitte, gnädige Frau, es ist eine Aufforderung an alle Studenten ergangen, sich im Saal einzufinden und dort weitere Anweisungen abzuwarten«, keuchte ich. Aber Velma war nicht zufrieden.

»Wirklich ein prachtvoller Haufen Abschaum! Die einzigen Male, da du dich selbst als Student bezeichnest, Kendar Gangle, sind die Gelegenheiten, bei denen du eine Entschuldigung suchst, um deine Pflichten zu vernachlässigen. Du bist eine Schande für die ganze Akademie für Hochzauberei, jawohl, das bist du, du talentloser, tolpatschiger Zauberstümper. Du wirst doch hier nur noch geduldet, weil Meister Thengor so ein gütiges Herz hat! Na, mich kann man jedenfalls nicht so leicht um den Finger wickeln wie den Meister. Meinst du etwa, du könntest *mir* entkommen, wenn es unten ehrliche Arbeit zu tun gilt? Das war ein schlimmer

Tag, als du geboren wurdest, und ein noch viel schlimmerer wird der Tag deines Todes sein, du widerliches kleines ...«

»Weib, hältst du es wirklich für besonders klug, in diesem Haus so freizügig vom Tod zu reden? In Anbetracht der gegenwärtigen Umstände?« Eine tiefe, gebieterische Stimme, so geschmeidig wie ein gewichstes Wiesel, füllte den Saal aus. Velma Chefköchin kannte diese Stimme – wie alle Diener des Meisters Thengor – und fürchtete sie. Sofort wurde sie blaß um die Nase und löste ihren Griff um meine Schulter. Dankbar blickte ich auf, als eine eindrucksvoll gewandete Gestalt sich aus dem hinteren Teil des Saals löste und auf uns zu schwebte.

Ich habe mir schon oft gewünscht, ein ganz anderer zu sein. Das ist auch nicht sonderlich schwer verständlich, wenn man seit sechzehn hoffnungslosen Lebensjahren damit gestraft ist, Kendar Gangle sein zu müssen, ohne daß je ein Ende in Sicht wäre. Seitdem Mutter mich auf die Akademie geschickt hat, ist kein einziger Tag verstrichen, da ich mir nicht gedacht habe: *Ich würde sechs Wochen Taschengeld dafür aufopfern, um Juvee Tiefschweber zu sein; oder: Ich würde mein ganzes Taschengeld und meinen echten Drachenzahnzauber dafür hergeben, um Siv Hautwandler zu sein; oder: Ich würde alles darum geben, um nur für eine einzige Nacht Malicondor Liebesglück sein zu dürfen!*

Ach, vergessen wir das lieber. Ich hätte alles, was ich besaß, darum gegeben, dazu das Doppelte dessen, was ich mir irgendwo hätte zusammenleihen können, und siebenmal mehr, als ich hätte stehlen können, und die gesamten Güter der Gangles dazu, um nur für eine Stunde Zoltan Bösherr sein zu dürfen. Denn das, so dachte ich mir, wäre wohl die einzige Stunde in meinem Leben, da die Leute Angst vor mir hätten. Ich weiß ja selbst, daß es viel, viel, na ja ... *anständiger* wäre, respektiert statt gefürchtet zu werden, aber diesen Kompromiß wäre ich nur zu gern eingegangen.

Schau ihn dir nur an! dachte ich, während ein jahrelanger Neid in meinem Bauch zu grummeln begann. *Egal, wer Zoltan auf der Straße erblickt, jeder weiß sofort, daß er ein mächtiger Hexer ist. Obwohl das gar nicht stimmt. Obwohl er doch auch nur ein einfacher Student ist wie ich.*

Das war die Wahrheit. Alles an Zoltan kündete lautstark: »HEXER!« Von der Spitze seines kegelförmigen Huts, der mit ganzen Sternengalaxien geschmückt war, samt Monden, Sonnen und Planeten, bis zu den hochgebogenen Spitzen seiner schwarzen Seidenpantoffeln. Natürlich war er noch zu jung für den langen weißen Bart, wie er dem echten Hexer anstand, aber immerhin besaß er einen sehr hübschen, sauber gestutzten schwarzen Spitzbart mit dazu passendem Schnäuzer. Außerdem hatten seine dunklen Augenbrauen, die sich buschig über seinen feurigen schwarzen Augen erhoben, etwas an sich, das die meisten Leute dazu bewegte, äußerst höflich mit ihm zu reden und im allgemeinen auch alles zu tun, was er von ihnen verlangte. Es war schwer, diesen Ausdruck in Worte zu fassen; er schien einfach nur die Frage zu vermitteln: WIE DU WOHL ALS KRÖTE AUSSEHEN WÜRDEST? Er konnte sogar Rosco, den Eulerich von Meister Thengor, dazu bewegen, sich auf seiner Schulter niederzulassen, ohne auf seine Kutte zu kakken.

Wehmütig fuhr ich mir über die bartlosen Wangen. Das einzig Rauhe, was ich dort vorfand, war der Beginn einer frischen Pickelernte. Ich hatte nicht die mindeste Lust, darüber nachzudenken, was jenes eine (und einzige) Mal geschehen war, als ich selbst mein Glück mit Rosco versucht hatte.

Velma Chefköchin sank vor Zoltan auf die Knie und rang dabei wirr die Hände. »Oh, bitte, gütiger Herr, ich habe es nicht böse gemeint. Ich habe dabei doch gar nicht auf unseren guten Herrn und Meister angespielt, habe ich doch gar nicht, ich wollte doch nichts Böses, habe ihm nichts Böses gewünscht, das muß man ihm doch nicht erzählen, nicht wahr?«

»Du *ihm* etwas Böses wünschen? Eine einfache Radieschenschnipplerin wie du – dem Meister Thengor Übles wünschen?« Zoltan lachte schallend und ausgiebig. Velma wagte ein verstörtes Kichern, und schon stürzte er sich auf sie wie der Steuereintreiber des Königs auf eine Lücke in den Geschäftsbüchern. *»Das hältst du wohl für komisch, wie?«*

fauchte er. Die arme Velma schrumpfte zu einem erbärmlichen Bündel aus Stöhnen und Gewimmer zusammen.

Die anderen Studenten in ihren nach Graden farbig abgestuften Kutten beobachteten die Qualen der Chefköchin und tauschten anerkennende Flüsterlaute aus. Einige der Jungen in den unteren Hexergraden kicherten sogar. Wie immer wir auch im einzelnen zu Zoltan stehen mochten, der – voller Glorie und nur zu sehr von seiner eigenen Wichtigkeit überzeugt – die mitternachtsblaue Kutte des höheren Studentengrads trug, waren wir uns doch alle darin einig, daß wir Velma haßten. Einmal zu oft hatte sie uns nämlich ihren Kürbismilchbrei serviert. Manche Frevel lassen sich eben nur noch mit Blut sühnen.

Zoltan schritt vor der sich windenden Köchin auf und ab und furchte dabei die hohe Stirn. Mit einem leichten Schreck wurde mir klar, daß der höchststehende Student der Akademie für Hochzauberei ja ganz genau wie unser höchster – und einziger – Lehrer aussah. Es war, als würde man einem sehr viel jüngeren Meister Thengor in Aktion zuschauen, ein ziemlich angsteinflößender Anblick. Denn wenn der alte Meister Thengor mir wegen meines allerneuesten Versagens eine Ohrfeige zu verpassen drohte, hatte ich wenigstens noch die Chance, ihm davonzulaufen. Meister Thengor liebte es nicht, seine magischen Kräfte für etwas so Banales – und Häufiges – wie dafür zu gebrauchen, mich für meine Fehler zu bestrafen. Ich hatte allerdings das Gefühl, daß Zoltan mich ohne zu zögern beim Davonlaufen mit einem Kraftstrahl niederstrecken würde, schon allein um sein Zielvermögen zu üben.

»Ich weiß nicht, Velma, ich weiß es einfach nicht«, meinte Zoltan gerade mit feierlichem Kopfschütteln. »Es sind finstere Wolken, die da über unserem Haus schweben. Es wurden böse Omen beobachtet. Man hat sehr seltsame Vorzeichen gesichtet.«

»Das stimmt, Herr«, wimmerte die Köchin. »Mir sind drei Töpfe Sahne schlechtgeworden, einfach so, und die Hälfte unseres Kürbisvorrats ist plötzlich alle ...«

Ein Blick Zoltans ließ sie sofort verstummen, bevor sie weiterplappern konnte. »Ich rede nicht von verdorbener Sahne, Weib!« donnerte er. »Ich spreche vom bevorstehenden Tod des größten Hexers, den Orbix je gesehen hat!«

Ein Donnergrollen rumpelte durch den riesigen Saal. Fünf der Kristallüster-Irrwische fielen in Ohnmacht und erloschen. Alle anderen Studenten gaben ihr Bestes, um bei dem Lärm nicht in Zittern zu verfallen. Ich selbst machte mir gar nicht erst die Mühe: Ich fuhr einfach zusammen und kringelte mich zu einem kleinen Knäuel zusammen, obwohl ich doch wußte, daß Zoltan mit diesem Donnern nur seine Worte unterstreichen wollte.

Theaterhexerei – Zeugs wie Donner und Feuerwerk und unsichtbare Trompeten und explodierende Tauben eben – ist das leichteste Fach auf der Akademie, einfach genug, daß auch Scharlatane und Hochstapler sie meistern können. Ich habe zwar jedes Mal, wenn ich es belegte, eine Sechs bekommen, aber Meister Thengor hatte mir in diesem Semester eine Vier minus versprochen, sofern ich danach einen Bluteid des Inhalts zu unterschreiben bereit wäre, nie und nimmer, selbst in allergrößter Gefahr nicht, auch nur in Erwägung zu ziehen, diese Kunst jemals in der Öffentlichkeit vorzuführen.

Velma Chefköchin brach in Tränen aus. Mir selbst war genauso zumute. Ein sterbender Meister Thengor bedeutete das Ade für meine versprochene Vier minus. Und dabei wäre Mutter doch so stolz auf mich gewesen.

Die großen Türen mit ihren Messingplatten stöhnten und gingen schwungvoll auf. Eine kleine, matte Frau kam hervorgeschlurft. Obwohl ich sie erst ein- oder zweimal zuvor zu Gesicht bekommen hatte, zu jenen besonderen Anlässen, da König Steffan die Akademie besuchte, erkannte ich sie doch sofort als Edeldame Inivria, Meister Thengors Frau.

Da ich ohnehin schon am Boden lag, preßte ich das Gesicht gegen die kalten Fliesen des großen Saals und bedeckte meine Augen. Trotzdem war ich mir nicht sicher, daß ich der Frau des Meisters damit gebührende Ehre erwies, und so spähte ich zwischen den Fingern hervor, um nachzusehen, was die anderen taten. Zu meiner Verlegenheit mußte ich feststellen, daß die anderen Akademiestudenten sich darauf beschränkten, sich anmutig aus der Hüfte zu verneigen. Die fortgeschritteneren Schüler, die bereits ihre Spitzhüte verliehen bekommen hatten, nahmen diese ab und machten damit elegante, ausladende Gesten vor der Dame. Zoltan nickte nur und gewährte ihr ein rätselhaftes Lächeln.

»Bist dir deiner Sache ja ganz schön sicher, wie?« höhnte Inivria.

»Sicher genug«, erwiderte Zoltan geschmeidig.

Sie lachte ihn an und offenbarte dabei einen makellosen Satz Zähne, der vor ihrer dunkelbraunen Haut nur um so weißer wirkte. Früher mochte sie einmal schön gewesen sein. Viele der Studenten der unteren Stufen behaupteten, daß sie noch einigermaßen jung sei, daß die Ehe mit Meister Thengor sie aber vor der Zeit habe altern lassen. Sie war in zahllose Schichten aus kostbarster Seide gehüllt, bunt wie der Sonnenuntergang, und sah aus wie ein riesiger Kokon, so daß niemand zu sagen wußte, ob sie eine gute Figur hatte oder nicht.

»Nun«, fuhr sie fort, »vielleicht wirst du ja die Feststellung machen, daß der alte Knacker noch eine Überraschung für dich in petto hat. Eine fiese, wie ich hoffe. Kommt rein. Kommt rein, allesamt. Es ist fast Zeit. Er verliert von Minute zu Minute mehr die Kontrolle. Das Zeug wird immer häufiger sichtbar. Das bedeutet, daß das Ende so gut wie sicher ist.« Sie klang alles andere als unglücklich darüber.

Bevor ich mich wieder aufrappeln konnte, waren meine Mitstudenten schon alle durch die Messingtüren verschwunden, die sich gerade träge hinter ihnen zu schließen begannen. Kaum war ich hindurchgeschlüpft, als ich auch schon hörte, wie sie hinter mir zuschlugen. Was meine Studien anging, war ich zwar nicht besonders schnell, dafür aber war ich einigermaßen gut zu Fuß. Ich mußte bei dem Gedanken grinsen, daß ich Velma Chefköchin auf der anderen Seite der Tür zurückgelassen hatte und nun auch nicht würde erledigen müssen, was sie mir in ihrer Küche hatte auftragen wollen.

»Wisch dir bloß das blöde Grinsen vom Gesicht, du dämlicher Rattenklopper!« zischelte jemand neben mir und verlieh seinen Worten mit einem Schlag auf meinen Hinterkopf Nachdruck. »Noch ist unser Meister nicht tot. Was glaubst du wohl, was er mit dir machen wird, wenn er dich grinsend an seinem Totenbett erwischt? Willst du etwa die Probe machen, ob er immer noch so mürrisch ist wie sonst?«

»Hoppla.« Rasend schnell wechselte ich von einer selbstzufriedenen zu einer von Trauer erfüllten Miene über. Überall um mich herum hallte der Raum vom Geräusch der Schluchzer, des Stöhnens, des Jammerns und anderer Trauerrufe wider. Ich fragte mich, wieviel davon wohl echt sein mochte und wieviel man lediglich absolvierte, weil der Meister Thengor, ob er nun am Leben war oder im Sterben lag (oder möglicherweise sogar schon tot war), allen Leuten einfach nur Furcht einjagte.

Ich versuchte ein paar Tränen aufzutreiben (oder wenigstens ein trauriges Winseln), aber es hatte keinen Zweck. Ich hatte meinen Lehrer auch schon nicht sonderlich gemocht, als der alte Hexer noch bei voller Gesundheit gewesen war, und das einzige, das ich nun empfand, da Thengor im Sterben lag, war ein leicht schuldbesetztes Gefühl der Erleichterung.

Kein Lehrer mehr, keine Lehrbücher mehr, dachte ich. *Und damit auch kein Kochen auf Sparflamme mehr. In allen Ländern von Orbix gibt es keinen zweiten Magier, der so mächtig ist wie Thengor, aber auch keinen, der so gierig auf Gold ist wie er. So gierig, daß er selbst einen derart miserablen Schüler wie mich duldet, und das nicht etwa aus der Güte seines Herzens heraus. Ich habe einfach kein Talent für die Magie, Mutter wird nun endlich einsehen müssen, daß mir nicht das Leben eines großen Hexers bestimmt ist. Dann wird sie mich auch nach Haus zurückkehren lassen müssen.*

Das war ein beruhigender Gedanke. Er beruhigte mich ganze zehn Sekunden lang, bis mich ein zweiter voll ins Herz traf: *Wenn ich nicht für das Leben eines großen Hexers geeignet bin, wozu bin ich denn dann geeignet?*

Was konnte ich denn schon? Das war nun wirklich ein

Gedanke, mit dem herumzuzaubern sich gelohnt hätte, wenn ich doch nur ein wenig besser in Zauberei gewesen wäre, was ich aber nun einmal nicht war. Es war die Art Gedanken, die sich im Rückenteil meines Kittels niederließen und dort ein Jucken verursachten, so daß ich furchtbar herumzappelte – bis Poldi Flammensenger sich zu mir umdrehte und flüsterte: »Hör mal, Gangle, es ist schon überfüllt genug hier drin, da brauchst du es uns nicht noch schwerer zu machen. Alle sind scharf darauf, am Bett des Meisters Thengor zu stehen, wenn er seinen letzten Wunsch verkündet, und deshalb wollen sich auch alle vordrängeln, aber das kannst du dir ruhig schenken. Es müßte schon ein Wunder geschehen, damit er dir überhaupt irgend etwas hinterläßt.«

»Will ja gar nichts haben«, murmelte ich und wünschte mir, ich könnte Poldi sagen, daß er fett genug war, um eine ganze Menschenmenge für sich abzugeben. Nicht daß ich es getan hätte. Poldi hieß Flammensenger, weil er sein Können beim Heraufbeschwören von Feuerirrwischen bewiesen hatte. Ein einziges böses Wort, und man mußte mit Funken an den schmerzempfindlichsten Stellen rechnen.

»Na, dann hör endlich auf herumzuzappeln wie ein aufgespießter Frosch, du Blödmann von einem Rattenklopper, sonst verwandle ich dich noch in einen solchen.«

»Mit welchem Zauberbuch willst du das denn machen, Tubby?« wollte Yro Froschschnapper wissen. Er gehörte zu den älteren Studenten, die, genau wie ich, in unmittelbarer Gefahr geschwebt hatten, den Kursus in Hochzauberei von Meister Thengor nicht zu bestehen – bis zu jenem schicksalsträchtigen Tag, da er sein besonderes Talent entdeckt hatte, seine Feinde mit einem Fingerschnippen in Kröten zu verwandeln. Das war kein besonderes Talent, und es war sein einziges, deshalb war Yro in dieser Hinsicht auch ziemlich eifersüchtig. Jetzt brachte er Daumen, Zeige- und Mittelfinger seiner rechten Hand in Bereitschaftsstellung, schürzte die Lippen, während er Poldi ansah, und fragte: »Willst du auf dein Glück vertrauen?«

»Wenn du das versuchst, mache ich dich zur Brühwurst?« bellte Flammensenger.

»Hmmm, gekochte Froschschenkel esse ich am liebsten«, schoß Yro zurück.

»Versuch doch mal zu schnippen, nachdem ich dir die Finger abgesengt habe.«

»Versuch du doch mal zu zaubern, wenn du klein, grün und zerquetscht an meinem Stiefel klebst.«

»Du trägst doch gar keine ...«

Keiner von beiden vernahm das warnende Grollen, aber dafür tat ich es. Seit meine Familie mich mit ihrem Geld in die Akademie für Hochzauberei des Meisters Thengor eingekauft hatte, hatte ich meine Haut mindestens einmal am Tag allein dadurch gerettet, daß ich die Augen offen und die Ohren gespitzt hielt, um rechtzeitig etwaige Gefahren auszumachen – und davon, das könnt ihr mir glauben, gab es an der Akademie mehr als genug! – und dann möglichst schnell in die entgegengesetzte Richtung davonzurasen. In Meister Thengors Gemach konnte man zwar nirgendwo hinlaufen, dafür gab es aber ausreichend Verstecke. Ich erspähte einen Diwan mit silbernen Beinen, der an der nächstgelegenen Wand stand, und sprang in seine dichtgepolsterte Deckung, als auch schon ein ohrenbetäubendes *Krach!* die feierliche Stille des Sterbezimmers erschütterte.

Als ich schließlich wieder hervorzuspähen wagte, sah ich, daß dort, wo eben noch Poldi Flammensenger gestanden hatte, nun nur noch ein langsam auskühlender Aschehaufen zu erkennen war. Ich war mir zwar nicht ganz sicher, hätte aber doch einiges darauf gewettet, daß der tote Frosch, der oben auf der Asche lag, einmal Yro gewesen sein mußte.

Irgendwo hoch oben in der Mitte des Kuppelzimmers schnaufte die knarzige, rauhe Stimme eines unendlich alten Mannes vor Lachen, um schließlich zu krächzen: »Ich mag zwar im Sterben liegen, aber ich hab's noch voll drauf!«

Langsam kroch ich wieder unter dem Diwan hervor. Das war zwar die sicherste Stelle im ganzen Raum, aber ausnahmsweise gewann meine Neugier mal die Übermacht. Das würde meine erste und letzte Gelegenheit sein, mich einmal richtig ordentlich in den Privatgemächern des größten Hexers umzublicken, den die Welt Orbix je gesehen hatte. Außerdem war dies wahrscheinlich mein allerletzter Tag an der Akademie für Hochzauberei, und ich war der Auffassung, daß ich, wenn mich Meister Thengor schon wohlverdienterweise unehrenhaft entließ, Mutter wenigstens *irgend etwas* mitbringen sollte, und sei es nur eine Beschreibung, wie die Meister der Magie ihre Zimmer einzurichten pflegten.

Als Folge des kleinen Zwischenfalls mit Poldi und Yro gab es nun jede Menge freien Platz, um mich umzublicken und mir ungehindert alles anzuschauen. Die anderen Studenten machten aus irgendeinem unerfindlichen Grund einen großen Bogen um diesen Fleck, obwohl doch jedermann weiß, daß der Blitz nie zweimal an derselben Stelle einschlägt. Nicht einmal der Blitz eines Hexers. Und so setzte ich eine Miene tiefster Trauer auf, während ich die Freiheit auskostete, mir alles anzuschauen, was mein Herz begehrte.

Es war wirklich ein sehr beeindruckendes Gemach. Es hatte die Form eines riesigen Kreises. Auch wenn sich die gesamte Studentenschaft der Akademie ziemlich dicht auf dem mit dicken Teppichen bedeckten Boden drängte, gab es im Schlafgemach des Hexers doch tatsächlich mehr als genug Raum. Das Problem war nur, daß dieser sich überwiegend in die Senkrechte erstreckte.

Meister Thengor liebte seine Bequemlichkeit, und sein größtes Vergnügen bestand darin, den ganzen Tag durchzuschlafen. Ich nehme an, daß er sich wohl deshalb das eindrucksvollste Bett der ganzen Welt erbaut hatte: ein mit Edelsteinen besetztes, seidenbespanntes Monument der Goldschmiedekunst. Es war nur angemessen, daß ein derartig prachtvolles Juwel von einem Möbel auch den entsprechenden Rahmen erhielt, und so hatte Meister Thengor sein Bett genau in die Mitte des Raums auf die Spitze einer hochaufragenden Plattform gestellt, die aus sieben Ebenen bestand. Die erste dieser Ebenen war mit einem ganzen Wald von hohen Jadestengeln bepflanzt, von denen jeder eine Kristallkugel trug, die ihr eigenes sanftes Licht abzustrahlen schien.

Ich beugte mich vor, um den nächststehenden Studenten zu knuffen, und fragte: »Wo sind denn die Feuerirrwische? Ich kann sie nicht erkennen.«

»Da sind auch keine.« Sein Name war Tolly Fluchhändler, und obwohl wir beide etwa zeitgleich auf die Akademie gekommen waren, stand er doch schon kurz davor, in den Blaukuttengrad erhoben zu werden. Ich selbst hatte überhaupt noch keine Kutte. Er sprach nicht allzugern mit mir, es sei denn, er sah darin eine Gelegenheit, sich über mich lustig zu machen.

»Keine Feuerirrwische?« Das war doch albern. Ich konnte das Leuchten doch schließlich *erkennen!* »Wie soll es denn Licht ohne Feuerirrwische geben?«

Tolly schnaubte nur. »Das beweist mal wieder deine Unwissenheit, du törichter Rattenklopper. Denkst du etwa, unser gelehrter Meister würde seine Privatgemächer mit einem derart primitiven Leuchtmittel erhellen? Ha! Jede dieser Kugeln enthält einen Draht, der aus einer außerordentlich seltenen und kostbaren Substanz besteht, die allein durch Meister Thengors Kunst hervorgebracht wurde. Er nennt sie *Illuminium.* Es gibt nichts Helleres.«

»Mann!« Ich ließ den Blick zur nächsten Ebene des hexerischen Sterbebetts schweifen. Dort erhob sich ein zweiter Ring aus auf Stengeln ruhender Kugeln, doch diese enthielten immerhin schon etwas vertrautere Gefangene: Selbst ein armseliger Student meines Wissensstandes konnte die Feuerirrwische, die Wasserleuchter, die Erdglüher und die Windpuffer unterscheiden, also die vier Grundelemente von Orbix. Ein großer Hexer hielt sich immer ein ausreichendes Sortiment von Elementalen auf Vorrat für den Fall, daß er irgendwann, sei es bei Tag oder bei Nacht, ihrer Dienste bedurfte. Es waren auch noch ein oder zwei andere Arten von Kreaturen in einigen der Kugeln gefangen – keine Elementale, ja, nichts, was ich aufgrund meines Unterrichts hätte bestimmen können. Ich beachtete sie nicht weiter.

Die dritte und die vierte Ebene des Betts enthielten die

Kinder des Meisters Thengors und ihre Dienstboten. *Enthielten* war genau der richtige Ausdruck. Wenn ich richtig blinzelte, konnte ich gerade noch den Umriß einer leicht golden-durchsichtig schimmernden Versiegelung ausmachen, die die Kinderschar des Hexers festhielt. So wie die Elementale der zweiten Ebene in ihren Kristallkugeln stumm und vom Meister ferngehalten wurden, zankten und knufften und zwackten die Kinder sich gegenseitig und kreischten und heulten, ohne daß auch nur das leiseste Geräusch zu vernehmen war oder daß irgend jemand außer ihren Ammen und Lehrern darunter hätte leiden müssen. Na ja, dafür wurden sie schließlich bezahlt.

Den Mienen der Ammen und Lehrer nach zu schließen schien die Bezahlung allerdings alles andere als rosig zu sein.

»Du siehst es doch jetzt, oder?« bemerkte Tolly. »Das gelblich-glasige Zeug, daß sie gefangenhält? Es *sollte* eigentlich unsichtbar sein, aber das ist es nicht ganz. Das bedeutet, daß das Ende kurz bevorsteht.«

»Oh, ja, natürlich«, stimmte ich Tolly hastig zu, damit er gar nicht erst auf den Gedanken käme, daß ich keinerlei Ahnung hatte, wovon er eigentlich redete. Auch die Edeldame Inivria hatte gesagt, daß *irgend etwas* gerade sichtbar wurde und daß dies bedeutete, daß der Tod ihres Manns unmittelbar bevorstehe, aber was das für ein *irgend etwas* sein mochte … fragt mich lieber nicht.

»Und wir sind auch nicht die einzigen, die das wissen«, fuhr Tolly fort. »Schau dir nur *die* mal an, zwei Ebenen über den Gören hinter Glas. *Die* wissen es auch.«

Er nickte, und ich sah hin. Auf der fünften Ebene saßen Meister Thengors dreiundzwanzig offizielle Geliebte und Konkubinen und beklagten den bevorstehenden Tod ihres Herrn. Ich konnte mir nicht helfen, ich fand es einfach bewundernswert, wie sie das schafften, ohne dabei ihre Schminke zu verschmieren oder ihr Haar durcheinanderzubringen. Während sie jammerten – was sie nie allzu schrill taten –, zerrissen sie kunstgerecht gerade genug von ihren leuchtenden Schleiern, um ihre besten Seiten zur Geltung zu bringen. Auch das konnte ich nur bewundern.

All dies geschah zum Wohle der Herren ein Stockwerk darüber. Diese schwarzgekutteten Ehrenmänner waren die engsten Kollegen des großen Hexers, die herbeizitiert worden waren, um seinen Tod zu bezeugen. (Meister Thengor hatte keine Freunde. Eine Lektion, die er uns immer und immer wieder erteilte, lautete, daß die korrekte Bezeichnung für einen Hexer mit vielen Freunden ›Leiche‹ war.) Die Männer der Magie schritten majestätisch die ihnen zugewiesene Ebene von Meister Thengors Bett ab und murmelten finster vor sich hin. Sie hielten nur gelegentlich inne, um ein grimmiges Kopfnicken auszutauschen oder den bald schon arbeitslos werdenden Damen ein Stockwerk tiefer flirtend ein »Juuhuu!« zuzurufen.

Und schließlich, auf dem Gipfel der siebenschichtigen Plattform, direkt unter der Buntglaskuppel des höhlenähnlichen Raums, stand das Bett des großen Hexers selbst. Diese Ebene war breit genug, um Thengors Bett, seine Frau und sechs ihm aufwartende Ärzte aus den sechs Schulen der Heilkunst aufzunehmen: Kräuter-, Wärme-, Kristall-, Mental-, Haut- und chiropraktische Heilkunde. Alle starrten sie entsetzt auf das immer noch qualmende Werk des Hexers unten am Boden hinab.

»Mein Gebieter, du solltest dich nicht zu sehr erschöpfen.« Die Edelfrau Inivria klang erschöpft genug für zwei. Nach all den vielen Jahren mußte sie eigentlich wissen, daß die Akustik des großen Gemachs so gut war, daß auch ihr leisestes, intimstes Flüstern für jedermann im Raum deutlich vernehmbar war. Aber vielleicht war es ihr auch egal. »Ein einfacher Tadel hätte genügt. Du wirst dich noch zugrunde richten, bevor du deine Angelegenheiten geregelt hast.«

»Was? Wie war das, Frau?« Tot oder nicht, Meister Thengor war immer noch zänkisch genug, um es mit einer ganzen Horde bettwunder Stiere aufzunehmen. »Willst du mir etwa vorschreiben, was ich zu tun habe? Erinnerst du dich noch an die letzte Frau, die versucht hat, mir Vorschriften zu machen?«

Die Edeldame Inivria seufzte. »Die letzte Frau, die dir Vorschriften machen wollte, war die Meisterin Jeska Erntetrug, die beste Ärztin in ganz Orbix. Sie hat dir gesagt, du sollst nicht so viel gedämpfte Lampreten essen.«

Thengor wurde plötzlich verdrießlich. »Ich mag nun mal gedämpfte Lampreten.«

»Nur ein Jammer, daß die dich nicht mögen, sonst würdest du jetzt nicht daran sterben, mein Liebster«, fügte sie ohne große Gefühle hinzu, »und die arme Meisterin Erntetrug wäre jetzt auch nicht über alle fünf Königreiche verstreut.«

Thengor gluckste. »Da war es wohl aus mit dem Trug! Ha! Genau wie diese ganzen kleinhirnigen Ärzte: Kaum verstößt man gegen ihre Vorschriften, schon sind sie völlig aufgelöst. Die Frau hatte vielleicht Nerven! Ich habe ihr doch gesagt, daß ich gedämpfte Lampreten *mag.*«

Inivria seufzte erneut. »Ja, Liebster. Und du hast auch gesagt, daß du noch einmal alle deine Studenten sehen möchtest, bevor du stirbst. Ich habe sie hergeholt, genau wie du wolltest. Und was soll ich jetzt mit ihnen machen?«

Die schwarzen Augen des alten Hexers funkelten. »Sie sollen sich in einer Reihe aufstellen«, entschied er. »Und zwar ihren Leistungen nach. Und dann soll jeder von ihnen allein an mir vorbeikommen.«

Inivrias Augen verengten sich vor Mißtrauen. »Du hast doch wohl nicht vor, sie alle abzumurksen, oder?«

»Also wirklich, Frau, was für ein Gedanke!« Thengor gab ein unschickliches Schnalzen zum besten. »Wozu die Mühe? Wir haben ihre Studiengebühren bereits für ein volles Jahr kassiert, und die Allgemeinen Geschäftsbedingungen der Akademie schließen eine Rückerstattung aus. Nein, sollen sie nur leben, sollen sie nur leben! Ich will bloß den unteren Graden mitteilen, wo sie sich einschreiben können, um ihre Studien fortzusetzen, ein paar aus den oberen Klassen empfehlen, sich als Lehrlinge bei dem alten Meister Gurf, bei Meister Dwimmermet und bei Meister Wasnbart zu verdingen – das ist der da hinten, der gerade Brinda Süßhand zuwinkert und – he! Ich kann euch sehen! Hört sofort auf, ihr beiden! Noch bin ich nicht tot! Brinda, mein Mädchen, falls du glauben solltest, du und dieser alte Ziegenbock, ihr wärt eine heiße Nummer, dann wirst du schon erfahren, daß ich noch einen kleinen Donnerkeil für schlechte Zeiten beiseite gelegt habe – und auf dem stehen *euer beider Namen!*«

Sein Zorn erschöpfte ihn, und so ließ er sich mit einem Hustenanfall wieder in die Kissen zurücksinken. Die sechs Heiler umsummten ihn wie grüngekuttete Bienen. Und dann, als sie ihre Salben und heißen Kompressen und Kraftsteine und Heilmassagen anbrachten, geschah es.

»Schau mal! Da ist es ja!« Tolly Fluchhändler vergaß ob seines Staunens unsere großen Standesunterschiede und packte mich am Arm, während er aufgeregt nach oben zeigte.

»Was denn?« fragte ich. Verstört sah ich zu dem obersten Teil von Meister Thengors Bett hinauf. Dort war etwas außerordentlich Merkwürdiges geschehen. Ohne jede Vorwarnung, wie aus dem Nichts, war eine gewaltige Wolke von der Farbe frischen Honigs über dem Bett des Hexers aufgetaucht. Sie wälzte sich und waberte, verknotete sich und wurde kleiner, um sich wieder zu einem riesigen, flauschigen Flickenkissen auszudehnen. Manchmal schien sie sich zu einem Strudel auszubilden, der den Eindruck erweckte, Meister Thengor und seinen gesamten Haushalt in eine andere Welt hinübersaugen zu wollen, dann sah es wieder so aus, als hätte sie ein riesiges Gesicht.

Übrigens kein besonders freundliches.

Ich sperrte den Mund auf und zitterte. »Was ist denn das bloß?«

»Was *das* wohl sein soll?« formulierte Tolly meine Frage um. »Habe ich richtig gehört? Willst du allen Ernstes behaupten, du weißt nicht, was das ist?«

Ich schüttelte niedergeschlagen den Kopf. In all den Jahren, seit Mutter beschlossen hatte, daß ich Hexer werden sollte, war mein engster Gefährte hier auf der Akademie stets meine Unwissenheit geblieben.

Tolly machte sich nicht einmal die Mühe, leiser zu werden,

als er mich geradeheraus auslachte. »Also wirklich, du Rattenklopper, das ist doch die reine Magik!«

»Magie?« wiederholte ich. Denn ich glaubte, daß er das gesagt haben müsse. (Für die meisten Leute klingen die beiden Worte ziemlich gleich, genau wie *malen* und *mahlen*. Für meine Ohren war es jedenfalls so. Aber wie alle – angefangen beim Meister Thengor bis hinunter zu Velma Chefköchin – mir immer so gern unter die Nase rieben – was wußte ich schon?)

»Magik«, wiederholte Tolly und sprach das Wort so aus, als zerginge es ihm geradezu köstlich auf der Zunge. Selbst mir wurde plötzlich klar, daß er damit nicht einfach nur irgendwelche alten Kaninchen-aus-dem-Zylinder-Nummern meinte.

»Kannst du das mal buchstabieren?« schlug ich vor. Das tat er auch. Ich wußte nicht, was ich sagen sollte, deshalb sagte ich auch nichts anderes als: »Hä?«

Er furchte die Stirn. »Du weißt wirklich nicht, was ...? Ach so. Alles klar. Schätze, das kannst du ja auch gar nicht. Die erzählen uns schließlich nie etwas über Magik, bevor wir uns nicht als würdig erwiesen haben.« Er brauchte gar nicht erst hinzuzufügen: *Und deshalb bist du auch raus.*

»Ich verstehe nicht«, antwortete ich. Aber was wäre daran schon neu gewesen?

»Ich kann mir gar nicht vorstellen, daß ein Student von Meister Thengor nichts von Magik wissen soll. Ich meine, *mir* hat man davon erzählt, einen Tag nachdem man mich mit dem Vermerk ›erweckt höchstwahrscheinlich die Toten zum Leben‹ im Jahrbuch genannt hat. Damit meine ich natürlich nicht die Toten im Jahrbuch – das war vielmehr Gil Zombifikator, und der kam ums Leben, als er den alten Meister Fortslop zum selben erweckte. Das war der, der einen immer so damit nervte, daß Hexer einen vernünftigen Haarschnitt haben müßten, immer mindestens schulterlang, und das war im Sommer gewesen, und Gil hatte sich gerade die Haare schneiden lassen, und Fortslop warf einen Blick auf seine Ohren, die mal wieder abstanden wie immer, und, ob tot, ob lebendig, jedenfalls war der alte Schleimwurm immer noch dazu in der Lage, genug von Gils Magik wegzureißen, um den armen Kerl fortzupusten bis zum – ach, ist ja auch egal.«

»Ich verstehe es immer noch nicht.« Was ich wirklich nicht verstand, war, wie Tolly nur mit einem einzigen Rülpser so viele Worte hervorzubringen vermochte.

»Nicht? Dann mußt du ja wirklich so ein Riesenrattenklopper sein, wie die anderen behaupten. Hm.« Tolly überlegte. »Ich glaube, es kann nicht schaden, wenn ich dir einmal die Grundlagen beibringe. Du kannst mit dem Wissen sowieso nichts anfangen, und da du höchstwahrscheinlich ohnehin von der Akademie fliegst, sobald Meister Thengor erkaltet ist, ist es ja auch nicht so, als würde ich irgendwie aus dem Nähkästchen plaudern. Haha!«

»Haha«, wiederholte ich gehorsam. Ein Teil von mir wünschte sich dabei, ich hätte doch ein bißchen besser aufgepaßt, als Paps damals versucht hatte, mich in Gebrauch und Handhabung eines Breitschwerts auszubilden. Zum ersten Mal in meinem Leben hatte ich etwas vor mir, daß ich *wirklich* am liebsten in kleine, klebrige Scheiben zerhackt hätte.

»Magik«, hauchte Tolly. Er gaffte die goldene Wolke über dem Bett von Meister Thengor an, und in seinen Augen begann die Habgier aufzuleuchten. »Das ist das Zeug, das unseren Zaubern Wirkung verleiht, die Energie in unseren Beschwörungen, die Ladung unserer Amulette und Talismane, das, was eben alles möglich macht. Ohne sie sind wir Hexer ein bloßes Nichts. Dann könnten wir mit unseren Zauberstäben herumfuchteln, bis die Einhörner nach Hause kommen – aber ohne ein kleines bißchen Magik wären wir nicht einmal dazu in der Lage, Schlangen zu Schlangenfraß zu verarbeiten oder Katzen zu Katzbuckeln.«

»Katzen sind mythische Kreaturen«, rezitierte ich aus einer meiner frühesten Lektionen im Fach ›Elementares Bestiarium‹. Ich war verzweifelt darum bemüht, Tolly zu beweisen, daß ich *doch* ein kleines bißchen Bescheid wußte. »Sie haben neun Leben, sie tragen Stiefel, sie rauben schlafenden Säuglingen die Atemluft, sie fallen immer auf die

Füße, ihr einziger natürlicher Feind ist ihre Neugier, und außerdem existieren sie nicht wirklich.«

Tolly verpaßte mir einen stechenden Schlag gegen den Arm. »Das weiß ich doch! Ich meinte ja nur ... Ach, lassen wir das. Hat ja überhaupt keinen Zweck, *dir* irgend etwas erklären zu wollen.« Er schob die Hand in seine Kutte und zerrte ein zerknülltes Stück Papier hervor. »Siehst du das?«

»Junge, Junge!« Ich war beeindruckt. »Woher hast *du* denn ein Diplom für Dichterische Freiheit, Tolly?«

»Och, da kommt man ziemlich leicht dran, wenn man nur ein bißchen Ehrgeiz hat.« Er sah mächtig selbstzufrieden aus, als er das Papier wieder verstaute. »So, was glaubst du: Verstehst du jetzt, was Magik ist, Rattenklopper?«

Ich senkte den Kopf. Ich verabscheute es, wie Tolly so von oben herab zu mir sprach, aber weshalb hätte er auch anders sein sollen als die anderen? Und was hätte ich auch schon dagegen tun können?

Seit dem ersten Tag, da ich auf Meister Thengors Akademie für Hochzauberei gekommen war, hatte ich die Erfahrung gemacht, daß es sich nie auszahlte, irgend jemandem in den elfenbeinbedeckten Wänden hier zu widersprechen. Wenn ich es mit den unzauberischen Dienstboten versuchte, waren sie alle größer als ich und schnell mit der Faust ... äh, der Hand. Versuchte ich es bei den anderen Studenten, von denen ich die meisten in einem fairen Kampf durchaus hätte kleinkriegen können, so besaßen sie alle mehr magisches Talent als ich und hegten auch keinerlei Skrupel, es dazu einzusetzen, mir das Leben schwerzumachen.

Einmal, nachdem ein älterer Schüler mich in eine Maus verwandelt hatte, begab ich mich zu Meister Thengor, um mich zu beschweren. Doch der alte Hexer teilte mir mit, es sei schließlich meine eigene Schuld, daß ich noch nicht mal einen einfachen Schutzzauber zustande zu bringen gelernt hatte. Und dann setzte er Rosco auf mich an. So verbrachte ich den Rest der Woche in einem Mäuseloch, bis meine Mutter den Meister Thengor in einem Brief daran erinnerte, daß niemand bereit sei, für die Ausbildung eines Nagers Geld auszugeben, woraufhin er mich wieder in menschliche Gestalt zurückverwandelte.

Aber das hier … Was hatte Tolly noch gesagt? Daß kein Magier irgend etwas unternehmen könne, wenn er nicht über Magik verfügte? »Das ist aber ungerecht!« rief ich.

»Was ist ungerecht?«

»Magik, meine ich! Ich meine, da besuche ich nun den Unterricht und lerne Trillionen von Kauderwelschzaubern auswendig, bis ich einen Knoten in der Zunge kriege, und übe mystische Gesten und arkane Handzeichen und nekromantisches Fingerzappeln, bis ich aussehe wie ein Idiot. Und dabei hätte ich mich doch die ganze Zeit auf den Kopf stellen können, ohne irgend etwas zu bewirken – und zwar nur, weil ich nichts von diesem Magikzeugs habe!«

»Kendar«, erwiderte Tolly mit einem großen, öligen Grinsen im Gesicht. »Kendar, hat man dir jemals beigebracht, ein Schwert zu führen?«

»Natürlich hat man das! Ich bin schließlich ein Gangle!« Ich richtete mich auf, voller Stolz auf meine Klein-hoch-mittel-Adelsherkunft. »Ich war erst fünf, als mein Paps schon mit mir zu üben anfing.«

»Dann sag mir doch auch eins: Hat dein Vater dir etwa gleich zu Anfang ein *richtiges* Schwert in die Hand gedrückt?«

»Na ja … Nein. Natürlich nicht. Ich hab' dir doch gesagt, daß ich gerade erst fün- …«

»Wann hast du *denn* ein richtiges Schwert zum Üben bekommen?« Das Ganze bereitete ihm eine diebische Freude, diesem Kröterich.

»Na ja, sobald Paps wußte, daß ich es beherrschte und nicht mir selbst oder irgendwelchen unschuldigen Zuschauern Schaden zufügen würde, indem … indem … indem …«

Verdammt!

Tolly gluckste. »Beherrschung, ganz genau. Das ist der Schlüssel! Deshalb können wir jetzt auch die ganze Magik von Meister Thengor sehen, nun, da er im Sterben liegt. Die größten Hexer lassen ihre Magik unsichtbar werden.

Schließlich geht es ja auch niemanden etwas an, wieviel du davon hast, oder? Wäre ja wohl blöd, einen mächtigeren Hexer in Versuchung zu führen, sie dir wegzunehmen. Obwohl ich schon von Hexern gehört habe, die groß genug sind, um zu *spüren,* wenn irgendwo herrenlose Magik herumfliegt; die können die mit der Wünschelrute muten.«

»Hast du denn deine Magik auch auf diese Weise bekommen, Tolly?«

»Ich? Nö. Das war ein Geschenk von Meister Thengor. Er gibt jedem seiner Studenten ein bißchen Grundmagik für den Anfang, sobald er meint, daß wir dazu in der Lage sind, damit umzugehen. Und wenn wir mehr davon haben wollen, müssen wir selbst etwas dafür tun.«

»Du meinst, ein Hexer kann Magik einfach weggeben?«

Tolly nickte. »Wie ich höre, steckt noch mehr dahinter, aber ich habe meinen Kurs ›Prinzipien der Magik‹ erst zur Hälfte fertig.«

Plötzlich war mir sehr unbehaglich zumute. *Deshalb* hatte man uns also zusammengerufen! Der Meister Thengor war im Begriff, die Magik, die er im Laufe seines Lebens angehäuft hatte, vor seinem Tod unter uns zu verteilen. So würde ich endlich bekommen, was es brauchte, um Zauber zu bewirken, Beschwörungen durchzuführen, Flüche zu verhängen und all die anderen hexerischen Dinge, die ich nach Meinung meiner Mutter meistern sollte.

Gewiß, meine Mutter wollte das – aber ich?

Mein Vater, der Freiherr Lucius Parkland Gangle, erzählte ständig, daß es nur eins gebe, was noch hübscher sei als eine dicke Erbschaft: ein dicker Hirsch mit einem Pfeil im Herzen. Aber ich konnte an dem Geschenk, das Meister Thengor uns vor seinem Tod machen würde, nichts Hübsches finden. Je länger ich dieselbe geballte und sichtbare Ladung Magik musterte, die da über seinem Bett schwebte, um so mehr jagte sie mir Angst ein. All diese viele Macht ... und sobald ich erst etwas davon abbekommen hatte – und mochte es noch so wenig sein –, gab es keine Entschuldigungen mehr.

Oben auf der Plattform löste sich die goldene Wolke plötzlich auf, bis sie nur ein Gespenst ihrer selbst war. Meister Thengor riß sich zusammen und lehnte sich in einer etwas aufrechteren Haltung in seine Kissen. Die Magik verschwand. »Schon gut, schon gut, genügt. Könnt ihr einen denn nicht mal in Frieden sterben lassen?« Er schlug nach den Heilern, bis diese sich einige Schritte vom Bett zurückzogen. »Nun?« fragte er die Edelfrau Inivria. »Wirst du mir jetzt endlich meine Studenten vorführen, oder muß ich dir erst wieder purpurne Schuppen anhexen?«

»Mit deiner Erlaubnis, Gebieter.« Inivria griff vorn in ihre Seide und zog eine kleine Silberpfeife an einer passenden Kette hervor. »Also gut, alle Kuttenträger dem Rang nach in Reihe angetreten«, brüllte sie. Und an ihren Mann gewandt: »Ich werde die Fenster öffnen lassen, damit deine Seele ungehindert in jede beliebige Richtung davonfliegen kann, einverstanden? Wenn du stirbst. Das wird nämlich schon bald sein, weißt du, Liebling.«

»Purpurne Schuppen«, brummte Meister Thengor. »Gedünstete Lampreten mit purpurnen Schuppen.« Doch er versuchte nicht, sie daran zu hindern, als sie den Dienern befahl, sämtliche farbigen Glasscheiben der getönten Kuppel über seinem Bett zu öffnen.

Tolly entfernte sich rasch von mir, suchte seinen Platz am Anfang der Reihe auf, während wir Studenten uns ausrichteten. Und während wir uns ineinander und gegeneinander verschoben, machte man uns bis hinauf zur siebten Ebene von Meister Thengors Bett den Weg frei. Zoltan Bösherr stand wie immer an der Spitze.

Ihr könnt euch schon denken, wo ich stand. Velma Chefköchin leider auch. Ich weiß zwar nicht, wer sie hereingelassen hatte, aber plötzlich war sie da und baute sich zwischen mir und Orton Löffelbieger auf, dem *zweit*schlechtesten Studenten der Akademie.

»Nicht so schnell, du glitschiger Rattenklopper! Du hast hier überhaupt nichts zu suchen. Unsere Gebieterin hat gesagt, daß sich nur die *Kuttenträger* der Reihe nach aufstellen sollen. Ich kann aber nicht erkennen, daß du etwas trägst, das einer Kutte auch nur im entferntesten ähnlich wäre. Du etwa?«

Sie hatte recht. Selbst Orton Löffelbieger war immerhin gut genug, um sich eine farbige Kutte verdient zu haben. Während ich mich nach sechs Jahren auf Meister Thengors Akademie für Hochzauberei immer noch im Stadium des Kittels-mit-Hose befand.

Ich ließ mich von ihr am Kragen packen und im Laufschritt hinausmarschieren. Sie hatte recht: Ich hatte hier wirklich nichts zu suchen. Magik war schließlich nichts, was man an irgendeinen beliebigen Hanswurst weitergab. Soviel wußte ich jetzt immerhin. Und um die Wahrheit zu sagen – selbst wenn mir Meister Thengor auf seinem Sterbebett aus schierem Mitleid einen Krümel Magik geschenkt hätte, wäre ich mir nicht allzu sicher gewesen, ihn überhaupt haben zu wollen. Wenn ich mir in sechs Jahren schon keine Magik aus eigener Anstrengung verdient hatte, war es jetzt sowieso zu spät dafür.

Paps pflegte gern zu sagen: »Ein Gangle gibt nie auf! Ein Gangle läßt nicht den Kopf hängen! Ein Gangle wirft niemals das Handtuch!«

Andererseits sagte er aber auch: »Wenn du irgend etwas überhaupt nicht kannst, dann laß die Finger davon. Hat keinen Sinn, immer nur herumzustümpern. Halt dich an das, was du am besten kannst.«

Ich vermute, daß wir alle tun möchten, was wir am besten können, und unter Hexern verdienen wir uns meistens einen Namen, an dem andere Leute unsere jeweilige Spezialität erkennen könnne. Flüche verhängen, Leute in Frösche verwandeln, durch die Luft fliegen, Dämonen zu allem möglichen zwingen – nichts von alledem schien mir beschieden zu sein, ob mit oder ohne Magik. Das bedeutete freilich nicht, daß ich mir keinen Namen verdient hätte, weil es *überhaupt* nichts gab, worin ich gut war.

»Hier«, sagte Velma, nachdem sie mich in die Küche hinunterbugsiert hatte. Ich nahm ihr den schweren Stock aus den arbeitsrauhen Händen.

»Da«, sagte sie und deutete auf einen kleinen, dreibeinigen Schemel in der Ecke. Ich nahm darauf Platz und erblickte sofort das Loch in der Wand. Es war ein großes Loch. Ich hielt meine Waffe mit beiden Händen fest und machte mich bereit.

Es gab schließlich auch einen Grund dafür, weshalb sie mich Rattenklopper nannten.

KAPITEL

2

Das Großartigste am Rattenkloppen ist ...

Das Beste am Rattenkloppen ist ...

Weshalb ich das Rattenkloppen liebe, von Kendar Gang- ...

Weshalb ich gern ...

Weshalb ich wirklich nichts gegen ...

Weshalb ich mir wirklich nicht wünsche, tot zu sein, wenn ich meine ganze Zeit damit vergeuden darf, mit einem großen Knüppel in diesen riesigen, stinkigen Küchen vor Rattenlöchern zu hocken, um ...

Also gut, also gut, das Unscheußlichste am Rattenkloppen ist die Tatsache, daß man dabei eine Menge ordentlichen Küchentratsch mitbekommt. Meister Thengor hatte uns immer beigebracht, daß Wissen Macht sei, vor allem dann, wenn man an Wissen herankam, das gar nicht für einen bestimmt war. Der Hexerstudent, der seine Fähigkeiten dazu nutzen konnte, zu lauschen und ein paar saftige Neuigkeiten aus den Frauengemächern mitzubringen, bekam eine dicke, fette 1.

Und dann war da noch der traurige Fall Thelfel Lederflügel, der sich in eine Fledermaus verwandeln konnte. Der pflegte sich mit dem Kopf nach unten unmittelbar vor den Gemächern der Edelfrau Inivria ins Dachgebälk zu hängen, in der Hoffnung, daß er diese 1 ergattern würde, indem er etwas Fieses über die Frau seines Meisters in Erfahrung brächte. Ich erinnere mich noch, wie er eines Nachts in den Schlafsaal zurückkehrte, um damit zu prahlen, daß er sich *fast* sicher sei, daß die Edelfrau Inivria einen Liebhaber habe, und daß er *ganz kurz davor* sei, herauszubekommen, wer es war.

»Sie hat heute ein Geschenk bekommen«, sagte er. »Einen

goldenen Käfig mit einem Rotkehlchen. Jede Wette, daß *er* ihn ihr geschickt hat. Und ich will mein Leben darauf verwetten, daß er heute nacht aufkreuzt, dann kriege ich auch heraus, wer es ist. Und danach werde ich es Meister Thengor melden.«

»Das würde ich an deiner Stelle nicht tun, Thelfel«, riet Orton Löffelbieger. »Was, wenn es auch ein Hexer ist? Was, wenn er dich erwischt und ...?«

Thelfel verwarf höhnisch jeden Gedanken daran. »Diese Hexer sind doch ein abergläubischer, feiger Haufen. Von denen habe ich nichts zu befürchten.« Mit diesen Worten sprang er aufs Fenstersims, glitt draußen die Dachrinne hinunter, verwandelte sich auf halber Strecke in eine Fledermaus und flatterte in die Nacht hinaus.

Es war das letzte Mal, daß wir ihn lebend zu Gesicht bekamen. Am nächsten Morgen entdeckte der Obergärtner den zerfetzten Leichnam einer Fledermaus unter dem Fenster der Edelfrau Inivria. Ich war gerade mal wieder beim Rattenkloppen, weshalb ich auch mitbekam, wie der Obergärtner zu Velma Chefköchin sagte: »So etwas Seltsames hast du noch nie gesehen. Sah so aus, als sei das arme Ding von einem riesigen Vogel in Stücke gerissen worden.«

»Vögel töten keine Fledermäuse«, erwiderte Velma abfällig. »Hältst du das vielleicht für einen Witz?«

»Einen schönen Witzbold würde ich abgeben! Erzähl das doch mal dem riesigen Haufen Rotkehlchenfedern, der den ganzen Kadaver bedeckt«, schoß der Gärtner zurück. Er hätte vielleicht noch mehr erzählt, wurde jedoch vom Eintreffen des Hufschmieds unterbrochen, den Meister Thengor angeheuert hatte, um die Fenster der Edelfrau Inivria zu vergittern.

Wie dem damals auch gewesen sein mochte, jedenfalls saß ich nun mal wieder da, wie schon so viele Male zuvor, und wartete darauf, daß irgendeine glücklose Ratte ihre schnurrbärtige Nase aus dem Loch steckte und dafür den Schädel zertrümmert bekam. Und während ich wartete, die Augen auf das Loch geheftet, spitzte ich die Ohren, damit mir kein möglicherweise nützliches Geplauder der Dienerschaft entgehen mochte. Ich brauchte nicht lange zu warten.

»... hat er die ganzen jungen Kutten an sein Sterbebett gerufen«, sagte Bini, das Mädchen, das Velma in der Kunst des langsamen Vergiftens – ich meine natürlich des Kochens – unterrichtete. Bini war noch nicht lange genug bei uns, um sich einen Namen verdient zu haben. Sie mußte in der Küche viel zu viele verschiedene Aufgaben wahrnehmen, als daß eine davon besonders herausgeragt hätte. (Hätte mich jemand gefragt, hätte ich ihm zwar sagen können, daß Bini durchaus *zwei* Spezialitäten besaß, die mir mehr als herausragend schienen, aber das ist leider die Sorte Äußerung, für die man eins mit der Suppenkelle übergebraten bekommt.)

Velma schnaubte. »Das ist doch Schnee von gestern, Bini, mein Mädchen. Als ich da oben war, habe ich selbst gesehen, wie sie sich anstellten, um sich ihren Anteil an der Magik des alten Mannes abzuholen.«

Sie sprach das Wort so aus, als wüßte sie genau, wovon sie redete. Ja, wußte denn etwa jeder in dem ganzen riesigen Haushalt von Magik – nur ich nicht? Das tat weh.

»Anteile sind nicht«, widersprach Bini. Sie klang sehr zuversichtlich.

»He! Was meinst du denn damit?«

»Ach, nichts.« Ich traute mich nicht, nach ihr zu schielen, vermutete aber, daß sie eine selbstzufriedene Ich-weiß-etwas-was-du-nicht-weißt-Miene aufgesetzt hatte. Dann hörte ich ein lautes *Klatsch!*, gefolgt von einem noch lauteren: »*Aua!* Weshalb hast du mich geschlagen, Fräulein Vee?«

»Weil du eine freche kleine verschwiegene Göre bist, deshalb! Wenn du etwas weißt, spuck es gefälligst aus, damit wir es alle erfahren.« Die anderen neun oder zehn Dienstboten in diesem Teil des Küchentrakts von Meister Thengor bekundeten im Chor ihre Zustimmung. Wenn man sein ganzes Leben damit zubringt, Gemüse zu schälen oder Fleisch zu zerteilen oder sich um den Hund in der Tretmühle zu kümmern, der den Bratspieß dreht, oder Feuerholz und Wasser zu holen, dann möchte man auf keine Abwechslung verzichten.

»Na gut.« Bini gab schnell nach. Ich hätte darauf gewettet,

daß ihr die große Aufmerksamkeit, die ihr zuteil wurde, durchaus behagte.

»Na ja, in den letzten paar Wochen bin ich mit diesem netten jungen Meister Zollie spazierengegangen und …«

»Welcher ›Meister Zollie‹?« Velma hörte sich zornig und mißtrauisch an. »Du meinst doch wohl nicht Zoltan Bösherr, oder?«

»Er sagte, ich soll ihn Zollie nennen«, verteidigte sich Bini.

»Das ist mit völlig egal, und wenn er gesagt hat, du sollst ihn einen schwindsüchtigen Kackspecht nennen! Hier unter uns nennen wir keinen einzigen Studenten *Meister,* egal wie hoch er die Nase trägt, bis er nicht offiziell befördert wurde und vom Rat seinen eigenen silbernen Stab erhalten hat! Hmph! *Meister* Zollie, da gackert doch jedes Huhn in Aspik!«

Ich hörte, wie einer der Fleischhacker ein abfälliges Geräusch von sich gab und sagte: »Ach, Quatsch, Velma, du bist doch nur sauer, weil er dich heute vor den ganzen Studenten bis auf die Knochen blamiert hat! Erzähl doch mal lieber, wie du vor ihm auf die Knie gefallen bist, wie du schluchzend um Gnade gewimmert hast, wie du schneller wieder hier unten warst, als Kürbisbrei durch eine Gans läuft.«

»Mit Zoltan Bösherr *spazieren*gegangen, wie?« ertönte eine zweite männliche Stimme – es klang wie der Obergärtner. Ihr folgte grobes Gelächter. »Wie weit mußtest du denn dabei *gehen,* Bini?«

Ich warf einen verstohlenen Blick über die Schulter, gerade noch rechtzeitig, um mitanzusehen, wie der Bursche, der das Feuer stocherte, grinsend sagte: »Das einzige Mädchen, das ich kenne, das beim Spazierengehen mit den nackten Füßen in der Luft strampelt …«

»Das gefällt Zollie bestimmt nicht, wenn du so über mich redest«, antwortete Bini ganz knapp und leise. Plötzlich verstummten alle. »Wie ich schon sagte, Zollie hat mir erzählt, daß es keine alberne Erbsenzählerei geben wird, wenn Meister Thengor seine Magik weiterreicht. Sicher, vielleicht kriegt der eine oder andere von den Hexern ein kleines

Stückchen ab – sozusagen aus Höflichkeit –, aber alles in allem wird Meister Thengor die ganze Ladung einem einzigen Mann allein übergeben.«

Niemand brauchte noch ein Wort zu sagen oder irgendwelche Namen zu nennen. Es war sowieso jedem klar.

»Aber …« Velma Chefköchins zittrige Stimme durchbrach als erste das erschrockene Schweigen. »Aber … aber weshalb?«

Der Fleischhacker lachte unbehaglich. »Dachte, du hättest die ganzen Geschichten schon gehört. Daß Zoltan der Sohn des alten Mannes sein soll.«

»Sicher, aber doch nicht rechtlich. Unehelich geboren, das ist er, und der alte Meister Thengor hat sich kein einziges Mal öffentlich dazu erklärt, daß er der Vater von Bösherr ist«, warf der Feuerstocherer ein.

»Das hat überhaupt nichts zu sagen.« Der Fleischhacker ließ mit jedem zweiten Wort das Beil aufprallen. »Man muß kein Falke sein, um zu sehen, daß die beiden sich gleichen wie ein Rippchen dem anderen.«

»Wie zwei Erbsen in einer Schote«, stimmte Velma zu.

»Zweige vom selben Ast«, warf der Feuerstocherer ein.

Der Mundschenk nickte. »Zwei Becher vom selben Jahrgang.«

»Zwei Ratten aus demselben Loch«, murmelte ich und hoffte nur, daß mich niemand verstand.

»Meister Thengor kann Zoltan doch nicht den Löwenanteil seiner Magik überlassen«, warf Velma ein. »Er hat schließlich noch Kinder, die er nicht einmal gebraucht hat. Manche von denen sind sogar ehelich, von seiner angetrauten Gattin, der Edelfrau Inivria.«

»Ja, und alle viel zu faul, um das Hexerhandwerk zu lernen, oder zu sehr an anderen Dingen interessiert. Oder zu jung, um sich etwas daraus zu machen.« Der Fleischhacker hackte ein großes, blutiges Stück aus dem vor ihm liegenden Fleischberg und warf es dem Diener zu, der die Bratspieße versorgte.

In letzter Zeit wurde sehr viel gekocht, viel mehr als gewöhnlich. Außer den zu Besuch weilenden Zauberern und Ärzten, die herbeigerufen worden waren, um am Sterbebett des alten Mannes Wache zu halten, hatten sich noch jede Menge andere Gäste im Palast eingefunden: Höflinge im Auftrag unseres guten Königs Steffan, die dem Tod seines obersten Hexers die Ehre erweisen sollten; berühmte Wandersänger aus einem Dutzend Königreichen, die gekommen waren, um *Die Ballade vom Zauberer Thengor* zu verfassen, sobald es keinen Zauberer Thengor mehr gab, der sie in Würmer hätte verwandeln können, falls ihm das, was sie über ihn sangen, nicht gefallen sollte; Gläubiger, die viel zuviel Angst vor dem alten Mann gehabt hatten, um darauf zu pochen, daß er jeden Heller zurückzahlen müsse, den er ihnen schuldete, die aber sicherlich nicht zu furchtsam sein würden, um sich weidlich aus Thengors Schatzkammer zu bedienen, sobald er erst einmal tot war. (Ich hätte wetten mögen, daß ihnen eine böse Überraschung bevorstand, falls Zoltan tatsächlich Thengors gesamte Magik bekommen und sie dazu einsetzen sollte, auch Thengors Schatz beisammenzuhalten.)

Jedenfalls verlangte das Gesetz der Gastfreundschaft, daß sie alle beköstigt wurden. Sobald die Seele des alten Mannes entfleucht war, würde es im Palast des Meisters Thengor ein gewaltiges Fest geben. Offiziell sollte damit die Befreiung des Geistes gefeiert werden, doch wußten wir allesamt nur zu gut, wessen Befreiung da tatsächlich begangen werden würde.

Als Chefköchin hätte Velma auch die Arbeit der anderen Diener in den sieben weiteren Küchen beaufsichtigen müssen. Statt dessen blieb sie nach Binis gelassener Ankündigung in Sachen ›Meister Zolllie‹ wie angewurzelt stehen.

»Aber er … er … Zoltan … Meister Zoltan … wenn der praktisch die gesamte Magik von Meister Thengor bekommt und sie auch noch mit der vereint, die er schon besitzt, dann wird er doch …«

»Der größte, mächtigste Hexer auf Orbix werden«, beendete Bini den Satz. »Ja, sogar noch mächtiger, als es Meister Thengor jemals war.«

»Und der gefährlichste«, brummte der Fleischhacker, hob

erneut sein Beil – dann stieß er plötzlich einen Schrei aus und sprang auf den Hackblock.

Eine fette schwarze Ratte huschte über den Boden, mit einem Stück Leber zwischen den Zähnen.

Plötzlich war die ganze Küche ein einziger Aufruhr aus schreienden Frauen und umherrasenden Männern. Der Fleischhacker stand oben auf dem Block und schwenkte das Beil, während er alles mögliche hinausschrie, so etwa: »Da ist sie! Holt sie euch! Ich bleibe hier oben, damit ... damit ich sie besser sehe und euch sagen kann, wo sie hinläuft!« Der Tretmühlenhund hörte auf, im Kreis zu laufen, und fing fürchterlich an zu bellen, während er an der Leine riß, die ihn festhielt. Als die Tretmühle zum Stehen kam, hörten die Bratspieße auf, sich zu drehen, und das Fleisch begann anzubrennen. Velma warf mit einem Kürbis. Bini schnappte sich einen Besen und jagte hinter der Ratte her, doch die huschte unter ihren Röcken hindurch und verschwand in einem Loch auf der Seite gegenüber dem Holzstapel.

Ich rührte mich nicht; ich zog lediglich die Schultern hoch und schloß die Augen. Ich wußte, was jetzt folgen würde.

KLATSCH!

»Du Hohlbirne!« Velma fuchtelte mit der Schöpfkelle nach mir, bereit, mir den nächsten Hieb zu verpassen. »Was tust du da, tagträumen vielleicht? Dafür bist du nicht hier, Rattenklopper, und tu bloß nicht so, als wüßtest du das nicht!«

»Aber diese Ratte ist doch gar nicht aus *diesem* Loch gekommen, Velma, ehrlich nicht!« protestierte ich.

KLATSCH!

»Und woher willst du das wissen? *Ich* habe dich doch beobachtet! Ich habe doch gesehen, wie du vor dich hingedöst hast, während du ehrliche, hart arbeitende Leute belauscht hast, anstatt dich um deinen eigenen Kram zu kümmern.«

»Aber du weißt doch selbst, daß das nicht das einzige Rattenloch in den Küchen ist.« Mein Hinterkopf tat fürchterlich weh. Velma führte eine schwere Kelle. »Ist doch nicht meine Schuld, wenn die Ratten beschließen, nicht aus dem Loch zu kommen, das ich gerade beobachte.«

KLATSCH!

»Aua«, machte ich. »Paß doch mal ein bißchen mit dieser Kelle auf!«

»Hör mir gut zu, Kendar Rattenklopper, und zwar ganz sorgfältig und genau.« Velma ragte vor mir auf wie eine Ziegelmauer. Eine echt häßliche Ziegelmauer. »Hier unten gewinnst du mit deinen Ausflüchten keine Möhre! Wenn ich einem Jungen eine Aufgabe gebe, dann tut er gut daran, sie so gut er kann zu erfüllen. Ich weiß ja, daß alle Welt erzählt, daß du sofort wieder den Staub der Straße schmecken wirst, sobald Meister Thengor erst einmal tot ist, nämlich auf dem Heimweg zu deiner stinkreichen Familie, aber bis dahin gehörst du *mir.* Keine zwei Mohnsamen gebe ich drauf, *wer* dein alter Herr ist. Solange du für mich arbeitest, hast du auch Ergebnisse vorzuweisen, sonst wirst du noch um die Kelle betteln!«

»Aber ...«, fing ich an. Velma hob erneut die Kelle. »Äh, was denn für Ergebnisse genau?« fragte ich kleinlaut.

»Wenn ich bis zur Beerdigungsfeier von Meister Thengor keine tote Ratte auf meinem Arbeitstisch vorfinde, dann tätest du besser daran, dich selbst in dieses Loch da zu verkriechen.« Mit diesen Worten stakste Velma davon, um dem Fleischhacker dabei behilflich zu sein, von seinem Fleischhauerblock zu steigen.

Ich wandte mich wieder dem Rattenloch zu und rieb mir den wunden Schädel mit der einen Hand, während ich mit der anderen zaghaft den Rattenklopperstock festhielt. Das nächste Paar Schnurrbarthaare, das es wagen sollte, aus dem Loch hervorzukommen, würde der unglücklichsten Ratte auf ganz Orbix gehören.

Ich versuchte mich auf meine Arbeit zu konzentrieren, aber das war ziemlich schwierig. Es ist nämlich reichlich langweilig, ein großes schwarzes Loch anzustarren. Es gab auch viel zu viel Ablenkung. Ständig kamen Dienstboten von oben in die Küche hinunter und brachten frische Neuigkeiten von den Ereignissen in Meister Thengors Gemächern. Nachdem die Edelfrau Inivria die Studenten in Reih und Glied hatte antreten lassen und ihnen befohlen hatte, die oberste Stufe des Bettes zu erklimmen, hatte es sich der sterbende Hexer offenbar noch einmal anders überlegt. Anstatt nun Teile von seiner Magik auszuhändigen, begann er mit einer Abschiedsrede. Er war immer noch damit zugange. Der jüngsten Meldung zufolge, waren ein paar Studenten der untersten Grade schon dabei eingeschlafen und mehrere Plattformstufen hinuntergepurzelt. Selbst Zoltan Bösherr hatte einen seiner geringeren Dämonen herbeizitiert und dem Ungeheuer aufgetragen, ihn immer wieder mal zu zwicken, damit er die Augen offenhalten konnte.

»Das sieht dem alten Griesgram ähnlich«, knurrte Velma. »Hat ihm immer schon Spaß gemacht, Leute zu quälen.«

»Na ja, ewig hält er das nicht durch«, bemerkte der Gärtner.

Ich kannte das Gefühl. Wenn man längere Zeit ein Rattenloch anstarrt, wird einem ganz anders. Und dieses hier hatte eine gar merkwürdige Wirkung auf mich. Es sah völlig anders aus als jedes Loch, das ich bisher beobachtet hatte. Schwärzer. Tiefer. Kälter. Die Kanten waren überhaupt nicht uneben und rauh, wie das bei einem richtigen, genagten Rattenloch zu sein pflegte. Ja, eigentlich sah es überhaupt nicht genagt aus; es sah so aus ... ich war mir nicht ganz sicher ... als ob es von etwas sehr viel Schlimmere als einfachen Ratten angelegt worden sei.

Das war ein ziemlich dämlicher Gedanke, und ich bemühte mich auch, ihn zu vertreiben. *Das ist ein ganz gewöhnliches Rattenloch, Kendar, du Blödmann,* dachte ich. *Es stammt nur ... es stammt einfach nur von ordentlicheren Ratten, das ist alles.*

Und wie, um mir recht zu geben, erschien im selben Augenblick die größte, kühnste, *merkwürdigste* Ratte, die ich je ihre schnurrbärtige rosa Nase aus einem Loch hatte stekken sehen, und starrte mich mit riesigen grünen Augen an.

Ich muß einräumen, daß sie wirklich ziemlich merkwürdig aussah. Ratten haben keine spitzen Ohren. Ratten haben kein Fell an Schwanz und Pfoten. Ratten haben keinen dreieckigen Kopf und keine kurze Nase. Ratten sperren nicht das Maul auf, um Menschen anzuzischen, und sie haben auch keine weißen, nadelspitzen Zähne anstelle von großen gelben Hauern. Wenn ich es nicht besser gewußt hätte, hätte ich gesagt, daß das überhaupt keine Ratte war.

Aber was hätte es sonst sein sollen? Ich meine, schließlich kam sie doch aus einem Rattenloch heraus. Sicher, es bestand kein Zweifel, daß es eine außerordentlich seltsame Ratte war; doch seltsam hin, seltsam her, ich wußte, was ich zu tun hatte.

»Kommkommkommkommkomm, Rattilein«, flötete ich und packte meinen Stock fester. »Süüüüßes Rättchen! Komm schon raus, dann zeigt dir Onkel Kendar mal den Onkel Stock, damit Tante Velma ihn nicht immer mit Frau Kelle schlägt. Kooooomm, Ratti, Ratti, Ratti!«

»*Miau!*« sagte die Ratte und huschte aus dem Loch.

Ob sie schnell war? Fragt lieber nicht. Die meisten Ratten sind schnell, aber diese hier steckte sie alle in die Tasche. Sie flitzte so schnell unter meinem Schemel hindurch, daß ich beim Versuch, sie zu erschlagen, rücklings zu Boden kippte. Ich vergeudete keine Zeit auf dem Rücken. Ich rappelte mich einfach auf und jagte meiner Beute nach.

Die Ratte raste schnurgerade über den Küchenboden; ich raste ihr nach. Die Ratte huschte die Treppe zum Festsaal hinauf, ich immer hinterher. Die Ratte sauste zwischen den Füßen eines Dienstboten im Obergeschoß hindurch, und ich stieß ihn beiseite, eine Entschuldigung hervorkeuchend. Wir jagten durch den ganzen Festsaal, hinaus in den großen Empfangssaal, und alles dauerte keinen halben Atemzug. Im Lauf schwang ich meinen Rattenklopperknüttel. Und verfehlte ständig mein Ziel.

Na ja, ich verfehlte zwar die *Ratte,* leistete aber dafür ganz hervorragende Arbeit an drei Vasen, einer Kristallkugel und der Nase einer Gipsbüste von Meister Thengor.

Wir liefen immer weiter, direkt auf die messingverstärkten Türen von Meister Thengors Schlafgemach zu. Ich bremste etwas ab, fürchtete aufzuprallen, doch als wir gerade einen Stockschwung davon entfernt waren, öffnete plötzlich jemand die linke Tür. Es war eine von Meister Thengors Mätressen, Brinda Süßhand, die soeben ein Freudenfeuer herbeifluchte. Sie hatte den armen Rosco an der Gurgel und würgte dem Eulenfamiliar des alten Mannes gerade das Leben aus dem Leib. Ich konnte im Vorbeiflitzen eben noch einen Blick darauf erhaschen, was Rosco mit Brindas teuren Seidenroben angestellt hatte, als die Ratte auch schon zwischen den offenstehenden Türen hindurchhuschte und ich ihr nachsetzen mußte.

Die Ratte sauste wie ein Blitz durch den Beinwald im Schlafgemach, dem höher gelegenen Boden entgegen; mir blieb nur die schwierigere Strecke. Der Diener, der sich zwischen mich und das siebenstöckige Bett des alten Mannes stellen wollte, bekam einen kräftigen Knüttelhieb in die Rippen. Das war ein Versehen. Auf der ersten Ebene zertrümmerte ich zwei von Meister Thengors kostbaren Illuminium-Kugeln bei dem Versuch, die Ratte zu erschlagen. Es war ein Versehen. Bei der Schwungnahme mit dem Stock erwischte ich zwei Kugeln mit Feuerirrwischen und eine mit einem Wasserleuchter. Es war ein Versehen. Eine dichte Dampfwolke stieg auf, als der befreite Wasserleuchter die beiden Feuerirrwische packte, und blendete alle Umstehenden, so daß es eigentlich nicht meine Schuld war, als die Ratte und ich durch die glasartige Abschirmung von Meister Thengors Kindern krachten und einen der Erzieher niedertrampelten. Ich sage euch doch, es war ein *Versehen!*

Man hätte doch annehmen können, daß meine Mitstudenten, die brav in einer Reihe warteten (ganz bis hinauf zum siebten Stock), bemerken würden, was hier los war, um mir zu helfen oder sich wenigstens selbst in Sicherheit zu bringen, aber nein! nein! nein! Sie standen einfach nur da, und so konnte ich auch nichts dafür, als mein Stock irgendwie einen nach dem anderen niederstreckte. Selber schuld!

Und als dann drei von Meister Thengors Mätressen aus den Knien hochschnellten und loszukreischen begannen, als die Ratte an ihnen vorbeiflitzte, und als sie alle nach den Zauberern im Obergeschoß grabschten und ihnen zubrüllten, sie sollten doch *irgend etwas* unternehmen, und als die

Zauberer *und* die Damen sich so mit ihren langen Roben ineinander verhedderten, daß es nur noch der leisesten Berührung durch meinen Stock bedurfte, um sie die Treppe hinunterzuschubsen, wobei sie gleich noch ein paar weitere Akademiestudenten mit sich in die Tiefe rissen …

Schön, gut, schiebt nur alle Schuld *mir* in die Schuhe! Ich tat doch nur meine Pflicht. Nachdem alle Welt sechs Jahre lang immer wieder »Rattenklopper paßt nie auf« gesagt hatte, hätte man doch eigentlich annehmen mögen, daß ihnen diese jüngste Veränderung behagen würde. Zum ersten Mal in meinem Leben konzentrierte ich mich auf etwas, widmete ich meine volle Aufmerksamkeit der Aufgabe, diese Ratte ins Königreich Danach zu kloppen, daß darüber alles andere in den Hintergrund trat. Wo immer die Ratte hinlief, ich folgte ihr, was immer die Ratte tat, ich tat es ihr gleich. Nur daß die Ratte kleiner war als ich.

Ich *wollte* doch den Doktor der Wärmeheilkunde gar nicht von der obersten Stufe schmeißen. Ich konnte ja schließlich nicht *ahnen*, daß er so laut aufschreien oder so hoch in die Luft geschleudert werden würde. Ich *wußte* doch nicht vorher, daß sein ganzes Getue diese komische Ratte so furchtbar erschrecken würde. Ich hätte wirklich nicht *beschwören* können, daß das Tier immer und immer wieder im Kreis um Meister Thengors Bett rasen würde, so daß ich selbst auch immer und immer wieder gegen die anderen fünf Heiler plus Zoltan stoßen würde, wie auch gegen die Edelfrau Invria, während ich versuchte, die Bestie zu erschlagen. Woher hätte ich denn *wissen* sollen, daß sich Meister Thengor deswegen so sehr aufregen würde, daß er schließlich ganz purpurn anlief. Herrje, ich konnte Meister Thengors Gesicht doch kaum ausmachen, weil die dicke goldene Wolke über seinem Bett immer dichter und dunkler wurde und tiefer und tiefer und tiefer und …

Die Ratte machte einen Satz. Ich auch.

PENG!

Vielleicht auch KRACH! Ich kann mich nicht mehr genau erinnern.

Es war nicht meine Schuld. Ehrlich!

KAPITEL
3

»Es war ein Versehen«, murmelte ich, flach auf dem Rücken liegend, den Rattenklopperstock auf dem Bauch. Ich versuchte mich aufzusetzen, schaffte es aber nur, mich auf die Ellenbogen zu stemmen. Meine Beine gehorchten mir nicht. Sie fühlten sich an, als sei ein ganzer Bär darauf gestürzt.

Meine Augen waren auch nicht gerade auf der Höhe. Die Lider waren geschlossen und wollten es auch bleiben. Jedesmal, wenn ich versuchte, sie zu öffnen, bohrte sich schon der allerwinzigste Lichtstrahl wie eine Speerspitze bis in meinen Hinterkopf. Alles, was ich mir wünschte, war, mich mit geschlossenen Augen hinzulegen und auszuschlafen, bis ich mich wieder besser fühlte.

Und genau das hätte ich auch getan, wäre da nicht dieses Geschrei gewesen.

Ich zwang mich dazu, die Augen zu öffnen. Da war einfach viel zuviel Licht, und ich blickte geradewegs hinein. Das war komisch. Ich hätte schwören können, daß da vorher noch ein riesiges Kuppeldach gewesen war, das Meister Thengors Schlafgemach bedeckte. Ich erinnerte mich noch deutlich daran, wie Edelfrau Inivria den Dienstboten auftrug, die getönten Glasscheiben in der Kuppel zu öffnen, damit die Seele des alten Mannes durch eine davon entfleuchen konnte, wenn die Zeit gekommen war.

Jetzt gab es weder Fenster noch Kuppel, nur die abgebrochenen Zähne zerborstenen Gesteins und zerschmetterten Glases. Das Geschrei war immer noch nicht abgeklungen. Ich schnippte ein paar getönte Glassplitter von meinem Kittel und erhob mich mit Hilfe meines Stocks.

Meine Beine gaben unter meinem Gewicht nach. Der Boden fühlte sich klumpig an, waberte und verschob sich ständig unter meinen Füßen. Selbst als ich mich auf meinen Stock stützte, um das Gleichgewicht wiederzuerlangen, fühlte ich mich nicht besonders sicher. Hatte etwa dieselbe Katastrophe, die das Dach von Meister Thengors Schlafgemach weggefegt hatte, dem Fußboden etwas ähnlich Grausiges angetan? Ich blickte nach unten.

Oh! Ich stand ja gar nicht auf dem Fußboden; ich stand auf Meister Thengors Bett. Das erklärte auch, weshalb es sich so federnd anfühlte. Meister Thengor lag noch darin. Und das wiederum erklärte die Klumpen.

»Es tut mir leid, Meister Thengor«, sagte ich und versuchte, mich hinter meinem Stock zu verbergen. Am liebsten wäre ich auf der Stelle gestorben. Meister Thengor hatte schließlich zwei Studenten ganz einfach verascht, nur weil sie sich an seinem Sterbebett gezankt hatten. Was würde er da erst mit mir machen, der ich nun ausgerechnet darauf stand?

Nichts, wie es schien. Meister Thengor lag einfach nur da, den Mund aufgesperrt, das Gesicht aschgrau. Ich hörte auf, mich zu ducken, aber das Geschrei ging unvermindert weiter.

Vorsichtig kletterte ich vom Bett des toten Hexers und orientierte mich. Von hier oben aus konnte ich alles beobachten, und das meiste davon bestand aus flüchtenden Leuten. Nicht alle schrien – nur die Kinder und die Mätressen und drei der Heiler und ein angeberischer Windpuffer sowie der Meister Dwimmermet. Die Erzieher und die Kindermädchen sagten ständig: »Nicht rennen, nicht schubsen, vergeßt nicht, euch an den Händen zu fassen, wenn wir erst draußen in Sicherheit sind, zählen wir alle durch, kein Grund zur Panik, nicht drängeln, ich habe dich gesehen, Sali, das macht zwei Minuspunkte wegen schlechten Betragens ...«

Die Erzieher und Kindermädchen wurden auch von meinen fliehenden Mitstudenten geschoben, bedrängt, niedergetrampelt. Falls sie tatsächlich draußen noch etwas zählen würden, dann wohl in erster Linie gebrochene Knochen, und außerdem nahm niemand den anderen bei der Hand, außer um ihn von der Tür zu reißen, um als erster hinauszugelangen. Ich sah, wie Tolly Fluchhändler einen armen Kerl mit einem federdünnen Speer aus sengendem grünen Licht durchbohrte, nur, um ihn aus dem Weg zu räumen.

»Bei Wedwels Gebiß!« fluchte ich. Das war kein besonders großartiger Fluch, auch kein außerordenltich schlimmer – Paps hätte das Gesicht verzogen und Mutter hätte mich aufs Zimmer geschickt, weil ich so leichtfertig den Namen unseres Gottes in den Mund genommen hatte –, aber irgend etwas mußte ich ja schließlich sagen. »Warum laufen die denn? Warum schreien die denn? Was war denn das, ein Erdbeben? Ein Wirbelsturm? Was ist denn passiert?«

»Du bist passiert.«

Ich hatte nicht mit einer Antwort gerechnet, und als ich nun doch eine erhielt, machte ich einen Satz so hoch wie mein Rattenklopperstock. Als ich wieder auf dem Boden aufkam, sah ich, wie Edelfrau Inivria mich finster musterte. Ihre bunten Schleier waren alle zerfetzt und durcheinander, und sie hatte soviel Gips im Haar, daß ich nicht zu sagen vermochte, ob es nun schwarz oder grau war. Rechts und links von ihr standen zwei der verbliebenen schwarzgekutteten Zauberer. Dahinter saß Zoltan Bösherr auf der Kante der obersten Plattform, den Kopf in die Hände gestemmt. Er war am Weinen. Ich vermutete, daß er seinen Vater wirklich geliebt haben mußte.

Ich ließ den Blick von Meister Thengors Frau – ich meine Witwe – zu den beiden Zauberern schweifen. »Was habe ich denn getan?«

Edelfrau Inivria wies auf das fehlende Dach. »Rate mal.«

Ich hob den Blick. Durch die zerschmetterte Kuppel wehte eine angenehme, frische Frühlingsbrise ins Zimmer. Ich wünschte, ich hätte sie genießen können. »Ich?« quiekte ich. »Ich soll das ...? Aber wie hätte ich das ...? Niemals habe ich ... Das meinst du doch wohl nicht ernst.«

Doch, sie meinte es ernst. Sie hatte die Arme vor dem Busen verschränkt, die Beine standfest gespreizt, und musterte mich mit genügend Feuer in den Augen, um damit König Steffans gesamte Hauptstadt Gladderadatsch in

Schutt und Asche zu legen. Noch ernster konnte man überhaupt nicht dreinschauen. »Heimzerstörer«, knurrte sie.

»Edle Frau, ich ... es tut mir leid.« Ich ließ mich vor ihr auf ein Knie fallen, den Stock in beiden Händen haltend. »Meister Thengor war mein Lieblingslehrer ...« Mein *einziger* Lehrer. »Niemals hätte ich ihm absichtlich Schaden zugefügt!« Und wenn, hätte ich es wohl kaum überlebt. »Wenn irgend etwas von dem, was ich getan habe, seinen Tod verursacht haben sollte, dann mußt du mir glauben, daß es nur ein Versehen war!«

»Wirklich?« Langsam löste sie die Arme. »Welch ein Jammer. Ich hätte dir für jeden Schaden, den du meinem verstorbenen Gatten absichtlich zugefügt hast, nämlich eine Belohnung gegeben. Aber ich sprach gerade davon, daß du mein *Zuhause* zerstört hast.« Sie machte einen Schritt auf mich zu. »Junger Mann, du wirst das, was du zur Verfügung stehen hast, gefälligst dazu verwenden, es auf der Stelle wieder zu reparieren.«

Einer der beiden Zauberer – der besser aussehende, Meister Benidorm – packte die Dame am Ellenbogen und murmelte: »Inivria, hältst du das für klug? Die Macht, über die er verfügt ...«

»Ach, hör doch auf, dir in die Kutte zu machen!« Sie riß ihren Arm los. »Ich kenne diesen Welpen genau. Er heißt Kendar Rattenklopper. Das sollte dir schon einiges sagen. Schau mal, er hat ja noch nicht einmal seine erste Kutte, nachdem er schon sechs Jahre bei uns ist! Der wird tun, was man ihm sagt, sofern ihm sein Leben lieb ist, und danach kannst du ihm mit Meister Gurf alles abnehmen und ihn zum Teufel jagen. Dann können wir das Zeug stückweise an den Meistbietenden verhökern.« Sie gewährte dem armen Zoltan ein verächtliches Lächeln und fügte hinzu: »Wieviel Taschengeld hast du denn zur Verfügung, Zoltan, Liebster?«

»Es gehörte *mir*!« schrie Zoltan, das zornige Gesicht feucht von Tränen. »*Ich* sollte es bekommen!«

»Kennst du einen Satz mit x?« fragte Edelfrau Inivria zukkersüß. »Das war wohl nix.«

Zoltan sagte etwas derart Übles, daß es selbst meinen

Paps noch beeindruckt hätte. Doch die Edelfrau quittierte es mit einem bloßen Schulterzucken, ihre ganze Aufmerksamkeit galt mir. »Nun, ich warte«, sagte sie. »Du verfügst über die Mittel – also bring es gefälligst wieder in Ordnung!«

Ich musterte erst das offen klaffende Dach, dann den Stock in meinen Händen. Entweder hatte die Edelfrau ziemlich skurrile Vorstellungen davon, welches Werkzeug man für eine solche Aufgabe benötigte, oder sie wußte etwas, was ich nicht wußte. Mal wieder.

Meister Benidorm schlüpfte an ihre Seite. »Ich glaube nicht, daß er weiß, was er da hat«, sagte er leise.

»Rattenklopper? Das hat er noch nie gewußt.« Ein kaltes Lächeln legte ihre Lippen in Kurven. »Du hast recht, Liebster. Ich dachte eigentlich, es würde dir etwas Aufwand ersparen, wenn ich ihn die Drecksarbeit des Zauberns erledigen lasse, aber wenn er wirklich so ignorant ist – na gut, hat keinen Zweck, noch länger Zeit zu vergeuden. Nimm sie ihm ab, damit wir die Sache endlich in Ordnung bringen können.«

Meister Benidorm nickte. »Also gut.« Er krempelte die Ärmel seiner Kutte bis zu den Ellenbogen hoch und begann damit, eine lange Reihe jener merkwürdig klingenden Silben zu murmeln, mit denen jeder Zauberer sich aufzuwärmen pflegte, bevor er einen wirklich spektakulären Zauber verhängte. Seine Hutspitze zuckte wie ein Eidechsenschwanz, zappelte immer schneller und schneller, je länger und lauter seine Rezitation wurde. Der Lautstrom, der seinen Lippen entsprang, hörte sich für meine Ohren an wie »Argelbargelgarfnongwizwozzleblat«.

»Entschuldige mal, alter Freund«, sagte Meister Gurf und legte Meister Benidorm eine Hand auf den Arm. »Ich glaube, du wolltest doch wohl eigentlich ›Argelbargelgarfningwizwozzleblot‹ sagen, nicht wahr?«

Meister Benidorms Hut hörte auf zu zucken. Seine Augenbrauen zogen sich zu einer mörderischen Grimasse zusammen. »Ich weiß schon, was ich tue, Gurf«, knurrte er.

»Gewiß doch, gewiß doch.« Der ältere Zauberer zwirbelte die Daumen und wirkte so vergnügt wie eine ganze Wagenladung Steuereintreiber. »Aber wie bedauerlich, wenn ich dem Rat davon Mitteilung machen müßte, daß du versucht hast, dem jungen Rattenklopper die Magik abzunehmen, während du absichtlich den Zauber in der ersten Person *Singular* benutztest. Das würden unsere Kollegen aber gar nicht gerne hören. Es würde ja glatt so aussehen, als hättest du versucht, die ganze Magik von Meister Thengor für dich zu behalten.« Er hörte auf, die Daumen zu zwirbeln, und lüpfte seinen eigenen Hut. Unter dem sternenübersäten schwarzen Kegel hockte ein winziger Kobold. Er hatte die Farbe verfaulender Pilze, bis auf sein prachtvolles Gebiß aus grünen Zähnen, das er zu einem hämischen Grinsen gebleckt hatte.

Ich hätte wohl auch gegrinst, wenn ich gerade mit einer geladenen Armbrust auf Meister Benidorms Herz gezielt hätte.

»Das würde zugleich bedeuten, daß ich das Recht hätte, dich von meinem Familiar auf der Stelle töten zu lassen. Der Rat mag keine Schweine, Beni. So, wollen wir diesen Zauber also jetzt noch einmal versuchen, von Anfang an?« schlug Meister Gurf freundlich vor und bedeckte den Kobold wieder mit seinem Spitzhut. »Diesmal tun wir es gemeinsam, nur um sicherzugehen, daß du dir nicht die ganze Last an Magik aufhalst, unter der dieser arme, unglückselige Bursche zu leiden hat.«

»Magik?« quiekte ich. Niemand hörte mich. Damit sie einen verstehen, müssen die Leute erst einmal zuhören. Und um das zu tun, müssen sie erst einmal begreifen, daß man überhaupt da ist.

Die Zauberer vereinten ihre Kräfte, und ihre Stimmen hoben und senkten sich in vollkommenem Einklang, während sie den Zauber abspulten. Mit den Händen zogen sie gespenstische Muster in die Luft, die in einem fahlblauen Feuer zu erglühen schienen, bevor sie wieder verschwanden. Die Spitze von Meister Benidorms Hut zuckte wieder, und die fransigen Enden der schwarzen Kordel, die Meister Gurfs Kutte rafften, schwebten empor und schwangen hin und zurück wie ein Zwillingspärchen Schlangen.

Ich versuchte sie aufzuhalten. Ich hatte Angst davor, was sie mir antun würden. Was war das für ein Gerede von Magik? Magik und *mir,* ausgerechnet! Ich hatte doch gar keine Magik! Niemand an der Akademie hatte mir jemals auch nur den kleinsten Krümel, das winzigste Tröpfchen von dem Zeug abgegeben – was wahrscheinlich auch nur zu meinem Besten gewesen war. Wie konnten sie mir etwas abnehmen, was ich gar nicht besaß?

Auf äußerst schmerzhafte Weise, vermutete ich.

(Ich erinnerte mich an jenen Tag ganz am Anfang meiner Akademiezeit, als der Meister Thengor für eine Vorführung etwas Blut brauchte, aber gerade keins mehr auf Lager war.

»Kendar«, hatte er gesagt, »geh und hol mir einen Stein aus dem Garten.«

Ich tat, wie mir geheißen, und kehrte mit einem großen Granitblock zurück. »Wirst du uns jetzt einen anderen Zauber zeigen, Meister Thengor?« fragte ich.

»Warum sollte ich?« lautete seine Antwort.

Wie ein Narr erwiderte ich: »Na ja, weil du gesagt hast, daß wir Blut brauchen, um den ersten Zauber durchzuführen, aber wir haben kein Blut, sondern nur diesen Stein hier, und mein Vater, der Edelherr Lucius Parkland Gangle, hat immer gesagt, daß man kein Blut aus einem ... aus einem ... aus einem ...«

Ich stammelte immer noch dergestalt vor mich hin, als Meister Thengor den letzten Tropfen Blut aus dem Stein in seinen Händen gewrungen hatte und die ausgetrocknete Hülse beiseite warf. »Das funktioniert auch mit Blumenzwiebeln«, sagte er.)

Vielleicht war ja in meinen vielen Jahren an der Akademie doch ein wenig Magik auf mich übergegangen – ihr wißt schon, so wie Wollflaum –, und vielleicht könnten der Meister Benidorm und der Meister Gurf sie *tatsächlich* aus mir herausquetschen, wenn sie sich nur genug Mühe gaben. Man sollte nie einen sturen Zauberer unterschätzen. Ich wollte lieber gar nicht erst herausfinden, wieviel Mühe sie sich geben würden; und ganz bestimmt mochte ich nicht so enden wie Meister Thengors Stein. Es mußte irgendein Irrtum vorliegen. Das mußte ich ihnen unbedingt begreiflich machen, bevor von mir nur noch eine Handvoll Knochenstaub und die paar armseligen Holzsplitter meines Stocks übrig waren.

»Meister, ihr müßt mir zuhören ...!« Meine Worte gingen in dem immer lauter anschwellenden Singsang völlig unter. Über ihren Köpfen bildeten sich die Umrisse zweiter monströser, mit Krallen bewaffneter Hände aus. Die waren einfach perfekt, diese Hände! Man hätte jede Warze und jedes Haar zählen können. Ja, man hätte sogar die Zukunftslinien in den Handflächen zu lesen vermocht. (Allerdings brauchte ich gar nicht erst darin zu lesen, um Gewißheit über meine Zukunft zu haben, wenn ich diese Zauberer nicht dazu brachte, ihre häßliche Schöpfung zurückzupfeifen.) Die Hände streckten sich nach mir aus, nahmen mich von beiden Seiten in die Zange.

Ich hob meinen Rattenklopperstock, bereit, mich zu verteidigen. Ich wußte zwar, daß das nichts bringen würde, aber ich weigerte mich einfach, aufzugeben. Vielleicht war ich wirklich nicht schlau genug, um Zauberer zu werden, aber stur genug war ich allemal. »Bleibt mir vom Leib!« schrie ich und fuchtelte mit meinem Stock. »Bleibt mir vom Leib – sonst ... sonst wird es euch noch leid tun!« Ich hätte nie geglaubt, daß ein paar körperlose Hände kichern könnten.

Die Hände klatschten ineinander.

Und die Wände brachen auseinander.

KAPITEL 4

»Haaaallllooooo, da oben!« Zoltan Bösherr hatte die Hände zu Schalen vor den Mund gelegt, als er mir zurief. Ich hätte nie gedacht, daß einmal ein Tag kommen würde, da ich so tief auf den besten Studenten der Akademie für Hochzauberei würde herunterblicken können. Was mal wieder beweist, daß man nur lange genug leben muß, um alles einmal zu erleben.

»Selber haallllooo«, erwiderte ich und versuchte, dabei möglichst würdevoll zu klingen. Versucht *ihr* das mal, wenn ihr gerade mit dem Rücken eures Kittels von einer zerschmetterten Steinsäule herabhängt, nur wenige Handbreit unter der Stelle, wo vorher noch ein Dach gewesen ist, gleichzeitig so tuend, als hättet ihr das alles absichtlich getan. Das möchte ich doch zu gern einmal sehen, wie würdevoll ihr da wirken würdet! Das Schlimmste daran ist, die *Vorderseite* eures Kittels daran zu hindern, euch beim Herabbaumeln zu erwürgen.

Zoltan legte den Kopf in den Nacken und musterte mich eindringlich. »Das war ja eine hübsche Zaubervorführung«, meinte er. »Ich bin beeindruckt. Ich hätte nie geglaubt, daß so etwas in dir steckt.«

Ich auch nicht.

»Och, das war doch gar nichts«, erwiderte ich und blickte bescheiden drein. Innerlich dagegen vollführte ich wahre Luftsprünge vor Freude. Zoltan Bösherr – von *mir* beeindruckt! Her mit den Feuerwerkdrachen, das mußte gefeiert werden! Sofern mein Kittel mich nicht vorher strangulierte.

»Nichts?« wiederholte Zoltan. »Als ein Nichts würde ich das nun nicht gerade bezeichnen. Welch eine Anmut! Welche Kunstfertigkeit! Ja, als du diese gespenstischen Hände auseinandergesprengt hast, da hat eine von ihnen den Meister Gurf erfaßt und ihn wie eine Katapultladung direkt durch das Loch im Dach geschleudert! Ich wäre nicht überrascht zu erfahren, daß er bis Nachbarstadt geflogen ist. Inspiriert, ganz eindeutig inspiriert! Und was Meister Benidorm und Edelfrau Inivria angeht ...« Er wies mit einem Nicken auf eine der wenigen verbliebenen Mauern. Im Verputz war ein seltsam geformtes Loch zu erkennen, das den Anschein erweckte, als sei es von einem zweiköpfigen, vierarmigen, vierbeinigen Ungeheuer erschaffen worden. Im Staub lag ein Zauherhut herum.

»Ich hab' doch nicht ... ich hab' sie doch wohl nicht umgebracht, oder?« mußte ich einfach fragen. Würde hin, Würde her. »Weißt du, ich ... ich wollte eigentlich nur einen einigermaßen milden Zauber benutzen ... läßt sich besser kontrollieren, so etwas ... und ... und ...«

Zoltan spreizte die Hände. »Du warst fantastisch. Schiere Kontrolle, wie ich sie noch nie erlebt habe. Nachem du sie durch die Mauer geprügelt hast, waren sie noch lebendig genug, um wie die Renntiere aus dem Palast zu rasen. Ich vermute, sie sind immer noch am Rennen. Inivria hättest du mal sehen sollen!« Er gluckste in seinen Bart hinein. »Hätte nie geglaubt, daß eine Frau mit so vielen Schleiern sich tatsächlich so schnell bewegen kann.«

Wir teilten uns ein ordentliches Lachen, obwohl meine Hälfte eher wie ein Gurgeln herauskam. Zoltan legte den Kopf wieder schräg und musterte mich. »Ich schätze, du ziehst es wohl vor, nach einer solch gewaltigen Anstrengung und Anspannung deiner Kräfte dort oben etwas frischere Luft zu schnappen.«

»Oh, ja«, erwiderte ich und wünschte mir, ich könnte etwas mehr von dieser Luft einziehen, als es mir mein immer enger werdender Kittelkragen gestattete. »Das ist wirklich sehr erfrischend.«

»Hast du vor, äh, irgendwann in nächster Zeit wieder herunterzukommen? Mir wird der Hals steif, wenn ich so mit dir reden muß.«

Der Hals steif? Der hatte gut reden! »Äöärrhh ...«

»Ich würde es als eine Ehre empfinden, edler Gebieter,

wenn du es mir gestatten würdest, dir mit meiner eigenen armseligen und unzulänglichen Zauberkunst dabei behilflich zu sein, aus deinen edlen Höhen in diese Niederungen herabzusteigen. Sofern du nichts dagegen hast.«

»Wie du willst«, ächzte ich. Zoltan machte eine knappe, einhändige Geste, und ich fühlte, wie sich etwas Festes unter meine Füße schob, um mich von der zerborstenen Säule zu heben. Mit größer Sanftheit beförderte mich die unsichtbare Plattform wieder auf die oberste Ebene von Meister Thengors Bett, wo Zoltan Bösherr mich erwartete. Kaum hatte ich den Fuß wieder auf festen Boden gesetzt, als der älteste Student sich vor mir verneigte. Vor Edelfrau Invria hatte er sich nie so tief verneigt. Eigentlich hätte ich mich geschmeichelt fühlen müssen.

Tat ich aber nicht. Ich fühlte mich schrecklich. Ich fühlte mich wie ein erbärmlicher kleiner Schwindler.

»Laß das!« rief ich. »Das habe ich nicht verdient.« Ich packte Zoltan an der Schulter und richtete ihn wieder auf. »Ich habe hier überhaupt nichts absichtlich getan – weder, was das Kuppeldach angeht, noch die Hände, noch die Zauberer, gar nichts! Das kann ich doch gar nicht. Ich weiß nicht, wie. Ich habe mir noch immer keine Kutte verdient, und ich habe überhaupt erst von Magik erfahren, weil ... weil ...« Es tat zwar weh, es zugeben zu müssen, aber ich mußte einfach reden. »Weil Meister Thengor einfach nicht geglaubt hat, daß ich gut genug dafür bin.«

Zoltan Bösherr lächelte. Es sah durchaus freundlich aus, aber hinter diesen geschwungenen Lippen lauerte noch etwas anderes, das mir einen eisigen Schauder den Rücken hinunterjagte. Mir war, als habe er die ganze Zeit gewußt, daß ich in Wirklichkeit nichts mit den magischen Ereignissen in Meister Thengors Schlafgemach zu tun gehabt hatte. Sein ganzes Getue, was ich doch für ein wunderbarer Zauberer sei, hatte nur dazu gedient, mich dazu zu bringen, etwas zu beichten, was er ohnehin bereits wußte. Ja, das war es: Es war das Lächeln eines Mannes, dessen größte Freude im Leben es ist, anderen Unbehagen zu bereiten. Außerdem war er einen halben Kopf größer als ich, und es war sehr beunruhigend, mitansehen zu müssen, wie dieses seltsame Lächeln sich auf mich senkte – es erinnerte an die halbmondförmige Axt eines Henkers.

Allerdings hörte er sich durchaus zufrieden an, als er sagte: »Na ja, Kendar, ob gut genug oder nicht, jetzt hast du jedenfalls alles.«

Eine Weile später befanden Zoltan und ich uns unten im Küchentrakt und suchten etwas zu essen. »Gut, daß du nicht gleich den ganzen Palast zerstört hast«, sagte er gerade, als er aus Meister Thengors privater Speisekammer trat, einen Teller voll kaltem Hammelbraten und übrig gebliebenen gedämpften Lampreten in der Hand. Mit einem theatralischen Scheppern ließ er ihn vor mir auf die Tischplatte fallen, dann zog er mir gegenüber einen Schemel heran. Die Dienstboten waren allesamt davongelaufen, so daß wir ganz auf uns gestellt waren. »Ich werde dir ein Versteck besorgen, bis wir dir etwas anderes beschafft haben.«

»Versteck?« Ich starrte den Berg aalgleicher Fische auf dem Teller an. Die starrten zurück. Ich hatte überhaupt keinen Hunger. »Warum sollte ich mich denn verstecken?«

»Denk doch mal nach.« Zoltan schnippte mit den Fingern, und ein Dolch erschien. Er hackte ein Stück Hammelfleisch ab und bot es mir mit der Spitze an. Ich lehnte ab. »Du verfügst über den größten Vorrat an Magik, der jemals in der Geschichte unserer Welt zusammengeballt wurde. Damit bist du der mächtigste Zauberer auf Orbix. Manche Leute könnten deshalb neidisch auf dich werden. Manche könnten Angst vor dir bekommen. Manche hätten es gern, wenn du für sie arbeiten würdest, ob du willst oder nicht. Manche Leute – und ich werde jetzt keine Namen nennen – sind möglicherweise ein wenig erzürnt darüber, daß du ihr Heim zerstört und sie auch noch voll durch die Mauer hinausgeworfen hast. Manche Leute ...« Er spießte eine Lamprete auf und kaute auf ihrem Schwanz herum. »... könnten sich vielleicht beim Rat über dich beschweren.«

Mein Blut wurde zu Gelee. Selbst Meister Thengor hatte stets nur voller Ehrfurcht vom Rat gesprochen. Zauberer arbeiten nicht besonders gut zusammen, aber der Rat bestand aus jenen Zauberern, von denen man mit einiger Wahrscheinlichkeit annehmen durfte, daß sie einander *nicht* die Gurgel durchschneiden würden. Wenn ein einzelner Zauberer irgendwelche Schwierigkeiten verursachte, vereinten die Ratsmitglieder ihre Kräfte und nahmen sich des Problems an. Danach bekam dann jeder einen Tag frei für die Beerdigung.

»Ich begreife es nicht«, sagte ich und wedelte hilflos mit den Händen. »Warum habe ausgerechnet *ich* jetzt Meister Thengors Magik? Ich wollte sie nie haben und habe auch nie darum gebeten. Nach allem, was Tolly Fluchhändler mir erzählt hat, wäre Meister Thengor lieber auf der Stelle gestorben, als mir überhaupt etwas davon zu überlassen!«

»Das ist er auch«, gemahnte mich Zoltan.

»Wie kommt es dann, daß ich nun …«

»Es war ein Versehen.« Er verputzte die erste Lamprete und machte sich gleich über eine zweite her, wobei er artig die Zähne ausspuckte. »Ich weiß ja, daß es nicht deine Schuld war, Kendar. Ich war dabei. Ich habe genau gesehen, was passiert ist. Meister Thengor wollte gerade seine Magik weiterreichen, an … an die geeigneten Parteien. Der arme Mann, er war schon tief gesunken, sehr tief sogar, und seine Magik war so greifbar und sichtbar wie nie. War wohl das Beste, nehme ich an. Es ist einfacher, sichtbare Magik auszuteilen, dann gibt es später auch keinen Streit, wer nun wieviel bekommen hat.«

»Warum hat er seine Magik nicht dazu verwendet, sein eigenes Leben zu retten?« wollte ich wissen.

Zoltan gewährte mir wieder eins von diesen herablassenden Lächeln. Es war fast wie früher, nur daß er mich bisher kein einziges Mal ›Rattenklopper‹ genannt hatte. Noch nicht. »Wenn es mal so einfach wäre! Wie unser geliebter verstorbener Lehrer uns in ›Theoretische Magik für Fortgeschrittene‹ erzählt hat, ist es ganz erstaunlich, wieviel abstrakte Forschungsarbeit auf diesem Gebiet noch zu leisten ist.«

»Du weißt es also auch nicht«, warf ich ein.

Das trug mir Zoltans finstere Grimasse ein, aber nur für

die Dauer einer Sekunde. Dann kehrte auch schon das Lächeln zurück, und er erwiderte: »Das weiß niemand, nicht einmal Meister Thengor. Manche Erkrankungen reagieren eben auf magische Behandlung, manche aber auch nicht: Es gibt keinerlei Möglichkeit, das genauer zu bestimmen. Es ist beinahe so, als würde die Magik das selbst entscheiden.«

»Ist sie denn ... ein Lebewesen?«

»Werd' nicht albern! Niemand hat jemals ein Magik-Elemental zu Gesicht bekommen oder isoliert. Eins wissen wir allerdings alle über die Magik – sie kann von Zauberern wie uns gezähmt und gelenkt werden. Im Laufe der Jahrhunderte haben wir die Worte und Gesten gelernt, mit denen wir uns die Magik dienstbar machen können. Als Dienerin, nicht als Sklavin! *Das* war ein Fehler, den unsere Vorfahren begingen, und um ein Haar hätte er uns unsere Welt gekostet.«

Er wies mit einem Nicken zum Küchenkamin hinüber. Dort standen, ins Mauerwerk eingemeißelt, die Worte, die jeder auf Orbix an sämtlichen Feuerstellen im Haushalt anbringen mußte, als grimmige Gemahnung an jene Katastrophe der Urzeit:

LASST EUCH DAS EINE LEHRE SEIN!

Ich erschauderte. Meister Thengor mochte mir zwar nie etwas über Magik beigebracht haben, aber er hatte doch immerhin dafür gesorgt, daß jeder Student, der an seine Akademie für Hochzauberei kam, von der größten, furchterregendsten Lektion in der ganzen Geschichte Orbix' erfuhr. Wenn ich eins daraus gelernt hatte, dann die Tatsache, daß man niemals leichtfertig mit Macht umgehen durfte.

»Äh, Zoltan?« Es war mir peinlich, mitanhören zu müssen, wie erschüttert meine Stimme klang. »Du sagtest, wir würden mich ... mich unterbringen? Was ... äh, was hast du damit genau gemeint?«

Zoltan klatschte sich auf die Schenkel und stand auf. »Junge, Junge, es stimmt tatsächlich, was man sich über gedünstete Lampreten erzählt. Entschuldige mich, Kendar, ich bin gleich wieder da.« Forschen Schrittes verließ er die Küche.

Ich wartete auf ihn, das Kinn auf die Faust gestützt, einen einzigen Klumpen im Magen, was in meinem Fall freilich nicht das geringste mit gedünsteten Lampreten zu tun hatte. Meister Gurf und Meister Benidorm hatten sich auch um mich kümmern wollen. Ich wußte noch nicht einmal, ob etwas mit mir nicht stimmte, hatte aber das Gefühl, daß das früher oder später unabänderlich der Fall sein würde. Ich ließ den Blick durch die verlassene Küche schweifen und fühlte mich schrecklich allein. Ja, ich vermißte sogar Velma und ihre Schöpfkelle. »Weshalb muß man sich um mich *kümmern*?« stöhnte ich laut.

»Keine Ahnung«, sagte eine leise, ferne Stimme. »Hast du an die Möbel gepinkelt, oder was?«

»*Was?*« schrie ich und sprang von meinem Sitz auf. Die leere Küche warf das Echo meines Schreis zurück. »Wer ist da?« Da ... da ... da ... ertönte die verklingende Antwort. »Wo bist du?«

»Immer mit der Ruhe, Kendar, ich bin ja hier«, sagte Zoltan und trat aus den Schatten hervor, um sich wieder zu mir an den Tisch zu gesellen. »Tut mir leid, das. Ich habe eine ganze Weile auf dem stillen Örtchen gebraucht, um zu begreifen, das deine kleine, äh, Machtdemonstration aber auch wirklich das allerletzte Elemental aus dem Palast gescheucht hat. Das erste, was wir tun sollten, nachdem wir uns deines Problems angenommen haben, besteht darin, einen Trupp Wasserleuchter heraufzubeschwören, oder wir vergessen einfach das Spülen der ...«

»Was habe ich denn für ein Problem?« schrie ich.

Zoltans Zähne bildeten eine dünne weiße Linie zwischen Schnauz- und noch schwärzerem Kinnbart. »Zum einen, würde ich sagen, dein aufbrausendes Temperament. Setz dich, bitte.« Ich tat es. »Allerdings würde ich doch meinen, daß du durchaus schon selbst weißt, welches Problem du hast. Du hast Meister Thengors Magik bekommen.«

»Habe ich *nicht*.« Doch noch während ich es aussprach,

begriff ich, daß ich mich täuschte. Schließlich lagen die Beweise dafür über den ganzen zerstörten Palast verteilt vor. »Ich meine, wenn er sie mir nicht gegeben hat, wie habe ich sie dann bekommen?«

»Denk doch mal nach«, sagte Zoltan und wedelte mit seinem Dolch über den Essensresten. Sofort begannen die Lampreten sich zu winden und zu verbiegen, bis sie sich zu einem geflochtenen Kranz um den Tellerrand gelegt hatten. In der Mitte verschwanden die Stücke kalten Hammelbratens unter einem sich langsam ausdehnenden rosa Nebel, der sanft vor sich hinwirbelte, bis ich darin Meister Thengors Schlafgemach erblickte, wie es vor nicht allzu langer Zeit noch ausgesehen hatte. Dort lag mein Lehrer, hier schwebte die goldene Magikwolke, da standen seine Frau und die ihn betreuenden Heiler, da hinten warteten die Studenten, und da …

Da raste die Ratte, da raste ich, da rasten wir beide mitten durch das Herz der Magik, und da raste auch schon das Dach gen Himmel, als die ganze leuchtende Wolke in hundert verschiedene Richtungen auf einmal explodierte.

Ich hob meinen Blick von der Vision. »Oh!«

»Merkwürdiges Zeug, diese Magik«, meinte Zoltan grübelnd. »Die alten Texte erzählen davon, wie es war, bevor wir Zauberer lernten, sie uns gefügig zu machen. Damals war die Magik wild und ungezähmt. Manchmal konnte man sie sehen, manchmal auch nicht. Es gibt viele Geschichten von Reisenden, die mitten in der Nacht auf einem einsamen, abgelegenen Weg eine leuchtende Wolke zwischen den Bäumen erblickten und sie fälschlicherweise für das einladende Feuer irgendeiner Bauernhütte hielten. Doch wenn sie darauf zu liefen, lief sie manchmal davon, manchmal zerbrach sie auch unter ihrer Berührung, und manchmal … blieb sie haften. Und wenn letzteres geschehen war, stellte der Reisende irgendwann fest, daß er die wunderbarsten Dinge vollbringen konnte, aber nur, wenn er bestimmte Worte aufgesagt und bestimmte Gesten vollzogen hatte. Der Bursche, der als erstes den Zusammenhang zwischen der leuchtenden Wolke, den besonderen Worten und Zeichen und den richtigen Ergebnissen und Begriffen hatte, wurde zum Vater aller Zauberer.«

»Willst du damit sagen, daß die Magik von Meister Thengor ... an mir klebengeblieben ist, als ich hineingelaufen bin?«

»Na ja, ich habe schließlich nie behauptet, daß du sie ihm regelrecht *weggenommen* hast.« Zoltan zwinkerte. »Obwohl man Magik ja tatsächlich einem anderen wegnehmen oder sie ihm rauben kann, sofern der Zauberer, der sie haben will, stärker ist als der Zauberer, der sie hat.« Ich weiß, ich weiß: Damit kam ich schon mal nicht in Frage. »Verheiratete Zauberer haben ihre jeweiligen Magikanteile zusammengelegt und damit Gemeinschaftszauber hervorgebracht. Zauberer, die sich scheiden ließen, lieferten sich oft reichlich häßliche Schlachten, bei denen es darum ging, wer wieviel von der gemeinsamen Magik erhalten sollte. Ja, es hat sogar schon Fälle gegeben, in denen der Rat die Magik treuhänderisch verwaltete, bis der vorgesehene Erbe genug Zauberkunst erlernt hatte, um den Magikvorrat seiner Eltern zu bemeistern.«

»Aber warum ist sie ausgerechnet an *mir* haftengeblieben?«

Zoltan hörte ausnahmsweise auf zu lächeln. Statt dessen setzte er eine halb mitfühlende, halb mitleidige Miene auf, die mich dazu bewegte, auf der Stelle nachzusehen, ob meine Hosenträger noch richtig saßen. »Ist das wirklich so wichtig?« fragte er und beugte sich über den Tisch, um mir eine Hand auf die Schulter zu legen. »Ich denke, wir dürften uns doch darin einig sein, daß die *wirklich* wichtige Frage nicht so sehr lautet: ›Wie habe ich das bekommen?‹, sondern vielmehr: ›Wie werde ich es wieder los?‹, oder?«

Ich zog eine Schnute und dachte darüber nach. »Zoltan ... was, wenn ich mir gar nicht so sicher wäre, daß ich sie loswerden ...?«

»Kannst du sie beherrschen?«

»Nein.«

»Kannst du sie dazu verwenden, dich vor jedem großen

Zauberer zu schützen, der in Erfahrung bringt, daß du über Meister Thengors Vorrat verfügst, und der ihn dir abnehmen will?«

»Nein ... aber bei Meister Gurf und Meister Benidorm habe ich gar nicht so schlecht abgeschnitten!«

Zoltan tat meine Worte ab wie einen Haufen toter Fliegen. »Ein Ausrutscher. Schieres Glück. Purer Zufall. Glaubst du etwa ehrlich, daß du jedesmal genausoviel Glück haben wirst, wenn jemand versuchen sollte, sich an deiner Magik zu bedienen?«

»Äh ... nein.«

Er erhob sich und schlenderte gelassen um den Tisch, bis er direkt hinter mir stand. »Möchtest du wirklich erfahren, wie das ist, wenn irgendein habgieriger Zauberer versucht, dir die Magik regelrecht aus dem Leib zu rrrrreißen?« flüsterte er mir ins Ohr.

Bevor ich mich versehen hatte, lag ich auch schon auf den Knien und flehte Zoltan Bösherr an, all seine eigenen Kräfte dazu zu verwenden, mir meine Magik doch so schmerzlos wie möglich zu nehmen.

»Keine Sorge«, versicherte er mir. »Du wirst überhaupt nichts merken.«

KAPITEL 5

Ich zählte die silbernen Bommel am Dach des Himmelbetts zum fünftenmal und seufzte. Es war immer dieselbe Summe und auch dasselbe Ergebnis: Ich konnte nicht einschlafen.

»Zoltan?« rief ich in die Dunkelheit hinaus.

»Schläfst du denn *immer noch nicht?*« ertönte die ungeduldige Antwort.

»Tut mir leid. Ich versuch's ja.«

Ein Seufzer, der ganz ähnlich klang wie mein eigener, antwortete mir von der Tür. »Falls es dir nicht bequem genug sein sollte, können wir ja in ein anderes Zimmer umziehen. Vielleicht kannst du dich einfach nicht entspannen, weil du weißt, daß du im Bett der Edelfrau Inivria liegst.«

»Nein, dieses Bett ist ganz in Ordnung.« Es war sehr bequem, das ließ sich nicht leugnen. Allerdings: Nach sechs Jahren in den Betten des Studentenschlafsaals wäre mir selbst ein Sack voll Tonscherben noch bequem vorgekommen.

Weniger bequem mutete mich das Gefühl an, das ich jedesmal bekam, wenn ich mich auf die Seite wälzte und das Eisengitter vor den Fenstern erblickte. Ich versuchte es damit, mich daran zu gemahnen, daß Zoltan schon wußte, was das Beste war. Gerade wegen der vergitterten Fenster hatte er mir vorgeschlagen, im Schlafgemach der Edelfrau Inivria zu nächtigen. *Damit sich heute nacht kein anderer Zauberer einschleichen kann,* hatte er gesagt. *Eisen ist das einzige, was selbst den raffiniertesten Zauber bremst.*

Eigentlich hätte ich mich wohlfühlen müssen. Zoltan hatte an alles gedacht, was meine Bequemlichkeit und Sicherheit betraf. Er hatte sich sogar erboten, die ganze Nacht Wache zu halten, während ich schlief. Jeder Zauberer, der den Versuch unternehmen sollte, an mich heranzukommen, würde an den Fenstern vom Gitter und an der Tür von Zoltan aufgehalten werden.

Er hatte so viel für mich getan; viel zu viel. Und was das einzige betraf, was ich für ihn hätte tun können – kein Wunder, daß ich nicht schlafen konnte.

»Zoltan, es tut mir leid«, sagte ich. »Wegen der Magik.«

»Ach, vergiß es.« Ich hörte, wie er auf dem Schemel herumrutschte. »Ich hätte damit rechnen müssen. Meister Thengor hatte einfach viel zu viel Magik gehortet, als daß alles davon an dir hätte festhalten können. Schlaf jetzt und denk nicht mehr darüber nach.«

Ich stieß ein gehorsames leises Geräusch aus und wälzte mich auf die andere Seite. Es nützte nichts. »Zoltan?«

»Was ist denn *jetzt* schon wie- …? Ich meine, was gibt es, Kendar?«

»Warum ist nicht alles von Meister Thengors Magik an mir haftengeblieben?«

»Vielleicht hat manches davon dich gemocht und anderes nicht.«

»Glaubst du wirklich?«

»Ach ver- …! Ich mach' doch nur Witze, Kendar. Die Magik ist doch kein Lebewesen. Meister Thengor hat sie über Jahre hinweg angesammelt, aus den unterschiedlichsten Quellen. Nur ein Zauberer von seiner Macht war stark genug, alles beisammen zu halten. Es ist doch nur natürlich, daß einiges davon in die Freiheit entweichen mußte, sobald er losließ.«

»Ich schätze … na ja, gute Nacht.«

»Immer noch: gute Nacht.«

Ich warf mich auf den Rücken, da sah ich über mir wieder das Dach des Himmelbetts mit den herabbaumelnden Silberbommeln. Ich hätte mir ein Nachtlicht gewünscht, aber die Feuerirrwische waren, wie alle anderen auch, aus dem Palast geflohen, und das einzige, was Zoltan hatte entzünden können, war ein Teller mit kaltem Schafsfett und einem Stück Tuch als Docht gewesen. Das hatte ein schlechtes, qualmendes Licht hervorgebracht, das noch dazu stark roch. Wir hatten es sofort gelöscht, sobald wir das Schlafzimmer der Edelfrau Inivria erreicht hatten. Mit einem Nachtlicht hätte ich vielleicht die einzelnen Fäden eines jeden Silberbommels zählen können, aber so …

»Zoltan?« Ich ließ den abgewürgten Aufschrei als Antwort gelten. »Zoltan, wenn etwas von Meister Thengors Magik zerborsten und abgesprungen ist, als ich darauf stieß, während etwas anderes haftenblieb, warum konntest du dann nicht den Teil entfernen, der an mir haftete? Ich meine, warum klebt der immer noch an mir?«

Diesmal vermischte Zoltans Seufzer sich mit einem Aufstöhnen. »Wenn ich dir diese Frage beantworten könnte, wäre ich selbst schon ein Meister mit eigenem Zauberstab plus Sitz im Rat. Manchmal spielt das *Warum* keine Rolle. Manchmal müssen wir uns eben einfach um die anstehenden Probleme kümmern und können die Gründe dafür erst später ermitteln. Ich vermute, daß Meister Thengors Magik einfach schon zu lange zusammengehalten worden ist, so daß sie inzwischen nur noch auf Hexerei von außen reagiert, wenn die ursprüngliche Masse wiedervereint ist. Wenn wir dir deine Magik abnehmen wollen, müssen wir also erst den Rest wieder aufspüren. Morgen früh fangen wir damit an.«

»Wo?« Ich versuchte es damit, mich auf den Bauch zu drehen, aber das Kissen war zu flauschig und preßte mir die Nase zu. Ich schleuderte es vom Bett. »Äh …«

»Spuck es schon aus, um Wedwels willen!« schrie Zoltan. »Sag einfach, was dir auf dem Herzen liegt, damit wir es hinter uns bringen, und dann *schlaf endlich!*«

»Ich habe … ich habe mich nur gefragt, wie wir denn den Rest der Magik aufspüren sollen«, sagte ich ruhig. »Ich meine, da draußen gibt es doch ziemlich viel davon. Woher wollen wir denn dann wissen, welche Magik dem Meister Thengor gehörte?«

»Das werden wir gar nicht«, erwiderte Zoltan. »Aber dafür wird deine eigene Magik es wissen. Du wirst schon sehen. Morgen verlassen wir den Palast und machen uns auf den Weg. Es wird nicht allzu lange dauern, dann wirst du eine Kraft spüren, die an dir zieht. Dann mußt du nur noch dieser Anziehung folgen. Magik ruft Magik, so wie Eisenspäne von Ziehsteinen angezogen werden, und Magikteile, die mal miteinander verwandt waren, verfügen über eine noch stärkere, ganz besondere Anziehungskraft füreinander. Ich weiß von mehr als einer Zaubererscheinung, die wieder rückgängig gemacht werden mußte, als die aufgeteilte Magik die beiden Partner wieder zusammenführte. Bei der vielen Magik, die du im Augenblick hast, dürfte es nicht allzu lange dauern, den Rest von Meister Thengors Schatz wieder anzuziehen, und angesichts der Tatsache, daß deine Magik das Ganze unterstützen kann, dürfte es auch nicht sonderlich schwierig sein, selbst die kleineren Teile wieder von dort zu entfernen, wo sie sich jetzt aufhalten mögen. Erinnerst du dich nicht mehr, wie einfach es war, dieses kleine Stück von deinem alten Besenstiel zu entfernen?«

Doch, das tat ich. Wir hatten die Entdeckung gemacht, daß mein Rattenklopperstock selbst etwas Magik angezogen hatte, kurz nachdem Zoltan zu dem Schluß gelangt war, daß er mir meine Magik erst dann würde abnehmen können, wenn meine ursprüngliche Wolke wieder vollständig zusammengesetzt war. Es war ziemlich merkwürdig gewesen, mitanzusehen, wie Zoltan murmelte und mit den Händen über den Stab fuhr; und noch seltsamer war es gewesen, ein goldenes Magikgespenst zu erblicken, in Stockform, wie es sich von dem Holz gelöst hatte und sich mir an die Brust warf. Es hatte gekitzelt, und überall dort, wo es mich berührt hatte, prickelte und brannte es leicht, aber es war kein unangenehmes Gefühl gewesen.

»Ja, ich erinnere mich«, erwiderte ich.

»Na, siehst du, du brauchst dir also keine Sorgen zu machen, nicht wahr?«

»Mhmh.« Ich rollte mich auf die Seite und preßte die Augen zu. Diesmal hielt es drei Herzschläge an. Ich sperrte den Mund auf, um etwas zu sagen.

Zoltan mußte meine Kieferlade knarren gehört haben, denn er sprach als erster. »Was ist denn jetzt schon wieder los, Kendar?«

»Nichts. Es ist nur ... daß es mir leid tut.«

»Schon wieder? Dir tut aber viel zuviel leid. Weshalb entschuldigst du dich eigentlich ständig? Wovor hast du denn Angst? Vor mir vielleicht? Glaubst du etwa, ich könnte wegen irgendeiner Kleinigkeit böse auf dich werden und dir mit einem kleinen Zaubererblitz die Augenbrauen absengen?« Er gluckste. »Wäre ja eine feine Art, mit einem Freund umzugehen! Selbst mit einem, der so viele nervige Fragen stellt.«

Ich traute meinen Ohren nicht. »Ich bin … ich bin dein Freund?«

»Das hoffe ich doch.« Die Stimme aus der Dunkelheit klang warmherzig und aufrichtig. »Wenn du kurz mal darüber nachdenkst, daß wir zusammen auf die Reise gehen müssen, um den Rest von Meister Thengors Magik zu suchen, ist es doch wohl besser, wenn wir Freunde sind, oder? Außerdem habe ich dich schon immer gemocht, Kendar.«

»Oh!« Ich spürte, wie meine Mundwinkel sich so weit zu einem Lächeln verzogen, daß ich schon glaubte, es würde mir das Gesicht auseinanderreißen. »Na, dann gute Nacht.« Er antwortete nur mit einem Grunzen, aber ich war viel zu glücklich, um mir etwas daraus zu machen. Der einzige Mensch, den ich schon immer bewundert und beneidet hatte, hatte mir soeben mitgeteilt, daß er mich schon immer mochte. *Mich?* Das wog die vielen Jahre auf, da ich Kendar Rattenklopper gewesen war. Ich kuschelte mich unter Edelfrau Inivrias Steppdecke und dachte ans Schlafen. Ich wollte meinen guten Freund Zoltan nicht weiter verärgern. Gern möchte ich glauben, daß ich eine Weile vor mich hindöste.

Trotzdem …

»Zoltan?«

Keine Antwort. Ich fuhr im Bett auf und spähte zur Tür hinüber. Ein Eineinhalbmond warf silberblaue Lichtbalken ins Zimmer, doch nicht genug, um auf diese Entfernung deutlich sehen zu können. War Zoltan etwa auf seinem Posten eingeschlafen? Oder verschwunden? Schließlich weiß man ja, wie das so ist mit gedünsteten Lampreten.

»Zoltan, ich wollte dir nur sagen, daß es mir leid tut, das mit … das mit deinem Vater«, flüsterte ich. Immer noch keine Antwort. Ich schlüpfte unter der Bettdecke hervor und kroch näher heran. »Ich sagte, es ...«

Die Worte gefroren mir in der Kehle. Dort, am Fuß des Betts, glühten zwei grüne Feuer. Sie brannten ganz dicht beieinander, strahlten auf eine unheimliche Weise, dir mir die Haare zu Berge stehen ließ. Im Herzen eines jeden smaragdgrünen Glühens war eine dolchklingenförmige völlige Schwärze zu erkennen, und als ich darauf starrte, vernahm ich eine merkwürdig vertraute Stimme, die aus der Richtung der dämonischen Flammen ertönte und von mir wissen wollte:

»Bist du nackt?«

»Hä?« stieß ich hervor.

»Sohn einer Siamesin, das bist du ja tatsächlich! Na, dann streif dir mal ein paar Klamotten über und schwing die Hufe! Ich weiß nicht, wann Scheußling der Zauberjunge zurückkehrt, und bis dahin müssen wir die Fliege gemacht haben.«

»Wer ...?«

»Ich bin dein schlimmster Alptraum. Und jetzt *Tempo*, sonst beweise ich es dir noch!«

Man zankt sich nicht mit Dämonen. Wenn man verliert, kommt es schlimm, und wenn man gewinnt, fressen sie einen. Ich packte meine Unterwäsche, den Kittel und die Hose vom Stuhl neben dem Bett, zog sie hastig über und schlüpfte stolpernd in meine Schuhe. Die grünen Flammen zuckten auf und ab, als würden sie anerkennend nicken.

»Gut, super. Und jetzt nimm diese Kissen und die zweite Decke – da vorne, die zusammengefaltet am Bettende liegt – und knüll sie zusammen. Leg die Steppdecke darüber, damit es so aussieht, als läge noch jemand im Bett. Kapiert? Komm schon, Freundchen, die Zeit drängt!«

Ich tat, wie mir geheißen – fraglos. Die Flammen verengten sich zu Schlitzen. Ich spürte, wie sie sich mir in die Haut brannten. »Nicht schlecht, gar nicht schlecht. So, das muß genügen. Schön, Sportsfreund, was meinst du, kannst du mir jetzt folgen, ohne dabei gleich alles in dieser Bude umzuschmeißen?«

»Dir folgen?« Ich fand, das klang gar nicht gut. Wohin würde ein Dämon schon gehen wollen? »Hör mal, wenn es dir nichts ausmacht, o Mächtiger, dann würde ich lieber ...«

Die grünen Zwillingsfeuer stießen ein furchtbares Schnarren aus, und ich spürte, wie sich Nadeln in meine linke Wade bohrten. »Es macht mir *sehr wohl* etwas aus, du unterbelichtetes Subjekt, und *dir* sollte es erst recht etwas ausmachen! Wenn ich sage, du sollst dich in Bewegung setzen, dann will ich gefälligst *Action* sehen!«

»Jawohl, o Mächtiger«, murmelte ich und verfaßte ein stummes Stoßgebet an Wedwel, daß Zoltan doch bitteschön zurückkehren möge, bevor dieser böse Wicht mich irgendwo hinbrachte, wo es erst richtig unangenehm wurde.

»Hier entlang«, sagte der Dämon, und die grünen Flammen führten mich in Edelfrau Inivrias Kleiderschrank.

Ich rechnete damit, daß mich mein teuflischer Führer, wenn ich mich erst einmal in der duftenden, seidenverhangenen Dunkelheit befand, immer weiter und weiter hineinführen würde, bis der Rücken des Kleiderschranks sich auflöste und wir in irgendeine fantastische Welt eintraten. Ich glaubte, daß ich Orbix nie in meinem Leben wiedersehen würde, ebensowenig meine Mutter oder Paps oder meine Schwester Lucy oder meinen Bruder Basehart oder – na ja, wenn ich so darüber nachdachte, war es mir eigentlich ziemlich egal, ob ich meinen Bruder Basehart jemals wiedersehen würde ... oder meinen neugewonnenen Freund Zoltan.

Womit ich freilich nicht rechnete, war, daß ich mir die Nase am Rücken des Kleiderschranks stoßen würde.

»Dreh dich gefälligst um, Idiot«, sagte der Dämon. »Und mach bloß nicht so viel Gewese wegen so einer kleinen Beule auf der Nase. Wenn er dich hört, ist alles vorbei.« Ich spürte, wie etwas Kleines, Festes mich ins Bein knuffte. »Dreh dich um und lug hinaus, aber sperr die Tür nicht weiter auf, alles klar? Für das, was du gleich unbedingt mitansehen mußt, genügt der Spalt vollauf. Und was immer passiert, halt ja den Mund!«

Den Mund halten? Wohl kaum! Mein Plan stand bereits

fest: Sobald Zoltan zurückkehrte, würde ich mir die Seele aus dem Leib schreien, dann würde er seine Macht dazu benutzen, diesen verrückten Dämon gefangenzusetzen. Schließlich hieß er nicht ohne guten Grund Bösherr. Bis dahin würde ich so tun, als würde ich dem Dämon jeden Wunsch erfüllen. Wie mein Freund Zoltan schon sagte, muß man sich manchmal eben erst einmal um die anstehenden Probleme kümmern und die Gründe dafür erst später ermitteln.

Ich hörte das sanfte Gleiten eines Pantoffels auf Stein. Der Kleiderschrank stand dicht genug an der Tür, um selbst in dieser armseligen Beleuchtung Zoltans unverwechselbaren Umriß auszumachen. Man kann kaum jemanden übersehen, der einen Zauberhut trägt. Wie viele Leute laufen schließlich oben spitz zu? Er stand da, lehnte im Türrahmen, die Hände zusammengepreßt, musterte den Klumpen aus Kissen und Decke, der da vor ihm im Bett lag. Ich meine das Aufblitzen eines Lächelns auszumachen und dachte, daß er froh sei, mich endlich schlafen zu sehen. Ich holte tief Luft und schickte mich an, gleich um Hilfe zu brüllen.

Er riß die Hände auseinander, und eine knisternde Schicht aus weißglühendem Feuer stürzte von dem mit Bommeln geschmückten Dach des Himmelbetts auf die darunterliegende Gestalt herab und verwandelte sie schon im nächsten Augenblick in Asche.

Ich gaffte noch immer fassungslos hinüber, als er zu den qualmenden Überresten trat und merkwürdige, einsammelnde Bewegungen mit den Händen machte. »Wo ist es denn?« brummte er und stocherte in den verkohlten schwarzen Flocken herum, die einmal eine Steppdecke gewesen waren. Er drehte den Kopf mal zur einen, mal zur anderen Seite, gierig suchte er die Luft nach irgend etwas ab. »Es kann doch nicht einfach davongeflogen sein. Die Fenster sind mit Eisen vergittert, der einzige Weg ins Freie ist die Tür.« Er ließ sich auf den Boden fallen und steckte den Kopf unter das Bett. »Es müßte doch freigesetzt worden sein, als er starb. Wo ist es bloß?«

»Ähem«, murmelte der unsichtbare Dämon und stupste

mein Bein ein zweitesmal an. »Meinst du, du hast Verwendung hierfür?« Eine vertraute, kräftige Holzgestalt fiel mir in die Hände. »Damit wir uns auf den Weg machen können, ohne uns von deinem Kumpel da dabei aufhalten zu lassen.« Die grünen Flammen schienen sich in Zoltans Richtung zu verengen.

Ich kroch so leise, wie ich nur konnte, aus dem Kleiderschrank und tippte Zoltan mit einem Ende meines Rattenklopperstocks auf die Schulter. Ich wünschte, es wäre hell genug gewesen, um seinen Gesichtsausdruck zu erkennen, als er aufblickte und ich ihn mit dem anderen Ende am Kinn traf. Seine Augen verdrehten sich, und er kippte um, doch war ich bereits an der Tür, bevor er am Boden aufschlug.

Ich hörte, wie der Dämon mir zurief, ich solle warten. Darauf warten, daß ein Dämon mich einholte? Soweit kam es noch! Ich rannte weiter – vier volle Treppenfluchten hinunter, drei Wendeltreppen, stürzte über Truhen und stolperte über Fußschemel, glitt auf Läufern aus und verhedderte mich mit dem Fuß in schweren Teppichen, stampfte auf weiche, wabbelige Dinger, die ich lieber nicht beim Namen nennen mochte, und schlug mir die Schienbeine an harten, scharfkantigen Dingern auf, die ich mit sämtlichen Namen bedachte, die mir dazu einfielen. Ich hörte erst auf, als ich den Palast hinter mich gebracht hatte, über die Zugbrücke gerast war, über den Graben voller hungriger Schleimwürmer, und tief ins umgebende Gelände hinein.

Wie alle Zauberer liebte auch Meister Thengor seine Ellenbogenfreiheit. Nicht nur, daß er jede Menge Platz für sein wirklich recht großes Gelände brauchte, um seine ständig wachsende Familienschar zu beherbergen, dazu die Studenten und die Dienerschaft – er brauchte auch genügend Umland, damit er jede Menge Zeit hatte, alle nahenden Feinde, Spione, Gläubiger oder Vertreter früh genug auszumachen und die entsprechenden Vorbereitungen für ihren Empfang zu treffen. Der Graben voller Schleimwürmer war ja nur ein Teil des Ganzen.

Ein derart großes Heim kann man nicht in der Stadt errichten, und so hatte Meister Thengor seine bescheidene Bleibe weitab von dem Lärm und Gestank und Durcheinander und den Handelsvertretern der Hauptstadt errichtet. Wenn König Steffan der Dienste seines Oberhexers bedurfte, pflegte er Boten zu schicken, die den Meister Thengor nach Gladderadatsch brachten. (Die Schleimwürmer machten ihnen keine Angst; schließlich arbeiteten sie für die Regierung.) Manchmal wollte Meister Thengor aber nicht in die Hauptstadt verbracht werden. Dann pflegte er im Labyrinth unterzutauchen.

Und genau dort endete ich auch. Ich weiß auch nicht, was ich mir dabei gedacht habe – ich wußte zwar, daß ich irgendwie entkommen mußte; ich wußte auch, daß ich nicht wollte, daß mich jemand aufspüren konnte; ich wußte, daß ich Zeit brauchte, um allein zu sein und darüber nachzudenken, was der Grünfeuerdämon mir gezeigt hatte – aber ich bin mir ziemlich sicher, daß ich noch nicht sterben wollte. Meister Thengors Labyrinth war in ganz Orbix berühmt. Jedes Jahr zu Elfenzwickabend pflegte er es für die Öffentlichkeit freizugeben. Und jedes Jahr am Elfenzwicktag machte er dann ein wahres Vermögen mit Finderlohn, der von all den Freunden und Verwandten jener Leute abgedrückt wurde, die am Abend zuvor das Labyrinth betreten und nicht wieder hinausgefunden hatten.

Im Labyrinth war ich in Sicherheit. Wenn Zoltan gleich aufwachte und nach mir suchte, würde er nie auf den Gedanken kommen, ausgerechnet hier nach mir Ausschau zu halten. Hätte ich mich statt dessen für die Straße nach Gladderadatsch entschieden, Zoltan hätte mich mühelos von einem der Beobachtungstürme des Meisters Thengor ausmachen können, und dann – *zzzzit!* Rattenklopper-Frikassee. Wenn ich mich nur lange genug im Labyrinth versteckt hielt, würde er glauben, daß ich irgendeine Möglichkeit gefunden hätte, mich Meister Thengors Magik zu bedienen, um weit davonzufliegen oder mich unsichtbar zu machen oder ungesehen einen Tunnel durchs Erdreich zu bohren und zu fliehen. Dann würde er die Suche aufgeben und ich könnte wieder herauskommen. Derweilen brauchte ich auch nicht zu verhungern: In seiner Güte hatte Meister

Thengor sein Labyrinth mit Frohbeerensträuchern bepflanzt.

So sah also mein Plan aus, und ich war mächtig stolz darauf. Einfach nur abzuwarten, bis Zoltan fort war, um dann wieder herauszukommen und …

Und dann was? Nach Hause zurückzukehren, vielleicht? Dort würde er mich ja wohl als erstes suchen. Und er würde nicht der einzige sein. Es gab schließlich auch noch andere Leute, die wußten, was ich besaß, und die es nur zu gern selbst gehabt hätten: Leute wie Meister Gurf, Meister Benidorm, Edelfrau Inivria. Vielleicht auch noch mehr? Wahrscheinlich. Jeder Zauberer, der an Meister Thengors Sterbebett gestanden hatte, wußte schließlich, daß der alte Mann den gehorteten Magikschatz eines ganzen Lebens zu verteilen hatte, und sie würden sich mit Sicherheit fragen, wo das Zeug hingekommen sein mochte. Ich bezweifelte, daß sie allzu lange dazu brauchen würden, um es herauszubekommen, und dann wäre es lediglich eine Frage, wer mich als erster aufspürte und wie weh er mir tun würde, bevor er mich wieder in Frieden ließ.

Sofern dann überhaupt noch etwas von mir übrig sein sollte, das man in Frieden lassen konnte.

Plötzlich sah es gefährlich danach aus, als ob ich mich wohl für den Rest meines Lebens von Frohbeeren würde ernähren müssen.

»Hervorragend!« knurrte ich den Eineinhalbmond an. »Dabei *mag* ich Frohbeeren gar nicht!«

Ich schritt die schmalen Wege des Labyrinths entlang und dachte angestrengt nach. Um mich herum ragten überall die Frohbeerensträucher in die Höhe. An manchen Stellen trafen sich ihre dornigen Äste und verschlangen sich zu einem Dach, das fast das gesamte Mondlicht ausschloß. Ich stieß mit dem Fuß gegen irgend etwas, das im Weg lag, und verpaßte ihm einen bösartigen Tritt. Es rollte davon, ich folgte und befleißigte mich dabei eines Tritts nach dem anderen, während ich mein Unglück verfluchte.

Ich war so sehr darin vertieft, wie ich nach Hause zurückfinden könnte, ohne gleich von sämtlichen magikhungrigen

Zauberern Orbix' gehetzt zu werden, daß ich überhaupt nicht darauf achtete, wo ich hinging. Rechtsbiegung, Linksbiegung, dann mal wieder aus einer Sackgasse heraus, mir war alles gleich. Langsam dünnte das Geäst über mir aus und radierte die scheckigen Schatten Stück um Stück weg. Ich verpaßte meinem improvisierten Ball einen letzten Stoß, bis er voll ins klare Mondlicht hinausrollte.

Polternd kam der Totenschädel zum Liegen und grinste mich von unten an.

Ich schätze, ich war wohl nicht der einzige, der keine Frohbeeren mochte.

KAPITEL 6

Der Halbmond war schon fast hinter den Wipfeln der Frohbeerensträucher verschwunden, und der Vollmond folgte ihm gerade, als der Schädel sagte: »Hör auf zu heulen.«

Ich hob den Kopf nicht von meinen Knien. »Heuljagarnich«, murmelte ich.

Der Schädel glaubte mir nicht; das merkte ich sogar ohne hinzusehen. Ich hätte eigentlich gedacht, daß man eine Zunge brauchen würde, um ein derartiges Geräusch von sich zu geben. »*Na klar* heulst du nicht. Und ich bin ein Erdferkel. Schön, wie du willst, du heulst also nicht. Und *worüber* heulst du nicht?«

»Ich will nach Hause«, erwiderte ich. Inzwischen war ich davon überzeugt, daß ich aus schierer Erschöpfung eingeschlafen sein mußte und dieses Gespräch nur Teil eines Alptraums sein konnte. Was sollte schon passieren, wenn man sich im Traum mit einem Todenschädel unterhielt?

»Schön, dann sind wir ja schon zu zweit, Einstein.«

»Rattenklopper«, berichtigte ich ihn. Man hätte doch eigentlich annehmen sollen, daß ein Schädel einen im eigenen Traum wenigstens beim richtigen Namen nennen würde. Aber heutzutage konnte man sich ja auf überhaupt nichts mehr verlassen. »Nenn mich Rattenklopper.«

Der Schädel gab ein angewidertes Geräusch von sich. »Wie ich dich am liebsten nennen würde, das taugt nicht für Damenohren. Hm. Andererseits sind hier ja überhaupt keine Damen.« Dann nannte er mich etwas, das mir das Blut ins Gesicht trieb und mich vor Schreck den Kopf hochreißen ließ.

»Jetzt hör mir mal gut zu, das hier ist *mein* Traum, und wenn ich mir irgend etwas nicht gefallen lasse, egal ob von einem Toten oder einem Lebenden, dann, daß man mich ...!«

Die Worte starben einen der schnelleren Tode. Ich schätze, sie wurden irgendwie enthauptet oder so. Das Mondlicht war schon fast erloschen, aber es war noch genug davon da, um etwas erkennen zu lassen. Und was ich erkannte, das war der alte Totenschädel, und mitten drauf dieselbe unirdische Ratte, die ich die ganze Strecke von Velmas Küche bis zu Meister Thengors Schlafgemach und durch die Magikwolke verfolgt hatte.

Das Biest zwinkerte mich mit den grünen glühenden Augen des Dämons selbst an.

Meine Hände griffen wie wild nach dem Rattenklopperstock, doch die Ratte wedelte mit ihrem seltsamen, gestreiften Schwanz und sagte: »Nanana! Behandelt man etwa so jemanden, der einem gerade das Leben gerettet hat?«

»Du ...?« Ich gab die Frage lieber auf. Leugnen war zwecklos: Ich erkannte die Stimme sofort, und wer hätte jemals diese bedrohlichen grünen Augen vergessen können? Ja, er hatte mich vor Zoltan gerettet, doch inwieweit durfte ich auf den guten Willen eines Dämons vertrauen? Ich war ihm ausgeliefert. Ich besaß zwar genug Magik, um die Habgier sämtlicher Zauberer von Orbix auf mich zu ziehen, aber wenn ich sie nicht zu verwenden wußte, wie sollte ich dann darauf hoffen, mich vor diesem Unwesen in Rattengestalt zu retten?

Das konnte ich nicht, und das wußte ich auch. Und so senkte ich den Kopf. »Was wünschst du von mir, o Mächtiger?«

Der Dämon sprang mit einem kleinen Satz vom Schädel herunter und kam auf mich zu. Ich machte mich auf das Schlimmste gefaßt. Die Kreatur stieß ein fremdartiges, grollendes Geräusch aus, das ihren ganzen schwarzbraunweißen Körper zum Schwingen brachte. Er rieb sich den Kopf an meiner Hand, sah mir in die Augen und meinte: »Frühstück wäre ganz nett.«

»Also gut.« Ein Gangle weiß, wann er kapitulieren muß. (Das war das Familienmotto, das Großpapa Urien Wasserrechte Gangle unmittelbar nach der Schlacht von Skivis Sumpf annahm.) Also krempelte ich einen Kittelärmel hoch und streckte meinen linken Arm aus. Ich wandte das Gesicht ab und versuchte tapfer zu klingen, als ich fragte: »Genügt das für den Anfang, o Mächtiger, oder ziehst du vielleicht dunkles Fleisch vor?«

Und kurz darauf fügte ich hinzu: *»Aua!«* und fuhr mir mit einer schlimm zerbissenen Hand an den Mund. »Wofür war das denn?«

»Dafür, daß du ein Blödmann bist und es fertigbringst zu glauben, daß ich so ein ausgemergeltes Früchtchen wie *dich* auffressen könnte«, sagte der Dämon. Er hatte die spitzen Ohren flach an den Schädel mit dem seidigen Fell angelegt. »Und dafür, daß ich ein noch größerer Blödmann bin und dich vor Merlin dem Garkoch da drüben gerettet habe. Was ist das überhaupt für ein Steinhaufen? Ein Einkaufszentrum?«

Ich hatte keine Ahnung, wovon der Dämon da redete, befürchtete aber, daß er mich wieder beißen könnte, sollte ich etwas Dummes von mir geben. Nein, danke; einmal genügte mir vollauf, vor allem, nachdem er gesagt hatte, daß er mich gar nicht auffressen wollte. Da wäre es doch unklug gewesen, ihm noch ein paar Probehappen vorzusetzen, bis er es sich vielleicht anders überlegte. Ich überprüfte den Schaden, den der Unhold an meiner Hand angerichtet hatte: vier winzige Löcher, kaum größer als Nadelstiche, im Hautlappen zwischen Daumen und Zeigefinger, aus denen Blut hervorquoll.

»Ich sollte dankbar sein«, murmelte ich.

»Daß ich deine Haut gerettet habe?« Die Schnurrbarthaare der Kreatur kringelten sich zu einem selbstzufriedenen Grinsen. »Ja, das möchte ich meinen.«

»Ich sollte dankbar dafür sein, daß deine Zähne nicht so sind wie die einer gewöhnlichen Ratte, o Mächtiger. Ein derart kräftiger Biß von einer solchen hätte mir die Hand viel weiter aufgerissen.«

»Ratte?« wiederholte der Unhold, versteifte die Beine, und der Pelz auf seinem Rücken stellte sich auf. *»Ratte?«*

Sein Schweif wurde plötzlich struppig, und ich hätte schwören können, daß aus seinen grünen Augen gelbe Funken hervorstoben. »Hast du mich gerade eine *Ratte* genannt?«

»Äh …« Mehr bekam ich nicht mehr heraus, als mir auch schon eine Kugel aus zischendem, spuckendem, kratzendem Zorn entgegenschoß. Ich warf die Arme über Kreuz vor die Augen und versuchte, mich seitlich abzurollen, aber mein Kittel verfing sich im Frohbeerengestrüpp.

» … den Tag noch mal erleben, *meiner* Mutter Kind sich ungestraft eine *Ratte* nennen läßt …!« fluchte der Dämon, als er durch die Luft auf mich zuschnellte.

Ich machte mich auf den Aufprall der Krallen und Zähne gefaßt.

ZVIT!

»Aua!« jaulte plötzlich jemand. Zur Abwechslung war es nicht ich. »Aua, aua, aua, mein Schwanz, mein Schwanz, mein Schwanz brennt, Hilfe, Hilfe, hilf mir, hilf mir, lösch ihn, bespritz ihn mit Wasser, spuck drauf, *tu* doch was!«

Ich senkte die gekreuzten Arme und sah, wie der Unhold verzweifelt im Kreis herumlief, während von seiner Schwanzspitze Rauch aufstieg. Hätte ich ein Gehirn besessen, ich hätte die Gelegenheit zur Flucht benutzt. Statt dessen packte ich die Dämonenratte mit einer Hand, spuckte auf die Finger der anderen und löschte damit die kokelnde Schwanzspitze des armen Tiers.

Keuchend blieb der Unhold eine ganze Weile in meinen Armen liegen. Ich konnte sein Herz heftig klopfen spüren, während ich ihn festhielt. Kurz darauf kehrte das rumpelnde Geräusch wieder. Diesmal empfand ich es nicht ganz so beunruhigend. Genaugenommen war es eigentlich ganz angenehm.

»Was ist denn mit dir passiert?« fragte ich.

Sein Schnurrbart zuckte. »Was bist du, ein Klugscheißer? Erst steckst du meinen Schwanz in Brand, du Sohn einer …«

»Ich? Das war ich doch gar nicht.«

»Na klar, gehört eben einfach zu meinen Eigenarten, daß ich immer um diese Jahreszeit in der Gegend rumlaufe und in Flammen ausbreche ... He, warte mal.« Die Kreatur blickte nachdenklich drein. »Ach, herrje, da hau mir doch einer mit dem Besen über die Rübe und nenn mich einen Feudel! Sieht so aus, als wäre *ich* der größte Blödmann hier in der Gegend! Geschieht mir ganz recht, wenn ich schon vergesse, was du mit den anderen Doofmännern alles veranstaltet hast.«

Er grinste, als er meine Verwirrung bemerkte. »Da drin«, sagte er und zeigte auf die hochaufragenden Mauern von Meister Thengors Palast. »Als sie versucht haben, dich von diesen Neonfrankensteinhänden aufreißen zu lassen wie einen Werbebriefumschlag.«

»Du meinst Meister Gurf und Meister Benidorm? Aber was da passiert ist ... das habe ich nicht ... nicht absichtlich ... ich ...«

»Absicht hin, Absicht her«, sagte der Dämon. »Mit Absicht allein schnitzt man sich keine Kerben in die Uzi. Ich bin bestimmt kein Sonntagsprediger, aber ich würde sagen, daß da *irgend etwas* ist, was für deinen Schutz sorgt. Und damit meine ich keinen Deostift.«

»O Mächtiger«, erwiderte ich. »Von mir aus kannst du der allergrößte Sonntagsprediger sein, der jemals aus irgendeinem furchtbaren Schleimloch hervorgequollen ist, aber sag mir doch bitte eins – wovon redest du da bloß?«

Der Unhold zeigte mir seine spitzen Zähne. »Ja, wahrscheinlich hast du recht!« meinte er. »Ich rede eine Menge wirres Zeug, wie? Und du rast auch nicht gerade rum wie jemand in einer Sitcom-Extrafolge, der glaubt, daß er gerade durchdreht, weil seine Katze angefangen hat mit ihm zu reden. Gehört das hier vielleicht zum Tagesablauf, sich mit Katzen zu unterhalten ...?«

»Katze?« Ich schleuderte die Kreatur von meinem Schoß und wich rückwärts zu den Frohbeerensträuchern zurück. »Du kannst keine Katze sein!«

»Kann ich nicht, wie?« Der verächtliche Blick des Untiers bohrte sich durch mich hindurch, als sei ich ein Nichts. »Und weshalb nicht? Du bist mir vielleicht ein dämlicher Truthahn.«

»Katzen sind nicht ... Sie tun nicht ... Das weiß doch jeder, daß es überhaupt keine Katzen gibt. Katzen sind Fabeltiere!« Ich stammelte förmlich vor Angst. Das war ja noch schlimmer als vorhin, da ich noch geglaubt hatte, es mit einem bloßen Dämon zu tun zu haben. Denn was Dämonen anging, hatte man mir wenigstens die grundlegendsten Sicherheitsmaßnahmen eingebleut – nie mit ihnen streiten und nichts ohne Anwalt unterschreiben –, doch wie man mit Katzen umzugehen hatte, wußte niemand zu sagen.

»Na ja«, meinte das Wesen in einem bemerkenswert gefaßten Ton, »und wenn ich keine Katze bin, was dann?«

Darüber dachte ich nach. »Du bist ja nun wirklich aus einem Rattenloch hervorgekommen ...«, fing ich an. Das einsetzende Knurren ließ mich diesen Gedankengang schnell verwerfen.

»Dort, wo ich herkomme, pflegen Katzen sich in Rattenlöcher zu begeben, um die Ratten zu töten«, informierte er mich. »Und wenn die Ratten dann tot sind, dann kommen wir auch wieder aus Rattenlöchern hervor. Schnallst du das? Leuchtet doch ein, oder?« Ich nickte. Halb an sich selbst gewandt, fügte die Kreatur hinzu: »Was mir allerdings *nicht* einleuchten will, ist dieses letzte Rattenloch, in das ich mich begeben habe. Irgendwie konnte ich dort nicht mehr wenden und denselben Weg zurücknehmen, den ich gekommen war. Ich frage mich nur, warum ...?«

»Katzen ... Katzen töten Ratten?« fragte ich, um ihn abzulenken.

»Ratten, Mäuse, Wühlmäuse, Siebenschläfer, Kakerlaken, Schuhe, Chihuahuas, alle Arten von Ungeziefer«, erwiderte das Tier fröhlich. »Hör mal, ich habe zwar kein Ingenieursdiplom, aber ich werde einfach das Gefühl nicht los, daß das kein gewöhnliches Rattenloch war, in das ich dort meine Nase gesteckt habe. Reden hier in der Gegend eigentlich alle Tiere?«

»Nein. Keine; jedenfalls normalerweise nicht. Na ja, Frösche und Kröten manchmal, aber nur die verzauberten, und gelegentlich auch die Familiare, aber die anderen nicht. In der Regel.« Da erinnerte ich mich an etwas. »Und du hast auch nicht geredet, als du aus dem Loch kamst. Es sei denn, ›miau‹ gehört auch zu diesen komischen Wörtern, die du immer gebrauchst und die ich nicht verstehe.«

Das Tier richtete sich stolz auf. »›Miau‹ ist das ultimative Wort schlechthin, Freundchen. Ihr Hautgerippe müßt Hunderte von Wörtern benutzen, um zu bekommen, was ihr wollt. Wir Katzen dagegen brauchen nur einmal ›miau‹ zu machen, und schon bekommen wir Essen, Unterkunft, frisches Katzenstreu, Türen geöffnet, die Ohren gekrault, nenn, was du willst. Ich habe also nur ›miau‹ gesagt, als du mich das erste Mal gesehen hast, ja? Hmmm.« Er dachte nach.

Ich auch. »Magik«, sagte ich schließlich und schnippte mit den Fingern.

»Was sagst du da?«

»Das erklärt es. Warum du reden kannst, ja, überhaupt alles andere! Genau das ist mit uns passiert. Als du den Kopf aus dem Loch gesteckt hast und ich dich gejagt habe ...«

» ... mit einem dicken Knüppel, du dreckiger ...«

» ... da sind wir beide mitten durch Meister Thengors Magik gesprungen. Das ist es. Das erklärt alles.«

Dem Kater nicht. Bis ich ihm alles über Magik erzählt hatte und darüber, was sie mit uns angestellt hatte, waren die Monde untergegangen und sickerten die ersten Sonnenlichtflecken durch die Frohbeerensträucher.

»Kapiert«, sagte die Katze., »Das war also dieses gelbe Zeug! Ist ja abgefahren. Und ich dachte immer, der Smog in L. A. wäre schon schlimm. Und du hast den meisten Teil davon abbekommen? Kein Wunder, daß Rasputin versucht hat, dich im Schlaf mit Napalm zu bepflastern.«

»*Wer* hat *was* mit *wem* versucht?«

»Der Penner da drinnen.« Wieder wies er mit einem Nikken zum Palast hinüber. »Das Hautgerippe mit dem schwarzen Bart. Paß mal auf, so, wie ich die Sache sehe, ist dieses Magikzeugs ganz schön auf der Hut und gefährlich, solange du wach bist. Sobald dir jemand auf die Pelle rückt, geht es automatisch zum Angriff über und haut ihm einen auf die Flossen.«

»*Das* war es also, was mit Meister Gurf und Meister Benidorm passiert ist«, überlegte ich.

»Und mit meinem Schwanz«, erinnerte mich der Kater. »Aber während du schläfst, ist das ein bißchen so, als wäre die Alarmanlage ausgeschaltet. Und genau darauf hat dein Kumpel mit dem Bart gewartet.«

Der Gedanke an Zoltans falsche Freundschaft und an seinen echten Verrat tat immer noch weh. »Warum hat er das bloß getan?« fragte ich, an die Luft gewandt. »Wir wollten doch sowieso den Rest von Meister Thengors Magik suchen gehen, und wenn wir alles wieder beisammen gehabt hätten, hätte ich sie ihm doch sogar *freiwillig* gegeben. Warum mußte er da versuchen, mich umzubringen?«

»Manche Leute haben eben einfach keine Geduld.« Der Kater fuhr sich mit der Zunge über eine weiße Pfote. »Warum sollte er erst darauf warten, daß du ihm die Magik gibst, wenn er sie sich doch genausogut *nehmen* konnte, sobald du tot warst? Und wenn er deinen Anteil erst einmal gehabt hätte, hätte er damit auch den Rest der Magik des alten Knaben ausfindig gemacht und allein an sich gerissen. Zu zweit reist es sich eben teurer. Immer den Zwischenhändler ausschalten.«

»Es nehmen, wenn ich gestorben bin ...« Die Worte laut auszusprechen, half mir dabei, ihren Sinninhalt besser zu verstehen. »Stimmt genau! Wenn ein Zauberer stirbt, benutzt er den letzten, ihm verbliebenen Rest an Kontrolle, um sie an jemand bestimmtes weiterzugeben. Aber wenn er stirbt, ohne seine Magik weitergereicht zu haben ...«

»... oder wenn ihn irgendsoein Klumpfuß von einem Tolpatsch mit einem dicken, fetten Knüppel über den Haufen rennt, weil er gerade damit beschäftigt ist, einem armen, unschuldigen Mietzekätzchen das Köpfchen einzuschlagen ...«, warf der Kater ein.

»... dann ist sie Freiwild!« Nur eine kleine Einzelheit, an die mich zu erinnern Zoltan offenbar ›vergessen‹ hatte. Wütend schüttelte ich die Faust in Richtung Palast. »Zoltan, du verdammter Bastard ...«

»Der war er tatsächlich, nicht?« Die Katze leckte sich die

andere Vorderpfote ab. »Der Lieblingsbastard des Zauberers. Eigentlich sollte ihm die Magik des alten Mannes einfach in den Schoß fallen. Aber dann bist du vorbeistolziert, und plötzlich hielt er nur noch eine leere Tüte in der Hand. Ich habe gehört, wie er seiner schmierigen kleinen Freundin gesagt hat, daß er sich schon holen würde, was ihm zustünde, gleich, was es kosten mochte. Du hast sie nicht gesehen, aber sie hing eine Weile in den Küchen herum, hielt sich in der Speisekammer versteckt.«

»Bini ist im Palast?«

»Sie war es jedenfalls. Vielleicht ist sie es auch immer noch.« Der Kater versuchte die Schultern zu zucken. »Was glaubst du wohl, wer diesen Teller mit den Resten zubereitet hat? Unser Goldjunge vielleicht? Er hat zu ihr gesagt, daß er Mann gegen Mann mit dir kämpfen würde, wenn er genügend Zaubermacht und Können aufbieten könnte, aber er wollte lieber auf Nummer Sicher gehen, solange er nicht genau wußte, wie gut du mit deiner Magik umgehen kannst, und ...«

»Woher weißt du das bloß alles?«

Der Kater setzte die Pfote wieder auf. »Ich war in der Küche. In Küchen erfährt man oft die interessantesten Sachen.«

»Und sie haben dich gar nicht gesehen? Junge, Junge! Unsichtbarkeit ist aber einer von den schwierigeren Zaubern. Wie hast du bloß so schnell gelernt, deine Magik anzuwenden?«

»Katzen brauchen keine Magik, um unsichtbar zu werden.« Er machte sich über seinen linken Hinterlauf her. »Jedenfalls wollte ich dich ein bißchen im Auge behalten, du schlimmer Finger.«

»Warum?«

»Also erstens wollte ich eine Gelegenheit abwarten, dir diesen kleinen Herzanfall heimzuzahlen, den ich dir zu verdanken hatte, weil du mich mit deinem Stock verfolgt hast. Aber nachdem ich dich eine Weile beobachtet hatte, ist mir aufgefallen, daß du mit diesem Magikzeug eine hübsche

Menge übelster Tricks veranstalten konntest. Ob du das nun wolltest oder nicht.« Er senkte das Bein. »Nicht, daß ich da schon gewußt hätte, wie ich es nennen soll, oder daß es sich per Autopilot um dich kümmerte, aber ich habe ja schließlich Augen im Kopf. Ich sage ja immer, daß es besser ist, sich auf die Siegerseite zu schlagen, und soviel konnte ich immerhin sehen, daß hinter dir eine Menge Muskel steht.«

Ich drehte mich um. »Wo denn?«

Der Kater seufzte. »Ebensoschnell habe ich auch feststellen können, daß dir ein paar zusätzliche Bytes im Hauptprozessor nicht schlecht bekommen würden. Und jetzt, da ich von dieser Magik weiß, bin ich genau das Richtige, was der Programmierer bestellt hat!«

Er wirkte so freundlich, so hilfsbereit. Genau wie Zoltan vorhin. Aber Zoltan sprach wenigstens eine Sprache, die ich verstand. Ich traute ihr nicht, dieser ... Katze.

Ich war ja nicht von gestern. Ich hatte die Geschichten durchaus gehört.

»Was willst du von mir?« fragte ich und sah ihn mit verengten Augen an.

»Unterm Strich betrachtet?« Er lächelte nicht mehr. »Na schön, schwerer Junge: Ich will dasselbe wie du. Ich will *nach Hause.*«

»Dann geh doch einfach«, erwiderte ich. »Dafür brauchst du keine Magik. Ich bringe dich zu dem Loch zurück.«

»Hast du nicht zugehört, oder was? Ich *kann* auf diesem Weg nicht zurück. Ich habe es schon versucht. Die reine Einbahnstraße. Aber ein schlaues Kind wie du, mit so einer riesigen Wagenladung Magik und einem Kumpel wie mir – Mann! Da ist das doch bloß eine Zeitfrage, bis wir rausgekriegt haben, wie man den Kram auf Wunsch Pirouetten drehen läßt. Danach können wir das Zeug dazu verwenden, einen Rückweg für mich in meine Welt zu suchen.«

»Ich *will* aber gar nicht lernen, es zu verwenden«, widersprach ich. »Ich will bloß alles zusammenbekommen, um es mir vom Hals zu schaffen und endlich wieder vernünftig leben zu können.«

»Schon gut, nun schmoll nicht gleich«, erwiderte der Kater. »Dann sammeln wir eben erst den Rest des Zeugs für dich ein, wenn das dein Haar in der Suppe ist.«

»Ich schmolle überhaupt nicht«, teilte ich ihm mit. »Und hier ist auch nirgendwo eine Suppe mit Haaren.«

»Ach nein? Siehst mir aber schwer danach aus, als hättest du einen Kamm verschluckt, aber ... Ach, lassen wir das! So ein Haufen Magik, wie ihn der alte Knabe besessen hatte, dürfte mehr als genug sein, um uns jeden Zauberer zu kaufen. Wir bieten ihm ein Geschäft an: Deine Magik gegen meine Rückfahrkarte, capito? Und schon sind alle glücklich.«

Ich verschränkte die Arme. »Was soll das heißen, *wir* bieten ihm ein Geschäft mit *meiner* Magik an?«

Der Kater zwinkerte. »Ich dachte, du hast gesagt, du willst den Kram nicht haben. Ich versuchte doch nur, dir einen Gefallen zu tun, alter Freund und Kupferstecher. So ähnlich wie letzte Nacht, erinnerst du dich? Oder sagen dir die Worte ›extra kroß‹ überhaupt nichts? Ach, wie vergeßlich die Welt doch ist!«

Er hatte recht. »Ich bin dir einen Gefallen schuldig«, räumte ich ein.

»Du bist mir gleich mehrere Gefallen schuldig, aber wer wird da schon so kleinlich sein und Erbsen zählen?«

»Also schön, ich bin dabei.« Inzwischen standen zwei der kleineren Sonnen hoch am Himmel, während eine weitere gerade aufging und die große noch hinter dem Horizont verborgen lag. Das Licht warf beunruhigende Schatten auf den Totenschädel, die mich an höchst beunruhigende Möglichkeiten denken ließen. »Äh, Katze? Die anderen Zauberer ... die sind ziemlich sauer auf mich.«

»Ich wette, du hast recht.« Der Kater wirkte unbekümmert.

»Diese anderen Stücke von Meister Thengors Magik ... die könnten irgendwo sein.«

»Alles muß immer irgendwo sein, Hautgerippe.«

»Ich weiß nicht, wie weit wir reisen müssen, bis wir den

Rest der Magik gefunden haben oder bis wir einen Zauberer finden, der mir nicht den Tod wünscht.«

»Reisen soll ja den Horizont erweitern.«

»Ich bin noch nie irgendwo anders gewesen als zu Hause und hier auf der Akademie.«

»Wie! Willst du etwas behaupten, daß dein ganzer Charme, dein Witz und deine Kultiviertheit ganz allein auf deinem eigenen Mist gewachsen sind? Wahrlich, es geschehen noch Zeichen und Wunder!«

»Katze ... möglicherweise klappt nichts von alledem. Unterwegs sein, das ist gefährlich, vor allem wenn wir nicht wirklich wissen, was uns dort erwartet.« *Dazu könnte ich euch ein paar passende Geschichten erzählen!* schien der Schädel zu sagen. *Fiese Geschichten.*

»Vielleicht ...«, fuhr ich fort, »vielleicht sollten wir die Dinge lieber nehmen, wie sie sind. Wenn meine Magik mich im Wachzustand beschützt, könntest du mich ja bewachen, während ich schlafe, dann könnten wir beide sicher bis zum Haus meiner Eltern kommen. Meine Mutter würde dir gern ein Zuhause hier auf Orbix geben. Das wäre doch gar nicht so schlecht.«

Der Kater warf mir einen komischen Blick zu. »So seltsam dir das auch erscheinen mag, Chef, aber ich habe nicht das leiseste Bedürfnis, fremde, neue Welten zu erforschen, um daselbst neues Leben und neue Zivilisationen zu entdekken.«

»Nicht?« Meine Miene sackte in den Keller. *Reingefallen!*

»Nicht, wenn es hier keine anderen Katzen gibt, denen ich davon erzählen kann. Weibliche Katzen, meine ich. So ein Miezekater fühlt sich schnell einsam.«

»Ist das dein Name?« fragte ich. »Miezekater?«

»Nee, nee. Pussy war mein Sklavenname. Nenn mich Scandal«, sagte der Kater. »Nichts kommt schneller von der Stelle, nichts kann mich aufhalten, und ich werde dir alles erzählen, was du wissen mußt. Leckst du mein Ohr, leck' ich deins.«

Ich stieß ein ersticktes Geräusch hervor.

»Lust auf 'ne kleine Schunkelnummer?« fragte er fröhlich.

»Nein, danke. Könnten wir uns nicht statt dessen einfach die Hand geben?«

Er lachte. »Rattenklopper, für dich besteht ja doch noch ein Rest von Hoffnung! Und jetzt mal zum Thema Frühstück ...«

KAPITEL 7

Es war schon fast Mittag, als wir schließlich aus dem Labyrinth herausfanden. Wenigstens vergeudeten wir unsere Zeit nicht damit, hilflos umherzuirren oder ständig in irgendwelche Sackgassen zu laufen. Der Kater erzählte mir, daß er mich gefunden hatte, indem er meine Witterung verfolgte, und so brauchten wir nur unserer beider Witterung nachzugehen, um wieder hinauszugelangen.

»Kein Problem«, meinte er. »Jedenfalls nicht für mich.«

Die drei kleinen Sonnen der gegenwärtigen Inkarnation von Orbix waren wie kleine rote Perlen über den Himmel verteilt, und die große Sonne stand fast senkrecht über uns, als Scandal mich zu der letzten Schneise im Frohbeerengestrüpp führte.

»Das muß wirklich das größte gottverdammte Labyrinth seit dem Pentagon sein!« fluchte er kopfschüttelnd. »Ich hab' schon geglaubt, mir würde gleich die Nase abfallen, bevor ich uns hier rausbugsiert habe.«

»Ich glaube, es ist eher nach dem Prinzip eines Oktagons als nach dem eines Pentagons angelegt«, warf ich ein. »Jedenfalls sieht es so aus, wenn man es von den Palasttürmen aus betrachtet.« Gerade wollte ich den Fuß heben, um den letzten Schritt hinaus in die gesegnete Welt vor den Frohbeerensträuchern zu tun.

Es ist allerdings ziemlich schwierig, den Fuß zu heben, wenn sich eine große Katze mit allen vieren daran festklammert und ihn beschwert.

»Was tust du da?« zischte Scandal.

»Ich dachte, es wäre ganz nett, hinauszugehen.«

»Ha-ha-ha-ha-ha. Hö-hö-hö, Schlaumeier. Hast du nicht eine Kleinigkeit vergessen?« Ich grübelte darüber nach. Nach kurzer Zeit – ja, nach *äußerst* kurzer Zeit – schnaubte er. »Nie die ganze Munition auf einmal verschießen, Hautgerippe. Ich meine deinen alten Spielgefährten.«

»Zoltan?« Ich lächelte. »Der soll nur kommen! Meine Magik wird mich schon beschützen.«

»Glaubst du etwa, das weiß der nicht?« Scandal ließ sich von meinem Bein herabplumpsen und ging auf dem grasbewachsenen Weg auf und ab. »Deshalb hat er doch überhaupt nur gewartet, bis du eingeschlafen warst, erinnerst du dich? Herrje, das wäre doch der reinste Segen, wenn der genauso dämlich wäre wie du und *tatsächlich* versuchte, uns einen reinzuwürgen. Dann könnte die Magik ihm eins überbraten, und wir könnten sicher sein, daß er außer Gefecht ist, denn ...«

»Was soll das heißen, ›wenn er genauso dämlich wäre wie ...‹?«

»Halt's Maul, ich denke gerade nach.« Scandals gestreifte Rute zuckte noch schlimmer als die Spitze von Meister Benidorms Hut. »Wenn er immer noch in dem Palast ist, oben auf einem der Türme, dann beobachtet er wahrscheinlich das Gelände, um festzustellen, in welche Richtung wir davonlaufen.« Er blieb stehen und musterte den Palast. »Mist, das geht nicht, das geht nicht. Nicht die leiseste Chance, uns in seinem toten Winkel davonzustehlen, er hat nämlich keinen. Von diesen Türmen sind mindestens zwei hoch genug, um diesem Guppy dreihundertsechzig Grad Gesichtsfeld zu gewähren.«

»Meister Thengor wußte eben immer ganz gern, wer zu Besuch kommen würde«, meinte ich. Der Kater klang ganz schön besorgt, was meine Stimmung nicht gerade hob. »Er sagte, es würde weniger Energie kosten, einen Wachturm zu besetzen, als eine Kristallkugel am Laufen zu halten.«

»Schön, daß er so umweltbewußt gedacht hat«, höhnte Scandal. Er begann wieder auf und ab zu stolzieren. »Zoltan hält sich also bedeckt, behält aber gleichzeitig ein Auge auf uns und kann sehen, welchen Weg wir von hier aus nehmen. Danach folgt er uns, wie es ihm behagt, und wartet den passenden Augenblick ab, um zuzuschlagen. Der Weg ist lang und beschwerlich, die meiste Zeit hänge ich fest und muß für einen Jungen das Kindermädchen machen, der noch nicht mal mit einer Straßenkarte in der Hand aus einem geschlossenen Schrank herausfinden würde ...«

»Was für ein Junge ...?«

»Maul halten, Hautgerippe, ich bin gerade in Fahrt. Endlich sieht der Bösewicht seine Gelegenheit gekommen! Wir schlagen das Nachtlager auf, du schläfst. Ich entferne mich ein Stück, einem Ruf der Natur folgend. Zoltan schleicht sich an, er kommt näher, immer näher ...!« Scandals Rükkenhaare stellten sich auf wie die Borsten eines Buschschweins. »Er prüft das Gelände, ebenso den Wind, kriegt das Freisignal, er befindet sich auf der Leeseite, kauert sich zusammen und – zzzapppp! Arrivederci, Rattenklopper.«

Ich schluckte schwer. »Ich glaube, ich will aber nicht, daß mein arrivederci gezappt wird«, warf ich ein. »Ich weiß ja nicht mal, was das ist.«

»Glaub mir, das willst du auch gar nicht wirklich wissen.« Scandal nahm Platz. »Wenn wir ihn doch irgendwie zu einem Angriff *provozieren* könnten. Die Schutzreaktionen deiner Magik würden ihn für eine Weile aus dem Spiel schmeißen, vielleicht sogar für immer.«

»Ich will aber nicht, daß er stirbt.«

»Warum nicht? Umgekehrt hätte er nicht das mindeste dagegen gehabt.«

»Ich bin aber auch nicht Zoltan.« Ich scharrte mit dem Fuß im Gras. »Und ich möchte auch nie so werden.«

»Mein Pfoten sind gebunden, Freundchen.« Katzen haben wirklich eine merkwürdige Art, die Schultern zu zukken: Sie machen es mehr mit dem Schwanz, hauptsächlich deswegen, weil sie kaum Schultern haben. »Deine Magie macht sowieso, was sie will, wann sie will und so heftig sie will, vor allem dann, wenn es darum geht, deine Haut zu retten. Wenn Zoltan dir was antun will, muß er das Risiko eben eingehen.«

Ich blickte aus dem Labyrinth in die große weite Welt hinaus. »Wir auch. Komm, Scandal, wir gehen.«

»Sag mal, Freundchen, ist das vielleicht ein Hobby von dir, dich taub zu stellen? Bewirbst du dich etwa um einen

Platz in der Politik, oder so was? Du hast doch gerade gehört, was ich darüber gesagt habe, was passiert, wenn Zoltan uns verfolgt.«

Ich beugte mich hinunter und streichelte Scandals Kopf. Das schien ihn zu beruhigen. »Ja, ich habe dich gehört. Aber wenn du schlau genug bist, um einen Plan zu schmieden, wie er uns als erster angreift, ist er auch schlau genug, es doch nicht zu tun. Wir könnten hier verhungern, während wir versuchen, uns eine narrensichere Möglichkeit auszudenken, ihn zum Narren zu halten.« Wie auf ein Stichwort fing mein Magen plötzlich an zu knurren.

Scandals Schnurrbarthaare verzogen sich zu einem gequälten Ausdruck. »Mein Reden seit vierzehnachtzehn. Wenn wir auf Warten setzen, gewinnt er. Und dabei kann ich noch nicht einmal diese dämlichen Beeren fressen. Also schön, wir müssen raus. Dann müssen wir eben furchtbar vorsichtig sein und unseren Rücken bedeckt halten, und zwar eine ganze Weile lang.« Er trat aus dem Labyrinth, und ich folgte ihm.

»He, wo ist er denn?« fragte er plötzlich und blieb abrupt stehen.

»Jipps!« Ich stürzte über ihn und mußte nach Luft ringen. Während ich mich schmerzerfüllt wieder aufrichtete, knurrte ich: »Wer soll wo sein?«

»Der Schädel Yorick, der Schädel! Dieser gespenstische Fußball, mit dem du schon rumspielst, seit ich dich gefunden habe. Geh zurück und hol ihn.« Er schlang die Rute um seine Pfoten. »Ich warte solange.«

Ich klopfte mir das Erdreich und die Grasschnipsel vom Kittel. Ich meinte, die Schleimwürmer im Graben zu vernehmen, wie sie mich auslachten. »Wozu brauchen wir denn den Schädel?«

»Ich hätte eben gern ein Andenken und mag nun mal keine Postkarten ... Was denkst du wohl, wozu wir den Schädel brauchen?« Scandal spuckte aus. »Tu's einfach.«

Ich schüttelte zwar den Kopf, begab mich aber wieder ins Labyrinth und holte den Totenschädel. Er war nicht allzu weit vom Eingang entfernt. Wie Scandal schon bemerkt hatte, hatte ich ihn die ganze Zeit auf dem Rückweg vor mich hergerollt. Ich muß mich wohl gelangweilt haben; mit Sicherheit habe ich mir nichts dabei gedacht. »Da«, sagte ich und reichte ihn dem Kater.

»Tu ihn in deine Tasche«, erwiderte er kühl.

Ich sah nach. »Ich habe keine Tasche.«

»Ach, welche Überraschung – keine Tasche, um etwas hineinzutun, und dabei sollen wir gerade eine wer-weiß-wie-lange Reise antreten. Und auch nichts, was man hätte hineintun können. Kein Proviant, keine Streichhölzer, kein Messer, keinen Strick, kein Wasser, keine Möglichkeit, um Wasser zu *transportieren,* kein Geld, keine Waffen ...«

»Ich habe immer noch meinen Stock«, konterte ich.

»Wunderbar! Den kannst du dir ja dann gegen den Kopf kloppen, wenn du Hunger kriegst. Mal sehen, wie er dir schmeckt.«

Ich musterte erst den Kater, dann den Schädel. »Ich glaube, ich beginne zu begreifen«, sagte ich mit einer Stimme, die vor Ehrfurcht ganz leise war. »Ich bin ein Tor. Die Geschichten erzählen alle von der Weisheit der Katzen, und was die Geschichten erzählen, ist wahr. Du wolltest, daß ich den Schädel mitnehme, damit ich mich immer an die Gefahren erinnere, die unser harren, und daran, daß der Mensch für die Zukunft planen sollte.«

Scandal machte ein stotterndes Geräusch. »Hol mir meine Stiefel und die Schaufel, Muttchen, da draußen wird es langsam tief. Hör mal, Macker, ich wollte lediglich, daß du diesen Schädelknochen mitbringst, für den Fall, daß wir *doch* noch ein Frühstück finden. Um es nämlich daraus essen zu können. Und um daraus zu trinken. Wer weiß? Vielleicht treffen wir ja auch auf einen Schwermetallfritzen, der uns bares Geld dafür ...«

»Gepanzerte Ritter können sich ihre eigenen Schädel besorgen«, wandte ich ein.

»Wenn ich an die ganzen Schlaumeier denke, denen ich hier bisher begegnet bin, möchte ich wetten, daß die nicht einmal ihren eigenen Hintern finden, und sei es mit beiden

Händen. Komm schon, Rattenklopper, machen wir uns auf den Weg.«

Wir schlugen den Hauptweg ein, der vom Palast fortführte. Ich hätte schwören können, daß ich Zoltans Blick spürte, wie er sich mit jedem Schritt in meinen Rücken bohrte. Trotz meiner schützenden Magik erschauderte ich bei diesem Gedanken. Bald darauf gabelte sich der Weg. Scandal blieb stehen.

»Du bist hier der einheimische Führer, Bwana. Wohin des Weges?«

»Folge mir«, sagte ich und schlug den linken ein. »Ich weiß genau, wo wir sind.«

Das stimmte sogar. Jeder Neuankömmling auf der Akademie für Hochzauberei wird stets genauestens darin unterwiesen, wie er sich im Palast und dem umliegenden Gelände zurechtfindet. Es wäre nicht tunlich gewesen, wenn er plötzlich in den Frauentrakt geschlendert, in eins der Privatlaboratorien gestolpert wäre oder draußen den falschen Weg eingeschlagen hätte, um plötzlich vor einem Schleimwurm zu stehen. Meister Thengor wäre äußerst verärgert gewesen, wenn einem von uns etwas zugestoßen wäre: Lebende Studenten bringen nämlich mehr Unterrichtsgebühren ein als tote. Deshalb wußte ich alles, was es über den Palast zu wissen gab.

Meister Thengors Anwesen war von einem riesigen schmiedeeisernen Zaum umringt, der nur zwei Tore hatte. Das eine, das auf König Steffans königlichen Schnellweg hinausführte, war ebenfalls aus Eisen und wurde nur auf Meister Thengors ausdrücklichen Befehl aufgesperrt. Der Weg, der von diesem Tor zum Palast führte, war breit, eben und von duftenden Gärten gesäumt. Das andere Tor bestand aus Gold und führte auf einen schmalen, felsübersäten Ziegenpfad, der ständig verschlammt war, ganz gleich, welches Wetter gerade herrschte. Dieses Tor war nie abgeschlossen und wurde auch nie bewacht – denn wer wäre schon so töricht gewesen, das Gold eines Zauberers zu stehlen? Jeder Besucher, der Meister Thengors Anwesen vom Ziegenpfadtor aus betreten wollte, mußte einen langen, gewundenen Weg voller Schlaglöcher nehmen, der durch finster brütende Wälder führte, durch trostlose Moore, wo unsichtbare Tiere gespenstisch heulten, sowie durch stinkende Sümpfe. Meine Wahl lag auf der Hand.

»Tja, ich schätze, das ist dann wohl das Frühstück«, meinte Scandal und sah auf das purpurne, stachlige Ding herab, das er gerade erlegt hatte. Gelbes Blut troff aus der zerfetzten Kehle, und es erwiderte den Blick des Katers mit seinem einzigen, glasig werdenden orangefarbenen Auge.

»Nein, ist es nicht«, widersprach ich. »Voondrabs sind Gift in Monaten ohne R. Und den Rest des Jahres über schmecken sie einfach nur scheußlich.«

»Bäh.« Der Kater schnitt eine Grimasse und prügelte das tote Voondrab in den Sumpf. Einer der Fließer, der gerade auf der braunen Brühe trieb, schlang es herunter. »Rattenklopper …«

»Ja, Scandal?«

»Wenn du mich umbringen wolltest, hättest du doch einfach deinen Stock benutzen können, als ich dir den Rücken zukehrte. Ich glaube nicht, daß ich über genug Magik verfüge, um mich allzu heftig zu wehren.«

»Aber du wirst mir doch helfen und mich bewachen, während ich schlafe, und Ausschau nach Zoltan halten. Weshalb sollte ich dich da umbringen?«

»Och, ich weiß nicht so recht. Es sind eher die kleinen Dinge. *Zum Beispiel kleine stinkige purpurne Dinge, die mit spitzen, widerhakigen Stacheln bewehrt sind und sich ohne jede Vorwarnung von Bäumen herabplumpsen lassen und versuchen, mir die Ohren abzubeißen!*«

Niemand, der ganz bei Trost ist, *mag* Voondrabs, aber ich fand doch, daß Scandal die Sache ziemlich aufbauschte. »Dieses Voondrab hätte dich gar nicht umbringen können. Es sei denn, du hättest es gegessen. Es hätte dir nicht einmal die Ohren abbeißen können. Du mußt nämlich wissen, daß den Voondrabs während der Paarungszeit die Zähne ausfallen …«

»Deine Zähne sind auch nicht ganz ungefährdet, das kannst du mir glauben«, schoß der Kater zurück. »Warum, beim Heiligen Moritz, hast du uns bloß an diesen scheußlichen Ort geführt? Erzähl mir bloß nicht, daß der andere Weg zu etwas noch Schlimmerem geführt hätte!«

»Allerdings.« Ich erzählte ihm von den beiden Wegen zum Palast des Meisters Thengor, dann hielt ich in der Erwartung inne, daß er mich zu meiner Wahl beglückwünschen würde.

»Ein breiter, glatter, ebener Weg?« wiederholte Scandal. »Der zu einem großen Schnellweg führt? Von Gärten gesäumt? Ja, sogar hübschen Gärten? Gärten, die *nicht* so riechen wie die ungewaschenen Turnsocken eines Gorillas? Gärten, wo sich ein liebes Kätzchen wie ich vielleicht, nur ganz vielleicht, die eine oder andere Wühlmaus zum Frühstück hätte jagen können? Keine purpurne, stinkige, stachelige Wühlmaus, sondern eine richtige, normale, fette, saftige ...?«

Ich nickte. Da nannte er mich wieder bei *diesem* Namen.

»Hör mal, Scandal, nun mach mal halblang!« protestierte ich. Der Kater war immer noch damit beschäftigt, mich zu beschimpfen. Gut, daß er hauptsächlich Fremdwörter verwendete. »Wir hätten den anderen Weg gar nicht nehmen können. Der führt nämlich zu dem Eisentor.«

»Laß mich mal raten: Du verträgst kein Eisen, weil du davon Hautausschlag bekommst, stimmt's?« maulte er. »Worauf hast du denn als Säugling bloß geschlafen? Auf einem Amboß?«

»Eisen und Magik vertragen sich nicht«, antwortete ich und faßte mir verlegen an die Wangen. Die waren doch wohl nicht wirklich *so* klumpig, oder?

Ich schätze schon.

»Schön, vertragen sie sich eben nicht. Na und?« fragte Scandal. »Hör mal, ich will von dir kein Kochrezept wissen, sondern nur eine Möglichkeit, wie wir aus dieser Müllhalde rauskommen, ohne gleich von Gorgonzola, der Königin der Zombies, überfallen zu werden.«

»Zombies sind Demokraten«, berichtigte ich ihn, ziemlich stolz darauf, daß ich mich tatsächlich noch an etwas aus Meister Thengors nichtnekromantischem Unterricht erinnerte. »Die haben gar keine Königinnen.«

(Dem königlichen Dekret unseres Herrschers König Steffans folgend, mußten sämtliche Schulen im Königreich ihre Schüler mit allen anderen Regierungsformen vertraut machen, damit wir begriffen, wie gut wir es hatten. Wir wurden dazu angehalten, in aller Offenheit darüber zu sprechen, ob es besser sei, wenn ein Land von einem König regiert wurde, von einem Adelsrat oder vom gemeinen Volk. Es gab sogar jedes Jahr einen vom König persönlich ausgeschriebenen Aufsatzwettbewerb zum Thema *Die Ideale Regierungsform*. Mein früherer Zimmergefährte, Grendel Trevus, zeigte mir einmal den brillanten Aufsatz, den er als Lobeshymne auf die Demokratie verfaßt hatte. Er war wirklich sehr überzeugend. Komischerweise bekam ich schon am Tag, nachdem er ihn eingereicht hatte, einen neuen Zimmergenossen.)

Scandal knurrte. »Es ist mir völlig gleichgültig, ob Zombies Königinnen haben, Reichsverweser oder – *Rrryah!* Ich möchte lediglich wissen, warum wir nicht das andere Tor nehmen konnten!«

»Es ist abgesperrt. Und der Schlüssel befindet sich irgendwo im Palast. Und das Tor ist aus Eisen. Und gegen Eisen kann Magik nicht allzuviel ausrichten. Und es ist viel zu hoch, um darüber zu klettern. Und oben sind lauter Eisenspitzen. Und ...«

»Schon gut, schon gut, ich habe schon verstanden.« Scandal wirkte entmutigt. »Du brauchst einem toten Pferd nicht noch die Peitsche zu geben.«

»Oh, doch, nämlich bei dem Zauber, mit dem man die Werwölfe daran hindert, die Blumenbeete umzugraben«, erwiderte ich.

Er stieß ein schreckliches Jaulen aus und raste einfach davon, fragt mich nicht warum. Ich mußte fürchterlich loslegen, um mit ihm Schritt zu halten, und das Laufen ist alles andere als einfach, wenn man einen großen Stock dabeihat. Das weiß ich genau, weil er mir nämlich irgendwie zwischen die Beine geriet und ich hinfiel und beinahe voll im Sumpf gelandet wäre.

Ich saß gerade im Schlamm und zerrte Voondrabs aus meinem Kittel, als ich eine vertraute Stimme sagen hörte: »Da bist du ja endlich, Rattenklopper. Tztz. Warum hast du denn so lange gebraucht? Läßt man ein hübsches Mädchen etwa an einem solchen Ort so lange warten? Soll ich dir aufhelfen? Oder ist das vielleicht irgend so ein Hexengedöns, ein, wie nennt ihr das noch, Ritt-Wal? Vielleicht die jährliche Aussegnung der Voondrabs?«

Ich wischte mir schlammtriefende Knallfrösche aus den Augen und erblickte Bini, wie sie mich anlachte. Komisch, ihr Gelächter klang nicht einmal bösartig – eher so, als wollte sie, daß ich mitlache, damit ich mich nicht so verlegen fühlte. Ich begann, mich aus dem Sumpf zu hieven, und sie reichte mir eine helfende Hand.

»Da«, sagte sie, nahm ihre alte Küchenschürze ab und reichte sie mir, als ich wieder auf trockenem Boden stand. »Wisch dir mal das Gesicht ab und – warte, nicht bewegen ... ah!« Sie streckte sich ein Stück und zog mir ein Babyvoondrab aus dem rechten Ohr. »Ist doch schon viel besser, oder?«

»Bini, was tust du hier?« fragte ich, während ich mir so viel Sumpfbrühe abwischte, wie ich nur konnte. Ich sah mich in der Hoffnung um, Scandal irgendwo herumlungern zu sehen, hatte aber kein Glück. Statt dessen bemerkte ich den großen, abgedeckten Korb, den Bini an einem Arm trug. Der sah mächtig schwer aus. »Gehst du auf ein Picknick?«

»Ein Sumpfpicknick?« Sie lachte. »Ach, das ist aber herrlich! Nein, das ist für dich, Liebster. Für dich, für unterwegs. Nur ein paar Kleinigkeiten, nicht allzuviel, aber genug, um dir ein- oder zweimal den Bauch vollzuschlagen, bis du dir frischen Proviant besorgt hast. Und eine hübsche Flasche von Fräulein Vees famosem Frohbeerenschnaps. Selbst wenn er dir nicht besonders schmecken sollte, ist er doch wenigstens gut gegen Mäusekrätze.«

Lächelnd stand sie da und hielt mir den Korb entgegen. Ich musterte sie nur und rührte keinen Finger, um ihn anzunehmen. Schließlich stellte sie ihn am Boden ab. Ihr Lächeln verschwand. »Nichts davon ist vergiftet, falls du deshalb eine solche Schnute ziehen solltest. Wenn du mir nicht glaubst, greif doch hinein, schneid irgendein Stück heraus, wo immer du willst, dann eß ich es vor deinen Augen auf.«

»Das wäre keine echte Prüfung«, erwiderte ich. »*Er* hätte dir ja vielleicht das Gegenmittel geben können.«

»Er? Wer?«

»Du weißt schon wer: Zoltan.«

Als sie mir diesmal ihre Zähne zeigte, war das kein Lächeln. »Das ist es also. Du traust mir nicht, weil du glaubst, ich hätte was mit Zollie, wie?«

»Was soll ich denn wohl sonst glauben?« erwiderte ich in empörter Rechtschaffenheit. »In all den Jahren, die ich unten in den Küchen schuften mußte, bist du noch nie so nett zu mir gewesen, aber dafür bist du mit Zollie ausgegangen – mit Zoltan Bösherr. Und ich habe auch gehört, wie du erzählt hast, daß er fast die ganze Magik von Meister Thengor bekommen würde.«

»Du hast ja wohl Ohren, groß genug für einen Wolf«, preßte Bini zwischen den Zähnen hervor. »Weißt du auch, was mit Wölfen passiert?«

Blöde Frage – schließlich weiß jeder, was mit Wölfen passiert. In mancher Hinsicht sind sie schlimmer als die Lemminge. Die armen, dummen Tiere kommen ständig um, indem sie durch die Kamine von Ziegelhäusern fallen, direkt in riesige Kessel voller kochendem Wasser. Und wenn nicht das, dann schleichen sie sich in Seniorinnenheime, ziehen sich Omas Flanellnachthemd an und kriechen ins Bett, bis irgend jemand sie entdeckt, in Panik gerät und einen Holzfäller herbeiruft, der das Vieh entsorgen soll. Das gibt dann jedesmal eine schreckliche Schweinerei. Deshalb gehören blutfleckabweisende Bettlaken, Kissenbezüge und Flanellnachthemden auch zu den beliebtesten Omataggeschenken auf Orbix, dicht gefolgt von WolfEx-Kaminfiltern.

»Du siehst mir aber nicht gerade wie ein Holzfäller aus«, bemerkte ich.

Zu meiner Verblüffung brach Bini in Tränen aus.

Ich wußte nicht, was ich tun sollte. Hatte ich sie vielleicht beleidigt? Ich hatte noch nie von einem Mädchen gehört, das gern *wollte,* daß man ihm sagte, es sehe wie ein Holzfäller aus. »Hör mal, Bini, es tut mir leid, ich …« Ich versuchte den Arm um sie zu legen; sie ließ es zu. Es fühlte sich nett an, so nett sogar, daß ich eine ganze Weile einfach nur dastand und es genoß, ohne zu versuchen herauszufinden, was eigentlich los war.

Es hielt nicht lange an. Bini entriß mir ihre Schürze und benutzte den am wenigsten verschlammten Zipfel, um sich die Nase zu putzen. »Ihr großen, klobigen Zauberertölpel, ihr glaubt wohl, ihr wüßtet alles, wie? Die Geheimnisse des Universums, die Mysterien der Natur, die Rätsel von Leben und Tod und all den anderen Sums? Na, was Frauen betrifft, habt ihr jedenfalls nicht die Bohne von einer Ahnung!« Sie schluchzte, und aus ihrer Kehle entsprang ein derart lautes Gurgeln, daß ich schon meinte, sie würde ersticken.

»Na klar, ich weiß schon, wie du dir das denkst«, fuhr sie fort. »Ein Mädchen wie ich geht mit jemandem wie Zollie, und schon glaubst du, sie würde alles dafür tun, damit er auch ja nur die dreckige alte Macht von Meister Thengor kriegt.«

»Na ja … würdest du das denn vielleicht nicht?«

Sie schluchzte wieder. Einige Voondrabs vernahmen es und flohen in schwabbelndem Galopp scharenweise aus dem Sumpf. In der Paarungszeit sind sie alle sehr empfindlich.

»Ja, sicher, *klar* würde ich!« In Sachen Sarkasmus hätte Meister Thengor von Bini noch etwas lernen können. »Und hinterher würde ich mir dann selbst die Kehle durchschneiden, nur damit ich was zu tun habe. Begreifst du denn nicht, du blöder Rattenklopper? *Ich liebe ihn!*«

Nein, ich begriff nicht. »Ich dachte, wenn man jemanden liebt, dann will man auch, daß er alles bekommt, was er haben will. Und diese Magik will Zoltan ganz dringend haben.« Fürchterlich dringend. Der Mordanschlag war mein Beweis.

Bini unterbrach ihr Weinen lange genug, um zu schnauben. »Hmph! Als wenn ein Mann schlau genug wäre, um zu wissen, was er *wirklich* will. Da kommen wir Frauen ins Spiel. Schön, mal angenommen, Zollie bekommt diese ganze Magik, was dann?«

»Dann ... äh ... dann wäre er glücklich, nicht?«

»Oh, sicher, er würde *glauben*, daß er glücklich ist. Zunächst. Er wäre der mächtigste Zauberer, den Orbix je gesehen hat, ganz bestimmt. Von überallher würden die Leute zu ihm kommen, über die Berge, übers Meer, allesamt auf König Steffans Zollweg, nur um ihn um Hilfe zu bitten. Sie würden ihn mit riesigen, großen, hohen, äh, Haufen von Gold behäufen und ihm Edelsteine zu Füßen legen. Sie würden ihre Kinder mitbringen, damit sie bei ihm die Zauberei lernen. Ständig würden irgendwelche anderen Zauberer vorbeikommen, die Mütze in der Hand, nur um ihm zu erklären, wie sehr sie ihn schon immer bewundert haben, und ob sie irgend etwas tun könnten, um ihm zu Gefallen zu sein, beispielsweise die Schleimwürmer füttern oder den Müll rausbringen oder sonst irgendwas.

Und dann – die Frauen erst!« Ihre Miene versteinerte. »Parfümiert und bemalt und gepudert und in diese ganzen Seidenschleier eingewickelt wie wandelnde Geburtstagsgeschenke, die *mein* Zollie nur noch auszupacken braucht. Tanzend, als hätten sie ein Nest voller Zwickspechte im Höschen. Und ihre anzüglichen Lieder singend, über die Lamprete und das Astloch ...«

»Das kenne ich noch gar nicht«, warf ich ein. »Könntest du es mir vielleicht mal beibringen ...?«

Doch Bini ignorierte meine aufrichtig gemeinte Frage einfach. Wie Scandal es ausdrücken würde, sie war schwer in Fahrt. »Und dann – das Allerschlimmste!« schrie sie. »Der Tag, da der König persönlich meinen Zollie in sein Schloß ruft und ihm sagt: ›Mein Junge, ich hätte da ein kleines Geschenk für dich, als Anerkennung für dein ... blabla ...‹, und dann richtig zackig in die Hände klatscht, und dann schleppen seine Diener so einen zusammengerollten Teppich herbei und schubsen ihn an, und nachdem er sich aufgerollt hat, steht sie da, die eigene Tochter des Königs, die wunderschöne Prinzessin, toll gekleidet und bereit ... meinem Zollie überreicht zu werden – als seine *Brahaaahuu-huuhuhuuuuuut!*«

Das letzte Wort kam so schrill heraus, daß ich mir schon wünschte, sie hätte das Babyvoondrab lieber in meinem Ohr gelassen. Nachdem ich mich davon überzeugt hatte, daß sie mich doch nicht der Taubheit endgültig in die Arme getrieben hatte, warf ich ein: »König Steffan hat überhaupt keine Tochter. Er ist ja nicht einmal verheiratet.«

»Das wird ihn nicht daran hindern.« Sie ließ es sich nicht ausreden. »Ich weiß alles über diese Könige. Immer, wenn sie einen mächtigen Helden für sich gewinnen wollen, *schnapp!*, kriegen sie auch schnell ein paar Töchter, wie die Pilze nach dem Regen.«

»Und wickeln sie in Teppiche ein? Wie unbequem! Könnten sie die Prinzessin nicht einfach nur hereinführen lassen, um sie Zol- ... äh, ihrem zukünftigen Gatten vorzustellen?«

»Das zeigt mal wieder, wie wenig Ahnung du hast!« Bini steckte die Hand vorn in ihre Bluse. Ich hielt die Luft an. Sie zog ein kleines Buch hervor, billig gemacht, auf schäbigem Papier gedruckt, ja, es hatte nicht einmal einen Hartdeckel, der es von außen schützte. Sie wedelte damit nach mir. »Hier steht es genau drin, in Raptura Eglantines neuestem Buch *Mein wilder Hexer:* Wie der gutaussehende Junge Meister Brad die fröhliche Prinzessin Carmine zum erstenmal kennenlernt, als sie nämlich aus dem Teppich gerollt wird, in dem eigentlich ihre ältere Schwester hätte sein müssen.« Bini musterte den zerdrückten Umschlag und seufzte sehnsüchtig, bevor sie das Buch an den Busen drückte.

»Kann ich das mal sehen?« fragte ich und streckte die Hand danach aus. Sie schlug mit dem Buch danach.

»Du willst wohl gerade die Schwäche eines Mädchens ausnutzen, wie?«

Ich ließ den Kopf hängen. »Ich wollte dir doch nur helfen.«

»Wenn du das möchtest, dann nimm gefälligst den Korb und hau ab!« befahl sie mir. »Nimm deine ganze böse, furchtbare, giftige Magik und verschwinde! Bring sie weit weg, so weit, daß mein Zollie sie niemals findet, damit er dich nicht umbringt und sie ganz allein an sich nimmt und … und …« Jetzt weinte sie wieder, wahrscheinlich dachte sie gerade an Teppiche und Prinzessinnen und Lampreten.

Ich nahm den Korb auf. Er war genauso schwer, wie er aussah. Bini weinte noch immer, als ich am Sumpfrand niederkniete und mit meinem Rattenklopperstock den alten Schädel herausfischte. Ich wußte zwar nicht, ob ich Scandal jemals wiedersehen würde, doch falls dem so sein sollte, wollte ich nicht, daß er wütend auf mich wurde, nur weil ich es vergessen hatte. Ich schüttelte den größten Teil des Schlamms aus dem Schädel und steckte ihn auf die Spitze meines Stocks zum Trocknen. Dann verabschiedete ich mich von Bini.

»Und komm bloß nicht wieder«, sagte sie zwischen den Schluchzern zu mir. Das war zwar nicht gerade der Abschied, wie ich ihn mir nach sechs Jahren an der Akademie für Hochzauberei vorgestellt hatte, aber mehr war wohl nicht drin.

Ich trat durch das goldene Tor auf den Ziegenpfad hinaus. Es war ein langer, beschwerlicher Weg mit sehr viel mehr Steinen, als es meiner Meinung nach notwendig gewesen wäre. Meine Füße taten schon ziemlich schlimm weh, als der Ziegenpfad schließlich in einen dichten Wald im westlichen Teil von Meister Thengors Anwesen mündete.

Unmittelbar hinter dem Waldesrand standen ein paar hohe Stümpfe wie abgebrochene Zähne herum. Es waren Holzfäller dagewesen, aber sie hatten sich nicht allzutief in den Urwald hineingewagt. Ich fragte mich, warum wohl nicht. Der Wald sah gar nicht so gefährlich aus. Ich konnte mich nicht daran erinnern, daß er auf Meister Thengors Karten als etwas eingetragen gewesen wäre, das es besser zu vermeiden galt, wie beispielsweise der Wald der Furcht im Norden oder der Grabschhain im Süden, oder der Forst der Taumelnden Kopflosen Hirnsaugenden Leichen im Osten, oder wie der Schlachthain – wo immer der Schlachthain sein mochte.

(Meine beste Note in Erdkunde war eine 6+, und auch die hatte ich nur bekommen, weil ich es schließlich schaffte, von der Studentenlaterne ins Unterrichtszimmer zurückzufinden, ohne mich dabei zu verirren.)

Ich setzte mich auf einen der Stümpfe, um mich auszuruhen, den Korb zwischen den Beinen, den Stock mit dem Schädel auf der Spitze gegen meine Wade gelehnt. Zwei der kleineren Sonnen waren schon mit dem Abstieg beschäftigt; der Nachmittag lag im Sterben. Ich hatte noch immer keinen Bissen zu mir genommen, verspürte aber auch keinen allzugroßen Appetit. Während meines ganzen einsamen Fußmarsches hatte ich ständig nach Scandal Ausschau gehalten. Kein Schritt, den ich tat, kein spitzer Stein, auf den ich trat, kein Schlagloch, über das ich stolperte, machte mir etwas aus, ebensowenig wie der dazugehörige Schmerz – wenn ich nur den Kater eingeholt hätte. Doch statt dessen blieb mir am Schluß nur der Schmerz übrig.

Ich hatte sogar versucht, ihn mit Hilfe meiner Magik zu finden. Hatte Zoltan nicht erzählt, daß Magik Magik anzog, daß das größere das geringere herbeirief? Wenn ich mich nur dahinterklemmte, könnte ich meine Magik doch sicherlich dazu bringen, die des Katers ausfindig zu machen. Das würde ein ziehendes Gefühl sein, das wußte ich einfach, vielleicht auch ein Glühen. Ich schloß die Augen, konzentrierte meine Gedanken und hoffte.

Kein Zucken, kein Funke, nicht der allerleiseste Unterschied.

»Dumme Katze«, sagte ich laut. Die Bäume raschelten. »Warum mußt du nur davonrennen?« Ich packte meinen Rattenklopperstock und schüttelte ihn wütend, bis der Schädel darauf klappernd zu kreiseln begann. »Prima! Abgehauen! Mich allein gelassen! Als wenn mir das etwas ausmachen würde! Du brauchst mich mehr als ich dich! Du hast doch keine Ahnung von Orbix. Du findest doch nie das Loch, das dich in deine eigene Welt zurückführt, wenn ich dir nicht dabei helfe. Du findest vorher höchstens ein dutzendmal den Tod. Du ... du ...« Irgend etwas fing an, meine Worte abzuwürgen, bevor ich sie hervorpressen konnte; irgend etwas, das eine viel zu große Ähnlichkeit mit Tränen hatte. *»Du hast doch noch nicht mal gewußt, daß Voondrabs in Monaten ohne R giftig sind!«*

»Mag sein«, sagte der Kater und steckte den Kopf unter der Abdeckung von Binis Picknickkorb hervor. »Aber mit einem ganzen Brathuhn als Zimmergefährten – wer braucht da noch Voondrabs?«

KAPITEL 8

»Du siehst aus wie etwas, das die Katze ins Haus geschleppt hat«, meinte Scandal. »Wenn du den Ausdruck bitte nicht verzeihen würdest.«

»Mußtest du gleich das *ganze* Huhn auffressen?« Ich durchwühlte den Picknickkorb, doch alles, was ich darin als Beweis für die Existenz eines Huhn vorfand, war eine Handvoll Knochen.

»Ich habe dir den Wunschknochen übriggelassen. Ich dachte, ein großer Zauberer wie du würde das zu schätzen wissen. Was zählt, ist nur die Absicht.« Seine Schnurrbarthaare glänzten vor Fett. »He, nun hör mal auf zu winseln. Da drin ist noch jede Menge anderes Zeug, das du essen kannst.«

»Jede Menge«, stimmte ich zu. »Sofern man kalte, gedünstete Lampretenreste und Frohbeerenschnaps mag.«

»Das wirst du schon, keine Bange«, antwortete Scandal. »Wenn du erst einmal genug Hunger hast, werden sie dir paradiesisch schmecken!«

Das Schlimmste war, daß er recht behielt. Zusammen mit Scandal war auch mein Appetit zurückgekehrt. Bini hatte zwei Laibe Brot eingepackt – tagealtes, aber immerhin Brot –, und es dauerte nicht lange, da vertilgte ich schon eine kalte Lampretenstulle. Als ich damit fertig war, verstaute ich den Rest unserer Vorräte sehr sorgfältig.

»He, Hauptgerippe, hast du nicht etwas vergessen?« Scandal wies mit einer Pfote auf die Reste des Brathuhns.

»Erst der Schädel und nun dies. Was hast du eigentlich nur mit alten Knochen?« wollte ich wissen.

»Nächstes Mal, wenn wir an ein versperrtes Eisentor kommen, hast du einen Skelettschlüssel dabei, hä, hä, hä.« Ich sah ihn wütend an. »Hä. Na schön. Bin ich eben doch ein Komiker. Man weiß nie, was einem unterwegs mal nützlich sein kann, Kumpelchen – selbst Knochen haben ihren Verwendungszweck … und es wird dich schon nicht umbringen, sie mitzuschleppen. Wo ist eigentlich das Rindfleisch?«

»War da etwa Rindfleisch drin, das du auch noch aufgefressen hast?« Ich mochte meinem Pech nicht trauen. »Junge! Da latsche ich Wedwel weiß wie lange die schlimmsten Fußwege des ganzen Königreichs entlang, völlig aufgelöst, weil ich nicht weiß, was aus dir geworden ist, und die ganze Zeit liegst du hübsch zusammengerollt in dem Korb, den *ich* auch noch schleppe, und frißt alles auf, was nicht niet- und nagelfest ist!«

»Jungchen, wenn man es erst festnageln muß, bevor man es essen kann, lohnt es die Mühe nicht.« Scandal fuhr sich mit der Zunge über die Pfote und benutzte sie wie ein Gesichtstuch, um sich zu putzen. »So, wie ich die Sache sehe, haben wir ein paar wichtigere Fische zu grillen, als uns um deinen Magen zu sorgen. Und wenn du mich jetzt fragst, ob ich den gegrillten Fisch etwa auch aufgefressen habe, dann beiße ich dich.«

»Na klar, worüber sollten wir uns auch schon groß Sorgen machen?« fragte ich und zog die Beine an. »Abgesehen von der Frage, wo wir heute nacht schlafen sollen, was wir in ein paar Tagen zu essen haben werden, wenn dieser Proviant erst einmal aufgebraucht ist, und wo wir frisches Wasser finden. Frohbeerenschnaps löscht zwar nicht den Durst, aber wie man so hört, soll er gut gegen Mäusekrätze sein.«

Scandal zuckte mich mit den Augenbrauen an. »Oho! Vernehme ich da etwa Sorge um praktische Angelegenheiten? Du, das Kind, das doch drauf und dran gewesen ist, nur mit ein bißchen Tölpelglück und Magik bewaffnet in die große weite Welt hinauszuziehen?«

»Ich wünschte, ich hätte genug Tölpelglück gehabt, einen zweiten Kittel einzupacken.« Ich schlang die Arme fest um den Leib und zitterte. Im Wald war es kühl, und meine vom Sumpf durchnäßten Kleider waren noch nicht ganz trocken geworden, wie lange ich auch marschiert war.

»Ist dir kalt, Kumpel?« Scandal legte den Kopf schräg. »Ja,

du siehst wirklich ein bißchen blau um den Schnurrbart aus. Na, wie ich immer so gern sage, wer mitten in einem Wald erfriert, der hat es auch verdient. Du holst die großen Stücke, ich den Reisig.«

Wir brauchten nicht allzu lange, da hatten wir einen ansehnlichen Holzhaufen beisammen. Nachdem Scandal den letzten Zweig aus dem Maul hatte fallen lassen, hockten wir uns einander gegenüber, den Holzhaufen in der Mitte, und warteten.

Und warteten.

Und warteten.

Scandal ergriff als erster das Wort. »Nun? Erfrierst du gern? Fang schon endlich an mit dem Pfadfindertraining! Entzünde ein Streichholz, hol Feuerstein und Stahl hervor, reib zwei Teenager aneinander, *tu etwas*!«

Ich sah ihn verlegen an. »Ich weiß nicht, wie man ein Feuer macht. Ich hatte eigentlich gehofft, du wüßtest es.«

»Ich? Dort, wo ich herkomme, ist es doch *deine* Rasse, die ständig so viel Gezeter darum macht, daß *ihr* die Chefs aller Tiere sein müßt, denn *ihr* seid doch der Werkzeugschaffende Mensch, der Tierzähmende Mensch, der Feuermachende Mensch! Also mach uns schon endlich ein Feuer, sonst zeige ich dich bei der Gewerkschaft an, weil du dich für ein Menschenwesen ausgegeben hast.«

Ich schüttelte traurig den Kopf. »Ich habe noch nie im Leben ein Feuer gemacht. Mit gar nichts. Ich könnte es zwar schaffen, wenn ich eine glühende Kohle von einem anderen Feuer dabei hätte, aber ohne ... Meister Thengor hat mir nie beigebracht, einen Feuerirrwisch heraufzubeschwören.« Ich schnatterte wieder und hustete. Diesmal fühlte es sich so an, als sei das Sumpfwasser schon durch meine ganzen Knochen gesickert.

»Du hörst dich schrecklich an«, bemerkte Scandal.

»Ich fühle mich auch schrecklich.« Ich hustete noch etwas. Und dann fügte ich, so erbärmlich, wie ich nur konnte, hinzu. »Ich glaube, ich sterbe.«

Mehr brauchte ich zu Hause nie zu sagen, und schon war mir jede Menge Aufmerksamkeit gewiß. Dann pflegte

Mama mich ins Bett zu schicken, ließ einen Diener bei mir Wache halten, um mir alles zu bringen, wonach ich verlangte, weckte unsere Köchin aus dem Tiefschlaf, um mir eine heiße Suppe zu machen, alles, was ich wollte. Selbst an der Akademie für Hochzauberei waren diese Worte für eine Sonderbehandlung gut. (Tote Studenten bringen nicht so viel Unterrichtsgebühren wie lebende, erinnert ihr euch?) Und schulfrei bekam man auch. Nur ein einziges, wimmerndes *Ich glaube, ich sterbe,* und egal, wer gerade für mein Leben verantwortlich war, sofort sprang er herbei und kümmerte sich um mich, ja, auch um alle möglichen nebensächlichen Problemchen, die ich gerade haben mochte.

Der Kater aber sagte nur: »Gut, wenn du dann tot bist, kriege ich wengistens deinen Anteil von den Lampreten.«

Ich stellte das Siechtum auf der Stelle ein und ging ins Kochen über. »Du selbstsüchtiges ...! Ich bin am Sterben, und alles, was dir einfällt, ist ...! Du verfressenes ...!« Ich dachte nicht nach, ich war einfach nur wütend. Ich hob einen kleinen Stein vom Waldboden auf und schleuderte ihn auf Scandal.

Ich kann recht gut zielen und treffe auch meistens, was ich treffen will, aber diesmal warf ich nicht, um ihn zu treffen, sondern nur, um ihm eine Lektion zu erteilen. Der Stein schlug einen Fingerbreit neben seinen Hinterläufen ein. Scandal explodierte mit einem Zischen und schoß hoch in die Luft, die Beine versteift, die Krallen ausgefahren, die Fellhaare aufgestellt –

– funkensprühende Magik wie verrückt!

Ich gaffte, aber nur ganz kurz. Dann jagte ich los, schneller als ein Armbrustbolzen, riß eine Handvoll trockenes Gras aus dem Boden, dazu etwas Laub, hielt alles ganz dicht an die tausend winzigen Feuersternchen, die vom Fell der Katze sprühten. Die vielen Funken, die den ausgestreckten Zunderklumpen verfehlten, verbrannten mir die nackte Haut, aber die wenigen, die tatsächlich auf das trockene Laub trafen, fingen ganz hübsch an zu qualmen und zu glimmen. Als Scandal wieder am Boden auftraf, hielt ich bereits den Keim zu einem Feuer in den Händen. Ich kniete nieder und blies es zu einer Flamme hoch, speiste es mit Rinden- und Zweigstückchen. Nach und nach päppelte ich es so zu vollem, knisterndem Leben hoch.

»So!« Ich warf einen dickeren Ast auf das Feuer und kauerte mich auf die Hacken, mächtig stolz auf mich selbst. »Ich habe es geschafft!«

»*Du* hast es geschafft?« Scandal hielt lange genug damit inne, sein zerzaustes Fell zu glätten, um mir einen schmutzigen Blick zuzuwerfen.

»Na schön, du hast mitgeholfen«, räumte ich ein. »Aber es war ja nicht so, als hättest du gewußt, was du da tust.«

»Du etwa?« erwiderte der Kater. »Mach dir mal nichts vor, mein dummstolzer Schönling, wir stecken bis zur Oberkante Unterlippe in etwas unglaublich Machtvollem, einer Kraft, die dem, der sie beherrscht, fast alles geben kann, was er nur will. Aber weil wir sie eben nicht beherrschen, nützt sie uns ungefähr so viel wie ein Hut dem Kopflosen Reiter. Genau das ist auch das Problem, was ich dir vorhin schon klarmachen wollte. Wir müssen lernen, unsere Magik zu gebrauchen, sonst ...«

»Weshalb?« fragte ich. »Ich will meine einfach weggeben – nicht gerade an Zoltan Bösherr, sonst bringt Bini mich um, sofern er das nicht noch schon vor ihr erledigt –, und du brauchst sie nicht, weil du einfach nur nach Hause willst. Ich dachte, wir hätten uns darauf geeinigt ...«

Scandal warf sich auf den Rücken, alle viere ausgestreckt, zeigte sein weißes Bauchfell. »Mach schon, Junge, bedien dich.«

»Hä?«

»Meine Magik. Nimm sie dir ruhig. Du wirst deine Last doch nicht los, bevor du nicht alles zu einem handlichen Sparpaket gebündelt hast, also fängst du am besten gleich mit meiner an. Ich habe sie nicht bezahlt. Nimm sie mir nur ab!«

Mein Mund öffnete sich, dann schloß er sich wieder. Ich hatte schon immer gewußt, daß er schlauer war als ich. Scandal blieb noch eine Weile so liegen, dann wälzte er sich auf die Seite und sagte: »Du kannst gar nicht, wie?«

»Ich dachte ... ich dachte, wenn meine Magik auf andere trifft, die aus Meister Thengors Vorrat stammt, dann würde die mich einfach bespringen. So wie kleine Welpen.«

»Ekelhafte Vorstellung.« Scandal rümpfte die Nase.

»Wenn das stimmen würde«, fuhr ich fort, »dann hätte deine Magik allerdings von dir weichen und sich sofort mit meiner vereinen müssen, als wir uns das erstemal begegnet sind. Aber wenn die Magik nun doch nicht so einfach zu mir kommt, sobald ich sie gefunden habe, was soll ich dann bloß tun, um sie mir anzueignen?«

»Ganz genau, Einstein«, meinte der Kater.

»Scandal, was sollen wir tun? Wie kann ich denn lernen, die Magik zu beherrschen?«

»Wie macht man das denn sonst hierzulande?« wollte er wissen.

»Man schreibt sich bei einem Zauberer ein, und der bringt es einem bei.«

»Das können wir getrost vergessen. Da ist die Wahrscheinlichkeit viel zu groß, daß wir auf einen zweiten Zoltan stoßen. Gibt es denn keine praktischen Ratgeberbücher, die du dir besorgen könntest? Von der *Memme zum Hexer in einer Woche*, vielleicht? Oder *Selbst ist der Magier?*« Ich teilte ihm mit, daß es nichts dergleichen gab.

»Na schön«, sagte der Kater. »Kein Lehrer, keine Bücher, also genauso, wie es früher gewesen sein muß, als der erste Höhlenknilch die Magik entdeckte. Stimmt's, oder habe ich recht?«

»Du hast schon recht. Zoltan hat mir beinahe genau dasselbe erzählt, als er über die Zeit sprach, da die Magik noch ungezähmt war.«

»Zoltan hätte dir auch erzählen können, du sollst oben vom Turm springen, und du hättest glatt einen Hopser riskiert. Was ich wissen will, ist folgendes: Wie hat denn der erste Uga-Uga gelernt, das Zeug zu handhaben, ohne sich dabei die Rübe abzureißen?«

»Durch Versuch«, antwortete ich. Meine Lippen waren trocken wie Pergament. »Und Irrtum.«

»Richtig! Und was deinen Höhlenknilch-Zauberern recht

war, das soll uns billig sein. Ach, der betörende Sirenengesang der reinen Wissenschaft! Wie ich ihn doch liebe! Die Verzückung roher Datenströme, das Prickeln der Theorien, die Ekstase des Experimentierens ...!«

Er war so aufgeregt, daß es schon den Anschein hatte, als würde er gleich vom Boden abheben. Dann blinzelte ich kurz, und falls es nur eine Illusion gewesen sein sollte, war sie sofort wieder verschwunden.

»Halt mal!« warf ich ein. »Diese ganze Verzückung, das Prickeln und die Ekstase hast du wohl für *mich* vorgesehen, wie?«

»Von bestechender Logik, Chef.« Der Kater hob eine Augenbraue. »Du verfügst über die meiste Magik, also bist du auch am meisten durch Rohrkrepierer gefährdet. Du solltest lieber lernen, sie zu beherrschen, bevor noch irgend etwas kaputnik geht.«

»Und was, wenn im Zuge der Experimente etwas kaputnik geht?«

»Immer mit der Ruhe, Otto – deine Magik wird dich schon beschützen.«

»Vor sich selbst?«

»Hmmm, faszinierende Frage.« Und wieder diese hochgehobene Augenbraue. Wie machte er das bloß? »Theoretisch schon ... na ja, schätze, das werden wir wohl noch rausbekommen.«

»Das ist unmöglich!« protestierte ich. »Es dauert Jahre, Magik zu meistern! Dazu muß man Tausende von Zaubern und Gesten auswendiglernen, und wenn man einen Fehler macht und das falsche Wort mit der falschen Geste verbindet ...«

»Klar, klar, klar, kaputnik.« Scandal nahm die Sache recht gelassen. Warum auch nicht? Schließlich ging es ja nicht um *seinen* Hals. »Hör mal zu, Jungchen, was dir dein alter Onkel Scandal erzählt: Diese tollen Megazauberer auf deiner Welt unterscheiden sich nicht sonderlich von den Trickbetrügern, wie sie auf meinem Heimfeld spielen. Dieses ganze Getue, von wegen jahrelanges Studium, die richtigen Worte auswendiglernen, die richtigen Handgesten – das ist doch alles bloß Augenwischerei, was denkst denn du! Ich will dir ein Beispiel geben: Irgendein Mädchen möchte ein paar Pfund abnehmen, also braucht sie nur etwas weniger zu essen und ein bißchen mehr Sport zu treiben; das könnte ihr jeder sagen! Aber die Zauberer, die wir da haben, die sagen zu ihr: ›Wenn du *nur* die Worte in dieser Diätbibel liest, die ich verfaßt habe, und *ausschließlich* die speziellen, magischen Mahlzeiten zu dir nimmst, die ich schon fertig verpackt für dich bereithalte, dann, aber auch *nur* dann kannst du in fünf Tagen fünfzig Pfund abnehmen *und* kriegst auch noch den Rockstar deiner Wahl unter die Haube.‹«

»Warum sollte die denn jemanden wollen, der ihr unter den Rock starrt?« fragte ich.

Scandal seufzte. »Nur zur Unterhaltung. Ist das *alles*, was du begriffen hast?«

»Du willst damit sagen, daß es eigentlich recht einfach ist, die Magik zu beherrschen, aber daß die Zauberer nur so tun, als sei es schwer, um damit reich zu werden.«

»Der Kandidat hat neunundneunzig Punkte! Gebt dem Jungen eine Zigarre und eine vollbezahlte Krankenversicherung gegen Lungenkrebs! Hör mal, Knuddelchen, falls du dich dann besser fühlen solltest – wenn du erst einmal gelernt hast, deine Magik gebührend herumzuscheuchen, kriegst du von mir schon jede Menge mystische Worte und Gesten der Macht, um damit die Doofmänner zu beeindrukken. Bevor ich hierherkam, habe ich bei einem Computerhexer gelebt, mußt du wissen. Den hättest du mal sehen sollen, was der für mystische Worte und Gesten zum besten geben konnte, sobald die Festplatte mal abschmierte.«

Mit schwamm der Kopf. Scandals Worte verwandelten sich zu einem lauten Summen in meinen Ohren. Ich duckte mich, wich unsichtbaren Mäusekrätzern aus, da packte mich die nächste Woge Schüttelfrost. Mit klappernden Zähnen fragte ich: »Kkkk-könnte das nicht vvvv-vielleicht bbbb-bis mmmm-morgen früh wwww-warten? Ich ggggg-glaube, ich bin zzzz-ziemlich ... äh, müde.«

»Klar doch, Kumpelmann, aber immer. Siehst auch nicht gerade berauschend aus. Eine ordentliche Mütze voll Schlaf dürfte wahre Wunder wirken.« Er gähnte und zeigte dabei das gerillte Innere seines Mauls. »Mach nur, ich halte solange Ausschau nach Zoltan.«

Das ließ ich mir kein zweitesmal sagen. Ich kringelte mich neben dem Feuer zusammen, als einzige Decke hatte ich das Tuch von dem Picknickkorb. Der Waldboden war zwar nicht gerade ein Federbett, dennoch schlief ich fast sofort ein. Das letzte, woran ich mich noch erinnerte, war, wie etwas Warmes, Pelziges sich an meinen Bauch kuschelte, und an das angenehme, rumpelnde Geräusch aus seinem Innern.

»Würdest du mal bitte das Licht ausmachen, Salzknabe?« Scandal stieß mich heftig mit seinem keilförmigen Kopf unters Kinn.

»Was? Wie? Wer? Ist das Zoltan? Was ist los?« Ich fuhr auf und sah mich um. Es war mitten in der Nacht, das Lagerfeuer war heruntergebrannt, und ich konnte nicht allzu viel erkennen.

»Ist egal«, sagte der Kater und schmiegte die Rute enger an seinen Leib. »Jetzt ist es aus. Aber Junge, Junge, das war vielleicht hell! Ich dachte schon, ich schlafe nie ein bei diesem grellen Licht.«

Jetzt, da ich voll erwacht war, wurde ich auch gleich ärgerlich. »Du sollst doch überhaupt nicht schlafen! Du sollst mich eigentlich bewachen.«

Scandal hatte eine Vorderpfote vor die Nase gelegt, so daß seine Worte gedämpft herauskamen. »Hier ist weit und breit kein Zoltan, meilenweit nicht. Ich wette, daß dieses kleine Sahnetörtchen Bini ihn gerade mit sämtlichen weiblichen Waffen umgarnt, um uns einen ordentlichen Vorsprung zu verschaffen. Und jetzt halt die Klappe und laß ein Kätzchen endlich schlafen.«

»Woher weißt du denn, daß Zoltan nicht in der Nähe ist?« Wenn ich mich schon nicht darauf verlassen konnte, daß Scandal Wache hielt, wie sollte ich mich da erst auf sein Wort verlassen?

»Vertrau mir«, erwiderte Scandal. »Ich habe nachgesehen. *Nada.* Nicht die Spur.«

Ich hatte ja wohl ein Recht auf meine Skepsis. »Wie kannst du denn mitten in der Nacht so viel sehen, wo das Feuer so weit heruntergebrannt ist?«

»Ich bin eine Katze. Wir können nachts sehen, weißt du das nicht! Obwohl ...« Er wurde nachdenklich. »Ich kann mich allerdings nicht daran erinnern, zu Hause jemals so *gut* bei Nacht gesehen zu haben. Ich meine, gleich meilenweit! Fast die ganze Strecke bis zum Palast zurück. Besser als bei hellichtem Tag. Noch ein Grund, weshalb mir das nicht gefiel, als du anfingst, loszustrahlen wie eine Reaktorschmelze.«

»Wovon, in Wedwels Namen, redest du überhaupt ...?«

Ich brachte den Satz nicht mehr zu Ende. Statt dessen erglühte ich. Einfach so. Mein ganzer Körper, Kleidung eingeschlossen, erstrahlte plötzlich in einem hellen goldenen Licht. Ganze Wolken von Mäusekrätzern schossen aus der Tiefe des Waldes heran, von dem Glühen angezogen. Als sie versuchten mich zu beißen, schoß meine Magik sie ab. Sie starben unter leisen Brutzelgeräuschen. Alles, was von ihnen übrigblieb, waren ihre langen rosa Schwänze.

Und dann erlosch ich wieder – ohne jede Vorwarnung.

»Was war *das denn*?« rief ich.

»Da gibt es nur zwei Möglichkeiten, Sherlock: Entweder mexikanisches Essen oder Magik. Mein lieber Herr Gesangverein, wir sollten mal wirklich langsam loslegen, dir beizubringen, den Kram besser zu beherrschen. Das kann gefährlich werden, plötzlich den Christbaumschmuck zu spielen.«

»Ach, werd doch nicht albern, Scandal.« Nun, da ich wußte, daß es nur meine Magik war, machte ich mir keine allzu großen Sorgen mehr. Ich fand, daß es auch nicht schlimmer war als Aufstoßen. Tatsächlich bemerkte ich plötzlich ein komisches, perlendes Gefühl in der Bauchgegend, das in mir den Verdacht weckte, ich könnte gleich auch noch damit zu tun bekommen. »Was soll das denn schon wirklich ausmachen?«

Das Gesprudel in meinem Innern wurde heftiger. Ich

hoffte, ich würde nicht gleich rülpsen müssen. Ich atmete tief ein, wünschte mir, ich könnte das Rülpsen und Aufstoßen einigermaßen kontrollieren. Manchmal bedurfte es nur eines ordentlichen Schreckens ...

Genau den bekam ich auch.

»Yaaaaaaiiiiiihiiiiiiii!« Der muskulöse Schatten brach zwischen den Bäumen hervor, mitten in unser Lagerfeuer, mit blitzendem Breitschwert. »Aaaaaaiiiiiiooooouuuuuuuu!« Er platzte wieder aus den glühenden Kohlen, hüpfte mal auf dem einen, mal auf dem anderen Fuß, während wir beide viel zu erschrocken waren, um uns zu rühren. Ein Lichtflakkern, als die Schwertklinge sich in anmutigem Bogen hob und dicht unter meinem Kinn zum Halten kam. »Verweichlichter Stadtbewohner, blick er seinem Verderb ins Aug'!« höhnte der Schatten.

Meine Knie wollten schon nachgeben. Da spürte ich, wie Scandal mein Bein stützte, und hörte ihn flüstern: »He, Hautgerippe, immer Haltung bewahren! Dieser miese Kunde will was von dir? Soll er doch! Du weißt doch selbst, was passiert, wenn jemand versucht, Hand an dich zu legen.«

Flüsternd erwiderte ich: »Aber ich will niemanden umbringen ...«

»Erkühnst du dich zum Worte, Sklave?« donnerte der Schwertträger. »Bei Buxomia, dazu erteil' ich dir Erlaubnis nicht. Versuch's noch mal, so lös' ich dir die Zung' mit meiner Klinge Schneide wohl, trennt' ich dir das Haupt dabei auch noch vom Leibe. Der also schwört ist Grym der Große!«

»Ach ja?« konterte ich. »Na, und ich bin Meister Kendar. Der größte Zauberer auf ganz Orbix, der Beschwörer der Feuerirrwische, Reiter auf den Winden aller Himmelsrichtungen, Beherrscher der Dämonen, König aller Hexenkünste, Hofzauberer bei Seiner Durchlauchtesten Hohheit, König Steffan von Gladderadatsch, und wenn du mich nicht in Frieden läßt ...«

»Ach, vernehm' ich, wie du dich erdreistest, du zauberischer Windbeutel?« fragte mein Gegner und verpaßte mir mit der Breitseite seiner Schwertklinge einen Hieb gegen die Schläfe. Für einen kurzen Augenblick traten massenhaft allerliebste Sterne heraus, bevor alles schwarz wurde.

Meine Magik rührte keinen Finger.

KAPITEL 9

Als ich erwachte, war ich noch nicht gestorben. Das war schon mal ein ganz guter Anfang.

Gleichzeitig erwachte ich mit Schmerzen. Meine ganze linke Kopfhälfte fühlte sich an, als würde sie gleich abfallen, wenn ich mich zu weit vorbeugte, also blieb ich lieber liegen, wo ich war, die Augen halb geschlossen, und betete darum, daß das Pochen bald aufhören würde.

Mir schwamm einiges vor Augen. Das erste, was ich schärfer zu betrachten vermochte, ließ mich grübeln, ob ich nicht möglicherweise *doch* umgebracht worden war und ob das hier nicht vielleicht die berühmte Grube der ewigen Schuld, Pein, Bestrafung und Qual sein mochte, in die Wedwel alle bösen kleinen Jungen zu verstoßen pflegte, die sich weigerten, die hübschen himmelblauen Samtkittel zu tragen, an denen ihre armen Mütter so lange gearbeitet hatten.

Ich wünschte mir, ich hätte einen himmelblauen Samtkittel dabei. Ich hätte ihn dazu verwendet, meine Augen abzudecken, damit ich nicht länger mitansehen müßte, wie Grym der Große auf *meinem* Baumstumpf saß, den Totenschädel in der einen, sein Schwert in der anderen Hand.

»Töten«, intonierte er, »oder nicht töten. Das ist hier die Frage. Ob's edler im Gemüt, uns einen verweichlichten Stadthexer in Diensten zu halten, oder ihm Arme, Beine, Ohren und and're ausgesuchte Körperteile vom Leibe abzutrennen.«

Ich schloß die Augen, doch Gryms Abbild mochte nicht weichen. Ich war so lange bewußtlos gewesen, daß die Sonnen schon lange aufgegangen waren, deshalb gab es keinerlei Möglichkeit, *nicht* zu sehen, wie er aussah. Der muskulöse Schatten der Vornacht wirkte bei Tageslicht noch viel muskulöser. Grym besaß Muskeln an Stellen, wo ich sie nicht für möglich gehalten hätte. Selbst seine Nase sah so aus, als könnte sie im Kampf durchaus allein ihren Mann stehen. Er hatte einen Körper, auf den er stolz sein konnte, und so machte er sich auch nicht die Mühe, ihn in übertriebener Bescheidenheit zu verhüllen. Alles was er trug, war ein lederner Lendenschurz, einen breiten, mit Silbernieten beschlagenen Gürtel, einen Reisesack und Sandalen. Und wenn seine Garderobe nicht ausgereicht hätte, um jedem, dem er begegnete, das Wort BARBAR ins Gesicht zu schreien, hätte seine Sprache schon den Rest erledigt.

»Töten, metzeln – metzeln, vielleicht auch auszuweiden. Ja, daselbst liegt wohl der Spaß! Denn wenn wir diesem Zaub'rer dort ein paar strategische Teile vom Leibe hauen, versichern wir uns nicht dadurch, daß er uns nimmermehr entkömmt?«

»Keine Bewegung!« zischte mir eine wohlvertraute Stimme ins Ohr. Ich spannte mich an. »Ich sagte *keine* Bewegung! Herrje, willst du erst noch eine über die Rübe kriegen, bis du endlich auf mich hörst?«

»Scandal?« brachte ich so leise hervor, wie ich nur konnte.

»Keine Bewegung schließt die Zunge mit ein. Du tauber Schädel.«

»Ich wünschte nur, er wäre tatsächlich taub.« Ich warf noch einen verstohlenen Seitenblick auf Grym den Großen. Der war immer noch damit beschäftigt, den Schädel zu befragen, ob er mich nun umbringen solle oder nicht. Es ist unhöflich, sich in anderer Leute Gespräch einzumischen. »Was ist passiert?«

»Du hast einen auf die Nuß gekriegt, was denn wohl sonst?«

»Ich meine, was ist mit meiner Magik passiert? Warum hat sie mich nicht beschützt? Warum hat sie es zugelassen, daß er ...?«

Ich japste auf. Dieses schäumende Gefühl war zurückgekehrt. Genau wie Grym. Diesmal fuhr seine Klinge scheppernd dicht vor meinen Augen in den Boden und verfehlte nur um ein Haar meine Nasenwurzel.

»Lebest du wohl noch, o Zauberer?« fragte er. Er ergänzte seine freundliche Erkundigung dadurch, daß er mir den sandalenbewehrten Fuß in die Rippen stieß. Hastig fuhr ich auf, auch wenn das bedeutete, daß die eine Hälfte meines Schädels prompt davonrannte, um die Monde anzuheulen. »Ich lebest«, erwiderte ich.

»Dann spute dich und stell dich auf, o Weiser, auf daß der Worte wir nun wechseln mögen!«

Ich versuchte aufzustehen, aber meine Beine verweigerten mir die Hilfe. Genau wie Grym. Ich schaffte es auf Hände und Knie, während der Schwertkämpfer über mir stand und mich mit geringschätziger Miene musterte, beide Hände auf den Knauf seiner mächtigen Klinge gestützt.

»Erhebe dich, verweichlicht' Abschaum du der Stadt!« brüllte er. »Nicht ungestraft stellst auf die Probe du den Langmut Gryms.«

»Was ist denn nur aus ›O Zauberer, o Weiser‹ geworden?« knurrte ich. Mein Kopf tat noch schlimmer weh als zuvor, und die Luftblasen in meinem Bauch waren auch keine große Hilfe. Irgendwann erreicht man einen Punkt, da der Schmerz so schlimm wird, daß einem der Tod noch als eines der geringeren Übel erscheint. Dies war ein solcher Punkt in meinem Leben. Grym wollte, daß ich aufstand. Ich brauchte jemanden, der mir dabei half, und das wollte er mir verweigern? Schön, dann würde ich mir eben selbst helfen. Sollte er mich doch umbringen, wenn ihm nicht gefiel, was ich nun tun würde.

Ich packte den Handschutz seines Breitschwerts und zog mich daran hoch. Ich rechnete damit, daß Grym gleich knurren und das Schwert fortreißen würde, um mich von Kopf bis Fuß aufzuschlitzen oder mir wenigstens einen zweiten Hieb zu verpassen. Vielleicht hätte ich ja diesmal Glück, und er würde mich damit umbringen.

Doch das Glück war mir nicht hold. Kaum hatten sich meine Hände um Gryms Schwert geschlossen, als das unbestimmte Wühlen in meinen Eingeweiden zum reinsten Wasserspeierausbruch wurde. Ich stieß einen Schrei aus, halb

Schmerz, halb Jauchzen. Meine Beine zitterten, aber nicht vor Schwäche. Im Gegenteil: Kaum hatte ich die Hände auf dieses Schwert gelegt, als ich auch schon zu neuem Leben erwachte: erfrischt und bereit, Bäume auszureißen. Ich hörte Grym schreien – komisch, so etwas erwartet man von Barbaren gar nicht – und sah, wie das Schwert zwischen uns von goldenen Flammen bedeckt wurde. Er ließ es fallen, ich bekam es zu packen, und mit einem einzigen, heldenhaften Schwung der Klinge …

… kippte ich hintüber.

»Es kommt darauf an, die Schwungnahme zu beherrschen, o Zauberer«, sagte Grym, neben mir kauernd, der ich flach auf dem Rücken lag. »Meine treue Klinge, Grabräuber, neigt dazu, auszuscheren nach rechts, ficht man sich an, mit ihr zu schneiden. Du mußt gerade halten die Schultern, den Blick aufs Ziel geheftet, und schwingen aus den Hüften. Hier, nimm meine Hand, daß ich es dir zeige.«

Ich wälzte mich ohne seine Hilfe auf die Seite und blickte ihn eindringlich an. Ich hielt noch immer das Schwert in den Händen, obwohl ich das dumpfe Gefühl hatte, daß er es mir jederzeit hätte entreißen können. »Weshalb bist du plötzlich so hilfsbereit?« fragte ich.

»Wer wollt' nicht einen solch mächtigen Zauberer zum Verbündeten? Meiner Mutter Sohn ist doch kein Narr.« Er erhob sich und zog mich auf die Beine, komplett mit Schwert. Das Gewicht der Klinge kugelte mir fast die Arme aus, und doch konnte Grym uns beide mühelos hochheben, als wären wir nur eine Handvoll Stroh gewesen.

Ich stemmte die Klinge in den Boden, wie er es auch schon getan hatte. Es schien mir leichter, sie als Stütze denn als Waffe zu verwenden, obwohl es keinen Grund gab, Grym das zu offenbaren. »Du willst also mein Freund werden, wie?« fragte ich und versuchte, so gelassen zu klingen, wie ich nur konnte.

»Erfaßt hast du's, o Zauberer.«

»Weshalb?« Ich klang schon fast so zynisch wie Scandal. Apropos … Wo war denn bloß dieser Kater? Ich musterte das uns umgebende Waldstück, konnte aber nicht die leisete Spur von ihm ausmachen.

»Bei Zaftigus und tumitia, so sehr ich euch veracht', euch schwachdärmige Städter, wie auch den feigen Gebrauch der Zauberei im ehrlichen Kampfe, wäre ich doch stolz darauf, dich, o Meister Kendar, meinen Blutsbruder und Bundesgefährten heißen zu dürfen, weil ... weil ...«

Er brach ab, spannte sich an, nervös huschte sein Blick von einem Waldesschatten zum anderen. Und dann fügte er mit einer Stimme hinzu, die so leise war, daß es selbst noch einem Meister-Attentäter zur Ehre gereicht hätte: »Wegen meines Gesichts.«

Da hatte er allerdings recht.

Da ich nicht mehr in unmittelbarer Lebensgefahr schwebte, hatte ich nun Gelegenheit, den Barbaren aus nächster Nähe zu betrachten. (Vielleicht aus allzu großer Nähe. Baden ist etwas für schwachdärmige Städter.) Und jetzt, da ich ihn mir genau ansehen konnte, begriff ich, daß da etwas ganz, ganz schrecklich verkehrt war.

Dieselbe Nase, die den Anschein erweckte, als wüßte sie schon ihre eigenen Schlachten zu schlagen, war nicht nur das muskulöseste Exemplar ihrer Gattung, das ich je zu Gesicht bekommen hatte, sie war auch das – konnte das wirklich sein? – *süßeste.* Und wenn Gryms runde, wohlgebräunte Wangen auch die Narben von hundert Duellen und doppelt so vielen Wirtshausschlägereien aufwiesen, konnte das doch nicht den plötzlichen Drang mindern, der mich überkam, die Hand danach auszustrecken und sie zu zwikken. Die gutverteilten Sommersprossen taten ihr übriges. Und als der Wunsch meiner Hände langsam nachließ, seine süßen kleinen Wangen zu zwicken, so nur deshalb, weil sie als nächstes am liebsten all die süßen kleinen Tollen in seinem lockigen roten Haar glattgestrichen hätten.

»Weh mir!« rief er, und in seinen leuchtend blauen Augen erschien ein Ausdruck allerliebster Besorgnis. »Welch schlimmes Los. Zu lange doch erblicktest du mein fluchbeladen Antlitz, ist es nicht? Ja, ich seh's auch in deinen Augen, daß du dies getan. Nicht einmal deine Hexenkunst vermag es zu verbergen.« Ich weiß zwar, daß er niedergeschlagen aussehen *wollte*, aber seine Lippen öffneten sich zu einem so süßen Lächeln voller Zahnlücken …

»Ooooohhhhh«, sagte ich. Ich konnte einfach nicht anders. Er erinnerte mich an meine kleine Schwester Lucy, als sie noch ein Kind gewesen war. Damals konnte sie den ganzen Tag damit zubringen, mir ihr Spielzeug um die Ohren zu hauen … und dabei spielte dieses kleine Mädchen viel lieber mit Steinen als mit Puppen! Aber ich brauchte nur einmal auf Zehenspitzen in ihr Zimmer zu schleichen, nachdem man sie zur Nacht zu Bett gebracht hatte, einen Blick auf ihr schlafendes Gesicht zu werfen, und schon konnte ich an nichts anderes mehr denken als daran, wie süß sie doch war.

So süß wie ein Barbar, eben. »Soll ich den Standesbeamten für euch holen?« fragte Scandal und steckte die Nase aus dem Unterholz. »Oder wollt ihr etwa eine kirchliche Trauung?«

»Welch Zauberwerk ist dies?« rief Grym. Er entriß mir das Schwert und schwang die Klinge gegen den Kater. Scandal machte einen Satz, so hoch wie die Knie des Barbaren, und von seinen Schnurrbarthaaren stoben kleine Funken. Der Sohn von Gryms Mutter war tatsächlich kein Tor – sofort ließ er das Schwert sinken und kniete vor dem immer noch funkensprühenden Scandal nieder. Selbst auf den Knien war er noch fast so groß wie ich.

»Gnade, o wundrig Tier!« rief er.

»Äh, das ist mein Familiar, Scandal«, stellte ich vor.

»Hallo, Süßer«, begrüßte Scandal den Barbaren.

Der arme Grym stöhnte. »Schon immer war es so! Oh, dieses Antlitz! Dies gnadenlose, verräterische, schonungslose Gesicht! Meister Kendar, du Zauberer ohnegleichen, du darfst meinem Leid nicht den Rücken zukehren!« Er warf sich mir zu Füßen. Das war so, als hätte mir jemand einen Baumstumpf zugeworfen. Einen *riesigen* Baumstumpf.

»Ja, äh, klar doch. Ich werde ihm meinen Rücken schon nicht zuwenden, deinem mickrigen, großen Wie-war-dasnoch-gleich-Leiden. In Ordnung?« Ich klopfte ihm auf die Schulter. Ich könnte beschwören, daß es sich wie hallendes Metall anhörte.

»Ist dem so?« Er hob das Gesicht, und schon wieder mußte ich gegen das Bedürfnis ankämpfen, diese Wangen mal ordentlich zu zwicken. »Willst du deine große Zaubermacht verwenden, um fortzunehmen diesen Fluch der Natur von meinem Antlitz? Darf hoffen ich darauf, mit einem Antlitz aufzuwachen, das besser wohl zu der Berufung paßt, die ich in dieser Welt mein eigen nenne? Wirst du wahrhaftig dieses für mich tun?«

»Hab' ich doch schon gesagt, oder?« Ich hätte ihm das Blaue vom Himmel herunter versprochen, nur um ihn etwas aufzuheitern.

»Ach, Meissssterrrrr.« Plötzlich war Scandal neben mir, mit zuckender Rute. »Vielleicht auf ein Wort, bittebittebitte?«

»Entschuldige uns«, sagte ich, an Grym gewandt. Er versuchte, mit das Schwert zurückzugeben, doch ich bedeutete ihm, er solle es für mich halten.

Ich folgte dem Kater ein kleines Stück in den Wald, als er plötzlich herumfuhr und losfauchte: »Bist du etwa verrückt geworden?« Ich wollte gerade antworten, doch er war mal wieder in Fahrt. »Sag mir nur, daß du gerade eben Milchgesicht dem Barbaren eine Schönheitschirurgie im Schnelldurchgang versprochen hast! Denn wenn du das tatsächlich getan haben solltest, und wenn es dir nicht gelingen sollte, nur weil du keine Ahnung hast, wo dir die Magik eigentlich steht, dann wird das kein besonders zufriedener Kunde werden. Und wenn der nicht zufrieden ist ...« Scandal machte eine heftige, schneidende Geste mit der Vorderpfote und stieß ein harsches, kehliges Geräusch aus, wie Paps es stets zu tun pflegte, kurz bevor er einen der Dienstboten feuerte.

»Scandal, nun hab doch etwas Mitleid mit dem Kerl«, bat ich ihn. »Er ist ein Barbar! Die plündern, die brandschatzen, die schleifen, die ziehen übers ganze Land. Sie nehmen sich, was sie haben wollen, und sie wollen alles haben, was ihnen vor die Augen kommt. Gibt es dort, wo du herkommst, auch solche Leute?«

»Mann, wir haben gerade Wahljahr, da könnte ich dir ein paar Namen nennen, aber wozu der Aufwand? Na schön, der Kerl ist also ein Barbar. Und was soll das bedeuten?«

»Das bedeutet, daß man hilflose Bauern nicht zu Tode erschrecken kann, wenn man ein Gesicht hat, bei dessen Anblick sie alle, alle immer nur *oooooohhhhh* sagen und nur noch eins wollen, die Wangen mal ordentlich zwicken.«

Scandal schnalzte. »Du hast doch sein Schwert gesehen. Was glaubst du, wie oft der sich schon mal hat zwicken lassen?«

»Barbaren sind gern schnell«, erklärte ich. »Zackzack, rein ins Dorf, die Beute gegrabscht, und schon geht's wieder weiter. Die Einheimischen zu zerstückeln, kostet Zeit. Jedenfalls glaube ich, daß er sich inzwischen wohl ziemlich hoffnungslos vorkommen dürfte. Schließlich kann man ja nicht *jedem* den Kopf abhauen. Dieses Gesicht paßt einfach nicht zu diesem Beruf.«

»Dann soll er gefälligst die Stellung wechseln«, knurrte die Katze. »Denn wenn du sein Gesicht nicht verwandeln kannst, wird er an dir eine Geschlechtsumwandlung vornehmen, darauf kannst du Gift nehmen.«

»Er wird mir nichts tun.« Das kam so zuversichtlich, daß es mich selbst schon überraschte.

»Eigentlich hat er schon eine ganze Menge getan«, ermahnte mich Scandal. »Ich glaube, er muß dir das Gehirn aus dem Schädel geprügelt haben. Deine Welt gefällt mir nicht – hier gibt es aber auch nichts, was logisch wäre! Deine Magik hätte dich vor seinem Schwert schützen sollen, aber nix da! Wenn sich die Spielregeln hier ständig ändern, sind wir völlig aufgeschmissen.«

»Es gibt einen völlig logischen Grund dafür, weshalb meine Magik mich nicht vor Gryms Schwert beschützen konnte«, wandte ich ein. »Gryms Schwert *ist* nämlich meine Magik.«

Wenn Katzen gaffen, sehen sie so aus, als wollten sie einen gleich beißen, und so fügte ich hastig hinzu: »Das stimmt wirklich. Immer, wenn dieses Schwert in meine Nähe kommt, gerät mein Blut in Wallung, und du hast ja selbst gesehen, was passiert ist, als ich es zu packen bekam.«

»Ja. Wirklich ein hübsches Feuerwerk. Wie hast du das denn geschafft, die Magik aus dem Schwert zu saugen?«

Ich schüttelte den Kopf. »Gar nicht. Ich weiß selbst nicht, wie.«

»Ist ja großartig!« erwiderte Scandal und peitschte noch schneller mit der Rute. »Ganz famos! Solange dieses Schwert in der Nähe und funktionstüchtig ist, gibt es also doch eine Waffe, die dir etwas anhaben kann. Hm, vielleicht sogar mehr als eine. Wir wissen schließlich nicht, wo sich der Rest deiner Magik hinbegeben hat. Vielleicht steckt sie in irgendwelchen anderen Schwertern. Oder Speeren. Oder Dolchen. Oder Samtagabendshows. Oder ...«

»Ich verstehe schon«, warf ich ein. »Ich habe keine Lust, wie ein Stachelschwein auszusehen, bis wir endlich herausgefunden haben, wie mit alledem umzugehen ist. Deshalb habe ich Grym ja auch versprochen, ihm mit seinem Gesicht behilflich zu sein. Ich will ihn auf unserer Seite haben.«

Scandal warf einen beiläufigen Blick zu dem Baumstumpf zurück, wo der große Barbar noch immer getreulich wartete. »Besser neben uns an unserer Seite als hinter uns her, wie?« stimmte er mir zu. Jedenfalls *glaube* ich, daß er mir zustimmte. »Und es könnte ganz praktisch sein, ihn dabeizuhaben, falls der Rest deiner Magik mal an irgend etwas Schwererem kleben sollte. Ein kräftiger Rücken und ein schwacher Geist ... Na ja, immer noch eine Nummer besser als ein schwacher Rücken mit flachem Geist.« Weshalb sah er mich nur so an? »Also gut, gehen wir unseren neuesten Musketier begrüßen.«

»Muskeltier? Wo?« keuchte ich und schlug nach der Luft. (Der Biß eines Muskeltiers ist groß, widerwärtig und riecht nach altem Käse.)

»Hast du's beschlossen, o edler Meister Scandal, mögest du zehntausend Jahre leben, und mögen deine Lenden viele Söhne zeugen?« fragte Grym, als wir zurückkehrten.

»Nun leg den Spaten mal hübsch beiseite, Kumpel, du bist

im Geschäft«, teilte Scandal ihm mit. »Und wenn du auch im Geschäft *bleiben* willst, gibt es ein paar einfache Hausregeln, die du wirst befolgen müssen. Weißt du, was das ist, eine ›Hausregel‹?«

Grym wandte sich verwirrt an mich. »Was ist denn das, ein Haus?«

»Diese Dinger, die oben spitz zulaufen und die man erst plündert und hinterher niederbrennt.«

»Ach so! 's ist recht. Ja, o verzaubert Tier, sehr wohl weiß ich, was Hausregeln sind.«

»Großartig. Richtig schön«, miaute Scandal.

»Ich weiß.« Grym blickte niedergeschlagen drein. »Doch Meister Kendar wird das baldigst richten, bei Grabräubers glitzernder Klinge!« Er hob das magikgetränkte Schwert.

»Dein ›baldigst‹ kannst du mal getrost auf Eis legen, Freundchen«, entgegnete der Kater. »Barbaren, die es eilig haben, sind hier in der Gegend nicht besonders beliebt. Wenn Meister Kendar sagt, er wird dir die Visage richten, dann wird er es auch tun, aber erst dann, wenn er dazu bereit ist, und keinen Augenblick früher. Hast du etwa Probleme damit?« Er plusterte sein Fell auf und stakste auf steifen Beinen um den Barbaren.

»Ich habe keins«, sagte Grym und musterte argwöhnisch den Kater. »Weh dem Menschen, der einmischt sich in die Geschäfte mächtiger Zauberer, denn sie sind ...«

»Schon gut, schon gut, den Spruch kennen wir alle hier. Erspar ihn mir. Und während wir darauf warten, daß Meister Kendar in Stimmung kommt, um dir zu helfen, wirst du uns schon beweisen müssen, daß du dieses großen, fetten Gefallens auch tatsächlich würdig bist, den er dir da tun will, *capito*?«

»Ich *capito* das.« Grym ließ Grabräuber über seinem Kopf wirbeln, bis die Luft zu summen begann. »Ich, Grym der Große, ehemals von der Vertilgenden Horde von Uk-Uk dem Unaussprechlichen, leiste hiermit den Schwerteid! Schwören tu' ich bei allen meinen Hausgöttern – und bei allen anderen Hausgöttern, die unterwegs geraubt ich haben mag –, daß ich mit meinem eigen Leben schützen und beschützen werde die Verfassung meines neuen Herrn und Meisters Kendar!«

Der Baumstumpf zerbarst zu lichterloh brennenden Splittern. Flammen stiegen aus seiner Mitte auf und verkohlten das herabhängende Astwerk der umstehenden Bäume. Ein fürchterlicher, durchdringender Geruch nach Pech und Schwefel erfüllte die Luft. Schuppenbesetzte Arme brachten den Boden in Wallung, schmutziggelbe Augen, schmal vor Haß; ein riesiges Maul klaffte auf, so weit, daß man jeden einzelnen Hauer erkennen konnte, kurz – aus dem Feuer trat das scheußlichste Ungeheuer, das ich je zu Gesicht bekommen hatte, seit jenem Tag, da ich einen Blick auf Velma Chefköchin ohne ihren Hüfthalter hatte werfen dürfen.

»Äh, Grym«, sagte ich. »Was diese Sache betrifft, mich mit deinem Leben zu beschützen ...?«

»Ja?«

»Sieht so aus, als wäre das eine gute Gelegenheit, gleich damit anzufangen.«

KAPITEL 10

»Ich an eurer Stelle würde lieber nicht mit Schwertern herumfuchteln«, sagte Zoltan und trat hinter den Bäumen hervor, um sich neben dem Ungeheuer aufzubauen. Die Feuer erloschen abrupt und ließen nur noch einen Ring verkohlten Holzes zurück, wo gerade noch der Baumstumpf gestanden hatte. »Schwerter machen Pthrubwl nämlich immer wütend. Während er im Augenblick gerade in guter Stimmung ist.«

»Woher will man wissen, ob *so etwas* in guter Stimmung ist?« flüsterte Scandal. Der Kater kroch so dicht an mich heran, wie er nur konnte, und preßte seinen pelzigen Leib an mein Bein. Ich spürte, wie er zitterte.

»Weil er uns nicht sofort in Stücke gerissen hat, als er kam«, erwiderte ich ebenso leise. »Das tun Dämonen nämlich.«

»Was sagst du da, Rattenklopper?« Zoltan funkelte mich böse an.

»Ich habe gerade gesagt, daß es um diese Jahreszeit in Gladderadatsch eine Menge Wetter gibt.« Ich versuchte Scandal sanft beiseite zu schieben. Ich wollte nicht, daß Zoltan seine haarige Pratze auf den Kater legte. Mein früherer Freund war ziemlich schlau – schlau genug, um sich auszumalen, daß es Scandal gewesen sein mußte, der mich in Meister Thengors Palast gerettet hatte. Ich wußte nicht, was er dem armen Scandal dafür antun würde, wollte es aber auch gar nicht erst herausfinden.

Es nützte nichts – der Kater blieb, wo er war.

»Wer wagt es, den großen und ehrfurchtgebietenden Zauberer Meister Kendar so frecherdings anzureden?« grölte Grym und baute sich zwischen mir und dem Dämon auf.

Der große Barbar benahm sich, als sei Zoltans kleiner schuppiger Kumpel nur ein Stück billiges Möbel, das es nicht einmal wert war, auch nur einen kurzen zweiten Blick darauf zu werfen. Dafür richtete er seinen einzigen zornig gegen Zoltan. »Gar häßlich bist du, und komisch zieht dich deine Mutter an.«

»Ixnay, Ixnay!« flüsterte ich drängend, die Hilfe des Ixnay erflehend, des Gotts der Narren und Trunkenbolde. (Wir Gangles waren schon immer streng orthodoxe Wedwelianer und glaubten an keinen andern Gott außer Wedwel den Allerbarmenden Vernichter, aber wenn man in der Klemme steckt, möchte man sich doch ganz gerne absichern.) »Das ist Zoltan Bösherr, Grym. Er ist noch nicht einmal ein voll anerkannter Zauberer, kann aber schon schreckliche Dämonen zitieren, die ihm zu Willen sind. Falls du mir nicht glauben solltest, dort ist der Beweis.«

Der Beweis fing wieder an zu brüllen, und eine meilenlange schwarzgrüne Zunge peitschte aus dem Maul hervor, um einen fetten Löffler zu erwischen, der sich näher an die Lichtung herangewagt hatte, als ihm guttat. Das kleine Pelzwesen quiekte fürchterlich, als der Dämon es einholte, zermalmte und schließlich die blauen Schlappohren ausspuckte.

Geschmeidig piekste Grym eins der Ohren mit der Schwertspitze vom Boden und schleuderte es in die Luft. Dann fing er es mit den Zähnen auf, vertilgte es in zwei Happen und spie etwas Fell aus. Mit vollem Mund (na ja, er war eben ein *Barbar!*) sagte er: »Die Pocken über ihn und alle seine Dämonen. Ja, und auch die Beulenpest. Rotz und Dummkoller mögen ihn holen. Soll die Mumps seine Männlichkeit zerfressen. Aber was können all diese höllengeborenen Haustierchen schon wieder einen Zauberer von deiner Macht, edler Meister Kendar?«

Man merkt immer erst, daß es eng wird, wenn man bis über beide Ohren in Schwierigkeiten steckt.

»Äh, richtig«, sagte ich und versuchte so zu tun, als würde mich der Anblick von Zoltans Kreatur nicht fürchterlich zum Zittern bringen. »Wider einen Zauberer von meiner Macht vermögen sie gar nichts auszurichten. Richtig.

Darüber lache ich nur. Ha. Ha.« Es war eher ein Blöken als ein Lachen, aber für Grym genügte es.

»Ganz mein Denken.« Der Barbar warf Zoltan einen Blick sträflichster Verachtung zu. »Auch auf mich verfehlen deine armseligen Illusionen ihren Eindruck. Mit derart falschen Ungeheuern kannst metzeln du den mächtigen Meister Kendar nicht.« Er spuckte dem Dämon einen ordentlichen Klumpen Fell vor die krallenbewehrten Füße. Ich hörte, wie Scandal in aufrichtiger Bewunderung »Mann« sagte.

Ja, der Dämon fraß es tatsächlich auf. Glücklicherweise spuckte er keine Reste mehr aus, denn ich wäre jede Wette eingegangen, daß Grym die dann seinerseits wieder vertilgt hätte, um dem Dämon ein weiteres Mal vor die Füße zu spucken, woraufhin dieser das dann auch verschlungen hätte, und so hätten wir dann den ganzen Tag dagestanden und zugesehen, wie die beiden ihre Spucke austauschten. (Ein bißchen wie damals, als ich Velma mit einem der Fleischer in einem Kuß verhakt vorfand, nur nicht ganz so ekelerregend.)

Zoltan fuhr sich durch den schwarzen Bart und gluckste. »Mag sein, daß ich den … hrrrmph … ›mächtigen Meister Kendar‹ nicht töten kann. Ganz bestimmt aber kann ich *dich* töten, wer immer du sein magst.«

»Ich bin Grym der Große!« verkündete mein Beschützer und zerteilte mit dem Schwert die Luft. »Fürchten tue ich dich nicht. Ich habe den Schwerteid bei diesem, meinem treuen Schwert Grabräuber geleistet, auf daß ich stets und immerdar Meister Kendars Leben mit meinem eigenen schütze.« Er machte eine weitere, äußerst dramatische Geste mit dem Schwert und hieb dem Dämon beim Rückschwung versehentlich den Kopf ab. Der hopste über die Lichtung, bis er gegen einen Baum prallte, wo er sich sofort in einen tollwütigen Dachs verwandelte und mit Schaum vorm Maul davonhuschte.

»Tz«, machte Zoltan und inspizierte den kopflosen Leib des toten Dämons. Der verwandelte sich langsam in ein Flußpferd, doch setzte Zoltan dem mit einem einzigen Zaubererblitz ein jähes Ende. Aus der Asche sprang ein außerordentlich häßlicher kleiner Schoßhund hervor, kläffte wütend, bepinkelte Gryms Sandalen und raste davon, bevor der Barbar ihn in Stücke hauen konnte.

Zoltan machte eine wegwerfende Bewegung mit der Hand, und schon brachen sieben brandneue Dämonen aus dem Waldboden hervor. »Wie ich gerade sagte«, fuhr er fort, »bevor man mich so krude unterbrach, kann ich dich vielleicht nicht umbringen, Rattenklopper, aber deine Magik wird sich keinen feuchten Kehrricht darum scheren, wenn ich versuche, deine Freunde umzulegen.« Böse sah er Grym an, der ihn als Parfümbenutzer beschimpfte und einen wabbelknochigen Städter nannte, der sogar *höfliche Konversation mit Frauen* zu führen pflegte. Zoltan ignorierte diese schlimmste aller Beleidigungen. Mit einem gehässigen Feixen musterte er statt dessen Scandal.

Der Kater plusterte sein Fell auf und zischte meinen ehemaligen Mitstudenten laut an. Tief im Innern seines Bauchs ertönte ein leises Grollen, das sich am Schluß jedoch, als es endlich ins Freie trat, eher wie ein blutrünstiges Geheul anhörte. Die Rute stand stocksteif ab, und er hatte eine Vorderpfote erhoben, die Krallen ausgefahren.

Das war wirklich äußerst seltsam. Und plötzlich begriff ich, daß Scandal das alles nicht etwa tat, weil er sich vor Zoltan und seinen Dämonen *fürchtete*. Furcht hatte überhaupt nichts damit zu tun: Scandal war einfach nur *wütend*! Wütend und kampfbereit. So wütend sogar, daß er gleich Zoltan an die Gurgel springen würde – um mit einem Hieb der Dämonenkrallen in Stücke gerissen zu werden, wenn ich nicht sofort eingriff, Magik hin, Magik her.

»So, so«, sagte Zoltan, und ein Lächeln fuhr über sein Gesicht wie eine Schlange. »Was hast du denn da für eine Mißgeburt aufgetrieben, Rattenklopper? So etwas habe ich ja noch nie gesehen, nicht einmal in den tiefsten Gruben der Hölle. Hast du etwa versucht, deine Magik zu gebrauchen, und die Sache ist nach hinten losgegangen?«

Scandal murmelte etwas, das nach »Selber Mißgeburt!« klang, doch Zoltan hörte es nicht. Offenbar erinnerte er sich nicht an die Katze aus dem Fiasko um Meister Thengors

Sterbebett. Wie hätte er auch? Scandal war schließlich nur ein pelziger Blitz gewesen, der durch das Schlafgemach des Zauberers gehuscht war.

Ich setzte mein größtes, gelacktestes, strahlendstes Grinsen auf und sagte: »Ich habe eine Überraschung für dich, Zoltan: Es ist gar nicht so schwer, Magik zu bemeistern. *Das da* ist zufälligerweise mein Familiar, Scandal. Ich habe ihn selbst zitiert.« Ich ließ mein eigenes Lächeln genauso übers Gesicht zappeln wie er das seine, dann gab ich schließlich meine Pointe zum besten: »Er ist eine Katze.«

»Eine Katze!« Zoltan war wie vor den Kopf geschlagen; ich hatte voll ins Schwarze getroffen. Ausnahmsweise. »Aber Katzen sind doch bloße Fabeltiere!«

Ich behauchte wie zerstreut meine Fingernägel. »Nicht, wenn man die richtigen Beziehungen hat. Jeder Zauberer, der auch nur eine halbe Kristallkugel besitzt, kann die Dämonen der Hölle heraufbeschwören, aber wie viele von uns schaffen wohl den Durchbruch ins Land der Legenden und kehren mit einer echten Katze zurück?«

Zoltan fing an zu schmollen. »Niemand bemeistert die Magik in so kurzer Zeit. Vor ein paar Tagen wußtest du ja noch nicht einmal, daß es überhaupt so etwas wie Magik gibt!«

Ich zuckte die Schultern.

»Dennoch ... das könnte schon erklären, warum du ausgerechnet diesen Weg gewählt hast«, murmelte er, halb an sich selbst gewandt. »Nur die allergrößten Zauberer und die allergrößten Narren würden es jemals wagen, einen Weg zu nehmen, der mitten durch den furchtbaren Wald von Euw führt, noch dazu in dieser Jahreszeit. Schließlich ist es Frühling, da die Blumen blühen und der Nektar steigt. Frühling, da die Mondstrahlen am hübschesten auf die Erde fallen. Frühling ... da *die* auf Beutesuche hervorkommen.«

»Wer – die?« fragte ich und merkte sofort, daß ich die Sache versiebt hatte.

»Ach, du weißt gar nicht, wer *die* sind?« Zoltans verblüffter Blick verwandelte sich rasend schnell in ein hämisches Feixen. »Jede Wette, daß du noch nicht einmal wußtest, daß du im fürchterlichen Wald von Euw bist, bevor ich es dir gesagt habe.«

»Wußte ich doch!« Aber mein Protest fruchtete nichts.

»Ja ich möchte sogar alles darauf setzen, daß du immer noch derselbe stümpernde Idiot Rattenklopper bist, der du schon immer warst, und daß du nur gelogen hast, was deine Bemeisterung der Magik angeht.«

»Schön, schön.« Ich ballte die Fäuste und spürte, wie mir der Schweiß auf die Stirn trat. »Wett ruhig, soviel du magst. Es wird dich ja auch nur das Leben kosten, solltest du verlieren.«

»Oh, das glaube ich kaum.« Zoltan sah so kühl und gelassen aus wie ein Krötenhintern. »Dafür sind Dämonen schließlich da.« Er wandte sich an die sieben Ungeheuer, die er herbeizitiert hatte, und sagte: »Holt sie euch, Jungs.« Sechs der Dämonen stürmten los, daß die Luft von ihrem blutgerinnenden Geheul nur so hallte. Ich packte Scandal und drückte den Kater dicht an meine Brust. Ich hoffte, daß meine Magik auf uns beide aufpassen würde, wenn ich ihn eng genug an mich preßte, aber ... was war mit Grym?

Die Sorge hätte ich mir schenken können. Der Barbar musterte den Ansturm der Dämonen mit einem diamantharten Lächeln und einer erwartungsvollen Körperhaltung, die förmlich *Kommet ihr nur zu Papa!* zu rufen schien. Zwei flotte Hiebe mit Grabräubers magikverstärkter Klinge trennten dem ersten vorbeistürmenden Ungeheuer die Beine vom Leib. Der Dämon raste weiter, bis er gegen einen Baum prallte. Ein leises Zucken und Kitzeln des Schwerts, und schon zog der zweite Unhold seine Eingeweide hinter sich her wie die Schlachtbanner. Er wirkte mächtig verlegen, als ihm das klar wurde, und errötete zu Tode.

Der dritte und der vierte Angreifer schlichen sich an Grym vorbei, wurden dafür jedoch von kurzen, schnell pulsierenden Stößen meiner eigenen Magik geröstet. Qualmende Schuppenfetzen stoben durch die Luft. Zoltan fluchte laut und schrie den Dämonen Nummer fünf und sechs zu, so sollten mich in Ruhe lassen und statt dessen zunächst den Barbaren vernichten. »Und springt ihn nicht blindlings an, ohne vorher nachzudenken, Jungs! Wartet erst eine gute Gelegenheit ab, dann schlagt ihr zu!«

Der siebte Dämon hatte sich nicht vom Fleck gerührt. Ich fragte mich, warum. Die beiden anderen überlebenden Unholde folgten der Weisung ihres Herrn. Immer außer Reichweite seines Schwerts bleibend, umkkreisten sie Grym langsam. Der Barbar machte ein paar Ausfälle, denen sie mühelos auswichen. Schritt um Schritt drängten sie ihn von Scandal und mir fort, bis er schließlich mit dem Rücken an einer Eiche stand und nicht mehr zurückweichen konnte. Ihr höhnisches Gelächter hörte sich an, als würde jemand auf einem Sack voller Grashüpfer herumtrampeln.

»Scandal, was soll ich tun?« flüsterte ich. »Sie werden ihn umbringen!«

»Darauf hoffen, daß sie danach nicht auch noch sein Schwert schlucken, das solltest du tun«, erwiderte der Kater. »Sonst kriegst du deine daran haftende Magik nie zurück.«

»Die Magik ist mir egal!« rief ich. »Wir sprechen hier über ein Menschenleben.«

»Über das Leben eines Menschen, der dir eins übergebraten hat.« Der Kater sah mich an, seine Augen brannten golden.

»Darf ich daraus schließen, daß du nicht besonders nachtragend bist?«

Komisch, aber ich konnte nicht antworten. Alles, was ich tun konnte, war, in Scandals Augen zu starren. Ich wußte, wenn ich den Blick hob, würde ich möglicherweise mitansehen müssen, wie dem armen Grym das Gekröse aus dem Leib gerissen wurde, und das wollte ich nicht. Mehr als alles in der Welt, was ich je *gewollt* hatte, wollte ich das *ganz bestimmt* nicht. Die Augen des Katers waren riesig und glitzerten, bis auf die schwarzen, geschlitzten Pupillen, die wie zwei Erdspalten aussahen. Wenn ich nur eindringlich genug hineinsah, würde ich vielleicht hineinstürzen können, um alle anderen mit mir zu nehmen. Tief, tief nach unten, weit, weit fort von Zoltan und seinen Hausdämonen, wo wir in Sicherheit sein würden ...

»Was ist los mir dir?« fragte die Katze. Ich wünschte mir, ich hätte antworten können. Scandals Augen waren noch größer geworden. Jetzt waren sie nicht mehr riesig, sondern gigantisch. Und aus dem Mittelpunkt spülten Wogen aus Gold hervor. Da glaubte ich, feste Gegenstände in dem goldenen Meer auszumachen. Ringe, Pfeile, Bücher, alles mögliche, das nur darauf wartete, daß ich meine Hand hineinschob und mir nahm, was ich wollte.

»Aua!« jaulte Scandal, als ich ihn fallen ließ und die Hand in das goldene Meer schob, das viel zu groß war, um von einem Katzenauge umspannt zu werden.

Die beiden Dämonen, die Grym gerade zusetzten, erstarrten auf der Stelle, als sich strahlendes Licht auf sie legte, schwerer als jeder Granitblock. Ich sah, wie sie sich langsam umdrehten, jede Bewegung schien sie Blut zu kosten, und traute meinen Augen nicht, als sie plötzlich vor mir in die Knie gingen.

»Aaiiiiieee!« kreischte der eine und gestikulierte mit einer knotigen, krallenbewehrten Hand. »Schau nur! Er hat das Heilige Schwert von Sassafrax gefunden!«

Ich sah zu meiner eigenen rechten Hand hinüber. Tatsächlich. Da war ein Schwert, kein Zweifel. Keine Ahnung, wie es da hingekommen war, aber nun war es einmal da. Der scharlachrote Griff war von Edelsteinen übersät, die Klinge glitzerte von eingelegten Silberrunen, der Knauf hatte die Form eines smaragdäugigen Drachens, der auf einem Berg von Saphirschädeln schlief. Es war wirklich ein sehr beeindruckendes Schwert, auch wenn das Lob aus meinem eigenen Munde stammt.

»O weh!« jammerte der erste Dämon. »Wir sind verloren. Kein Wesen der Unterwelt kann vor dem heiligen Schwert von Sassafrax bestehen!«

»Bist du plemplem?« fauchte der andere Dämon. »Natürlich sind wir verloren, aber nur, weil er die Gesegnete Klinge von Blimgisch hervorgeholt hat, gegen die keine Kreatur der dunklen Zauberei etwas auszurichten vermag.«

Der erste Dämon erhob sich von den Knien – sofern es tatsächlich Knie gewesen sein sollten – und funkelte seinen

Genossen böse an. »Das ist das Heilige Schwert von Sassafrax, und wenn du nicht halb blind wärst, weil du immer unter der Bettdecke Bücher mit Witzgeschichten liest, nachdem man das Inferno gelöscht hat, würdest du es auch selbst erkennen.«

Auch der zweite Dämon erhob sich, um die Pratzen in seine glitschigen Hüften zu stemmen. »Mit *meinen* Augen ist alles in Ordnung. Das Heilige Schwert von Sassafrax hat nun mal keinen drachenförmigen Knauf. Die Gesegnete Klinge von Blimgisch dagegen schon. Und außerdem kann nur eine Jungfrau das Heilige Schwert führen!«

»Das geht euch überhaupt nichts an!« schrie ich los, bevor einer der beiden mir die naheliegende Frage stellen konnte.

»Hohoooo, Junge, bist *du* aber rot geworden!« kicherte Scandal bösartig.

»Wen stört das schon, wie das Ding heißt?« kreischte Zoltan und hüpfte neben dem einzigen verbliebenen Dämon auf und ab, der noch nicht tot war oder sich in Gezänk verstrickt hatte. »Das ändert doch nichts an der Tatsache, daß Ratteklopper nicht einmal zwischen Spitze und Knauf eines Schwerts unterscheiden kann! Er kann euch damit nichts anhaben!«

»Sassafrax!« grölte der erste Dämon und ignorierte ihn.

»Blimgisch!« donnerte der andere.

»Dann nennt es von mir aus doch *Blindafrax*, wenn ihr wollt!« Zoltan riß sich ganze Büschel aus dem Bart, so fassungslos wütend war er.

»Würdest du vielleicht *die* Güte haben?« fragte der erste Dämon frostig.

»Ja, das ist nämlich sehr wichtig«, bestätigte sein Gegner.

»Wie wichtig soll das sein?« wollte Zoltan wissen. »Wie wichtig kann es sein, daß es euch dazu bringt, die Befehle eures Gebieters zu mißachten?« Er richtete sich zu voller Größe auf und versuchte imposant auszusehen.

»Wichtig genug, um dir den Bauch aufzuschlitzen wie eine Melone und die Kerne herauszuschaben, wenn du uns nicht etwas Zeit gewährst, um diese Angelegenheit zu klären, *Meister*«, erwiderte der Dämon in einem durchaus vernünftigen Ton.

»Oh.« Zoltans Stimme klang plötzlich wie ein frischgeschlüpftes Küken. Er schrumpfte förmlich in seiner Kutte zusammen. Die Ungeheuer widmeten sich wieder ihrem Gezänk.

»Sassafrax!«

»Blimgisch!«

»Sassafrax!«

»Blimgisch!«

»Sassafraxsassafraxsassafraxsassafrax-*Unendlichkeit*!«

»Blimgischblimgischblimgischblimgisch-Unendlichkeit *plus eins*!«

»Ruft es doch Taxi!« schlug Scandal fröhlich vor. »Nennt mich doch Ishmael! Laß mich dich Liebling nennen!«

»Nennt es irgendwie«, stöhnte mein alter Schulkamerad, »aber bringt es endlich hinter euch! Nennt es von mir aus Fred, aber ich will, daß *irgend jemand* jetzt auf der Stelle *irgend jemanden* umbringt!«

»Na schön«, meinte Grym. Er spaltete den ersten Dämon der Länge nach in zwei Stücke, voll durch das Sassafrax, dann hieb er dem anderen den Blimgisch ab. Die beiden verstümmelten Leiber kippten um und spülten ihr Blut über die Sandalen des Barbaren.

»Wahrlich hoffe ich, daß dies den Gestank von Hundepisse vertreiben wird«, bemerkte Grym, seine blutige Fußkleidung begutachtend.

Ich mußte so heftig lachen, daß mir das Schwert aus der Hand fiel. Es zersplitterte am Boden in tausend Stücke. So sehr ich mich auch bemühte, ich bekam es nicht wieder zusammen. Herrje, ich hatte ja nicht einmal herausbekommen, wie ich es überhaupt in die Finger gekriegt hatte! Ich schloß ganz fest die Augen und konzentrierte mich, bis mir der Kopf weh tat. Nichts. Ich vollführte eine Menge alberner Bewegungen mit den Händen und murmelte jede Menge Blödsinn vor mich hin, in der Hoffnung, ich würde zufällig auf den richtigen Zauber stoßen, mit dem man Schwerter herbeizitierte. Nichts.

Ich sah zu Grym auf. »Das war Absicht.«

Zoltans Augen leuchteten auf wie ein paar verschlagene Feuerirrwische. Er grabschte den einen verbliebenen Dämon an seinem schleimigen Ellenbogen und sagte: »Ich weiß zwar nicht, warum du nicht zusammen mit den anderen angegriffen hast, aber jetzt bin ich froh darüber.«

»Natürlich habe ich nicht angegriffen«, erwiderte der Unhold. »Du hast gesagt: ›Holt sie euch, *Jungs*.‹« Das Ungeheuer stellte schnippisch die Schuppen auf. »Mein Name ist *Pthrobwle*, mit einem *e* am Ende. Ich bin eine Dame.«

»Und eine sehr kluge Dame dazu«, flötete Zoltan. »Klug genug, um abzuwarten, um die Verteidigung und Schwächen unserer Gegner einzuschätzen. Doch jetzt ist die Stunde gekommen, zuzuschlagen! Schau nur, welch wunderbarer Schmaus dort deiner harrt!«

Mit einem Winken wies er auf uns. Grym duckte sich in Kampfhaltung; Scandal plusterte sich auf; ich begann vor mich hinzumurmeln: »Schwert, Schwert, geh nicht fort, ich brauch' dich hier an diesem Ort.« Es funktionierte nicht.

Zoltan stellte sich hinter die Dämonin und verpaßte ihr seinen sanften Schubser. »Geh! Was wartest du noch? Sie sind alle dein, vertilg sie nur! Ein Bankett, würdig, den Bauch einer Dämonenkönigin zu füllen! Du kannst dich an ihnen sattfressen, bis der Saft herabtrieft von deinem ... du *hast* doch bestimmt irgendwo ein Kinn, oder?«

»Ich bin auf Diät«, erwiderte die Kreatur spitz.

Wir entspannten uns wieder.

»Andererseits könnte ich sie schon umbringen, ohne von ihnen zu naschen. Vielleicht auch nur einen kleinen Happen.« Die Unholdin zuckte die Schultern. »Ich denke, die Bewegung würde mir guttun.«

Während wir entsetzt zuschauten, begann sie zu wachsen. Noch bevor man hätte *Hilfe!* rufen können, durchbrachen ihre Schultern bereits das oberste Laubwerk der Bäume. »Genügt des, wenn ich sie einfach nur zertrample?« fragte sie Zoltan.

Er verneigte sich. »Selbstverständlich.«

»Komm dicht heran, Grym«, befahl ich. »Wenn wir alle

eng beieinander sind, wird meine Magik dich vielleicht auch beschützen.«

»Wahrlich steht es mir nicht an, einem gar mächt'gen Zauberer wie dir das Handwerk beizubringen«, knurrte der Barbar, die Augen noch immer auf die ständig weiterwachsende Dämonin geheftet. Die hob den rechten Fuß und zielte damit. »Doch wenn ich mir den Einwurf wohl erlauben darf, wie immer es um die schützende Eigenschaft deiner Macht stehen mag, bist du dir dessen sicher, wie weit sie geht?«

»Was willst du damit sagen?«

»Er will damit sagen, daß deine Magik möglicherweise nicht stark genug ist, um es mit etwas derart Großem aufzunehmen«, dolmetschte Scandal. »Wer weiß, vielleicht verpaßt sie der Dame ja höchstens für die Dauer einer Sekunde eine kleine Brandblase, bevor sie uns alle zu Brei zermatscht. Mit anderen Worten ...«

»RENNT!« schrie Grym. Wir jagten bereits alle drei auf die Bäume zu, als der monströse Fuß herabgekracht kam.

KAPITEL 11

Wir hörten erst auf zu laufen, als wir an einen breiten Wildbach kamen. In den fielen wir hinein, so daß wir aufhören mußten zu laufen, um statt dessen mit dem Ertrinken anzufangen.

Scandal war der einige, der noch rechtzeitig abbremsen konnte, bevor wir ins Wasser stürzten. Tatsächlich war er sogar der Grund, weshalb ich hineinfiel, weil ich nämlich über ihn stolperte. Er warf sich auf das Ufer und sah zu, wie Grym und ich wild um uns schlugen. Seine pelzigen Flanken hoben und senkten sich heftig. Ich weiß nicht, ob er nur nach Luft schnappte oder vor Lachen fast im Sterben lag.

»Hilfe!« schrie Grym und hob seine Klinge hoch über die Gischt, während sein Kopf im tosenden Wasser versank. Er tauchte gerade lange genug wieder auf, um hinzuzufügen: »Zuhülf! Unterstützung! Beistand in Zeiten der ... *blubb*!« Wieder ging er unter, nur sein Schwertarm ragte aus den Fluten.

»Keine Sorge, Grym!« keuchte ich und trat heftig mit den Füßen aus, paddelte, was das Zeug hielt. »Ich werde dich retten!« Ich erhob mich in dem Bach, der mir nur bis zu den Knien reichte, und machte einen herrlichen Hechtsprung auf den ertrinkenden Barbaren zu.

Ich befand mich bereits in der Luft, als mir endlich der Gedanke kam: *Das Wasser ist doch ganz seicht, du Penner!* Dann stürzte ich kopfüber in den Strom, und da traf es mich vollends: Das felsübersäte Bachbett, meine ich. Aua!

Meine Augen waren immer noch damit beschäftigt, sich über Kreuz und wieder zurück zu stellen, als Grym mich am Kragen meines Kittels herausfischte und ans andere Ufer zum Trocknen schleuderte. Die meisten der hübschen Blinklichter gingen gerade noch rechtzeitig aus, daß ich sehen konnte, wie er durch das Wasser watete und Scandal herübertrug. Dann saßen wir zu dritt eine Weile mitten in einer dichten Gruppe schnörkeliger blauer Blumen herum.

Schließlich warf Grym mir einen Blick zu und sagte: »Nun denn, wie steht's nun wirklich um dein Leben, o erbärmlicher Hochstapler und Betrüger?«

»He?« antwortete ich. Scandal rollte die Augen.

»Gib's auf, Kumpel. Er hat dich durchschaut. Er weiß, daß du genausowenig ein Megahexer bist wie ich eine Leberwurst.«

»Fürwahr, so ist's«, bekräftigte der Barbar. »Obwohl du noch zu einer Leberwurst werden könntest, o Tier, sofern Leberwurst etwas Eßbares sein sollte.« Er warf Scandal einen vielsagenden Blick zu.

»Das ist eine Geschmacksfrage«, erwiderte der Kater, wirkte aber sichtlich nervös.

»Des Betruges bist du schuldig ebenso wie dein Herr«, fuhr der Barbar fort. Er blickte mich wütend an. »Die Leute meines Stamms schätzen Wahrheit über alles. Mißbraucht hast mein Vertrauen du, du übler Scherzbold. Mein Volk hat eine einfache, doch wirksame Art, zu richten Wesen deiner doppelzüngigen Art.«

Er hatte Grabräuber auf den Knien liegen und war gerade damit beschäftigt, die Klinge mit seidigen Grasbüscheln abzuwischen. Ich hatte noch nie so grünes und leuchtendes Gras bei Meister Thengor gesehen, auch nicht zu Hause oder – überhaupt nirgendwo. Es roch auch sehr süß; süßer als ganze Rosenbeete in voller Blüte; beinahe süß genug, um zu vergessen, daß Grym im Begriff stand, sein einfaches und doch wirksames »Stammesmittel« gegen Lügner vorzuführen – und zwar an mir.

»Vergeude nicht deine Zeit darauf, Kendar eine Lektion erteilen zu wollen, Arnold«, sagte Scandal und gähnte ein riesiges rosa Gähnen. »Das funktioniert nicht; seine Macht wird ihn beschützen.«

»Seine Macht.« Gryms Lippen verzogen sich. Er sah zum Anbeißen aus. Ich mußte mich auf meine Hand setzen, der es danach juckte, ihn in die Wange zu kneifen. »Die Macht, die, wie er mir versprochen hat, mein fluchbelad'nes Antlitz ändern würde. Ha! Ich begreife jetzt, daß er diese seine *Macht* nicht mehr beherrscht als ich den Monden zu befehlen weiß.«

»Na schön, dann versuch doch mal, etwas gegen ihn zu unternehmen. Versuch es ruhig. Was schert das meinen Rutenpelz, wenn du dabei zum Frikassee wirst.« Scandal begann sich zu putzen.

Grym fuchtelte ein wenig zu dicht vor meiner Nase mit Grabräuber herum, als daß es mir behagt hätte. Ich spürte, wie die darin gefangene Magik vom Schwert herabperlte und mich am ganzen Leib kitzelte. »Ich schwör' bei dieser Klinge hier, 's ist nicht die Furcht, weshalb ich nicht zuschlage! Ja, bei der Ehre meines Schwertarms in der Schlacht, war es nicht eben dieser Stahl, der diesen üblen Quacksalber bewußtlos schlug?«

»Ja, *bewußtlos,* klar.« Scandal wirkte ungerührt. »Als ob seine Macht nicht die Breitseite einer Klinge von ihrer Schneide unterscheiden könnte! Du kannst von Glück sagen, daß das Zeug sich nur dann genug aufregt, um sich zu wehren, wenn die Leute versuchen, Kendar umzubringen, und nicht, ihm nur ein bißchen weh zu tun.«

»Was soll das heißen, ›nur‹ ein bißchen weh zu tun?« jaulte ich auf.

Aber Scandal war viel zu sehr damit beschäfigt, wütend auf Grym zu werden, um mich zu beachten. »Ich würde etwas sagen, Herr Neunmalklug«, fauchte er. »Dieses Zeug, das auf Kendar *und* auf mich *und* auf diese in Blech gefaßte Froschfresse außpaßt, die du die deine nennst, heißt *Magik,* und wenn du auch nur so viel Verstand im Kopf hättest, wie der liebe Gott sogar den kleinen grünen Äpfelchen beschert hat, dann würdest du dich *sehr wohl* vor ihm fürchten!«

Grym zog die Nase hoch. »Und wessenthalben und fürderwegen sollte ich das tun, wenn's erlaubt ist zu fragen?«

»Weil Magik in dieser verrückten Welt das Gegenstück zu einer jederzeit aktivierbaren Reaktorschmelze ist, und der einzige Typ, der am roten Knopf sitzt, ist ausgerechnet diese Trantüte da!«

schrie die Katze und wies mit einem Kopfrucken in meine Richtung.

Ich wußte zwar nicht, was eine Reaktordingsbums war, aber vielleicht tat meine Magik das ja und dolmetschte es einfach. Plötzlich bekam ich einen schrecklichen Schmerz mitten in der Brust, die gleiche Art von Schmerz, wie er sich dort immer einbrannte, wenn ich mitanhören mußte, wie jemand, den ich mochte, davon sprach, wie dumm und tolpatschig ich sei. Ich konnte Hunderte von *Rattenklopper, du Narr* von Leuten wie Velmar ertragen – Leuten, die nicht zählten –, aber wenn diese Worte aus dem Munde meiner Mutter kamen oder Lucys oder selbst dieses verrückten Katers, dann tat das weh. Ein harter, verbitterter Klumpen ließ sich dort nieder, wo mein Herz hätte sein müssen.

Grym sagte gerade: »Dennoch fürcht' ich ihn nicht. Aber abgelegt hab' ich meinen Schwerteid, den ich nicht brechen darf, um den Preis meiner Ehre.«

»Mit anderen Worten, du hängst an ihm fest«, bemerkte der Kater.

Ich erhob mich und sah das Paar wütend an. »Warum sagst du nicht gleich ›du hängst *auch* an ihm fest‹, Scandal? Das denkst du doch wohl«, spie ich hervor.

»Erstaunlich, Dumpfbacke«, schnurrte die Katze. »Jetzt liest du auch schon Gedanken. Ganz schön empfindlich. Auf welchen Ameisenhügel hast du dich denn gesetzt?«

»Ich bin schließlich nicht taub. Ich habe gehört, was du über mich gesagt hast.«

»Ach, herrje ...!« Der Kater stieß ein leises Geräusch der Ungeduld aus und zuckte mit der Rute. »Und das hast du *ernst genommen?* Pah! Wenn du auf meiner Welt lebtest, würdest du wahrscheinlich zu diesen Gehirnamputierten gehören, die uns Katzen jede Minute ihres Wachseins nachspionieren und die kleinste Kleinigkeit, die wir tun, zu Tode deuten.«

Er war auf die Beine gesprungen, seine Rute peitschte immer noch umher. »Kannst du dir vorstellen, wie nervtötend so etwas sein kann?« Er hob die Stimme zu einem irritierenden Winseln und warf sich in seine angenommene

Rolle. »›Ach, Mieziputz hat sein Happihapp nicht gegessen! Mieziputz ist wohl böse auf uns, weil wir diese andere Sorte Katzenfutter gekauft haben. Tut uns so leid, Mieziputz, wir werden es auch nie wieder tun!‹ Und: ›Ach du liebe Güte! Wir haben ja aus Versehen kostbares frisches Katzihapphapp in seinen Dosenfutternapf gekippt! Das wird uns Mieziputz bestimmt nie verzeihen.‹« Scandal musterte mich verächtlich. »Das ist dann meistens der Punkt, wo ich losgehe und in ihre Sockenschublade pinkle.«

»Ich habe keine Sockenschublade«, erwiderte ich.

»Lenk nicht ab«, knurrte er. »Und wenn es dir nichts ausmacht, unser Naturbursche und ich hatten gerade eine höfliche Konversation.« Er blickte zu Grym hinüber und fügte hinzu: »Na ja, jedenfalls eine Konversation.«

»Unser Gespräch, es ist beendet«, verkündete Grym und erhob sich. »Der Eid, der mich bindet ...«

»Weißt du, wo du dir diesen Eid hinschieben darfst?« bellte ich.

Grym wirkte verwirrt. »Das Gesetz meines Volks verbietet es mir, meinen Eid zu plazieren, wo ich nicht auch mein Schwert hintun würde. Wo soll ich ihn, deiner erlauchten Meinung nach, also hinschieben?«

Bevor ich etwas erwidern konnte, warf Scandal ein: »Na, falls es jemals einen Ort gegeben haben sollte, wo die Sonne nicht scheint, würde ich sagen, daß wir ihn gefunden haben.« Zum erstenmal, seit wir Zoltans zahme Dämonen abgehängt hatten, nahmen wir uns die Zeit, uns umzublikken, wohin unsere Flucht uns geführt hatte.

Grym sprach als erster. »Dunkel, nicht wahr?«

Dunkel war goldrichtig. Die uns umgebenden Bäume schienen förmlich Dunkelheit auszuatmen. Das Gras und die dichten Blumengruppen überall waren zwar durchaus farbenfroh – sie gaben ihr eigenes, unnatürliches Karamelbonbonlicht ab –, aber die Bäume selbst wirkten düster, bedrohlich und *groß*. Ihr hoch aufragendes Laubwerk ließ nicht den geringsten Sonnenstrahl einfallen. Sofern es überhaupt *irgendeinen* Sonnenstrahl geben sollte. Plötzlich fiel mir auf, daß wir völlig den Anschluß verloren hatten und gar nicht mehr wußten, ob draußen, außerhalb des Walds, Tag oder Nacht war.

Der fürchterliche Wald von Euw, so hatte Zoltan ihn genannt. Ich bekam gerade einen ersten Vorgeschmack darauf, was ihn so fürchterlich machte.

»Blumen brauchen Sonnenlicht«, sagte ich zittrig und wies auf die gedeihenden Blüten.

»Ja, wenn's irdisch Blumen sind«, antwortete Grym. Er legte den Kopf schräg und fügte hinzu: »Hast du irgendeinen Vogel zwitschern hören oder auch nur das Rascheln kleiner Waldestiere, seit wir betraten diesen unheimlichen Wald?«

»Keinen Mucks.« Ich biß mir auf die Unterlippe und bemerkte: »Zoltan ist uns gar nicht gefolgt.«

»Stimmt auffallend.« Scandals Rückenfell begann sich aufzustellen. »Er hat uns nicht mal diese Dämonin im Königinnenformat auf den Hals gehetzt.«

»Vielleicht vermochte er dies nicht.« Grym wog mit seinem Blick jeden Schatten unter den Bäumen ab. »Vernommen hab' ich's, daß es Befehle gibt, denen nicht einmal Dämonen folgen.«

Ich versuchte, gute Miene zum bösen Spiel zu machen. »Na ja, dann brauchen wir uns wenigstens deretwegen keine Sorgen mehr zu machen. Ich schlage vor, wir marschieren durch den Wald, und wenn wir erst einmal auf der anderen Seite wieder herausgekommen sind, können wir … können wir …« Ich brach ab. Eigentlich hatte ich sagen wollen, können *wir alle nach Hause zu mir gehen,* aber ich fragte mich, was Mama wohl dazu sagen würde, wenn ich ihr einen Barbaren ins Haus schleppte. Sie konnte sich ziemlich anstellen, was unhöfliche, unzivilisierte Leute betraf, die sich nicht die Füße abstreiften und die willkürlich alles mögliche umbrachten. Außer Leuten wie Paps und mein Bruder Basehart, meine ich.

»Machen wir uns lieber mal keine Gedanken, was wir alles anstellen werden, nachdem wir den Wald hinter uns gebracht haben, Dummkäppchen«, meinte Scandal. »Kümmern wir uns lieber erst einmal darum, *überhaupt* rauszukommen. Punkt.«

»Dann gehen wir dort entlang.« Ich wies willkürlich in eine beliebige Richtung.

Grym schnaubte. »Ich hab' den Schwerteid dir geleistet, o Kendar. Nur er allein hindert mich zu sagen, welch Wirrkopf von einem Torentrottel du doch bist, der nicht einmal aus einem aufgeschlitzten Sack herausfände. Aber da ich dir nun mal den Eid geleistet, werd' ich's nicht sagen.«

»Du hast wohl einen besseren Vorschlag, wie?« forderte ich ihn heraus.

Er zeigte einfach nur auf den Bach. »Er fließt, wie all' Gewässer 's tun zu pflegen, in eine einz'ge Richtung, dem Meer entgegen. Wir wollen's ihm gleichtun. Mit einem solchen Führer können wir uns nicht verirren. Und Fische führt er auch mit sich, die wir verspeisen können.«

Scandal spitzte die Ohren. »Fische?« Er fuhr sich mit der Zunge über die Lefzen und rieb sich an Gryms Knöchel. »Hab' ich doch schon immer gesagt, daß unser Tarzan der geborene Anführer ist.«

Es tat zwar weh, aber ich mußte zugeben, daß Grym eine gute Idee gehabt hatte. Wenn wir dem Strom folgten, brauchten wir uns keinen Weg freizuhacken, uns auf die Suche nach Wasser zu machen oder Hunger zu leiden. Es gab tatsächlich Fische im Wasser, und an den Wurzeln der nahe gelegenen Bäume wuchsen gruppenweise Pilze. Sie sahen ziemlich normal aus – bis auf die mit den blauen Punkten –, aber bevor ich das Risiko einging, sie zu essen, müßte ich wirklich schon *sehr* hungrig sein.

Ich weiß auch nicht, wie weit wir marschiert sind. Scandal folgte uns eine Weile, bis er müde wurde, dann wechselten Grym und ich uns darin ab, ihn zu tragen. Dafür unterhielt er uns mit Geschichten aus seinem Leben in seiner alten Welt.

»Ihr Burschen glaubt wohl, die Zauberer auf dieser Welt hätten Macht, wie? Daß ich nicht lache! Verglichen mit meinem alten Menschen sind das die reinsten Stümper. Das war ein echter Zauberer. Ein Computerzauberer. Ich erinnere mich noch, wie er an einem Columbustag ein bißchen herumhackte und dafür sorgte, daß die elektrischen Nachrichtenbänder am Times Square immer wieder die Botschaft ›Soll das heißen, sie ist NICHT flach?‹ abspulten. Unterschrift: ›Ronald Reagan.‹«

»Was ist nicht flach?«

»Die Welt, Blödmann. Die Welt ist rund.«

Der Barbar und ich blieben abrupt stehen und wechselten einen verstörten Blick. Scandal zappelte in meinen Armen. »Was ist denn in euch beide Hautgerippe gefahren?« wollte er wissen. »Hab' ich was Verkehrtes gesagt?«

»Dieses Land, das du das deine nennst …«, fing Grym an. »Ist's tatsächlich …«

»Ja, meine Welt ist rund. Sagte ich doch schon. Alle Welten sind rund. Habt ihr vielleicht ein Problem damit?«

Eine Sekunde lang wußten Grym und ich nicht, ob wir lachen oder weinen sollten. Wir entschieden uns fürs Lachen. Scandal allerdings hatte keinen Humor, wenn ein Witz auf seine Kosten ging. Er biß mich und sprang zu Boden. »Na schön, gleich werdet ihr mir wahrscheinlich noch erzählen, daß dieses kreisende Irrenhaus flach ist«, zischte er.

»Flach?« Grym unterbrach sein Lachen lange genug, um darüber nachzudenken. »Nein, bei meinem Schwert, flach war sie nie. Nur einmal, im längst vergang'nen Zinnzeitalter, als mein Volk noch in Städten lebte und raffinierten Zucker aß. Aber viele hundert Jahre liegt das schon zurück.«

»Nein, nein, nein!« Ich mußte ihn einfach berichtigen. »Meister Thengor hat immer darauf bestanden, daß wir Geschichte lernen – da war irgendwas von wegen nicht zweimal denselben Fehler begehen. Und es ist nun mal eine Tatsache, daß Orbix nicht nur ein- sondern zweimal flach war: Einmal im Zinnzeitalter, als es flach und rund war, und einmal im noch viel weiter zurückliegenden Zeitalter der Sehr Großen Spitzen Tiere, als es flach und quadratisch war.«

»Flach *war*?« Scandal stolzierte steifbeinig auf mich zu. »Laß doch meinen Kopf in Frieden leben, Mann. Was soll das heißen, sie *war* flach? Habt ihr Burschen etwa euren eigenen Westentaschencolumbus, der bewiesen hat, daß sie rund ist, oder was?«

Ich kauerte neben dem Strom nieder und grub eine Handvoll weichen Lehm aus. Dann ging ich das Ufer ein Stück ab, bis ich einen Klumpen Schilfrohr entdeckt hatte, und riß ein junges Exemplar aus dem Wasser. Den Lehm teilte ich in vier Stücke und machte daraus einen runden Pfannkuchen, einen viereckigen Pfannkuchen, eine klumpige Gestalt voller Löcher wie eine Kartuffel und einen schlichten Würfel. Dann bedeutete ich Scandal, er solle näher kommen, um sich alles gut anzusehen.

»Orbix im Zeitalter der Sehr Spitzen Tiere«, sagte ich und wies dabei auf den quadratischen Pfannkuchen. »Das war kurz nach dem großen Unfall. Für eine Weile schien es, als sei mit der Katastrophe auch sämtliche Magik vernichtet worden. Die Zauberer konnten kaum welche auftreiben, und wir lebten unter schockierend primitiven Bedingungen. Dann machte Meister Pasmoddle der Große die Entdekkung, daß der größte Teil der wilden Magik sich in den Backentaschen der Herden gehörnter Riesenhamster angesammelt hatte, die das ganze Land terrorisierten. Es gab einen kurzen, häßlichen Krieg, bis die Zauberer die riesige Drahtradfalle perfektioniert hatten. Als sie genügend von den gehörnten Riesenhamstern eingefangen und die von ihnen gehamsterte Magik abgeerntet hatten, erlangten die Zauberer wieder ihre alte Stellung, und die Zivilisation kehrte zurück.

Weißt du, ich möchte wetten, daß ich eine viel bessere Note bekommen hätte, wenn ich nur gewußt hätte, daß die von *Magik* redeten und nicht von Magie. Ich meine, wie sollte denn ein gehörnter Riesenhamster *Magie* hamstern? Aber wenn es natürlich um *Magik* geht ...«

»Ich kann dir einen echt guten Seelenklempner empfehlen, weißt du«, schlug Scandal vor. »Bring mich nur auf meine Welt zurück, dann werde ich ...«

Ich ließ ihn reden, auch wenn ich nicht genau wußte, wovon er da sprach. Ich versuchte ihm nämlich gerade zu erzählen, an was ich mich aus Meister Thengors Geschichtsunterricht erinnern konnte, und ich wußte, daß ich alles davon vergessen würde, sollte ich mich in diesem meinem Vorhaben ablenken lassen.

Ich schritt zu dem Schilfrohr hinüber, das flach, lang und grün auf dem Gras lag, und nahm es auf. »Als nächstes kam das Zeitalter des Verkehrs und des Geschubses, da Orbix diese Gestalt annahm. Es war eine Zeit der Entbehrung. Ganze Stämme packten ihre Sachen und verließen ihre alten Jagdgründe«, ich zeigte auf ein Ende des Schilfrohrs, »und machten sich auf die Suche nach frischen Ländereien. Dort stießen sie natürlich auf andere Stämme, die sie aus *ihren* ursprünglichen Jagdgründen vertrieben«, ich fuhr ein Stück mit dem Finger das Schilfrohr entlang, »und diese Stämme wiederum trieben die nächsten Stämme aus *ihrem* Gebiet«, wieder fuhr mein Finger ein Stück weiter, »worauf *diese* die nächsten Stämme von *ihrem* Land vertreiben mußten.« Inzwischen hatte ich schon fast das Ende des Schilfrohrs erreicht. »Und als es schließlich immer enger wurde …« Mein Finger glitt am anderen Ende des Halms ab und stürzte im kosmischen Abgrund in den Tod.

»Ja, 's war 'ne bitt're Zeit«, pflichtete Grym mir bei. »Es war auch der Zeitpunkt, da mein Volk den Ribok zu verehren begann, den Gott des langen Marsches.«

»Hat einer von euch komischen Raumkadetten vielleicht mal von einem kleinen Ding namens Schwerkraft gehört?« fragte Scandal.

»Dann kam das Milde Zeitalter.« Ich nahm den Lehmklumpen auf und hielt ihn mal schräg nach rechts, mal nach links, damit der Kater die ganzen Löcher erkennen konnte. »Da nahm Orbix diese Form an.«

»Sieht aus wie ein Gemüse.« Scandal schnüffelte an dem Klumpen. »Ich finde, Planeten sollten auf gar keinen Fall aussehen wie ein Gemüse.«

»Du hast recht«, antwortete ich. »Es sieht tatsächlich aus wie ein Gemüse, wie eine Kartuffel nämlich.«

Der Kater versuchte, eine weiße Pfote schalenförmig an sein gespitztes Ohr zu legen, doch es gelang ihm nicht ganz.

»Wie bitte?« fragte er mit einer brüchigen, atemlosen Stimme. »Die alten Ohren sind auch nicht mehr, was sie waren, junger Mann. Ich dachte, du hättest gerade Kart*u*ffel gesagt.«

»Das habe ich auch gesagt.«

»Die Kartuffel ist ein Knollengemüse«, unterstützte Grym mich.

»Das kann auch nur der dümmste Bauer wissen«, bemerkte der Kater.

Entweder hatte der Barbar ihn nicht gehört, oder er empfand es als Kompliment. »Eine höchst schmackhafte Speise. Sie wächst in großen Mengen, und immun ist sie gegen jedwed' Ungeziefer. Die Löcher, die daselbst du schaust, sind Fallen für das Ungeziefer, das in es hineinfällt – und somit durch die ganze Pflanze. Jedesmal, wenn's versucht, an der Kartuffel gütlich sich zu tun, stürzt's in ein andres Loch. Nach einer Weile gibt's dann auf. Worauf's sich wieder einsammelt und angewidert wegstolziert, üble Flüche murmelnd. Auch ist die Kartuffel nicht allein dazu dienreich, den Hunger zu vertreiben.« Er nahm mir das Lehmmodell aus den Händen und blies sanft über die Löcher. Ein leises *Puuuuaaat* erfüllte unser Ohr.

Ich nahm ihm das Modell wieder ab. »Man erzählt sich, daß es gar nicht so schlecht war, auf einer kartuffelförmigen Welt zu wohnen, aber die Oberfläche war eben übersät von diesen großen Kratern. Sie waren ziemlich nützlich, wenn man eine Menge Mülle entsorgen und vergessen wollte.«

»Auf diese Weis ist's meinem Stamm gelungen, 'ne ganze königliche Dynastie loszuwerden.« Beim Gedanken an die gute alte Zeit schüttelte Grym wehmütig den Kopf.

»Das einzige Problem mit diesen Löchern war,« fuhr ich fort, »daß jedesmal, wenn ein Wind über sie hinwegblies – sogar eine sanfte Brise –, Musik ertönte. Es war keine besonders großartige Musik, aber so, wie sie die Ichthyonische Skala auf und ab wanderte, wirkte sie irgendwie hypnotisch. Ganze Zivilisationen erlagen dem Zauber dieser Musik. Kerngesunde Männer und Frauen saßen dann in weißen Zimmern herum und starrten auf glitzernde Kristalle, während sie aller Welt davon erzählten, daß sie in Wirklichkeit Pasmoddle der Große aus dem Zeitalter der Sehr Großen Spitzen Tiere seien, so daß es unter ihrer Würde sei, hinauszuziehen und sich einen Job zu suchen.«

Scandal blickte Grym finster an. »Und ich gehe jede Wette ein, daß dein Stamm beschlossen hat, ihr seid die gehörnten Riesenhamster, wie?« Der Barbar versuchte, mit den Augen *»Och, wir doch nicht ...«* auszudrücken.

Nun nahm ich den Würfel auf. »Das ist Orbix im Zeitalter der Halbstarken-Balladen, das unmittelbar vor unserem jetzigen Zeitalter kam. Es hat nicht allzu lange angedauert – wir wissen sowieso nie genau, wann das nächste Zeitalter anbricht –, aber es hat uns immerhin eine Menge guter Musik hinterlassen.«

»Und wie sieht diese Welt heute aus?«

Ich nahm wieder das grüne Schilfrohr auf, verpaßte ihm eine Drehung in der Mitte und führte die beiden Enden zusammen.

Scandal richtete seine Nasenspitze auf die Baumwipfel und fing an zu heulen. »Das tut weh! Das tut weh!« rief er und wälzte sich am Boden.

»Was ist los? Was tut weh?« fragte ich mit einem Gefühl der Hilflosigkeit.

»Mein Gehirn! Mein Gehirn!« jammerte der Kater. »Mir wird die ganze Logik aus dem Gehirn gesaugt! Wenn du nicht möglichst bald irgend etwas sagst, das wenigstens *ein kleines bißchen* Sinn macht, werde ich noch zu einem von *euch* Idioten!«

»Ich könnt' dir dabei hülfreich sein«, entbot sich Grym und hob sein Schwert.

Scandal wurde auf der Stelle wieder gesund. »Nicht so voreilig, Dr. Kildare«, befahl er und sprang auf die Beine. »Wir kommen in Frieden. Ich möchte nur eins wissen: Wie kommt ihr bloß dazu, beim namen von Steven Hawking, auf einem Planeten zu leben, der seine Gestalt wechselt wie ein Politiker seine Wahlversprechen?«

»Was ist denn dran verkehrt?« wollte Grym wissen. »Und wenn wir schon dabei sind, was ist ein Politiker?«

»Etwas, das allglatt genug ist, um eine Kartuffel zu essen und nur die Löcher zurückzulassen.«

Grym kratzte sich am Kopf. »Verformt denn deine Heimatwelt sich nicht?«

»Nein, dort, wo ich herkomme, leben wir gewohnheitsmäßig alle auf einer runden Welt.«

»Rund?« Gryms mächtiger Brustkorb schüttelte sich vor Prusten. »Dann kannst du die wohl Wirbelwelt gut heißen, denn wahrlich müssen du und deine Kumpanen doch wohl von einer derart trügerischen Oberfläche fortgeschleudert werden.«

»Nicht doch, Grym, Orbix war tatsächlich auch einmal rund«, erinnerte ich ihn. »Natürlich war es auf eine *vernünftige* Weise rund, denn alle lebten im *Innern* des Planeten, so daß wir gar nicht erst ins Weltall hinausgeschleudert werden konnten.«

»Ja, so war's.« Grym nickte. »Das finstre Zeitalter.«

»Ich geb's auf«, sagte Scandal. Er machte sich daran, wieder dem Strom zu folgen.

Grym und ich trabten hinter ihm her. »Ich dachte, du wolltest wissen, wie Orbix seine heutige Form bekommen hat«, sagte ich.

»Ich habe es mir anders überlegt«, erwiderte Scandal, die Augen unentwegt auf den Weg gerichtet. »Ich bin glücklicher, wenn ich es *nicht* weiß. Ich bleibe geistig gesünder, wenn ich es nicht weiß. Ich erzähle mir selbst gerade, daß das alles die Plattentektonikfee getan hat.«

»Wer?«

»Ja, die ist mal mit Tinkerball und Glinda eines Samstagabends zu einer wilden Party zusammengekommen, hat ein paar zu viele Tequila mit Engelstaub gekippt, dann sind sie alle nach Hause gegangen und haben Orbix so angeschossen, daß es alle paar Äonen den geologischen Schluckauf bekommt.«

»He, das ist aber erstaunlich!« Ich war wirklich beeindruckt. »Bis auf die Namen hast du alles richtig erraten!«

Scandal blieb wie angewurzelt stehen. »Was habe ich?«

»Das, was mit Orbix passiert ist. Nur, daß es keine *Sie* war, die es getan hat, sonder ein *Er* – zwei Ers, um genau zu sein: Meister Uvom und Meister Murps. Das waren die beiden größten Zauberer, die Orbix je gesehen hat. Manche Leute meinen, daß Meister Uvom der erste Mensch war, der in Erfahrung brachte, wie man wilde Magik einsammeln und zähmen konnte. Seine Beherrschung ging sogar so weit, daß er sich selbst unsterblich machen konnte. Natürlich hat er sich dadurch ein paar Meuten neidischer Feinde geschaffen. Meister Murps gehörte auch zu ihnen. Er studierte sehr fleißig und wurde zu einem beinahe ebenso großen Zauberer wie Meister Uvom. Dann forderte er ihn zum Duell, der Sieger sollte alles bekommen. Es war furchtbar. Ganze Kontinente wurden dabei zerstört. Die Meere kochten. Die Sterne am Himmel standen plötzlich still. Tiere brachen lichterloh in Flammen aus. Frauen trugen kurze Röcke. Und dann kam es zu einem allerletzten Ausstoß Magik – und die Sache war vorbei.«

»Jede Wette, daß Meister Uvom gewann.«

»*Niemand* hat gewonnen«, widersprach ich. »Meister Uvom überlebte ein paar Sekunden länger als Meister Murps, sofern das irgend etwas zu bedeuten hat. Es war eine Katastrophe, die fast den gesamten Planeten ausradierte. Die wenigen Zauberer, die sie überlebten, nannten es den Großen Unfall, und wir reden noch heute nicht gern darüber. Jeder Zauberer auf Orbix muß Meister Uvoms letzte Worte ›Laßt euch das eine Lehre sein‹ über jedem Herd in seinem Haus anbringen, und schon bald wurde es eine allgemeine Mode, sie sich über dem Kamin schnitzen zu lassen, der fast jeder Hausbesitzer auf Orbix nachkam – jedenfalls jene, die Kamine hatten. Nicht, daß sie wirklich gewußt hätten, was das Ganze zu bedeuten hatte.« Ich auch nicht, jedenfalls bis vor kurzem.

»Murps und Uvom haben nur auf die harte Weise gelernt«, bemerkte Scandal.

»Vom Lernen haben sie nicht mehr viel gehabt – es war ein scheußlicher Tod, und in Folge ihrer letzten Schlacht wurde Orbix so stark von Magik durchtränkt, daß die Welt seitdem ihre eigene Gestalt nicht mehr unter Kontrolle hat.«

»Mensch, an wen erinnert mich das nur?« bemerkte der Kater wie nebenbei.

Ich wußte, daß er mich meinte, und das gefiel mir überhaupt nicht. Natürlich hatte er recht: Wenn Orbix sich so viele Zeitalter nach dem Großen Unfall immer noch nicht wieder richten konnte, welche Chance hatte ich dann wohl, jemals wieder normal zu werden? Was aber noch lange nicht bedeutete, daß ich ausgerechnet ihn dazu brauchte, mich daran zu erinnern.

Plötzlich fühlte ich mich furchbar müde. Ich suchte mir einen Baum – kein allzu großer Akt in einem Wald – und lehnte mich im Sitzen mit dem Rücken dagegen, den Kopf auf die Knie gelegt. Der Große Unfall, lächerlich! Meiner war viel größer. Ich sah so lange nicht mehr auf, bis ich plötzlich etwas Warmes und Pelziges spürte, das sich an meinen Knöcheln rieb.

»Kopf hoch, Sportsfreund!« Scandals Schnurrbarthaare stellten sich kräuselnd auf. »Eins hast du vergessen: Orbix hatte nicht *mich* auf seiner Seite.«

»Welch ein Trost«, murrte ich.

»Ach, komm schon, Jungchen! Ich habe doch gesagt, daß ich dir helfe.«

»Klar, solange du dir dabei selbst hilfst.«

Scandal legte die Ohren an und sagte mit knirschender Stimme: »Verdammt, Jim, ich bin eine Katze und kein Philantrop!«

»Ich heiße Kendar, nicht Jim. Und ich weiß auch nicht, was ein Philantrop …«

TZING!

Der Pfeil schoß so dicht vorbei, daß mir sein gefiedertes Ende ins rechte Ohrläppchen schnitt, bevor er sich hinter mir in den Baum bohrte. Scandal zischte. Gryms Schwert fuhr schnarrend aus der Scheide. Der Barbar knurrte und ging in Kampfstellung.

Ein Dutzend hochgewachsener schlanker Körper fiel von den Bäumen herab. Alle hielten sie scharfgemachte silberne Langbögen auf uns gerichtet. Spitze Ohren und riesige geschlitzte laubgrüne Augen schauten durch goldenes Haar von solcher Länge und Dichte hervor, daß ich nur staunen konnte, wie sie genug sehen konnten, um mit ihren Waffen auch noch zu zielen. Einer von ihnen sprach uns in einer melodischen Sprache an, die ich nicht verstand.

Na ja, eigentlich nicht wirklich melodisch. Eher zwitschrig. Quiekig. Wie damals, als wir in Edelfrau Inivrias Orgelpfeifen Mäuse aussetzten.

»Wer ist das?« flüsterte ich.

»Und wie, zum Teufel, konnten sie sich in den Bäumen verstecken, wo sie doch alle rosa Strumpfhosen tragen?« erwiderte Scandal flüsternd. »Noch dazu mit Rüschen.«

Grym schien die Antwort darauf zu wissen. »Aiiieeehh!« rief er. »*Welfies!*« Grabräuber fiel ihm aus den Händen. »Wir sind alle tote Männer.«

KAPITEL 12

»Hättest du vielleicht die Güte, dies garst'ge Gelicht zu löschen?« forderte Grym. Er klang richtig wütend. »Auch wenn wir früh am Morgen sterben müssen, wünscht' ich mir doch zuvor noch einen guten Schlaf.«

»Ach, schnall die Zunge ab«, knurrte Scandal. »Wenn er könnte, würde er es schon ausschalten, das weißt du auch.«

»Nein, das würde ich nicht«, warf ich aus meiner Ecke in dem kleinen blauen Pilzhaus ein. (Tatsächlich gibt es im Innern eines Pilzes gar keine Ecken, aber ihr wißt schon, wie ich es meine.) »Wenn ich es im Griff hätte, wie ich ständig von dieser dämlichen Magik aufleuchte, würde ich sie so hell erglühen lassen, daß es dir die Augenlider wegbrennt.«

»Da ist wohl jemand im falschen Pilz aufgewacht«, bemerkte Scandal und bedeckte die eigenen Augen mit den Pfoten.

Grym grunzte und wälzte sich auf die linke Seite, wobei er alle Decken an sich riß. Das war mir egal; Welfie-Decken bestanden nur aus Spinnweben und taten einen Teufel, einen warmzuhalten. Die Kissen, die die Welfies ihren Gefangenen gaben, waren auch nicht viel besser: die runde gelbe Mitte einer Tagesaugenblume. Jedesmal, wenn ich den Kopf senkte, bekam ich die Nase voll Pollen und mußte niesen wie verrückt.

Ich schlang die Arme um die Knie und wünschte mir, daß ich wüßte, wie spät es sei. Mein Verstand sagte mir, daß es Zeit sei, darüber nachzudenken, wie man den Welfies entfliehen könne; meine Füße meinten, es sei an der Zeit, lieber loszulaufen und erst hinterher nachzudenken; und mein Magen meinte, es sei Zeit fürs Frühstück. In der Zwischenzeit fand meine Magik, daß es Zeit sei, mir eine Beleuchtung zu verpassen wie einem Mondfisch. Tief im Innern des Furchtbaren Walds von Euw ist die Zeit ziemlich relativ.

Ich hatte noch nie etwas für Relationen übrig.

Scandal und Grym schliefen schon wieder. Ich begriff nicht, wie sie einfach so wegpennen konnten, da wir doch am nächsten Tag umgebracht werden sollten. Vielleicht waren sie aber auch zu dem Schluß gelangt, daß die Welfies ebensowenig bestimmen konnten, wann Tag war, wie wir, und wähnten sich deshalb in Sicherheit. Klar, für den Augenblick waren sie das ja auch, aber selbst ein Welfie kommt irgendwann mal auf den Trichter, daß es *irgendwo* gerade Tag sein muß.

Und sobald es Tag war, war es aus mit uns. Flucht? Netter Gedanke. Nur schade, daß sie umöglich war. Seit dem Augenblick, da die Welfie-Bogenschützen über uns gekommen waren, hatten wir dreiundsiebzig verschiedene Fluchtversuche unternommen, einzeln und als Gruppe. Jeder davon war gescheitert. Wenn wir wegrannten, holten sie uns ein. Wenn wir noch schneller rannten, schossen sie mit Pfeilen hinter uns her. Wenn wir die Pfeile ignorierten und weiterrannten, schossen sie Pfeile ab, an denen Schleppnetze befestigt waren, und das hielt uns dann auf. Und auf dieselbe Weise unterbanden sie sämtliche Fluchtversuche, die wir sonst noch auf dem Weg ins Dorf unternahmen.

Ich seufzte und lehnte meinen Kopf gegen die Wand. Das Pilzhaus war ganz hübsch und schwammig – jedenfalls besser als diese goldstaubigen Welfie-Kissen. Es war zu spät für einen Fluchtversuch, und außerdem war ich zu müde. Vielleicht würde meine Magik mich ja vor irgendwelchen fiesen Überraschungen bewahren, die die Welfies morgen für uns vorgesehen hatten, aber was war mit meinen Freunden ...?

Freunden? Wieso bezeichnete ich Grym und Scandal eigentlich mit diesem Wort? Keiner von beiden mochte mich, jedenfalls nicht wirklich. Sie hingen nur an mir fest, das war alles. Ja, hingen solange an mir fest, bis wir eine Möglichkeit gefunden hatten, daß meine Magik ihnen gab, was sie wollten – Grym ein neues Gesicht, Scandal einen

Weg nach Hause. Danach würden sie mich verlassen. Tolle Freunde!

Genau das war es, was ich jetzt hätte gebrauchen können: ein paar Freunde.

Ich war gerade im Begriff, wegzudämmern, als ich dicht an meinem Ohr ein Kratzen an der Wand vernahm. Hellwach fuhr ich auf und starrte in die Dunkelheit hinaus. Die Magik hatte aufgehört, mich leuchten zu lassen, aber plötzlich gab es ein Zischen und Spritzen, und schon flackerte ich wieder los.

»Oooooh«, sagte die Wand. »Wie machst du das?«

Ich berührte die fedrige Oberfläche. »Kannst du etwa reden?«

»Nein«, erwiderte die Wand. Dann kicherte sie. Es war ein recht niedliches Lachen. Jetzt setzte das Kratzen wieder ein. Nach kurzer Zeit hörte es auf, und die Wand sagte: »Das würde alles sehr viel schneller gehen, wenn du von deiner Seite auch losessen würdest.«

»Was soll ich essen?«

»Das, was direkt vor deiner Nase ist, Dummkopf: den Pilz. Er ist nicht giftig, aber auch nicht ganz so gut wie die grüne Sorte. Ich habe gehört, er soll besser schmecken, wenn man ihn mit ein bißchen Butter und einem großen, saftigen Beefsteak brät.« Ich hörte ein leises, tropfendes Geräusch, das von der Wand ausging. Das war wirklich albern: Wände sabbern nicht.

Aber wer immer – oder was immer – sich auf der anderen Seite der Wand befand, tat es. Und wer immer es war, wollte zu mir durchdringen und war dazu bereit, sich den Weg freizufressen. Da war das mindeste, was ich tun konnte, ihm dabei zu helfen. Also stieß ich die Finger in die weiche Gefängniswand und riß einen großen Klumpen heraus. Er war strohig, mit einem angenehmen, nussigen Nachgeschmack.

Lange Zeit war das einzige Geräusch, das man im Pilz und außerhalb vernehmen konnte, das Kauen. Und dann, als ich gerade eine weitere Handvoll aus der Wand reißen wollte, stießen meine Finger einfach hindurch und trafen auf andere Finger. Die waren lang, schlank und so kühl wie Mondstrahlen. Ohne nachzudenken, versuchte ich, sie an mich zu reißen.

»He! Was machst du da? Das Loch ist noch zu klein für mich!« Die Finger entrissen sich meinem Griff. Ich legte die Augen an das Loch in der Wand und spähte hinaus.

Alles, was ich dort erblickte, waren Nacht und Wald und Pilze, vor denen Fußabtreter lagen.

»Pst! Hier oben. Streck die Hand aus und greif nach oben.«

Die Stimme kam inzwischen vom Dach. Ich gehorchte und vertilgte ein paar weitere Happen, bis das Loch groß genug war, um meinen ganzen Arm durchzustrecken und hinaufzugreifen. Ich konnte zwar nichts erkennen, spürte aber, wie sich etwas auf meiner Hand niederließ.

»Schön, und jetzt schließ die Finger – *vorsichtig*, um Sylvans willen! Ich will nicht zerquetscht werden wie eine Wanze. Ja, so ist es richtig. Und nun hol mich rein, gaaaaanz langsam ...«

Ich tat, wie mir geheißen. Etwas Kleines und Warmes zappelte in meiner Hand. Es kitzelte wie verrückt, es war fast das gleiche Gefühl wie bei Gryms magikgetränktem Schwert. Dann streckte ich die Finger, schaute mir an, was ich da in der Hand hielt, und empfand plötzlich ein gänzlich andersartiges Kitzeln.

Es war ein Mädchen, ein wunderschönes Mädchen, nicht größer als ein Grashüpfer. Sie trug einen sehr kurzen Kittel, der aus Libellenflügeln zu bestehen schien. Und da wir gerade bei Flügeln sind: davon hatte sie auch ein Paar am Rücken. Sie waren bunt und schimmrig, doch als sie versuchte, sich auf meiner Handfläche gerade hinzustellen, verhakten sie sich ständig in ihrem langen, seidenfeinen goldenen Haar.

»Bääääähhh, ich *hasse* die Dinger. Wenn ich ein *männlicher* Welfie wäre, brauchte ich mich nicht damit herumzuplagen. *Die* haben keine Flügel. Das ist einfach ungerecht.« Sie stampfte mit dem winzigen Fuß auf und warf den Kopf in die Höhe, während ich fasziniert zusah. Noch nie hatte ich etwas so Hübsches gesehen. Dann sah sie zu mir hoch und fragte: »Nun, worauf wartest du noch? Setz mich ab. Oder willst du mich in deinem Schoß haben?«

Ehrlich gesagt, ich wußte nicht, was ich sagen sollte.

Sie schnitt ein wütendes Gesicht. »Na schön, du wolltest es ja nicht anders«, sagte sie, und im nächsten Augenblick lag ich flach auf dem Rücken, ein ausgewachsenes geflügeltes Mädchen auf dem Bauch. Junge, nie hätte ich geglaubt, daß jemand, der so schlank aussieht, so viel wiegen kann! Das muß an den Flügeln gelegen haben.

»Bei Buxomias vielen gebirgigen Brüsten, was beut die Nacht denn nun schon wieder?« brüllte Grym und schleuderte die Spinnwebdecke beiseite. Er rieb sich die Augen und musterte eindringlich unsere Besucherin. »Oh. Wenig weiß ich darum, wie du es vollbrachtest, einen solchen Happen maidenhafter Freude zu deinem Vergnügen heraufzubeschwören, o Kendar. Mag sein, du rettest deine Ehre noch in meinen Augen. Weitermachen.« Er riß sich die Decken wieder über den Kopf und döste wieder ein.

»Dein Freund gefällt mir«, sagte das geflügelte Mädchen. »Der ist süß.«

»Geh von meinem Bauch«, forderte ich sie auf.

Sie glitt ganz vorsichtig zu Boden, um Grym nicht schon wieder zu wecken. Ein Pilzhaus ist nicht besonders groß – den meisten Platz nimmt der Stauraum unter dem Hut ein –, so daß wir es ziemlich eng hatten. Ohne die Flügel hätte es mir ganz gut gefallen.

»Wer bist du?« fragte ich sie. Tatsächlich sagte ich: »Wer bist *Th-ur-gph!*« weil ich einen flimmernden Flügel in den Mund bekam.

»Ach du liebe Güte, tut mir leid. Die sind aber auch lästig, findest du nicht auch?« Sie holte den locker schlagenden Flügel ein, wie ich es einmal bei Meister Thengors Wäscherin gesehen hatte, als sie ein Bettlaken von der Wäscheleine zog. Ihr Lächeln war ... na ja, ich bin es nicht gewöhnt, daß hübsche Mädchen mich anlächeln, deshalb hatte ich auch nichts, womit ich es hätte vergleichen können, aber ich denke, es dürfte eins der besten da draußen gewesen sein.

»Mein Name ist Mysti«, sagte sie. »Ich bin hier, um gerettet zu werden.«

»Mh-mh«, erwiderte ich. Das war ganz bestimmt nicht die richtige Antwort.

Das Lächeln war verschwunden. »Vielleicht hast du mich nicht richtig verstanden«, sagte Mysti, und ihre hohe, bleiche Stirn runzelte sich wie eine Walnuß. »Ich will gerettet werden. Befreit. Einem Schicksal entrissen, das schlimmer ist als der Tod.«

»Na ja, schön, aber ...« Ein Blick in ihre Miene, und mir war klar, daß ich wohl etwas Besseres aufbieten mußte. Und zwar möglichst bald. »Ich würde dir ja gern helfen, Mysti, ganz bestimmt, aber weißt du, ich habe da so ein kleines Problem.«

»Und was für eins?«

»Wer rettet *mich*?« Scandal miaute im Schlaf, und so berichtigte ich mich gleich: »Ich meine, wer rettet *uns*?«

Mystis geflügelte Schultern bebten von einem gewaltigen Seufzer. »Ach, Männer! Also wirklich! Muß ich mir denn alles selbst ausdenken?« Sie wies auf das Loch in der Wand. »Du könntest beispielsweise damit anfangen, indem du dort hinauskriechst. Das solltest du auch lieber tun. Ich will nicht umsonst diesen ganzen Pilz roh und ungewürzt gegessen haben wollen.«

Ich musterte das Loch, als sei es das erste, das mir in meinem Leben jemals untergekommen war. »Hm, ja, für den Anfang nicht schlecht, bis auf eins: Wir haben es schon versucht. Fünfmal haben wir das. Jedesmal, wenn wir es versuchten, haben sie uns eingefangen und zurückgebracht.«

»Erzähl mir doch nicht, daß du so schnell klein beigibst«, forderte Mysti mich heraus. »Vom Rat der Nichtsterbenden Weisen höre ich, daß du der größte Menschenzauberer bist, den sie je gesehen haben. Du hast die Ältesten stark beeindruckt. Die ganze Zeit haben sie herumgequiekt und gekrächzt, wieviel Magik du hast und daß sie so etwas schon seit Urzeiten nicht mehr gesehen haben. Tatsächlich wurde sogar beobachtet, wie der Gebieter Turalu mit einem ganzen Finger zuckte, als sie drüber disputierten, was sie mit dir anfangen sollen. Das letzte Mal, als der überhaupt mal irgend etwas bewegt hat, wurde er gerade von einem gehörnten Riesenhamster gejagt.«

Ich hatte zwar nicht die leiseste Ahnung, wer der Gebieter Turalu sein mochte, vermutete aber, daß er mich kannte. »Dann … da der Rat so große Stücke auf mich hält, was hat er denn zu tun beschlossen?«

»Dich umzubringen.« Mysti zuckte die Schultern, und wieder bekam ich einen Mund voll Flügel ab. »Sterbliche mit Magik machen sie nervös.«

»Danke«, sagte ich. »Vielen Dank. Du kannst dir gar nicht vorstellen, wieviel besser ich mich jetzt fühle.« Da hatte ich einen Einfall. »Das werden sie aber nicht schaffen, denn meine Magik läßt nicht zu, daß mich irgend jemand umbringt.«

»Das erzählt man sich überall.« Mysti wischte sich die Flügelkante ab, wo ich etwas Speichel auf die samtige Oberfläche verteilt hatte. »Wir sind Welfies. Wenn es um Magik geht, kommen wir schon ganz gut zurecht. Magik ist ein Teil von uns, weshalb die ganze wilde Magik da draußen und die Magik, die ihr Menschenzauberer zähmt, uns meistens aus dem Weg geht, wenn wir etwas wollen. Das ist eine Frage der … wie nennt man das noch gleich? Manieren!«

Hervorragend. Da gab es nur eins, was meine Magik für mich tun konnte, und nun mußte ich erfahren, daß sie beiseite treten und mich von den Welfies umbringen lassen würde, weil sich das eben so gehörte.

»Magik ist aber auch ein Teil von mir«, konterte ich.

Sie lachte mich nur aus. »Hör mal, das ist wie Schwimmen. Ein Fisch kann schwimmen, und ein Mensch kann schwimmen lernen, aber es ist trotzdem nicht dasselbe; Schwimmen ist ein Teil von dem, was den Fisch zum Fisch macht.«

Ich schlug die Beine untereinander und stemmte mein Kinn auf eine Hand. »Wenn du aus Magik bist, warum brauchst du dann mich, um dich vor einem Schicksal zu retten, schlimmer als der Tod? Dann solltest *du* doch eigentlich *mich* vor einem Schicksal retten, schlimmer als … Na ja, für den Augenblick erscheint mir der Tod schon schlimm genug.«

Sie schüttelte den Kopf, und ihr seidiges Haar umtänzelte ihre Schultern wie Sonnenstrahlen. »Ich brauche dich nicht zu retten. Das wirst du schon allein tun, und diesmal wird es auch funktionieren.«

»Du klingst, als seist du dir deiner Sache ziemlich sicher. Kannst du etwa in der Zukunft lesen?«

»Ich kann nicht mal meinen eigenen Namen lesen. Aber ich weiß, daß ich das von dir will, und ich bekomme immer, was ich will.«

Dagegen hätte ich bestimmt nicht wetten mögen. »Mal angenommen, ich unternehme noch einen Fluchtversuch. Woher willst du wissen, daß es klappt? Woher willst du wissen, daß sie mich nicht einfach wieder einfangen und mich zu diesem Rat der Schlaumeier zurückbringen, oder wie der gerade heißen mag?«

Sie zappelte mit den Fingern in der Luft, und plötzlich blickte ich auf das ernstere Ende eines silbernen Dolchs. »Deshalb. Wenn es nämlich nicht klappt, brauchst du dir keine Gedanken darüber zu machen, daß der Rat der Nichtsterbenden dich umbringen könnte. Dann werde ich es nämlich statt dessen tun. Ich bin eine reichlich verzweifelte Welfie.«

Ich fuhr mir mit der Zunge über die Lippen; sie fühlten sich plötzlich ganz sandig an. »Das mußt du wohl sein. Ich meine, du kannst doch fliegen, du kannst deine Körpergröße verwandeln, vielleicht sogar deine Gestalt, du kannst Messer aus der bloßen Luft ziehen, und da brauchst du noch meine Hilfe? Was ist denn das für ein Schicksal, schlimmer als der Tod, daß du ihm nicht aus eigener Kraft standhalten kannst?«

»Ich bin eine Welfie.«

»Ja, eine verzweifelte, das hast du schon gesagt. Aber ich wollte eigentlich wissen ...«

»Genau das ist es.« Ihre Miene war so ernst wie Stein, sofern Steine Grübchen haben können. »Das ist mein Schicksal, schlimmer als der Tod, vor dem ich fliehe: Ich bin eine Welfie. *Und ich verabscheue es!«* Den letzten Satz kreischte sie förmlich hervor, so daß ihr Kopf knallrot zu leuchten begann und die Adern an ihrem Hals hervortraten wie eine Strickleiter. Ich wurde dabei rücklings auf Grym geschleudert, bevor ich sie auch nur *Warum?* fragen konnte.

»Jetzt reicht es«, knurrte der Barbar und grabschte nach mir.

Ich kroch so schnell ich konnte von ihm fort. »Nein, nein, nein! Nicht am Zauberer packen! Magik bös! Tut ganz weh!« warnte ich und wackelte dabei drohend mit dem Zeigefinger.

Entweder dachte Grym nicht nach, oder die dreckige Ratte hatte den Teil über die Welfies und die Magik belauscht, als ich mit Mysti sprach, denn er ergriff einfach nur sein Kissen und schlug es mir voll ins Gesicht. Das Kissen war von Welfies gemacht, und Welfies *benutzen* keine Magik, sie *sind* Magik. Ich vermute, daß etwas davon auch auf die Gegenstände übergeht, die sie herstellen. Ich weiß jedenfalls nur, daß das Kissen hart und genau sein Ziel traf und ich als nächstes würgte und beinahe an Pollen erstickte.

»Na, na«, sagte Mysti und schlug mich zwischen die Schulterblätter. Dann sah sie Grym wütend an. »Würdest du dich vielleicht mal benehmen? Wir versuchen hier gerade, ein Privatgespräch zu führen.«

»Und ich mich im Versuch befand, zu schlafen«, erwiderte Grym steif. Niemand kann so pompös werden wie ein Barbar.

»Ein ordentlicher Kuschelschlummer, damit du auch jede Menge Kraft für deine Hinrichtung hast?« höhnte Mysti.

Grym verschränkte die Arme vor seinem prächtigen Brustkorb. »Ohne ehrenwerten Kampf werd' ich nicht untergehen. Ja, ich werde eine stattliche Anzahl der verfluchten Welfiegegner mit mir ins finstere Haus des Todes führen.« Erst da bemerkte er ihre Flügel. »Oh, ich bitt' um Verzeihung, edle Dame; wußt' ich doch nicht, daß eine verfluchte Welfie du bist. Ich glaubte, du seist nur ein Bettspielzeug von Meister Kendars Zauberkunst.« Er warf mir einen von diesen verächtlichen Blicken zu, die ich langsam zu hassen begann. »Wahrlich, Schwächling, glaubt ich doch nimmer, du hättest zauberische Fertigkeit, dazu noch männlich' Neigung zu solcher Tollerei.«

Das brachte das Faß zum Überlaufen. Diese ständigen Beleidigungen reichten mir. Ich spuckte den letzten Rest Pollen aus und sah ihn wütend an. Mein ganzes Gesicht war mit gelbem Staub bedeckt, doch ich sah nur noch rot. Die Hitze strahlte aus meiner Magengrube bis in die Ohrenspitzen hoch. Irgend etwas in meinem Innern blubberte auf, und es war nicht die Magik. Mein Geist schäumte vor zornigen Gedanken wie: *Wie kann er es wagen, so mit mir zu reden!* und: *Was weiß denn der über meine Tollereien?* und – schließlich, schicksalhaft: *Warum hackt er nicht auf jemandem von seiner eigenen Körpergröße herum?*

Mysti quiekte, als mein Körper seine Masse verdoppelte und plötzlich überall die Muskeln hervorplatzten. Außerdem war ich immer noch am Glühen, was das Ganze noch beeindruckender machte. Ich hörte Grym japsen, als seine Hand instinktiv nach Grabräubers Griff fahren wollte. (Nur daß das Schwert gar nicht da war; die Welfies hatten es an sich genommen, sobald wir ihr Dorf erreicht hatten.)

Ich war immer noch außer mir vor Wut. »Du willst ein Schwert?« rief ich ihm mit einer Stimme so tief und stürmisch wie das Donnern einer Lawine zu. »*Da*, nimm dir ein Schwert!« Ich riß die Hand hoch, und schon erschien eine leuchtende Klinge im Griff des Barbaren. Es war eine schiere Flamme, der Griff bedeckt von einem Knoten aus lebendigen, zischelnden Schlangen mit aufgesperrten Mäulern. Er sah es einmal an und ließ es sofort wieder fahren. Mein Gelächter ließ den Pilz aufquieken. »Du hältst mich also für einen Schwächling? Für nicht männlich genug? Wie wäre es, wenn ich *doppelt* so groß wäre wie du? Wäre ich *dann* vielleicht männlich genug für dich?«

Grym warf sich rücklings zu Boden, und Mysti schrumpfte auf Grashüpferdimensionen zusammen, als mein Kopf durch das Dach platzte, meine Schultern die Wände auseinanderbrachen und meine Beine die Tür austraten, wobei sie die außen angebrachten Schlösser knackten, als bestünden sie aus Stroh statt aus Eisen. (Eisenschlösser an einem Gebäude, aus dem man sich hinausfressen konnte – da seht ihr mal, wes Geistes Kind die Welfies sind.) Ich hörte ein *Wapp-platsch-aua*!

»Was war das?« fragte ich abgelenkt. Sobald ich nicht mehr ganz so wütend auf Grym war, wurde ich auch nicht mehr größer. Und noch bevor ich auch nur mit der Wimper gezuckt hatte, hatte ich wieder meine alte, zerbrechliche Größe eingenommen. Mein Magik-Licht flackerte auf und erlosch.

Mysti flatterte durch die offene Tür hinaus, dann machte sie kehrt, um dicht neben mein Ohr zu schweben. »Das war der Wachposten«, sagte sie. Blitzartig nahm sie wieder Menschengröße an. »Der wird nicht besonders glücklich sein. Du hast ihm die Frisur versaut.«

Ich stöhnte auf. Scandal rührte sich in der Dunkelheit. »Hab' ich irgendwas verpaßt?« fragte er schläfrig und schüttelte sich Pilzstücke aus dem Fell. Das Geräusch zahlreicher rennender Füße übertönte meine Antwort. Ein Haufen Welfies traf ein und ließ das zerstörte Pilzhaus aufleuchten, als sei es hellichter Tag.

(Welfies brauchen keine Feuerelemente oder Illuminiumkugeln oder auch nur gewöhnliche alte Fackeln, um im Dunkeln sehen zu können. Sie schimmern in eigenem Licht. Es ist rosa und golden und pfirsich- und lavendelfarben und von weißen Funken durchsprenkelt. Es erinnerte mich an den tollen Nachtisch, den Velma Chefköchin mal an uns ausprobierte, nur daß niemand ihn essen wollte. Als sie das Zeug schließlich in den Graben schmiß, schleuderten die Schleimwürmer es zurück.)

Mein Wutkoller lockte neun oder zehn Welfies herbei, die sich davon überzeugen wollten, was ich dem Gefängnis und dem Wächter angetan hatte. Jede Minute kamen mehr herbei. Die meisten von ihnen trugen lange, fließende Gewänder, die mit blauem Glitzerkram besprenkelt waren. An einer Seite stand eine Schar von Welfie-Bogeschützen auf ihre silbernen Bogen gelehnt und in rosa Strumpfhosen gekleidet, die sich eng an die hochgewachsenen, schlanken Körper schmiegten.

Eine dritte Gruppe geflügelter Welfie-Frauen stürzte aus den Bäumen herab, um Mysti zu umringen und fortzuschleppen. Sie trugen ganz ähnliche Kleidung wie sie, und kaum hatten sie Hand an sie gelegt, als ich Mysti nicht mehr von den anderen hätte unterscheiden können – wenn sie sich nicht losgerissen und angefangen hätte, Hiebe auszuteilen, um sich zu treten, zu beißen und jedermann in Reichweite zu verfluchen. Sie mußten sie fahrenlassen, doch das bedeutete noch lange nicht, daß sie frei gewesen wäre. Es waren ihrer einfach zu viele, und so gingen sie dazu über, Mysti umzuwerfen und sich auf sie zu hocken. Einer von ihnen gelang es, ihr einen Knebel in den Mund zu stecken. Darüber war ich eigentlich recht froh: Langsam fing sie an, mich an meinen Bruder Basehart zu erinnern.

»Liegt das nur an mir, oder sehen die wirklich alle gleich aus?« flüsterte ich Grym zu.

»'s ist nicht nur an dir, o Kendar«, erwiderte der Barbar feierlich. »In unseren Stammessagen ist oft davon die Kunde, daß man keinen Welfie von seinen Genossen zu unterscheiden vermag, außer an den Namensschildern.«

»Was für Namensschilder?«

»Siehst du die nicht dortselbst, dicht oberhalb der linken Brust?«

Ich sah zu der Stelle, auf die sein schwertgeprüfter Finger deutete. Ja, er hatte recht: Wenn man nur genau hinsah, konnte man dort eine kleine, eingestickte Linie erkennen, aber …

»Das kann ich nicht lesen.«

»Ebensowenig wie ich. Beherrschtest du jedoch der Welfie Zunge, so könntest du's. Diese Schilder sind nur ein grausamer Scherz der Welfies, denn ihre gesprochene Sprache zu erlernen, dauert ein Menschenleben, noch länger aber die geschriebene. Doch froh sind sie darüber allemale. Es heißt, wer eines Welfies wahren Namen kennt, darf rechtens sich der Kreatur Herr und Meister nennen.«

Das war mir neu. Mysti hatte mir geradeheraus ihren

Namen genannt, einfach so. Ob sie nicht gewußt hatte, was sie da tat? Vielleicht stimmten die Geschichten ja auch nicht, die Grym gehört hatte. Andererseits – vielleicht stimmten sie sehr wohl, vielleicht wußte Mysti nur zu genau, was sie tat, und vielleicht hatte sie sogar die Wahrheit gesagt, als sie mir soeben mitgeteilt hatte, wie verzweifelt sie sei.

Doch darüber würde ich mir später noch Gedanken machen, sofern mir noch ein Später gewährt sein sollte. Im Augenblick wichen die Welfies in ihren weißen Gewändern ein Stück zurück, um einen Weg zu dem von mir zerstörten Pilzhaus freizumachen. Vier wankende Welfies kamen näher, eine goldene Sänfte auf den Schultern tragend. Hoch über den Köpfen der Menge erblickte ich den allerersten Welfie, dessen Kleidung meine Augen nicht tränen ließ und mir keine Zahnschmerzen verursachte.

Sein dunkelblauer Samtumhang wurde von einem schwarzen Gürtel gerafft und war mit schwarzen Rändern verziert, doch wenn sein Geschmack in Kleidungsfragen auch recht eintönig zu sein schien, machte sein Geschmack in Sachen Schmuck dies mehr als wett. Auf dem Kopf trug er eine gehämmerte Silberkrone mit einem eingefaßten Diamanten von solcher Größe, daß er ihm ständig den Hals nach vorn preßte. Die Finger waren vor lauter Ringen nicht zu sehen, und als die Sänfte stehenblieb und er den Saum seines Umhangs raffte, um auszusteigen, erblickte man Schuhe, deren Preis wohl das Lösegeld eines Königs hätte erzielen können.

Vielleicht sogar noch mehr. Denn niemand würde so viel ausgeben, um König Steffan von Gladderadatsch zurückzukaufen.

Ich erinnerte mich, was Grym mir gerade mitgeteilt hatte, und schaute an die Stelle, an der der Name dieses Welfies in den Umhang eingestickt sein müßte. Tatsächlich, da war es ja, in Silberfäden gearbeitet, reichlich mit angenähten Diamantsplittern durchwirkt. Das Ganze sah aus wie ein Drache, der gerade versuchte, in sein eigenes Ohr hineinzukriechen.

Der stattliche Welfie schritt auf die Ruine zu. Wir drei

erhoben uns langsam, wobei wir stets ein Auge auf die Bogenschützen hatten – ich hoffte nur, daß sie unser Zeichen der Friedfertigkeit auch tatsächlich in den richtigen Hals bekämen. Und daß sie keine Dummheiten machten. Dem Welfie im Samtumhang folgte ein Adjutant mit Gryms geliebtem Schwert auf einem weißen Samtkissen. Ich spürte, wie die Magik in der Klinge nach mir rief. Und ich hörte den armen Grym auch leise wimmern, voll des Verlangens, endlich wieder Hand an Grabräuber zu legen.

»O Kendar«, zischte Grym, wie wir dastanden, im Mittelpunkt von hundert kalten grünen Augen, »kannst deine Magik du nun nicht einmal in uns're Sache nutzen? Es braucht ja nur genug der Ablenkung zu sein, daß ich mein edles Schwert ergreifen und ein'ger Welfies Gekröse durchbohren kann, bevor wir des Verderbens sind.«

»Ich dachte, du hättest es inzwischen begriffen«, erwiderte ich aus dem Mundwinkel. »Ich *kann* das Zeug einfach nicht kontrollieren!«

»Nein, nein, dem ist nicht so«, widersprach er. »Denk doch mal nach, o Meister. Dein *Zorn* war es, der heraufbeschwor die Macht, sie dienstbar dir zu machen. Nun bitt' ich dich, erzürne dich in aller Schnelle, auf daß wir dieses Welfiepack atomisch wohl in Stücke reißen und diesen unheimlichen Wald verlassen mögen.«

»Mein Zorn ...« Ich bin nicht so blöd, wie alle Welt mir ständig einzureden versucht. Ich meine, das hoffe ich jedenfalls. Auf manche Dinge komme ich sogar von selbst. Grym hatte recht – ich hatte tatsächlich meine eigene Magik angezapft, als ich wütend geworden war. Andererseits irrte er sich aber auch. Als wir nämlich vor Zoltans Dämonen gestanden hatten und ich das magische Schwert heraufbeschwor, war ich genaugenommen gar nicht *wütend* gewesen.

Doch was sollte das schon! Wenn wir damit unsere Haut retten könnten, würde ich es gern mit Zorn versuchen. Und ich würde gar versuchen, genug davon zu entwickeln, daß nicht nur Grym sein Schwert zurückbekam, sondern wir auch noch von hier fliehen konnten. Wütend musterte ich die Welfies und dachte: *Wie können die es wagen, uns gefangen-*

zunehmen! Wie können die es wagen, uns mit dem Tode zu drohen! Wie können sie …

Das wird nicht funktionieren, sagte der dunkel gewandete Welfie. Seine schmalen Lippen bewegten sich nicht, dennoch vernahm und verstand ich jedes Wort.

Meine finstere Miene löste sich auf. »Hast du gerade gesagt …?«

Gedacht, lautete die Antwort. *Ich habe nicht gesagt, ich habe vielmehr gedacht. Das bewirke ich alles im Innern deines Kopfs, Meister Kendar.*

»Na ja, würde es dir vielleicht etwas ausmachen, das gefälligst sein zu lassen?« fauchte ich.

»Was sein lassen?« fragte Grym. Die anderen Welfies kicherten.

»Nicht du; er.« Ich zeigte auf den gekrönten Welfie. »Der spricht in meinem Kopf zu mir.«

Grym gewährte mir die Art von Blick, wie er normalerweise dem Dorftrottel vorbehalten bleibt.

Der Welfie sprach weiter. *Du bist ein sehr unhöflicher Gefangener gewesen, Meister Kendar. Du hast versucht zu fliehen, und jetzt hast du auch noch unser Gefängnis zerstört.*

»Ach, das tut mir aber schrecklich leid«, erwiderte ich laut und verlieh meinen Worten einen bitteren Unterton.

»Warum?« wollte Grym wissen. »Was tatest du denn bloß?«

»Ich rede doch gar nicht mit dir!« Das Kichern der Welfies wurde noch lauter. Ich tat einen Schritt auf den gekrönten Welfie zu, die Hand zu einer Faust geballt. Ich wußte zwar, daß ich mir nur einen Pfeil durchs Herz einhandeln würde, sollte ich diese Faust tatsächlich gegen ihn erheben, trotzdem konnte ich kaum den Wunsch unterdrücken, ihm eins auf die Nase zu geben. »Da wir schon beim Thema Höflichkeit sind«, sagte ich zu ihm. »Wer hat dich denn gebeten, dich in meine Gedanken einzumischen mit deinem dämlichen Kopfgerede, wo …«

Wir nennen es Telepathie, sagte Scandal. Ich sah auf ihn herab. *Ja, das ist es. Echter Gruselkram, aber es scheint immerhin zu funktionieren.*

Sein Maul bewegte sich kein bißchen. Nicht ein Mal. Er zwinkerte mir zu. *Ach, hast du das gehört?* ertönten die Worte im Innern meines Schädels. *Ausgezeichnet! Dasss Experrrriment isss ein Rrrfolg. Hast du noch mehr Löffel, die ich verbiegen soll? Wie wär's denn mit ein paar Welfies?*

Wer spricht da? wollte der Welfie wissen.

Das bin ich, Fellbär der Faule, die Geißel der sieben Meere, mit einer 2 in Spanisch für Fortgeschrittene! krähte Scandal. Ich faßte mir an den Kopf. Langsam wurde es da drin reichlich laut. *Was denkst du denn? Wessen Kopf ist das überhaupt? Verzieh dich, du spitzohriger Gartenzwerg, bevor ich die Besetzungsliste durchgehe und einen Romulaner auf dich hetze!*

Über die hohe fahle Stirn des Welfies legte sich ein Runzeln. *Was ist das für ein Geplapper, Meister Kendar? Diese Worte der Macht sind mir nicht vertraut.*

Quiche! schrie Scandal und wenn jemand in eurem Gehirn schreit, dann tun die Ohren tatsächlich von innen heraus weh. *Kurschatten! Holistisch! Mondamin! Datenträger! Psychosekte! Lektorat! Infotainment! Und da sind noch jede Menge andere Worte der Macht, wo die herkommen, Baby.*

Wie kann das sein? Ich kenne keinen anderen Sterblichen – gleich, ob Zauberer oder nicht –, der unsere Art des stummen Sprechens bemeistert hätte. Der königliche Welfie sah von Minute zu Minute bestürzter aus. *Und diese fremden Wörter ...*

Cher! Vanna! Def Leppard! Van Halen! Ich konnte es fast fühlen, wie die Katze hämisch auf meinem Gehirn herumhopste. *Cholesterin!*

»Genug!« Diesmal ertönte die Stimme des Welfies ganz normal und laut, so daß jeder sie vernehmen konnte. Er faltete die Hände, neigte den Kopf und sank anmutig vor mir zu Boden. »Du hast gewonnen.«

KAPITEL 13

Ich stand in der Türöffnung unseres neuen Palasts und stieß einen langen, bewundernden leisen Pfiff aus. »Wie haben die das nur alles in einen Pilz gekriegt?«

»Das alles« war ein riesiger Raum, der ungefähr viermal so groß wirkte wie der Außenumfang des ganzen Pilzes. Betten und Sessel waren aus gezogenem Silber in der Form blühender Schlingpflanzen, die Kissen und Matratzen so weich und einladend wie ein Berg Blütenblätter. Hier gab es keins von diesen scheußlichen Kissen mit der Pollenfüllung. Der Boden war mit Bildern von Unterseewesen bedeckt, die aus Perlen, Türkis, Jade und Goldkacheln gefertigt waren. Die Wände waren mit Webteppichen behangen, deren Jagdszenen so fantastisch ausgeführt waren, daß es schon den Anschein hatte, als würden Mensch und Tier gleich aus dem Bild springen und sich selbst zum Abendessen einladen.

»All das« war außerdem das Abendessen. Es war auf einem Kristalltisch für uns serviert, der auf einem aus einem riesigen Smaragd geschnitzten Drachen ruhte. Grym schnüffelte kurz, dann stieß er mich beiseite, so eilig hatte er es, sich über das Essen herzumachen.

»He, nicht so hastig!« ermahnte ich ihn. »Woher wollen wir wissen, ob man das Zeug wirklich unbeschadet essen kann?«

Der Barbar zerteilte ein ganzes Spanferkel mit einem einzigen Hieb Grabräubers. (Auf Befehl ihres Anführers hatten die Welfies ihm sein Schwert zurückgegeben.) Er nahm die eine Hälfte auf und riß mit den Zähnen einen ordentlichen Happen von den Rippen. »Ist schon ungefährlich«, sagte er mit vollem Mund. »Sollt' nicht sein, vertraue ich darauf, daß deine mächt'gen Kräfte ahnden meinen Tod, o großer Meister Kendar.«

»Ach, plötzlich bin ich also der ›große Meister Kendar‹? Es ist noch nicht allzu lange her, da war ›Schwächling‹ noch das Netteste, was du mich genannt hast.«

Grym zuckte die Schultern und riß einen zweiten dicken Brocken von den Schweineknochen. »Ein Mann, der es versteht, die bösen Welfies gar zu unterwerfen, dieser muß tatsächlich ein gewalt'ger Meister der Magik sein. Ich bin nun vollends davon überzeugt, daß all dein Reden über deine Hilflosigkeit betreffs Beherrschung deiner Kräfte einfach nur deine hexerische Art, den Scherz mit mir zu treiben, ist. Zahlreich sind die Erzählungen meines Volkes von großen Zauberern, die ihre wahre Macht vor gemeinen Menschen verbergen, um besser prüfen sie zu können. Ja, je größer der Zauberer, um so mehr verhält er sich wie ein Vollidiot. Allein daraus muß schon schließen ich, daß du der größte Zauberer aller Zeiten bist. Und wenn's dir beliebt, mich solcherart zu prüfen, so soll es sein.«

Ich gesellte mich zu ihm an den Festtisch. Scandal trabte neben mir her. »Weshalb sollte ich dich denn prüfen wollen?«

Der Barbar riß dem Ferkel einen Hinterlauf ab und warf ihn mir zu, bevor er antwortete. »Du willst erfahren, ob ich auch würdig deiner Magik bin, o edler Zauberer. Hab' ich mich solcherart erwiesen, so wirst erfüllen du mir mein Begehr und nehmen mir den Fluch dies' meines Antlitzes.«

»Da liegst du voll im Trend, Arnold.« Scandal setzte sich auf die Hinterläufe und kratzte mit der Pfote an Gryms Bein. »Wie wär's denn mal damit, ein bißchen von dem Ferkel hierher auf die billigen Plätze zu befördern?«

Der Barbar lächelte und riß dem Ferkel den anderen Hinterlauf ab. Er ließ ihn fallen und verfehlte Scandals Kopf dabei nur um Zollbreite. »Schmause nur, o ehrenwertes Tier! Sein könnt's, daß dein großmütiger Herr hier meine Güte gegen geringere Kreaturen prüfen will.«

»Damit wir uns mal klar verstehen, Tarzan«, schoß Scandal mit vollem Maul zurück. »Katzen sind gegenüber *niemandem* jemals *geringere* Kreaturen.« Grym gluckste nur.

Das ging langsam zu weit. Ich hatte keine Lust, mit dem Barbaren schon wieder Schwierigkeiten wegen irgendwelcher Lügen, meine Magik betreffend, zu bekommen, auch wenn es gar nicht meine eigenen Lügen waren. Ich versuchte die Sache richtigzustellen. »Grym, ich sage dir doch …«

Ach, laß ihn in Frieden, Chef. Scandals Stimme bohrte sich in meinen Kopf. *Wenn er das unbedingt glauben will, laß ihn doch. Kostet dich doch kein müdes Nasenhaar.*

Ich schloß die Augen, konzentrierte mich und dachte: *Ich kann es nicht leiden, wenn du das tust. Ich kriege Kopfschmerzen davon.*

Die Antwort des Katers ertönte so mühelos in meinem Kopfinnern, als würde er laut zu mir sprechen: *Ist ja wirklich furchtbar. Allerdings vergißt du dabei, daß ich dir damit deine Pelle gerettet habe. Und nicht zum erstenmal, wenn ich das mal hinzufügen darf.*

Wie kommt es, daß du diese Telly- … Tell- … was immer es ist, beherrschst?

Telepathie. Scandals Gedanken ertönten etwas blaß und unscharf, als würde er halb zu sich, halb zu mir denken. *Da erwischst du mich auf der linken Pfote, Kumpel. Mein alter Mensch pflegte daran zu glauben, Katzen könnten Gedanken lesen. Vor allen Dingen dann, wenn er gerade daran dachte, mich zum Tierarzt zu bringen. Komisch, nicht? Auf meiner Welt können Katzen im Dunkeln sehen, allerdings brauchen wir dafür immer noch ein kleines bißchen Licht. Hier kann ich im Dunkeln gleich meilenweit sehen, selbst wenn es stockfinster ist. Ich frage mich nur, wieviel von dem anderen Zeug hier ähnlich funktioniert.*

Was für anderes Zeug?

Das Zeug, was die Leute eben so alles über uns erzählen: Daß wir immer auf die Füße fallen, daß wir neun Leben haben, daß Neugier der Tod der …

Wieso hörte er plötzlich auf? *Wessen Tod ist die Neugier?* wollte ich wissen.

Der Konversation! Er hüpfte auf den Kristalltisch und stolzierte mit hochgereckter Rute zwischen den Tellern umher. Als er an eine Schüssel mit gedämpftem Fisch kam, sprang er einfach hinein und veranstaltete fast genausoviel Lärm wie Grym.

Ich musterte das Stück Schweinebraten in meiner Hand, dann legte ich es nieder. Mir war nicht nach Essen. Scandal hatte zwar etwas Zeit für uns herausgeschunden, aber in Sicherheit waren wir noch lange nicht. Ich traute den Welfies nicht über den Weg.

Wenn ich vielleicht mehr über sie gewußt hätte ... Na, viel Glück auch dabei! In all meinen Jahren bei Meister Thengor hatte er die Welfies in keiner einzigen Unterrichtsstunde erwähnt. Daran hätte ich mich bestimmt erinnert; dann hätte ich nämlich alles durcheinandergebracht. Kein Wunder, daß Meister Thengor kein Wort über die Welfies verloren hatte. Ich vermutete, der alte Pickel war einfach nur neidisch, weil die für ihre Magik nicht so hart arbeiten mußten wie er, schließlich war diese einfach ein Teil von ihnen.

Grym verputzte den Rest des Ferkels und musterte gierig meine Portion. »Issest du nicht, o Meister Kendar?«

»Ich bin gerade damit beschäftigt, die verschiedenen Möglichkeiten durchzuplanen, wie ich dich prüfen kann«, erwiderte ich. »Hier, bedien dich.« Ich warf ihm das Bein zu. Er fing es mitten im Flug auf. Mit den Zähnen.

Als er sich gerade das letzte Fett von den Fingern schlürfte, vernahmen wir draußen vor unserem neuen Haus ein silberhelles Glockenspiel. *Klopf, klopf,* ertönte eine fröhliche Stimme in meinem Schädel. *Dürfen wir eintreten, o Ehrenwerter?*

»Ich übernehme das schon!« rief Scandal laut und hob eine Pfote. Dann lud er sich wieder selbst bei mir zwischen den Ohren ein und dachte: *Herein, aber erst schön die Füße abtreten.*

Unser neues Haus hatte keine richtige Tür wie der Gefängnispilz. Statt dessen war die Türöffnung mit Spinnenseide verhangen, demselben Stoff wie unsere Decken. Der gekrönte Welfie schob diese luftigen Vorhänge beiseite und trat ein, gefolgt von einem ihm aufwartenden Diener, ein Windglockenspiel in einer Hand und …

»Mysti!« rief ich. Vielleicht war das ein Fehler, aber ich konnte nicht anders. Da stand sie, die Hände hinter dem Rücken gefesselt. Ich konnte mir sicher sein, daß es Mysti war: Die anderen Welfies lächelten entweder mit einem klebrigen Trallalla-Lächeln oder musterten die Sterblichen mit kühler Verachtung im Blick; nur Mysti war zu einem Gesichtsausdruck fähig, der zu sagen schien: *Mach mich bloß nicht an, sonst bist du gleich Geschichte!* Sie hatte ein paar häßliche Kratzer im Gesicht und an den Armen, aber ich vermutete, daß die anderen Welfies wahrscheinlich noch schlimmer aussahen. »Was ist denn mit dir passiert?«

»Wie hast du sie gerufen?« Der Chef-Welfie war so erschrocken, daß er sich selbst vergaß und laut sprach. Er hatte wirklich den komischsten Akzent auf der Welt. Vielleicht hätte er sich nicht ganz so schlimm angehört, wenn er die Lippen dabei nicht so furchtbar geschürzt hätte.

»Mysti«, wiederholte ich.

»Ist dem so, Maid?« Er war alles andere als glücklich darüber. »Der Zauberer kennt deinen wahren Namen?«

Mysti ließ den Kopf hängen. »Seine Macht ist groß«, erwiderte sie. »Er hat mich dazu gezwungen, ihn ihm zu offenbaren.«

Eigentlich wollte ich sofort losprotestieren: *Habe ich gar nicht! Du hast dich in meine Gefängniszelle gefressen und mir deinen Namen auf dem Präsentierteller überreicht!* Doch das tat ich nicht. Ich erinnerte mich noch daran, wie mühelos Mysti ein Messer aus dem Nichts hervorgezogen hatte. Regel Nummer eins: Sei vorsichtig im Umgang mit verzweifelten Welfies.

Der gekrönte Welfie musterte mich mit kalter Miene. »Was geschehen ist, ist geschehen. Diener, laß sie frei.« Sein Diener sagte ein paar Worte auf welfisch, worauf die Fesseln an Mystis Handgelenken sich auflösten. Mit gesenktem Kopf zog sie davon, um auf einem der silbernen Sessel Platz zu nehmen. Sie versuchte, niedergeschlagen zu wirken, doch als sie an mir vorbeikam, hörte ich, wie sie halblaut eine fröhliche Weise vor sich hinsummte.

Ich ließ den Blick von Mysti zu ihrem Herrscher schweifen. Auf seiner Miene hätte man immer noch Schlittschuh laufen können. »Weißt du, die Geschichte mit ihrem Namen war ein Versehen«, sagte ich. Ich wollte nicht, daß sie Schwierigkeiten mit ihrem Volk bekam. Vielleicht war dieser Welfie ja sogar ihr Vater. »Sie ist, äh, gestolpert und mitten in einen Zauber hineingeraten, den ich gerade übte. Ich wußte nicht, daß er sie dazu zwingen würde, mir ihren wahren Namen zu offenbaren. Ich wäre auch bereit, zu vergessen, daß ich ihn je vernommen habe.«

Das frostige Lachen des Welfies ließ seine Eisesmiene im Vergleich wie das reinste Freudenfeuer erscheinen. »Du beliebst mit mir zu scherzen, o Meister Kendar. Ha, ha! Sprechen wir nicht mehr über unangenehme Dinge.«

»Was wirst du mit ihr tun?« hakte ich nach. Doch er weigerte sich, meine Frage zu beantworten.

»Deine Beherrschung der Magik ist wirklich beeindrukkend. Für einen Sterblichen«, sagte er, das Thema wechselnd. »Ich habe die Tatsachen an den Rat der Nichtsterblichen Weisen gemeldet, und sie haben mir bestätigt, daß wir dich falsch eingeschätzt hatten. Im allgemeinen mögen wir Welfies keine Fremden.«

Ach – darauf wäre ich ja nie gekommen!

»Deine Kräfte haben uns jedoch mächtig beeindruckt. Wir sind bereit, dich unseren Freund zu heißen. Das ist eine große Ehre, wie jeder Sterbliche weiß.«

Jetzt wußte ich es wohl. »Ich bin dessen nicht würdig«, sagte ich mit einer leichten Verneigung. Es war die netteste Art, auszudrücken, was ich in Wirklichkeit dachte, nämlich: *Ich will dich nicht zum Freund haben, und ich wünschte mir, das würde auf Gegenseitigkeit beruhen.*

Inzwischen hatte der gekrönte Welfie sich wieder eins von diesen schleimigen Lächeln angeklebt. Frostig gefiel er mir besser – das wirkte ehrlicher. Dieses Lächeln dagegen ... Es erinnerte mich an Zoltan, als er versuchte, mir weiszumachen, er sei mein bester Kumpel.

»Oh, wie ich frohlocke, das aus deinem Mund zu hören, Meister Kendar!« rief er und klatschte in die großen weißen Hände, daß die Ringe schepperten. »Es beweist deine Weisheit und zeigt mir, daß wir uns in dir nicht getäuscht haben.«

»Das freut mich ja unmäßig.«

Welfies hatten keinen Sinn für Sarkasmus. »Ja, ja, wir – sind mehr als willens, dich Welfenfreund zu heißen, Geehrter, mit allen Segnungen, die zu einem derartigen Titel gehören ...«

Laß dir das lieber schriftlich geben, sagte Scandal in meinem Kopf. *Dieser Typ ist ja noch glatter als ein Pfund eingefetteter Aale.*

»... sobald du uns einen allerwinzigsten Gefallen getan hast.«

Na, sag ich's doch! dachte der Kater mir zu.

Ich setzte ein Lächeln auf, das dem des Welfies an Falschheit in nichts nachstand, und sagte: »Es wird mir ein Vergnügen sein, euren Wunsch zu erfüllen.«

Wie bitte? Scandal bekam fast einen telepathischen Schluckauf. *Du kannst doch nicht einfach einwilligen! Frag doch erst mal, was sie überhaupt wollen, und dann feilsche mit ihnen! Herrje, was für ein Blödmann bist du eigentlich?*

Von jener Sorte, die lieber in einem Stück von hier wegkommen und wieder nach Hause zurück will, dachte ich zurück.

Hör mal, da, wo ich herkomme, haben wir ein Wort für Leute, die Blankoschecks ausstellen.

Das würde mich mehr bekümmern, wenn ich wüßte, was ein Blankoscheck ist.

Wird es dich auch nicht bekümmern, falls dieser ›allerwinzigste Gefallen‹, den diese spitzohrigen Mißgeburten von dir wollen, so etwas wäre, wie ... hm ... einen Drachen zu erlegen? Du weißt doch wohl hoffentlich, was ein Drache ist?

Ich weiß auch, daß sie uns, sollen wir ihnen irgendwelche Gefallen tun, vorher erst einmal freilassen müssen. Und wenn wir frei sind, rasen wir, was das Zeug hält aus dem gefürchteten Wald von Euw, so schnell, daß die Welfies uns nie wieder einholen können.

Ich spürte das Erstaunen, das sich in Scandals Geist breitmachte. Vielleicht war Telepathie ja ansteckend. *Du meinst, du würdest einfach die Kaution verfallen lassen? Einfach Fahnenflucht begehen? Ihnen irgend etwas versprechen, um dann die Fliege zu machen? Um den Welfies mitzuteilen, daß sie dich mal können ...?*

Ganz genau.

Scandal schnurrte und kam herbeigesprungen, um sich an meinem Bein zu reiben. *Ein Bursche, so richtig nach meinem Geschmack! Bist ja doch noch kein völlig hoffnungsloser Fall, Hautgerippe,* dachte er.

»Nun!« sagte ich und legte dem gekrönten Welfie die Hand auf den Rücken. »Was hältst du davon, wenn wir gleich mit diesem Gefallen anfangen, den du dir von meiner extremen magischen Magnifizenz wünschst?«

Er erschauderte ein bißchen und wich meiner Berührung mit einem anmutigen Seitenschritt aus. Sein Diener eilte herbei, um den Fleck an der Stelle wegzubürsten, wo ich meine Hand hingelegt hatte. Er lächelte breiter denn je, als er sagte: »Es ist eine Kleinigkeit, von der der Rat der Nichtsterblichen Weisen dir selbst Mitteilung machen möchte. Wir werden es nach eurem Abschiedsessen bekanntgeben.«

»Essen?« Grym und Scandal spitzten mit demselben Eifer die Ohren.

»Essen?« wiederholte ich. »Was war denn dann das hier?« Ich wies auf die Überreste des Schmauses auf dem Kristalltisch.

»Nur eine kleine Zwischenmahlzeit«, sagten der Welfie, Scandal und Grym im Chor.

Ich zuckte mit den Schultern. »Dann geh uns voran.« Alle hielten wir auf die Tür zu.

»Hast du nicht etwas vergessen, Meister?« fragte der gekrönte Welfie. Er lächelte und schaltete seine schimmernde, bonbonfarbene Strahlung ein, bis er aussah wie eine schwebende Rosine in einer Schüssel voll regenbogenfarbener Gelatine. Als Kind hatte ich mich zu Hause mal in die Küche geschlichen und gleich zwei Haufen kandierter Pflaumen samt eines Fruchtkuchens verputzt. Er erinnerte mich an sämtliche siruptriefenden Alpträume, die ich noch eine Woche danach gehabt hatte.

»Was habe ich vergessen?« Ich blieb im Türrahmen stehen und sah mich um.

»Du weißt schon.« Mit einem Nicken wies er auf Mysti.

Das war seltsam. Erwartete man etwa von mir, sie mitzunehmen? Hätte sie nicht einfach aufstehen und von selbst mitkommen können? Ich ging auf sie zu, während ich darüber nachgrübelte, und sagte: »Du hast ihn gehört. Zeit fürs Abendessen.« Sie rührte sich nicht. »Hast du gar keinen Hunger?« Nichts. »Stimmt etwas nicht?«

Ihr Flüstern kam so sanft wie eine Maus auf Zehenspitzen. »Du mußt meine Hand nehmen.«

»Muß ich?« flüsterte ich zurück. »Weshalb denn?«

»Pst! Er beobachtet uns. Wenn er mich erwischt, wie ich dir Hinweise gebe, sind wir beide im Eimer. Er erwartet es. Tu es einfach.«

Na und, was konnte es schon schaden? Vielleicht war es bei den Welfies ja Sitte, daß der Ehrengast eine ausgesuchte Jungfer zum Abendessen begleitete. Ich wollte nicht den Eindruck erwecken, unhöflich oder ignorant zu sein, und ganz bestimmt wollte ich nicht, daß Mysti noch mehr Schwierigkeiten bekam. Obwohl sie ein Messer gezogen hatte, war sie doch um einiges freundlicher zu mir gewesen als gewisse andere Leute. Ich streckte die Hand aus und sagte nett und laut: »Möchtest du mir nicht Gesellschaft leisten, Mysti?«

Sie stürzte sich schneller auf meine Hand als ein Voondrab auf eine Stinkschwalbe. Die Luft explodierte von rosa und prupurnem und weißem Sternenstaub. Ich dachte schon, daß jeder Blutstropfen in meinem Leib sich in ein Glühwürmchen verwandeln würde. Es hob mir voll die Schädeldecke ab, die daraufhin zweimal durchs Zimmer sauste, kurz bellte und dann mitten zwischen die Spanferkelreste stürzte.

Als ich wieder geradeaus schauen konnte, wirkte das Lächeln des Ober-Welfies so angespannt, daß die Spitzen seiner zulaufenden Ohren sich fast am Hinterkopf zu treffen schienen.

»Wunderschön«, sagte er. »Einen Hübscheren habe ich

noch nie gesehen. Das bedeutet wohl, daß die Omen für deine Zukunft ganz besonders gut stehen. Meine Glückwünsche.«

»Wozu?« fragte ich.

»Zu deiner Hochzeit.«

KAPITEL 14

Geht nie auf eine Welfie-Party. Niemals!

Geht lieber auf eine nette, fröhliche Beerdigung. Da werdet ihr euch mehr amüsieren, lebhaftere Leute kennenlernen, und braucht euch außerdem nicht darum zu sorgen, daß ihr von der Vorspeise aufgefressen werden könntet.

Mysti hob den Saum der Tischdecke und spähte darunter. »Du kannst jetzt rauskommen«, sagte sie. »Grym hat es erlegt.«

»Bist du sicher?« Ich wollte keinen Finger rühren, bevor ich nicht überzeugt war, daß ich damit kein Risiko einging.

Mysti machte eines jener tadelnden Geräusche, die bedeuteten, daß ich kurz davor stand, mal wieder Rattenklopper, du Narr genannt zu werden, selbst von jemandem, der gar nicht wußte, daß ich so zu heißen pflegte. »Ganz sicher«, erwiderte sie. »Selbst eine Riesenwurmfledermaus kann nicht allzulange ohne Kopf überleben. Jetzt komm sofort heraus und sag irgend etwas, um dich zu entschuldigen. Große Zauberer fürchten sich nicht vor Ungeheuern. Sonst machst du noch alles für mich zunichte.«

Als wenn *sie* nicht alles für *mich* zunichte gemacht hätte! Wenn meine Mutter erfahren sollte, daß ich geheiratet hatte, würde sie ihn Ohnmacht fallen. Und danach würde sie mich umbringen. Und wenn mein Vater erfuhr, daß ich eine Welfie ohne Aussteuer geheiratet hatte, ohne Ländereien und ohne Aussicht, ein Vermögen zu erben, würde er einen blauen Tobsuchtsanfall bekommen.

Ich krabbelte unter dem Eßtisch hervor und winkte den Gästen zu. »Kleiner Zaubererwitz, das«, verkündete ich. »Wir Meister der Magik lieben es immer, unsere Hochzeitsfeierlichkeiten ein wenig zu beleben. Ich weiß ja nicht, wie es euch erging, aber ich mußte so kräftig lachen, daß es schon weh tat.«

»Ha, ha«, sagten alle Welfies gemeinsam. Niemand, der auch nur über ein halbes Ohr verfügte, hätte ihr Geräusch mit Gelächter verwechseln können. Dann machten sie sich wieder daran, Nektar zu schlürfen und weise dreinzublikken.

Als Brautpaar saßen Mysti und ich am Ende des Tischs, wo uns jeder sehen konnte. Der bestand aus einer Seite eines Vierecks mit drei weiteren langen Festtafeln auf dem moosigen Waldboden. Grym stand in der Mitte des Vierecks und winkte uns mit dem abgetrennten Haupt der Riesenwurmfledermaus zu, die er gerade erlegt hatte. Das Ungeheuer war doppelt so groß wie er, und Grym stand bis zu den Knien in Blut. Er war verzückt.

Der gekrönte Welfie saß zu meiner Rechten. Er beugte sich vor und bemerkte: »Jetzt steht dir eine Köstlichkeit bevor. Wurmfledermausflügel sind eine Delikatesse. Wir haben einen Koch, der keine andere Aufgabe hat, als sie in winzige Streifen zu schneiden. Sie werden roh serviert, auf kleinen Häuflein aus gekochtem Reis mit …«

»Ich habe noch nie eine so große Wurmfledermaus gesehen«, sagte ich. Das stimmte: Zu Hause waren Wurmfledermäuse kleine, geflügelte Ungeheuer, nicht größer als eine Männerhand, die tagsüber in schlecht gesäuberten Abwasserkanälen hausten und bei Nacht umherschwirrten und Bibliotheken heimsuchten. Sie liebten es, den Leim aus den Buchrücken zu knabbern und die Tinte von aufgeschlagenen Seiten abzulecken.

Die Wurmfledermaus, die die Welfies hier zum Abendessen angeschleppt hatten, war groß genug, um den Leim aus dem Gesamtwerk von Raptura Eglantine *(So zärtlich war mein Troll)* zu knabbern und die Tinte sämtlicher aufgeschlagener Autoren wegzulecken. Sie hatten das Untier an einer Spinnenseidenleine hereingeführt, die das widerwärtigste Wesen mühelos durchgebissen hatte, bevor es sich auf das Tischende stürzte. Ich hatte einen einzigen Blick in seinen klaffenden roten Schlund geworfen und war, Magik hin,

Magik her, abgetaucht. Glücklicherweise hatte Grym seinen Grabräuber und war damit gleich auf den ersten Gang aufgesprungen. Ein Hieb, und alles war vorüber. Ich glaube, er war froh, ein bißchen Bewegung zu bekommen.

Der gekrönte Welfie schien es nicht sonderlich merkwürdig zu finden, daß die Wumfledermaus so außerordentlich riesig war. »Meister Kendar, du erwartest doch sicherlich nicht von unserem Koch, daß er seine Zeit darauf vergeudet, genügend *gemeine* Wurmfledermäuse einzufangen, um diese Menge hier zu beköstigen? Da ist es sehr viel effizienter, sich eine vorzunehmen, sie auf die richtige Größe zu züchten und dann am Tisch zu tranchieren.«

»Aber sie war noch gar nicht *tot*, als er sie hereinführte, um sie am Tisch zu tranchieren.«

Er gewährte mir sein Klebelächeln. »Ich bevorzuge möglichst frische Speisen, du etwa nicht?«

»Oh, ja, natürlich, frisch, keine Frage.« Ich hoffte nur, daß meine Speisen mich nicht genauso bevorzugten. »Und, äh, wie frisch wird der Rest unseres Essens sein?«

Ich hätte mir keine Sorgen zu machen brauchen. Nachdem der Welfie-Koch uns die Flügel der Riesenwurmfledermaus säuberlich zu einem Berg zarter Happen auf Reis geschnitten serviert hatte, trugen die Welfie-Frauen das Hauptgericht auf: Blumen.

»Was ist denn los, Meister Kendar?« erkundigte sich mein Gastgeber. »Du hast ja deine Butterblume gar nicht angerührt.«

»Ich dachte, das wäre die Garnitur.«

»Du bist wirklich komisch, für einen Zauberer. Ha, ha.«

»Ha, ha«, wiederholten die anderen Welfies pflichtschuldig.

»Iß es«, murmelte mir Mysti ins Ohr.

»Aber das ist ...«

»Iß es!« Sie hatte die spitzesten Ellenbogen, ob menschlich oder welfisch, die meine Rippen je zu spüren bekommen hatten.

Ich nahm mir eine Nelke von meinem Teller mit gemischten Blüten und biß ein paar Blüten davon ab. Sie schmeckten glatt und fransig und leicht süßlich, und das alles auf einmal. Ich mochte es nicht besonders, wie sie sich an Zunge und Gaumen klebten.

»Ork«, bemerkte ich leise. Mystis hämisches Lächeln war vollkommen aufrichtig. »Jetzt weißt du auch, weshalb ich es hasse, eine Welfie zu sein«, sagte sie so leise, daß nur ich es hören konnte. »Ich hasse den Wald, ich hasse die Gesellschaft, ich hasse es, in einem Pilzhaus zu wohnen, das mit jedem Regen größer wird, und vor allem hasse ich die Verpflegung!«

»Vielleicht könnte ich dir ja etwas von den Resten im Gästehaus holen. Da liegt noch eine Menge kerniges Essen herum«, schlug ich vor.

Sie schüttelte den Kopf. »Nur Besucher bekommen *gutes* Fleisch. Deine Reste würden mich nicht zufriedenstellen.« Mit Verachtung schnippte sie ihre Portion Wurmfledermaus beiseite. »Ein Königreich für ein Steak! *Englisch.*« Wie sie es sagte, sah ich schon förmlich vor mir, wie ihr der hellrote Saft aus den Mundwinkeln troff.

»Ist es wirklich so schlimm, eine Welfie zu sein?« fragte ich.

»Schlimm? Ha! Das ist doch noch längst nicht alles. Tag um Tag nichts anderes zu tun, als über Waldlichtungen zu flirren, mit Horden von Schmetterlingen zu frohlocken und *diesen* Schlangenfraß zu essen. Nacht um Nacht fröhlich auf dem von Tau geküßten Gras herumzutapsen und mit meinen Schwestern lieblich zu singen.« Sie schnitt eine häßliche Grimasse. »Ich hasse meine Schwestern.«

»Ich habe einen Bruder, auf den ich auch nicht gerade scharf bin«, warf ich ein.

Sie blickte mich an, als hätte ich den Verstand verloren. »Wer interessiert sich denn für dich und deinen blöden Bruder? Ich will nur aus diesem lausigen Wald raus, und du wirst mir dabei helfen, *Gatte.*«

So würde das also werden? Ich verschränkte die Arme. »Vielleicht helfe ich dir, vielleicht auch nicht. Eigentlich gefällt es mir hier ganz gut. Schön friedlich. Und *mich* werden sie schon nicht dazu zwingen, die Heckenabschnitte aufzufuttern. Ich finde, das hier ist genau der richtige Ort für einen Meister der Magik, um sich niederzulassen, *Gattin*.«

Aus irgendeinem Grund ließ sie sich durch nichts von dem, was ich sagte, aus der Fassung bringen. Sie lächelte auf die gleiche Weise, wie Scandal es zu tun pflegte, wenn er etwas ausgefressen hatte und ich nichts dagegen unternehmen konnte. Das machte mir Sorgen, obwohl ich nicht wußte, worum es eigentlich ging.

Ich sollte es noch erfahren.

Nachdem die Teller mit den Blumen abegräumt waren und man uns goldene Schüsseln mit Nüssen und Honig serviert hatte, stand der gekrönte Welfie auf und befahl mit einer Geste Ruhe. Die Mühe hätte er sich gar nicht zu machen brauchen. Keiner von den Hochzeitsgästen sagte etwas, und wenn jemand auf Veilchen herumkaut, kann er dabei sowieso nicht allzuviel Lärm veranstalten.

»Freies Welfenvolk des lustigen Waldes«, verkündete er. Sein Publikum wirkte so fröhlich, wie es nur sein konnte, was nicht sonderlich viel war. »Wir haben uns hier versammelt, um die Hochzeit des großen und ruhmreichen Meisters Kendar mit einer unserer eigenen unwürdigen Frauen zu feiern.«

»Hussa«, sagten alle Welfies im Chor, bis auf Mysti, die etwas Gehässiges über die Mutter des gekrönten Welfies murmelte.

»Möge die Welfenmaid Mysti vortreten«, befahl der Anführer und vollzog eine Reihe ausladender Gesten mit den Armen, bis er aussah wie eine verrückt gewordene Windmühle. Mysti wischte sich sofort alles Feixen, jede höhnische Grimasse und den Schadschnauzenblick aus dem Gesicht. Sie stand da, groß und rein wie eine Lilie, die Hände über der Brust gekreuzt, das Gesicht gerade hoch erhoben genug, damit jeder ihren Ausdruck perfekten, heiteren Gehorsams sehen konnte.

Schon beim bloßen Anblick drehte sich mir der Magen um.

Scandal knuffte mich in den Fußknöchel, bis ich nach

unten blickte. »Schau dir das an!« bemerkte er. »Ist das etwa die Generalprobe für *Die Jungfrau von Orleans trifft auf Godzilla*, oder was?«

»Pst. Ich denke, sie wird wohl so dreinblicken müssen, wenn sie vor dem König steht. Wahrscheinlich hat sie Angst vor ihm.«

Scandal sprang auf meinen Schoß, um besser zusehen zu können, wie Mysti auf den gekrönten Welfie zuging. »Ich glaube nicht, daß diese Biene sich vor irgend etwas fürchtet«, sagte er. »Ich glaube, die einzige Berührung, die die jemals mit dem Entsetzen hatte, waren die Gelegenheiten, da sie es ausgeteilt hat. Und du bist mit ihr verheiratet. Dann zieh dir mal schön die Unterhosen mit dem Bleifutter an und renn um dein Leben.«

»Weshalb sollte ich denn Unterhosen mit ...«

Ein hallender Hornstoß der Welfies erregte jedermanns Aufmerksamkeit. Diener hatten den mittleren Teil des Platzes aufgeräumt und dort, wo die Wurmfledermaus ausgeblutet war, einen flauschigen weißen Teppich ausgelegt. Der saugte an seinen Rändern ein paar verräterische rote Flekken ein, doch das machte Mysti oder ihrem Chef nichts aus. Niemand, der bei diesem Festessen zugegen war, würde später behaupten können, daß er nicht gesehen oder gehört hätte, was geschah. Wir hatten jede Menge Zeugen, die man ins Kreuzfeuer hätte nehmen können. Und ich wünsche mir, wir hätten es auch getan.

Was geschah, war folgendes: Der Welfenherrscher schnippte mit den Fingern. Mysti kehrte ihm den Rücken zu, und er riß ihr die Flügel ab. Ratsch! Einfach so. Das heftige Reißgeräusch ging mir durch Mark und Bein. Sämtliche männlichen Welfies fuhren zusammen, obwohl die Männer selbst gar keine Flügel hatten. Alle weiblichen stießen einen leisen Schrei aus. Wenn man mehrere Dutzend leiser Welfenschreie zusammenführt, erhält man ein ohrenbetäubendes, nervenzerrüttendes Geräusch, das ich nie wieder hören möchte, solange ich lebe.

Ich schoß halb von meinem Sitz hoch. Mein ganzer Körper knisterte von roher Magik. Der größte Teil von mir bebte vor

Zorn und Mitleid ob Mystis Qualen; doch ein kleiner Teil in mir dachte hämisch: *Jetzt kommt es! Jetzt habe ich wieder Zugriff auf meine Macht! Jetzt werde ich dem eine Lektion erteilen – von wegen meiner Frau die Flügel abzureißen!*

Doch bevor ich diesen Gedanken auch nur im Ansatz umsetzen konnte, war schon alles vorbei. Mysti war zwar flügellos aber – Wunder über Wunder – unversehrt. Nein, besser noch: Sie blutete nicht, war nicht zerzaust und wirkte alles andere als unglücklich! Meine Magik sackte ab und ging aus wie eine Kerzenflamme, bevor ich auch nur eine Handvoll davon hatte ergreifen und gegen irgend jemanden schleudern können.

Mystis abgerissene Flügel zerschmolzen auf dem großen weißen Teppich und tönten ihn mit hübschen Farbstrudeln. Zusammen mit dem Welfenchef trat sie wieder aufs Gras hinaus, während Diener sich beeilten, den Teppich aufzurollen und ihn ihrem Gebieter zu überreichen. Der gab ihn seinerseits an Mysti weiter und sagte dabei: »Es ist zwar kein großartiges Hochzeitsgeschenk, meine Liebe, aber es war ja alles so plötzlich, daß wir keine Zeit mehr zum Einkaufen hatten.«

Mysti schäumte fast über von Das-war-doch-gar-nicht-nötig-Geräuschen und kehrte wieder an unseren Tisch zurück. Sie verstaute den Teppich unter ihrem Stuhl und grinste mich an. »Wie wär's mit einem Kuß?«

»Wie wär's mit später?« konterte ich.

»Später wie in ›nie‹?«

»Später wie in ›wenn die Esel tanzen lernen‹.«

»In Ordnung. Mir macht es nichts aus zu warten.« Mysti wirkte überhaupt nicht verärgert über meinen Mangel an ehemännlicher Zuneigung. Irgend etwas lag hier im Busch. Ich hoffte nur, daß es kein Anschlag war.

Jetzt führte der Welfenhäuptling eine ganze Mannschaft neuer Spieler aufs Mittelfeld. Irgendwas würde jetzt passieren, und weil alle dazugehörigen Welfies männlich waren, wußte ich, daß es etwas Spektakuläres und Nutzloses sein würde.

Als ich zum erstenmal meinen Fuß in den Wald von Euw

setzte, hatte ich nicht einmal gewußt, daß Welfies existierten; doch im Laufe der Zeit hatte ich mehr über sie erfahren, als ich eigentlich hatte wissen wollen. Beispielsweise erledigten die Männer den ganzen Kleinkram, während die Frauen die eigentliche Arbeit leisteten. (Das Blut der Wurmfledermaus aufzuwischen, war Kleinkram, weil es nicht wirklich sonderlich anstrengend oder schwierig war, nicht allzu lange brauchte, und weil man sich die ganze Zeit lautstark darüber beschweren konnte, während man es tat. Das Zerschneiden von Wurmfledermausflügeln zu allerwinzigsten Happen war Kleinkram oberster Güte, weil man dabei Gelegenheit bekam, mit den Messern zu jonglieren oder jede Menge Applaus einzuheimsen. Dem Hauptgericht die Dornen abzuschneiden, war Frauenarbeit, denn das war mühsam und langweilig, und niemand verlor jemals ein Wort über diesen Job, es sei denn, er wurde nicht erledigt.)

Jedenfalls standen dort nun vier männliche Welfies neben dem Chef, das silbriggoldene Haar in der Brise wehend, jeder mit einer kleinen Kristallkugel auf den Fingerspitzen seiner rechten Hand. Die Vier faßten sich mit der Linken gegenseitig an und begannen mit einem stattlichen Tanz auf Zehenspitzen – ich glaube, der Welfie, der die Bedeutung des Worts »Aufstampfen« begreift, muß erst noch geboren werden –, während Seine Welfische Gnaden Mysti und mir bedeutete, daß wir uns zu den Vergnügungen gesellen sollten.

O Freude! O Entzücken! Ich hasse das Tanzen. Ich kann es nicht richtig. Es gibt zwar viele Dinge, die ich nicht richtig kann, aber Tanzen gehört nun einmal zu jenen, die ich auch nie richtig können *wollte*.

Als hätte ich überhaupt eine Wahl! Mysti ergirff mein Handgelenk und zerrte mich auf das Mittelfeld. »Komm schon, Grym, mach mit!« rief sie über die Schulter. »Das macht Spaß.«

»Wird mir Promiß gegeben, daß ich noch eine Wurmfledermaus töten kann?« fragte er fröhlich.

»Noch besser! Diesmal könnte es sein, daß du einen *Mann* töten sollst.«

Na, das genügte, um meinen treuen Barbarenkumpel zu überzeugen. Er machte einen Satz über den Tisch und hatte sich bereits hinter dem Welfenchef aufgebaut, bevor Mysti und ich dort eingetroffen waren. Der Welfenherrscher schien über Gryms Anwesenheit nicht verärgert zu sein.

»Ein sterblicher Zeuge?« fragte er. »Das ist gut. Und ihr, meine Kinder, habt euch bereits die Hand gegeben, ohne daß ich euch dazu anwies? Möge dieses günstige Zeichen für euch beide lange Jahre häuslichen Glücks, Friedens und Einverständnisses bedeuten.«

Ich wurde das Gefühl nicht los, daß jedweder häuslicher Frieden und alles Glück, das ich mit Mysti erfahren sollte, davon abhängen würde, ob ich oft genug die magischen Worte »Ja, Liebes« aussprach.

»Mein Gebieter«, sagte ich. »Wozu brauchen wir einen Zeugen?«

»Nun, für die Zeremonie des Bindens, des Segnens und des Geschäfts, die ich nun vollziehen werde, o Großer. Wir haben bereits genügend welfische Zeugen, da scheint mir dies nur angebracht zu sein. Es ist ein wundervolles Ritual. Bestimmt hast du doch davon schon in deinen Büchern geheimen Wissens gelesen?«

Ich bemühte mich, meine Unwissenheit mit Gelassenheit zu überspielen. »Tut mir leid. Ich bin in einen häßlichen Krieg mit einem rivalisierenden Zauberer geraten, und der Hundesohn hat sämtliche Kapitel über welfische Kultur in meinen Büchern geheimen Wissens verbrannt.«

»Das ist nicht schlimm.« Seine Welfigkeit wischte es beiseite. »Unsere Riten sind kurz und schlicht. Ein Zauberer von deiner überragenden Gelehrsamkeit wird ihnen mühelos zu folgen wissen.« Er fummelte mit den Fingern, und eine purpurne Flamme erblühte auf seinem Handrücken. Die ließ gelbe Flügel sprießen und flog ein Stück durch die Luft, um sich auf den vier verbundenen Händen der immer noch tanzenden Welfies niederzulassen.

Feurige, fransige Dornen aus weintraubenfarbenen Blitzen fuhren jedem Welfie über den Arm, hinauf bis zum Hals und dann den anderen Arm wieder herunter und trafen die funkelnden Kugeln mit ausreichender Kraft, um sie senkrecht in die Luft zu schleudern wie Seifenblasen. Alle fielen sie mit gewaltigem Krachen zerberstenden Kristalls und einem Rumpeln wie von einem Drachen in Kolik zu Boden. Kaum hatten sie diesen berührt, als die Scherben wieder emporspritzten und eine schartige, gläserne Woge bildeten, die sich über Mysti und mich ergoß, bevor ich auch nur mit der Wimper zucken konnte. Ich wollte aufschreien, doch kaum hatten die messerspitzen Stücke uns getroffen, als sie auch schon zu fetten, öligen Tröpfchen zerschmolzen, die so rochen wie die Parfümsammlung meiner Mutter. Mysti und ich wurden durchtränkt und durchstänkert.

»Seht, nun seid ihr gebunden«, intonierte der gekrönte Welfie.

Soweit, so schlicht.

Vielleicht doch nicht so schlicht. Als wir dastanden, völlig durchtränkt, und die geschmolzenen Kristalle ohne jede Vorwarnung aushärteten, versiegelten sie uns in einer Haut aus durchsichtigem Stein. Wir konnten zwar normal atmen, aber es gab keinerlei Bewegungsraum mehr. Ihr könnt nicht wissen, was das bedeutet, bis ich euch mitgeteilt habe, daß ich durch die Explosion der Kristallkugeln einen solchen Schreck bekam, daß ich Mysti voll in die Arme hüpfte. Und da war ich immer noch, dicht an sie gepreßt. Ein Teil von mir starb fast vor Verlegenheit, der andere betete um eine schnelle Flucht, und ein weiterer hüpfte auf und ab vor Freude, zündete Kracher und hängte ein NICHT STÖREN BIS ZUM JÜNGSTEN GERICHT-Schild draußen an die Tür.

»Tanzen die Esel schon, Voondrab-Gesicht?« fragte Mysti mich viel zu zuckersüß.

»Was? Wird von mir etwa erwartet, daß ich dich jetzt küsse oder so was?« fragte ich.

»›Oder so was.‹« Sie zog mich auf, und das gefiel mir nicht. »Drücken wir es mal so aus: An diesem Punkt der Zeremonie solltest du besser *irgend etwas* tun, um zu zeigen, daß wir einander gebunden sind. Etwas *Körperliches*.«

»Und wenn nicht? Ich wollte überhaupt nicht an dich gebunden werden. Ich bin viel zu jung, um an dich gebunden zu sein. Ich bin viel zu verwirrt, um an dich gebunden zu sein. Ich bin viel zu nichtwelfisch ...«

»Welfies singen«, erwiderte sie. »Und zwar reichlich. Nachts ziehen wir durchs ganze Land, immer nur auf der Suche nach guten Flecken, wo wir jenen Sterblichen einen vorsingen können, die gerade versuchen, eine ordentliche Runde zu schlafen. Sterbliche, die Welfengesang vernehmen, vergessen das nie wieder, hauptsächlich deswegen, weil er sie die ganze Nacht wachhält und wir uns auch nicht davon abhalten lassen, wenn man uns mit alten Schuhen bewirft oder kaltes Wasser aus dem Fenster schüttet. Wir komponieren alle unsere Lieder selbst. Wie würde es dir gefallen, der Held eines bald schon allenthalben sehr berühmten Lieds zu werden, das von dem jungen Meister Kendar handelt, dem einzigen Sterblichen, der jemals *so eng* mit einer Welfenmaid zusammenkam und der nichts unternahm, weil er gar nichts hatte, um etwas damit zu unter ...«

Ich küßte sie. Sämtliche Welfies jubelten. Ich glaube, sie sagten: »Jau.« Einmal.

Kaum hatten unsere Lippen sich berührt, als die Kristallhaut um uns herum verdampfte, bis wir nur noch mit einem klebrigen warmen Tau bedeckt waren, der immer noch nach viel zu vielen Blumen auf viel zu engem Raum roch. Der Welfiechef grinste. »Seht, nun seid ihr gesegnet.«

Er klatschte in die Hände, worauf eine Schar geflügelter weiblicher Welfies mit sauberen weißen Tüchern und silbernen Wasserschalen herbeiflatterte. Mysti und ich wurden recht gründlich gesäubert, obwohl uns noch immer etwas von dem Geruch nachhing. Als wir fertig waren, flogen die Welfenmaiden wieder davon, und Seine Welfenschaft bedeutete uns, uns wieder vor ihm aufzubauen.

»Nun seid ihr sowohl gebunden als auch gesegnet«, sagte er. »Jetzt bleibt nur noch der letzte Teil dieses heiligen Ritus zu erfüllen. Das Geschäft.« Er lächelte mich an, als *müßte* ich einfach wissen, was er damit meinte.

Klar, tat ich auch.

»Ähhh ... Geschäft?« fragte ich und versuchte Zeit zu schinden.

»Um offen zu sein, ist das Wort Geschäft das einzige, das uns einfiel, weil es so gut zu Binden und Segnen klingt«, erläuterte er. »In Wirklichkeit geht es nur um einen kleinen Gefallen.«

»Gefallen«, wiederholte ich. »Ach, das ist doch nicht nötig. Du hast uns doch sowieso schon mehr als genug Gefallen getan: uns nicht umgebracht, deine Nase nicht mehr in meinen Geist gesteckt, uns nicht gezwungen, zu jeder Mahlzeit Blumen zu essen, uns ...«

»Dies ist ein Gefallen, den *du* deinerseits *uns* erweisen mußt.« Er blickte mich an, als erwartete er, daß ich jetzt vor Freude tot umkippen würde. »Es ist nur eine Geste deiner Dankbarkeit für die dir erteilte Ehre, eine Welfie zur Braut bekommen zu haben.«

Ich musterte Mysti. Für die sollte ich dankbar sein? Ja, vielleicht, wenn ich in der Sache eine freie Wahl gehabt hätte; doch so, wie die Dinge standen, war sie mir aufgedrängt worden wie eine Fuhre Sand. Eine sehr hübsche Fuhre Sand, noch dazu mit einigen äußerst netten Kurven, aber trotzdem ...

(Das war wie die Geschenke zu Wedwels Wunschtag, die ich immer von Tante Gloriana bekam, von denen jedes entweder häßlich oder furchtbar oder beides war. Mutter bestand nicht nur darauf, daß ich Tante G. Ach-das-gefällt-mir-aber-gut-Briefchen schrieb, sie beharrte sogar darauf, daß ich diese widerlichen Dinge auch noch *benutzte*. Das ging immer so weiter, bis Tante Gloriana mir in einem Jahr mal einen bunten Wintermantel schickte, der *so* häßlich und *so* scheußlich war, daß, als meine Mutter mich zwang, ihn bei der Hausarbeit zu tragen, alle unsere Hühner einen kurzen Blick darauf warfen und auf der Stelle tot umkippten. Da sagte Paps: »Ich liebe meine Familie wie jeder andere auch, aber Verwandte können keine Eier legen«, und schrieb Tante G. persönlich einen bösen Hör-auf-meinem-unschuldigen-wenn-auch-dummen-Sohn-diese-schrecklichen-Geschenke-zu-schicken-Brief.)

Ich räusperte mich. Inzwischen lächelte nicht nur der gekrönte Welfie, sondern sämtliche Welfies in Sichtweite.

Diese zahllosen perfekten weißen Zähne, all diese vollkommenen Gesichter gaben mir das Gefühl, als würde ich in einer Schüssel gebutterter Murmeln stehen. »Nun, äh, was ist denn das für ein Gefallen, edler Herr?« fragte ich.

»Im Wald von Euw lebt eine Hexe«, erklärte der Welfie. »Aber eigentlich sollten hier nur Welfies leben, mußt du wissen. Wir mögen sie nicht.«

»Das kann ich mir vorstellen. Ich nehme an, da ich ein Zauberer bin und sie eine Hexe, geht ihr davon aus, daß sie auf mich hören wird. Ihr möchtet also, daß ich euch den Gefallen tue und sie dazu auffordere, wegzugehen, richtig?«

»Falsch«, erwiderte der gekrönte Welfie. »Wir möchten, daß du uns den Gefallen tust, sie totzumachen.«

KAPITEL 15

Mysti setzte sich in der Nähe des Ostrands des Walds von Euw auf einen pilzbedeckten Baumstumpf und sagte: »›Scheidung‹? Was ist denn das, eine ›Scheidung‹?«

Scandal stemmte alle vier Füße fest ins Moos und erklärte ihr: »Das ist ein großes, haariges Tier, das in einem Fabton deiner Wahl geliefert wird, dazu in verlockenden acht leckeren Geschmacksnoten, darunter neu im Angebot Banane-Himmbeere und Schokolade-Schokoladenstreusel. Was schert dich das, was eine Scheidung ist? Es geht hier nur darum, daß der Junge eine von dir haben will und daß er genug Magik in seinem Gekröse hat, um dir die Socken wegzuhauen, selbst wenn ihr Welfies gar keine Socken tragt.« Er stand auf und stakste von ihr fort, stolz mit der Rute peitschend. »Keine weiteren Einlassungen.«

Mystik zielte mit einem Finger auf Scandals Hintern, und ein Winzstrahl Magik versengte ihm den Pelz. Der Kater kreischte auf und machte einen senkrechten Satz in zehnfache Körperhöhe. Sein eigener Magikvorrat setzte ein halbes Dutzend lodernder Drehräder in Gang, die eine Gruppe in der Nähe stehender unglückseliger Schößlinge absägten.

»Das ist Nummer eins«, sagte die Welfie.

»He! Laß bloß Scandal in Frieden«, protestierte ich.

»Oder?« Sie lachte mich aus.

»Oder ... oder ... oder sonst.« Das war zwar ziemlich lahm, aber die beste Erwiderung, die mir einfiel.

Mysti gähnte und verschränkte beide Hände um ein hochgezogenes Knie. »Wie ich bibbere.«

Am Rande unserer kleinen, herzlichen Gruppe schritt Grym der Große auf und ab wie ein gefangener Löwe, in der einen Hand den aus seiner Scheide gezogenen Grabräuber, im anderen Arm unser Hochzeitsgeschenk, der flügelgefärbte weiße Teppich. »Weshalb zögern wir?« wollte der Barbar wissen. »Ward uns nicht aufgetragen, die böse Hexe des Waldlands aufzuspüren und zu metzeln?«

Scandal, der gerade seinen versengten Pelz putzte, hob den Blick. »Wir werden zur erstbesten Gelegenheit ein Haus auf ihren Schädel fallen lassen, du Vogelscheuche. Paßt dir das in den Kram?« Er war ein sehr mürrischer Kater.

Grym und Mysti hatten nicht allzu lange gebraucht, bis sie begriffen, daß sie *nie* alles verstehen würden, was Scandal sagte. Tatsächlich war Grym zu dem Schluß gelangt, daß Scandals seltsamste Wörter ganz einfach die Stimme seiner Stammesgötter sein mußten, die ein Auge auf ihren geliebten Barbarenjungen hielten. Das war auch nur gerecht: Schließlich waren es dieselben Götter, die ihn mit dem bestraft hatten, was Scandal das ›Gesicht vom Planeten Zukkerschnute‹ nannte, und nun tat es ihnen leid. Deshalb hatten sie die Katze in ein Orakel verwandelt. Ich konnte Grym nicht dazu bringen zu erklären, warum diese Götter, wenn es ihnen tatsächlich *so* leid tun sollte, nicht einfach sein Gesicht in etwas wirklich Heftiges oder einfach nur Häßliches verwandelten.

»Es steht den Sterblichen nicht an, die Götter in Frage zu stellen«, hatte seine Antwort gelautet.

Ich hätte eigentlich am liebsten gefragt »Warum nicht?«, nur daß ich jedesmal, wenn ich das zu Hause bei religiösen Gesprächen getan hatte, von Mutter eine Ohrfeige verpaßt bekommen hatte. Sie hatte gesagt, daß es zu meinem eigenen Besten sei und daß ich es später, wenn ich erst einmal erwachsen und richtig religiös sei, schon verstehen werde. Dann könne ich meine eigenen Kinder ohrfeigen.

Eine schlichte Ohrfeige war nichts Lebensbedrohendes, also würde meine Magik auch nichts dagegen unternehmen; doch stand zu bedenken, daß eine Ohrfeige von Grym höchst wahrscheinlich um einiges weher tun würde als eine von Mutter. Also zog ich es vor, Gryms Göttern ihren Willen zu lassen, was ohnehin stets der klügste Umgang mit Göttern ist.

Nun schob Grym Grabräuber in seine Scheide und entrollte den Teppich mit einem Rucken seiner mächtigen Handgelenke. Dann nahm er mit untergeschlagenen Beinen darauf Platz und schloß die Augen. Ein leises Stöhnen quetschte sich durch seine Lippen.

»Was ist los mit ihm?« fragte Mysti. »Hat er etwa Voondrabs außerhalb der Saison gegessen?«

»Pst.« Ich bedeutete ihr, den Mund zu halten. »Er begibt sich nur in eine Trance. Das ist schon in Ordnung, er weiß, wie das geht. Er hat mir erzählt, daß er zu Haus einmal Jungschamanenpfadfinder war. Er muß in Trance sein, um zu interpretieren, was Scandal gesagt hat.«

»Was? Diese Geschichte über eine Scheidung?« Mystis Blick versteinerte sich. »Das kann ich dir auch ohne Trance interpretieren: Sag es noch einmal, und ich verwandle dich in Wurmfledermausstreifen.«

»He, weshalb bist du denn so wütend auf *mich*? Ich weiß doch genausowenig wie du, was eine Scheidung ist!« Ich wußte nur eins – wenn sie so groß und haarig sein sollte, wie Scandal gesagt hatte, wollte ich ihr lieber nicht im Dunkeln begegnen.

»Die Götter sprechen«, verkündete Grym. »Das Tier hat Worte von mystischer Bedeutung geäußert, ein Zeichen von oben, wie wir am besten bewältigen unsere edle Queste, die Waldhexe zu vernichten.«

»Er hat gesagt, wir sollen ein Haus auf sie fallen lassen.« Ich schüttelte den Kopf. »Nein. Das könnt ihr vergessen. Da mache ich nicht mit. Nicht einmal, wenn ich könnte.«

»Beachtet ihn nicht, o ihr Götter«, dröhnte Grym. »Er wird noch zu der Einsicht finden, daß weise es ist, zu befolgen eure Gebote. Also sprach der Kater, also soll es sein.«

»Der Kater sprichet also nur, damit er sich selbst sprechen höret«, warf ich ein. »Grym, da ist etwas, das du besser gleich wissen solltest: Wir werden keine Häuser fallen lassen, keine Questen erfüllen oder irgendwelche Hexen vernichten. Hexe, *ha*! Glaubst du eigentlich alles, was die Welfies dir erzählen? Woher wollen wir denn wissen, ob diese ›Hexe‹ nicht nur irgendeine arme alte Dame ist, die in den

Wald gezogen ist, weil ihre Familie starb und weil dies der sicherste Ort war, den sie finden konnte?«

Grym riß ungläubig die Augen auf. »Sicher? Ein Wald voller *Welfies*?«

»Der Einwand deines Freundes ist nicht von der Hand zu weisen«, bemerkte Mysti. »Der Gebieter Valdaree wußte schon, was er tat, als er dir auftrug, die Waldhexe zu töten. Meinst du vielleicht, er hätte dir etwas aufgetragen, das er selbst leicht genug hätte ausführen können?«

»Einen Moment mal, Honigklümpchen.« Scandal stolzierte zwischen Mysti und mich. Mystis harter Blick war nichts im Vergleich zu der grünäugigen Miene des Katers. »Willst du damit sagen, daß ihr Welfies schon mal versucht habt, die alte Dame ins Eis zu schicken?«

»Eis«, wiederholte Grym und ging wieder in seine Jungschamanenpfadfindertrance. »Wir müssen pilgern als erstes zum Eisgebirge, ein fliegend' Haus zu suchen ...«

»Wir haben es versucht«, räumte Mysti ein. »Und versagt. Acht unserer besten Bogenschützen werden nie mehr einen Pfeil einlegen. Alles, was wir hinterher wiederfanden, war eine Handvoll Sequinen, einen zerbrochenen Pfeil und haufenweise Leichen.«

»Richtig. Das genügt.« Ich verschränkte die Arme. »Da ich der einzige bin, der einem Anführer dieses Haufens nahekommt, beschließe ich hiermit, daß wir nicht einmal den Versuch unternehmen werden, auch nur in die Nähe dieser Waldhexe zu gelangen. Statt dessen werden wir nach Hause zurückkehren, was seit Meister Thengors Tod ohnehin mein einziger Wunsch gewesen ist.«

Sie sahen mich alle an. Selbst Grym kehrte lange genug aus seiner Trance zurück, um mir einen seiner Du-kannst-es-nicht-in-Wahrheit-meinen-Blicke zuzuwerfen.

»Ich meinte *mein* Zuhause«, erklärte ich.

»Wir wissen schon, was du meintest«, warf Scandal ein. »Was uns sie Sprache verschlägt, ist, daß du irgendeine Art von Anführer sein sollst.«

Ich verschloß den Mund zu einer, wie ich hoffte, strengen Miene. »Und warum, wenn ich bitten darf, tut es dies?«

»Weil man, wenn man irgend jemanden irgendwohin führen will, zunächst einmal wissen muß, wohin man überhaupt geht.«

»Ich weiß, wohin ich gehe.« Ich verschränkte die Arme vor der Brust. »Ich gehe *nach Hause*.«

»Nach Hause«, wiederholte der Kater. »Hübsche Idee. Jedenfalls für jene unter uns, die nach Hause *können*.«

Seine Worte trafen mich wie ein Pfeil in der Kehle. Zum ersten Mal, seit die Welfies uns losgeschickt hatten, sah ich mir meine Reisegefährten einmal gründlich an, und in allen drei Gesichtern erkannte ich nur dieselbe Sehnsucht und denselben Verlust: *Zuhause*.

Mysti war gerade aus dem einzigen Zuhause geworfen worden, das sie je gekannt hatte. Gewiß, sie behauptete zwar, froh zu sein, dem zu entkommen, aber das machte es auch nicht leichter, sich der großen, unbekannten Außenwelt stellen zu müssen. Irgendwo war sie hinter ihrer harten Fassade ganz einsam und verschüchtert.

Grym hatte kein Zuhause von jener Art, wie ich mir eins vorstellte. Er war ein nomadischer Barbar. Heim, Zuhause oder Heimat war für Grym kein Gebäude, kein Name auf einer Landkarte oder ein besonderes Stück Land. Sein Zuhause war sein Stamm, sein Volk. Das konnte er zwar wieder ausfindig machen und sich ihm anschließen, doch solange er es mit *diesem* Gesicht tat, würde er nie wirklich zu einem Teil davon werden.

Scandals Zuhause war eine andere Welt, eine andere Dimension, ein Ort, so unglaublich, daß er eigentlich gar nicht existieren durfte. Nun existierte er aber, eine Welt, die von meiner nur ein Rattenloch weit entfernt war, aber dieses Rattenloch mußte man erst einmal finden!

Drei verlorene Seelen, drei Lebewesen, die nicht dort hinkommen würden, wo sie hinwollten, es sei denn ...

Es sei denn, ich half ihnen dabei. Es sei denn, ich lernte meine Magik zu bemeistern und ihnen damit zu helfen. Sie brauchten mich. Mich, Kendar Gangle, Rattenklopper. Der Knoten in meinem Hals löste sich und sackte in meinen Magen herab, wo er sich niederließ wie ein Klumpen von

Velma Chefköchins Haferbrei. Er wurde immer schwerer und schwerer, je länger ich die drei musterte. Ich wünschte mir, ich hätte alles zurücknehmen können, was ich über das Führersein gesagt hatte. Die Leute brauchten zwar einen Führer, aber gebraucht zu werden, ist ziemlich beängstigend. Ich wünschte, alles könnte wieder genauso werden wie vor der Zeit, da ich durch Meister Thengors Magik krachte. Ich wünschte, der einzige, der von mir abhing, wäre ich selbst gewesen.

Das Problem bei der Magik ist, daß sie einem keine Wünsche erfüllt. Mist!

»Jetzt hört mal zu«, sagte ich und versuchte, mir selbst zum Trotz zuversichtlich zu klingen. »Meine Idee ist solange die beste, die uns zur Verfügung steht, bis ihr eine bessere entwickelt. Warum sollten wir versuchen, eine Hexe zu vernichten, deren Zauber so mächtig sind, daß sie selbst den Welfies Angst einjagen?«

»Versprochen haben wir's.« Grym klang seiner Sache ebenso sicher, und er bluffte keineswegs. »Daher ist's ein Gebot der Ehre.«

»Falsch! *Wir* haben überhaupt nichts versprochen. Diese ganze Sache mit dem Hexentöten wurde *mir* aufgebrummt, mir, dem Meister Kendar, und mich hat niemand vorher gefragt, ob ich das tun wollte. Es wurde mir einfach von den Welfies aufs Auge gedrückt.«

»Ich bin dein Diener durch Schwerteid, dies Tier ist dein Familiar, und diese Welfiemaid ist deine Frau«, erwiderte Grym. »Nach meinem Ehrenkodex heißt das *wir*, o Kendar.«

»Außerdem kommen *wir* aus der Sache nicht raus«, meldete sich Mysti zu Wort.

»Wieso denn? Der Wald ist groß, und es ist nur eine einzige Hexe«, gemahnte ich sie. »Wenn wir ihr aus dem Weg gehen wollen, dürften die Chancen doch wohl voll auf unserer Seite liegen.«

»Falsch!« Sie ahmte mich haargenau nach. Das gefiel mir überhaupt nicht.

»Hättest du vielleicht Lust, dich zu erklären?« fragte ich sie.

»Mit Vergnügen. Erinnerst du dich an meine Flügel?«

»Hm.«

»Erinnerst du dich an die Zeremonie des Bindens, des Segnens und des Geschäfts, als der Gebieter Valdaree mir die Flügel vom Leib riß?«

»Äh … Aua.«

»Erinnerst du dich, daß es nicht geblutet hat?«

Ich musterte den regenbogenfarbenen Teppich, auf dem immer noch Grym saß. »Die sind doch zerflossen, oder?«

»So ist es dir erschienen.« Mystis Stimme klang angespannt. »Es geschieht aber nicht so ohne weiteres, daß eine Welfie dazu in die Lage versetzt wird, einen Sterblichen zu heiraten, Kendar. Die Zeremonie der Umwandlung muß in allen drei Phasen vollzogen werden. Die Flügel, die mir abgerissen wurden, waren ein Symbol des Versprechens, das wir beide abgegeben hatten, du und ich, selbst wenn du gar nicht wußtest, daß du das tatest. Wenn wir nur die Bindung und die Segnung vollziehen, das Geschäft aber unerledigt bleibt, dann werden meine Flügel bluten.«

Scandal stupste mich am Knöchel. »Ich glaube, sie meint es ernst, Chef.«

»Ernst …?«

»Ich glaube, wenn wir diese Hexe nicht töten, muß Mysti sterben.«

KAPITEL 16

»Aber sie trägt doch gar nicht Schwarz!« protestierte Scandal aus dem Gebüsch.

»Was soll denn das damit zu tun haben?« flüsterte Mysti. Wir lagen eng gedrängt nebeneinander und teilten uns ein Loch in der winzigen Hecke, die das Hexenhaus umgab. Die Hexe selbst saß auf einer kleinen Holzbank direkt unter dem überstehenden Hüttendach. Sie hatte die Augen geschlossen und sah aus wie jede gewöhnliche, dickliche Frau mittleren Alters, die sich gerade von ihren Haushaltsarbeiten ausruhte. Sie trug ein grobes Kleid aus hellrosa Wolle mit blauen Rändern und hatte sich ein weißes Tuch ins Haar gebunden; nichts davon war auch nur annähernd schwarz.

»Hexen tragen aber immer Schwarz«, erwiderte der Kater. »Und komische Mützen, so eine Art auf dem Kopf stehende Eiscremewaffel mit großer runder Krempe. Außerdem haben sie Warzen und manchmal eine grüne Haut, und wenn sie lachen, gackern sie, und häßlich …? Junge, sind Hexen vielleicht häßlich!«

»Wie häßlich sind sie denn?« wollte Grym wissen.

»Häßlicher als die bucklige Kakerlake eines Kanalarbeiters.«

»Wahrlich, das ist ja der Inbegriff der Häßlichkeit«, stimmte der Barbar zu. Er schirmte die Augen ab und sah sich noch einmal die fragliche Dame an. »Ich möcht' es nicht beschreien, doch mich deucht, wir haben nicht die rechte Hex'. Jenes Weib dort ist wohl keine große Schönheit, doch würde kein Mann aus meinem Stamm sie aus dem Zelte werfen, nur weil sie Kekse auf dem Lager ißt.«

»Das wird schwierig«, sagte ich.

»Was?« fragte Scandal.

»Sie umzubringen.«

»Hör mal, Kumpel, das *Umbringen* ist nicht die Schwierigkeit, sondern *der Beschluß*, jemanden umzubringen. Da, wo ich herkomme, ist Mord so leicht, daß selbst ein Kind ihn begehen kann. Und glaube mir, das tun sie auch!«

»Nein, schwierig daran ist, na ja, ich hatte eigentlich mit einem Ungeheuer gerechnet«, erklärte ich. »Du weißt schon, wenn die Hexe so schrecklich war, daß selbst die Welfies vor ihr wegliefen, dachte ich mir, daß sie irgendwie abstoßend sein müßte, widerlich, ekelerregend ...«

Der Kater verpaßte mir einen Du-machst-wohl-Witze-Blick. »Du bist vielleicht ein Einfaltspinsel. Entweder das, oder du hast noch nie in einem Buch mit Fotos von Mördern geblättert. Das Böse latscht doch nicht immer mit einer Schreckensmaske in der Gegend rum, Bwana.«

»Du wirst wohl recht haben.« Ich blickte wieder zu der Hexe hinüber. »Es ist ja nur, daß sie so viel Ähnlichkeit mit meinem *Kindermädchen* hat!«

Grym legte mir die Hand auf die Schulter. »Wenn es dir eine Hilfe wäre, o Meister Kendar, könnt' ich fürbaß das Haupt ihr wohl vom Rumpfe trennen. Auch brauchtest du nicht zuzusehen.«

»Ich glaube kaum, daß eine Hexe, die einen ganzen Trupp Welfie-Bogenschützen geröstet hat, sich einfach zurücklehnen und zulassen wird, daß ein barbarischer Schwertkämpfer ihr irgend etwas vom Leibe trennt, fürbaß oder nicht«, sagte ich.

»Du vergißt, daß meine treue Klinge Grabräuber nunmehr von Magik strotzt.«

»Und *du* vergißt, mein großer Junge«, warf Scandal ein, »daß die Welfies Magik praktisch *ausschwitzen* und die alte Dame sie trotzdem kaltgemacht hat.«

»Wie wahr, wie wahr.« Grym wirkte niedergeschlagen. »So brauchen wir fürbaß denn einen Plan.«

Scandal knuffte mich. »Was hat er eigentlich immer mit diesem komischen ›fürbaß‹? Was ist das überhaupt?«

»Ich glaube, das ist ein altes Blasinstrument«, erwiderte ich.

»Und ich glaube, deine Mutter hat dich als Kind in einen Eimer Dummsoße fallen lassen«, bemerkte der Kater und legte sich auf die Wurzeln des nächststehenden Strauchs.

»Ich glaube, ich habe einen Plan«, warf Mysti ein. »Schritt eins besteht darin, daß wir möglichst bald aus diesem Gestrüpp verschwinden. Mich juckt es schon am ganzen Leib.«

»Das bin wohl ich, Liebes«, sagte der Strauch. »Das liegt nur an diesem *herrischen* giftigen Efeu. Wächst einfach über mich weg, über Wurzeln und Astwerk, bis sich mein Laub kaum noch rühren kann …«

Mysti schrie nicht, sie zog die Luft nur so scharf ein, daß sie damit der Hecke gleich mehrere Handvoll Blätter auf einmal abriß. Scandal machte einen Satz, buckelte, hielt eine Pfote schlagbereit hoch. Ein zarter neuer Schößling schoß aus einem der Schräucher hervor und wickelte sich peitschend schnell um seinen Bauch und riß ihn in die Luft, bevor er auch nur ausspucken konnte.

Andere dornenbewehrte kleine Zweige schlugen sich um Mysti und preßten ihr die Arme an die Seiten. Diesmal schrie sie tatsächlich, doch inzwischen war niemand mehr in der Lage, ihr zu helfen. Grym und ich hatten unsere eigenen Probleme. Genau unter Gryms Füßen schoß ein völlig neuer Strauch mit äußerst dornigen Ästen aus dem Boden, die unglaublich schnell um ihn herum wuchsen, bis er so aussah wie ein großer, verschwitzter Vogel in einem grünen Laubkäfig. Er versuchte, sich den Weg mit Grabräuber freizuhauen, doch der Busch wuchs stets nur außerhalb der Reichweite seines Schwerts, dann schoß er vor und umklammerte ihn so eng, daß der Barbar keinen Schwungraum für seine Klinge mehr hatte.

Und was mich betraf, den stolzen Herren über die größte Einzelladung Magik auf ganz Orbix, so wäre ich mit einer einfachen, alten Heckenschere um einiges weitergekommen. Auch um mich herum schoß ein grüner Käfig wie der von Grym empor, und die Äste verknoteten sich allerliebst über meinem Kopf, während meine Magik nichts anderes tat, als nur die am übelsten wirkenden Dornen abzuhalten. Ich konnte Scandals entsetztes Gejaule vernehmen, aber das Blattwerk machte es unmöglich, allzuweit nach außen zu blicken. So konnte ich lediglich Gryms Käfig neben meinem ausmachen.

Und dann blickte ich in ein großes blaues Auge. »Ach herrje, Jawj, du bist aber auch wieder ein Dummchen«, sagte eine Stimme, so warmherzig und tröstend wie Lebkuchen frisch aus dem Ofen. Nicht die Spur eines Gackerns. »Da bitte ich dich, Ausschau nach Feinden zu halten, während ich mein Mittagsschläfchen halte, und was tust du? Nimmst ein paar *Kinder* gefangen!«

»He! Wen nennst du da ein Kind?« fragte ich und griff nach den Ästen. Das war ein Fehler. Erinnert ihr euch noch an diese Dornen? Meine Magik sollte zwar mein Leben beschützen, aber wenn ich so blöd war, in einen Haufen bösartigsten Dornengestrüpps zu packen, hatte sie nichts dagegen.

Zum allererstenmal war mein Geheul noch lauter als Scandals.

»Ach du liebe Güte.« Das blaue Auge blinzelte. »Hast du dir weh getan, Söhnchen?«

»Mrng«, sagte ich, an einer Hand saugend. Dann machte ich mich über die andere her und fuhr fort: »Gurnf.«

»Also so was!« Das blaue Auge machte klimpernde Geräusche. »Ich sehe schon, das muß ich wohl verbinden. Du solltest wohl besser herauskommen.«

Eine dünne Linie aus knisterndem rotem Licht fuhr schnurgerade an der dornigen Wand meines Käfigs empor. In einiger Höhe bog sie im rechten Winkel nach rechts ab und fuhr eine Weile fort, bevor sie noch einmal scharf rechts abbog und wieder nach unten fuhr. Ich roch verbranntes grünes Holz, dann tiel die türgroße Klappe aus der Käfigseite. Ich war frei.

Frei, mich der Hexe zu stellen.

»Hallo, Liebes«, sagte sie. »Komm nur raus, dann gebe ich ein bißchen Stachelschweinfett auf diese Schnittwunden, und danach werden wir ganz gemütlich miteinander plaudern.« Eins ihrer Augen war blau; das andere hatte die Farbe von dunklem Bernstein, was mich irgendwie nervös machte. Abgesehen von den Augen sah sie aus der Nähe mehr denn je meiner alten Kinderschwester Esplanadia ähnlich. Ich rechnete schon damit, daß sie mir einen Schlag auf den Hintern verpassen würde, um mich danach zu umarmen und mir einen Keks zu geben.

Allerdings pflegte Esplanadia niemals, andere Leute in Dornensträuchern festzusetzen. Das Schlimmste, was sie zu tun pflegte, war, meinen Bruder Basehart mit einem Besen durchzuwalken, wenn er versuchte, mich herumzuschubsen. Sie hatten einen ziemlichen Besenverbrauch, bis Basehart schlau genug geworden war, mich nur noch dann zu verhauen, wenn Esplanadia gerade woanders war. Ich trat aus meinem Heckengefängnis und stellte fest, daß Grym, Mysti und Scandal alle ebenfalls in ihren Laubkäfigen festsaßen, ganz ähnlich jenem, aus dem ich soeben befreit worden war.

»Ich werde an keinerlei gemütlicher Plauderei teilnehmen, bevor du meine Freunde nicht freigelassen hast«, teilte ich der Hexe mit.

Sie schnalzte mit der Zunge und sah mich an, wie das Kindermädchen Esplanadia es damals getan hatte, als ich meinen ersten Stinkwurm streichelte. (Diese Miniaturdrachen sind die einzigen mir bekannten Kreaturen, die einen noch schlimmeren Mundgeruch haben als Basehart.)

»Aber natürlich werde ich sie freilassen«, sagte sie. »Wenn es nach *mir* gegangen wäre, wären sie sowieso gar nicht erst in diese Lage gekommen. Das war alles Jawjs Idee.«

»Wer ist Jawj?« fragte ich und sah mich um. »Dein Familiar?«

»Mein Strauch. Na ja, *einer* meiner Sträucher, um genau zu sein. Das ist der, der alle Verwaltungsentscheidungen fällt. Die sind nämlich lebendig, mußt du wissen, meine

Büsche. Wenn man sich schon die Mühe macht, eine Hecke zu pflanzen, sollte man es auch gleich richtig tun und eine Wachhecke anbringen. Mit dieser hier war ich bisher insgesamt eigentlich recht zufrieden, obwohl es immer wieder mal bedauerliche Vorfälle wie diesen gibt, wenn Jawj völlig arglose Passanten mit Feinden verwechselt und die Fassung verliert. Die Wurzeln, müßte ich eigentlich sagen. Andererseits – wieviel Urteilsvermögen kann man schon von einem Busch erwarten?«

»Tue ich gar nicht, tue ich gar nicht«, murmelte die Hecke. »Die von mir eingeleitete Maßnahme war, auf der Grundlage aller zur Verfügung stehenden Eckdaten und in Abgleich mit den bereits gespeicherten Informationen, nur umsichtig.«

»Ja, Liebes«, sagte die Hexe, ohne zuzuhören. »Und jetzt sag den anderen, sie sollen die Freunde des netten Jungen freilassen.«

»Das werde ich nicht tun.«

»Freischneider!« sagte die Hexe.

Im nächsten Augenblick standen wir auch schon alle vor ihr und versuchten, nicht allzu schuldbewußt dreinzublikken.

»Was habt ihr netten jungen Leute denn bloß?« fragte sie aufrichtig besorgt. Sie beugte sich sogar bis zu Scandal hinunter und fügte hinzu: »Selbst euer süßes kleines Haustier scheint wegen irgend etwas unglücklich zu sein. Ob da wohl eine hübsche Tasse Tee helfen kann? Wir können ja unsere eigene kleine Party feiern. Ich weiß, daß ich frisches Brot und Butter habe, dazu ein paar Honigkuchen und die Reste von der Hüpferterrine von gestern abend. Kommt mit.« Sie ging auf ihre Hüttentür zu.

»Wir haben keinen Hunger«, sagte ich und fühlte mich ziemlich mies. Sie war doch so eine *nette* Dame! Und bisher hatte ich noch nichts zu Gesicht bekommen, was mich davon hätte überzeugen können, daß sie eine böse Hexe war. Sicher, sie ließ ihr Haus von Jawj und seiner dornigen Familie bewachen, aber wenn ich so nahe bei den Welfies gewohnt hätte wie sie, hätte ich den ganzen Laden mit einer

Wachhecke, einem Wachhund und einem doppelten Graben voller Wachschleimwürmer abgesichert.

Warum mußten wir sie nur töten? Doch die Antwort darauf kannte ich schon: Wenn wir es nicht täten, würde Mysti sterben. Und auch wenn ich nicht sonderlich erpicht darauf war, sie ständig bei mir zu haben, hieß das doch keineswegs, daß ich sie mir tot wünschte. Ich wünschte mir, ich könnte die Magik besser organisieren. Wenn ich dazu in der Lage gewesen wäre, wäre ich sofort zu den Welfies zurückgekehrt und hätte sie gezwungen, ihren Zauber von Mysti zu nehmen, sonst ... sonst ...

Sonst – was?

Sonst wäre es zu irgend etwas Unangenehmen gekommen. Ha! Ich war vielleicht ein Zauberer! Ich konnte mir ja nicht einmal eine wirklich furchtbare Strafe für meine Feinde ausdenken. Meister Thengor hatte dieses Problem nie gehabt, wenn es um Rache ging. Er hatte sogar eine ganze Abteilung in der Bibliothek eingerichtet, in denen nur Bücher mit Titeln standen wie: *Heimzahlen – aber richtig!* und: *Rache ist Leberwurst* und: *Wer nicht hören will, muß bluten* und: *101 Möglichkeiten, dem anderen noch eins überzubraten, wenn er schon am Boden liegt.* Ich hatte einfach nicht das Zeug zu einem richtigen Zauberer, Magik hin, Magik her. Aber nun saß ich hier fest.

Ich blickte zu Grym hinüber. Der große Barbar war genauso unglücklich über die ganze Situation wie ich; das war deutlich zu erkennen. Mysti sah keinem von uns in die Augen, und Scandal hatte sein Fell aufgeplustert und machte den Eindruck, als wollte er alles und jeden auf Distanz halten.

»Kinder, ihr trödelt«, rief die Hexe uns zu.

»Fürwahr, 's ist ebenso, wie Meister Kendar es verfügte«, erwiderte Grym. »Kein Hunger nagt an unserem Gedärm. So würden wir denn lieber jedem Fleisch entsagen.«

»Seid nicht albern«, sagte sie von der Tür aus. »Das einzige Fleisch, das ich habe, ist die Hüpferterrine, und das reicht wohl kaum für alle. Aber dafür jede Menge Honigkuchen!

Kommt schon, kommt schon, ich kann nicht ewig auf euch warten; ich muß hinein. Ihr könnt ja etwas essen, während ich nach meinen Seifen sehe. Das müßt ihr auch, wißt ihr das denn nicht? Ich werdet alle Kräfte brauchen, wenn ihr vorhabt, mich umzubringen.«

Sie verschwand in der Hütte, während wir zurückblieben und einander anstarrten wie ein Haufen Dorftrottel.

KAPITEL 17

Wir saßen alle um den Tisch im Hexenhaus, bis auf Scandal, der sich auf meinem Schoß zusammengekringelt hatte, den Bauch voll Hüpfterrine. »Soviel zum Überraschungsmoment«, sagte ich und schnippte ein paar Honigkuchenreste von meinem Teller. Eine der Hauskröten hopste hoch und hatte sie schon verschlungen, noch bevor sie am Boden ankamen.

»Mir ist das ganz lieb so«, sagte Mysti, während sie sich heftig kratzte. Ihre Auseinandersetzung mit der von giftigem Efeu überwucherten Wachhecke hatte ihr am ganzen Leib rote Flecken eingetragen.

»Lieb? Wie kann das sein?« wollte Grym wissen. »Dein Leben ist verwirkt, wenn wir die Hexe nicht erschlagen.«

»Ach, quatsch.« Mysti hielt kurz mit dem Kratzen inne, um ihre Teetasse zu leeren. »Das wird jetzt nicht mehr passieren.«

»Moment mal«, warf ich ein. »Nur einen kleinen Augenblick. Falls du dich nicht erinnern solltest, warst du doch diejenige, die uns allen damit zugesetzt hat, daß du, sollten wir den Geschäftsteil dieser welfischen Segnungs-, Bindungs- und Blà-blà-Zeremonie nicht zu Ende führen, auf der Stelle verbluten wirst, wo deine Flügel befestigt waren.«

»War ich auch.« Mysti griff nach der krötenförmigen Teekanne und goß sich eine frische Tasse ein. Abgesehen davon, daß sie sich ab und zu wie wild kratzen mußte, wirkte sie so kühl und gelassen wie ein Flußkiesel. »Und? Was, im Namen eines Buschschweinhinterns, soll denn passiert sein, um das zu ändern?«

»Nichts hat sich geändert«, erwiderte Mysti. »Wenn du die Hexe nicht umbringst, werde ich wahrscheinlich anfangen zu sterben, und ich bin mir ziemlich sicher, daß es so geschehen wird, wie ich schon sagte: durch Verbluten an den Flügeln, wie du weißt. Noch etwas Tee?«

Ich kämpfte gegen den Impuls an, eine Kröte zu ergreifen und sie damit zu bewerfen. Es waren mehr als sechzig dieser knubbligen Kreaturen hüpfend und klatschend in der Hütte der Hexe unterwegs. Wir waren schon beim Eintreten über sie gestolpert, doch hätte jeder von uns es als unhöflich empfunden, dies zur Sprache zu bringen. Tatsächlich waren diese ganzen vielen Kröten hier das erste wirklich Hexenhafte, das ich an unserer Gastgeberin bemerkt hatte. In gewissem Sinne war es tröstlich, sofern eine Kröte auf irgend jemanden außer einer anderen Kröte überhaupt tröstlich wirken kann. Bevor ich eins der Biester jedoch durch die Luft beförderte, wollte ich wengistens ein letztes Mal den Versuch unternehmen, Mysti zu einer verständlichen Antwort zu bewegen.

»Wenn wir die Hexe nicht töten …«

»… was ich bestimmt nicht möchte«, warf Mysti ungebeten ein. »Sie ist wirklich eine liebe Dame.« Sie vertilgte ein Stück Honigkuchen. »Und eine gute Köchin.«

»… dann vollenden wir damit auch nicht die Welfie-Zeremonie. Und wenn wir die Welfie-Zeremonie nicht vollenden, dann stirbst du …«

»… was ich *ganz bestimmt nicht* möchte. Ich meine, jetzt bin ich hier, endlich frei von dieser Meute von sülzenden, hüpfenden Wald-Trallallas, kann endlich irgendwo leben, wo es interessant ist, wo man nicht ständig aus dem warmen Bett gescheucht wird, weil es Zeit ist, bei Mondlicht allerliebst durchs taubenetzte Gras zu tänzeln, tirili und tirila, endlich, *endlich* in der Lage, die Zähne in ein ordentliches Stück blutiges Beefsteak zu schlagen, statt immer nur diesen verdammten Nektar zu schlürfen. Und *jetzt* sterben? Nein, danke; nee, kommt gar nicht in die Tüte. Würde ich lieber nicht, sofern du nichts dagegen hast.«

Ich ließ den Kopf auf den Tisch krachen. Das hätte normalerweise weh getan, aber ich traf nur auf eine Kröte. »Ich bin ja *sooooo* durcheinander«, stöhnte ich.

Mysti strich mir übers Haar. »Liebling, hat man dir denn in dieser Zauberschule überhaupt keine Logik beigebracht?«

»Hat man schon; aber ich bin durchgeflogen«, erwiderte ich, den Mund voller Kröte. Das Tier stieß ein verärgertes *Jaggerrampf*! aus und hopste davon.

Grym schnippte mit den Fingern. »Bei Buxomia und ihren zehntausend ausgewrungenen Liebhabern, mich dünkt, ich habe es! Eine Hexe, die so mächtig ist, die Welfies zu besiegen, muß fürbaß über gar recht viel Macht gebieten, auch den raffiniertesten aller Welfie-Zauber zunichte zu machen. So werden wir sie denn doch nicht metzeln! Wertvoller ist sie für uns, so sie am Leben und nicht tot, gewährt sie uns nur das Geschenk, Mysti vor ihrem drohenden Verhängnis zu erretten.«

»Meinst du, das würde sie?« fragte ich. »Warum sollte sie uns überhaupt helfen? Sie weiß doch, daß wir gekommen sind, um sie umzubringen.«

Ich sprach es gerade aus, da steckte die Hexe den Kopf durch die kleine schwarze Tür zu ihrem Hinterzimmer und sagte: »Meine Lieben, hättet ihr etwas dagegen, etwas leiser zu sein? Ich versuche gerade, meine Seifen im Auge zu behalten.« Dann verschwand sie wieder, kehrte aber schon einen Augenblick später wieder zurück und fügte hinzu: »Natürlich wußte ich, daß ihr gekommen seid, um mich umzubringen. Alle kommen her, um mich zu töten. So ist das hier Brauch.« Dann war sie fort, verschwunden in dem geheimnisvollen Zimmer, ohne etwas anderes zurückzulassen als eine Wolke aus merkwürdig riechendem Rauch.

»Was tut sie da drin?« fragte Mysti. »Kaum sind wir hereingekommen, hat sie den Tisch gedeckt, uns Tee serviert und ist durch diese kleine schwarze Tür verschwunden. Sie hat uns nicht mal nach unseren Namen gefragt. Oder uns *ihren* mitgeteilt.«

»Immer mit der Ruhe, Schwester.« Scandal gähnte und grub seine Krallen in meine Schenkel, gerade fest genug, daß es weh tat, aber nicht so heftig, daß ich ihn abwarf. »Das wird sie schon noch nachholen. Du hast die Dame doch gehört: Sie beobachtet ihre Seifen. Dort, wo ich herkomme, lassen die Leute haufenweise am Nachmittag alles fallen, schalten den Fernseher ein, legen die Füße hoch und schauen ihre Lieblingsseifenopern. Da ist nichts dahinter.«

»Was ist denn ein Fernseher?« fragte ich unschuldig.

Auf Scandal wirkte es elektrisierend. Alle vier Pfoten schossen in entgegengesetzte Richtungen davon; seine Rute zeigte schnurgerade gen Decke, die Augen weiteten sich, ebenso die Pupillen, und seine Schnurrbarthaare knisterten von kleinen, rülpserartigen Magikausbrüchen. *»Kein Fernsehen!«* quiekte er. »Heiliger Bimmbamm, das stimmt ja!«

Er sprang von meinem Schoß auf die Tischplatte, daß die Kröten rechts und links davonstoben. »Alles auf! Alles auf!« schrie er. »Kommt schon, bewegt eure Hintern, bevor sie etwas merkt! Rennt um euer Leben, laßt die Rettungsboote runter, Frauen und Kätzchen zuerst, verdammt, die Torpedos, *lauft*!«

Er lief tatsächlich: immer wieder im Kreis. Es dauerte drei Versuche, bis ich ihn endlich am Halskragen zu fassen bekam und ihn dazu zwang, mir ins Gesicht zu sehen. Seine Pfoten schlugen immer noch wild um sich. »Gibt es da irgendwelche Probleme?« fragte ich und hielt die wirbelnde Katze auf Armeslänge von mir entfernt.

»Sie ist eine Hexe!« jaulte der Kater.

»Das wissen wir schon.«

»Begreifst du denn nicht?« keuchte er. »Sie belügt uns. Sie kann gar nicht ihre Seifenopern anschauen, weil ihr Robin-Hood-Imitate doch noch nicht mal wißt, was ein Fernseher ist! Sie hat das nur als Vorwand benutzt, um sich in ihr geheimes Labor zu schleichen, um uns irgendwelchen Ärger on the rocks zu mischen, irgendeine Gehässigkeit. Dieser ganze Tee-und-Kekse-Kram ist nur eine Finte. Das ist wie bei Hänsel und Gretel, da gewinnt die Hexe das Vertrauen der Kinder auch, indem sie ganz furchtbar teiteitei und nett zu ihnen tut, um sie dann in Ingwerbrot zu verwandeln und aufzuessen. Meine Mutter hat mich schließlich nicht großgezogen, um als Makrone zu enden!«

Die schwarze Tür ging auf, als Scandal gerade fertig war.

Das rosige Gesicht der Hexe kam hervor, doch zum erstenmal lächelte sie nicht.

»Was ist das für ein Lärm? Ich weiß selbst, daß ich keine besonders gute Gastgeberin bin, aber wenn ich nicht auf meine Seifen aufpasse, wird es hier drin ziemlich unangenehm. Wenn ihr schon nicht leise sein könnt, könnt ihr genausogut reinkommen und euch nützlich machen.«

»Dort drin?« fragte Grym. Ich war froh, daß er meine Aufgabe als Steller dummer Fragen übernommen hatte.

»Sieh mal an, unser Schlaumeier!« Die Hexe wirkte erfreut. »Ja, ja, genau hier drin, hopp-hopp! Wenn ich sie zu lange unbeaufsichtigt lasse, gibt es keine Garantie, was dann alles passieren kann.«

Gryms Hand schloß sich um Grabräubers Griff. »Tun wir nun, wie sie uns geheißen, auf daß sie unseren Argwohn nicht argwöhne«, schnarrte er aus dem Mundwinkel. »Ich gehe als erster; Meister Kendar, folge du als letzter, um die Nachhut zu sichern.«

»In Ordnung«, schnarrte ich zurück.

Die Hexe seufzte und stampfte mit dem Fuß auf. »Wenn ihr Jungs eure Nachhut sichern wollt – und die ist bestimmt schrecklich süß, da bin ich ganz sicher –, müßt ihr euch nur noch ein bißchen im Flüstern üben. Dieses ganze alberne Geschnarre da hört sich an, als wärt ihr ein paar Attentäter in einem Bühnenstück – und zwar in einem *äußerst* miserablen Bühnenstück, die Sorte, wo der Held seinen Hut verkehrt herum aufsetzt und seine eigene Mutter ihn den ganzen zweiten Akt lang nicht wiedererkennt. Ich kann nämlich jedes Wort verstehen, was ihr sagt, müßt ihr wissen; so klar wie Glockengeläut, nur doppelt so laut.«

Grym und ich legten uns einen *Wer? Wir?*-Blick zu. Das hatten wir von Scandal gelernt.

»Ja, ihr«, erwiderte die Hexe, obwohl wir kein Wort gesagt hatten. »Ich bin schließlich nicht erst gestern geboren, wie bedauerlich das auch ist, und verdiene mir meinen Unterhalt recht ordentlich mit der Hexenkunst, und zwar schon um einiges länger, als *du* zum letztenmal gebadet hast.« Das war an Grym gerichtet, der auch prompt errötete. »Also hängt hier nicht rum und bildet euch ein, ihr könntet Mutter Krötenhauch noch beibringen, wie man Eier aussaugt. Zum einen mag ich keine Eier und zum anderen …«

Letzteres erfuhren wir nicht mehr, denn genau im selben Augenblick ertönte hinter der Hexe ein ominöses Geblubber, es gab einen säuerlichen brennenden Geruch, ein Krachen, als sei etwas Großes umgestürzt, dann peitschte ein langer purpurner Tentakel aus der Türöffnung, wickelte sich dreimal um Mutter Krötenhauchs dicklichen Leib und zerrte sie schreiend und zappelnd ins Hinterzimmer zurück.

Grym stieß einen höllischen Kriegsruf aus und stürmte ihr durch die offene Tür hinterher. Ich ließ den Kater fallen und rannte ihm nach. Ich hörte noch, wie Scandal hinter mir irgend etwas über verrückte Helden brüllte, während Mysti die Hauskröten anschrie, sie sollten gefälligst ihren warzigen Hintern aus dem Weg hieven, damit sie an den Schürhaken am Kamin herankäme. Dann konnte ich nichts mehr hören, weil meine Magik ein lautes, zorniges Knistern in Gang setzte, das mich von Kopf bis Fuß umhüllte, wie ein Kokon aus Feuer.

Der Kokon riß weit auf, als ich mit der Stirn gegen Gryms muskulösen Rücken krachte, und die Magik erstarb wieder. Ich hatte gerade noch Zeit für einen Atemzug, als Mysti mich von hinten rammte und der Stoß uns beide zu Boden riß.

Na ja, Grym blieb eigentlich stehen – er war massiv genug, um noch mitten in einem Wirbelsturm die Stellung zu halten –, aber Mysti und ich fielen um wie die Kegel.

»Steht mal vom Boden auf, ihr Lieben«, empfahl Mutter Krötenhauchs beruhigende Stimme. »Ich weiß noch nicht, was da übergeschäumt ist, und es könnte Sachen mit euch anstellen, die euch nicht besonders gefallen würden.«

Mysti und ich standen auf und klopften uns hastig ab. Wir hatten zwar nichts abbekommen, aber wenn eine Hexe einem sagt, man solle aufstehen, weil einem das, was sonst passiert, nicht besonders gefallen dürfte, empfehle ich, ihr zu vertrauen und sich in Bewegung zu setzen. Dann spähten wir rechts und links um unseren Freund den Barbaren herum und sahen, was ihn mitten in seinem heldenhaften Ansturm hatte stocken lassen.

Fröhlich wie eine Feldmaus, die sich den Bauch mit Frohbeeren vollgeschlagen hatte, hockte die Hexe auf einem zusammengerollten Tentakel, der zu einem purpurnen Ungeheuer mit sackartigem Körper gehörte, welches noch über sieben weitere Fangarme verfügte. Jeder davon hielt ein Holzpaddel mit langem Griff, die das Untier gelegentlich in sieben von zehn Kesseln tauchte, die wiederum jeder auf seinem eigenen kleinen Herd vor sich hin siedeten.

Leuchtende Regenbogenblasen stiegen aus allen schwarzen Töpfen bis auf jenen, der umgekippt dalag und das darunter befindliche Feuer gelöscht hatte. Die Blasen tänzelten im Sonnenlicht, das durch das riesige Rauchabfangloch mitten im Dach eindrang. Die Dachbalken waren so dicht behangen mit Büscheln getrockneter und trocknender Kräuter, Gräser, Blumen und Reptilien, daß man kaum das Ried darüber ausmachen konnte. Die Luft war schwer von einem Geruch, dessen Note irgendwo zwischen dem Rosengarten meiner Mutter und einer Sumpfkuhle zur Mittagszeit lag.

Außer den Paddeln besaß das schwammige, unzottige Tier zwei riesige grüne Augen, eine dreieckige rosa Nase, ein Paar spitze Ohren, die hoch oben an seinem Kopf/Körper/Sack angebracht waren, sowie einen Mund wie ein umgekehrtes Y, der sich nun öffnete, um »mrow« zu sagen.

»Still, Puß«, sagte Mutter Krötenhauch freundlich und tätschelte das häßliche Ding zwischen den Ohren. »Mami ist nicht böse auf dich. Ist alles Mamis Schuld, weil sie dich die Seifen allein hat beaufsichtigen lassen. Mami hat versucht, ihre Gäste dazu zu bringen, hereinzukommen, um ein bißchen zu helfen; aber die haben sich benommen wie ein Haufen blöder Kinder, weil sie glaubten, Mami würde sie auffressen. Dabei hat Mami noch nie jemanden in ihrem Leben aufgefressen, jedenfalls so gut wie niemanden, oder, was meinst du dazu, Mamis Schatz?«

»Purrrr«, erwiderte das Ungeheuer und schloß die Augen.

»Und du warst ein sehr, sehr, *sehr* gutes und artiges Oktopussi-Tier, dir so etwas Schlaues auszudenken, sie hier hereinzubekommen. Und jetzt sind sie vielleicht alle so nett und helfen dabei, das Durcheinander wieder in Ordnung zu bringen.« Die Hexe hüpfte von dem zusammengerollten Tentakel ihres angsteinflößenden Haustiers, gewährte uns ein steifes, falsches Lächeln und fügte hinzu: »Oder etwa nicht?«

Was das Durcheinander anging, hatte sie recht – es war furchtbar. Mutter Krötenhauch ließ Grym sein Schwert Grabräuber wieder in die Scheide stecken und reichte ihm einen Mop. Den benutzte er dazu, den Dreck in einer hübschen, glatten Schicht über den ganzen Boden zu verteilen. Wahrscheinlich hätte sie sich besser gestanden, ihn mit dem Schwert saubermachen zu lassen. Mysti bekam einen Reservepaddel und den Auftrag, einen der unversorgten Kessel umzurühren. Somit war nur noch ich übrig.

»Und?« fragte Mutter Krötenhauch und rührte ihren eigenen Kessel gründlich durch.

Am liebsten hätte ich sofort die Gegenfrage gestellt: *Was, und?* Aber mir gefiel dieses Paddel nicht. Es war ziemlich offensichtlich, daß die Hexe von mir erwartete, irgend etwas zu tun – nicht umzurühren, weil die Paddel schon alle vergeben waren –; doch falls sie keinen weiteren Mop mehr übrig haben sollte, hatte ich keine Ahnung, was es sonst hätte sein können.

Ich spürte ein vertrautes Stupsen unmittelbar über meinem Fußknöchel. Scandal war hereingekommen, so lautlos wie ein Schatten. »Seifen«, sagte er. »Sie hat ihre *Seifen* beobachtet.«

»Natürlich habe ich das, mein Lieber«, sagte Mutter Krötenhauch freundlich. »Habe ich euch das nicht gesagt? Ihr solltet wirklich ein wenig mehr Vertrauen haben. Andererseits würden Katzen wohl eher neunundneunzig Leben anstatt neun brauchen, wenn sie jedermann ihr Vertrauen schenkten.«

Scandal legte den Kopf schräg. »Du weißt, daß ich eine Katze bin?«

»Ich bin doch eine Hexe«, erwiderte Mutter Krötenhauch.

»Ich habe schon alles über die Mythen- und Fabeltiere gelernt, als ich einem Basilisken nur bis zum Knie reichte. Hätte allerdings nie gedacht, daß ich mal eine richtige Katze zu Gesicht bekomme. Für mich ist das ein durchaus historisches Ereignis. Ich denke, ich sollte es wohl irgendwie festhalten.«

Sie legte ihr Paddel beiseite und watschelte zu einem Holzregal, das eine Wand des Raums bedeckte. Dort standen Reihe um Reihe kleine braune Lehmtöpfe, alle deutlich und sorgfältig mit grüner Tinte auf gelben Etiketten beschriftet. Sie fand, was sie suchte, öffnete den Korken, nahm sich eine Prise vom Inhalt und kehrte zu ihrem Kessel zurück. Sie warf etwas blauen Staub über den brodelnden Schlamm im Kessel, dann spuckte sie hinein. Sofort bildete sich an der Oberfläche eine riesige Blase aus, löste sich schließlich und waberte durch den Raum.

Darin schwebte ein vollkommenes Doppel von Scandal.

»He! Das bin ja ich!« rief der Kater.

»Nein, das ist nur dein Spuckbild«, berichtigte die Hexe ihn. Dann führte sie die Blase an eine sichere Stelle in der obersten Regalreihe.

»So! Jetzt habe ich etwas, was mich an dich erinnert«, sagte sie zufrieden. Dann sah sie mich an, freilich ohne zufrieden zu wirken.

»Junger Mann, der Grund, weshalb dieser Seifentopf übergekocht ist, war der, daß du und deine Freunde nicht hereinkommen wolltet, als ich euch darum bat – was ich übrigens sehr höflich getan habe, wenn ich mich recht erinnere. Das mindeste, was du tun könntest, wäre daher, deinem großen Freund beim Aufräumen zu helfen.«

»Ich bin ja auch dazu bereit«, sagte ich. »Gib mir nur einen Mop und ...«

»Glaubst du vielleicht, daß ich aus Mops bestehe?« erwiderte Mutter Krötenhauch. »Ich habe nur den einen, und den benutzt er gerade.«

»Na ja, könntest du nicht ... Ich weiß nicht ...« Ich wedelte unbestimmt mit den Händen, »irgendwie einen weiteren herbeihexen?«

Sie gewährte mir schon wieder so einen Der-arme-Junge-ist-wohl-auf-den-Kopf-gefallen-Blick und sagte: »Ich bin eine Hexe, kein Zauberer. Zauberei ist die Kunst, etwas aus dem Nichts zu machen; Hexerei ist die Kunst, mit dem zurechtzukommen, was man hat. Ich kann einen Tannenzapfen sprießen lassen, bis daraus ein wunderschönes Tannholzmöbel geworden ist; ich kann das Abbild einer Katze in der spiegelnden Oberfläche einer Blase einfangen; ich kann aus einem Krötenschemelpilz einen Schaukelstuhl machen, aber ich kann keinen Mop aus dem Nichts erschaffen.«

»Du könntest es doch versuchen«, schlug ich lahm vor. »Was, wenn ich dir einen Stock zum Anfangen gebe? Für den Griff.«

Die warme Stimme der Hexe wurde plötzlich ganz leise und so kalt wie ein Hagelkorn. »Junger Mann, ein kurzes Stück zu Fuß von dieser Hütte liegt das widerliche kleine Dorf Käseburg.«

»Käseburg ...« Wieso kam mir dieser Name nur so vertraut vor?

»Die Leute von Käseburg sind wahrscheinlich der unglücklichste, erfolgloseste, untalentierteste Haufen, dem du jemals irgendwo begegnen wirst. Sie haben das Stümpern zu einer Kunst entwickelt. Es sind solche Versager, daß sie sogar *drei* Dorftrottel brauchen, weil einer allein mit der Aufgabe nicht fertig wurde.«

Oh! Jetzt wußte ich, woran mich dieser Name erinnerte. Jedesmal, wenn ich zu Hause irgend etwas falsch machte – das heißt mit anderen Worten, jedesmal, wenn ich zu Hause überhaupt irgend etwas tat –, pflegte mein Vater mich einen Käseburger zu nennen.

»Was hat das mit Mops zu tun?« fragte ich.

Mutter Krötenhauch stemmte die Hände in die Hüften. »Das Herstellen von Mops ist das einzige, was die Käseburger wirklich *gut* können. Sie haben sich sogar zusammengetan, um am Dorfeingang ein Schild aufzustellen mit der Inschrift: »Willkommen in Käseburg. Mops sind Wir«. Das ist zwar nicht besonders viel, aber das einzige, worauf die armen Dinger stolz sein können, und wenn du dir jetzt einbildest, daß ich die Gefühle meiner Nachbarn verletze, indem ich meine eigenen Mops herstelle, *nun denn*!« Sie schnaubte und verpaßte dem Seifenkessel ein bösartiges Rühren. »Ich möchte nur wissen, wo man dich großgezogen hat, daß du derart schlechte Manieren hast!«

Ich wollte ihr gerade mitteilen, daß ich nicht allzuweit von Käseburg aufgewachsen war, wie sich gerade erst herausgestellt hatte, bekam aber keine Gelegenheit mehr dazu.

Mysti stieß plötzlich einen erstickten Schrei aus und ließ ihr Paddel fallen. Entsetzt betrachtete sie ihre ausgestreckten Arme. Da gab es eine Menge zu sehen: Der eine war blau geworden, mit grünen Flecken, der andere hatte vom Handgelenk bis zur Schulter jede Menge Rosen in sämtlichen Farben eines Sonnenaufgangs im Gebirge entwickelt. An ihren Beinen zogen sich rotweiße Streifen spiralförmig in die Höhe.

Irgend etwas sagte mir, daß dies *kein* gewöhnlicher Fall von giftigem Efeu sein konnte.

Sie kehrte mir das Gesicht zu und wimmerte: »Doch nicht die Flügel. Dumm von mir!« Dann rollte sie die Augen hoch und kippte um. Grym ließ den Mop fallen und fing sie in seinen Armen auf, bevor sie in das Kochfeuer unter dem Kessel stürzen konnte.

»Der Welfie-Zauber!« rief ich. Ich fuhr herum, um Mutter Krötenhauchs Hände zu ergreifen. »Bitte, du mußt uns helfen! Mysti ist eine Welfie – ich meine, sie *war* eine Welfie, bis ... Die Welfies haben uns gezwungen ... Segnung und Bindung und ... sagten uns, wir müßten dich töten, aber das wollten wir nie tun ... erst recht nicht, nachdem wir dich kennengelernt hatten ... aber wenn wir dich nicht töten, würde etwas passieren mit ... aber Mysti sagte, du seist mächtig genug, um es zu verhindern ... aber jetzt *ist* es passiert, und – *hilf ihr*!«

»Nanana, Kendar, mein Lieber«, sagte Mutter Krötenhauch und löste sich gelassen aus meinem Griff. »Mach dir mal keine Sorgen.«

Ich staunte. »Woher weißt du meinen Namen?« Ich faßte

mir an den Kopf, aber es fühlte sich nicht im mindesten so an wie Scandals Invasion meiner Gedanken.

»Oh, ich weiß alles über dich; über jeden von euch, jedenfalls seit dem Augenblick, da die Welfies euch gefangennahmen. Ich bin ja so was von neugierig ... Ist ja auch nur zu erwarten, so abgelegen und einsam, wie ich hier lebe ... Deshalb habe ich aus Prinzip immer einen Seifenkessel auf dem Feuer, nur um die Welfies im Auge zu behalten. Beobachten lassen sie sich nämlich.«

»Du hast die Welfies beobachtet?« Ich wußte zwar, daß Mysti sofort Hilfe brauchte, konnte mir die Frage aber nicht verkneifen. »In den *Seifen*?«

Die Hexe kicherte. »Es gibt alle möglichen Arten von Seifen auf dieser Welt, mein Junge. Jede hat ihre eigenen, besonderen Eigenschaften, alles ganz nach Rezept. Wenn du beobachten willst, was deine Feinde gerade tun und vorhaben, nimmst du das Grundgebräu und fügst Augentrost hinzu, Tagesaugen und ein bißchen Schlauschlinge, falls du auch nachrichtendienstliche Meldungen im Schaum lesen willst. Natürlich dauert das eine Zeit, bis man so eine Ladung fertig hat, aber wenn ich es sehr eilig habe, gebe ich eben einfach noch ein paar Schnellbohnen hinzu.«

»Wenn du also weißt, was Mysti fehlt, kannst du ... hast du dann vielleicht auch irgendein Gebräu, das sie retten könnte?«

»Nun reg dich mal nicht so auf.« Sie tätschelte meine Wange, dann sagte sie an Grym gewandt: »Bring sie in den Außenraum. Mein Bett steht in einem Alkoven hinter einem blauen Vorhang. Leg sie darauf, dann werde ich etwas zusammenkochen, das sie wieder in Ordnung bringt, bevor ihr auch nur ...«

»*Tötet die Hexe!*« ertönte plötzlich draußen vor der Hütte ein Schrei.

»Ach du liebe Güte«, sagte Mutter Krötenhauch und verschränkte die Hände vor ihrer kissenweichen Brust. »Immer dasselbe! Heute sind sie aber früh dran.«

KAPITEL 18

Ich kauerte auf dem Boden unter einem von Mutter Krötenhauchs Vorderfenstern und sah zu, wie sie mit der wütenden Menschenmenge dort draußen umging. Durch die Wellen und Grübchen in den dicken grünlichen Glasscheiben sahen sie alle aus wie Fische unter Wasser. Es waren furchtbar viele Leute, die alle skandierten: »Tötet die Hexe! Tötet die Hexe!« Und dabei mit etwas über ihren Köpfen herumfuchtelten, das gefährlich nach Lanzen und Streitäxten aussah. Wo war denn die Wachhecke? Ich roch Verbranntes und vermutete, daß Jawj und alle seine Mitsträucher inzwischen nur noch eine qualmende Ruine sein dürften. Der Mob wußte offenbar, was ihn vor Mutter Krötenhauchs Haus erwartete, und hatte sich mit Fackeln eingedeckt. Ich brauchte keine Kristallkugel, um zu ahnen, was sie wohl als nächstes niederbrennen wollten.

Ich schloß die Augen und griff tief in mein Inneres hinein, auf der Suche nach meiner Magik. Doch alles, was ich dort vorfand, war Tee und Honigkuchen. Trotzdem, die Magik mußte ja irgendwo sein. Sie *mußte* einfach! Wenn ich sie jetzt nicht dazu brachte, mir zu gehorchen, würde Mutter Krötenhauch den Ansturm des Mobs nicht überleben, und wenn sie nicht überlebte …

»Auf ein Wort, o Meister«, sagte Grym und tippte von hinten auf meine Schulter.

»AAAAAAAA!« kreischte ich und fuhr fast aus der Haut. Als ich wieder gelandet war, schoß ich zu dem Barbaren herum und bellte: »Mach das nie wieder!«

»Bitte um Verzeihung, o Zauberer von den stählernen Nerven«, antwortete Grym trocken. »Ich wollt' nur wissen, ob's gestattet sei, hinaus zu stürmen, um meinen Arm und mein

Schwert dem Schutze von Mutter Krötenhauch zur Verfügung zu stellen.«

»Wie geht es Mysti?«

»Ich habe es ihr so bequem gemacht, wie's unter diesen bescheid'nen Umständen nur möglich war«, berichtete der Barbar. »Und doch verzagt mein Herz, denn die Maid ist nicht von rechter Färbung wohl.«

»Er meint, daß sie auf der Steuerbordseite orangefarben angelaufen ist«, erklärte Scandal und schob den Kopf durch den blauen Vorhang, hinter dem sich Mutter Krötenhauchs Schlafalkoven verbarg. »Orange mit weißen Kringeln. Und auf der linken Seite entwickelt sie gerade rosa und violette Flecken, die aussehen wie tote Stinktiere.« Er sprang aus dem Alkoven und trabte zu uns hinüber, um uns am Fenster Gesellschaft zu leisten. »Ich glaube, im Augenblick ist sie keine besonders gesunde Welfie.«

»Erzähl mir mehr davon«, sagte ich und preßte die Zähne so fest aufeinander, daß es schon weh tat.

»Was ich dir damit sagen möchte, furchtloser Führer, ist, daß du die Hexe besser möglichst schnell auf den Fall ansetzt, bevor Mysti sich auf die Reise zu diesem großen Pilzhaus oben im Himmel macht.« Der Kater sprang leichtfüßig auf das Fenstersims und blickte hinaus. »Was ist denn da los?«

»Die stehen alle einfach nur herum«, sagte ich verwundert. »Stehen herum, wedeln mit ihren Fackeln und schreien: ›Tötet die Hexe!‹. Aber sie unternehmen nichts, um sie *tatsächlich* umzubringen, und so geht das jetzt schon eine ganze Weile.«

»Ist ja abgefahren«, bemerkte Scandal.

»Ha!« donnerte Grym und schlug sich mit der Faust in die Hand. »Sehet, einmal mehr sprachen die Götter durch dieses gesegnetste aller Wesen! Unser Zögern beut Gefahr. *Abgefahren,* sprechen die Götter, und so ziemt es uns, auf Fahrt zu gehen. Ja, sogar so weit, wie es Mutter Krötenhauch tat, bis in den Schlund ihrer Feinde selbst!« Schon war er durch die Tür, das Schwert gezückt, bevor man auch nur *Komm zurück, Blödmann* sagen konnte.

»Ach, herr- ...! Sie hat uns doch gesagt, wir sollen drinbleiben«, versetzte ich. »Nicht einmal Grym kann es mit dem ganzen Haufen dort allein aufnehmen. Ich werde ihm folgen.«

»Das wird bei dir langsam zur Gewohnheit. Blödheit ist eben ansteckend«, meinte der Kater. »Da draußen sind mindestens fünfzig tobende Bauernlümmel. Wenn du jetzt Gipskopf dem Barbaren folgst, senkt das das Verhältnis auf fünfundzwanzig zu eins. Wirklich eine große Hilfe!«

»Du vergißt dabei, daß ich Magik besitze, und Grym auch.«

»Du kannst mit deiner Magik ungefähr so gut umgehen wie ich mit einem Fahrrad, und Gryms Magik steckt allein in seinem Schwert.«

»Na ja ...« Ich suchte nach irgendeinem Grund, um zu rechtfertigen, was ich sowieso tun würde. Es ging jedenfalls nicht an, daß ich einfach nur tatenlos zusah, wie Grym und die Hexe allein gegen die Meute kämpften. »Na ja, immerhin beschützt mich meine Magik wenigstens. Ich werde hinausgehen und die Bauern so lange provozieren, bis sie mich angreifen. Das ist eine Ablenkungstaktik, damit alle anderen dann fliehen können.«

»Hübsche Taktik«, kommentierte der Kater mit seitlich aufgerollten Schnurrbarthaaren. »Deine Magik schützt nur dein *Leben*, mehr nicht. Der Mob kann dich also getrost zu Klump hauen, wenn ihm danach ist. Ich wette, das wird denen eine *höchst* willkommene Ablenkung sein. Und selbst wenn Grym und Mutter Krötenhauch es schaffen sollten zu fliehen, bleibt da immer noch das Problem Mysti.«

»Ich höre nichts davon, daß du eine bessere Idee hättest«, knurrte ich.

»Ich?« Scandal zog die Pfoten ein und rollte sich zu einer gemütlichen Pelzkugel auf dem Fenstersims zusammen. »Ich habe eine hervorragende Idee: Ich nenne es Überleben. Ich finde, das klingt gut, hat einen ganz brauchbaren Rhythmus, und tanzen kann man dazu auch. Mag ja sein, daß Katzen neun Leben haben, aber es steht nirgendwo geschrieben, daß ich das auch unter Beweis stellen müßte.« Er schloß die Augen.

Ich sah aus dem Fenster. Bei derart grobem Glas konnte ich nur verschwommene Gestalten erkennen, aber Grym war an seiner Körperhöhe auszumachen und Mutter Krötenhauch an der Farbe ihres Kleids. Der Mob schien sie inzwischen umringt zu haben, und der Singsang wechselte von: »Tötet die Hexe!« zu einem schlichten: »Töten! Töten! Töten!« – wahrscheinlich Grym zu Ehren, vermute ich.

»Prima, halt du dich nur bedeckt«, sagte ich zu Scandal. »Von mir aus versteck dich doch von hier bis in alle Ewigkeit, du räudiger Feigling!«

»Ich hatte noch nie in meinem Leben die Räude, Pickelfratze«, erwiderte der Kater mit einem Gähnen, als ich tapfer aus der Tür trat.

»Halt!« rief ich auf der Türschwelle. »Laßt sie sofort frei, oder ihr bekommt den Zorn von Meister Kendar zu schmekken, des größten Zauberers im ganzen Reich!« Mit einer dramatischen Geste warf ich beide Hände in die Höhe.

(Als ich noch zu Hause lebte, kam einmal eine Truppe Wanderschauspieler nach Gut Uxwutsch und führte *Die tragische Geschichte des Dr. Festus* auf, die Geschichte eines Zauberers, der seinen Hausdämon für ein Grinsengericht verkauft, was immer das sein mag. Der Schauspieler, der den Dr. Festus gab, machte ständig solche dramatischen Gesten. Wirkliche Zauberer wie Meister Thengor geben sich allerdings nicht mit so etwas ab; die rösten einen einfach auf der Stelle und machen mit dem weiter, womit sie gerade beschäftigt waren, bevor man so dumm war, sie zu verärgern.)

»Hoho! Schaut nur den Irren«, sagte einer aus dem Mob.

»Der hat nicht mehr alle Schäfchen in der Herde«, meinte ein anderer.

»Nicht alle Lampreten in den Kauderbeeren«, stimmte ein dritter ihm zu.

»Der hat wirklich einen Hau weg, soviel ist sicher«, warf ein vierter ein.

»So bekloppt wie ein Buschschwein in einem Bettwärmer.«

»Verrückter als das, was Eunice dem Kesselflicker ins Ohr geflüstert hat.«

»Bekloppt wie ein Sumpfhase!« rief ein knubbliger kleiner Mann, dessen Hautfarbe ins Dreckige spielte.

»Moment mal!« wandte sein bärtiger Kumpan ein. »Hasen leben doch gar nicht in Sümpfen!«

»Na schön, Lorrinz, dann eben so verrückt wie ein Sumpfvoondrab. Wie gefällt dir das?« fauchte der dickliche Bursche.

»Auch nicht besser, Wot.« Lorrinz strich sich durch den Bart. »Voondrabs sind ganz zufrieden mit dem Sumpfleben und spielen fast nie verrückt, wenn man sie in Ruhe läßt.«

»Also gut«, erwiderte Wot schleppend. »Wenn du dich selbst schon vom dritten Dorftrottel zum Kritiker befördert hast, wie würdest du es denn ausdrücken?«

»Ich würde sagen, er ist einfach nur meschugge«, meinte Lorrinz, was selbst mir durchaus annehmbar schien.

Ich fühlte mich auch meschugge, Wedwel sei mein Zeuge! Wie ich hier auf Mutter Krötenhauchs Türschwelle stand, in der angemessenen Pose des erzürnten Zauberers, tapfer und aufrecht angesichts der furchterregenden Streitmacht von …

… einem Haufen Käseburgern, die mit ihren Mops herumfuchtelten. Keine Fackeln, keine Streitäxte, nichts als Mops.

Grym sah mich an, als hätte ich nun völlig den Löffel abgegeben. Die Wachhecke stand immer noch da – der Brandgeruch, den ich wahrgenommen hatte, stammte von mehreren Pfeifenrauchern in der Menge –, und ich hatte ein Gefühl, als würden selbst die Sträucher hinter ihren Blättern wispernd über mich herziehen. Ich ließ die Arme wieder sinken. »Äh, hallo«, sagte ich mit krankem Lächeln.

»Beachtet Kendar einfach nicht«, teilte Mutter Krötenhauch der Menge mit. »Er ist überwiegend harmlos. Aber er verfügt über eine furchtbare Menge Magik, deshalb würde ich ihn lieber nicht allzusehr damit aufziehen, daß er verrückt ist, wenn ich an eurer Stelle wäre. Nicht auszudenken, was er dann anstellen könnte. Also, wo waren wir stehengeblieben?«

Ein Mann, der so aussah, als könnte er Wots Zwillingsbruder sein, trat zaghaft auf die Hexe zu, die Mütze in der Hand. »Wir waren gerade an dem Punkt angelangt, wo wir uns in eine fanatische Wut hineingesteigert haben und kurz davor waren, dich in Stücke zu reißen, gnädige Frau. Wenn's recht ist.«

»Ach ja, Evvon, natürlich, das stimmt. Schön, dann macht mal weiter.« Die Hexe machte ein paar aufmunternde Gesten. Nichts geschah. »Verzeihung«, sagte Mutter Krötenhauch und klang etwas verärgert. »Ich hab' euch doch schon gebeten, *ein bißchen* schneller zu machen. Ich habe da drin ein krankes Mädchen, das meine Hilfe braucht, und wenn das sterben sollte, nur weil ihr hier herumtrödelt, werde ich aber *wirklich* wütend.«

Evvon scharrte einen kleinen Erdhaufen mit seiner Stiefelspitze zusammen. »Entschuldigung, gnädige Frau, aber es ist nicht ganz so leicht, sich sozusagen im Kaltstart in mörderische Wut hineinzusteigern, wenn du verstehst, was ich meine. Dazu müssen wir uns erst ein bißchen aufwärmen. Sonst brauchen wir etwas Beflügelung.«

»Wie wär's denn damit, wenn ich dich in eine Kröte verwandle?« entbot sich die Hexe mit diesem schrecklichen klebrigen Lächeln. »Wäre das Beflügelung genug?«

»He! Du darfst Evvon aber nicht in eine Kröte verwandeln!« protestierte Wot. »Nimm einen von den anderen, wenn du möchtest, aber wenn du den auswählst, dann müssen Lorrinz und ich uns einen dritten Partner suchen. Denkst du etwa, das ginge so leicht so mirnichtsdirnichts?«

Ein Mann mit strohfarbenem Haar schnaubte. »Was soll denn daran so schwierig sein? Er ist doch ein Dorftrottel.«

»Oberster Dorftrottel«, berichtigte Wot ihn. »Mit allen Formularen und Diplomen, ordentlich ausgestellt, *und* ein makelloser beruflicher Lebenslauf. Hat sich schon seit Jahren nicht die winzigste intelligente Kleinigkeit zuschulden kommen lassen!«

»Richtig«, bekräftigte Lorrinz. »Wir sind stolz auf unseren

Bruder, das sind wir. Wenn er so weitermacht, bekommt er vielleicht eines Tages sogar noch eine Stelle beim Staat.«

»Ich verwandle euch gleich alle in Kröten, und den Beamtenapparat gleich dazu, wenn ihr nicht bald in die Pötte kommt«, drohte Mutter Krötenhauch.

»Schon gut, schon gut, reg dich doch nicht gleich so auf«, warf Lorrinz ein, trat vor und begann zu murmeln: »Tötet die Hexe, tötet die Hexe, töten, töten, tötet die – nein, Moment mal, das war anders. Ich glaube, wir haben zwanzigmal Tötet-die-Hexe gesagt und sind dann erst zum einfachen Töten-Töten-Töten übergegangen. Richtig! So war das! Alles hört auf mein Kommando, jetzt kommen dreimal Töten-Töten-Töten, genau, und dann kommt Weh-uns-wir-können-nicht-denn-sie-ist-mächtiger-als-wir, und dann ist *sie* an der Reihe. Alles klar?« Er hob die Hand und senkte sie in einem wunderschönen Bogen.

»Töten! Töten! Töten!« rief der Mob auf Stichwort, dann hielten alle inne, zogen gemeinsam entsetzt die Luft ein und intonierten: »Weh uns, wir könenn nicht, denn sie ist mächtiger als wir.« Sie hörten sich ungefähr so blutrünstig an wie einige von meinen früheren Mitstudenten an Meister Thengors Akademie, wenn sie die Periodentabelle der Elementale aufsagten.

Mutter Krötenhauch schien nichts dagegen zu haben. Sie räusperte sich und erwiderte: »Ho, törichte Dörfler, die ihr mich herausfordert! Nun müßt ihr für eure Torheit büßen …«

»Äh, gnädige Frau?« Das war Evvon.

»Was ist denn *nun* schon wieder los?« bellte die Hexe.

»Das geht anders«, sagte der Oberdorftrottel in höflichstem Ton. »Du mußt sagen: ›Nun müßt ihr für eure *Unüberlegtheit* büßen‹, nicht ›Torheit‹. Verstehst du, du hast uns ja gerade schon als ›törichte‹ Dörfler bezeichnet, und wenn du jetzt schon wieder ›Torheit‹ sagst, na ja, da fehlt da eben einfach die *Vielfalt*, und das klingt dann so, als würdest du dir nicht allzu viele Gedanken darum machen …«

Mutter Krötenhauch schob eine Hand in eine kleine Gürteltasche und hielt Evvon einen Riegel grüner Seife entgegen. »Hier, halt das mal«, sagte sie. Er nahm ihn entgegen, ohne nachzudenken, was man von einem Oberdorftrottel ja auch erwarten durfte. Im nächsten Augenblick hockte eine fette Kröte zu Füßen der Hexe auf einem Riegel grüner Seife. »Noch irgendwelche Fragen?« fragte Mutter Krötenhauch. Es gab keine.

So konnte sie ihre Rolle ohne weitere Unterbrechung spielen. Eigentlich war alles sehr einfach: Die Dorfbewohner gaben vor, aufgekreuzt zu sein, um die Hexe zu töten, die Hexe wollte sich nicht töten lassen und wurde wütend, aber durch einen glücklichen Zufall hatten die Dörfler haufenweise Geschenke dabei, mit denen sie die Hexe im letzten Augenblick umzustimmen vermochten, damit sie Käseburg nicht in Krötensuhl verwandelte.

»Du meine Güte«, sagte Mutter Krötenhauch, als die Leute säcke- und kistenweise frisches Obst, Gemüse, Fleisch und andere Vorräte vor ihr aufbauten. »Ja, ja, das genügt. Ich bin nicht mehr böse. Jetzt könnt ihr alle in Frieden und Sicherheit nach Hause zurückkehren.«

Die Käseburger wichen zurück, senkten die Mops und zupften respektvoll an ihren Stirnlocken. Lorrinz zögerte es lange genug heraus, den Riegel grüner Seife unter seinem Trottelbruder wegzutreten, worauf Evvon wieder seine frühere Gestalt annahm. Die Hexe hatte keine Einwände.

»Ach so, einen Augenblick noch!« rief sie ihnen hinterher. »Wenn ihr die *linke* Abzweigung auf dem Weg zum Staunehuschteich nehmt, könnte es sein, daß ihr dort eine Kiste voll Seife und Salben findet, die gegen die lästigen kleinen Wehwehchen helfen, unter denen ein paar von euch lieben Leuten ja leiden. Vermute ich mal. Ich sage nicht, daß ihr *tatsächlich* eine solche Kiste vorfinden werdet, und natürlich habe ich auch nicht die leiseste Ahnung, wie sie dort hingekommen sein könnte, aber ...«

Wie eine Tonne Kröten fielen mir die Schuppen von den Augen.

»Das ist ja alles nur eine einzige *Tauschaktion*!« platzte es aus mir heraus. »Dieses ganze Zeug von wegen ›Tötet die Hexe!‹ war nur dazu da, damit ihr Lebensmittel gegen Salben tauschen konntet? Wedwel steh mir bei, *warum denn nur?*«

»*Warum?*« wiederholte Evvon und warf mir einen mißtrauischen Blick zu. »Hör mal, du bist doch wohl nicht zufälligerweise hier, um mich und meine Brüder arbeitslos zu machen, oder? Denn hier in Käseburg, da stehen wir ganz und gar nicht auf freiberufliche Dorftrottel.«

»Jedem von König Steffans Untertanen, der mit Hexen Handel treibt, droht die Todesstrafe, mein Lieber«, sagte Mutter Krötenhauch sanft. »Und auch sonst ist es alles andere als ratsam, sich allzuoft mit einer bekannten Hexe blicken zu lassen. Das ist Gesetz, seit diesem unglückseligen kleinen Vorfall zwischen König Steffans Base und ihrer Stiefmutter und diesem dämlichen ollen Apfel. Das war zwar alles nur ein Mißverständnis, aber so ist es nun mal. Die königlichen Herrschaften reagieren ja immer viel zu heftig.«

»Und ob«, sagte einer der Nicht-Trottel aus dem Dorf. »Die arme alte Mutter K. kann nicht einfach ins Dorf kommen und kaufen, was sie braucht, und wir können auch nicht einfach hierherkommen und uns eins ihrer Heilmittel abholen. Aber es ist völlig legal, wenn wir immer wieder mal versuchen, die Hexe umzubringen, und wer kann uns schon einen Vorwurf daraus machen, wenn wir das einfach nicht schaffen?«

»Schließlich *bin* ich ja auch eine sehr mächtige Hexe«, warf Mutter Krötenhauch verhalten ein. »Das zu leugnen, wäre nur falsche Bescheidenheit.«

»Ganz genau«, pflichtete der Dorfbewohner ihr bei. Es war ein dunkler Mann mit schwarzem Kraushaar, das reichlich mit weißem Puder bestäubt war. Auf seiner Schürze waren leuchtende Marmeladen- und Geleeflecken zu sehen, und er roch stark nach Zucker. Das mußte entweder der Dorfkonditor sein oder jemand, der beim Essen immer eine ziemliche Schweinerei veranstaltete. »Und wenn wir dann vorbeikommen und sie schon wieder nicht umgebracht kriegen, wird sie immer wütend auf uns, und wir müssen sie mit Geschenken beschwichtigen. Macht doch Sinn, oder?«

»Du machst immer Sinn, Edelmann Bobbo.« Mutter Krötenhauch lächelte ihn an. »Und die besten Kuchen in der ganzen Gegend. Ich hoffe du hast das zusätzliche Dutzend beigelegt, um das ich gebeten hatte?« Der Konditor nickte, stolz auf die Beliebtheit seiner Ware.

»Ich verstehe«, sagte ich. »Und wenn sie dann die Geschenke abgeliefert haben und wieder gegangen sind und *ganz zufällig* auf dem Heimweg eine Kiste mit Hexensalben vorfinden, wer kann es ihnen schon verdenken, wenn sie das Zeug nach Käseburg mit zurücknehmen?«

»Richtig!« Edelmann Bobbo klopfte mir auf die Schulter und hinterließ dabei weiße Handabdrücke. »Reichlich sorglose Geschöpfe, manche von diesen Hexen!«

»Was ich allerdings *nicht* verstehe«, fuhr ich fort, »ist, woher die Leute wissen, welche Vorräte *du* brauchst, und woher du weißt, welche Salben *sie* brauchen.«

»Och, das machen die Kröten, junger Herr«, antwortete der Konditor. Er griff in die große Tasche seiner Schürze und überreichte mir eine mehlbestäubte Kröte. »Das hier ist die, die gestern ins Dorf kam.«

Ich betrachtete den Rücken des Tiers und las Mutter Krötenhauchs Einkaufsliste, säuberlich in Warzen geschrieben.

»Und was mich betrifft: so erfahre ich, was die Dörfler brauchen«, ergänzte Mutter Krötenhauch, »aus den Eingeweiden.«

»Eingeweide?« Mein Magen machte einen Satz. Alle guten Zauberer lernen, wie man Eingeweide liest: Man nimmt ein armes, unschuldiges Tier, füttert ihm ein paar Happen, haut ihm auf den Kopf, dann schlitzt man es auf und breitet die Eingeweide auf einem Brett aus, um aus den Windungen, Kurven, Färbungen und Markierungen des Gekröses die Zukunft vorherzusagen. Was mich betrifft, so würde ich es allemals vorziehen, darauf zu warten, bis die Zukunft endlich da ist. Das Fach ›Einführung in die Eingeweideschau‹ habe ich immer geschwänzt. »Mutter Krötenhauch, wie kannst du nur!« platzte es aus mir hervor.

»Iwo, Liebchen, so schlimm ist das doch gar nicht«, versicherte sie mir. »Ich *töte* doch niemanden dafür. Weshalb sollte ich? Hinter den Hügeln dort drüben verläuft eine wunderschöne königliche Schnellstraße. Immer, wenn ich die Zukunft lesen muß, um zu erfahren, was die Käseburger von mir brauchen werden, packe ich ein kleines Picknick zusammen, wandre zu der Schnellstraße hinüber, setze mich ins Gras und warte, bis einer der Wagen irgend etwas überfährt. Das tun die nämlich immer, mußt du wissen. Und das lese ich dann. Das ist ziemlich praktisch, außerdem sind die Eingeweide meistens schon ausgebreitet, wenn ich dort ein- …«

Ich spürte, wie mir das Blut aus dem Kopf plötzlich mit einem Ruck in die Füße sackte. Ich schlug eine Hand vor den Mund, fuhr herum und raste ins Haus.

KAPITEL 19

»Ich kann nur feststellen, es war gut, daß die Käseburger mir noch einen zusätzlichen Mop zum Geschenk gemacht haben«, sagte Mutter Krötenhauch und sah zu, während ihr Tintenfisch die Dielen schrubbte.

»Murf«, bestätigte das Tier und warf mir dabei einen vernichtenden Blick zu.

»Tut mir leid«, sagte ich errötend. »Ich habe versucht, einen Eimer zu finden.«

»Ist ja nichts passiert, Liebchen«, erwiderte die Hexe. Und an ihr Haustier gewandt: »Das genügt schon, Norris.«

»Rrrow!« sagte der Oktopus. Er beendete das Schrubben, wrang den Mop aus und verstaute ihn, dann schlüpfte er zurück ins Nebenzimmer, um sich um die Kessel zu kümmern.

Nun widmete Mutter Krötenhauch ihre Aufmerksamkeit wieder mir. »So, und wenn du dich jetzt dazu imstande siehst, wir haben da ja noch eine Kleinigkeit zu erledigen.«

»Was für eine Kleinigkeit?«

»Deine Ehefrau.«

»Wer?« Es fiel mir immer noch schwer, Mysti mit dieser Bezeichnung zu verbinden.

»Das süße kleine Welfie-Mädchen. Die hat inzwischen am ganzen Leib ein Zickzackmuster entwickelt. Schwarze und goldene Zickzacklinien. Ach, hab' ich übrigens den Fisch schon erwähnt?«

»Was denn für einen Fisch? Hat Mysti sich in einen Fisch verwandelt?« Es hätte mich nicht im geringsten überrascht.

»Nein, aber irgendwie scheint ihr oben am Kopf ein Fisch gewachsen zu sein. Ein Lachs, glaube ich.«

»'s ist eine Forelle«, berichtigte Grym sie hinter dem blauen Vorhang.

»Na ja, ich habe noch nie behauptet, eine Fischkennerin zu sein«, rief Mutter Krötenhauch zurück. Dann ergriff sie mein Handgelenk und sagte forsch: »Komm mit. Es wird Zeit, daß du deine Magik endlich für etwas Nützliches einsetzt.«

Ich spürte plötzlich einen Schmerz in der Brust. »Du meinst ... um Mysti zu heilen?«

»Nur, falls du in Stimmung bist, ihr Leben zu retten«, antwortete die Hexe mit einem bösartigen, sarkastischen Unterton.

»Aber ich dachte ... ich dachte, *du* würdest das tun. Könntest du nicht ... hast du nicht vielleicht die richtige Salbe dafür? Wenn du Welfie-Bogenschützen kleinmachen kannst, dann mußt du doch auch Welfie-Zauber aufheben können.«

»Muß ich das?« Mutter Krötenhauchs Miene wirkte undurchdringlich. »Und was, wenn ich das nicht kann? Willst du sie etwa einfach sterben lassen?«

»Ich will nicht, daß sie stirbt«, warf ich hastig ein. »Aber ich kann auch nichts dagegen tun.«

»Nichts«, stimmte sie zu, »wenn du es gar nicht erst versuchst. Tut mir leid, aber das kann ich nicht zulassen. Komm mit.« Sie zerrte mich hinter den Vorhang.

Grym und Scandal erwarteten uns bereits in dem Alkoven, wo Mysti auf Mutter Krötenhauchs Bett lag. Die Katze saß oben am Kopfteil, das die Form einer Eule mit ausgebreiteten Schwingen hatte. Grym hatte sein Schwert in der Hand, als wollte er zur Not mit dem Tod selbst einen Zweikampf ausfechten. Die Hexe hob die Decken ein Stück, um den Zustand ihrer Patientin zu überprüfen.

Es sah gar nicht gut aus. Mysti hatte aufgehört, die Farbe zu wechseln, und ich konnte auch weit und breit keinen Fisch ausmachen; davür lag sie totenbleich und völlig still da. Mutter Krötenhauch griff ins Kissen und holte ein Federknäuel hervor. Als sie es Mysti unter die Nase hielt, bewegten die Federn sich kaum. »Es ist fast vorbei.« Sie klang resigniert.

»Was kann ich denn tun?« jammerte ich. »*Sag* es mir doch! Alle Magik, die ich habe, ist nutzlos. Ich weiß nicht, wie ich sie dazu bringen soll, das zu tun, was ich will. Wenn ich das könnte, würde Mysti doch jetzt nicht im Sterben liegen, das schwöre ich! Sie wäre nicht einmal *verheiratet*!«

»Er sagt die Wahrheit«, bestätigte Scandal. »Wenn man ein Pferd besitzt, heißt das noch lange nicht, daß man es reiten und damit das Rennen gewinnen kann. Du kannst es mir glauben, Kendar ist wirklich keine große Magik-Nummer. Ab und zu landet er mal einen Glückstreffer, aber du weißt ja, was man sich von kaputten Uhren erzählt: Zweimal am Tag gehen die auch richtig. Wenn er wüßte, wie er benutzen könnte, was er hat, wäre Mysti jetzt nicht hier, und von uns anderen auch keiner.«

»Tatsächlich?« Mutter Krötenhauch wirkte perplex. »Wahrhaftig?« Sie blickte Grym zustimmungsheischend an.

»Bei meinem Schwert, glaubst du denn, ich würde immer noch leiden unter diesem Gesicht, wär' Meister Kendar uneingeschränkt imstande, über alle die Magik zu gebieten, die er sein eigen nennt?« fragte der Barbar.

»Aber ... aber das ist doch so ein *süüüüßes* Gesicht«, stammelte die Hexe. Grym warf ihr einen schmutzigen Blick zu. »O weh«, machte sie. »Ach, herrje. Ich hätte wirklich nicht geglaubt, daß jemand soviel Magik besitzen kann und trotzdem nicht die leiseste Ahnung hat, wie man sie zum Funktionieren bringt. Wißt ihr, als Hexe benutze ich nämlich überhaupt keine Magik. Meine Zauber bestehen nur aus den allerbesten natürlichen Zutaten, rein organisch. Trotzdem möchte ich immer aufgeschlossen bleiben. Deshalb habe ich mir auch hier und dort ein paar gebrauchte Einführungswerke zur Magik besorgt und habe sogar selbst einen kleinen Klecks von dem Zeug als Kuriosität gebunkert. Aber ich hätte nie gedacht ... ach, herrje.« Sie musterte Mystis blutloses Gesicht und wiederholte: »Ach herrje.«

Grym verpaßte mir einen Stoß in den Rücken. »Eine Muräne komme über dich und über dein Vieh, sollt' die Jungfer sterben. Du Trägling, du könntest deiner Magik doch sehr wohl gebieten, würdest mehr dich anstrengen du nur!«

Das hatte ich schon öfter gehört, meistens von Meister Thengor und meinem Vater, und zwar auf allen Gebieten, vom Abwehrzauber bis zum Zuberwischen.

»Du denkst wohl, so einfach wäre das?« schoß ich zurück, an den Barbaren gewandt. »Du denkst, die Antwort auf alles heißt immer nur ›einfach mehr anstrengen‹?«

Grym zuckte die Schultern. »Wahrhaftig, viel kannst du vollbringen, gibst nur die rechte Mühe du dir. An der Willenskraft liegt alles.«

»Na klaaaaar«, warf Scandal gedehnt ein. »Du brauchst nur fest genug an etwas zu glauben, dann kannst du es schon, ja? Wenn du also fliegen möchtest, besteigst du einfach nur den höchsten Baum und *glaubst*. Und dann springst du. Und wenn du dann am Boden aufklatschst, liegt das nicht etwa daran, daß Menschen keine Vögel sind, sondern es ist alles nur deine Schuld, weil du nicht stark genug *geglaubt* hast.« Er lachte. »Was für ein Käse!«

»Aber das ist doch schrecklich!« rief Mutter Krötenhauch. »Ich weiß zwar, wie man Magik lenkt, aber um dieser Welfie helfen zu können, brauche ich etwas Magik zum Lenken.«

»Bei meinem Schwert, 's wird mehr als nur *etwas* Magik brauchen, um sie zu heilen, wie ich glaube«, meinte Grym.

»Ja, Lieber, da glaubst du richtig.« Die Hexe tätschelte die Hand des Barbaren. »Immerhin habe ich ja *etwas* Magik auf die Seite gelegt, wie ich schon sagte – nur ein kleiner Klecks, den ich letzten Sommer im Zuge eines Experiments einfangen konnte. Nach der Blaubeerenernte. Aber noch vor der Einhornwanderschaft. Ich bewahre sie in einer Sauciere zusammen mit den guten Tellern im Geschirrschrank auf, falls sie nicht schon schal geworden sein sollte ... Aber in diesem Fall werden wir mit allergrößter Sicherheit ganze *Unmengen* von Magik brauchen, um alles wieder zu richten, und außerdem auch ordentlichen Antrieb.«

»›Antrieb‹, sagst du?« fragte Grym. »Wenn du von Muskeln und von Kraft sprichst, dann bin ich dein Mann!«

»Ooh, das wäre ja vielleicht nett«, meinte Mutter Krötenhauch und ließ den Blick an Gryms beeindruckender Gestalt auf und abwandern. »Aber ich fürchte, ich meinte eher *geistigen* Antrieb. Du weißt schon: Wollen, Wünschen, den Willen zum Sieg.«

»Sagt ich nicht bereits, daß solche Willenskraft die meine ist?« brüllte Grym.

»Ist sie das? Na, das ist aber nett. Wenn wir jetzt nur noch diese Unmengen von Magik zur Verfügung hätten, die ich erwähnt habe, denke ich, daß wir Mysti wohl noch rechtzeitig auf die Beine bekommen, um ...«

»Ist ein Schwert voll Magik wohl genug?« fragte Grym und hielt Grabräuber hoch, damit Mutter Krötenhauch das Schwert inspizieren konnte.

Die Hexe fischte im Ausschnitt ihres Kleids herum und holte eine Lesebrille mit Drahtgestell an einem Seidenfaden hervor. Sie setzte sie auf die Nase, studierte das Schwert und sagte schließlich: »Ich fürchte, zu einer Unmenge fehlen noch ein paar Fuder, ganz zu schweigen von *Unmengen*, der Mehrzahl. Das hier ist ja nicht einmal genug für ein halbes Udel.«

Gryms Schultern sackten ab. »Die Pocken drauf!« grollte er. »Du hast den Weg, doch nicht den Willen; ich besitze den Willen, aber nicht den Weg; und beiden gebricht es uns am Mittel, das Kendar wohl besitzt, doch weder Willen noch den Weg dazu!«

»Was wir brauchen, ist eben ein *richtiger* Zauberer«, sagte ich.

»Was ihr braucht«, bemerkte Scandal, »ist ein richtiges Kamel.«

»Ein was?« fragten wir alle wie aus einem Mund.

»Ein Kamel!« Der Kater schloß die Augen. »Das ist ein Pferd, das von einem Komitee entworfen wurde.«

Mysti öffnete die Augen und setzte sich im Bett auf. »Ach, ich fühle mich wunderbar!« rief sie und streckte die Arme hoch. »Ich fühle mich wie eine neue Welfie.« Sie stieß die Bettdecke mit den Füßen zur Seite und begaffte, was sie dort unten vorfand. »Wer hat denn die Forelle in mein Bett gelegt?«

»Sie ist dir vom Kopf gefallen«, sagte ich von meiner Position in Zimmerdeckennähe aus. »Außerdem glaube ich, daß das eigentlich ein Karpfen ist.«

Mysti sah zu mir hoch, blinzelte, rieb sich die Augen und blickte erneut hin. Dann entschloß sie sich zu schreien.

»Korken drauf, Schwester!« befahl Scandal. Er klang verärgert, und das aus gutem Grund. Er hing mitten in der Luft, von einem von Norris' Tentakeln gehalten, während er von einem weiteren Fangarm mit einem Stück Seide gegen den Strich gebürstet wurde. Er sah so stachlig aus wie eine Distel und mindestens doppelt so stechbereit, doch war er nicht der einzige, der sich in den Fängen des Oktopus befand.

»Fühlst du dich besser, Liebes?« rief Mutter Krötenhauch von ihrem Platz im Tentakel Nr. 3. Damit hielt ihr Hausuntier sie mehrere Fuß über dem Boden, während im Tentakel Nr. 4 ein Buch mit dem Titel steckte: *Manifestierte Magik: Was du schon immer über Magik wissen wolltest, aber fürchtetest, daß die Zauberer es erfahren, darob erzürnen und dich vernichten könnten.* Norris hielt das Buch aufgeschlagen, damit Mutter Krötenhauch imemr wieder mal etwas darin überprüfen konnte. Das konnte die Hexe nicht selbst tun, da sie die Sauciere mit beiden Händen halten mußte.

»Führwahr, sie sieht jetzt besser aus«, bemerkte Grym aus Tentakel Nr. 5 und 6. Einer der Fangarme war um die Hüfte des Barbaren gewickelt, der andere half ihm dabei, Grabräuber genau im richtigen Winkel zu halten, den das Buch der Hexe vorschrieb, damit das magikgetränkte Schwert wie eine Brennlinse zur Bündelung der von uns erzeugten Heilkraft wirkte.

»Es geht ihr schon besser!« fauchte Scandal. »Und jetzt laß mich frei!«

»Laß ihn frei, Norris«, bestätigte Mutter Krötenhauch. »Und vielend Dank, Kätzchen! Ohne diese hübschen Funken aus deinem Fell hätten wir es nie so warm bekommen, und alles hätte noch sehr viel länger gedauert.«

»Schon gut, schon gut. Ich weiß, der Scheck ist in der

Post«, brummte Scandal und sprang vom Tentakel auf den Boden. Dann begann er damit, sein Fell wieder glattzulekken.

»Da wir schon gerade beim Thema sind …«, fing ich an.

»Natürlich, Liebster.« Mutter Krötenhauch kitzelte Norris' Tentakel. »Alles erledigt, Pussilein. Nun laß Mami mal frei. Ach ja, und laß auch den lieben netten Barbaren frei. Und den lieben netten Zauberer.«

»Moment mal!« Mysti sprang aus dem Bett, nur mit der Decke bekleidet.

Mutter Krötenhauch steckte ihre Lesebrille weg. »Ja, Liebes?«

»Bevor du deinem Haustierchen sagst, es soll alle fahrenlassen, hast du nicht ein paar Sachen vergessen?«

»Was denn, zum Beispiel, Kind?«

»Na ja, zum Beispiel, daß du immer noch diesen komischen, leuchtenden Klebeschleim aus dieser Sauciere auf Kendars Kopf gießt.«

»Tue ich das?« Mutter Krötenhauch musterte ihre Hände, als hätte sie sie noch nie im Leben gesehen. »Ach du liebe Güte, tatsächlich!« Sie stellte die Sauciere wieder waagerecht und wischte einen letzten schimmernden Tropfen von der Tülle. »Und dabei ist das gar nicht irgendein komischer leuchtender Klebeschleim, Liebchen, es ist Magik. Ich habe den lieben Jungen angezapft. Wenn das alles war, denke ich, daß wir Norris jetzt erlauben können …«

»… Kendar auf den Kopf fallen zu lassen«, beendete Mysti den Satz für sie. »Er hängt nämlich noch kopfunter, mußt du wissen.«

»Ach, ja?« Die Hexe holte ihre Brille wieder hervor und überprüfte Mystis Meldung.

Es stimmte. Ich hing tatsächlich von Tentakel Nr. 7 und 8 herunter, machte mit den Händen eine Bitte-hier-entlang-Geste, auf Gryms Schwert zielend, das seinerseits auf das Bett gerichtet war. Die ganze vergangene Stunde hatten wir vier uns (mit etwas Unterstützung durch Norris) in Sachen Magik zusammengetan. Wir hatten ihr so lange zugesetzt, bis sie aus mir in Grabräuber hineinträufelte, wobei Scandals Funken sie erwärmten, Mutter Krötenhauchs Wissen ihr mitteilte, was sie zu tun hatte, und Gryms Willenskraft sie durch das Schwert trieb und über Mysti verteilte, bis sie wieder genesen war.

»Aber du siehst wirklich ganz schön komisch aus, so verkehrt herum.« Mutter Krötenhauch gluckste, während sie den Oktopus dazu brachte, sie und Grym freizulassen und mich wieder richtig herum aufzustellen. Mir schwindelte ziemlich schlimm. Ich taumelte zum Bett hinüber, um mich an das geschnitzte Eulenkopfteil zu lehnen, und sah alle Welt finster an.

»So, das war's! Und wisch gefälligst sofort diesen häßlichen Blick von deinem Gesicht«, befahl die Hexe. »Es ist schließlich deine eigene Schuld, wie du weißt.«

»Das ist es immer«, brummte ich.

»Mit dieser Einstellung bringst du es nie zu etwas, junger Mann. Jedesmal das Handtuch werfen, noch bevor du überhaupt angefangen hast, das ist deine Art. Einfach aufgeben, sobald es etwas schwieriger wird, und davonspazieren, wie?«

»Das ist ungerecht, denn es stimmt einfach nicht!« warf Scandal hitzig ein. »Manchmal rennt er auch davon.«

»Na, was mich betrifft, so bin ich jedenfalls nicht bereit, dir diese Zickigkeit durchgehen zu lassen. Deine süße kleine Frau ist beinahe gestorben, nur weil du nicht den blassesten Schimmer hattest, wie du sie retten konntest.«

»Mysti ist *nicht* meine süße kleine Frau!«

»Das bin ich so lange, bis wir ein paar hundert Meilen zwischen mich und den Wald von Euw gebracht haben!« knöterte Mysti mich an. »Du wirst mich erst wieder los, wenn ich von der Fuchtel meiner Verwandschaft befreit bin!«

»Gut für dich, Liebes.« Mutter Krötenhauch nickte anerkennend, dann stürzte sie sich wieder auf mich. »Du wirst nicht immer irgendwelche Leute um dich haben, die deinen Dreck für dich wegmachen, junger Bursche! Je schneller du lernst, für dich selbst zu sorgen, um so ruhiger werden wir alle schlafen, da bin ich ganz sicher.«

Ich mußte lächeln. »Jetzt *hörst du dich sogar auch noch so an* wie mein altes Kindermädchen Esplanadia!«

»Ich höre mich an wie ich, was gar nicht mal so alt ist und mir immer genügt hat, danke der Nachfrage.« Die Hexe plusterte sich auf wie eine ihrer Kröten. »Was glaubst du wohl, wo *ich* heute wäre, wenn ich deine Versagereinstellung gehabt hätte? Schon der bloße Gedanke daran macht mich schaudern! Dabei liegt es schon jahrelang zurück, seit ich das erstemal begriff, was mein Lebensziel ist. Und seitdem habe ich mich nur noch einem gewidmet – es auch zu erreichen. Und, war ich bisher etwa erfolgreich? Nein. Wäre es nicht leichter gewesen, aufzugeben? Und ob! Und werde ich das tun?« Ihre Augen verengten sich und versprühten Feuer. *»Niemals!«*

»Was ist denn dein Lebensziel, Mutter Krötenhauch?« fragte Mysti, während sie die Zipfel der Bettdecke über einer Schulter verknotete und sich auf diese Weise ein wunderschönes weißes Kleid schuf.

Die Hexe schien überrascht. »Na, dasselbe wie das einer jeden richtigen jungen Frau, natürlich: Einen Kröterich zu küssen, damit der sich in einen stattlichen Prinz verwandelt, der mich heiratet und in sein Schloß mitnimmt, wo wir dann bis ans Ende aller Zeit glücklich zusammenleben werden.« Sie ergriff eine der Kröten, die massenweise auf dem Fußboden umherhockten und -hopsten und verpaßte ihr einen Kuß. Als nichts passierte, ließ sie sie fallen und sagte: »Man muß nur den Richtigen finden.«

»Wenigstens wissen wir jetzt, warum sie Mutter Krötenhauch genannt wird«, flüsterte Scandal.

Die Hexe hörte ihn nicht oder tat jedenfalls so als ob. Sie hatte andere Sorgen. »Du, junger Mann, wirst jetzt gefälligst lernen, deine Magie zu beherrschen, sonst setzt es was! Hier.« Sie drückte mir ein Buch in die Hände. »Ich will, daß du gleich damit anfängst, indem du die ersten fünf Kapitel studierst. Löse die Aufgaben und schreib die verlangten Aufsätze, die am Ende eines jeden Kapitels stehen. Die Lösungen stehen hinten im Buch, aber schummle nicht, sondern schau sie dir erst an, nachdem du dich ehrlich bemüht hast, von selbst darauf zu kommen.«

Ich ließ das Buch auf den Boden fallen. Es traf auf einen

Kröterich, doch der war zum Glück größer als das Buch. »Ich war jahrelang Zauberstudent an Meister Thengors Akademie«, sagte ich. »Die ganze Zeit habe ich nicht gelernt, Magik zu gebrauchen. Wieso sollte es diesmal anders sein? Das ist doch alles vergebliche Mühe.«

»Berichtigung«, warf die Hexe ein. »Du *scheust* nur diese Mühe.«

»Es hat keinen Zweck«, widersprach ich. »Ich bin einfach nicht schlau genug für die Zauberei.«

»Hmph! Wer hat dir denn das erzählt? Meister Thengor, will ich wetten. Ich habe genug über diese Zauberer gehört, um dir zu sagen, daß es kein Wunder ist, wenn du von dem nicht das geringste gelernt haben solltest. Wenn ein Schüler erst einmal gelernt hat, was er hat lernen soll, gibt es für ihn schließlich keinen Grund mehr, sich an der Schule herumzudrücken, nicht? Und wenn er die Schule erst einmal verläßt, nimmt er auch sein Geld mit. Zauberer sind nicht blöd, wenn es ums Geld geht. Sie brauchen keine Magik, um *deins* verschwinden zu lassen, das kann ich dir versichern! Je langsamer du lernst, um so länger bleibst du; je länger du bleibst, um so länger bezahlst du auch. Und nichts läßt ein Kind langsamer lernen, als wenn man ihm sagt, daß es überhaupt nichts lernen kann.«

»Das ist doch ...« Ich wollte gerade sagen *lächerlich*. Da fiel mir etwas anderes ein:

Jedes Jahr bekamen wir ein oder zwei neue Studenten, die mit einem königlichen Stipendium auf die Akademie kamen. (König Steffan war ein Förderer der Künste. Dem Zauberer, der Stipendiaten annahm, wurde eine Menge königlicher Gunst zuteil, aber er mußte dafür auch einen Vertrag unterschreiben, in dem er versprach, die Stipendiaten so lange zu unterrichten, bis sie ihren offiziellen Spitzhut bekamen – das war eine Stufe nach der Kutte, aber noch eine Stufe vor der Überreichung des Zauberstabs, den nur der Rat vergeben kann. Die *Stipendiumssumme* aber, die diese Schüler mitbrachten, genügte nur für ein zweijähriges Studium.)

Es war seltsam, aber jeder Stipendiat auf Meister Thengors Akademie hatte seinen Spitzhut in weniger als zwei Jahren geschafft.

Mutter Krötenhauch lächelte mich gütig an. »Nun, Liebes? Bist du bereit, es zu versuchen?«

Ich fühlte, wie mein Mund und mein Blick hart wurden. »Gib mir einfach nur das Buch«, sagte ich, »und weich ein Stück zurück.«

»Hol es dir selbst«, sagte die Hexe. »Du hast es ja auch fallenlassen.«

KAPITEL 20

Als ich das Kapitel über die Einführung in die Levitation zum erstenmal las, löste ich acht von zehn Aufgaben falsch.

Beim zweitenmal, nachdem ich das Kapitel erneut gelesen hatte, hatte ich fünf von zehn falsch.

Nach dem drittenmal waren drei von zehn falsch.

Beim viertenmal beschloß ich, nicht mehr die Falschen zu zählen, sondern mich lieber auf die zu konzentrieren, die ich *richtig* hatte. Das war eine gute Sache: Es waren nämlich neun.

Ich hatte mich im Schatten der Wachhecke eingeigelt und versuchte gerade, alle zehn richtig zu bekommen, als Scandal mich entdeckte. Die Wachhecke auf der Rückseite von Mutter Krötenhauchs Hütte war mein Lieblingsplatz zum Studieren, vor allem deshalb, weil mir der giftige Efeu Mysti vom Hals hielt. »Na, wie läuft's, Houdini?« fragte der Kater.

Ich zielte mit zwei Fingern auf ihn und sagte: »Sysopbitglitch.« Scandal schwebte plötzlich bis zum oberen Heckenrand hoch. »Was meinst du, wie sieht es aus?« Ich grinste.

»Sehr komisch. Setz mich ab.« Nachdem ich es getan hatte, plusterte Scandal sein Fell auf, wie er es immer bei Verärgerung tat. »Bist ja ein echter Horrorknabe, Alice, ein richtiger Horrorknabe.«

»Eines Tages wirst du mich noch bei meinem richtigen Namen nennen«, antwortete ich. »Der Schreck wird uns beide umbringen.«

»Versprochen?« fragte Scandal mit heimtückischem Feixen. Dann kam er heran und rieb sich an meinen Beinen.

»Ich verstehe das nicht«, sagte ich und legte das Buch ab.

»Was verstehst du nicht? Erzähl's Onkel Scandal. Ich soll ja neun Leben haben. Da kann ich es mir leisten, mich ein paarmal zu Tode langweilen zu lassen.« Er ließ sich auf die Seite sinken, legte das Kinn auf meinen Fuß und schnurrte.

»Dich.«

»Mich sollst du auch gar nicht verstehen. Ich Katze, du Mensch. Wenn du mich tatsächlich mal verstehen solltest, müßte ich meinen Gewerkschaftsausweis abgeben.«

Ich seufzte. »Die Hälfte der Zeit weiß ich nicht einmal, wovon du überhaupt redest.«

»Nur die Hälfte?« Scandal richtete die aufgestellten Ohren nach vorn. »Ich lasse wohl nach.«

»Das Komische ist, es spielt gar keine Rolle. Das meiste von dem, was du sagst, macht durchaus Sinn.«

»Sinn?« Plötzlich waren die Ohren flach angelegt. »*Sinn*? Bruder, das ist ja die reinste Kriegserklärung! Kerl, ich bin eine *Katze*! Eine Kreatur der Intuition, von unergründlicher Tiefe und Rätselhaftigkeit. Wenn du ein Tier haben willst, das *Sinn* macht, hol dir gefälligst einen Hund.« Er kletterte auf meinen Schoß, kringelte sich zu einer Kugel zusammen und schien sofort einzuschlafen.

»Siehst du, genau *das* meine ich damit, wenn ich sage, daß ich es nicht verstehe«, sagte ich. »Im einen Augenblick bist du wütend auf mich oder machst dich über mich lustig oder nennst mich dumm ...«

»Hab' dich nie dumm genannt«, murmelte der Kater. »Habe dich einen *Menschen* genannt. Na ja. Schon gut. Egal.«

» ... und im nächsten schnurrst du oder kuschelst dich an mich oder reibst dich an meinen Beinen. Ich begreife das nicht; das ist viel zu verwirrend, als daß man es verstehen könnte. Magst du mich nun eigentlich, oder magst du mich nicht?«

Scandal hob den Kopf und sah mir ins Auge. »Ich mag dich. Zufrieden? Schön, dann kipp auch gefälligst tot um.« Er legte sich wieder schlafen.

Ich kam zu dem Schluß, daß dies die perfekte Gelegenheit war, meine zehnte Aufgabe der Einführung in die Levitation richtig hinzubekommen. Ich hielt die rechte Hand hoch, wie ich es früher immer machte, wenn ich für meine Schwester

Lucy im Kinderzimmer Schattenentchen an die Wand warf; dann ließ ich die Handpuppe das mystische Wort »Dryginonnaroe« sagen. Vielleicht hatte ich endlich die Betonung auf die richtige Silbe gelegt, denn plötzlich funktionierte es! Scandal erhob sich langsam von meinem Schoß und begann sich um sich selbst zu drehen. Er fing ganz langsam an, dann wurde er immer schneller und schneller, bis er es aufgab, so zu tun, als würde er schlafen, und nur noch um Gnade winselte.

Ich ließ ihn noch ein Dutzend Male wirbeln, bevor ich den Zauber beendete und ihn zur Erde zurückgleiten ließ. Sein Fell spie immer noch zischende Glühwürmchen aus Magik, als er hin und her taumelnd sagte: »Das ist das letzte Mal, daß ich ein Nickerchen in einem offenen Wäschetrockner riskiert habe.« Er lehnte sich schräg an mich und fügte hinzu: »Wenn ich wieder bei Kräften bin, würde ich mir an deiner Stelle meine Schuhe nur noch anziehen, nachdem ich mich vorher davon überzeugt habe, was drin ist, Kumpel.

»Ich will nur eine ehrliche Antwort«, erwiderte ich.

»Du willst es ehrlich haben?« Scandal legte sich hin und vergrub die Krallen im Erdreich. »Na schön, dann sollst du es auch ehrlich bekommen. Ich mag dich, Kumpel, und der Schreck darüber raubt mir mindestens viereinhalb meiner Leben.«

»Du magst mich?« Ich mußte einfach lächeln, auch wenn ich mich gleichzeitig verwirrt fühlte. »Aber ... aber warum erschreckt dich das?«

Scandal ließ sich auf den Rücken fallen und schlug nach etwas Laub. »Weil das letzte Mal, als ich den Fehler beging, ein Hautgerippe zu mögen, derselbe Knilch mich mit einem Tritt aus seinem Leben beförderte, sobald er eine weiche, warme, kuschlige Hautgerippe-Frau gefunden hatte, deshalb. Ich habe dir doch schon von meinem Softwarezauberer erzählt, richtig?«

»Richtig«, sagte ich. Ich wußte zwar immer noch nicht, um was für eine Art von Magik es sich bei Software handeln mochte, aber es klang sehr bequem.

»Das allererste Mal, daß der Typ eine findet, die nicht

gleich loskreischt oder -lacht, als sie ihn nackt sieht. Und dann hat die Frau ausgerechnet eine Katzenallergie, und schon heißt es *hasta la vista*, Kätzchen. *Ciao. Shalom. Aloha.* Nimm deinen Hut, was hast du's so eilig. Heute mach' ich noch einen Aufstand, weil ich keinen Dosenthunfisch kriege, und am nächsten Tag balge ich mich persönlich mit Ratten um leere Thunfischdosen.« Scandal wälzte sich nach rechts. »Viele Leute meinen, Katzen hätten kein Herz. Nun, haben wir doch. Meins ist einmal gebrochen worden; und an einem zweiten Durchgang liegt mir nichts.«

Ich streckte den Arm aus und hob ihn auf, preßte ihn an meine Brust. »So etwas würde ich dir niemals antun.«

»Das sagen sie alle.« Scandal versteifte seine Beine und stieß sich aus meinen Armen ab. »Im Augenblick *brauchst* du mich. Schließlich schleppe ich immer noch einen Teil der zerfetzten Magik des alten Thengor mit mir herum, weißt du noch? Aber dank Mutter Krötenhauchs schimmligem altem Buch lernst du endlich die Magik zu benutzen, die du hast. Schon bald wirst du herausgefunden haben, wie du diese ganzen Bruchstücke wieder einsammeln kannst, meins eingeschlossen. Dann wirst du mich nicht mehr brauchen. Dann wirst du niemanden mehr brauchen.«

Ich sah dem Kater in die Augen. Er wirkte so stolz, so unabhängig, obwohl er doch gerade aus sich herausgegangen war und mir mitgeteilt hatte, daß er verletzt war und sich fürchtete. Man hätte es ihm nie angemerkt. Von einer Katze konnte man eine Menge lernen.

»Magik oder nicht, ich werde dich trotzdem brauchen«, sagte ich.

»Mäuseköttel! Nachdem ich so mitkriege, was du der alten Dame alles erzählst, scheinst du dich in der Magik so wohl zu fühlen wie eine Ente in der Orangensoße.«

»Wenn Mutter Krötenhauch hört, daß du sie eine ›alte Dame‹ nennst, dann bist du derjenige, der in der Orangensoße endet«, ermahnte ich ihn. »Egal, jedenfalls kann ich aus diesem Buch nur die Grundlagen lernen, nichts Komplizierteres. Ein bißchen Levitation, ein bißchen Illusion, einfache Schutzzauber, die bloß dazu taugen, weiche, runde Gegenstände abzuhalten ...«

»Hervorragend. Wenn wir das nächste Mal in eine Puddingattacke geraten, werde ich mich viel sicherer fühlen, weil ich bei dir bin!« höhnte Scandal. »Nicht, daß du mich noch allzu lange in deiner Gegenwart dulden wirst.«

»He! Ich dachte, *du* würdest doch bloß bei *mir* solange herumhängen, bis du einen Rückweg in deine eigene Welt gefunden hast.«

Verlegen wandte Scandal den Blick ab. »Ndrsbrlgt.«

»Was?«

»Ich sagte, ich habe es mir anders überlegt!« schrie mir die Katze ins Gesicht. »Was ist los, brauche ich dafür eine Genehmigung, oder was? Diese deine Welt gefällt mir nun mal, okay? Sie ist sehr viel sauberer und ruhiger als mein alter Tanzboden, und ich brauche nicht mein halbes Leben in der Sorge herumzulaufen, von irgendeinem Toyota zerquetscht zu werden.«

»Wer ist denn Toyota?« wollte ich wissen.

Er schlug die Vorderpfoten übereinander.

»Willst du wirklich nicht mehr gehen,« fragte ich.

»Nö. Dieser Laden ist echt cool. Mutter Krötenhauch hat mir erzählt, daß ihr hier keine richtig großen Hunde habt.«

»Die hatten wir mal«, räumte ich ein. »Aber sie sind ständig in die Sümpfe abgehauen und wurden dort von den Schleimwürmern gefressen.«

»Na, Katzen sind jedenfalls schlau genug, sich von Sümpfen fernzuhalten. Ja, das ist ein Leben!« Er streckte sich, bis ich die feinen Streifen auf seinem Bauch erkennen konnte. »Kein Wagen, keine Hunde, einfach nur Frieden und Ruhe und ...«

»Tötet die Hexe!«

»... und gelegentlich mal eine Hexenjagd.« Bei dem vertrauten Ruf sprang Scandal auf die Beine. »Schauen wir uns den Spaß mal an.«

Wir ließen uns Zeit damit, um das Hexenhaus zu schlendern. Wir waren mittlerweile schon eineinhalb Wochen bei Mutter Krötenhauch, lange genug, damit Mysti vollständig genesen konnte und ich mit meinen Studien weiterkam. In dieser Zeit hatten wir uns an die Käseburger Hexenjagden gewöhnt, die ungefähr alle drei Tage stattfanden, gerade häufig genug, um Mutter Krötenhauch mit einer frischen Ladung von Edelmann Bobbos Teilchen zu versorgen.

(Es gab sogar mal eine Ein-Mann-Hexenjagd, als der Oberdorftrottel Evvon etwas Hautwasser brauchte, bevor er um die Hand der Dorftrottelin des nahe gelegenen Sumpton anhielt. Er stand draußen vor Mutter Krötenhauchs Tür und rief: »Tötet die Hexe!« und fuchtelte ganz allein mit seinem Mop herum, eine volle Stunde lang, bis ihn endlich jemand bemerkte. Später hörten wir dann, daß die Trottelin von Sumpton ihn abgewiesen hatte. Sie sagte, sie sei zwar doof, aber nicht verrückt.)

Das Ganze war für uns inzwischen schon ein alter Hut. Scandal und ich wußten also, daß es keinen Grund zur Eile gab. Eine Hexenjagd ging erst dann richtig los, wenn der Singsang »Tötet die Hexe!« aufhörte und dem schlichten Ruf »Töten! Töten! Töten!« wich.

Wir kamen gerade um die Hüttenecke, als ich jemanden rufen hörte: »Hängt sie!«

Abrupt blieb ich stehen. »Da stimmt etwas nicht. Die sagen sonst nie, *wie* sie die Hexe töten wollen.«

»Verbrennt sie!« ertönte ein weiterer Ruf, wie um mich zu bestätigen.

»Bist du sicher, daß du nicht ein bißchen überreagierst, Chef?« fragte Scandal, während er mit seinen Krallen an mir zupfte.

»Näht sie in einen Sack mit diesem verfluchten Oktopus und schmeißt sie in den Staunehuschteich!« dröhnte eine dritte Stimme.

Das genügte Scandal. »Hoppla! Wenn sie so genau werden, dann meinen sie es auch! Was ist da los?«

»Psssst!« Ich bedeutete ihm, still zu sein, während ich um die Ecke spähte.

Die Dorfbewohnermeute hatte sich vor dem Hexenhaus versammelt wie immer, angeführt von den drei Dorftrotteln, doch anstelle von Mops hielten sie nun Schabehaken und Sicheln und Sensen in den Händen sowie alle möglichen scharfkantigen Feldgeräte. Die Frauen hatten Scheren dabei, und eine von ihnen – wahrscheinlich die Dorfschullehrerin – fuchtelte mit einem häßlich aussehenden Lineal, an dem noch alte Blutflecken klebten.

Mutter Krötenhauch stand auf ihrer Türschwelle, umschwärmt von Kröten, und musterte den Mob so gelassen, als sei alles beim alten. Grym, Mysti und Norris waren weit und breit nicht zu sehen. Ich vermutete, daß sie noch im Hinterzimmer waren und auf die Seifen aufpaßten. Eine Hexenjagd war schließlich nichts, worüber es sich aufzuregen lohnte.

»Ich glaube, da muß ein Irrtum vorliegen«, sagte Mutter Krötenhauch. »Ich kann mich nicht erinnern, für heute eine Ladung Lebensmittel bestellt zu haben.«

»Da liegt tatsächlich ein Irrtum vor, und zwar deiner, Hexe!« schrillte Lorrinz und wedelte mit einer Sense. »Viel zu lange hat unser unschuldiges Dorf gelitten, in Furcht erstarrt unter dem Joch deiner hexischen Tyrannei und ... und ... äh ...« Er lehnte die Sense sorgfältig an seine Schulter und grub in seiner Gürteltasche nach etwas, während die Umstehenden der schaukelnden Klinge auswichen. Schließlich zog er ein Stück Papier hervor, entfaltete und las es, wobei er die Lippen mitbewegte, und fuhr schließlich fort: »Hexischen Tyrannei und Andeutung!«

Eine Kugel aus blauem Feuer sirrte hinter der Menge hervor und hieb Lorrinz kräftig auf den Schädel. »Das heißt Tyrannei und *Ausbeutung*, du Idiot!« ertönte ein Schrei, den ich nur zu gut kannte.

Der Mob teilte sich, um eine dunkelbekuttete Gestalt durchzulassen. Ich verspannte mich. Es war Zoltan.

Lorrinz stand da und rieb sich den Hinterkopf. »Ich hab' bloß vorgelesen, was hier steht«, grollte er und zeigte das Papier vor. »Kann ich doch nichts dafür, wenn du so eine furchtbare Sauklaue hast.«

Zoltan packte Lorrinz vorn an seinem hafermehlbefleckten Kittel. »Nur für den Fall, daß du vergessen haben solltest, wer ich bin: ich bin keine von euren wackelköpfigen Heckenhexen; *ich* bin ein Zauberer.«

»Das stimmt!« rief Wot aus der Menge. »Das ist er! Das steht auf seiner Visitenkarte und überall!«

»Trotzdem kann kein Mensch das entziffern«, sagte Lorrinz halblaut.

»Nun?« fragte Zoltan, an die Menge gewandt. »Was gafft ihr alle so? An die Arbeit! Ihr seid hierhergekommen, um die Hexe zu töten. Was hindert euch?«

Unter den Käseburgern entstand jede Menge unbehagliches Gemurmel, das ab und zu von einem lauten *»Aua!«* unterbrochen wurde, als sich jemand an der Sichel seines Nachbarn schnitt.

Schließlich war es Evvon, der vortrat, um zu sagen: »Bitte um Verzeihung, Herr, aber als du in die Dorfkneipe kamst und jedem einen ausgegeben hast, echter Herr, der du bist, da hast du gesagt, daß wir die Hexe nicht wirklich *umbringen* sollen. Wir sollen bloß herkommen und ein bißchen Ärger machen, um sie als Köder zu benutzen, gewissermaßen.«

Zoltan rasselte einen Zauber herunter, der einen großen rosa Vogel über Evvons Kopf erscheinen ließ. Die Kreatur krächzte einmal und legte prompt ein Ei, das auf dem Schädel des Obertrottels zerbarst; dann verschwand der Vogel wieder.

»War ich nicht an der Reihe, zu sprechen, Herr?« fragte Evvon, während er sich das Eigelb aus den Augen wischte.

»Es ist ja nicht so, als *könnten* wir die Hexe nicht töten«, rief Wot. »Als ich zur Schule ging, da hat unser Fräulein Cosh gesagt, daß es auf der Welt nichts gibt, was man nicht tun *könnte*.« Er reckte den Hals und fragte die mit dem Lineal wedelnde Frau: »Stimmt's, Fräulein Cosh?«

»Hast du dich etwa ordentlich per Handzeichen gemeldet, Evvon?« fragte die Lehrerin schrill und drohte ihm mit dem Lineal. Der Trottel schnitt eine Grimasse. »Habe ich dich etwa nach vorn gerufen, um etwas aufzusagen, junger Mann?«

»Ich bin umringt von Trotteln«, preßte Zoltan zwischen langsam malmenden Zähnen hervor.

»Oh, nein, Herr, eigentlich nicht«, warf Edelmann Bobbo ein. »Nur die drei da sind Trottel.«

»Bald werden es nur noch *zwei* sein«, verkündete Evvon stolz. »Meister Zoltan hat mir nämlich eine Stellung beim Staat angeboten. Dann werde ich ein Büro-Ratt!«

»Bei soviel Naturtalent«, meinte Zoltan achselzuckend, »blieb mir doch gar nichts anderes übrig.«

»He! Du kannst doch nicht einfach hier bei uns aufkreuzen und mit einem von unseren Trotteln verschwinden!« protestierte der Konditor. »So daß seine armen Brüder völlig aufgeschmissen sind, soviel Trottelarbeit, wie hier doch anfällt. Ist ja nicht so, als wären es geborene Käseburger. Diese Jungs sind echte *Importtrottel*, voll verzollt und alles! Das ist einfach nicht gerecht, ist das nicht.« Ein Sturm der Zustimmung erhob sich in der Menge, vor allem von Lorrinz und Wot.

Immer noch versteckt, warf ich einen kurzen Blick auf Mutter Krötenhauchs Gesicht. Die Hexe wurde von Sekunde zu Sekunde ärgerlicher. Ihr Haar, das sich gewöhnlich unter ihrem Kopftuch verbarg, war in langen, feuchten Strähnen seinem Gefängnis entkommen, schwarz und grau durchstreift. Sie schob es sich hinter die Ohren, verschränkte die Finger und sagte: »Wenn ihr nichts dagegen habt, würdet ihr euer Gezänk dann bitte woanders austragen? Manche von uns sind eben keine hochmächtigen Spangen-und-Abzeichen-Zauberer, sind wir nun mal nicht. Manche von uns müssen nämlich ehrliche Arbeit leisten, um einen ehrlichen Zauber zu wirken. Ich habe gerade elf Töpfe Seife auf dem Feuer, und während Norris und meine Assistenten sich zwar ums Umrühren kümmern können, wissen sie doch nicht, wann sie dem Gebräu welche Zutaten hinzufügen müssen. Wenn ihr mich also entschuldigen wollt ...«

»Nun schnappt sie euch schon, ihr Idioten!« rief Zoltan. Lorrinz, Wot und Evvon stürmten gehorsam herbei, um Mutter Krötenhauch an den Armen zu ergreifen und vor den Zauberer zu führen.

»Hier, bitte schön, Herr«, sagte Evvon und zupfte an

seiner Stirnlocke. »Obwohl ich und meine Brüder strenggenommen gar keine ›Idioten‹ sind, wie du uns genannt hast.«

»Ihr seid viel zu bescheiden«, erwiderte Zoltan geschmeidig. Er strich sich über den Schnurrbart, als er sich der Hexe zuwandte. »Sei nicht besorgt, gute Frau. Hinter dir bin ich nicht her.«

»Mich wirst du auch nicht kriegen«, konterte Mutter Krötenhauch. »Lieber nehme ich eine der Kröten.«

Zoltan lachte. »Werte Dame, du bist fast so komisch wie du aussiehst.«

»Wenn ich einen Riegel meiner besten Seife in die Finger bekäme, würdest du nicht so mit mir reden«, schoß die Hexe zurück.

»Deiner besten Seife? Oh, da gerate ich aber ins Zittern«, sagte Zoltan, tat es aber nicht. »Mir wirst du mit keinen von deinen Taschenzaubereien kommen. Meine Käseburger Freunde haben mich vor allem gewarnt. Aber nur aus professioneller Neugier gefragt – was hättest du denn mit mir gemacht, wenn du diese Seife zur Hand gehabt hättest?«

»Dir deinen widerlichen Mund damit ausgewaschen, wie es deine Mutter schon vor langer Zeit hätte tun sollen! Aber wahrscheinlich war sie viel zu sehr mit dem Versuch beschäftigt, sich an den Namen deines Vaters zu erinnern.«

Zoltan packte Mutter Krötenhauchs Kinn und riß es so heftig hoch, daß ihr ganzer Kopfputz abfiel. Der Mob gaffte: Auf ihrem Kopf hockte eine weitere Kröte. Die rauchte gerade eine Pfeife und las in einem Buch. Ich konnte mit Mühe den Titel ausmachen: *Nach dem Kuß: Einfaches Zauberbrechen für den Amateur.* Kaum war er freigelegt, ließ der Kröterich Buch und Pfeife fallen und hopste davon, um sich unter die anderen zu mischen.

»Wo ist er?« fragte Zoltan knurrend, ganz dicht vor dem Gesicht der Hexe.

»Wo ist wer?« konterte Mutter Krötenhauch.

»Dein *Gehilfe.*« Aus Zoltans Mund klang das Wort irgendwie wurmstichig.

»Ich habe mehr als einen.«

»Also gut, dein *dummer* Gehilfe. Wo ist er?«

»Der ist hier«, sagte ich und trat hinaus, daß mich alle sehen konnten, während Scandal ins Haus huschte. »Und wer will das wissen?«

KAPITEL 21

Schweigen senkte sich über die Menge. Die Luft war schwer vom Gewicht der nur mühsam gezügelten Magik zweier großer Zauberer. Auge in Auge standen wir einander gegenüber, und keiner blinzelte. Der Boden selbst, auf dem wir standen, strahlte Verspannung aus.

»Zottelschnauze«, sagte ich.

»Rattenklopper«, erwiderte er.

»Du bist Meister Thengor immer in den Hintern gekrochen.«

»Du warst viel zu dumm, um zu wissen, wohin man *überhaupt* kriechen konnte.«

»Trangehirn.«

»Kretin.«

»Kröten? Wo?« Mutter Krötenhauch zappelte im Griff der drei Trottel und blickte eifrig um sich.

»Kretin!« schrie Zoltan sie an. »Das bedeutet einen *Schwachsinnigen*, du alte Gänsespucke!«

Mutter Krötenhauch beruhigte sich wieder. »Kein Grund, unhöflich zu werden«, sagte sie und richtete in steifem Tadel ihre Schultern wieder aus.

»He, *Zollie*«, sagte ich und verwendete absichtlich den Kosenamen, den Bini für ihn geprägt hatte. »Warum suchst du nir nicht jemanden, der genauso groß ist wie du? Jemanden, den deine Schlägertypen noch nicht gefesselt haben?«

»Bitte um Verzeihung, Herr, aber wir sind keine Schlägertypen«, warf Lorrinz ein. »Wir sind Trottel.«

»*Import*trottel«, berichtigte Evvon ihn. »Sind den ganzen Weg aus Nachbarstadt gekommen, vor dem Ärger.«

»Ach ja, der Ärger«, sagte Wot. Alle drei schüttelten den Kopf und machten *tz, tz*.

»*Ich* werde euch gleich Ärger bereiten, wenn ihr sie nicht sofort loßlaßt«, sagte ich zu ihnen. »Nun? Macht schon. *Der* da hat schließlich bekommen, wofür er euch bezahlt hat.« Mit einem Kopfrucken wies ich in Zoltans Richtung. »Hier stehe ich nun. Ihr könnt den Köder wieder freilassen.«

»Nicht, wenn euch euer Leben lieb ist!« brüllte Zoltan die Trottel an. »Das ist nicht der Rattenklopper, den ich einmal kannte. Er hat sich irgendwie verändert, seit er den furchterregenden Wald von Euw betreten hat. Das gefällt mir nicht. Bewacht die Hexe und haltet etwas Scharfes an ihren Hals. Diese Situation bedarf möglicherweise einiger Überlegung.« Er trat einen Schritt zurück und nahm eine nachdenkliche Pose ein.

»Laßt sie los«, wiederholte ich, »sonst sind für euch ein paar Beerdigungen fällig.«

Mutter Krötenhauchs Buch behandelte das Thema Vernichtung deiner Feinde (Grundstufe, Mittelstufe, Oberstufe und Partytricks) erst im zwölften Kapitel. Ich war bisher erst bis zum fünften gekommen, hatte aber sehr gute Ergebnisse mit dem Kapitel über Illusionen erzielt. Scandal war ins Hexenhaus gelaufen, um Hilfe zu holen, aber bis zu seiner Rückkehr mußte ich Zoltan aufhalten. Ich führte die Aufwärmübungen durch, um meine Magik wissen zu lassen, daß ich sie bald brauchen würde; dann formte ich die Hände zu Schalen, ließ die Finger zappeln wie einen Haufen Würmer und sagte: »Morganatischerdithyrambus!«

Es war ein sehr hübscher Drache, doppelt so hoch wie Mutter Krötenhauchs Hütte. Besonders stolz war ich auf die roten Hörner und die goldenen Schuppen. Er stieß ein leises, höfliches Gebrüll hervor. (Im Buch stand, daß gerade die kleinen Details wie Farbe und Ton den eigentlichen Unterschied zwischen einer guten Illusion und einer Massenpanik auf dem Marktplatz ausmachen.)

Der Drache senkte den Kopf und musterte die Menge beiläufig, wie eine Dame, die sich gerade ihre Lieblingspraline aus einer Schachtel aussuchte. Der Dorfmob explodierte mit Gekreisch und Geschrei, Fräulein Cosh tobte, daß der Drache nicht die Pranke gehoben hätte, bevor er losbrüllte, und einen mit dem Lineal auf die Krallen kriegen würde, wenn er das noch mal versuchte.

»Kennt ihr denn gar keinen anderen Ort, an dem ihr jetzt viel lieber wärt?« fragte ich die Trottel, die immer noch Mutter Krötenhauch festhielten. Ihre Münder standen sperrangelweit offen, als sie den Drachen angafften, aber sie liefen nicht davon. Ich überlegte mir, sie ein wenig dazu zu ermuntern. »Die Bestie ist hungrig. *Sehr* hungrig. Ich glaube nicht, daß sie aufhören wird, nachdem sie einen von euch verputzt hat.«

»Rührt euch nicht vom Fleck!« befahl Zoltan. »Seht ihr denn nicht, daß das Untier nur eine Illusion ist?«

Wot fuhr sich mit der Zunge über die Lippen. »Äh ... Nein, Herr. Sieht mir doch ziemlich echt aus.« Er ließ Mutter Krötenhauch los und jagte wie ein Armbrustbolzen durch die Menge davon.

Ich ließ den Drachen wieder losbrüllen. Das entschied die Sache für Lorrinz, der sofort seinem Bruder hinterherjagte, schneller als eine eingefettete Lamprete durch einen Abfluß. Ein großer Teil der Menge schloß sich ihm an, alle funkelnden Sensen und Sicheln und Schabehaken zurücklassend.

Zoltan fluchte, dann atmete er tief ein, bereitete sich darauf vor, seine Kräfte zu entfesseln. Was immer er im Schilde führen mochte, es würde etwas Besonderes werden, etwas wirklich Bösartiges, sonst hätte er nicht so viel Aufwärmzeit gebraucht. Wie ich Zoltan kannte, würde er seinen Zauber kaum gegen mich richten. Höchstwahrscheinlich würde er Mutter Krötenhauch ins Visier nehmen. Irgendwie hatte er mich bis zu ihrem Haus verfolgt und herausbekommen, daß sie mir behilflich war. Und alle meine Freunde waren für ihn nur Freiwild.

Weshalb brauchte Scandal nur so lange? Ich mußte noch den letzten Mann verscheuchen, der Mutter Krötenhauch gerade festhielt, und das mußte ich schaffen, bevor Zoltan genug Kraft aufgebaut hatte, um diesen großen Zauber loszulassen. Ich glaube, ich bin in Panik geraten, denn wahrscheinlich habe ich es etwas übertrieben. Als erstes ließ ich die Zähne des Drachen immer länger und spitzer werden;

sie schienen schon beim bloßen Zusehen zu wachsen. Dann gab ich noch etwas Sabber hinzu – lange, schlürfende Fäden, die dem Ungeheuer aus den Lefzen troffen. Die Augen des Drachen verwandelten sich von Schwarz in glimmendes Blutrot. In seinen Klauen erschienen Stücke von triefendem Fleisch. Aus seinem Schwanz sprossen Stacheln. Dann gab ich noch eine Kette aus menschlichen Totenschädeln dazu.

Als ich als nächstes die Totenschädel wimmern ließ: *Evvon … kehr um, Evvon … geh nach Hause, Evvon, du Trottel …* – na ja, ein guter Zauberer ist schließlich auch ein guter Künstler, und ein guter Künstler weiß, wann er aufzuhören hat. Allerdings habe ich ja auch nie behauptet, daß ich ein guter Zauberer bin. Die Illusion flößte Evvon durchaus Angst ein, das war schon richtig – aber eben leider viel zu viel. Er war wie versteinert, tiefgefroren, konnte keinen Muskel mehr rühren, steif wie ein Eiszapfen, am Boden verwurzelt, so unbeweglich wie ein Felsbrocken.

Habt ihr schon mal einen Felsbrocken gesehen, der eine Hexe losläßt und wegrennt? Ich auch nicht.

Inzwischen hatte Zoltan damit begonnen, Zaubergesten zu vollführen. Keine Frage, das würde etwas sehr viel Größeres geben als eine schlichte Auf-der-Stelle-rösten-Nummer. Außerdem war er zu klug, um diese an mich zu vergeuden. Ja, jetzt stand außer Frage, daß er es auf Mutter Krötenhauch abgesehen hatte, und wenn er dabei zufällig auch noch Evvon in Wedwels selektives Paradies beförderte – was machte das schon, ein Büro-Ratt mehr oder weniger?

»Zoltan, *hör auf!*« rief ich.

Zoltan senkte die Hände. »Irgendein besonderer Grund?« fragte er. Er sagte es wie ein Mann, der jede Menge Zeit hatte, um sich wieder an den großen Auslöschungszauber zu machen, an dem er gerade werkelte.

Ich nagte an meiner Unterlippe. Wo blieb denn nur dieser dämliche Kater? So lange konnte er doch gar nicht brauchen, um Grym zu holen. »Du hast einen Streit mit mir und nicht mit ihr. Sag deinem Mann, er soll sie freigeben, dann werden wir das von Zauberer zu Zauberer regeln.«

»Ha!« Zoltan stemmte die Hände in die Hüften. »Schau sich nur einer an, was sich heutzutage alles Zauberer schimpft! Meister Thengor würde sich im Grabe umdrehen, wenn er eins hätte. Ich beflecke meine Magik doch nicht damit, daß ich sie gegen Leute wie dich schleudere.«

»Natürlich nicht. Weil du nämlich *Angst* davor hast«, höhnte ich. Darin lag meine Chance. Wenn ich Zoltan ausreichend provozieren konnte, würde er einen Vernichtungskeil gegen mich schleudern, und meine Magik würde ihn zerschmettern wie Glas. Es waren etwa ein Drittel der Käseburger anwesend und sahen zu. Wenn sie mitansahen, wie ich einem vollen Zauberangriff standhielt, würden sie mich zum Sieger küren, sich gegen Zoltan wenden und zu Mutter Krötenhauchs Verteidigung eilen.

Hoffte ich.

»Angst?« Zoltan hob eine Augenbraue. »Vor dir?« Er schnippte mit den Fingern, und meine wunderschöne Drachenillusion zerschmolz zu einer Pfütze. Die Menschenschädel an den Schwanzstacheln verwandelten sich in flauschige gelbe Entchen, die fröhlich vor sich hin quakten.

»Ich durchschaue dein Spiel«, fuhr er fort. »Das wird nicht funktionieren, Rattenklopper. Diese einfachen Bauern stehen hundertprozentig hinter mir. Stimmt das nicht, einfache Bauern?«

»Hussa«, sagten die verbliebenen Käseburger mit der Begeisterung eines Haufens nasser Wäsche.

»Sind hundert Prozent mehr oder weniger als die Hälfte?« fragte jemand.

Zoltan brauchte eigentlich keine Käseburger hinter sich. Er war schon immer sein eigenes bestes Publikum gewesen. »Wie ich die Sache sehe, hast du zwei Wahlmöglichkeiten«, teilte er mir mit. »Entweder die Hexe erleidet ihr Schicksal, oder du gibst mir deine Magik.«

»Klar, dir meine Magik einfach so *geben*! Es gibt nur eine Möglichkeit, wie du sie mir abnehmen kannst, und für die habe ich nicht viel übrig.«

»Ach, *das*!« Zoltan strafte meinen Einwand gegen die Vorstellung, totgemacht zu werden, nur damit er an die ganze

Macht herankam, mit purer Verachtung. »Es wird nicht nötig sein, daß du stirbst. Ich habe vor, die Hilfe der Hexe in Anspruch zu nehmen, um dich deiner Magik zu entkleiden. Wenn zwei erfahrene Praktiker der Geheimkünste zusammenarbeiten, werden wir es schon schaffen.«

»*Falls* Mutter Krötenhauch einwilligt, dir zu helfen«, erinnerte ich ihn.

»Was ich nicht tun werde.« Die Hexe meldete sich zu Wort. »Mein Herr, du magst vielleicht ein Bekannter von Kendar. sein, aber ich sehe mich zu der Feststellung gezwungen, daß du niemand bist, den ich auf gesellschaftlicher Ebene kennenlernen möchte.«

Zoltan zwinkerte ihr zu. »Du wärst überrascht zu erfahren, wie schnell ein bißchen Folter eine Meinung ändert.«

»Wenn du ihr auch nur ein Haar krümmst ...«, fing ich an.

»Ich? Gar nicht nötig. Sie ist eine Hexe. In diesem Königreich gibt es Gesetze zum Thema Hexen.« Zoltan gewährte mir eines seiner Lächeln, bei deren Anblick ich ihm immer am liebsten das Genick gebrochen hätte. »Es gibt sogar Belohnungen für die Festnahme, Verurteilung und Hinrichtung überführter Hexen.«

»Ja, scheußliche Lügengesetze sind das!« Mutter Krötenhauch wurde wütend. »Unserem guten König Steffan von einem Pack selbstsüchtiger Zauberer aufgezwungen, die sich nur vor ein bißchen ehrlicher Konkurrenz fürchten.«

»Ich bin stolz darauf, sagen zu können, daß Meister Thengor einer der engagiertesten Fürsprecher der Anti-Hexengesetze war«, warf Zoltan ein.

»Meister Thengor war auch ein alter Beutelschneider«, fauchte Mutter Krötenhauch. »Die Hexerei ist die einzige Geheimwissenschaft, die auch Mädchen offensteht. Die Zauberer behaupten, wir Damen hätten nicht das Talent, mit *echter* Magie umzugehen; aber dann machen sie sich vor Schreck in die Kutte, sobald unsere hausgemachten Zauber ihren großspurigen pompösen Beschwörungen den Rang ablaufen.«

»Ich denke nicht, daß sie dir helfen wird, Zoltan«,

bemerkte ich. Ich hoffte, daß mein Lächeln ebenso irritierend wirkte wie seins. »Und ich auch nicht.«

»Dann geschieht es eben ohne eure Hilfe«, antwortete Zoltan. »*Eigentlich* wollte ich lediglich den königlichen Richter mit einem Feuerball herbeizitieren und die Hexe den entsprechenden Behörden übergeben, doch wozu warten? Ebensogut kann ich sie auch gleich selbst umbringen, da ihr beide den Gefallen ja nicht zu würdigen wißt, den ich euch immer noch tun möchte.«

»Welchen Gefallen?«

»Dich von all dieser fiesen, belastenden Magik zu befreien. Du solltest es wirklich tun, weißt du: Du kannst damit sowieso nicht umgehen.«

»Ach nein?« konterte ich. »Wenn ich nicht mit Magik umgehen kann, wie erklärst du denn *das* da?« Ich zeigte auf den Drachen. Da fiel mir ein, daß der Drachen ja verschwunden war, so daß ich nur noch auf die Entchen weisen konnte.

Zoltan gluckste. »Du hast zwar ein paar grundlegende Vorstellungen davon, wie du deine Magik benutzen kannst, aber zwischen deinen Fähigkeiten und meinen klaffen ganze Welten.« Während er sprach, begann er damit, die Ärmel seiner Kutte aufzukrempeln. »Jedes Kind kann mit einem Stück Holzkohle Strichmännchen malen, aber gibst du dieselbe Holzkohle einem Künstler, erschafft er damit ein Meisterwerk.«

»Wenn dir jemand ein Stück Holzkohle geben würde, würdest du doch glatt versuchen, es dir in die Nase zu schieben«, erwiderte ich schnippisch.

Zoltan setzte eine Miene unechter Gequältheit auf. »Rattenklopper, du verletzt meine Gefühle! Nach allem, was ich durchgemacht habe, nur um einmal mehr in dein wunderschönes Antlitz blicken zu dürfen.«

»Na, durch den furchtbaren Wald von Euw bist du jedenfalls nicht gekommen«, sagte ich verächtlich. »Du bist eben doch ein viel zu großer Feigling, um dich mit den Welfies anzulegen.«

»Weshalb sollte ich mir diese Mühe machen? Ich dachte mir, sofern du überlebtest, würdest du schon wieder hervorkommen, weshalb ich nur die Grenzen zu beobachten brauchte. Und wenn du nicht überlebtest – Magik, die durch den Tod ihres früheren Herrn freigesetzt wurde, bleibt eine ganze Weile am Stück zusammen. Früher oder später wäre sie sowieso aus den Wäldern geweht, und danach hätte ich ebenfalls Ausschau gehalten.« Für einen kurzen Augenblick funkelte die Andeutung einer Kristallkugel auf seinen Fingerspitzen. »Ich habe dich eine Weile beobachtet, Kendar. Ich schätze, ich hätte meinen Zug auch schon früher tun können, aber die Vorstellung, diese einfachen Dorfbewohner dazu zu bringen, den größten Teil der Arbeit für mich zu erledigen, war doch zu verlockend, um die Gelegenheit ungenutzt verstreichen zu lassen.« Er hob die Hand und warf einen bösartig-bedeutungsvollen Blick auf die arme Mutter Krötenhauch. »Jetzt bin ich an der Reihe.«

»Junger Mann, wir heben *nicht* beide Hände auf einmal. Eine reicht völlig. Nimm sie herunter. Du hast mich gehört, ich habe gesagt nimm-sie-*herunter*!«

Fräulein Cosh stürmte aus der verbliebenen Menge herbei, fuchtelte mit dem Lineal und verpaßte Zoltan einen schnellen Hieb auf die Knöchel einer Hand. Der stieß einen Schrei aus und griff nach der verletzten Hand, wobei er auf und ab hüpfte. Die Schullehrerin verschränkte die Arme und musterte sein Gezappel mit mißbilligendem Blick.

»Hör gefälligst auf mit diesem kindischen Verhalten, junger Mann!« befahl sie ihm. »Der einzige, den du damit beeindruckst, bist du selbst.«

»Du widerliche alte Echse«, knirschte Zoltan. »Ich bringe dich um!«

Dafür bekam er noch einen mit dem Lineal übergebraten, diesmal an einer Stelle, wo er keine Knöchel hatte.

»Ach, aber Fräulein Cosh, warum dem netten Herrn denn so etwas antun?« fragte Evvon mitleidig. »Er ist doch noch nicht einmal einer von deinen alten Schülern.«

»Still, Evvon«, befahl die formidable Lehrerin. »Wenn es einer meiner alten Schüler wäre, hätte er auch bessere Manieren!«

Ich bin zwar noch nie im Leben gesegelt, aber ich wußte schnell, woher der Wind wehte. Ich hob die Finger.

»Ja?« rief mich Fräulein Cosh auf.

»Darf ich bitte das Zim ... ich meine, darf ich bitte ins Zimmer gehen?« fragte ich.

»Erlaubnis erteilt. Und trödle nicht.«

Das tat ich auch nicht. Ich flitzte in Mutter Krötenhauchs Hütte zurück und schlug mir den Schädel an Gryms Brustkorb ein, da der Barbar im selben Augenblick *heraus*trat.

»Tut mir leid wegen der Verzögerung, Boß«, sagte Scandal zwischen den Füßen des Barbaren. »Unser mächtiger Ede hier hat gesagt, daß er den Schwerteid darauf geleistet hat, seinen Seifenkessel erst dann zu verlassen, wenn er aufhört zu kochen.«

»So ist's«, sagte Grym, der ein Holzpaddel in der Hand hielt. Grabräuber war nirgendwo in Sicht.

»Du hast den Schwerteid auf einen lausigen Kessel Seife geleistet?« Ich traute meinen Ohren nicht. »Ich dachte, einen Schwerteid leistet man nur wegen wichtiger Dinge.«

»Seife ist auch ein wichtig Ding«, erklärte Grym. »Außerdem hat Mutter Krötenhauch gezwungen mich zu diesem Schwur. Mysti weilet noch dort drin, hilft Norris bei den Kesseln, die noch nicht mal sieden.«

»Wenn du dich nicht bald in Bewegung setzt, wird Mutter Krötenhauch weder Schwerteide noch Seife mehr brauchen«, teilte ich ihm mit. »Zoltan ist zurückgekehrt.«

»Dein alter Feind?« Gryms Kieferlade spannte sich. »Hat er noch mehr von jenen widerwärt'gen Dämonen herbeizitiert, über die er zu gebieten weiß?«

»Im Augenblick behilft er sich mit einem Haufen Käseburger, aber es kann sein, daß er jederzeit Verstärkung anfordert. Wir müssen ihn aufhalten!«

»Fürwahr!« Grym schüttelte zornig das Paddel, dann merkte er selbst, was er da in der Hand hielt. »Oh! Warte du, o Meister, dieweilen ich mein treues Schwert in Eile zu mir hole.«

»Keine Zeit!« schrie ich und schob ihn aus der Tür.

Zoltan verfluchte Fräulein Cosh gerade das Königreich

hinauf und hinunter, als wir drei aus der Hütte jagten und uns auf ihn stürzten. Unter wildem Gedresche gingen wir zu Boden.

»Laßt ihn keine Gesten machen! Laßt ihn nicht sprechen!« brülte ich. »Es ist die einzige Art und Weise, wie er Magik vollbringen kann.«

»Er wird wohl kaum reden, während er schreit«, bemerkte Scandal. Er flitzte unter Zoltans Kutte. Im selben Augenblick färbte die Luft sich blau vom Lärm rein nichtmagischer Flüche und Schreie, als der Kater auch schon Krallen und Zähne einschlug.

Ich mühte mich darum, Zoltans Hände zu packen zu bekommen, aber Scandal erledigte seine Aufgabe viel zu gut. Zoltan flatterte wie eine Möwe in einer Schlinge, wirbelte mit Armen und Beinen. Sogar ein paar Bögen aus grünem Feuer gelangen ihm, die mir das Haar versengten, als ich versuchte, ihn niederzuhalten.

Grym war derweil im tödlichen Zweikampf mit Fräulein Cosh befindlich, die ihn gerade dafür zurechtstutzte, daß er sich in aller Öffentlichkeit mit nacktem Oberkörper zeigte. »Wer hat dich denn aufgezogen? Die Barbaren etwa?« fragte sie, und als er ihr darauf eine ehrliche Antwort gab, drehte sie förmlich durch. Paddel gegen Lineal, kämpften sie die Sache aus. Es war ein Kampf der Titanen, bei dem die Käseburger zusahen und lauthals Wetten zugunsten ihrer Lehrerin abschlossen.

Ich atmete tief durch und schleuderte mich voll auf Zoltans Bauch. Scandal stieß ein zorniges Quäken aus – ich war auch auf ihm gelandet, aber das spielte keine Rolle; dies war meine Chance. Zoltan war außer Atem. Hastig nutzte ich meinen Vorteil, kniete mich auf seine Brust und preßte ihm die Arme mit den Knien an die Seite. Scandal kam gerade unter Zoltans Kutte hervorgekrochen, als ich damit fertig war, ihn mit einem Streifen Stoff zu knebeln, den ich vom unteren Saum meines Kittels abgerissen hatte. »So!« sagte ich glücklich und wischte mir Schweiß und Schmutz von der Stirn. »Erledigt. Na, was hältst du davon?«

Scandal wollte gerade antworten, doch bevor er auch nur

ein Wort herausbekam, erbebte die ganze Hütte von einer donnernden Stimme, die losdröhnte: »*Davon halten?* Ich halte es für eine Vergeudung besten Geldes, dich auf diese Höker-töker-Zauberer-Schule geschickt zu haben, wenn das das ganze Ergebnis ist. *Das* halte ich davon!«

Ich schnitt eine Grimasse, wollte lieber nicht hinsehen, wußte aber, daß ich es früher oder später doch tun müßte. Vor mir stand ein schwarzes Pferd, ein wilder Hengst mit einem blaubemantelten Reiter auf dem Rücken, der doppelt so wild und doppelt so breit wie das Pferd war, auf dem er saß. Und so starrte ich hinauf, dem Verderben ins Antlitz, und zwang mich zu einem Lächeln.

»Oh ... Hallo, Paps!«

KAPITEL 22

»Liebling, ich wünschte mir wirklich, du würdest damit aufhören, immer auf und ab zu gehen«, sagte Mutter, ohne auch nur den Blick von ihrer Strickarbeit abzuwenden. »Das macht micht nervös.«

»Gnädige Frau, er geht doch gar nicht auf und ab«, sagte Scandal. »Er sitzt hier in diesem hübschen, gemütlichen Armsessel genau gegenüber, mit einem wunderschönen Kater (nämlich mir) auf seinem Schoß.«

»Ach, wirklich?« Mutter blinzelte mit den großen blauen Augen, löste den Blick aber keine Sekunde von dem halbvollendeten Was-immer-es-war auf ihrem Schoß. »Das ist aber nett.«

»Außerdem schmollt er.«

»Hör auf zu schmollen, Kendar, Liebes«, sagte meine Mutter automatisch.

Mir scheint, als sei es schon der tausendste Versuch, meine Mutter dazu zu bringen, dem, was ich zu sagen hatte, auch Aufmerksamkeit zu schenken. »Mama, *bitte*. Es ist ja nicht so, als würde ich etwas Unverschämtes verlangen.«

»Nein, Liebes. Du warst immer ein aufmerksames Kind.« Sie hielt das Was-immer-es-war hoch. »Meinst du, ich sollte die nächste Reihe in Blau machen oder in Weiß?«

»Diese Frau, die Paps da im Verlies eingesperrt hat, ist eine *Freundin* von mir. Sie hat nichts Unrechtes getan und sollte auch nicht so behandelt werden.«

»Du weißt, daß du jederzeit deine Freunde zu Besuch mitbringen kannst, Liebling.« Mutter entschied sich und griff nach der blauen Wolle. »Ich habe nichts dagegen. Oder habe ich auch nur ein Sterbenswörtchen gesagt, als du ohne die geringste schriftliche Vorankündigung gleich mit *dreien* von ihnen aufgekreuzt bist, von denen einer nicht einmal ganz menschlich ist?«

»Aber ich bitte Sie, gnädige Frau!« sagte Scandal.

Zum ersten Mal im Laufe des Gesprächs hob Mutter den Blick und lächelte den Kater an. »Ich habe doch nicht dich gemeint, Lieber.«

Ich atmete tief ein und ließ die Luft erst langsam wieder entweichen, bevor ich sagte: »Ich weiß ja, daß du wütend wegen Mysti bist, Mama, aber ich sage dir doch, daß es ein Versehen war.«

Mutters Lächeln verschwand. »Leute heiraten andere Leute nicht aus Versehen.«

»Na ja, wie du schon sagtest, Mysti kann man auch nicht so recht zu den Leuten zählen. Sie ist eine Welfie. Ich meine, *war* eine Welfie. Ich bin mir auch nicht so sicher, was sie jetzt ist.«

»Jetzt ist sie jedenfalls deine *Frau*.« Aus dem letzten Wort hätten man getrost einen Schneeball basteln können.

»Nein, ist sie nicht, nicht wirklich. Wir haben nicht einmal ... äh ...« Mama warf mir einen steinernen Blick zu. » ... geküßt. Ich meine, uns umarmt. Ich meine, wir haben nicht einmal Händchen gehalten.«

»Der liiecht doch glatt wie 'n Teppisch«, sagte Scandal mit komischem Akzent, er schlief schon fast. »Dabei war es eine so wunderschöne Zeremonie! Nicht einmal mit einer Kettensäge hätte man Braut und Bräutigam voneinander trennen können. Drei Wagenladungen zerstoßenes Eis mußten wir bestellen, um sie wieder abzukühlen. Dafür mußten sogar eigens Gletscher im Polargebiet abgetaut werden.«

»Dich hat keiner gefragt!« schrie ich. »Und außerdem haben wir hier überhaupt keine Polargebiete.«

Der Kater kuschelte sich nur noch fester in meinen Schoß und spannte die Krallen. »Pssssst, ich schlafe«, sagte er.

»Kendar, Liebling, du bist unhöflich zu unseren Gästen«, sagte Mutter und machte sich wieder an den Angriff auf das Was-auch-immer. »Hier auf Gut Uxwutsch sind wir zwar nur ganz einfacher Landadel, aber wir sind stolz auf unseren glänzenden Ruf als Gastgeber.«

»Habt ihr Kendar deswegen in das Schlafzimmer neben dem Euren und Mysti in den Turm gesperrt?« murmelte Scandal. Von wegen schlafen!

»Hör zu, Mama, es ist mir egal, von mir aus kann Mysti auch auf dem zweiten Mond von rechts schlafen! Ich will nur eins: daß Mutter Krötenhauch aus dem Verlies befreit wird und in ihre Hütte zurückkehren kann, wo sie hingehört.«

Mutter nahm eine weitere Stricknadel auf und stach damit das Was-auch-immer durchs Herz. »Ich kann dir nicht helfen, Liebes. Du weißt, daß ich mich nie in die Verliese einmische. Du wirst wohl lieber mit deinem Vater sprechen wollen.«

Nein, keineswegs.

»Ich dachte ... ich dachte, vielleicht könntest du ja für mich mit ihm darüber sprechen«, schlug ich vor. »Auf dich hört er wenigstens.«

Mutters Lachen war so schütter wie altes Laub. »Wedwel verzeih dir, daß du so ein charmanter Lügner bist! Der Edelherr Lucius hört auf niemanden außer auf seinen Oberjagdvorsteher, seinen Oberwildvorsteher, seinen Hundevorsteher und manchmal auch auf deine Schwester Lucy.«

»Ich wette, auf Basehart hört er auch«, grollte ich.

»Ja, ich schätze, er würde wohl auch auf deinen Bruder hören«, stimmte Mutter zu. »Obwohl Basehart meistens nicht viel sagt. Nur wenn er hungrig ist oder wenn er etwas getötet hat. Oder wenn er etwas töten *möchte*.«

Ach ja, trautes Heim! Nichts hatte sich verändert. Verdammt.

Ich gelangte zu dem Schluß, daß Mama vielleicht recht haben könnte: Ob es mir paßte oder nicht, ich würde schon mit Paps sprechen müssen, wenn ich Mutter Krötenhauch etwas Gutes tun wollte. Also stand ich auf und ließ Scandal dabei zu Boden fallen. Für eine schlafende Katze gelang es ihm ganz schön mühelos, sich mitten im Flug umzudrehen und ohne Schwierigkeiten und Überraschung auf den Füßen zu landen.

»Wo kann ich Paps finden, Mama?« fragte ich.

»Hmmm. Es ist keine Essenszeit. Dann tötet er wohl gerade irgend etwas.«

Ich begab mich hinunter zu den Stallungen, Scandal trabte mir nach. Paps Lieblingspferd, der schwarze Hengst Metzel, wurde gerade nach einem anstrengenden Ausritt gestriegelt. Ich sprach mit den Stallknechten, die mir mitteilten, daß Paps soeben von der Jagd zurückgekehrt sei und wahrscheinlich in den Küchen dabei helfe, die Beute abzuhäuten und auszuweiden. Ich dankte ihnen und versuchte Metzel zu tätscheln. Metzel versuchte mir die Hand abzubeißen. Nein, es hatte sich wirklich nichts verändert.

Ich fand Paps bis zu den Knien im Blut und glücklich bis zum Abwinken. Er schwang ein riesiges Schälmesser und sang bei der Arbeit eine altüberlieferte Jägerballade:

Oh, wir fanden den Hirsch,
den fröhlichen, fröhlichen Hirsch;
Oh, wir fanden den Hirsch so fröhlich, so fröhlich – oh!
Oh, wir fanden den Hirsch,
den fröhlichen, fröhlichen Hirsch,
Und schossen ihn voller Pfeile am frühen Morgen – oh!

Ich stand in der Küchentür und wartete darauf, daß er von mir Notiz nahm. Das war dumm. Sechzehn Jahre lang hatte ich schon darauf gewartet, daß er von mir Notiz nahm, doch immer noch ohne Erfolg.

»Paps!« rief ich.

»Eh?« Er fuhr herum und hätte dabei beinahe einen der Diener mit seinem Messer enthauptet. »Ach, du bist das.« Er wandte sich wieder dem Ausweiden toter Tiere zu.

Ich kam in die Küche, wobei ich versuchte, den Blutpfützen auszuweichen. »Paps, wir müssen miteinander sprechen.«

»Nein, müssen wir nicht«, sagte er.

»Paps, *bitte* ...«

Diesmal fuhr er so heftig herum, daß er einem Diener ziemlich schlimm das Ohr aufschlitzte. »Jetzt hör mal zu, Kendar, ich habe dir nichts zu sagen«, knurrte er mich an.

»Schön, dann kannst du ja zur Abwechslung auch mal *zuhören*«, knurrte ich zurück.

Paps warf mir einen merkwürdigen Blick zu. Ich schätze, das war das erste Mal, daß ich ihm Widerworte gab. Aber alte Gewohnheiten sterben nur schwer, und mich zu ignorieren, war für Paps eine äußerst alte Gewohnheit. »Hmpf! Zuhören? Was denn? Soll ich mir deine armseligen Ausreden anhören, weshalb du als Versager nach Hause gekommen bist? Noch dazu als teurer Versager! Als deine Mutter es sich in den Kopf gesetzt hat, mein Geld damit zu vergeuden, dich wegzuschicken, damit aus dir ein Winkelhexer wird, habe ich keinen Ton gesagt. Wedwel ist mein Zeuge, daß du keinerlei Anzeichen gezeigt hast, irgend etwas aus deinem Leben zu machen, da konnte es auch ruhig die Zauberei sein, habe ich mir gedacht. Dann würdest du wenigstens lernen, deinen Mann zu stehen.«

»Ich war noch ein kleines Kind, als ihr mich zu Meister Thengor geschickt habt!« protestierte ich. »Was hätte ich denn bis dahin schon aus meinem Leben gemacht haben sollen?«

»Dein Bruder Basehart hat seinen ersten Hirsch schon mit sechs Jahren erlegt.« Paps' Schnurrbart bebte vor Stolz. »Nur ein Rehkitz, sicher, aber er hat es mit bloßen Händen erwürgt, und da habe ich zu all meinen Freunden gesagt: ›Das ist ein Kind mit *Zukunft*!‹«

»Konntest ›psychopathischer Killer‹ wohl nicht aussprechen, wie?« fragte Scandal.

»Eh? Was war das?« Paps verspannte sich wie ein Jagdhund. Sein Blick heftete sich auf Scandal. »Was, im Namen aller Alpträume, bist du denn?«

»Es macht keinen Spaß, mich zu jagen, und genießbar bin ich auch nicht, was kümmert es dich also?« erwiderte Scandal.

»Ach so. Na ja, dann.« Paps bedeutete den Dienern, sie sollten ihm einen frischen Kadaver bringen.

Ich packte seine sinkende Messerhand. »Ich bin nicht hier, um über mich zu sprechen. Wir müssen über die Hexe sprechen, und zwar *sofort*.«

Die Zeit begann langsam abzulaufen, als mein Vater sich herumdrehte, um mir ins Auge zu blicken. Jedes seiner drei Kinne bebte. In seinem Gesicht erschienen kleine weiße Flecken. Ich spürte, wie sich seine Armmuskeln unter meinen Fingern anspannten und lösten, bis ich ihn losließ.

»Sprich«, sagte er.

Ich versuchte es. Ich konnte nicht. Er zog ein Gesicht wie jemand, dem man ein Geburtstagsgeschenk gemacht hatte, das sich dann als ein Klumpen Matsch herausstellte.

»Vergeude nicht deinen Atem, o edler Meister Kendar«, sagte Scandal und huschte zwischen Paps und mich. »Es wird mir eine Ehre sein, deinem Vater die Angelegenheit zu erklären.« Er stach mit seinen Schnurrbarthaaren nach Paps. »He, großer Junge, ich habe nicht vor zu brüllen. Beug dich gefälligst vor. Wenn du kannst.«

Paps war verblüfft. Er beugte sich soweit vor, wie er konnte, um sich anzuhören, was Scandal zu sagen hatte.

»Jetzt paß gut auf, denn es ist ganz billig, genau wie du: Dein Sohn Kendar ist *kein* Versager. Es sei denn, du hältst es für keine große Sache, daß er jetzt der führende Magik-Mann im Königreich ist. Was sage ich, im Königreich? Quatsch, auf der ganzen *Welt*.«

Mein Vater war mißtrauisch. »Stimmt das denn?«

»Also bitte, Porky, habe ich dich vielleicht jemals angelogen? Ich schwöre dir glatt auf einen Stapel Bibeln, daß der große Zauberer Meister Thengor bei seinem Tod kein Fitzelchen Magik an einen anderen weitergegeben hat.«

Das stimmte: Meister Thengor hatte *niemandem irgend etwas* gegeben.

»Was ist denn eine Bibel?« fragte Paps.

»Macht keinen Spaß, sie zu jagen, ist nicht genießbar, also ...«

»... was kümmert es mich? Ganz richtig. Fahr fort.«

»Also, paß auf, worauf ich hinauswill: Dein kleiner Junge kommt schon ganz ordentlich zurecht. Mag sein, daß er sein Abendessen nicht zu Tode dolchen kann wie sein Bruder, aber mit Magik braucht er einen Hirsch nur anzublinzeln, und zwei Sekunden später – kabumm! – gibt's Hirschbraten für alle.«

Mein Vater wandte sich von dem Kater an mich. »Stimmt es, was die Kreatur da sagt, Junge? Du hast wirklich einen Zauberer aus dir gemacht?«

»Na ja ...« Mir war reichlich unbehaglich zumute. »Der Rat hat mir zwar noch nicht meinen Stab zuerkannt, aber ...«

»Kabumm«, wiederholte Scandal. »Es braucht kein Stück Holz, um einen Zauberer zu machen.«

»Bei Wedwels Gebiß, das Biest hat recht!« Paps keuchte los und schlug mir auf den Rücken. »Dann haben wir also endlich einen Zauberer in der Familie, wie? Gut, gut. Denn aus der Patsche, in die deine Schwester geraten ist, kann ihr höchstens noch ein Zauberer helfen.«

»Patsche? Lucy?« Für einen kurzen Augenblick vergaß ich Mutter Krötenhauchs mißliche Lage völlig. »Was ist denn passiert?«

»Ha! Nichts, was die starke Hand eines liebenden Vaters nicht wieder richten könnte.«

Das hatte ich befürchtet. »Es ist doch wohl nicht ...? Sie ist doch wohl nicht ...? Diese ganzen schrecklichen Geschichten, die Esplanadia ihr immer über Männer erzählt hat ... Und dann ist sie doch losgegangen und ... ?«

»*Männer?*« brüllte Paps, und sein Gesicht nahm die Farbe des überall verspritzten Rotwildbluts an. »Wenn ich auch nur einen Mann *wittern* sollte, der sich in die Nähe deiner Schwester zu schleichen versucht, dann werde ich ... dann werde ich ... dann werde ich ...!« Er sagte zwar nicht genau, was er dann würde, vollführte dafür aber einige recht ausdrucksstarke Gesten mit seinem Schälmesser.

»Was hat sie denn dann getan?«

Mein Vater stieß ein gurgelndes Geräusch aus der Kehle hervor, warf sein Messer beiseite und schlang eine blutige Hand um mein Handgelenk, während er mich aus der Küche zerrte. Wir durchquerten den großen Saal von Gut Uxwutsch, wo uns die aufgezogenen Häupter von zwölf Generationen ermorderter Tiere mit glasigen Augen musterten. Wir gingen die Haupttreppe hinauf und durch die Ahnengalerie, wo uns zwölf Generationen Gangles im Vorbeigehen musterten. Schließlich gelangten wir in Paps' Bibliothek, einen Raum, der die gesamte Büchersammlung der Familie Gangle enthielt. Das Werk hieß *Wilde Tiere die ich gethötet*, verfaßt von Freiherr Theofric Gaungelle, dem Ahnherr unseres Hauses.

Irgend etwas in der Bibliothek stimmte nicht: Auf dem Regal stand ein zweites Buch!

»Da«, sagte mein Vater und zeigte mit einem blutigen Finger darauf. Er weigerte sich, es zu berühren – nicht, weil er es nicht verschmieren wollte, sondern weil das einzige, was Paps je mit Büchern anstellte, das Zerdrücken von Spinnen war. Als ich es in die Hand nahm, fuhr er fort: »Ich habe es im Besitz deiner Schwester gefunden.«

»Mein Paladin der Leidenschaft«, las ich laut vor. »Von Raptura Eglantine.« Ich hörte, wie Scandal hinter mir fast an einem Haarbüschel erstickte.

»Sie … sie … *liest*«, sagte Paps mit schamerstickter Stimme. »Mein kleines Mädchen – und liest *Bücher*! Wie konnte das nur passieren? Was hat deine Mutter bloß falsch gemacht?«

»Wie lange seid ihr schon verheiratet?« fragte Scandal. Ich brachte ihn zum Schweigen. Langsam begann es in meinem Kopf zu klicken. Tatsächlich bildete sich in meinem eigenen, höchst persönlichen Gehirn ein Plan zur Rettung von Mutter Krötenhauch aus. Es war ein beschwingtes, wunderbares Gefühl, vor allem, nachdem man mir in all den vielen Jahren an Meister Thengors Akademie immer nur gesagt hatte, daß es bloß eine einzige Möglichkeit gäbe, wie ich an eine originelle Idee kommen würde: nämlich, sie mir von jemandem mit einem Stock in den Schädel prügeln zu lassen.

»Liest«, wiederholte ich und versuchte, ebenso schockiert und enttäuscht zu klingen wie Paps. »Weißt du, wenn sich das herumspricht, wirst du nie mehr einen Mann finden, der bereit ist, Lucy zu heiraten.« Mein Vater stöhnte. »Und wenn keiner sie heiratet, wirst du sie den Rest ihres Lebens unterstützen müssen.« Er stöhnte noch lauter. »Und wenn sie nie heiratet, bekommst du auch nie den Brautpreis in die Hand oder irgendwelche Ländereien, die er noch drauflegt, oder die Hochzeitsgeschenke seiner Familie an uns oder die ganzen Urlaubsgeschenke, die sie dir sonst geben würden, oder ...«

Es war das erste Mal, daß ich meinen Vater weinen sah.

Irgendwie schafften Scandal und ich ihn aus der Bibliothek und zurück in die Küche, wo wir in einer abgeschiedenen Nische einen Tisch und ein paar Stühle fanden. Unsere alte Familienköchin Maisree warf einen Blick auf den armen Mann, und schon holte sie eine Flasche von Paps' besonderem Nerventonikum, um uns danach alleinzulassen. Das Zeug hieß Alter Zeckenhuster und roch nach verschimmeltem Brot, doch ein Glas davon heiterte ihn schon recht bald wieder auf.

Als mein Vater in etwas sonnigerer Stimmung war, unterbreitete ich ihm mein Angebot. »Paps, wenn Lucy tatsächlich liest, dann muß sie doch wohl *irgend etwas* lesen, richtig?«

»Natürlich tut sie das!« Paps wirkte empört. »Hab' dir das Buch doch selbst gezeigt, oder?«

»Ah! Aber kannst du dir auch sicher sein, daß es das einzige ist, das sie hat?«

»Was? Willst du etwa sagen, daß es noch mehr ... Bücher geben könnte?«

»Ist immerhin möglich.« Nun, da ich die Rolle eines großen und mächtigen Zauberers zu spielen hatte, gab ich mein Bestes, weise und allwissend auszusehen. »Weiß Lucy, daß du dieses hier hast?«

»Ich habe sie damit draußen im Kräutergarten erwischt, wo sie eigentlich ihre Handarbeit hätte erledigen sollen. Aus der Hand habe ich es ihr gerissen!«

»Dann würde ich sagen, daß sie es wohl weiß«, bemerkte Scandal. »Herrn Holzhammer sei Dank.«

Genau das wollte ich hören. Ich legte die Fingerkuppen aneinander und sagte: »Da *sie* weiß, daß *du* es weißt, *mußt* du auch wissen, daß sie nicht wollen wird, daß *du* weißt, daß sie noch weitere Bücher dieser Art hat. Weißt du das?«

»Weiß ich was?« Paps sah aus, als hätte ich einen toten Hirsch auf ihn fallen lassen.

»Natürlich weißt du das!« mischte Scandal sich ein. »Und du mußt außerdem wissen, daß du nie herausbekommen wirst, wo sie sie alle versteckt hat.«

»Nicht?«

»Aber Paps«, sagte ich nicht ungütig, »wann hast du zum letzten Mal in diesem Haus etwas gefunden, nachdem Mama es weggelegt hatte?« Während er darüber nachgrübelte, beugte ich mich vor, um Scandal zuzuflüstern: »Weißt du, was ich vorhabe?«

»Nein«, erwiderte er flüsternd. »Aber ich spiele mit.«

Ich richtete mich wieder auf. »Wie ich die Sache sehe, stehst du vor zwei Problemen. Erstens: die Bücher zu finden, die Lucy bereits besitzt; und zweitens: herauszubekommen, wo sie sie überhaupt her hat.« Ich beugte mich über den Tisch. »In diesem Punkt kann ich dir helfen.«

Kurze Zeit später waren Scandal und ich in meinem Zimmer und wuschen uns zum Abendessen. Das heißt, ich wusch mich, während er einfach nur dasaß und micht mit aufrichtiger Bewunderung in den Augen ansah.

»Ich kann immer noch nicht glauben, daß du die Sache abgezogen hast«, sagte er. »Du hast dem alten Blödmann tatsächlich die ganze Ladung angedreht!«

»Scandal, paß auf, was du sagst. Dieser alte Blödmann ist mein Vater. Wir mögen vielleicht nicht in allen Dingen einer Meinung sein, aber im Grunde seines Herzens ist er doch ein guter Mann.«

»Freund, eines Tages wirst du noch lernen, daß es nichts Gefährlicheres auf dieser Welt gibt als einen guten Mann, der sich ganz sicher ist, aus all den richtigen Gründen genau das Richtige zu tun.«

»Paps *tut* auch das Richtige«, ermahnte ich ihn. »Er wird nämlich Mutter Krötenhauch erst dann den Hexenprozeß machen, nachdem ich meine großen Zaubererfähigkeiten dazu eingesetzt habe, herauszufinden, wo Lucy diese Bücher herbekommen hat. Damit haben wir Zeit herausgeschunden.«

»Wenn er *tatsächlich* das Richtige tut, warum läßt er die Dame dann nicht einfach laufen?«

Ich seufzte. »Das kann er nicht. Viel zu viele Leute wissen bereits, daß Freiherr Lucius Parkland Gangle in seiner Kapazität als Königlicher Distriktrichter eine bekannte Hexe festgenommen hat. Wenn er sie ohne Prozeß laufen läßt, bekommt er Schwierigkeiten mit den königlichen Behörden.«

»Wer sollte es den königlichen Behörden denn erzählen?« fragte Scandal und peitschte mit der Rute. »Die Käseburger bestimmt nicht! Die hatten doch noch nicht einmal den Mumm, eine richtige Hexenjagd auf die Beine zu stellen, bis unser Freund Zoltan sie aufgewiegelt und ihnen versprochen hat, sie mit seiner Macht vor Mutter Krötenhauchs Magie zu beschützen. Und dann hat er ihnen noch die königliche Belohnung für den Hexenfang vor der Nase baumeln lassen wie einen Mausköder, und die armen Blödmänner sind gehüpft.«

»Da wir gerade davon reden – wo ist Zoltan überhaupt?« fragte ich.

»Das letzte, was ich gehört habe, ist, daß er verduftet sein muß, sobald dein Vater Mutter Krötenhauch ins Verlies geworfen hat. Sollte sie rauskommen, wären die Dörfler viel zu verängstigt, um sie zu verpetzen – oder auch deinen alten Herrn.«

»Aber Zoltan täte es.« Ich sah mich kurz selbst im Spiegel, wie ich grimmig dreinblickte.

»Ich weiß ja nicht, wie die Rechtslage bei euch aussieht, Freundchen, aber ich schätze, wenn die Aussage eines einzigen Mannes genügt hätte, um jemanden zur Hexe zu machen, hätte Zoltan sich bestimmt nicht die Mühe gemacht, die Käseburger auf seine Seite zu bringen.«

»Da hast du recht.« Meine Miene hellte sich etwas auf. »Juristisch kann er nichts gegen sie unternehmen, wenn er keine Zeugen hat, die seine Anzeige stützen. Vielleicht werde ich mir Paps mal nach dem Abendessen vorknöpfen und ihm versprechen, Lucys Buch *und* ihren Beschaffer *und* dazu noch einen Ehemann für sie zu finden, falls er Mutter Krötenhauch freiläßt.«

»So ist es richtig, Junge!« Scandal strahlte mich an. »Nicht kleckern, sondern klotzen. Und jetzt besorgen wir uns erst mal was zu mampfen.«

Das Abendessen fand im Bankettsaal von Gut Uxwutsch statt, ein Raum, der fast ebenso groß war wie der große Versammlungssaal, nur daß an den Wänden keine Tierköpfe hingen. Statt dessen hingen dort Dutzende von Gemälden mit solch wunderschönen Szenen wie: »Wilder Eber schlitzt die Hunde auf«, »Stilleben mit ausgeweidetem Wiesel«, »Mensch massakriert Fasane zu Sonnenuntergang«, »Wasserfall mit zwei Bären beim Reißen einer enthaupteten Schweineherde« sowie: »Letzter Blick auf die Methegliner Fuchsjagd beim Sturz über eine Klippe.«

Scandal und ich traten als letzte ein. Mama saß an einem Tischende, Paps am anderen. Normalerweise saß Lucy zu Mamas Rechten, Basehart dagegen rechts von Paps, doch heute abend saßen sie auf halber Höhe der langen Tafel einander gegenüber, da die Ehrenplätze den Gästen vorbehalten waren. Ich errötete ein wenig, als ich sah, daß der freie Stuhl zu Paps' Rechten offensichtlich für mich bestimmt war. Basehart warf mir einen giftigen Blick zu, weil ich diesen Platz einnahm, doch ich bemerkte es kaum, obwohl er direkt neben mir saß.

Trotz der Ehre, die mein Vater mir endlich erwies, wußte ich schon, daß dies kein nettes, ruhiges Familienessen werden würde. Nicht, daß ich mir Mystis wegen Sorgen machte, die mich von ihrem Platz neben Basehart, links von Mama, wütend ansah. Was mir zu schaffen machte, war auch nicht die Tatsache, daß Grym, der mir gegenüber zu Paps' Linken saß, sein Schwert Grabräuber ohne Scheide auf den Tisch gelegt hatte. Auch nicht, daß meine Schwester Lucy, links von Grym, dem großen Barbaren zuckersüße schöne Augen machte. Nein, es war vielmehr der Gast, den ich auf dem Ehrenplatz rechts von Mama erblickte, der mir ein Gefühl verursachte, als hätte ich einen Bauch voller Voondrabs.

»Darf ich mal die Brötchen haben?« fragte Zoltan.

KAPITEL 23

Jeder Bissen, den ich bei diesem Essen zu mir nahm, schmeckte wie Stroh. (Natürlich kochte die alte Maisree meistens so, daß die Mahlzeiten auf Gut Uxwutsch am Ende wie Stroh schmeckten. Ich glaube, sie benutzte ein Kochbuch mit dem Titel *Koch es kurz und klein, bis es sich nicht mehr rührt.*) Ich genoß keinen einzigen Happen und behielt die Augen während der ganzen Mahlzeit auf Zoltan geheftet.

Ich wünschte, ich könnte sagen, daß meine Gefährten meine Besorgnis geteilt hätten – es ist immer etwas einfacher, wenn man weiß, daß man nicht der einzige ist, der sich miserabel fühlt –, doch dieses Glück ward mir nicht zuteil. Scandal sprang mit einem Satz auf den Tisch und stürzte sich auf einen ganzen gebratenen Hüpfer, dann rannte er damit aus dem Saal, um ihn zu verputzen, wobei er glücklich vor sich hin knurrte.

Grym war zu sehr damit beschäftigt, sich riesige Brocken Fleisch ins Gesicht zu schieben, um sich darum zu kümmern, was Zoltan hier zu suchen hatte. Jedes Mal, wenn er kurz nach Luft schnappte, tat Paps ihm wieder etwas auf den Teller und sagte, daß es eine Freude sei, einem rechten Mann zuzuschauen, der »endlich mal ordentlich ißt«.

Was Mysti betraf, die zwischen meiner Mutter und meinem Bruder festsaß, so hatte sie alle Hände voll zu tun, und damit meine ich keineswegs das riesige Steak, von dem sie immer geträumt hatte. Mama stichelte ständig mit Fragen wie: »Ist deine Haarfarbe echt?« und: »Warum behauptet eigentlich alle Welt, daß Welfie-Frauen dicke Waden hätten?«, während Mysti ihrerseits ständig mit der Salatgabel nach Basehart stichelte, weil mein geliebter älterer Bruder sich weigerte, seine Hände bei sich zu behalten.

Zoltan dagegen lächelte die ganze Zeit und widmete seine Aufmerksamkeit ganz meiner Schwester Lucy.

Meiner Schwester ... Wann hatte sie nur damit aufgehört, jenes süße kleine Mädchen zu sein, an das ich mich so gern erinnerte? Wo kamen nur all das lange goldene Haar her und diese großen blauen Augen, genau wie Mamas, nur intelligent? Und warum, in Wedwels Namen, ließen Mama und Paps es zu, daß sie diese eng anliegenden Kleider trug? Darin konnte man jede ihrer Kurven erkennen, und davon hatte sie reichlich. Ich wußte zwar, daß meine Schwester eines Tages erwachsen werden müßte, abe rmußte sie deshalb auch gleich *auswachsen*? Schon, aber dann *so* viel? Kein Wunder, daß Zoltan kein Wort mehr für andere übrig hatte!

Wir waren gerade mit dem Nachtisch fertig, als draußen vor dem Gutshof ein furchtbares Gejaule anfing. Der Lärm war so höllisch, daß unser Familienbutler Kniebeug vor Schreck sein Tablett mit den Getränken fallen ließ. »Ach du liebe Güte«, sagte er seufzend. »Diese Kreatur ist immer noch da draußen.«

»Welche Kreatur?« wollte mein Vater wissen.

»Ein großes purpurnes Tier mit acht Beinen«, sagte Kniebeug und bot meinem Vater ein Glas *Calkabash* dar. »Gerüchten zufolge gehört es zu jener, ähm, Dame, die im Augenblick die herausragende Gastlichkeit des Verlieses genießt.«

»Das ist Norris«, rief ich.

»OrowrowROW!« stimmte Norris mir von draußen zu.

»Möglich.« Kniebeugs Miene war ungefähr so ausdrucksstark wie eine Steinmauer. »Ich habe mich nicht nach dem Namen des Tiers erkundigt. Es sucht das Haus heim und weigert sich zu verschwinden, obwohl Maisree es bereits mit einem Eimer kalten Spülwassers übergossen hat. Soll ich es erschießen lassen, Herr?«

»Du darfst Norris nicht erschießen!« protestierte ich. »Das ist Mutter Krötenhauchs Oktopus.«

»Ganz richtig, Kniebeug«, sagte Paps. »Wag es bloß nicht, das Tier zu erschießen.«

»Sehr wohl, Herr ...«
»Ich werde es selbst tun.«
»*Paps!*« heulte ich.
»Wie?« Mein Vater leerte seinen *Calabash* und ließ sich von Kniebeug neu einschenken. »Willst du es lieber selbst erlegen? Guter Junge. Brauchst du Pfeil und Bogen von mir, oder willst du es lieber mit einem Spieß machen?«
»Ich will weder das eine noch das andere.«
Paps schüttelte den Kopf. »Das Tier hat acht Arme, nichts für Schwertarbeit, Junge. Ich schätze, wir müßten noch irgendwo den einen oder anderen Wurfhammer haben, aber ... Abstemia! Wo sind meine guten Wurfhämmer?«
»Wo hast du sie denn hingelegt, Liebster?« fragte meine Mutter freundlich.
»Ich werde Norris mit *keiner* deiner Waffen töten«, sagte ich.
»Hast du Schiß?« höhnte Basehart. Er beugte sich vor mich, grabschte die *Calabash-Flasche* von Kniebeugs Tablett und nuckelte daran. Unser Butler war Baseharts Manieren gewöhnt. Er ging einfach nur zur Anrichte hinüber, holte eine frische Flasche und machte mit dem Servieren weiter, als wäre nichts geschehen.
Mysti knallte so hart gegen Baseharts Ellenbogen, daß der Flaschenhals ihm klirrend gegen die Zähne schlug und *Calabash* ihm das ganze Hemd bekleckerte. Er wrang den Stoff über seinem Glas aus und leerte es.
»Ha! Jetzt verstehe ich, worauf du hinauswillst«, sagte Paps. »Ein großer alter Zauberer wie du hat gar keine Verwendung für die Waffen einfacher Leute, wie? Genau wie dein pelziger kleiner Freund geagt hat, du brauchst das Tier bloß anzuschielen, und – Kabumm! Schon gibt's Braten für alle.«
»Du darfst es nicht braten, Kendar, Liebes«, warf meine Mutter ein. »Du darfst es nur ordentlich töten, dann mußt du es Maisree geben. Wenn du es selbst kochst, verletzt du damit ihre Gefühle, und dann kündigt sie. Du hast ja gar keine Vorstellung, wie schwierig es heutzutage ist, eine anständige Köchin zu finden.«

»Ich werde Norris nicht kochen, und ich werde Norris auch nicht töten«, sagte ich schleppend. »Er gehört Mutter Krötenhauch. Ich renne nicht in der Gegend herum und töte anderer Leute Haustiere.«

»Ich schon«, sagte Basehart. Er wedelte mit der leeren *Calabash*-Flasche nach Kniebeug, damit dieser ihm Nachschub bringe. Unser Butler erblindete jedoch auf der Stelle und bediente plötzlich nur noch die Leute am anderen Ende der Tafel.

Ich versuchte, es ihnen begreiflich zu machen. »Hört mal, der einzige Grund, weshalb Norris vor dem Haus herumhängt, ist der, daß ihm seine Besitzerin fehlt. Wenn du sie gehen läßt, wird sie ihren Oktopus mit nach Hause nehmen, dann wird keiner von beiden euch mehr belästigen.«

»Sie gehen lassen?« Paps schnaubte, daß sein Schnurrbart in Wallung geriet. »Das kann ich nicht tun, Junge! Das verstößt gegen das Gesetz, und ich bin nun einmal König Steffans Richter für alle Ländereien von Gut Uxwutsch, einschließlich des Dorfs Käseburg. Wer der Hexerei angezeigt ist, muß vor Gericht, und danach wird er dann gehenkt oder so was.«

»Ja, wer als Hexe *angezeigt* wird.« Ich richtete einen Finger auf ihn. »Aber wer hat sie denn angezeigt?«

»Ich.« Zum ersten Mal während dieser Mahlzeit sah Zoltan mich anstelle von Lucy an.

»Das ist richtig, Liebes«, sagte Mama. »Dieser nette junge Mann ist heute nachmittag deinem Vater begegnet, während er und Basehart auf der Jagd waren, und hat gesagt, daß er die Dame in unserem Verlies förmlich der Hexerei anklagen möchte. Dein Bruder hat ihn zum Gerichtsvorsteher gebracht, um seine Aussage zu Protokoll zu nehmen, während Edelherr Lucius sich um die Tagesbeute kümmerte.«

Das war es also. Während ich unten mit Paps in der Küche gewesen war, hatte Zoltan sich ins Haus eingeschlichen.

Mein Bruder sprach als nächster. »Nachdem wir beim Gerichtsvorsteher waren, haben wir uns dann ein bißchen unterhalten.« Basehart schielte mich häßlich an. Basehart hatte ohnehin schon ein sehr häßliches Gesicht, aber das

Schielen machte es noch häßlicher. »Wie sich herausstellte, ist er mit dir zur Schule gegangen. Nachdem ich ein paar der Geschichten gehört habe, die er zu erzählen hat, habe ich ihn zum Abendessen eingeladen, damit er uns allen davon berichten kann ... *Rattenklopper.*«

Mutter strahlte. »War das nicht nett von deinem Bruder?«

»Wunderbar.« Innerlich kochte ich zwar, hatte aber beschlossen, mein Temperament um jeden Preis zu zügeln. Mutter Krötenhauch aus der Klemme zu helfen, war wichtiger, als es meinem Bruder heimzuzahlen oder mit Zoltan abzurechnen. So ballte ich meine Hände im Schoß zu Fäusten und fuhr fort, als hätte Basehart kein einziges Wort gesagt.

»Eine Bezichtigung allein genügt nicht«, sagte ich. »Selbst wenn er ein alter Schul*freund* von mir ist.«

»Der Junge hat recht.« Paps sagte es, als sei er selbst davon überrascht. »Das Gesetz verlangt mindestens zwei Zeugen, die einen Vorwurf der Hexerei zu beeiden bereit sind.«

»Und es ist ein sehr gerechtes Gesetz. Meinst du nicht auch, bezauberndes Fräulein Lucy?« säuselte Zoltan.

Meine Schwester gewährte ihm einen Blick, wie sie ihn normalerweise nur für Spinat mit Sahne übrig hatte.

»Und?« Es fiel mir schwer, den triumphierenden Unterton aus meiner Stimme zu verbannen. »Wo ist denn dein zweiter Zeuge?«

»In Gladderadatsch«, erwiderte Zoltan geschmeidig und griff in seine Kutte, um eine Pergamentrolle hervorzuziehen. Er machte eine Geste, worauf sie über die Tischplatte bis zum Platz meines Vaters schwebte. »Seine neue Arbeitsstelle hindert ihn zwar daran, heute abend bei uns zu sein, aber ich denke, seine beeidete Aussage dürfte genügen.«

Paps entrollte das Pergament und las vor: »›Ich, Evvon, ehemals Oberdorftrottel von Käseburg, nur daß ich jetzt in Gladderadatsch lebe und dort eine nette Stelle als Büro-Ratt habe, wo ich nicht allzuviel tun muß, beschwöre hiermit, daß Mutter Krötenhauch eine Hexe ist, und jeder, der das Gegenteil behauptet, kann mir mal im Dunkeln begegnen. Sie hat mich in eine Kröte verwandelt, nur weil ich ihr sagte, daß sie den Hexenjagdtext falsch aufsage. Was soll aus dieser Welt noch werden, wenn man nicht mal ein bißchen konstruktive Kritik verträgt, das möchte ich gern wissen!‹«

Mein Vater legte die Rolle wieder ab. »Unterschrieben und besiegelt, alles in Ordnung. Das Wort eines Regierungsangestellten und Idioten. Mehr kann man nicht verlangen.« Er sah tatsächlich so aus, als täte es ihm leid, als er sich mir zuwandte und sagte: »Ich fürchte, die Dame muß vor Gericht.«

KAPITEL 24

Grym knuffte mich mit dem Knauf seines Schwerts in den Rücken. »Bist du dir gewiß, daß hier entlang der Weg uns führt zum Schlafgemach der Welfenmaid, o Meister?«

»Gewiß? Natürlich bin ich mir gewiß! Ich bin schließlich in diesem Haus aufgewachsen. Ich kenne hier jeden Winkel. Mama hat Mysti im Ostturm untergebracht, und das ist der Weg dorthin.«

»Wenn du es meinst, so wird's wohl sein.« Grym klang nicht allzu überzeugt.

»Ich bin zwar nur auf dem Boden eines Wäscheschranks in Malibu geboren, aber selbst ich weiß, daß ein Turm *hinauf* bedeutet«, warf Scandal ein. »Aber wir latschen jetzt schon stundenlang immer dieselbe Treppe *hinunter.*«

»Das ist doch gar nicht *stundenlang*«, erwiderte ich. »Ihr kennt Gut Uxwutsch einfach nicht. Am Anfang war es nur Theofric Gaungelles Lieblingsjagdhütte – nichts Besonderes, nur eine Lehmhütte mit einem frischen Quell in der Nähe. Im Laufe der Jahre wurde daraus eine hölzerne Festung, die zu einer Gebirgsburg umgebaut wurde, und inzwischen ist es nur noch ein großes, weit verstreutes, unordentliches Labyrinth von einem Haus.«

»Mit anderen Worten, du findest hier nicht ein, nicht aus«, bemerkte Scandal.

Vertraut mir. Ich weiß schon, was ich tue.«

Als wir schließlich wieder vor der Tür zu meinem eigenen Zimmer standen, mußte ich einräumen, daß dem nicht so war.

Wir setzten uns erneut in Marsch, diesmal mit Scandals Versprechen, Mystis Zimmer per Witterung ausfindig zu machen. Dreimal durchquerten wir den großen Saal und wanderten die Ahnengalerie auf und ab, bis wir uns schließlich am Fuß einer schmalen Wendeltreppe wiederfanden.

»Bei den heiligen Skalptrocknerregalen meiner Ahnen«, sagte Grym, »mich deucht, dies ist dieselbe Treppe, die wir zuvor schon genommen.«

»Es ist *auch* dieselbe.« Stirnrunzelnd sah ich Scandal an.

»Verklagt mich doch«, antwortete der Kater. »Aber wie wäre es, wenn wir diesmal die Treppe *hinauf* statt *hinunter* gehen?«

Einen Versuch war es wert. *Alles* war einen Versuch wert. Wir mußten das Verlies noch vor Tagesanbruch erreichen. Am Vorabend, kurz nach dem Abendessen, hatte ich beschlossen, daß wir Mutter Krötenhauch aufsuchen und sie vor dem bevorstehenden Prozeß warnen mußten. Ich würde Paps zwar dazu bringen können, ihn hinauszuzögern, aber nicht auf alle Zeiten; nicht bei zwei Zeugen, die gegen sie ausgesagt hatten.

Schlauer Zoltan. Er hatte Evvon aus Käseburg heraus geschafft und ihm diese Regierungsstellung besorgt, damit der ehemalige Dorftrottel seine Aussage einreichen konnte, ohne befürchten zu müssen, daß die Hexe es ihm heimzahlen würde. Das war nicht nur geraten – ich wußte es genau, denn als ich nach diesem scheußlichen Mahl auf mein Zimmer zurückkehrte, fand ich dort auf dem Kopfkissen eine Notiz Zoltans vor. Darin schilderte er, was er getan hatte, was er von mir wollte, und was er tun würde, falls ich nicht mit ihm kooperierte. Ich sollte mich in aller Stille mit ihm davonstehlen und ihn versuchen lassen, mich meiner Magik zu entledigen – sonst würde Mutter Krötenhauch es mit den Hexengesetzen von König Steffan zu tun bekommen.

Ich bin sicher, daß wir einen schmerzlosen Weg finden werden, um dich von deinem versehentlich übernommenen Erbe zu befreien, schrieb er. Schmerzlos? Würde er sich deswegen tatsächlich Sorgen machen? *Komm heimlich in mein Zimmer, ohne dieses Lumpenpack deiner Freunde, dann werden wir gemeinsam gehen. Wenn ich fort bin, bleibt nur noch die Aussage des Trottels. Mit einer einzigen Zeugenaussage kann es aber nicht zum Prozeß kommen. Deine Magik oder das Leben der Hexe – es ist deine Entscheidung.*

Ohne dieses Lumpenpack meiner Freunde ... *Freunde*. Scandal nannte ich bereits einen Freund, aber mehr als nur einen zu haben ...! Ob Grym und Mysti Zoltans Vermutung wohl bestätigen würden? Waren sie tatsächlich meine Freunde? Ich würde jedenfalls nicht einfach abhauen, ohne es vorher herausbekommen zu haben.

Dann war da noch die Sache mit meinem »versehentlich übernommenen Erbe«, wie Zoltan es ausdrückte. Dank Mutter Krötenhauchs Buch begann ich langsam zu begreifen, wie Magik funktionierte – nichts Großartiges bisher, aber immerhin gut genug, um nicht mehr unkontrollierbar loszuglühen. Ich wollte herausfinden, wie weit ich damit kommen würde. Was ich *wirklich* herausfinden wollte, war, ob es vielleicht endlich etwas auf der Welt gelben könnte, das ich gut genug beherrschte, um etwas Besonderes zu sein.

Außer Rattenkloppen, meine ich.

Schade nur, daß das Buch keine Magik-Tricks abdeckte wie den, eine Hexe aus einem Verlies verschwinden und im Nachbarkönigreich wieder auftauchen zu lassen. Aber vielleicht hatte Mutter Krötenhauch schon mal davon gehört, wie so etwas ging, und könnte es mir beibringen. Als zweitbeste Lösung wüßte sie vielleicht, wie ich meine Magik dazu verwenden könnte, um ihre Verliestür in Sägemehl zu verwandeln. Und falls alle Stricke reißen sollten: Wer, wenn nicht eine Hexe, würde besser in Sachen Hexengesetze Bescheid wissen und sämtliche Schlupflöcher kennen?

Als ich letzteres Grym gegenüber erwähnte, sah er mich an, als hätte ich den Verstand verloren. »Beim eisernen Lendenschurz von Andromium dem Nimmermüden, willst etwa du die Gerechtigkeit den Händen des *Gesetzes* überlassen?«

»Nur als letzten Ausweg«, versicherte ich ihm. Ich hoffte allerdings, daß es nicht dazu kommen würde.

Wir folgten Scandals Rat und machten uns daran, die Wendeltreppe emporzusteigen. Für Grym war das ein Spaziergang, schließlich hatte er Oberschenkelmuskeln wie Baumstämme, aber es dauerte nicht lange, da verlangte Scandal getragen zu werden.

»Immer weiter geradeaus«, sagte der Kater, als er schließlich in Gryms Armen ruhte. »Geht schließlich nur in eine Richtung, nicht wahr?«

Wir stiegen noch ein Stück hinauf, kamen manchmal an Schießscharten vorbei, die das Mondlicht einströmen ließen, tasteten uns aber die meiste Zeit im Dunkeln vorwärts. Es war sehr ermüdend und eintönig. Schon bald fragte ich mich, ob Grym mich nicht vielleicht auch tragen könnte. Doch bevor es dazu kommen konnte, hatten wir die Spitze des Turms erreicht. Dort war ein Treppenabsatz, ein kleiner Alkoven, darin eine fast abgebrannte Nachtkerze in gläsernem Ständer, und eine Tür.

»Dasmussessein«, sagte Scandal. »Laß mich runter, Tarzan.« Er sprang von Gryms Armen und trabte hinüber, um die Tür gründlich zu beschnüffeln. »Jepp!« verkündete er. »Lirum, larum, Löffelstiel, ich rieche hier …« Er hielt inne und rümpfte verwundert die Nase. » … *Bruder?*«

»Das ist …«, fing ich an. Doch kam ich nicht mehr dazu, *unmöglich* zu sagen, weil im selben Augenblick die Tür aufflog und etwas Großes und Dummes herausgestürzt kam. Es war Basehart, der eine Flasche *Calabash* an seine Brust gedrückt hielt. Ich sah noch, wie er sich wacker mühte, die auf ihn zuschießende Wand mit dem Gesicht zu treffen und nicht mit der Flasche und ihrem kostbaren Inhalt. Das gelang ihm auch.

»Basehart, was tust du hier?« fragte ich und musterte ihn finster, wie er am Boden lag.

»Nichts«, erwiderte er. Es hörte sich an, als hätte er den Mund voller Spinnweben. Seine Nase war blutig, vielleicht sogar gebrochen, und beim Sprechen wackelten einige seiner Zähne. Seinem Aussehen tat das keinen weiteren Abbruch.

»›Nichts‹? Ha!« Mysti stand in der Tür, in ein dünnes enges weißes Nachthemd gekleidet. Ihr schimmerndes Haar fiel in seidigen Wellen ihren Rücken herab, und von ihren spitzen Ohren ragten nur Andeutungen hervor. Je länger ich sie ansah, um so schwerer fiel mir das Atmen. Sie kam aus dem Zimmer gestakst und baute sich neben mir auf, wobei sie Basehart einen Blick zuwarf, der ihn hätte töten, häuten, kochen und auf einem Tablett servieren können.

»Da bin ich fest am Schlafen, im ersten anständigen Bett meines Lebens, als dieser Schleimbeutel in mein Zimmer gesabbert kommt und mich aufweckt, um eine gemütliche kleine Party zu veranstalten. Als ich ihm sage, er soll die Mücke machen, gluckst er nur und erwidert, daß ich ihm am Morgen schon noch dankbar sein werde. Dann versucht er, mir *nichts* anzutun! Wenn er noch mehr von dieser Sorte *Nichts* versuchen sollte, verfüttere ich seine Leber an ... Ach was, ich glaube, ich fresse sie lieber selbst und spare mir die Mühe.« Sie hob einen nackten Fuß, bereit, Basehart einen Tritt an den Kopf zu verpassen.

»Halt ein«, sagte Grym, hob sie auf und hielt sie zu weit vom Boden hoch, als daß ihr Tritt irgend etwas anderes hätte treffen können als die Luft. »Es steht dir nicht an, Maid, einen Mann zu treten, wenn er am Boden liegt.« Er ließ die Zähne aufblitzen und fügte hinzu: »Überlaß du dies nur den Professionellen.« Dann stellte er sie an der Seite ab und schickte sich an, Baseharts Kopf seiner Verwendung als Fußball zuzuführen.

»Nicht!« Ich hob eine Hand und trat zwischen den Fuß des Barbaren und Baseharts Kopf. Meine Finger glühten vom goldenen Licht der Magik.

»Mann!« staunte Basehart am Boden. »Mach das noch mal!«

Ich warf ihm einen angewiderten Blick zu. »Du hast genau drei Atemzüge, um mir zu erklären, was du hier oben zu suchen hast und wieso du Mysti belästigst, sonst lasse ich Grym freien Lauf, damit er mit deinem Schädel Hau-den-Lukas spielt.«

Basehart wälzte sich zur Seite und zerrte sich mit Hilfe einer Hand an der Wand hoch. Mit der anderen hielt er noch fest die Flasche umklammert. Er tat einen langen, gurgelnden Zug, dann sagte er: »Ist ungerecht.«

»Was ist ungerecht?«

»Sie.« Er ruckte mit der Flasche in Richtung Mysti. »Mama hat dich immer lieber gehabt als mich, aber Paps war wenigstens schlauer. Früher jedenfalls.«

»Schlauer? Weil er dich mehr mochte?« fragte ich.

»'türlich!« Die Frage überraschte Basehart aufrichtig. »Würde das nicht jeder tun?«

»Na, den können wir schon mal von der Abonnentenliste der Anonymen Minderwertigkeitskomplexer streichen«, meinte Scandal.

»Und dann kommst du auch noch nach Hause als richtig großer Zauberer. Und auch mit 'ner Frau, die *so* aussieht!« Basehart lehnte sich gegen die Wand, als seine Knie nachgaben. Langsam glitt er zu Boden, wobei er sich mürrisch darüber beschwerte, daß eigentlich er doch Mysti verdient habe und nicht ich.

»Da hat er nicht ganz unrecht, Boß«, sagte Scandal. Er lächelte Mysti an. »Dein großer Traum ist es doch, bei jeder Mahlzeit die Zähne in einen ordentlichen Brocken Fleisch schlagen zu können; und sein Steckenpferd ist es, Fleisch-Dinger umzulegen. Baby, kann ich dich vielleicht für deinen Märchenprinzen interessieren? Eine Ehe, wie im Himmel gestiftet. Vorausgesetzt, es befindet sich schon ein Schlachthof auf dem Gelände.«

Baseharts Augen leuchteten auf. »Ach, *würdest* du?« rief er und grabschte nach Mystis Hand. Mysti trat einen Schritt zurück, und er stürzte. »Heirate mich«, sagte er zu dem Fußboden, »und ich mache dich zum glücklichsten Mädchen auf Gut Uxwutsch.«

»Dich werde ich erst heiraten, wenn Schweine fliegen können«, antwortete Mysti.

»Prima! Abgemacht!« warf Scandal schnell ein. »Bwana, schmeiß schon mal deine Levitationszauber an, dann helfe ich deinem Bruder Quasimodo hier, ein Schwein aufzutreiben, und ...«

»Hier wird niemand verheiratet oder *ent*heiratet«, sagte ich in strengem Ton. »Und jetzt verzieh dich, Basehart!«

Mein Bruder hob den Kopf vom Boden. Seine Augen

waren zwei brennende Schlitze des Zorns. »Mir schreibt niemand vor, was ich zu tun habe«, fauchte er. »Bis auf Paps. Und Mama. Und unser Kindermädchen Esplanadia. Meinste etwa, du kannst hier die große Nummer abziehen, nur weil du ein Zauberer bist? Dir kann ich trotzdem noch die Nase polieren, bis du die Sonne für einen Käse hältst.«

»Versuch es nur.« Meine Hände wurden zu Fäusten. »Versuch es nur.«

Basehart schüttelte den Kopf. »Das würde dir wohl so passen! Damit du einen Vorwand hast, mich mit deinen Kräften zu rösten. Ich bin doch nicht blöd.«

Ich biß mir auf die Zunge.

»Zauberei kann man nur mit Zauberei bekämpfen«, fuhr mein Bruder fort. Er stand auf und hielt auf die Treppe zu. »Ich hol' jetzt meinen guten Kumpel Zoltan. *Das* ist ein Zauberer. Ein besserer, als *du* jemals warst. Hat mir alles über dich erzählt.« Am Treppenabsatz blieb er stehen, drehte sich um und fauchte: »Rattenklopper!«

Scandal huschte vor Baseharts Füße, als er gerade die erste Stufe nahm. Er stolperte über den Kater, kippte nach vorn, ließ die *Calabash*-Flasche fahren, schrie erschrocken auf, als sie auf den Steinstufen zerschellte, wirbelte wild mit den Armen und stürzte trotz allem doch noch in die Tiefe. Wir hörten, wie er bumm, bumm, donner, rumpel hinunterfiel und schließlich bis nach ganz unten rollte, dann war Stille.

»Ich habe ihn umgebracht«, sagte Scandal, stolz auf sich selbst.

»Kater, es wäre besser, wenn du dich irren würdest«, preßte ich zwischen zusammengebissenen Zähnen hervor und beugte mich über das Geländer, die Ohren gespitzt, um irgendein Lebenszeichen von unten auszumachen.

»Hä? Was ist denn jetzt los?« Scandal war verwirrt. »Dieser Penner war doch bloß eine ganze Wagenladung Ärger, die nur darauf wartete, loszugehen, und der einzige Name auf dem Adreßaufkleber war deiner.«

»Dieser Penner ist immerhin mein *Bruder*«, konterte ich. »Nur weil wir uns hassen, heißt das noch nicht, daß ich ihn tot haben will.«

Der Kater zog die Nase hoch. »Penibel, penibel!«

»Meinst du, der Schurke hat den Tod gefunden durch Katzenpfotenfrevel?« fragte Grym.

»Ich weiß es nicht«, erwiderte ich. »Aber ich werde jetzt nachsehen gehen.«

Ich huschte die Treppen hinab, ohne mich darum zu kümmern, ob die anderen mir folgten. Ich lief tiefer und tiefer, konnte Basehart aber nirgendwo finden. Erst waren da nur Stufen, Stufen und noch mehr Stufen, die sich vom Absatz oben im Turm wie ein Korkenzieher in die Dunkelheit fraßen. Nach einer Weile folgten noch weitere Treppenabsätze, die zu anderen Torgängen führten. Ich blieb bei jedem davon stehen und spähte hinaus, um zu sehen, ob mein Bruder sich vielleicht von der Treppe fortgeschleppt hatte, um in einem der Gänge zu sterben. Doch war er weder auf dem ersten noch auf dem zweiten Stockwerk, das ich unterwegs überprüfte. Ich wollte gerade das dritte angehen, als die anderen mich einholten.

»Du hättest wenigstens warten können«, meinte Mysti. »Ich mußte mich erst ankleiden.« Sie trug ein derart formloses und schweres Kleid, daß es selbst ihre Kurven noch zunichte machte. Ich wußte nicht, ob ich enttäuscht oder erleichtert sein sollte. »Deine Mutter hat mir meine alten Sachen weggenommen, um sie waschen zu lassen, und mir statt dessen das hier gegeben«, sagte sie und breitete das grobe Tuch aus. »Gefällt es dir?«

»Niemand hat mir gesagt, daß der Zirkus in der Stadt ist!« heulte Scandal. Er steckte die Nase unter den Saum. »Heissa! Stalagmiten!«

»Komm darunter weg!« befahl ich und zerrte ihn zurück. »Und hör auf mit dieser Alberei. Ich muß sehen, ob mein Bruder unversehrt ist, und danach müssen wir alle Mutter Krötenhauchs Zelle suchen. Und außerdem«, sagte ich an Mysti gewandt, »habe ich keine Zeit, mir Gedanken um dein häßliches Kleid zu machen.«

»Oh!« Mystis Stimme klang plötzlich furchtbar kleinlaut. »Dann suchen wir doch sofort nach deinem Bruder.« Ich konnte ihr Gesicht nicht sehen, als sie das sagte, hörte aber ein Stocken in der Kehle. Es klang nach Tränen, die nur mühsam zurückgehalten wurden.

»Mysti, es tut mir leid, wenn ich dich verletzt habe, aber ...« Ich bekam den Satz nicht mehr zu Ende. Eine muskulöse Hand legte sich auf meinen Mund, und ein kräftiger, mit einem Schwert bewaffneter Arm schob sich vor mein Gesicht. »Kusch«, flüsterte mir Grym grob ins Ohr.

»Grmph«, antwortete ich.

»Kusch!« beharrte der Barbar. Er ließ mich los. »Kein Wort. Stimmen tu' ich dort drüben vernehmen.« Er deutete auf den Korridor jenseits des Treppenabsatzes. »Vorsicht gilt's nun walten lassen, auf daß es nicht geschehe, daß dein tölpelhafter Bruder durch sein jüngstes Unglück das Haus zu uns'rem Schaden aufgeweckt.«

»O nein, nicht auch das noch!« stöhnte ich (leise). »Du meinst, er könnte Mama aufgeweckt haben?«

»Kusch!« Wir kuschten. Der Gang jenseits der Treppe war von vielen kleinen Bienenwachskerzen gut erhellt. Als ich hinausblickte, entging ich nur um ein Haar der Entdeckung durch zwei Wachposten, die am Ende des Korridors standen. Wachen und Bienenwachskerzen kosten einen Haufen Geld, vor allem, wenn man sie die ganze Nacht im Einsatz hat. Ich fragte mich, was in diesem Teil des Hauses nur so wertvoll sein konnte.

Einer der Posten streckte sich gähnend. »Bei Wedwels Zehen, das ist vielleicht langweilig. Wann kommt denn unser Einsatz, den wir so dringend brauchen?« Er warf einen sehnsüchtigen Blick den großen Treppenabsatz zu seiner Rechten hinunter.

»Langweilig?« wiederholte der zweite Posten. »Nach dem ganzen Aufruhr mit Basehart? Als er auf der Turmtreppe einen Purzelbaum nach dem anderen machte, dachte ich schon, wir würden angegriffen!«

»Ja, du bist auch ganz schön zusammengefahren«, stimmte sein Kamerad zu. »Aber wenn du erst einmal so lange für die Gangles gearbeitet hast wie ich, dann weißt du, daß der junge Basehart so regelmäßig Treppen herunterfällt, daß man schon die Uhr danach stellen kann.«

Der jüngere Posten schnalzte mit der Zunge. »Bei dem ganzen Gepolter hätte ich geglaubt, der bricht sich alle Knochen. Aber nicht mal eine Schramme! Es gibt doch noch Zeichen und Wunder.«

»Och, der wird morgen früh schon seine Schrammen haben«, widersprach der Veteran. »Aber Knochen hat er sich noch nie gebrochen, warum sollte er also jetzt damit anfangen? Wir haben für den Jungen alles getan, was wir konnten, als wir ihm die Haupttreppe zeigten und ihm erklärten, wie er zu seinem Bett zurückfindet.«

»Die Haupttreppe ist er auch hinuntergefallen.«

»Na ja, diese Gangles lieben eben ihre kleinen Familientraditionen.«

»So, da hörst du es!« flüsterte Mysti heftig. »Basehart geht es gut – um so schlimmer. Jetzt laß uns Mutter Krötenhauch suchen.«

»Kusch!« sagte Grym zum vierten Mal. Er verbaute Mysti den Zugang zur Treppe. »Nicht Hand noch Fuß werden wir rühren, bevor die Posten dort Entsatz erhalten, auf daß sie uns're Schritte nicht vernehmen und ich mich nicht in Nöten sehe, sie blutig wohl zu metzeln.«

»Es wäre mir lieber, du würdest das nicht tun«, meinte ich. »Sonst schiebt mir Mama das auch noch in die Schuhe.«

»So warten wir denn hier, bis andere Wachen kommen, auf daß wir im Getöse ihres Lebewohls von dannen schleichen können«, schlug Grym vor. Er hatte recht. Wir durften keine Aufmerksamkeit erregen. Stumm bedeutete ich ihm, daß wir seinem Plan folgen würden. Und so setzten wir uns auf die Treppe, um zu warten.

Die Zeit verging nur zäh. Scandal kringelte sich zusammen und schlief auf Mystis Schoß ein, aber wir anderen besaßen nicht sein Talent, zu jeder passenden Gelegenheit ein Nickerchen einzulegen. Ich spähte immer wieder in den Gang hinaus, nur um etwas zu tun zu haben. Schon bald wurde daraus ein Spiel. Ich schaute nach, ob es im Gang irgendwelche Hinweise darauf gab, die mir helfen würden zu erraten, was wohl in dem Zimmer sein mochte, das die Posten so pflichtbewußt bewachten.

Die Schatzkammer konnte es nicht sein. Paps bewahrte sein Geld in einem Raum auf, der noch unterhalb des Verlieses lag. Er hatte mich einmal dorthin mitgenommen, und wir hatten uns im Dunekln vortasten müssen. Er hatte sich geweigert, auch nur eine Kerze mitzunehmen – als Sicherheitsmaßnahme. Denn was man nicht sehen kann, kann man schlecht stehlen.

Die Waffenkammer war es auch nicht. Paps liebte seine Waffen, zog es aber vor, sie in Reichweite zu haben. Im Laufe der Jahre hatte Mama sich daran gewöhnt, an jeder Ecke über Speere, Schwerter und Armbrüste zu stolpern. Ich musterte die rosa und prupurnen Einhornwebteppiche, die an den Korridorwänden hingen, während ich versuchte, mir vorzustellen, was es wohl auf Gut Uxwutsch geben konnte, das Paps so gut bewachen ließ.

Rosa ... und purpurne ... Einhörner?

Plötzlich wußte ich es.

Mein Ratespiel endete gerade zur rechten Zeit. Am gegenüberliegenden Ende des Gangs ertönte das Scheppern und Klirren bewaffneter Männer, die die Treppe hochkamen. Die beiden Posten nahmen Habachtstellung an, als zwei Gestalten in Umhängen mit Kapuzen die oberste Stufe der Haupttreppe erklommen.

»Halt!« sagte der ältere Diensthabende. »Gebt die Parole.«

»Verheirate deinen Sohn, wann du willst; deine Tocher wann du kannst«, antwortete der größere der beiden Männer. Der *sehr viel* größere, sollte ich wohl sagen. Er war etwa doppelt so groß wie sein Gefährte, aber nur, weil der zweite Bursche winzig genug aussah, um unter einem Tisch hindurchzuspazieren, ohne sich die Frisur zu versauen. So, wie ich Paps kannte, hatte er den wahrscheinlich zum halben Preis angeheuert.

»Passiere, Freund. Wird auch langsam Zeit, daß ihr kommt.« Der ältere Posten schüttelte ein paar Knoten aus seinem Bein, dann rief er seinem Kameraden zu: »Komm schon, Horst, mal sehen, ob es in der Küche etwas für zwei hungrige Männer gibt.«

Horst rührte sich nicht vom Fleck. Statt dessen musterte er

eindringlich den kleinen Posten. »Bist du nicht ein bißchen sehr ... *klein* für diese Branche?« fragte er.

»Es ist unhöflich, persönliche Bemerkungen zu machen«, erwiderte der winzige Wächter und zeigte ihm die kalte Schulter.

Doch Horst ließ sich nicht beirren. Immer noch mißtrauisch, sagte er: »Ich kann mich gar nicht erinnern, jemanden deiner Größe unten im Wachraum gesehen zu haben. Wie heißt du denn? Wo kommst du her?«

»Ich bin niemand, an den du dich erinnern könntest«, antwortete der kleine Mann. »Du mußt nämlich wissen, daß ich nicht zur regulären Wachmannschaft von Edelherr Lucius gehöre. Irgend jemand hat sich heute krank gemeldet, da hat er mich auf Zeit angeheuert. Mein Mame ist Milkum, falls dich das wirklich interessieren sollte.«

Horst hielt beharrlich die Stirn in Falten, aber sein Partner war nicht bereit, ihn bei seinen Ermittlungen zu unterstützen. Dazu hatte der ältere Posten es viel zu eilig, wegzukommen. »Komm schon, komm schon«, drängte er. »Der ist schon in Ordnung. Ich habe ihn schon ein-, zweimal hier gesehen, aber er ist nicht regelmäßig da. Nur ein Springer, genau wie er sagt.« Er klopfte Horst auf den Rücken und schob den jüngeren Mann die große Treppe hinunter.

»Na endlich«, sagte Milkum. »Ich dachte schon, die gehen nie mehr weg. Na ja, wenn wir aus der Nacht noch etwas machen wollen, sollten wir langsam mal loslegen.« Er öffnete die Tür, die er eigentlich bewachen sollte, und verneigte sich vor seinem Partner. »Dich wird sie als ersten haben wollen. Zieh die Kleider aus.«

Ich machte einen Satz nach vorn, einen halberstickten Schrei auf den Lippen, als die Tür sich auch schon hinter ihnen schloß. Obwohl Grym den Rücken meines Kittels packte, stemmte ich mich dagegen wie ein angeleinter Hund, der Fleisch gewittert hatte. »Laß mich los! Laß mich los!«

»Boß, du weckst noch das ganze Haus auf«, protestierte Scandal. »Du weckst die ganze Nachbarschaft auf. Du weckst das ganze gottverdammte *Königreich* auf! Was ist mit

Basehart? Was ist mit Zoltan? Was ist mit Mutter Krötenhauch? Was ist mit *kusch*?«

»Sollen sie doch alle in Wedwels Demokratischer Hölle schmoren!« schrie ich. »Das ist das Zimmer meiner *Schwester*!« Ich ließ mich unter Gryms Griff erschlaffen und schlüpfte zappelnd aus meinem Kittel. Nackt bis zur Hüfte, raste ich den Gang entlang. Die Tür war nicht versperrt – das war auch besser so, sonst hätte ich mir wahrscheinlich ein paar Knochen bei dem Versuch gebrochen, sie einzuschlagen. Ich riß sie sperrangelweit auf, dann tat ich das gleiche mit den Augen.

Da war meine süße kleine Schwester, von den Beinen gerissen, in den Armen eines Mannes, gegen den Grym geradezu mickrig aussah. Sie trug ein dünnes, durchschimmerndes Tuch, so belastbar wie eine Seifenblase und fast genauso durchsichtig. Auf dem Boden lagen zwei Kapuzenumhänge. Der kleine Milkum hockte auf der Truhe am Fußende von Lucys Bett, baumelte mit den Hacken und lächelte fröhlich dazu.

»Ach, das ist gut!« krähte er. »Das ist sehr, sehr gut! Und wer soll der hagere Typ da in der Tür sein? Dein Mann?«

»Ich bin ihr Bruder!« erklärte ich.

Milkum zog eine Schnute. »Ehemänner sind besser.«

Lucy fuhr in den Armen des großen Manns kerzengerade auf – kein leichtes Unterfangen, aber Lucy schafft es immer – und warf mir einen vernichtenden Blick zu. »Nicht jetzt, Kendar«, sagte sie. »Ich stecke mitten in einem guten Buch.«

KAPITEL 25

»Du bist *was*?« Ich konnte nicht fassen, was meine kleine Schwester mir soeben mitgeteilt hatte. Es war viel zu schmachvoll. Es war viel zu entsetzlich. Es würde Paps auf der Stelle umbringen, wenn er davon erfuhr. Es würde Mama auf der Stelle umbringen, wenn die Nachbarn davon erfuhren.

»Nun hör auf, so ein Getue zu machen, Kendar.« Lucy lehnte sich in den Kissen auf ihrem Bett zurück und gähnte mir ins Gesicht. »Ich bin schließlich schon ein großes Mädchen.«

»Wie lange geht diese … diese … diese *Sache* schon?« Mit einem Wink wies ich zu der Bank hinüber, wo Lucys beide mitternächtlichen Besucher nun saßen.

»Bitte nenn Milkum keine *Sache*.« Meine Schwester errötete nicht einmal, als sie den kleinen Mann anlächelte. »Ich weiß zwar, daß er nicht nach viel aussieht, aber er ist einer der Besten. Und was Curio angeht …« Sie wies mit einem Nicken auf den blonden, muskulösen »Wächter«, der sie gerade in den Armen gehalten hatte, als ich hereingestürzt war. »Wir haben das schon so viele Male miteinander gemacht, seit so vielen Jahren, daß ich mich schon beim bloßen Gedanken daran alt fühle.« Sie kicherte.

»Alt?« Scandal guckte unter Lucys Bett hervor. »Verschone mich, Grandma Moses. Aber da, wo ich herkomme, würdest du noch Pfadfinderinnenkekse verkaufen und keine heißen Waden.«

»Scandal, halt den Mund«, sagte Mysti. Sie befand sich mit Grym an der Tür und wechselte sich mit ihm beim Schmierestehen ab. Sie trugen die Umhänge, die Milkum und Curio abgeworfen hatten, und hielten sich bereit, den

Platz der falschen Posten draußen vor Lucys Raum einzunehmen, sollten sie jemanden kommen hören.

»Ich kann es immer noch nicht fassen«, sagte ich. »Das, was Paps von dir glaubte, und ... *das* hier ist ja noch tausendmal schlimmer.«

»Was *hat* der alte Knabe denn von ihr geglaubt?« fragte Scandal.

»Er hat sie mit einem Buch von Raptura Eglantine erwischt. Er dachte, sie würde *lesen.*« So sehr ich mich auch bemühte, schaffte ich es doch nicht, das Wort so sündig wie Paps klingen zu lassen.

»Na ja, ich begreife schon, daß ein von Neandertalern Ausgebildeter wie dein Papi Lesen für etwas Gefährliches halten könnte – es könnte ja sogar zum *Nachdenken* führen, Gott behüte – aber was sollte denn noch schlimmer sein als ...?

»Schreiben«, sagte ich. »Sie *ist* Raptura Eglantine.«

Scandal heulte auf.

Milkum hopste von der Bank und trat an mich heran. »Und als Raptura Eglantine hat deine Schwester eine Verpflichtung gegenüber ihrem Publikum. Ja, selbst König Steffan ist ein begeisterter Verehrer von ihr. Sobald er ihr allererstes Buch, *So wild war mein Hexer*, gelesen hatte, hat er ihr Talent anerkannt und belohnt.«

»Der König weiß, daß Lucy Gangle Raptura Eglantine ist? Oh, welche Schmach!«

»Ganz bestimmt nicht.« Milkum rückte seinen Kragen zurecht. »Das würde doch die Aura des Geheimnisvollen und Romantischen zerstören, die Orbix' beliebteste Autorin umgibt.«

Von seinem Platz unter dem Bett sagte Scandal: »Du machst wohl Witze. Willst du etwa behaupten, daß sie nicht nur die führende Schriftstellerin dieses Westentaschenkönigreichs ist, sondern gleich von eurer ganzen verborgenen *Welt*?«

»Jener Teile davon, die lesen können, aber ja. Die Werke von Raptura Eglantine sind in sämtliche Sprachen von Orbix übersetzt worden. Im Augenblick verhandeln wir gerade mit der Gilde der Barden, Schauspieler und Gaukler wegen der Rechte, ihre Bücher öffentlich zu rezitieren, dramaturgisch umzusetzen und mit ihnen zu jonglieren.« Milkum rieb sich die Hände. »Ach, es bereitet mir ja eine solche Befriedigung, daß ich der erste war, der sie entdeckte.«

»Das bereitet dir doch mehr als nur Befriedigung, Milkum«, warf Lucy schleppend ein.

»Na ja, ich bin auch ihr Agent«, gestand der kleine Mann. »Und wer ist der da?« Ich wies mit dem Daumen auf Curio, der gerade eine kleine Lederflasche aus seinem Gürtel gezogen hatte und seine quellenden Muskeln mit Öl beschmierte. »Ihr Lektor?«

»Curio ist meine Inspiration, Kendar«, sagte Lucy. »Ich dachte, du wüßtest das: Bevor ich alle diese Liebesszenen schreiben kann, muß ich sie erst einmal ausleben.« Dann lachte sie mich aus. »Ach, nun sei doch nicht so dumm! Curio steht nur Modell für die Bilder.«

»Welche Bilder?«

»In meinen Büchern. *Auf* meinen Büchern. Milkum hat ja viele Talente, aber was die Malereien betrifft, kann er nicht mal einen Vertrag abzeichnen. Wenn also die Zeit gekommen ist, *So stürmisch war mein Freibeuter* zu illustrieren ...«

»Der jüngste Knaller von Raptura Eglantine«, warf Milkum ein.

»... heuert er einen Künstler aus der Straße der Verhungerten Illuminatoren in Gladderadatsch an, Curio steht Modell – und schon ist alles fertig. Als du hier hereingestürzt kamst, habe ich Milkum gerade mit Curio die Szene vorgeführt, die meiner Meinung nach auf dem Buchdeckel am besten aussehen würde. Begreifst du jetzt?«

»Was ich begreife, ist folgendes: Wenn Paps das herauskriegt, wird er dem Begriff Knaller eine völlig neue Bedeutung verleihen.« Ich wandte mich an Milkum. »Ich hoffe, du kannst schwimmen, denn mein Vater wird dich in den Graben schmeißen.«

»Kendar, wir haben doch überhaupt keinen Graben auf Gut Uxwutsch«, wandte Lucy ein.

»Dafür wird Paps glatt einen bauen.«

»Deine Familie sollte sich eigentlich geschmeichelt fühlen«, protestierte Milkum. »Hast du nicht gehört, was ich sagte, daß selbst der König auf seiner Burg in Gladderadatsch Raptura Eglantine verehrt? Er hat sogar darauf bestanden, daß wir den Namen unseres Verlags ändern, um seine königliche Förderung zu dokumentieren.«

»Und wie lautet der?«

»Burg-Verlag, der Verlag mit der königlichen Zinne.«

»Du wirst es Paps doch nicht sagen, oder, Kendar?« flötete Lucy.

»Ich weiß nicht.«

Die Miene meiner Schwester trübte sich. »Na schön, dann sag es ihm doch, wenn du darauf bestehst. Und dann kannst du ja einfach davonspazieren. *Du* mußtest ja nicht dein ganzes Leben in diesem Haus zubringen, um auf irgendeinen kinnlosen Macker mit einem Haufen Landbesitz zu warten, der dich heiratet. Ach, und glaub bloß nicht, daß die mich fragen werden, ob ich den kinnlosen Macker überhaupt heiraten *will* oder nicht. Wenn er genug Land hat, werden Papi und Mami schon dafür sorgen, daß ich ihn will. Sonst setzt es etwas.«

»Sie können dich nicht zu einer Heirat zwingen.«

»Ach, können sie nicht?« Lucys Augen blitzten. »Wenn ich nicht heirate, sitze ich hier fest bis in alle Ewigkeit. Es ist nicht besonders schwer, einem Gefangenen zu sagen, er soll etwas Geduld haben, wenn du auf der anderen Seite der Gefängnismauer stehst. Du konntest wenigstens weg, auf die Schule. Du machst dir überhaupt keine Vorstellungen, wie langweilig das ist, hier auf dem Land zu leben, wo man all diese *gesunden* Dinge tun kann. Mir wird schon ganz übel, wenn ich nur an gesunde Dinge denke. Als Mädchen kann man nur eine bestimmte Zahl von Blumen pflücken, bevor man durchdreht.«

»Da sagst du was!« stimmte Mysti ihr unaufgefordert zu. Sie verließ ihren Posten an der Tür und setzte sich neben Lucy aufs Bett. »Und wenn du ihnen dann sagst, daß du es leid bist, Butterblumen zu pflücken, und daß du zur Abwechslung mal was *Interessantes* tun willst, dann sagen sie zu dir: ›Warum gehst du nicht hinaus und tollst ein wenig über das Gras und tanzt und singst mit den sanften Waldwesen?‹, stimmt's?«

»Völlig, bis auf den Teil mit den sanften Waldwesen«, antwortete Lucy. »Inzwischen haben Basehart und Papi die meisten von denen schon umgelegt.«

»Das Singen fand ich immer am schlimmsten«, beklagte sich die ehemalige Welfie. »Ich durfte nie etwas mit Text singen. Es war immer nur dideldummi und dideldummdei, bis meine Zunge schon ganz pelzig war von Zuckerglasur.«

»Wenigstens hat man dich nicht dazu gezwungen, Laute zu spielen.« Lucy zog ein Gesicht, als hätte sie in eine Kakerlake gebissen. »Die Laute und die Harfe, weil das die *schicklichen* Instrumente für eine Dame sind. Plimm-plimm-plumm, plimm-plimm-plamm, bis du am liebsten eine der Saiten abreißen und jemanden damit erwürgen würdest. Einmal habe ich gefragt, ob ich nicht Trompetenunterricht nehmen könne. Mami bekam plötzlich eine ganze Woche lang Kopfschmerzen, und Paps sagte einfach: nein.«

»Ich wette, Sticken mußtest du auch lernen.«

Lucy nickte. »Der nächste, der mir eine Nadel in die Hand drückt, bekommt sie postwendend zurück, aber mit der Spitze nach vorn.« Sie ließ ihren Blick zu mir hinüberschweifen, während sie hinzufügte: »Und der *erste*, der Paps erzählt, was ich hier tue, bekommt die gesammelten Werke von Raptura Eglantine genau dort hin, wo die Sonne ...«

»Ich sage kein Wort«, versprach ich. »Ich habe schon genug Probleme, da brauche ich nicht noch die Petze zu machen.«

»Probleme?« Lucys Blick fuhr von mir zu Mysti und Grym hinüber. »Ich verstehe«, sagte sie. Das tat sie aber nicht, und sie bewies es auch gleich. »Also, Kendar, nur weil deine Frau eine wahnsinnige, glorreiche, allesverzehrende Leidenschaft für diesen Mann zu empfinden scheint ...«

»Tue ich das?« fragte Mysti verwundert.

»Tut sie das?« fragte Grym bestürzt.

»... heißt das noch lange nicht, daß sie dich, ihren treuen Ehemann, nicht lieben würde. In Wirklichkeit tut sie das nämlich nur, um dich eifersüchtig zu machen.«

»Ach ja? Das tue ich?« Mysti blickte mich an. »Und, funktioniert es denn?«

»Schon bald wirst du von diesem Spiel bis an den Rand der Verzweiflung getrieben sein«, stürmte Lucy weiter. »Dein Mißtrauen wird dich so lange zerfressen, bis du schließlich eine Szene zu Gesicht bekommst, die dir die Seele im Leib zerreißen wird: Deine Frau! Dein bester Freund! Gemeinsam ertappt in einer Umarmung von brennendster Begierde!«

»He, *ich* bin sein bester Freund, und ich habe bloß einen kleinen Katzenschlummer auf ihren Knien gemacht«, wandte Scandal ein. »Mit mir ziehst du jedenfalls nicht die alte Schiebedachs-Nummer ab.«

Lucy hörte ihn gar nicht. Ihr Gesicht war wie verwandelt, es leuchtete in einem seltsamen Strahlen. Sie befand sich ganz eindeutig in der Gewalt einer Macht, die noch größer war als jede Magik.

»Mit gebrochenem Herzen wirst du den Blick von ihren schlanken, milchweißen Armen abwenden, wie sie seinen mächtigen, sonnengebräunten Hals umschlingen; von ihren weichen Lippen, die sich gegen die seinen pressen in einem Kuß, dessen glosendes Feuer sie bis ins Mark zu verzehren scheint!«

Grym stöhnte und vergrub das Gesicht in den Händen. Curio ging zu ihm hinüber und sagte: »Manchmal wird sie eben so. Ich kann gar nicht erwarten, wie der Deckel dazu aussehen wird. Hier, nimm doch auch etwas Öl.«

»Aber ich habe doch überhaupt *niemanden* geküßt!« jammerte Mysti. »Jedenfalls schon seit langer, langer Zeit nicht mehr, und ganz bestimmt nicht Grym.«

Es spielte keine Rolle, was sie sagte. Meine Schwester war in ihre eigene Welt entwichen. Ihre Röcke und langen Ärmel wirbelten um sie herum, als sie sich in Pose warf, gestikulierte und zwischen mir und Mysti hin und her lief. »Du brichst in Tränen aus und stürzt aus dem Raum. Sie verfolgt dich, ruft dich beim Namen, schwört bei allem, was ihr lieb und teuer ist, daß es nur eine Finte war, um dich dazu zu bewegen, sie doch zu beachten. Taub für ihr Flehen, geblendet von deinen Tränen, paßt du nicht auf, wohin du trittst, und stürzt von den Zinnen der Burg.«

»Welche Burg?« wollte ich wissen. »Welche Zinnen?«

»Du stürzt in den Graben!«

»*Welcher Graben*? Ich denke, wir haben gar keinen Graben!«

»Aber als du gerade im Begriff bist, zu ertrinken, ihren treulosen, doch angebeteten Namen auf deinen Lippen, springt sie hinein und rettet dich, ja, findet bei dem Versuch beinahe selbst den Tod. Du nimmst sie in deine Arme und blickst ihr in die Augen. Das Feuer ungezügelter Liebe – das schon seit langem unter der dünnen Fassade einer höflichen Vernunftehe geglüht hat – bricht plötzlich an die Oberfläche, in einem überwältigenden Schwall brausender Zärtlichkeit, der dich völlig überrascht und euch hinwegspült auf den Gipfeln einer donnernden Woge nach der ...!« Abrupt brach sie ab.

»Mach weiter, mach weiter!« bat Mysti.

Lucy schüttelte den Kopf. »Nein, nein, das funktioniert nicht. Es muß andersrum sein, der Mann muß die Frau retten.«

»Warum das denn?« Mysti wirkte verärgert.

»Weil es immer der Mann ist, der die Frau rettet«, warf Milkum ein. »Und genau das hat das Publikum bisher immer gekauft, da dürfen wir es doch nicht enttäuschen, oder?«

»Da wir gerade beim Retten von Frauen sind«, sagte ich, »genau das ist mein eigentliches Problem.« Ich erklärte meiner Schwester alles über Mutter Krötenhauch und Zoltans Drohungen. Sie machte einen enttäuschten Eindruck.

»Dann willst du sie also aus Paps' Verlies befreien?«

»Ich möchte schon, aber das kann ich jetzt nicht mehr«, antwortete ich. »Nachdem Zoltan dafür gesorgt hat, daß Evvon sicher in der Hauptstadt untergekommen ist, hat er auch dafür Sorge getragen, daß die Regierungsleute prompt erfuhren, daß Edelherr Lucius Parkland Gangle eine Hexe in seiner Gewalt hat. Die werden einen vollständigen Bericht darüber haben wollen, wie er mit ihr umgeht, und wenn die Hexe einfach verschwindet, bevor ihr der Prozeß gemacht werden kann, wird man Paps dafür zur Verantwortung ziehen. Ich muß unbedingt mit ihr sprechen, um herauszubekommen, ob sie vielleicht irgendwelche Ideen hat, wie wir sie legal befreien können, ohne daß jemand darunter leiden muß.«

»Nur daß Adlerauge leider nicht das Verlies findet«, sagte Scandal, spazierte endlich unter dem Bett hervor und baute sich zu Lucys Füßen auf.

»Wenn das alles ist, was ihr wollt, kann ich euch ja von Curio den Weg zeigen lassen«, bot Lucy an. »Er hat mal dort unten für eine Szene aus *So lüstern war mein Häftling* Modell gestanden.« Ihre Augen bekamen ein durchtriebenes Glitzern. »Er wird sogar dableiben und warten, um euch hinterher den Weg wieder *aus dem Verlies heraus* zu zeigen, sofern du versprichst, Paps kein Sterbenswörtchen über meine Bücher zu erzählen.«

»Wie kommst du darauf, daß wir nicht wieder hinausfinden könnten?«

»Das hat der Maler auch gesagt, der beim ersten Mal mit Curio hingegangen ist. Er hat die Szene gemalt, dann sollte Curio sie nach oben bringen, und er wollte etwas später nachkommen, nachdem er ein paar Skizzen von den Zellen angefertigt hatte. Seitdem ward er nie wieder gesehen.«

»Aber die Preise für seine Bilder sind seitdem ganz hübsch gestiegen«, warf Milkum fröhlich ein.

Ich kapitulierte. »Also gut, abgemacht. Dein Geheimnis ist bei uns in Sicherheit. Und überhaupt, falls die Leute doch alles über Raptura Eglantine herausbekommen sollten, wird dich sowieso kein anständiger Mann mehr heiraten, und da du ja nicht heiraten willst ...«

»Das habe ich nicht gesagt.«

»Stimmt, hast du nicht. Aber ich *weiß* ja, daß du niemanden heiraten willst, den du gar nicht liebst ...«

Mysti brach plötzlich in Tränen aus und rannte aus dem Zimmer. Ich lief hinter ihr her, ihren Namen rufend. Niemand stürzte in den Graben. Als ich sie eingeholt hatte und sie fragte, was denn los sei, schlug sie mich gegen den Arm und spuckte: »Nichts!« Ich werde Welfies nie verstehen.

Als ich Mysti zurückgebracht hatte, war Curio inzwischen bereit, uns zu Mutter Krötenhauchs Zelle zu führen. Es sind erstaunlich kurze Strecken von hier nach dort auf Gut Uxwutsch, wenn man nur den Weg kennt. Kurze Zeit später standen wir in einer Reihe vor der eisenvergitterten Tür der Hexe. Es gab keine Kerzen und Fackeln, und so formte ich meine Hand zu einer Schale und rief etwas Magik herbei, um uns Licht zu spenden.

»Junge, Junge«, sagte Mutter Krötenhauch, nachdem ich ihr erklärt hatte, wie es in Sachen Prozeß um sie stand. »Und das soll schon bald sein, sagst du?«

»Paps sagt, daß er es noch ein wenig hinauszuzögern versucht, wenn ich ihm dabei helfe, herauszubekommen, woher meine Schwester Lucy ihre Lektüre hat.« Ich seufzte. »Jetzt kann ich ihm unmöglich die Wahrheit erzählen, und dabei ist er ein Mann, der gern Ergebnisse sieht. Außerdem ist da noch der Ärger mit Norris.«

»Ach, mein armer, lieber Oktopus!« rief die Hexe. »Geht es ihm denn gut?«

»Er vermißt dich, und das läßt er auch das ganze Haus wissen. Ich versuche Paps und Basehart davon abzuhalten, ihn zu töten.«

»Das wirst du nicht ewig tun können.« Mutter Krötenhauch klang düster. »Wenn man mich der Hexerei für schuldig befindet, wird man mich hängen, und das Gesetz verlangt, daß meine Haustiere dann vernichtet werden.«

»Warum? Weil die glauben, daß Norris ein böser Geist ist, der dir bei dunklen Zaubern hilft?«

»Nein, weil es unmöglich ist, ein gutes Zuhause für ausgewachsene Haustiere aufzutreiben und die Behörden sich nicht darum kümmern wollen. Kleine Oktowelpen und Hushpuppies lassen sich noch leicht unterbringen, aber wenn sie nicht mehr so süß sind, na ja ...« Sie zuckte die Schultern. Dann erblickte sie Curio durch die Gitter. »Da wir gerade von süß sprechen – bist du vielleicht schon mal eine Kröte gewesen?«

»Mutter Krötenhauch, wie können wir dir helfen?« fragte Mysti.

»Ich könnte Zoltan immer noch geben, was er haben will«, warf ich ein.

»Davon will ich nichts mehr hören!« Die Hexe blieb eisern. »Gib so einem Schwerenöter einen Zoll, und schon nimmt er sich ein ganzes Königreich. Ich würde lieber sterben als mit ansehen,wie diese ganze Macht Zoltan in die Hände fällt. Solange du sie hast, Kendar, wissen wir wenigstens, daß sie nicht zu bösen, selbstsüchtigen Zwecken verwendet wird.«

»Denn schließlich wissen wir ja auch, daß er sie sowieso so gut wie überhaupt nicht verwenden kann«, bemerkte Scandal. Er zwinkerte mir zu.

»Noch!« konterte die Hexe.

»Wir müssen aber *irgend etwas* unternehmen.« Mysti war entschlossen. »Ich lasse nicht zu, daß sie dich einfach umbringen.«

»Ich auch nicht«, sagte ich. »Mein Vater ist ein erwachsener Mann. Er kann schon für sich selbst sorgen. Was könnten ihm die Leute von der Behörde denn schlimmstenfalls antun, wenn er eine Hexe entkommen läßt?«

»Ihn auf dieselbe Weise bestrafen, wie sie mich bestraft hätten«, erwiderte Mutter Krötenhauch leise. »Er würde hängen.«

Meine Lippen waren plötzlich völlig ausgetrocknet. »Vielleicht … vielleicht könnte ich meine Magik ja dazu benutzen, um uns alle von hier fortzuschaffen, weit weg, auf die andere Seite von Orbix. Dich, mich, Paps, Mama, alle, vielleicht sogar *alles* auf Gut Uxwutsch, und …!«

»Kendar, Lieber, jetzt faselst du aber dummes Zeug.« Die Stimme der Hexe war sanft und gütig. »Das kannst du nicht. Dazu fehlt dir das Können. Dazu fehlt dir die *Macht*. Ich darf zwar selbst keine Magik benutzen, aber ich weiß, daß sie ihre Grenzen hat, selbst wenn jemand über soviel davon verfügt wie du. Die großartigsten Transportzauber, die ein Zauberer vollbringen kann, bestehen gerade mal darin, die Dinge schweben zu lassen, und selbst das kannst du nicht bis in alle Ewigkeit aufrechthalten.«

»Es ist hoffnungslos«, stöhnte ich.

»Aber, aber!« Mutter Krötenhauch versuchte mich zu trösten. »Wenn es zum Schlimmsten kommt, kannst du wenigstens noch ein gutes Wort für mich vor Gericht einlegen. Mysti könnte sich auch anbieten und allen erzählen, wie ich geholfen habe, sie zu heilen. Wenn ich vielleicht nachweisen kann, daß meine Magie den Menschen hilft ...«

»Ich bin nicht gerade ein Mensch«, murmelte Mysti.

»Ach? Du liebe Güte, das stimmt ja. Obwohl du strenggenommen auch keine Welfie bist. Ich hoffe nur, du beantragst nicht irgendwelche Urkunden. Die Büro-Ratten verabscheuen es, wenn man die Formulare nicht eindeutig genug ausfüllen kann. Immer nur nach Vorschrift, immer nur nach Vorschrift, etwas anderes verstehen die nicht.«

»Könntet ihr euch bitte etwas beeilen?« fragte Curio. »Die Zeit wird knapp. Gleich werden die richtigen Wächter eintreffen, und bis dahin müssen Milkum und ich weg sein. Es ist eine lange Reise zurück in die Hauptstadt.«

»Die Hauptstadt!« Mutter Krötenhauch klatschte entzückt in die Hände. »Warum bin ich nicht gleich darauf gekommen? Kendar, Lieber, komm doch mal her. Ich habe plötzlich eine Idee.«

Sie begann, mir etwas zuzuflüstern.

KAPITEL 26

Es war ein schöner heller, windiger Morgen, als wir uns anschickten, Gut Uxwutsch zu verlassen. Die Morgendämmerung lag nur noch einen Lichtschimmer weit entfernt. Niemand war gekommen, um uns zu verabschieden oder uns die besten Reisewünsche mit auf den Weg zu geben. Das lag daran, daß niemand wissen sollte, daß wir aufbrachen – und daß wir auch gar keinen Weg nehmen würden, um ans Ziel zu kommen.

Scandal und ich waren als erste auf. Nach der letzten Nacht des Umherirrens durch die Säle und Gänge sowie der Entdeckung von Lucys schmachvollem Geheimnis fühlte ich mich zu erschöpft, um zu schlafen. Die Augen des Katers dagegen leuchteten, er war fröhlich und zu allen Schandtaten bereit, was mich nur noch reizbarer machte. Um mir nicht ständig Gedanken darüber zu machen, wo die anderen nur blieben, beschloß ich, die Wartezeit mit Üben zuzubringen.

»Also gut, wie klingt denn *das*?« fragte Scandal. Ich kniete mich auf das Dach von Gut Uxwutsch, neigte den Kopf und deklamierte: »Euer Majestät, im Namen der Wahrheit und der Gerechtigkeit flehe ich Euch an, den schützenden Mantel Eurer Gnade über Eure unwürdige, aber treue Untertanin, Mutter Krötenhauch, zu werfen.« Ich hob den Blick, um zu sehen, wie der Kater darauf reagierte.

Scandal hatte sich über den Dachrand gebeugt und gab würgende Geräusche von sich, seine Schulterblätter zuckten heftig.

»Nicht gut?« Ich hörte mich wohl etwas pikiert an, weil ich es auch war. Der Kater hörte auf zu krampfen und warf mir einen skeptischen Blick zu. »Och nö, war doch sehr bewegend. Besonders der Teil mit dem Mantelschmeißen hat mich sehr beflügelt.«

Das nahm ich ihm übel. »Ich vermute, du könntest es wohl besser, wie?«

»Das weißt du doch, Kichererbse. Aber nach allem, was ich so höre, ist der Hof von König Steffan nicht gerade der geeignete Ort für Überraschungen. Eine Katze ist ja schon schlimm genug, aber auch noch eine sprechende Katze? Das haut doch nie hin. Deine Leute glauben ungefähr auf dieselbe Weise an Katzen wie meine an Einhörner. Wenn ich da aufkreuze und mich für das alte Mädchen ins Zeug werfe, wird die erste Reaktion so aussehen, daß sie so tun, als wäre ich gar nicht da. Es kann zwar nicht schaden, auch etwas verrückt zu sein, wenn man im Regierungsgeschäft ist, aber wenn du wirklich plemmplemm bist, könnte es sein, daß sie dich zur Armee versetzen. Sollten sie dennoch beschließen, mich *überhaupt* wahrzunehmen, werden sie als nächstes mal den Spirituosenschrank überprüfen. Und wenn sie dann festgestellt haben, daß sie weder verrückt noch besoffen sind, werden sie zu dem Schluß gelangen, daß geistig gesunde, nüchterne, ehrliche Leute es nicht nötig haben, sich so etwas gefallen zu lassen, und schon packen sie mich auf die Schiene und schieben mich aus der Stadt. *Falls* sie mich überhaupt mit dem Leben davonkommen lassen.«

»Tun deine Leute so etwas mit Einhörnern?« fragte ich. »Wie schaffen sie es denn, daß die auf den Schienen ihr Gleichgewicht halten?«

»Egal. Mach du dich mal lieber wieder dran, eine gute unterwürfige Rede für die Begegnung mit König Steffan zu texten.«

Ich schritt auf dem Dach auf und ab. »Das ist gar nicht so einfach. Ich habe noch nie um königlichen Pardon ersuchen müssen.«

»Es ist das einzige, was Mutter Krötenhauch retten wird«, erinnerte Scandal mich.

»Ich weiß, ich weiß. Wie wäre es denn hiermit: O großer und mächtiger Monarch ...!

»Kerl, Kerl! schnaubte Scandal. »Warum sagst du nicht

einfach zu ihm: König, ich habe mir den größten Batzen Magik gekrallt, den dieses Reich je zu Gesicht bekommen hat, und ich weiß auch damit umzugehen. Also, nun laß mal schön eine Begnadigung für meine Freundin Mutter Krötenhauch rüberwachsen und streich deine dämlichen Anti-Hexengesetze, dann werde ich dich vielleicht – ganz vielleicht – nicht in einen Flamingo verwandeln. So, fertig! Ganz einfach.«

»Ich kann den König aber gar nicht in einen Flamingo verwandeln«, wandte ich ein. »Ich weiß ja nicht mal, was ein Flamingo ist.«

»Ich aber. Da können wir dann ja zusammenarbeiten«, versicherte mir Scandal. »Wenn wir Glück haben und der König schlau genug ist, kommen wir allerdings gar nicht erst bis zu den Flamingos; aber wenn er es lieber auf die harte Tour versuchen möchte, steht er plötzlich auf einem Bein da und siebt sich die Krabben durch die Nase, bevor du auch nur *Wiesenzierde* sagen kannst.«

Jedesmal, wenn Scandal derart heftig wurde, wurde ich nervös. Der Kater steckte zwar ständig voller großer Pläne, aber ratet mal, wer sie dann hinterher umsetzen sollte? Und ratet gleich mal mit, wer einen auf den Deckel bekam, wenn es nicht funktionierte? Scandal sagte, das liege daran, daß er eher ein Typ der Exekutive sei. Ich wußte jedenfalls nur, daß »Exekutive« ganz furchtbar ähnlich wie *Exekution* klang.

Ich seufzte. »Ich wünschte, ich hätte wenigstens eine echte Zauberkutte. Dann würde es viel glaubwürdiger klingen, wenn ich König Steffan androhe, ihn in einen flammigen Dingo zu verwandeln.«

»Flamingo. Das ist ein großer, häßlicher rosa Vogel mit Beinen wie Stelzen und einem Schnabel, der so aussieht wie ein umgekipptes Kanu. Auf meiner Welt sieht man die Viecher an vielen Orten.«

»Ach ja?« Ich kratzte mich am Kopf. »Und trotzdem habt ihr noch Probleme mit ganz gewöhnlichen Einhörnern?«

Die Bodenklappe ging auf, und Mysti kam aufs Dach geklettert, nachdem sie einen kleinen Reisesack hinausgeschleudert hatte. Sie hatte das häßliche Zeltkleid abgelegt, mit dem Mutter sie beglückt hatte, und trug statt dessen einen Satz alter Kleider von mir. Die Hose paßte ihr zwar prima, aber der Kittel war hier und dort etwas zu eng. Genau wie mein Brustkorb, als ich sie anblickte. »So, ich habe sie«, verkündete sie und klopfte dabei auf die Gürteltasche an ihrer Seite.

»Was hast du?«

»Mutter Krötenhauchs Sauciere. Grym und ich haben uns aus Uxwutsch geschlichen und sind zu ihrer Hütte gegangen, um sie zu holen. Norris haben wir übrigens in einem der freien Zimmer eingesperrt, wir brauchen uns also keine Sorgen mehr zu machen, daß deine Familie das arme Ding umbringen könnte, während wir fort sind. Mutter Krötenhauch sagt, du sollst das Kapitel zwölf in deinem Buch studieren; da stehen ein oder zwei Absätze darüber drin, wie man wilde Magik einfängt.«

»Er soll wilde Magik einfangen, indem er sie mit Soße begießt?« fragte Scandal.

Die ehemalige Welfie rollte die Augen genauso, wie Scandal es zu tun pflegte, wenn er einem mitteilen wollte, daß man soeben zwar etwas furchtbar Dummes gesagt hatte, daß er sich aber kulanterweise in Geduld üben wolle. Allerdings mochte der Kater es überhaupt nicht, wenn er seine eigene Medizin zu schmecken bekam.

»Wilde Magik einzufangen kann man nicht einfach nur lernen, indem man ein Buch liest«, erwiderte Mysti. »Dieses Geheimnis wird nur von einem Zauberer an den anderen weitergegeben.«

»Wie kommt es dann, daß Kendar und ich den Klumpen vom alten Thengor abbekommen haben, he?« fragte Scandal sie herausfordernd.

»Und Gryms Schwert auch«, fügte ich hinzu.

»Das war keine wirklich *wilde* Magik«, konterte Mysti. »Thengors Vorrat war es gewöhnt, gezähmt, bemeistert und domestiziert zu werden. Seine Magik wollte ein neues Zuhause haben, einen neuen Meister – und zwar nicht nur jene Teile, die dann an euch haften blieben, sondern auch alle verstreuten Stücke. Hätte man diese Magik nach seinem

Tod lange genug in Ruhe gelassen, wäre sie wieder verwildert und hätte sich verteilt. Dann hättest du sie auch nicht so leicht einfangen können.«

Ich dachte über das Gesagte nach. »Wild, gezähmt, verteilt, eingefangen, weil sie einen neuen Meister *haben* wollte? Du klingst so, als wäre Magik etwas Lebendiges.«

»Schlimmer noch: Du klingst so, als wäre sie so etwas wie ich«, warf Scandal ein.

Mysti zuckte die Schultern. »Ich weiß nur, was Mutter Krötenhauch mir gesagt hat. Dazu gehört auch der Teil mit deiner Buchlektüre und der Sauciere. Solltest du zufällig auf irgendwelche anderen Bruchstücke aus Meister Thengors ursprünglicher Sammlung stoßen, werden die sowieso gleich von dir angezogen. Mutter Krötenhauch sagt, du könntest versuchen, sie so abzuzapfen, wie es in Kapitel Zwölf steht, und sie in der Sauciere aufbewahren, bis du gelernt hast, sie selbst in dich aufzunehmen.«

»Eine Kraft, stark genug, um euren Planeten in eine Brezel zu verwandeln, und da verlangt ihr von dem Jungen, er soll sie in einem Stück Tafelgeschirr aufbewahren, das nicht einmal einen Deckel hat.« Scandal kicherte. »Wenn's wenigstens eins von diesen Feriggerichten wäre, bei denen man immer erst den Deckel aufstoßen muß, bevor man sie runterwürgt, würde ich das einsehen.«

»Aufstoßende Gerichte? So einen Unfug habe ich ja noch nie gehört! Willst du mich verhöhnen, Kreatur?« Mysti sah aus, als wolle sie ihre Fleischdiät sofort mit Scandal beginnen. »Ha! Das beweist doch nur, wie wenig Ahnung du hast. Das ist schließlich eine *verzauberte* Sauciere.«

Der Kater lachte so heftig, daß er beinahe die Dachluke hinabrollte, als Grym diese aufstieß und sich zu uns gesellte. Der Barbar trug ein großes, eng zusammengerolltes Bündel über eine Schulter geschlungen. In der freien Hand hielt er einen bedeckten Flechtkorb.

»Fürwahr, das Tier ist voller Heiterkeit«, bemerkte er. »Das beut Gutes, zeigt doch, daß die Götter in milder, frohgemuter Stimmung sind.«

»Es zeigt nur, daß dieser Kater soviel Gehirn hat wie ein in

Scheiben geschnittenes Radieschen, fürwahr.« Vielleicht lag es ja am Wetter, aber ich meinte, Dampf aus Mystis spitzen Ohren austreten zu sehen. »Da.« Sie drückte mir die Sauciere in die Hände. »Mach damit, was du willst. Ich habe jedenfalls Mutter Krötenhauchs Nachricht überbracht, damit bin ich fertig. Hör von mir aus lieber auf den Kater, wenn du glaubst, daß der auf alles eine Antwort hat.«

Scandal baute sich zwischen uns auf. »Weißt du was, Feenliebchen«, sagte er, die Barthaare zu einem arroganten Winkel abgestreckt, »das ist das erste vernünftige Wort aus deinem Mund. Also gut, die Zeit quengelt. Schwingt die Hufe, Leute!«

Wir arbeiteten in aller Stille. Es gab nicht viel zu tun. Grym entrollte das große Bündel, das sich als der flügelgefleckte weiße Teppich herausstellte, den Mysti und ich als Hochzeitsgeschenk bekommen hatten. Dann stellte er den Flechtkorb genau in der Mitte des regenbogenfarbenen Teppichs ab. »Frühstück«, erklärte er. Ich verstaute die verzauberte Sauciere im Korb, dann blätterte ich Mutter Krötenhauchs Buch durch, um noch einmal das Kapitel über Levitation zu lesen. Von Gut Uxwutsch bis Gladderadatsch und zum Hof von König Steffan war es ein ziemlich langer Weg, wenn man nicht gerade durch den Wald von Euw ging. Mit etwas Glück dauerte es über Land ungefähr vier Tage. Paps aber konnte den Prozeß höchstens um zwei Tage hinauszögern.

Wir hatten keine andere Wahl: Wenn wir für Mutter Krötenhauch die Begnadigung des Königs einholen wollten, mußten wir schon fliegen.

Scandal schritt den Umfang des Teppichs ab und beschnüffelte ihn vorsichtig. »Der hebt doch nie ab«, sagte er. »Viel zu groß. In den Geschichten mit den fliegenden Teppichen sind das immer nur Brücken für eine Person. Dieses Teil hier ist doch dagegen die reinste Raumstation!«

»Er *wird* fliegen.« Mysti war bereit zum Zank.

»Er sollte eigentlich fliegen«, sagte ich, meiner selbst etwas weniger sicher als Mysti. »Im Buch heißt es, daß es immer leichter ist, einen Gegenstand schweben zu machen, wenn es sich um etwas handelt, das ohnehin schon in die Luft gehört.«

»Das leuchtet ein.« Scandals Augenbrauen zuckten amüsiert. »Was Auftrieb anbelangt, schlägt ein Ballon sicherlich jeden Karton um Längen. Aber seit wann gehört ein Teppich in die Wolken und nicht auf den Wohnzimmerboden?«

»Seit dieser Teppich meine Flügel aufgesaugt hat«, warf Mysti ein.

»Hört mal, wir können es ja wenigstens mal versuchen.« Ich stellte mich auf den Teppich, schloß die Augen und rief die Magik herbei.

»Äh, was kann denn schon groß passieren?« hörte ich Scandal sagen. »Wir Katzen landen schließlich immer auf den Füßen.« Ich spürte einen kleinen, warmen Körper, der herbeikam und sich gegen mein Bein lehnte. »Kontakt geschlossen! Immer drauf! Sei verflucht, Roter Baron! Tower, empfangen Sie mich? Roger, wilco, over und ...«

»Maul halten«, sagte Mysti. Meine Augen waren immer noch in Konzentration geschlossen, so daß ich nur ihre Worte hörte und einen Hauch von ihrem lieblichen, blumigen Duft neben mir wahrnahm.

»He, wer hat dich überhaupt zur Party eingeladen?« zischte Scandal. »Wir brauchen doch kein ganzes Komitee, um in die Hauptstadt zu ziehen. Es wird so schon schwierig genug werden, Kendar eine Audienz beim König zu verschaffen. Irgend jemand muß auch hierbleiben und Zoltan daran hindern, Mutter Krötenhauchs Prozeß vorzuverlegen, bevor wir mit der Begnadigung zurück sind. Und irgend jemand muß auch dafür sorgen, daß die Eltern des Jungen hier keinen Wind davon kriegen, daß er gar nicht da ist.«

»Irgend jemand muß Kendar beim Fliegen dieses Dings helfen«, erwiderte Mysti.

»Was?« Ich öffnete die Augen. Die ehemalige Welfie-Maid saß mit untergeschlagenen Beinen auf dem Teppich.

»Schließlich waren es *meine* Flügel«, sagte sie. »Und selbst jetzt dienen sie noch ihrem ursprünglichen Zweck. Als sie mir bei unserer Bindung abgenommen und zum Bestandteil dieses Teppichs gemacht wurden, geschah das nur, damit ich die Gabe des Fliegens mit meinem neuen Ehemann teilen kann.«

»Braucht der Teppich denn gar keine Magik, um zu fliegen?« fragte ich.

»Welfies *sind* aus Magik. Meine Flügel waren aus Magik. Wenn du mein wirklicher Ehemann wärst, Kendar, könntest du dem Teppich befehlen, hinzufliegen, wo du möchtest, mit oder ohne mich. Aber so, wie die Dinge stehen ...« In ihrem Lächeln war viel Bitterkeit. »Dieser Teppich wird zwar auch ohne dich fliegen, Kendar, aber niemals ohne mich.«

»Fürchtet nichts«, sagte Grym. »Ich werd' zurückbleiben, um Mutter Krötenhauchs Schwert und Schild zugleich zu sein – und dem heimtückischen Wicht Zoltan eine Zecke im Beinkleid. Auch werd' ich den Oktopus füttern.«

So war die Sache denn entschieden, wenngleich Scandal dabei den kürzeren gezogen hatte. Ich schloß wieder die Augen und führte den Zauber für *Simultane Levitation mehrerer großer Gegenstände* buchstabengetreu aus.

Nichts, aber auch gar nichts passierte. »Vielleicht haben wir einfach nur zuviel Gewicht an Bord«, bemerkte Scandal und musterte Mysti mit hartem Blick.

»Nein, das ist es nicht.« Ich ließ mich auf den Teppich sinken. »Es ist die Magik. Ich spüre nicht, daß sie wirksam wird. Ich verstehe das nicht, ich habe diesen Zauber doch schon früher zum Funktionieren gebracht!«

»Ja, aber was für Dinge hast du da auch schon schweben lassen?« fragte der Kater. »Wir reden hier schließlich über einen Schwertransport.« Seine Barthaare zuckten in Richtung Mysti, die daraufhin mit einer Geste reagierte, deren Bedeutung ich nicht kannte. »Hör mal, warum solltest du dich eigentlich damit abplacken? Sie behauptet, daß der Teppich ohne dich fliegen kann, also sage ich: Laß sie es doch beweisen.«

»Schön, das werde ich!« fauchte Mysti. Sie schloß die Augen und machte hebende Bewegungen über dem Teppich. Sie schaffte es, ihn genau doppelt so hoch schweben zu lassen, wie ich es geschafft hatte, was aber leider immer noch doppelt so viel wie gar nicht war.

»Bei dieser Klinge!« sagte Grym. »Zwar bin ich nur ein schlichter Barbar, doch dünkt mich, daß es dir besser anstünde, du würdest dich mit der Maid vereinen, o Meister.«

»Was?« keuchte ich. »Hier? In aller Öffentlichkeit?«

»Deine Kräfte, nur deine Kräfte mußt vereinen du.« Jetzt war Grym damit an der Reihe, die Augen zu rollen. »Fürwahr, ebenso geschah es auch, daß Mutter Krötenhauch die Maid heilte, indem sie die Magik in meiner Kinge mit deinem Leib vereinte und der erhabenen Person der Orakelkatze. Unter den Horden meines verstorbenen, lange verschollenen, beklagten Häuptlings Uk-Uk des Unaussprechlichen gibt's ein gar weises Sprichwort: ›Streite nicht mit erwiesenem Erfolg, auf daß ich dir nicht das nutzlose Haupt abschlage.‹«

Gegen so etwas kann man nichts sagen.

Grym baute uns auf dem Teppich in einer Weise auf, wie sie jener in Mutter Krötenhauchs Hütte am nächsten kam, ohne daß wir uns der Hilfe Norris' bedienen mußten. Mysti kniete mit der verzauberten Sauciere im Schoß da, während ich vor ihr stand und Grabräubers Spitze in die Sauciere hielt. Es kostete Grym einiges an Überwindung, sich von seinem Schwert zu trennen, doch er meinte, ich würde etwas brauchen, um meine Kräfte zu bündeln.

»Ich werd' gar tapfer diesen Schmerz ertragen, wenn er nur geschwind're Hilfe gewährt für unsre gute Freundin, die Hexe.« Er bemühte sich, mächtig tapfer zu klingen.

Ich ging den Zauber noch einmal durch. Ein dünner Strahl bläulichen Lichts strömte vom Schwert in die verzauberte Sauciere herab. Diesmal erwachte der Teppich zukkend zum Leben und erhob sich langsam vom Dach. »Das dauert zu lange«, sagte ich. »Bis wir hoch genug sind, daß ich den Teppich vorwärts lenken kann, ist es schon hellichter Tag, so daß Paps uns entdecken könnte, wenn er gerade auszieht, um das Frühstück zu erlegen.«

»Geschwindigkeit sollst du noch haben«, versprach Grym. »Und nun, werter Scandal, reibst du dein Fell geschwind wider den Strich, auf daß die Funken daraus springen mögen.«

»Von mir aus kannst du dich mal geschwind am eigenen Knie reiben«, erwiderte der Kater.

»Scandal, bitte!« Meine Arme ermüdeten langsam von der Anstrengung, Gryms Schwert halten zu müssen, doch mit Hilfe eines kleinen Levitationszaubers konnte ich der Klinge den größten Teil ihres Gewichts nehmen. Ich sprach die Worte, um den Teppich wieder auf dem Dach aufsetzen zu lassen, und stellte das Schwert ab. »Die Kraft, die du in der Hütte abgegeben hast, hat meine Magik wirklich deutlich beschleunigt. Genau das brauchen wir jetzt.«

»Ich weiß, ich weiß, aber kein Kater, der noch ganz bei Trost ist, mag es, wenn man ihm das Fell gegen den Strich bürstet.«

»Tatsächlich?« Das war mir neu. »Aber wenn du das gar nicht magst, warum hast du es dann ekstatische Elektrizität genannt?«

Scandal rümpfte die Nase. »Ob ich es mag oder nicht, ich kann es jedenfalls nicht selbst machen. Wir Katzen sind so gebaut, daß wir uns nur in die richtige Richtung reiben können.«

»Das könnte ich ja tun«, erbot sich Mysti.

»Nein, du mußt das Gefäß auf deinem Schoß bewachen«, widersprach Grym. »Wenn ihr aufgestiegen seid, mußt du es festhalten, auf daß es nicht vom Teppich falle und alles nur verspritze. So wirst du alle Hände voll haben.«

»Ich könnte die Sauciere ja auf dem Teppich abstellen.«

Wir versuchten es. Es funktionierte nicht: Der Teppich wollte nicht abheben. Dann probierten wir es mit der Sauciere in Mystis Schoß, und schon schwebte er wie gewünscht.

»Das ist ja vielleicht merkwürdig«, meinte Scandal. »Es ist ganz so, als würden wir zusammen eine riesige elektrische Schaltung bilden, die nur funktioniert, wenn alle Bestandteile auf eine bestimmte Weise miteinander verbunden sind. Kendar liefert die Magik, Gryms Schwert lenkt sie in die Sauciere – die funktioniert also wie eine Art Speicherbatterie –,

Mysti leitet sie von dort in die Welfie-Magie des Teppichs, und Kendar steht auf dem Teppich und schließt damit den Kreislauf.«

»Wie eine Ehe, meinst du wohl?« Gryms Stirn furchte sich.

»Oder so ähnlich. Mann, mich darfst du nicht fragen, ich bin doch bloß der Katalysator.« Scandal leckte sich gedankenverloren eine Pfote. »Ich weiß nur eins, wenn auch nur ein einziger Kontakt gelöst wird, damit jemand mir den Pelz zerzausen kann, geht die ganze Sache in die Hose.«

»So soll es sein. Die Götter haben gesprochen, wiewohl die Hälfte sich anhört wie göttliches Kauderwelsch.«

»He, von dir verlangt ja schließlich auch niemand, daß du den Edison spielen sollst! Aber du siehst es doch selbst: Eine bestimmte Anordnung, und es funktioniert. Eine andere – *nada*!«

»Wahrlich, dem ist so.« Grym nagte sich gedankenverloren am Daumen. »Willig wär' ich wohl, in eurer Gesellschaft zu reisen, auf daß die Hände ich dem Tiere auf den Rücken legte. Doch wagen dürfen wir es nicht. Einer muß zurückbleiben, der Hexe Wohlergehen wohl zu sichern.«

»Auf jeden Fall könnten wir noch ein paar Hände gebrauchen«, stimmte Scandal zu. »Selbst wenn die mich nur in die falsche Richtung massieren.«

»Schade, daß Curio gegangen ist«, meinte Mysti. Es klang ein bißchen zu traurig, was mich ärgerte.

»Schade auch, daß *Milkum* gegangen ist.« Meine Stimme hatte einen eindeutig höhnischen Unterton. »Der wäre genauso nützlich gewesen.«

»Aber nein!« Mysti klimperte mit den Augenlidern. »Ich finde, Curio hat *sehr* viel geeignetere Hände. Denkst du, wir können ihn besuchen, wenn wir in der Hauptstadt sind?«

»Nein.« Ich sagte es sehr barsch. »Sie haben Gut Uxwutsch zwar vor uns verlassen, aber sie reisen zu Pferd nach Gladderadatsch. Wir werden bereits hin und zurück sein, bevor ...«

Mit einem Knall sprang die Dachluke auf. »Aha!« dröhnte mein Bruder, ein Kurzschwert schwenkend. »Wußte ich doch, daß ich hier oben jemanden gehört habe! Was tut ihr hier, hä?«

»Wie hast du uns hören können?« Baseharts plötzliches Auftreten lähmte mich fast. »Dein Zimmer liegt doch vier Stockwerke tiefer.«

Zur Antwort faßte mein Bruder sich an den Kopf und stöhnte. »Nun schrei doch bloß nicht so, um Wedwels willen! Hast du denn überhaupt kein Mitleid mit einem Mann, der einen Calabash-Kater hat? Und du ...!« Er zeigte auf Scandal. »Hör auf, hier rumzustampfen!«

»Hör mal, Basehart, im Augenblick bist du der einzige, der hier schreit. Warum gehst du nicht wieder nach unten und legst dich ins Bett? Ich verspreche dir, wir werden dich nicht wieder stören.«

»O nein, das wirst du nicht tun.« Basehart fuchtelte mit dem Schwert in meine Richtung. »Ich sehe schon, was du vorhast. Das ist irgendeine böse Magie, die du hier gerade verzapfst. Zoltan hat mich gewarnt, daß du deine Kräfte nicht benutzen kannst und statt dessen immer nur bösartige Dämonen zitierst.«

»Wie soll ich denn mit meinen Kräften bösartige Dämonen zitieren, wenn ich sie nicht benutzen kann?« Ich hielt das eigentlich für eine sehr vernünftige Frage. Allerdings hatte ich auch vergessen, daß ich mit meinem Bruder sprach.

»Versuchst es wohl mit schnellem Zungenschlag, Zauberer? Mich legst du nicht rein. Du willst doch nur einen bösen Dämon heraufbeschwören, damit er die Mauern von Gut Uxwutsch einreißt und deine Freundin die Hexe entkommen kann.«

»Basehart, wenn ich einen bösen Dämon herbeizitieren könnte, würde ich ihm erst einmal auftragen, dir etwas Verstand in den Schädel zu prügeln. Glaubst du etwa wirklich ...?«

»Warte, o wahrhaft böser Meister Kendar!« Mysti sprang auf die Beine. Die Sauciere hatte sie an den Busen gedrückt. »Im Namen aller finstrer Zauberkunst, ich erbitte einen Waffenstillstand!«

»Hä?« Sie wies mich mit einer Grimasse an, das Spiel mitzuspielen. »Ach so. Ach so, klar. Waffenstillstand. Ja, wahrhaftig. Nur zu.«

Jetzt sprach die frühere Welfie zu meinem Bruder – mit einer Stimme wie warmer Honig. »Edler Krieger, ich sehe schon, daß es sinnlos ist, etwas vor deiner allgesichtigen Weisheit verbergen zu wollen.« Mit glühenden Augen schlüpfte sie auf ihn zu. »Deshalb bist du meine einzige Hoffnung. Nein, die einzige Hoffnung von ganz Orbix!«

»Darauf kannst du einen lassen«, sagte Basehart nur zu gern. Und dann: »Hoffnung – worauf?«

Zur Antwort ließ Mysti sich in seinen Armen zerschmelzen und preßte ihm die Lippen ans Ohr. Was immer sie ihm erzählen mochte, es trieb ihm das Blut ins Gesicht und ließ ihn den Schwertarm senken. Als sie schließlich zurücktrat, schwankte er, als schwindle ihm. »*Wirklich?*« war alles, was er noch fragen konnte. Sie nickte. »Mann!« Er machte fast einen Hechtsprung durch die Dachluke.

»Was hast du denn gesagt, um ihn loszuwerden?« wollte ich wissen.

»Ich bin ihn nicht losgeworden«, erwiderte Mysti. »Er kommt zurückt, sobald er noch einen zweiten Korb mit Lebensmitteln für uns aufgetrieben hat.«

»Was!«

»Er kommt mit«, sagte sie sanft. »Wir brauchen schließlich jemanden, der dem Kater eine Abreibung verpaßt, und Grym steht nicht zur Verfügung.«

»Ihr Götter!« rief Grym. »Durch welcher Künste List hast du diesen üblen Wicht dazu gebracht, sich einer Hexe in den Dienst zu stellen?«

»Hab' ich gar nicht. Er freut sich immer noch darauf, Mutter Krötenhauch hängen zu sehen. Er ist und bleibt eben ein alter Käsekopf. Wenn man Basehart erzählt, daß irgend etwas böse sei, dann glaubt er es einem, ohne auch nur ein zweitesmal darüber nachzudenken.«

»Der verzichtet sogar gleich auf das erstemal«, bemerkte Scandal.

»Also habe ich zu ihm gesagt, daß Zoltan recht hat, was dich angeht, Kendar. Du bist ein mächtiger, böser Zauberer, der gerade versucht hat, einen Dämon zu zitieren, um Gut Uxwutsch zu vernichten, nur daß ich dich mit meinen eigenen Kräften daran gerade hindere.«

»Und weshalb solltest du so etwas tun?« verlangte ich zu wissen. »Schließlich bin ich ja dein Ehemann.«

»Ach, bist du das?« Sie zog einen Mundwinkel hoch. »Na ja, ich habe ihm außerdem gesagt, daß wir gar nicht richtig verheiratet sind. Willst du mir in diesem Punkt etwa widersprechen?«

Ich blieb stumm. Ich weiß auch nicht warum, aber irgendwie schämte ich mich.

»Es ist ganz einfach«, fuhr Mysti fort. »Während wir hier stehen, dräuen die Mächte des namenlosen Bösen über Orbix und machen sich anheischig, die Mächte des ewigen Guten zu überwinden.«

Gryms Miene hellte sich auf. »Kommt Uk-Uk der Unaussprechliche etwa wieder?«

»Des Kosmischen Bösen, du Blödmann.« Sie grinste. »Und ratet mal, wer der Meister aller dunklen Mächte ist?«

Grym hatte keine Ahnung. Scandal schon. »*Der da etwa*?« jaulte er und starrte mich dabei an. Mysti nickte. »Der soll der Anführer der Mischen-wir-mal-das-Universum-auf-nur-weil-es-so-einen-Spaß-macht-Bande sein? *Der* beschmiert die Mauer der Ewigkeit von oben bis unten mit der Sprühschrift ›Kendar siegt‹?«

»Nur, wenn das Böse über das Gute triumphiert«, sagte Mysti. »Oder das Chaos über das Gesetz, je nachdem.«

»Ich wette, du hast ihm auch erzählt, daß du auf der Seite des Guten stehst, wie?« fragte Scandal.

»Genau dies, o Bestie.« Grym ließ Mysti gar keine Gelegenheit, auf die Frage zu antworten. »Siehst du denn nicht, daß sie leuchtend güld'ne Zöpfe hat?«

»Blondes Haar und weiße Hüte, ja, die passen gut zusammen«, räumte der Kater ein. »Und die Spitzohren stören auch nicht weiter. Da kann man die *guten* Cowboys wenigstens mühelos erkennen.«

»Doch wie kann's sein, daß deine Ehe mit dem Herrn des

Bösen er einfach so hinnimmt, Maid, wenn du doch auf der Seite des Guten stehst?«

»Oh, ich habe Kendar nur geheiratet, um ihn aufzuhalten.« Mysti preßte den Handrücken auf die Stirn und tat, als würde sie in Ohnmacht fallen. »Es war ein furchtbares Opfer, aber wenn es mir gelingen sollte, den Kräften des Gesetzes auch nur einen einzigen Tag Aufschub zu erstreiten, werde ich zufrieden sterben.« Sie brach in einer Wolke von Kicherlauten zusammen.

»Großartig!« Ich schritt auf dem Teppich auf und ab. »Einfach großartig! Jetzt hast du meinen idiotischen Bruder auch noch davon überzeugt, daß ich eine Art legendärer Bösewicht bin, der die ganze Welt vernichten wird, nachdem er kurz zuvor noch glaubte, ich würde nicht einmal aus einer offenstehenden Tür hinausfinden.«

»Noch besser, ich habe ihn sogar davon überzeugt, daß er der auserwählte Heros ist, der als einziger dazu in der Lage ist, die Welt vor dir und deinem schrecklichen Plan zu retten.« Mysti wirkte ganz gelassen. Das konnte sie sich ja auch leisten.

»Schwester«, sagte Scandal. »Ich bring' ja deine Seifenblase nur ungern zum Platzen, aber hast du dir eigentlich schon mal überlegt, was diese auserwählten Heroen dem Bösewicht alles antun, wenn sie ihn erst einmal zwischen die Finger bekommen? Ich will dir einen kleinen Tip geben: *En garde*, Stoß, Stoß, parieren, Satz, Stoß, hack, schneid, stech, blut, blut, blut, stirb.

»Basehart wird dich nicht umbringen, Kendar.« Mystis gelassenes Lächeln ging mir langsam auf die Nerven. »Zum einen kann er das überhaupt nicht; nicht, solange deine Magik Wache hält. Und zum anderen ist da ja noch die Prophezeiung.«

»Welche Prophezeiung?« Es war zwar eine durchaus logische Frage, aber ich hörte mich nicht besonders logisch an, wie ich sie so laut herausbrüllte.

»Ach herrje, es gibt *immer* eine Prophezeiung, Boß! Laß mich raten.« Scandal hob eine Pfote. »Die große und uralte Prophezeiung, die schon seit Urzeiten in den Tempelhallen der Welfen aufbewahrt wird und davon kündet, wie der auserwählte Heros den bösen Herrscher überwindet und das Mädchen bekommt, nur daß er den Bösewicht nicht wirklich *tötet*, damit wir auch noch alle einen Job abbekommen, sobald eine Fortsetzung gedreht wird?«

»Woher weißt du das?« fragte Mysti.

»Mein erster Zauberer hatte einen ziemlich schlechten Geschmack, was Bücher anging.«

Was alles zusammengenommen bedeutete, daß wir schon wenige Minuten später den Türmen von Gladderadatsch entgegenschwebten, auf einem flügelgefärbten weißen Teppich, ich das Schwert haltend, Mysti die Sauciere, und Basehart den Kater wider den Strich bürstend, während er von dem Jubel schwärmte, der seiner harrte, sobald er zurückkehrte und die Welt vor seinem kleinen Bruder gerettet hatte.

KAPITEL 27

Als ich noch ein Frischling an Meister Thengors Akademie war, pflegte ich bei gutem Wetter gelegentlich in einem oberen Stockwerk aus dem Fenster zu lehnen und zu den fernen Türmen der Hauptstadt zu blicken, während ich von dem Tag träumte, da ich einmal ein großer Zauberer sein und dorthin ausziehen würde, um mein Glück zu machen. Ich brauchte nicht allzu lange, um zu begreifen, daß meine Reise nach Gladderadatsch nichts als ein Wunschtraum bleiben würde, sollte sie tatsächlich davon abhängig sein, daß ich erst ein großer Zauberer würde.

Komische Sache, diese Träume. Sie werden manchmal auf eine Weise wahr, wie man sie sich nie erträumt hätte.

Gladderadatsch wird auch die Stadt der Türme genannt. Keine zweite Stadt in König Steffans Reich besitzt so viele, so hohe und so schöne Türme. Das liegt daran, daß es ein äußerst strenges königliches Gesetz gibt, das besagt, daß jede Stadt, die dabei erwischt wird, einen Turm zu bauen, bis auf die Grundfesten niedergebrannt und in ein *Klopp-Knopf*-Spielfeld verwandelt wird. Es gibt übrigens noch ein zweites königliches Gesetz, das bestimmt, daß die Türme von Gladderadatsch nur aus einer ganz besonderen Art von Gestein errichtet werden dürfen – einem sehr raren Gestein von wunderschöner heller Bernsteintönung mit goldenen Sprenkeln. Manche Leute sagen, daß dieses Gesetz dem guten Geschmack der königlichen Familie zu verdanken sei. Andere sagen, es sei allein der Tatsache zu verdanken, daß sich der einzige Steinbruch des Königreichs, in dem dieses Gestein abgebaut wird, in den Händen der königlichen Familie befinde. Wiederum andere Leute sagen gar nichts dazu und lebend dafür länger.

Wem immer der Steinbruch auch gehören mag, die Wirkung der goldenen Türme ist und bleibt einmalig. Es heißt, daß Reisende aus ganz Orbix in stummer Ehrfurcht verharren, wenn sie zum ersten Mal einen Blick auf diese majestätischen Bauten werfen.

Wahrscheinlich waren die auch alle noch nie mit einem Kater unterwegs gewesen.

»Sieht aus wie ein Haufen in den Boden gesteckter Bleistifte!« rief Scandal, sobald wir in Sichtweite der Stadt flogen. »Ein Riesenhaufen Bleistifte, während der Boden mit lauter Seifenblasen bedeckt ist. Schmutzigen Seifenblasen.«

»Das sind die Türme des königlichen Palasts«, klärte ich ihn auf. »Und diese ›Blasen‹ sind die anderen städtischen Bauten.«

»Bah! Ist das etwa alles, was deine Leute zustande bringen? Bleistifte und Seife? Nichts dazwischen? Dort, wo ich herkomme, versuchen wir, unsere Städte ein wenig abwechslungsreicher zu gestalten. Da gibt es schnieke Wolkenkratzer, sündhaft teure Geschäfts- und Bürobauten, man hat Apartmenthäuser und Stadtwohnungen, und außerdem hat man Slums. Junge, Junge, Slums habt ihr jedenfalls auch!«

»Diese blasenförmigen Bauten sind die Slums. Der einzige vernünftige Wohnraum in Gladderadatsch befindet sich im Palast. Deshalb ist er auch so groß. Wenn man in der Hauptstadt leben will, hat man entweder einen Regierungsposten – mit einer Palastwohnung –, oder man hat gar nichts.«

»Das ist ja … Mann, das ist ja furchtbar! Barbarisch! Das ist …« Scandal sprühte förmlich, und damit meine ich nicht nur die Funken, die von seinem Fell ausgingen, wo Basehart es gerade rieb. »Das ist … genaugenommen ist das ziemlich genauso, wie wir es zu Hause auch handhaben. Egal.«

Während wir näher kamen, erklärte ich ihm, so gut ich konnte, alles, was mir über die Geschichte von Gladderadatsch bekannt war. Meister Thengor hatte uns nie irgendwelchen Unterricht darüber erteilt, weshalb ich wahrscheinlich auch so viel darüber wußte. Merkwürdig – immer, wenn ich etwas lernen sollte, für das es ohnehin keine Zensuren geben würde, entwickelte ich mich geradezu zum Experten auf dem betreffenden Gebiet. Aber sobald es um etwas ging, von dem ich wußte, daß es geprüft werde würde, versagte ich auf voller Linie.

»Gladderadatsch wurde kurz nach dem Krieg der Zwei Vettern Zweiten Grades und ihrer Tante Pooki gegründet«, sagte ich. »Der letzte König in der direkten Erbfolge starb durch einen Unfall bei einem Freundschaftsspiel *Klopp-Knopf*, als sein Huhn aus dem Fangnetz floh und seinem Pferd ins Gesicht flog, so daß das Tier stolperte, in einen der Zieleimer trat und seinen Reiter abwarf. Weil es das dritte *Hork* eines Freundschaftsspiels war, hatte er gerade seinen Helm abgenommen,um den Hackbraten auf dem Kopf zu balancieren, weil das nämlich Extrapunkte bringt. Leider sind Hackbraten auch keine große Hilfe, wenn man mit dem Kopf gegen eine Steinmauer knallt. Das war alles sehr tragisch. Das Spiel fand übrigens zu Ehren der Verlobung des Königs mit Prinzessin Safti von Wend statt.«

»Kommt jetzt gleich wieder so eine Geschichte mit gehörnten Riesenhamstern?« wollte Scandal wissen. »Denn falls dem so sein sollte, springe ich lieber gleich ab.«

»Kendar erzählt es ja völlig verkehrt«, sagte Basehart. »Es gibt auch eine ganze Reihe guter, blutiger Abschnitte. Laß mich das mal in die Hand nehmen.«

»Blutige Abschnitte in die Hand nehmen? Das könnte dir so passen«, bemerkte der Kater trocken.

»*Diese* Geschichte kenne ich!« flötete Mysti. »Die beiden Vettern zweiten Grades standen sich in der Erbfolge gleich, nur daß keiner von ihnen Prinzessin Safti heiraten wollte. Der eine hegte eine starke Abneigung gegen Frauen mit Schnurrbärten, die länger waren als seiner, und der andere empfand eine wirklich *äußerst* tiefe Hingabe für seinen Schwertbruder Ingbard den Gutentwickelten. Deshalb führten sie einen zehnjährigen Krieg, nach dem der Verlierer alles bekommen sollte, und hatten beide das Glück, ungefähr zur selben Zeit in der Schlacht von Ingbards Sandale zu fallen.

Da hat dann Tante Pooki das Reich als Königin Pooki übernommen, die erste unabhängige weibliche Herrscherin, die euer Königreich je hatte. Als erstes verkündete sie, daß es einen neuen Gott namens Kimberli gebe, der ihr die Krone verliehen und zu ihr gesagt habe, daß – falls irgend jemand versuchen sollte, sie ihr wieder abzunehmen – es zu einer Seuche von irgend etwas furchtbar Häßlichem kommen würde, das Flecken zurückließ. Alle Edelleute waren des Krieges müde, und so errichteten sie einen Tempel für Kimberli, veranstalteten ein wochenlanges Fest mit reichlich freiem *Calabash*, bis alles gegen Mauern knallte, um sich danach endlich ganz gemütlich und ausgiebig aufs Ohr zu hauen.«

»Woher weißt du denn das alles?« fragte ich. »Ich dachte, Welfies hätten nicht viel für die Angelegenheiten von Sterblichen übrig.«

»Der Gebieter Valdaree hatte mit dem Gebieter Babalu eine Wette abgeschlossen, welcher Vetter den Krieg gewinnen würde, und schon bald hatte jeder etwas Gold eingesetzt, weshalb wir die Nachrichten von außen sehr sorgfältig verfolgten«, erklärte Mysti. »Aber als dann Pooki zur Königin gekrönt wurde, war schließlich das ganze Welfie-Volk bei einem Zwerg namens Jeblot veschuldet, und seitdem haben wir euch Sterblichen keine Aufmerksamkeit mehr gezollt – außer euch umzubringen. Das kommt billiger.«

»Och, die ganzen guten Stellen hast du aber ausgelassen«, maulte Basehart. »Was ist denn mit den ganzen Schlachten und Attentaten und dem Teil, wo Prinzessin Safti Ingbard zwischen die Finger bekam und …?«

»Ich weiß ja, daß ich meine Frage wahrscheinlich noch bereuen werde«, unterbrach Scandal ihn, »aber was ist denn aus der saftigen Safti geworden?«

»Königin Pooki hat sie als erste jungfräuliche Hohepriesterin des Kimberli installiert, unter der Bedingung, daß sie ihre Aussteuer dem Tempel stiftet. Safti war einverstanden und zog sofort mit ihren sechs Kindern und ihrem treuen persönlichen Diener Ingbard dort ein.«

»Verstehe«, sagte der Kater. »Schön, dann werde ich jetzt mal gehen und mich in den Tod stürzen, falls ihr nichts dagegen habt.« Natürlich machte er nur Witze, aber schließlich hatte ihn ja auch niemand gewarnt, daß sich der Humor meines Bruders darauf beschränkte, aus dunklen Ecken hervorzuspringen und ältere, herzschwache Verwandte mit »Buh!« zu erschrecken.

»Nein! Nicht!« schrie Basehart und wollte nach dem Kater grabschen. Sein Ausbruch erschreckte Scandal, der bis dahin ruhig auf dem Teppich gesessen und es zugelassen hatte, daß Basehart sein Fell malträtierte, damit die Funken (und der Teppich) flogen. Scandal machte einen Satz, zischte, bleckte die Zähne, versteifte die Beine und fuhr die Krallen aus. Er war zwar klein, doch wenn er wütend wurde, sah er durchaus gefährlich aus.

Basehart brauchte gar nicht erst nachzudenken, wie mit gefährlichen Tieren zu verfahren war. Basehart wußte ohnehin immer alles, ohne erst nachzudenken. Er packte das nächstbeste Schwert, was zufälligerweise ausgerechnet jenes war, das ich gerade in der Hand hielt, und stach damit nach Scandal. Zwar verfehlte er sein Ziel, richtete aber dennoch mehr als genug Schaden an.

Nachdem Grabräuber meinen Händen entrissen war, war damit auch der Magik-Strom abrupt unterbrochen. Der Teppich machte einen furchtbaren Satz, so daß ich auf Mysti stürzte. Sie kreischte auf, als ich ihr Mutter Krötenhauchs Sauciere aus den Händen schlug. Die rollte an den flatternden Rand des Teppichs, wo sie dicht am Nichts liegenblieb.

»Ich hab' sie, ich hab' sie, ich hab' sie!« schrie Scandal und machte einen Satz nach vorn. Der Teppich vollzog einen weiteren Ruck, noch während der Kater in der Luft schwebte. Die Sauciere holperte zwar zurück in Sicherheit, doch dafür sah Scandal sich plötzlich von nichts anderem als dünner Luft umgeben. »Ich hab' sie nicht«, waren die letzten Worte, die ich ihn sagen hörte, bevor er außer Sicht stürzte.

Ich hatte nicht einmal genug Zeit, um zu erschrecken. Es war, als sei Scandal eine Kerzenflamme gewesen, die zufällig von einem nahenden Wirbelsturm ausgelöscht worden war: Man denkt nicht darüber nach, was mit der Flamme passiert ist; man konzentriert sich vielmehr darauf, die eigene Haut vor dem nahenden Sturm zu retten. Außerdem war der Kater nicht das einzige, was in die Tiefe gerissen wurde: Ohne den Magik-Kreislauf flog der Teppich nur noch in eine einzige Richtung – nach unten, und zwar schnell.

Mysti hielt sich mit einer Hand an mir fest, mit der anderen umklammerte sie die Sauciere. Basehart umklammerte dafür Mysti. Die Kanten des Teppichs umflatterten uns im Sturz. Beide Proviantkörbe und Mystis Reisesack glitten in den Himmelsabgrund davon. Alles, was ich noch sehen konnte, war ein flatternder regenbogenfarbener Vorhang; alles, was ich noch spürte, war der Wind; alles, was ich noch hörte, waren die entsetzten Stimmen meines Bruders und meiner Frau, die mich anflehten, doch irgend etwas zu unternehmen.

Alles, was ich sagen konnte, war: »Au.« Etwas Hartes und Kaltes mit einer bösartigen Kante schnitt sich in meinen Fuß. Ich blickte hinunter und sah, wie Grabräuber seitlich gegen meinen Schuh drückte. Ich griff nach dem Schwert und rezitierte verzweifelt den Zauber der Levitation.

Wir levitierten weiterhin in die falsche Richtung.

»Die Sauciere«, keuchte Mysti. »Richte es auf die Sauciere.« Das tat ich – ohne Glück. Basehart hörte auf, mich anzuflehen, ihn doch bitte, bitte zu retten, und begann statt dessen, mich zu verfluchen.

»Ein prächtiger Herr des Bösen bist du! Kannst ja nicht mal einen einfachen Teppich daran hindern, vom Himmel zu fallen! Das Gute wird noch durch einen dämlichen Zufall über das Böse triumphieren, so sieht das nämlich aus!«

»Rrrragh! Wer hat dich nach deiner Meinung gefragt! Das ist alles deine Schuld, Basehart! Ach, ich sollte ...!« Mit jener merkwürdigen Kraft, die man manchmal in hoffnungslosen Situationen freisetzt, riß ich Grabräuber hoch über meinen Kopf und ließ das Schwert wild herumwirbeln.

Und es wirbelte und wirbelte und wirbelte. Die Klinge erglühte im goldenen Licht der Magik und gab ein überirdisches *Tschud-tschud-tschud*-Geräusch von sich. Der Teppich verlangsamte seinen Sturz, dann bremste er ab und blieb schließlich friedlich mitten in der Luft unter der wirbelnden Klinge schweben.

»Bei Wedwels linkester Augenbraue, was ist passiert?« fragte Basehart mit klappernden Zähnen.

»Ich weiß es nicht, aber ich kann dir erzählen, was gleich passieren wird, wenn du nicht gefälligst deine Hand da wegnimmst«, teilte Mysti ihm mit. Sie stritten sich immer noch darüber, ob das die richtige Art für eine schöne Welfen-Dienerin des Guten sei, mit dem lang prophezeiten auserwählten Heros zu reden, als ich den Teppich behutsam aufsetzte.

Wir befanden uns auf einem flachen Erdstück unweit der königlichen Schnellstraße. Ich brauchte nicht einmal die Augen abzuschirmen, um die Menschenmengen auszumachen, die in Richtung Gladderadatsch unterwegs waren oder gerade aus der Stadt strömten. Zwischen uns und der Straße standen einige wenige Bäume, allerdings kein richtiger Wald. Wenn wir wollten, konnten wir von hier aus zu Fuß in die Stadt gehen, den König aufsuchen und ihn vielleicht sogar überreden, einen seiner Boten loszuschicken, um die Begnadigung von Mutter Krötenhauch noch rechtzeitig nach Gut Uxwutsch zu bringen.

Von jetzt an würde alles ganz leicht sein. Aber weshalb hatte ich dann ein Gefühl, als hätte ein Felsbrocken Wurzeln in meinem Herzen geschlagen?

»Kendar!« Mysti winkte mir von einer Strauchgruppe ganz in der Nähe zu. »Schau mal, was ich gefunden habe!« Sie riß das schlichte braune Kleid hoch, das Mutter sie auf Gut Uxwutsch zu tragen gezwungen hatte. »Meine Tasche hat sich geöffnet, als ich vom Teppich fiel, und der ganze Inhalt hat sich in alle vier Winde verteilt, aber das hier hing im Astwerk. Ist das kein Glück?«

»Willst du das Ding etwa *tragen*?«

»Nein.« Sie zog es mir über den Kopf, bevor ich auch nur ein Wort sagen konnte. »*Du* willst es.«

»Will ich nicht!« brachte ich hervor, nachdem ich den Mund endlich durch die Halsöffnung geschoben hatte.

»Doch, willst du wohl. Vergiß nicht, du bist ein Zauberer,

und ein richtiger Zauberer muß auch eine richtige Zaubererkutte tragen.«

»Richtige Zauberer tragen keine braunen ... ach, vergiß es.« Ich fühlte mich müde und traurig. Scandal war dahingegangen. Ich hatte noch nie zuvor einen Freund gehabt, deshalb hatte ich auch nicht gewußt, daß es so weh tun konnte, einen zu verlieren.

Mysti streckte den Arm aus, um meine Wange zu berühren. »Was ist das denn?« fragte sie, als sie ihre feucht gewordenen Fingerspitzen wieder zurückzog.

»Nichts.« Ich fuhr mir mit dem Ärmel über das Gesicht. »Rollen wir den Teppich ein und gehen wir.«

Basehart und Mysti schulterten gemeinsam den zusammengerollten Teppich. Wir waren uns darin einig, daß es für einen mächtigen Zauberer nicht gut aussähe, einen Teppich hinter sich herzuschleifen, während er durch die Tore von Gladderadatsch trat. Ich trug dafür die verzauberte Sauciere, die bis zum Rand vor Magik schimmerte und einen netten, gespenstischen, zauberhaften Eindruck auf gewöhnliche Leute machte. Grabräuber hatte ich im Teppich verstaut; mein Arm schmerzte noch immer von der Anstrengung, das große Schwert so lange geschwungen zu haben.

Die königliche Straße nach Gladderadatsch wimmelte förmlich von Reisenden verschiedenster Herkunft. Da waren Leute vom Stamm der Squal aus der Potzgraus Wüste in ihren mit Münzen besetzten Kutten, mit denen sie ihren Reichtum zur Schau stellten. (Die Squal verwenden dasselbe Wort für »Millionär« und »starke Kreuzschmerzen«.) Da waren die geschmeidigen Händler von Askwat, die mit Akrobatennummern und Gesetzesbüchern zu handeln pflegten. Ein grellbemalter Wagen mit gelben Rädern und rotem Dach rumpelte vorbei, gelenkt von einem mürrisch dreinblickenden Bären in schillerndem Seidentuch und gezogen von einem Gespann aus acht goldhaarigen kleinen Mädchen.

»Unterseitler«, flüsterte Basehart. Wie er, hatte auch ich die Geschichten gehört, daß das Leben ganz, ganz ... *anders* war, wenn man die Große Biegung unserer Welt zurückgelassen hatte, doch nie zuvor hatte ich einen Beweis dafür zu Gesicht bekommen – bis zum heutigen Tag.

Der Bär sah, wie wir ihn angafften, und setzte sofort ein zahniges Grinsen auf, so falsch wie das eines jeden menschlichen Händlers. »Ich grrrrüße euch, ihr Edelpelze! Interrrresse an etwas nettem, frrrrischem Haferbrrrrei?« Als wir dankend ablehnten, stülpte er wieder seine knurrige Miene über und fuhr weiter.

So dicht bevölkert die königliche Straße auch war – kaum hatten sie meine Kutte und die verzauberte Sauciere erblickt, als die anderen Reisenden auch schon Platz für uns machten. Ich schmückte das Magik-Leuchten noch ein wenig aus, indem ich den »Zauber für Einfaches Feuerwerk zur Belustigung deiner Freunde« rezitierte. So sprangen immer wieder kleine Fontänen aus roten, blauen und gelben Funken aus der Sauciere und fielen als feurige Blumen zu Boden.

»Holla, macht Platz! Macht Platz für die Einhörner des Königs!« Eine drängende Stimme schnitt sich durch das Lärmgewirr der Straße. Ich vernahm donnerndes Hufgetrappel, das sich schnell von hinten näherte. Schon stoben die anderen Reisenden an den Straßenrand davon. Das königliche weiße Einhorn ist das weißeste, wunderschönste Lebewesen auf ganz Orbix. Das Problem ist nur, daß es auch ganz genau weiß, wie wunderbar es ist, und überhaupt nichts dabei findet, geringere Wesen zu zertrampeln, die dumm genug sind, sich ihm in den Weg zu stellen.

Ich begab mich eilig an den Straßenrand, doch nicht so eilig, daß der Eindruck erweckt wurde, ich könnte davonlaufen. Schließlich mußte ich auch an die Figur denken, die ich abzugeben hatte: Ein Zauberer muß in allen Situationen die Würde bewahren, jedenfalls hat Meister Thengor uns das an jenem Tag erklärt, als eine Schar meiner Klassenkameraden ihn im Weinkeller mit Velma Chefköchin und ohne Kleider erwischte. Basehart dagegen brauchte sich keine Sorgen um den Eindruck zu machen, den er hinterlassen könnte. Er jaulte nur auf und sprang in die Büsche, Mysti zurücklassend, die nun damit gestraft war, den Teppich ganz allein zu tragen.

Es war ein furchtbar großer Teppich. Sie versuchte, ihn vor der nahenden Herde aus dem Weg zu ziehen, verlor aber den Halt und stürzte rücklings zu Boden. Der Teppich fiel auf sie, nagelte sie förmlich fest. Die Einhörner kamen in forschem Trab heran, ihre Hörner brachen das Sonnenlicht wie die Lanzen einer anrückenden Besatzungsstreitmacht.

Mir blieb keine andere Wahl. Ich rannte mitten auf die Straße zurück und baute mich zwischen Mysti und den Einhörnern auf, die verzauberte Sauciere gen Himmel gereckt. »Halt!« rief ich und ließ die bunten Funken höher denn je schießen.

Die Einhörner wechselten nicht einmal in einen leichteren Arbeitstrab.

»Heda!« ertönte dieselbe barsche Stimme. »Mach Platz, du junger Tor! Ich hege nicht den Wunsch, deine Haut vom königlichen Straßenpflaster kratzen zu müssen.« Aus dem zu allen Seiten der schneeweißen Herde aufstiebenden Staub galoppierte ein grauscheckiges Einhorn mit gebrochenem Horn auf mich zu. Auf seinem Rücken saß ein runzliger, sonnengebräunter Mann, dessen silbernes Haar fast genauso schimmerte wie die Mähnen der Einhörner. Er ritt ohne Sattel, hielt nur eine blauweiße Fahne in der Hand, die von einem dünnen Bambusstab flatterte. Als er näher kam, senkte er den Stab, bis daraus eine Lanze wurde, die genau auf meine Brust zielte. Dabei rief er die ganze Zeit: »Hinweg! Hinweg! Schaff deinen Stinkehintern hinweg!«

Ich traute meinen Augen kaum. »Onkel Corbly?«

Der Mann blinzelte und grub dem grauen Einhorn die Knie in die Flanken, riß an der Mähne des armen Tiers, um es scharf nach links zu lenken. Das Einhorn jaulte und bäumte sich vorn auf. »Kendar?« sagte Onkel Corbly, als sein Reittier sich beruhigt hatte. Er wartete nicht auf meine Antwort, sondern fuhr herum und brüllte der heranbrausenden Herde entgegen: »Halt!«

Sein »Halt!« funktionierte um einiges besser als meins. Die Einhörner blieben abrupt stehen. Es war erstaunlich:

Nicht ein einziges der Tiere machte noch einen weiteren Schritt. Die Einhörner im hinteren Teil der Herde stolperten nicht gegen die vor ihnen stehenden. Die Einhörner an den Rändern der Herde schlenderten nicht davon, um am Wegesrand zu äsen.

»He! Was ist das für eine Unterbrechung?« rief jemand von hinten.

»Nichts, Torse!« rief Onkel Corbly nach hinten, die Hände zu Schalen um den Mund gelegt. »Nur so ein blöder Junge ohne Menschenverstand, um aus dem Weg zu gehen.«

»Warum hast du ihn dann nicht einfach über den Haufen geritten?« brüllte Torse.

»Kann ich nicht! 's ist der Junge meiner Base Abstemia, du weißt schon, die den Edelherrn Lucius Parkland Gangle geheiratet hat, obwohl ihr Vater sie davor gewarnt hat.«

»Ach so.« Kurzes Schweigen im hinteren Teil der Herde. Dann: »Ein Gangle, wie? Ja, das erklärt natürlich die Blödheit.«

Onkel Corbly gluckste, dann saß er ab und tätschelte dem grauen Einhorn den Hals. »Das ist aber ein seltsames Zusammentreffen. Ich dachte, du wärst noch auf der Zauberschule, aber es sieht ja ganz so aus, als hätten sie dich in Ehren entlassen. Habe noch nie einen Zauberer in brauner Kutte gesehen.«

»Ich bin ein Sonderfall«, antwortete ich. Das war nicht einmal gelogen.

»Ach ja? Und hat man euch Sonderfällen nicht beigebracht, daß es gefährlich ist, sich zwischen eine Herde königlicher Einhörner und ...« Er brach ab, und der Atem stockte ihm, als er unmittelbar hinter mir etwas erblickte.

Ich sah über die Schulter zurück. Mysti hatte den Teppich von sich gewälzt und stand gerade auf, klopfte sich den Staub aus den Kleidern. Ihr Kittel und die Hose waren zerrissen, aber irgendwie sah sie dadurch noch betörender aus denn je.

»Onkel Corbly«, sagte ich, »ich möchte dir meine Frau vorstellen. Mysti, das ist Corbly Schnassel, Einhornwärter seiner Majestät des Königs Steffan.«

Mystis Lächeln überstrahlte ihr Gesicht trotz allen Schmutzes. »Ich bin ja *so* erfreut, dich kennenzulernen«, schnurrte sie. »Du liebe Güte! Einhornwärter des Königs! Wenn das kein Zufall ist? Kendar hat gerade eben noch zu mir gesagt: ›Mysti, unsere einzige Hoffnung, mit dem König zu sprechen, ist mein Lieblingsonkel Corbly, den müssen wir unbedingt aufsuchen. Jedermann weiß doch, daß König Steffan sich auf ihn verläßt und ihm niemals, niemals etwas ausschlagen würde.‹« Sie strich sich das zerzauste Haar hinter die Ohren und fügte hinzu: »Kendar hat die ganze Reise von nichts anderem geredet, immer nur Onkel Corbly, Onkel Corbly …«

»*Welfie*!« kreischte Onkel Corbly und deutete mit zitterndem Finger auf Mystis verräterische Ohren. Dann sprang er mit einem Satz auf den Rücken seines Einhorns und brüllte: »Herde wenden und nichts wie weg, bevor …«

Es war zu spät. In unserem Rücken kam plötzlich ein Wind auf und blies der Herde entgegen. Die Einhörner blähten die Nüstern, rührten sich aber nicht vom Fleck. Ich konnte mitansehen, wie die Veränderung einsetzte. Erst ganz langsam, dann mit immer beunruhigender Schnelligkeit erschien vorn an der Schnauze des Führungseinhorns eine blasse Lavendelfärbung und breitete sich über seinen ganzen Körper aus. Das Tier zu seiner Rechten wieherte, als eine Woge aus Butterblumengelb es überspülte; das Tier rechts von diesem nahm eine frostblaue Färbung an. Die Flut der Pastellfarben setzte sich von einem Einhorn zum nächsten fort. Manche wurden blütenrosa, andere minzgrün, aber keins von ihnen entkam seinem Schicksal. Ein entsetztes Geheul im hinteren Teil der Herde bestätigte uns, daß Torse mitangesehen hatte, was geschah, und daß er zugleich wußte, wie völlig machtlos er war, es aufzuhalten.

Mysti gaffte fassungslos das Regenbogenmeer eben noch weißer Einhörner an. »Habe ich das etwa ausgelöst?« fragte sie unschuldig.

Erbärmliches Welfie-Weib!« Onkel Corblys Stimme zitterte vor Wut. »Wo sind deine Flügel? Hätte ich sie auch nur leise flattern sehen, hätte ich das der Herde vielleicht noch ersparen können!«

»Ihre Flügel ... sie haben ihr ihre Flügel abgenommen, als wir ... als wir geheiratet haben«, stammelte ich.

»Geheiratet? Dann war das also die Wahrheit, als du sie deine Frau nanntest?« Onkel Corblys buschige Augenbrauen schossen in die Höhe. »Hast du dich etwa auf die Seite dieses verräterischen, einhornfärbenden Ungeziefers geschlagen?«

Ausgerechnet diesen Augenblick mußte Basehart sich aussuchen, um aus dem Gesträuch hervorzustolpern. »So redet man nicht mit der reinen und schönen Magd, die mir als Dienerin des Ewigen Guten und Gesetzes bei meinem Kampf gegen den Herrn der Schatten, des Bösen und des Chaos und so weiter zur Hand geht!«

»Basehart.« Onkel Corbly liebte Tiere. Er sprach den Namen meines Bruders genauso aus, wie ein Sänger das Wort *Musikkritiker* ausgesprochen hätte. »Was ist das für ein Quatsch, den du da faselst? Bist wohl einmal zu oft die Treppe hinuntergefallen, wie?«

»Er!« Basehart stach mit dem Finger nach mir. »Er ist der Herr all dessen, was ich sagte. Und ich bin der auserwählte Heros, von dem die alte Welfenprophezeiung kündet und der ihn töten ... na ja, vielleicht nicht gerade *töten*, schließlich ist er mein Bruder, und das würde Mama mächtig aufregen, und zwar so schlimm, daß sie mir deswegen bis in alle Ewigkeit in den Ohren liegen würde ... aber der ihn jedenfalls ganz bestimmt aufhalten wird.«

Onkel Corbly sprach leise, trotzdem konnten wir ihn verstehen, obwohl der Verkehr auf der königlichen Schnellstraße sich wieder – an den stehenden Einhörnern vorbei – in Gang setzte. »Worin aufhalten?« fragte er.

»Äh«, machte Basehart.

»Das Universum an sich zu reißen«, ergänzte Mysti. »Oder wenigstens Orbix. Aber auf jeden Fall dieses Königreich.«

»Und deshalb mußt du den König sprechen?« Onkel

Corbly klang sehr gelassen und freundlich. »Um ihm mitzuteilen, daß du der Herr der Dunklen Dingsbumse bist?«

»Onkel Corbly, ich bin nicht wirklich ...«

»Weil ich dir nämlich garantieren kann, daß du den König *ganz bestimmt* sprechen wirst. Dafür werde ich höchstpersönlich sorgen. Ich werde meine Stellung als Oberster Einhornwärter Seiner Majestät dazu nutzen, um sicherzustellen, daß ihr alle ohne jede Verzögerung in die Gemächer des Königs geführt werdet ...

»Toll, danke, Onkel Corbly!«

»*... damit König Steffan nämlich höchstpersönlich das Vergnügen hat, euch alle in sein finsterstes Verlies zu sperren – wegen des Verbrechens, königliche Einhörner einer Welfie auszusetzen!*«

Nun veranstalteten Mysti, Onkel Corbly und ich einen dreistimmigen Geschreiwettbewerb und stritten uns darüber, weshalb die königlichen Einhörner denn unbedingt *weiß* sein mußten, als ich plötzlich ein zweites graues Einhorn neben uns bemerkte. Der Mann, der es ritt, war gebaut wie ein Faß. Sein Gesicht war länger als eine der Jagdgeschichten meines Vaters. Das mußte Torse sein, der die Herde von hinten bewachte.

»Was ist passiert, Corbly?« jammerte er. »Was ist denn nur aus unseren ganzen wunderschönen weißen Einhörnern geworden?

Ich nahm Corblys Antwort nicht wahr. Ich hatte nur Augen für das geschmeidige, lächelnde, pelzige Gespenst, das Torse da vor sich hielt.

»Scandal!«

»Hallo«, sagte der Kater. »Ich bin auf die Füße gefallen.«

KAPITEL 28

Der Drache erhob sich aus dem Flammenmeer. Sein mächtiger Schädel schwankte mal hierher, mal dorthin, hielt Ausschau nach seinem Feind. Riesige Kieferladen klafften weit offen, während sich grünes Feuer aus seinem Maul hervorwälzte. Blutfarbener Rauch schoß dampfend aus den Nüstern.

Der Ritter trug eine goldene Rüstung und ein schimmerndes grünes Schwert. Mutig stapfte er durch das feurige Meer, um das Ungeheuer herauszufordern. Das Drachenmaul öffnete sich in stummen Gebrüll. Ein Flammenstoß schnellte hervor, dem Ritter entgegen, doch der goldene Panzer des Kriegers widerstand ihm mühelos. Der Ritter sprang vor, gefolgt von einer kleinen Funkenspur, und schwang das Schwert. Das Haupt des Drachen fiel ab, am Hals durchtrennt, und stürzte unter gewaltigem Aufschäumen des roten Feuers ins Meer.

»Toll!« sagte der König und klatschte in die Hände. »Mach noch eins.«

»Ja, Euer Majestät«, sagte ich matt und fuhr mit den Händen über die verzauberte Sauciere. Die winzigen, flammenden Bilder des siegreichen Ritters und des erlegten Drachen versanken unter der Oberfläche des Miniaturmeers aus Magik, dem sie entsprungen waren. »Ich werde es versuchen.«

»Was mein edler und furchtgebietender Gebieter meint«, warf Mysti hastig ein, »ist, daß er versuchen wird, Euer Majestät nicht zu enttäuschen.«

»Oh, Meister Kendar würde mich doch niemals enttäuschen«, antwortete König Steffan aufrichtig.

»Niemals«, sagte Scandal, der zusammengekringelt im

Schoß des Königs lag, »ist, wie man so schön sagt, verdammt lange.«

König Steffan lächelte und kraulte die Katze. »Was für eine kluge Kreatur das doch ist. Ich möchte wetten, daß es keinen anderen König auf ganz Orbix gibt, der ein solch wunderbares Tier sein eigen nennt.«

»Ja, wir Fabelungeheuer sind nicht gerade billig«, erklärte Scandal ihm. »Hinter den Ohren, Euer Königschaft, hinter den Ohren kraulen.« Der König gehorchte und säuselte den Kater an wie eine verblödete Turteltaube.

Die königliche Kutsche fuhr über die königliche Schnellstraße mit Ziel Gut Uxwutsch. Dank der Geschwindigkeit der Einhörner und des Befehls Seiner Majestät, den ganzen Weg vor uns freizumachen, würden wir in weniger als zwei Tagen dort eintreffen. Einhörner haben dieselbe Reichweite wie Pferde, sind dafür aber doppelt so schnell. Glücklicherweise hängt ihre Geschwindigkeit nicht von ihrer Farbe ab, denn jedes Einhorn, das auch nur in Witterungsweite Mystis geriet, nahm sofort eine fahle Pastelltönung an. Eins der armen Tiere entwickelte sogar eine richtige Rose auf der Hornspitze.

Unterwegs machten wir an verschiedenen Posthäusern halt, um die Einhörner zu wechseln. Als Oberster Königlicher Einhornwärter war Onkel Corbly zugleich unser Oberkutscher. Ich konnte ihn jedesmal aufstöhnen hören, sobald er ein frisches Gespann königlicher weißer Einhörner angeschirrt hatte und Mystis unheimlicher Welfie-Einfluß sie vor seinen Augen in sämtlichen Schattierungen des Regenbogens einfärbte. Es brach mir das Herz, ihm zuzuhören.

»Aber ich tue es doch nicht mit *Absicht*!« protestierte Mysti. »Als man mir die Flügel abgerissen hat, dachte ich, ich hätte das Welfie-Dasein hinter mir.«

»Du weißt doch, was man sagt«, warf Basehart ein. »Einmal eine Welfie sein, heißt, immer Einhörner komisch einfärben.«

»Nanana, meine Liebe«, sagte der König und beugte sich vor, um ihre Hand zu tätscheln. »Niemand macht dir Vorwürfe.«

»Es macht Euch gar nichts aus?«

»Och, ich vermute, wenn Schnassel mir Ende des Monats die Rechnung für die vielen neuen weißen Einhörner zeigt, die als Ersatz für jene angeschafft werden mußten, die du verdorben hast, wird mir das sogar furchtbar viel ausmachen. Aber bis dahin bin ich viel zu glücklich über dieses entzückende Tier, um mich darum zu kümmern.« Er kitzelte Scandal unter dem Kinn und strahlte wie ein Kind, als der Kater losschnurrte. »Welch ein Fund! Welch ein Schatz! Was ist schon der Verlust von hundert gewöhnlichen Einhörnern gegen den Zugewinn einer einzigen Katze?«

»Soll das heißen, daß ich auch Sardinen bekomme, ohne immer betteln zu müssen?« fragte Scandal.

»Das soll heißen, daß du alles bekommen sollst, was dein Herz begehrt«, erwiderte der König.

»Abgemacht«, sagte Scandal und legte sich wieder schlafen.

Die Kutsche des Königs war ein schier unglaubliches Stück Handwerkskunst. Solange wir darin fuhren, brauchten wir überhaupt nicht am Wegesrand haltzumachen, außer um erschöpfte Einhörner gegen frische einzutauschen. Sie hatte acht Sitzplätze – Sitze, die sich so einfach und mühelos in bequeme Betten verwandeln ließen, daß selbst ein König nicht überfordert war. Der königliche Reisekoch fuhr im hinteren Teil der Kutsche mit, wo er in einer winzigen Küche elegante Mahlzeiten und Appetithappen zubereitete. Der Leibdiener des Königs bediente uns an unseren Plätzen, nachdem er zuvor raffinierte kleine Klapptische aus den Armstützen der Sitze hervorgeholt hatte. Die Fahrt selbst verlief so ruckfrei, daß der Butler des Königs uns unseren Wein – und Scandal seine Sahne – einschenken konnte, ohne dabei befürchten zu müssen, auch nur einen einzigen Tropfen zu verschütten. Am praktischsten aber war eine kleine Kabine hinter der Küche, die Scandal ständig als »Streukiste für Hautgerippe« bezeichnete.

Es fiel mir schwer, den Blick von dem Kater abzuwenden. Ständig rechnete ich damit, daß er sich in Luft auflösen könnte. Ich mußte mir selbst unentwegt sagen, daß nichts

Gespenstisches daran war, daß er den schrecklichen Absturz überlebt hatte. Katzen sind Fabelwesen, die ihren eigenen Gesetzen gehorchen. In einer Legende heißt es eben, sie würden immer wieder auf die Füße fallen. Ich hatte jetzt lediglich den Beweis für die Richtigkeit dieser Behauptung vorliegen, mehr nicht.

Aber weshalb fühlte ich mich dann trotzdem so niedergeschlagen?

Ich versuchte, Scandal aus meinem Geist zu verbannen und nachzudenken. Jetzt würde alles in Ordnung kommen, obwohl es in Gladderadatsch alles andere als glückverheißend begonnen hatte.

Onkel Corbly und Torse hatten drei Einhörner aus der Herde herausgelöst, um mit uns in die Stadt zu reiten. Einhörner brauchen nicht erst an den Sattel gewöhnt zu werden, wie das bei Pferden der Fall ist; sie sind klug genug, um zu wissen, was man von ihnen will, und es auch mit einem Minimum an Aufwand zu tun. Ein weiterer Grund dafür, daß man sie gar nicht erst mit dem Sattel bekanntzumachen braucht, liegt darin, daß sie sowieso niemals Sättel annehmen, und wenn man sich auf den Kopf stellt. Außerdem lassen sie sich nur vor Kutschen und Wagen spannen, wenn mindestens ein König, eine Königin, ein Prinz oder eine Prinzessin mit auf die Reise geht. Lädt man nur einen Herzog ein, verweigern sie stur den Dienst.

Wie Onkel Corbly sagt: »Einhörner sind noch schlimmere Snobs als Drachen, und Drachen sind schon so versnobt, daß manche Leute sagen, sie seien gänzlich ausgestorben. Wenn man sich nur von Jungfern von königlichem Geblüt ernähren mag, bleibt der Teller eben meistens ziemlich leer.«

Das Reiten ohne Sattel war nicht gerade einfach. Einhörner haben noch eine Eigenart, man kann ihr Horn nämlich nicht als Zügel benutzen. Wenn man es versucht, wirft das Einhorn einen ab und zeigt einem, wozu das Horn in Wirklichkeit gedacht ist. Ich hielt mich also fest, so gut ich konnte, indem ich die Knie in die hellorangefarbenen Flanken des Tiers schlug und hoffte, daß wir möglichst bald in Gladderadatsch eintreffen mochten.

Sobald wir den Palasthof betraten, verbreitete sich die Nachricht von unserem Eintreffen rasend schnell durch die Gänge und erreichte den König in Null Komma nichts.

(Man kann sich nirgendwo unbemerkt einschleichen, wenn man eine Herde bonbonfarbener Einhörner mit sich führt.) Der König trat auf einen Balkon, der auf den Hof hinausging, schwor alle erdenklichen Eide, als er sah, was mit seinen Einhörnern geschehen war, und befahl seinen Männern, jeden festzunehmen, er würde es dann nach dem Mittagessen schon noch auseinanderklamüsern. Wachen strömten in den Hof und zerrten uns von unseren Einhörnern, wobei sie Dinge riefen wie: »Ab ins Verlies, meine stolze Schönheit!« Einer der Soldaten versuchte sogar, die Einhörner festzunehmen. Der König beugte sich über das Balkongeländer, um den übereifrigen Wachposten zusammenzuschreien. Da bemerkte er zum erstenmal Scandal, und es war Liebe auf den ersten Blick.

So wurden wir in den Thronsaal anstatt ins Verlies geschleppt – Mysti, ich, Basebart, Onkel Corbly und Torse, der immer noch den Kater festhielt. Ich ließ ein paar kleinere Feuerwerke in der verzauberten Sauciere los, während Mysti um Mutter Krötenhauchs Leben flehte, doch der König beachtete uns gar nicht. Er hatte nur Augen für Scandal und lächelte.

»Ich begnadige euch gleich fünfzig Hexen am Stück, wenn ihr mir nur erzählt, wie ihr an dieses erstaunliche Tier geraten seid«, sagte er.

Torse versuchte so zu tun, als gehöre Scandal ihm, »schon als Welpe aufgezogen«, und so weiter, doch dem setzte der Kater rasch ein Ende.

»König, wenn du irgend etwas über mich wissen willst, ist Meister Kendar dein Mann.«

»Du meinst damit, daß er dein Herr ist?« fragte König Steffan. Er war ungefähr zehn Jahre älter als ich, doch sein Gesicht ließ ihn jünger aussehen. Alles, was man sagte, traf ihn wie eine Überraschung. Dann weiteten sich seine dunklen Augen, sein fliehendes Kinn begann zu wackeln, und er kratzte sich am Kopf, bis ganze Büschel aus drahtigem schwarzem Haar überall von seiner Juwelenkrone abstanden.

Scandal kicherte. »Mein Herr, sagt der! Eine Katze mit einem *Herrn*! Nee, nee, er ist bloß der mächtigste Zauberer, den Orbix je gesehen hat. Junge, Junge, Krönlein, du mußt aber noch viel lernen!«

Wir erfuhren, daß König Steffan schon als Prinz sehr schnell gelernt hatte. Die erste Lektion, die ihm sein königlicher Papa eingetrichtert hatte, lautete: *Ich bin der König und du nicht*. Und die zweite besagte: *In diesem Königreich wird etwas entweder auf meine Weise gemacht oder auf keine Weise.* Das hatte er schnell gelernt. Und damit wußte er bereits alles, was er wissen mußte.

»Katze, du wirst bei mir ein sehr glückliches Leben führen«, sagte er.

»Nun haltet mal schön die königlichen Hosenträger oben, Euer Großkotzigkeit …«, fing Scandal an.

Der König klatschte in die Hände, und schon brach eine Invasion von Dienstboten in den Thronsaal ein, allesamt mit Tabletts bewaffnet, die sich von köstlichen Speisen förmlich bogen. Auf einen Wink des Königs kamen sie auf den Kater zu und stellten die Tabletts um ihn herum am Boden ab. Scandal musterte die Berge aus Braten, glasierten Fasanen, fettem Fisch. Seine Augen schienen immer größer und größer zu werden, je länger er hinsah. Schließlich stürzte er sich mit einem glücklichen Fauchen auf einen gedünsteten Lachs, der doppelt so groß war wie er selbst, und machte sich darüber her. Er riß dicke Brocken aus dem Fisch und hielt nur einmal kurz inne, um den König anzublicken und zu sagen: »Weißt du was, daran könnte man sich als Kater glatt gewöhnen!«

Zwischen dem Streicheln und dem Füttern der Katze schaffte König Steffan es, uns alles zu gewähren, was wir von ihm erbaten. Fast alles.

»Die Hexe werde ich persönlich begnadigen«, verkündete er.

»Aber Euer Majestät, es ist eine Viertagesreise nach Gut Uxwutsch … vielleicht sogar noch länger, wenn Ihr in königlichem Stil reist«, warf Mysti ein und versuchte ihn zur Vernunft zu bewegen. »Das wird zu spät sein. Der Prozeß findet schon morgen statt.«

»Pah!« Mit einem Handwedeln wischte der König ihre Einwände beiseite. »Darum kümmere ich mich schon.« Sofort rief er einen Boten herbei. »Ich werde ihn mit einem Brief nach Gut Uxwutsch schicken, versehen mit dem persönlichen Siegel des Königs. Darin wird Edelherr Lucius Parkland Gangle befohlen, erst mit dem Hexenprozeß zu beginnen, nachdem ich dort eingetroffen bin«, sagte König Steffan und zeigte uns das Dokument. Dann reichte er es an den königlichen Siegelbewahrer weiter, der es seinerseits ausstreckte, damit die königliche Siegelrobbe es mit ihren nadelspitzen Zähnen gegenzeichnen konnte.

»Guter Junge«, sagte der Siegelbewahrer und warf dem Tier einen Fisch zu.

»Ark, ark!« erwiderte die königliche Siegelrobbe und klatschte die Vorderflossen zusammen, bevor sie wieder hinauswatschelte.

(Ein Siegel aus weichem Stein kann schließlich jeder schneiden und damit heißes Wachs prägen, um eine königliche Verfügung zu geltendem Recht zu machen. Genau das ist auch das Problem: Das kann nämlich wirklich *jeder*. Aber niemand kann das einzigartige Muster fälschen, das die Zähne eines bestimmten Tiers hinterlassen, weshalb die Monarchen von Gladderadatsch auch immer in Palästen wohnen, in denen es nach Hering riecht.)

»Und vergiß nur nicht, eines meiner Einhörner zu nehmen«, wies der König den Boten an. »Wir können nicht zulassen, daß der Prozeß ohne uns beginnt.« Nachdem der Bote sich verneigt hatte und gegangen war, wandte König Steffan sich uns zu und lächelte. »Ich habe noch nie eine echte Hexe gesehen. Das wird ja richtig *spaßig* werden!«

Spaßig. Ich vermute, es war wahrscheinlich auch spaßig, in der königlichen Kutsche zu fahren. Der König ließ Mystis Teppich von seinen Dienern auf dem Dach festzurren, dann befahl er seiner Leibwache, uns zu Pferd zu folgen. Es kümmerte ihn nicht, daß die Soldaten Gut Uxwutsch erst lange nach uns erreichen würden.

»Es ist ja nicht so, als bedürfte ich des Schutzes«, erklärte der König. »Mein Volk betet mich an. Außerdem …« Seine Hand legte sich auf meine Schulter. » … ist das ja wohl Schutz genug, wenn ich in Begleitung des größten Zauberers reise, den Orbix je gesehen hat.«

»Ach, wann kommt der denn?« fragte Basehart. Mysti knallte ihm den Ellenbogen in die Magengrube.

»Euer Majestät erweisen meinem edlen Gebieter Meister Kendar zuviel der Ehre«, sagte sie mit einem kecken Augenaufschlag in Richtung König.

»He!« protestierte Basehart. »Der ist doch gar nicht der größte Hexer, wie du gesagt hast. Er ist der Böse Finstere Chaosherr des … des … des Finsteren Chaotischen Bösen!« Damit fing er sich Mystis zweiten Ellenbogen ein. Sie riß ihn beiseite, aber nur soweit, daß ich jedes Wort verstehen konnte, das sie zu ihm sagte.

»Hör zu, Schlammhirn, Kendar *muß* als größter Zauberer von Orbix bezeichnet werden!« flüsterte sie heftig.

»Ach ja?«

»Ja, und nachdem wir uns um Mutter Krötenhauch gekümmert haben, muß der König Kendar einen eigenen Palast und eine feste Anstellung und neue Kleidung für jedermann und genug Geld gewähren, um davon viele, viele Beefsteaks zu kaufen.«

»Ach?« Basehart runzelte die Stirn. »Woher weißt du das denn?«

»Das gehört zu der uralten Prophezeiung.« Mysti schien zu glauben, damit sei der Erklärung genüge getan. Sie wußte ja nicht, daß mein Bruder manchmal überraschend – na ja, *intelligent* ist ein zu starker Ausdruck. Sagen wir einfach, daß er sich manchmal die ärgerlichsten Zeiten aussucht, um sich nicht länger nasführen zu lassen und statt dessen anzufangen, Fragen zu stellen.

»Wie geht denn diese uralte Prophezeiung genau?« wollte er plötzlich wissen.

»Wie? Die ganze?«

»Nur der Teil mit den Dingen, die du gerade erwähnt hast.«

»Oh. Ähmmm«, Mysti biß sich auf die Lippe. »Du würdest sie sowieso nicht verstehen. Sie ist auf welfisch.«

»Dann übersetz sie doch.«

Mysti atmete tief durch, dann fing sie an: »Es war einmal ein Zauberer namens Nantukit ...« Ich mußte sie einfach bewundern. Als sie endlich fertig war, hatte sie es sogar fertiggebracht, den Teil mit den Beefsteaks einzubauen.

Und nun waren wir hier, komplett mit Beefsteaks, und rasten über die Schnellstraße nach Hause. Wir vertrieben uns die Zeit damit, daß ich alle möglichen Feuerwerksszenen in der Sauciere vorführte. Das war ziemlich ermüdend, und langsam fielen mir keine neuen Szenen mehr ein. In jeder mußte ein Drache vorkommen, sonst schmollte der König. Es gibt aber nur eine beschränkte Anzahl von Möglichkeiten, Drachen in Geschichten einzusetzen, bevor sich das Ganze wiederholt.

»Nun, Meister Kendar?« fragte der König und blickte in die glühenden Tiefen der Sauciere. »Willst du etwa keine weitere machen?«

Ich war müde. Ich war es so müde, Drachen in einer Sauciere heraufzubeschwören, daß ich es dem König sogar offen ins Gesicht sagte. »Und ich werde auch keine weiteren machen«, sagte ich entschieden.

Ich spürte, wie Mysti sich neben mir vor Entsetzen versteifte. Sie war zwar kein Mensch – jedenfalls nicht, solange sie immer noch weiße Einhörner umfärben konnte –, trotzdem wußte sie, daß man Königen nichts abschlägt. Vorausgesetzt, man möchte nicht unbedingt den Versuch unternehmen, aus dem oberen, abgeschnittenen Teil des eigenen Halses zu atmen. »Was mein edler Gebieter Meister Kendar meint, Euer Majestät, ist, daß er es müde ist, seine eigene unwürdige Einbildungskraft dazu zu benutzen, diese Geschichten zu erfinden. Es ist seine allersehnlichste Hoffnung, daß *Euer Majestät* die nächste Szene vorschlagen mögen.«

»Das kann man wohl sagen«, bestätigte ich.

»Ach, herrlich!« Könige überhören jeden Sarkasmus. Könige hören überhaupt nur, was sie hören wollen. »Wie gütig von dir, Meister Kendar! Ich wünschte, ich hätte deine Großzügigkeit auch in meinem Brief an den Rat der Zauberer erwähnt.« Er erhob sich von seinem Sitz, um einen der Deckenschränke zu öffnen, Wedwel allein wußte, warum.

Ich spürte, wie mein ganzes Blut plötzlich einen Hechtsprung aus dem Gesicht in die Füße machte. Ich muß ganz schrecklich ausgesehen haben, weil Mysti mir zuflüsterte: »Kendar! Ist alles in Ordnung?«

»Nicht mehr lange«, flüsterte ich zurück. Der König war zu sehr damit beschäftigt, den Schrank zu durchwühlen, um es zu hören. »Er hat meinetwegen an den *Rat* geschrieben! Sobald der ihm antwortet, wird er erfahren, daß ich gar nicht wirklich der große und mächtige Meister Kendar bin. Ich habe nie meinen Zauberstab bekommen, ich habe nie meinen Spitzhut bekommen, ich trage ja noch nicht einmal eine echte Zaubererkutte!«

»Na und? Bis deren Anwortschreiben ihn erreicht hat, ist Mutter Krötenhauch begnadigt, und wir sind über alle Berge.«

Ich konnte nicht fassen, wie wenig sie über den Rat wußte. »Elf der geschicktesten Zauberer des ganzen Königreichs, und du glaubst, die schicken ihm einen *Brief*?«

Bevor Mysti entweder: *Mach dir keine Sorgen* oder: *Wir sind tote Leute* sagen konnte, war der König auch schon auf seinen Sitzplatz zurückgekehrt, im Schoß einen Stapel Bücher. »Hier, Meister Kendar«, sagte er und reichte mir das oberste Exemplar. »Ich bin sicher, daß du hierin jede Menge Inspiration finden wirst.«

»*So sündig war mein Lustmolch*«, las ich. Meine Kehle schnürte sich zusammen. »Von Raptura Eglantine.« Ja, auf dem Deckel war Curios unverwechselbares Gesicht zu sehen. Er sah ganz gut aus in seinem Feigenblatt. Ich gewährte König Steffan ein kränkliches Lächeln. »Soll ich etwa *das ganze* Buch machen?«

»Du liebe Güte, nicht doch!« Der König nahm sein geliebtes Buch wieder an sich. »Ich wollte dir nur zeigen, wie der

Held aussehen soll. Ich kann dir die besten Szenen erzählen, die du machen sollst. Ich kenne alle ihre Bücher auswendig.« Und um es gleich zu beweisen, fing er an zu rezitieren:

»›Amberthral lehnte sich in der zerwühlten Pracht ihrer roten Seidenbettwäsche zurück, in Wogen vergoldeter Herrlichkeit floß ihr rotbraunes Haar über das sahnige Wunder ihrer stolzen Brüste. Sie griff nach dem goldenen Spiegel mit dem edelsteinbesetzten Gesicht einer Meerjungfrau und dem Fischschwanzgriff. Hatte der köstliche Ansturm zärtlichster Leidenschaft der letzten Nacht sie verwandelt? Sie konnte es kaum glauben, daß Corrazos geschicktes und doch unendlich geduldiges Liebesspiel keine Spuren in ihren gewaltigen, strahlenden grünen Augen hinterlassen hatte, auf ihren vollen, großzügigen rosigen Lippen, ihren zarten, feingeschwungenen Augenbrauen, ihren üppigen, dichten schwarzen Augenwimpern, ihrer schlanken, in anmutigem Bogen nach oben führenden Nase. ›Ich hätte mir niemals träumen lassen, daß ich mich einmal einem Elf so völlig hingeben könnte‹, dachte sie laut, bevor sie einmal mehr in einen ganz und gar befriedigten Schlummer fiel.‹«

Ich arbeitete immer noch an dem Teil, wo Amberthral und Corrazo im Zuge des Kriegs gegen die Nektarpiraten grausam auseinandergerissen wurden, als die königliche Kutsche plötzlich anhielt.

»Wir sind da«, verkündete Onkel Corbly. »Sieht so aus, als hätten sie Eure Nachricht erhalten, Euer Hoheit.«

»Ach ja?« sagte der König zerstreut. Er musterte gerade begierig die Sauciere. Es stand außer Frage, daß er keinem von uns gestatten würde, auch nur aus dem Fenster zu sehen, bevor Amberthral und Corrazo nicht gerettet waren.

»Ja, und ob. Da steht eine Horde kraushaariger Bauernkinder mit Körben voller Blumen, mit denen sie Euch beschmeißen wollen – ich an Eurer Stelle würde ihnen lieber aus dem Weg gehen, wenn ich mir die mürrischen Mienen so betrachte. Vorne am Gutshaus hängt ein hübsches Spruchband mit der Inschrift: ›Willkommen, Tante Grativa‹, wobei ›Tante Grativa‹ durchgestrichen und durch ›König Steffan‹ ersetzt worden ist. Unter der großen Ulme steht eine Tafel mit Erfrischungen und ... einen Augenblick mal! Ja, genau, wie ich es mir schon gedacht habe: Da ist auch ein halbnackter Krieger, der gerade mit einem Dämon um sein Leben kämpft.«

Ich drückte König Steffan die Sauciere in die Hand und platzte aus der Kutsche. Ohne meine Anwesenheit, um den Verlauf der Szene zu lenken, wurden Amberthral und Corrazo von den hämischen Nektarpiraten in kleine, mundgerechte Happen zerteilt, aber das war mir egal. Ich mußte unbedingt nachsehen, ob es stimmte, was Onkel Corbly gesagt hatte.

Es stimmte tatsächlich.

»Heil, o Meister Kendar!« rief Grym, ein blutiges Schwert schwenkend.

»Wuff!« sagte der Dämon.

»Was hat dich so lange aufgehalten?« fragte Zoltan.

KAPITEL 29

»Unfair!« maulte Basehart. »Ich muß weg, das Universum retten, und der bleibt zu Hause und hat den ganzen Spaß für sich allein!« Er rannte von der Kutsche ins Haus, wahrscheinlich, um ein Schwert zu holen.

»Oje, was ist das denn?« fragte der König mit einem Blick aus der geöffneten Kutschentür.

»Ungesund«, sagte Scandal ihm. »Halten wir uns lieber fern.«

Der König war es zufrieden, ebendies zu tun, während er den Kater an seine Brust drückte und im Innern der königlichen Kutsche verharrte, während Grym und der Dämon sich im Zuge ihres Kampfs gegenseitig über die ganze Wiese trieben. Die Klauen des Dämons rissen riesige Brocken aus dem Grasboden. Gryms Schwert bekam manchmal etwas zuviel Schwung und köpfte dabei blühende Sträucher und kleine Schößlinge. Die Luft war schwanger von den Flüchen des Barbaren, dem höllischen Gebrüll des Dämons und dem wütenden Schluchzen von Strunk, unserem Familiengärtner.

»Grym! Fang!« schrie Mysti. Sie war aufs Dach der Kutsche geklettert, hatte Onkel Corblys Gürtelmesser gegrabscht und die Stricke, die ihren aufgerollten Teppich festhielten, durchhauen, um ihn freizulegen. Grabräuber sirrte durch die Luft.

Ich rasselte den Zauber »Levitation kleinerer bis mittelgroßer Gegenstände« herunter und richtete ihn auf das Schwert in der Hoffnung, daß es auch die richtige Geste war, um es dorthin zu befördern, wo ich es haben wollte. Grabräuber schoß direkt in Gryms wartende Hand. Der Barbar stieß einen Triumphschrei aus, schleuderte seine geliehene

Klinge beiseite und erneuerte seinen Angriff auf Zoltans Dämon.

Diesmal hatte mein früherer Schulkamerad ein echtes Prachtexemplar heraufbeschworen. Dieser Dämon hatte alles, was dazugehörte: Schuppen, Hörner, Klauen, Krallen, gespaltene Zunge, Stachelschwanz, Fänge, giftigen Atem und Körpergeruch. Die eine Hälfte seines Gesichts bestand aus nacktem Knochen, mit einem bluttriefenden schleimig-grünen Auge; die andere war schwarzrot gestreift und hatte überhaupt kein Auge. Statt dessen besaß er fünf kleine Münder, die sich von der Stirn bis zum Kinn verteilten und gerade ziemlich unanständige Dinge über Gryms Mutter zum besten gaben.

Grym brachte sie allesamt mit einem einzigen Seitenhieb Grabräubers zum Verstummen. Zusammen mit dem Blut strömte eine ganze Fontäne von Kröten aus dem abgeschlagenen Hals des Dämons und hopste in die Menge davon.

»Ach, fangt sie ein! Fangt sie doch ein! Man weiß ja nie!« rief Mutter Krötenhauch verzweifelt. Sie stand auf einem kleinen Schafott, das man hastig zusammengezimmert hatte, direkt neben den Tafeln mit den Erfrischungen. Wenn es einem nichts ausmachte, dabei eine Henkersschlinge um den Hals zu tragen, war es eigentlich ganz nett, einen Platz im Schatten zu haben.

Basehart kam aus dem Haus, Schwert in der Hand, und sah, daß alles vorbei war. »Oooch!« Er warf die Klinge zu Boden und stampfte zu meinem Vater hinüber, der an einer langen Tafel unter einer großen Ulme saß. Paps trug einen seltsamen Hut, der so aussah wie das, was passiert, wenn man einen Schokoladenkuchen vom Ostturm herunterfallen läßt. Es schien ihm nicht allzu behaglich und glücklich zumute zu sein.

»Juhuuu! Euer Majestä-häät!« Mama kam zwischen den kraushaarigen, mürrisch dreinblickenden Dorfkindern hervorgerannt. Sie hämmerte gegen die Kutschentür. »Ihr könnt jetzt herauskommen. Es ist alles in Ordnung. Das waren nur die Anwälte der Anklage und der Verteidigung, die gerade Mutter Krötenhauchs Fall zusammengefaßt haben.«

»Wessen Fall?« Rot vor Zorn schob sich der Kopf des Königs aus dem Fenster. »Den Fall der Hexe? Soll das etwa heißen, ihr habt einfach mit dem Prozeß angefangen, obwohl ...? Hört mal, habt ihr etwa meine Nachricht nicht bekommen, daß ihr erst anfangen sollt, nachdem ich eingetroffen bin?«

»Doch, Euer Majestät«, erwiderte Mama mit einem tiefen Hofknicks. »Aber der Anwalt der Anklage hat Euren Boten und sein Reittier aufgefressen.«

»Ganz genau«, bestätigte Paps von seinem Platz unter der Ulme. »Und hatte hinterher auch noch die Frechheit, herumzulungern und sich mit dem Horn des Einhorns in den Zähnen zu puhlen. Dämonen, *bah*! Und was noch dazukommt, dieser grinsende Geck mit dem Bart und dem albernen Hut – der freche Penner, der *mein* Essen zu sich genommen und *meine* Gastfreundschaft genossen hat, während er bei jeder passenden und unpassenden Gelegenheit meinem kleinen Mädchen Lucy schöne Augen macht wie ein habgieriger Wolf – diese stinkende Eiterpustel hat doch tatsächlich erklärt, er würde uns ebenfalls allesamt von dem verdammten Anwalt auffressen lassen, wenn wir nicht sofort mit dem Hexenprozeß weitermachen.«

Zoltan verneigte sich ironisch vor meinem Vater. »Zuviel der Güte, Edelherr Lucius. Ich hielt es lediglich für eine grausame und unübliche Strafe, die arme Mutter Krötenhauch so lange auf ihren Prozeß warten zu lassen. Die Sorge hätte zuviel für sie werden können. Die Gerechtigkeit muß schnell sein, falls Könige es nicht sind.«

»Wir dachten, wenn wir den Prozeß hinter uns bringen und die Hexe gehenkt haben, bevor Ihr hier eintrefft, würdet Ihr das schon verstehen«, sagte Mama und verschränkte allerliebst die Hände vor der Brust. »Lucius hat den Dienern besondere Anweisungen gegeben: Während Ihr zuhört, wie die Kinder ihr kleines Willkommensständchen darbringen, sollten sie die Leiche losschneiden und eine hübsche Tischdecke über das Schafott werfen, damit wir es als zusätzliche Tafel für Erfrischungen benutzen könnten.«

»Das war wirklich äußerst aufmerksam«, sagte der König. »Aber da ich nun hier bin, wollen wir nichts mehr mit diesem Hexenprozeßblödsinn zu tun haben. Der Dame wird meine königliche Begnadigung gewährt.« Er stieg aus der Kutsche und musterte die ganze Szene, während sich alle tief verneigten. Die guten Käseburger von der wöchentlichen Hexenjagd waren auch anwesend, noch dazu in ihren besten Kleidern, und alle sahen sie mächtig nervös aus.

König Steffans Blick heftete sich auf Zoltan, der mit seinem widerlichen Lächeln einfach dastand. Zoltan hatte sich zwar ebenso artig verneigt wie alle anderen, doch hatte er dabei etwas an sich, das den Eindruck erweckte, als würde er dem König gleichzeitig eine lange Nase machen.

»Euer Majestät sind äußerst gnädig«, sagte Zoltan. »Darf ich fragen, warum Euer Majestät beschlossen haben, trotz der Gesetze gegen die Hexerei Mutter Krötenhauch zu begnadigen?«

»Mir war eben danach«, erwiderte der König.

»Genau, und ihm ist auch danach, dieses dämliche Gesetz gleich aus den Büchern zu streichen«, höhnte Scandal aus dem Schutz der königlichen Arme. »Nur weil so eine blöde Prinzessin soviel Gehirn hat wie ein Reispudding und so bescheuert ist, vergiftete Äpfel von Fremden anzunehmen, verhaftet man doch nicht gleich einen Haufen netter alter Damen und knüpft sie an jeden freistehenden Baum, als wären sie der reinste Christbaumschmuck!«

»Tut man nicht?« fragten der König und Zoltan wie aus einem Mund.

»Wer ist denn hier eine alte Dame?« knurrte Mutter Krötenhauch vom Schafott.

»Und wißt ihr, was noch?« fuhr Scandal fort. »Wenn wir wieder zurück in Gladderadatsch sind, wird mein guter Kumpel König Steffan sämtliche Gesetze des Königreichs durchgehen und *alle* blöden Verfügungen ausmisten.«

»Werde ich das?« Der König war überrascht, davon zu erfahren. »Wie soll ich die denn alle unterscheiden?«

»Och, laß mich mal raten, Krönlein: Du könntest es ja mal damit versuchen, einen guten Anwalt anzuheuern.«

»Die Katze spricht weise!« strahlte König Steffan. Er zeigte auf Grym. »Du da! Du in dem Lendenschurz. Komm mal her.« Grym wischte sich Schweiß und schwarzes Dämonenblut von der Stirn und kam herangetrabt. »Du siehst mir nach einem guten Anwalt aus. Du bist angeheuert.«

»Was vernehmen meine Ohren!« erwiderte Grym. »Was beut mir diese Mär? Wiewohl ich durchaus willens war, für Mutter Krötenhauch zu kämpfen, schwöre und beeide ich bei diesem meinem treuen Schwert, daß meine Rechts-Taktik doch allein darin bestand, jeden niederzumetzeln, der versuchen sollte, ihr Leben zu rauben. Noch nie hört ich mich einen guten Anwalt genannt. Denn wahrlich, ich bin ein Barbar!«

»Das klingt mir aber nach einem wirklich verdammt guten Anwalt«, meinte Scandal. »Außerdem versteht man die Hälfte der Zeit sowieso nicht, was er gerade sagt. Wie der King gerade verkündet hat, du bist angeheuert.«

Grym rieb sich das Kinn. »Weh mir, mein Herz, es behaget mir nicht sonderlich.«

»Erinnerst du dich noch an dieses kleine Problem, das du mit deinem Gesicht hast?« säuselte Scandal. »Eins kann ich dir garantieren – niemand wird auch jemals nur im Traum daran denken, einen Anwalt *süß* zu nennen.«

»Du sprichst mit den Zungen der Götter, o Orakeltier, und dennoch zög're ich ...«

»Palastwohnung, drei Mahlzeiten am Tag und zu jedem Fest der Gepflückten Aasgeier ein frischer Lendenschurz«, sagte der König.

»Abgemacht!« Grym ergriff die Hand des Königs und besiegelte das Geschäft, wobei er fast die königlichen Finger zermalmt hätte.

»Und außerdem, Süßerchen«, warf Scandal ein, »brauchst du nur lange genug Anwalt zu sein, dann finden wir garantiert jemanden, der nur zu bereit ist, dir die Visage wieder zurechtzurücken.«

Grym fiel auf die Knie und segnete den König.

»Euer Majestät ist eine nie versiegende Quelle des Erstaunens«, sagte Zoltan mit erstarrtem Grinsen. Seine Finger zuckten, schlossen sich um einen unsichtbaren Zauberstab. Ich hatte das Gefühl, daß uns gleich wieder ein brandneuer Dämon bevorstehen würde.

»Das würde ich lieber nicht tun, wenn ich du wäre«, sagte ich leise und stellte mich neben ihn.

»Was würdest du nicht tun, Rattenklopper?« fauchte er und fuhr zu mir herum.

»Wie ich dich kenne – alles. Versuch es gar nicht erst. Grym hat ein Schwert, das es mit allen Dämonen aufnehmen kann, die du heraufbeschwören magst, und mein Bruder wird nur zu entzückt sein, ihm dabei zu helfen.

»Das habe ich gesehen«, antwortete Zoltan trocken. »Und es wäre der Sache deines Kriegers auch nicht gerade abträglich, eine Welfie und die Hexe auf seiner Seite zu haben. Nein, Rattenklopper, ich werde heute keine Dämonen mehr beschwören. Wenn ein Dämon nach getaner Arbeit nicht nach Hause zurückkehrt, spricht sich das in den höllischen Regionen schnell herum. Die anderen wissen ja, wer ihn zitiert hat, und schon bald hat man den Ruf weg, ein gefährlicher Dienstherr zu sein, für den kein Dämon, der noch ganz bei Trost ist, arbeiten möchte. Das will ich mir lieber nicht antun.«

»Klug von dir. Dann sammle mal hübsch deine Murmeln ein und geh nach Hause, Zoltan. Das Spiel ist aus. Der König hat Mutter Krötenhauch begnadigt und dich damit deines stärksten Druckmittels gegen mich beraubt.«

»Die Hexe ist frei«, räumte Zoltan ein. »Und du möchtest wohl, daß ich jetzt davonziehe und zulasse, daß Meister Thengors ganze Magik bei dir versauern kann, du nutzloser Wicht?«

»Och, ich denke schon, daß ich sie gut nutzen werde«, konterte ich. »Schließlich verfüge ich ja nicht über Meister Thengors *ganze* Magik, erinnerst du dich? Da draußen ist noch eine ganze Menge von seiner ursprünglichen Magik verstreut und wartet darauf, daß ich sie nach Hause zurückführe. Ich freue mich schon richtig auf das Abenteuer, sie wieder einzuholen, bevor sie sich zu wilder Magik zurückentwickelt.«

Zoltans Gesicht wirkte plötzlich verkniffen und blaß. »Du *weißt* davon, daß gezähmte Magik verwildern kann?«

Jetzt war ich an der Reihe, das widerliche Grinsen aufzusetzen. »Ich habe eine Menge über Magik gelernt, dank Mutter Krötenhauch und meiner Freunde, und ich werd' noch mehr lernen. Ich weiß zwar immer noch nicht, ob ich wirklich Zauberer werden möchte. Vielleicht werde ich das ganze Zeug eines Tages auch abstoßen, aber eins kann ich dir sagen: Sollte dieser Tag tatsächlich einmal kommen, gebe ich sie bestimmt nicht an einen habgierigen, machtbesessenen Magik-Molch wie dich weiter!«

Ich erwartete, daß Zoltan mir einen Fluch oder wenigstens etwas Spucke ins Gesicht schleudern würde. Ich erwartete, daß er knurren und fauchen und sich davonschleichen würde, finstere Verwünschungen murmelnd. Statt dessen blinzelte er nur und sagte: »Ich verstehe.« Dann machte er kehrt und schlenderte gelassen zu den in einer Gruppe dastehenden Dorfkindern hinüber.

Ich fragte mich, was er wohl im Schilde führte. Gerade wollte ich der Sache nachgehen, als mich jemand von hinten ergriff und in einer gewaltigen Umarmung zu sich herumriß. »Lieber Junge!« sprudelte Mutter Krötenhauch förmlich. »Ich wußte doch, daß du es für mich schaffen würdest!«

»Alles in Ordnung?« fragte ich.

»War noch nie besser, Kind. Dein Vater führt immerhin eins der besseren Verliese.«

»Das wird er sicherlich gern hören.«

»Du liebe Güte, ich hoffe nur, dieser königliche Empfang dauert nicht allzu lange«, fuhr die Hexe mit einem Blick auf die Menge fort. »Ich möchte gern zu meiner Hütte zurück. Ich muß noch so viel Arbeit mit meinen Seifen nachholen, und der liebe kleine Norris sehnt sich bestimmt ganz fürchterlich nach mir.«

»Überraschung!« schrie Grym. Er lüpfte das Tuch über einer der Erfrischungstafeln und sprang beiseite, als Norris auch schon hervorschoß, mit wedelnden Tentakeln und vor unkontrollierbarer Freude miauend. Mutter Krötenhauch ging in einer Lawine purpurner Saugnäpfe und Barthaare unter.

Mir war ziemlich klar, daß ich mir mein Gespräch mit der Hexe für eine Weile würde abschminken können. Das spielte aber keine Rolle. Ich genoß es, etwas Zeit zu haben, um mich umzusehen und zu erfahren, was meine Familie noch alles unternommen hatte, um den König willkommen zu heißen, wenn man einmal von der Umwidmung von Tante Grativas Spruchband absah.

Jetzt, da der Prozeß vorüber war, eilten die Diener emsig auf dem Vorderrasen von Gut Uxwutsch hin und her. Einige trugen den größten, prunkvollsten Sessel, den wir besaßen, andere zerrten das Schafott herbei, um eine Bühne daraus zu machen. Ich sah, daß Mysti in ein hitziges Streitgespräch mit Thorgit, unserem Haushofmeister und *Klopp-Knopf*-Trainer, verwickelt war. Er wollte ihren Teppich dazu verwenden, die Plattform des Königs damit auszulegen; und sie wollte ihm die Nase abreißen, falls er das versuchen sollte. Strunk und seine beiden Hilfsgärtner luden den Leichnam des Dämons in eine Schubkarre und fuhren damit zum Mulchhaufen davon.

»Da bist du ja, Kendar!« Mamas Hände stürzten sich auf mich wie zwei Donnerkeile. »Was hast du dir eigentlich dabei gedacht, einfach so wegzulaufen *und* auch noch deinen Bruder mitzunehmen? Wie konntest du nur deinen armen Vater und mich so im Stich lassen, daß wir ganz allein einen Hexenprozeß durchführen mußten? Und dann auch noch den König einzuladen, ohne mir vorher auch nur andeutungsweise Bescheid zu sagen ...!«

»Mama, ich ...«

»Ach, mach dir gar nicht erst die Mühe, es zu erklären. Als Mutter gewöhnt man sich eben irgendwann an seine undankbaren Kinder. Ich habe mein armseliges Bestes gegeben, mehr nicht, und das muß einfach genügen.« Sie griff in ihren Ärmel und wischte sich die trockenen Augen mit einem Spitzentaschentuch.

»Sieht doch prima aus, Mama, ehrlich.«

»Meinst du wirklich? Es war ja so wenig Zeit zwischen dem Eintreffen der königlichen Nachricht und Zoltans Auffressen des Boten. Ich muß sagen, für diesen jungen Mann habe ich nicht sehr viel übrig, Kendar. Ich hoffe, er ist kein allzu enger Freund von dir. Obwohl ich gerechterweise sagen muß, daß er mir eine gewaltige Hilfe dabei war, die Dorfkinder dazu zu bringen, das Ständchen auswendigzulernen, das ich für König Steffan geschrieben habe.«

»Du hast ein Lied geschrieben, Mama?«

»Ach, das ist nichts, überhaupt nichts!« Mama versuchte, bescheiden dreinzublicken, aber es war ihr doch anzumerken, daß sie sehr stolz auf sich war.

Die Plattform war fertig, der große Sessel hinaufgeschoben, und ein paar Pferdedecken, die man aus den Stallungen gezerrt hatte, verbargen das rohe Holz. Es war nichts Großartiges, aber wie Mama schon sagte, es mußte eben genügen. Thorgit hatte inzwischen ein blaues Auge und benutzte das andere dazu, Mysti giftige Blicke zuzuwerfen, die mit verschränkten Armen ungerührt auf ihrem Teppich saß.

König Steffan betrat die Plattform mit Hilfe mehrerer Käseburger, die sich auf alle viere niederließen, um den königlichen Füßen als menschliche Treppe zu dienen. Er hatte noch immer Scandal im Arm.

Scandal ... Ich hatte ein Gefühl, als hätte mir jemand gerade in die Magengrube gehauen. *Wenn all das vorbei ist, wird Scandal mit dem König weggehen. Er wird alle seine Leben im Luxus des königlichen Palasts von Gladderadatsch zubringen, und ich werde ihn nie wiedersehen.* Meine Augen fingen an zu brennen. Ich versuchte damit aufzuhören, mich so dämlich anzustellen. Schließlich war es ja nicht wie damals, als ich glaubte, er sei beim Sturz von dem fliegenden Teppich umgekommen. Er würde wenigstens am Leben sein, man würde ihn hätscheln und pflegen, er würde noch viel verwöhnter werden, als er ohnehin schon war, er würde alles haben, was sein Herz begehrte ...

Er würde mich nicht mehr brauchen.

Ich war so unglücklich, daß ich die ersten Worte von

König Steffans Dankesrede an meine Eltern verpaßte. »... furchtbar nett von euch, euch all diese Mühe zu machen«, sagte er gerade. »Und ich gebe euch mein Wort als euer angebeteter und geliebter König, daß mein Heer, wenn es die königliche Kutsche endlich eingeholt hat, keine Hühner stehlen und auch nicht eure Ernten niederbrennen wird. Meine Minister erzählen mir, daß überall, wo Heere auftauchen, die Leute sich als allererstes darüber beschweren: über gestohlene Hühner und niedergebrannte Ernten. Es wird euch freuen zu erfahren, daß meine Leibwache nicht aus irgendeinem dahergelaufenen militärischen Gesocks besteht. Alle sind vor ihrer Einstellung einer gründlichen Untersuchung unterzogen worden. Wenn ihnen dabei die Frage gestellt wird: ›Stiehlst du gern Hühner und brennst du gern Ernten nieder?‹, dann tun sie gut daran, mit ›Nein‹ zu antworten, sonst fliegen sie nämlich hochkantig raus! Ich will allerdings einräumen, daß wir einen Unteroffizier haben, der gern Ernten stiehlt und Hühner abbrennt, aber seit wir ihn zum Armeekoch befördert haben, ist alles ...«

»Euer Majestät, die Kinder haben ein kleines Willkommensständchen für Euch vorbereitet«, sagte Mama plötzlich. Die Dörfler jubelten aus Leibeskräften, so daß der König kein weiteres Wort mehr über verbrannte Hühner von sich geben konnte.

Der Chor der kraushaarigen Kinder trat vor, die Blumenkörbe mit sich zerrend, und baute sich vor der königlichen Plattform auf. Mama flatterte umher, schob sie in zwei Reihen zusammen. Sie streckten ihr ständig die Zunge raus und schubsten einander um. Ein engelgleiches Kind setzte sich auf den Boden und begann zu schniefen. Ein anderer kleiner Liebling verkündete lauthals: »Milgrub hat sich wieda naßgemacht!« Der unglückselige Milgrub heulte und knuffte der Petze in die Schulter. Eine Prügelei brach aus. An Kraushaar kann man ebenso leicht reißen wie an glattem.

Während all dies geschah, bemerkte ich ein Kind, das immer noch bei den erwachsenen Dorfbewohnern stand. Es war einer jener Jungen, die man immer »groß für sein Alter« zu nennen pflegte, was bedeutete, daß er ebenso breit wie hoch war und nur aus Muskeln bestand. Der kleine Schlägertyp hatte schmale Augen, die sicherlich scharf genug sehen konnten, wenn es darum ging, sich kleinere Kinder auszusuchen, die er piesacken konnte. Er hatte das Gesicht eines gereizten Drachen und das dazu passende Temperament, dafür aber einen wunderschönen goldenen Lockenkopf, weshalb Mama ihn auch in ihren Kinderchor gepreßt hatte. Er sah so aus, als würde er lieber einen großen Knüppel oder einen Felsbrocken in der Hand halten als einen Blumenkorb.

Zoltan tätschelte ihm gerade den Kopf und lächelte. Der Bengel lächelte zurück: Er hatte den Charme einer Hyäne, die gerade einer anderen die Kehle durchbeißt. Ich wußte gar nicht, daß Zoltan Kinder mochte. Vielleicht erinnerte ihn dieser Junge aber auch nur an seine Lieblingsdämonen.

»Percival!« rief Mama. »Percival, du läßt Seine Majestät warten. Bitte komm doch zu den anderen, ja, Liebes?«

Percival knurrte, trabte dann aber heran, um sich inmitten der Kinderschar aufzubauen. Es war ganz erstaunlich: Kaum traf er ein, da hörten die anderen Kinder auf, sich zu zanken, herumzuplärren und zu krähen. Eine ähnliche Wirkung könnte man vielleicht erzielen, wenn man in einen Raum voller Hasen eine große Schlange fallen ließe. Alles erstarrte, musterte Percival beunruhigt, bereit, sich zu dukken, Haken zu schlagen oder das Weite zu suchen, sobald er auch nur eine drohende Bewegung machte. Percy jedoch nahm kaltblütig seinen Platz in der vorderen Reihe ein und hielt steif den Blumenkorb vor sich. Er hatte noch immer dieses Hyänenlächeln an sich, das einem das Blut in den Adern gefrieren ließ.

»Ist das nicht hübsch?« girrte Mama. »So, meine Lieblinge, genau, wie wir es einstudiert haben! Und eins, und zwei, und eins, und zwei …«

Zwanzig mürrische Gesichter richteten sich auf den König. Zwanzig quäkende Stimmen begannen damit, denselben Text in zwanzig verschiedenen Melodien zu singen:

Willkommen, willkommen, guter König Steffan,
Sei auf Uxwutsch du willkommen.
Willkommen, willkommen, guter König Steffan,

Wir heißen dich hier sehr willkommen.
Willkommen, willkommen, guter König Steffan,
So singen wir voll Glück: willkommen.
Guter König Steffan, sei uns hier willkommen.
Mit Blumen heißen wir dich willkommen.

Dann griffen die Kinder alle in ihre Körbe und holten jedes eine Handvoll schmieriger Tagesaugen und Kuhlippen und Blutolme hervor und warfen damit nach dem König. Ich habe nie begriffen, warum sich jemand willkommen fühlen soll, nur weil man ihn mit toten Pflanzen beschmeißt, aber es gibt ja sowieso eine ganze Menge, was ich nicht begreife.

So begriff ich zum Beispiel auch nicht, weshalb nicht auch Percival mit seinen Blumen nach dem König warf. Er schien mir doch zu jener Sorte Kinder zu gehören, die sich auf jeden Vorwand stürzen, nur um überhaupt mit irgend etwas um sich zu werfen. Statt dessen stand er abwartend da, den Kopf leicht zur Seite geneigt, ein Auge geschlossen, einen Arm gerade ausgestreckt, den Daumen in die Höhe gereckt. Was tat er da nur?

Ich erfuhr die Antwort, als die Kinder mit der zweiten Strophe von Mutters Lied begannen:

Willkommen, willkommen, guter König Steffan,
Sei auf Uxwutsch du willkommen.
Willkommen, willkommen, guter König Steffan,
Von ganzem Herzen sei willkommen.
Willkommen, willkommen, ja, sei willkommen,
W-I-L-L-K-O-M-M-E-N.
Guter König Steffan, wir singen dir willkommen.
Mit noch mehr Blumen heißen wir dich willkommen.

Während die Kinder ihre zweite Welle Blüten auf den hilflosen König warfen, schlich sich Mama an mich heran und flüsterte: »Hat dir mein Lied gefallen, mein Lieber?«

»Sehr, äh, willkommenheißend.«

»Wußte ich doch, daß es dir gefallen würde.« Mama zeigte ihre Grübchen, dann verschwand sie wieder, als sie sah, daß

Percival untätig dastand, während der Rest der Kinder sein Bestes gab, den König unter einem Gebirge aus verwelktem Grünzeug zu begraben. »Percival, worauf wartest du denn noch?« fragte sie schnippisch.

Percival zwinkerte ihr zu. »Auf eine freie Zielbahn, Edelfrau A.«, sagte er und griff in seinen Korb.

Die Blume sah aus wie jedes andere Tagesauge, nur daß sie so groß war wie eine Männerfaust und im Sonnenlicht funkelte. Percival ergriff sie an den Blüten, schwang den Arm zurück und warf sie mit einer einzigen, geschmeidigen Bewegung. Sie flog hoch empor, über den Rand der Plattform, bahnte sich ihren Weg durch die anderen fliegenden Blüten und traf König Steffan mitten auf der Stirn.

Der König erhob sich taumelnd, wobei er Scandal fallenließ. »Werte Damen der Gesellschaft zum Erhalt der Voondrabs«, verkündete er, ein starres Lächeln im Gesicht, »ich kann euch gar nicht sagen, wie glücklich ich bin, heute hier zu sein, weil es nämlich nicht stimmt.«

Dann kippte er um – voll von der Plattform.

KAPITEL 30

Die Kinder stoben davon, bis auf den armen Milgrub. Der konnte nicht, weil König Steffan auf ihn gestürzt war. Den Dorfbewohnern stockte der Atem, dann liefen sie ebenfalls weg. Sie wußten es genau: Wenn Könige erst einmal anfingen umzukippen, war der beste Ort, an dem ein Bauer sich aufhalten konnte, weit weg. Zoltan begleitete sie.

Diese vielen Fluchten erleichterten es dem Rest von uns, zum König vorzudringen. Mutter Krötenhauch und Norris trafen als erste bei ihm ein. Sie wies den Oktopus an, Seine Majestät von dem kleinen Milgrub zu wälzen, der uns mit vor Entsetzen aufgerissenen Augen anstarrte, bevor er schließlich Fersengeld gab, ohne auch nur einmal danke schön zu sagen. Vater stand neben Seiner Gefallenen Majestät und rief bellend nach heißem Wasser und sauberen Laken.

Basehart knuffte Paps in die Rippen. »Heißes Wasser und saubere Laken nimmt man, wenn die Hündinnen werfen.«

»Na und? Wenn es gut genug für meine Hündinnen ist, kann es dem König ja wohl kaum schaden«, fauchte Paps zurück.

»Basehart! Paps! Kendar! Juhu!« Alle sahen wir meine Schwester Lucy, wie sie auf der großen Steinbalustrade von Gut Uxwutsch stand und uns zuwinkte. »Schickt jemanden rein, dann gebe ich euch etwas, das König Steffan helfen wird.«

Ich formte die Hände zu Schalen vor den Mund und rief: »Warum kannst du es nicht einfach selbst herbringen?«

Auch sie formte die Hände zu Schalen um den Mund und rief zurück: »Weil Paps ein alter Dummerjan ist, der meint, daß ein Hexenprozeß nichts für eine anständige junge Dame ist, weshalb ich im Haus bleiben muß! Ich habe alles die ganze Zeit von hier oben beobachtet. Ich habe gesehen, wie Zoltan dem jungen Percival eine Tüte mit Bonbons gab und dabei irgend etwas Komisches mit dem Blumenkorb des häßlichen Bengels anstellte. Wenn ich an deiner Stelle wäre und wissen wollte, was mit dem König passiert ist, würde ich diesen erbärmlichen Zauberling aufspüren und …«

»Fürwahr!« rief Grym, fuchtelte mit Grabräuber herum und jagte Zoltan nach. »Fürbaß!« Da wußten wir, daß er es ernst meinte.

»Warte auf mich!« rief Mysti und sprintete anmutig hinter dem Barbaren her.

Während Basehart sich ins Gutshaus begab, um die Erste-Hilfe-Ausrüstung zu besorgen, hielt meine Mutter sich in der Nähe auf und sah zu, wie Mutter Krötenhauch den König untersuchte. »Lebt er noch?« Ihre Stimme klang zittrig.

Die Hexe legte ein Ohr auf die königliche Brust und seufzte erleichtert. »Ja, das tut er.«

»Und hat ihm mein Lied gefallen?« fragte Mama begierig.

Mutter Krötenhauch verpaßte ihr diesen gewissen Blick.

Ich spürte einen vertrauten Stoß an meinem Fußknöchel. »Was, zum Teufel, ist passiert?« wollte Scandal wissen.

»König Steffan ist von einer Blume am Kopf getroffen worden«, erklärte ich ihm.

»Kein Scheiß?«

»Ich sage die Wahrheit. Es war ein Tagesauge.«

»Echt?« Der Kater schniefte verächtlich. »Was für ein Waschlappen.«

»Was immer das sein mag«, antwortete ich. »Nicht, daß es allzuviel Unterschied machen dürfte, wenn die königliche Leibwache hier eintrifft und ihn in diesem Zustand vorfindet.«

»Wieso? Was soll denn dann passieren?«

»Nicht viel: Sie werden einfach nur Gut Uxwutsch bis auf die Grundmauern niederbrennen und uns alle umbringen. Das heißt, sie werden *versuchen*, uns alle umzubringen«, berichtigte ich mich, als mir einfiel, wie gut meine Magik mich ja vor dem Tod beschützte. Nur zu schade, daß sie nicht auch meine Familie und meine Freunde beschützen würde. Ob ich überhaupt weiterleben wollte, nur um mitanzusehen, wie sie starben?

»Kein Problem«, meinte Scandal. »Ich habe einen Plan.«

»Was denn?«

»Wir laufen weg.«

»Das ist doch kein Plan!«

»Dann laufen wir eben sehr, sehr *schnell* weg.«

»Schon besser. Nur schade, daß er nicht funktionieren wird. Paps würde Gut Uxwutsch niemals aufgeben, und Mama würde niemals Paps aufgeben.«

»Ach, das ist aber lieblich«, sagte der Kater. »Auf meiner Welt haben wir einen besonderen Namen für Leute, die so treu sind.«

»Was denn?«

»Tot.«

Ich wurde grimmig. »Nein, nicht solange ich noch hier bin.«

»Kendar, Baby, Zückerchen, Süßer, mein Püppchen, vertrau mir! Du kannst mit deiner Magik keine ganze Armee aufhalten«, säuselte Scandal.

»Ich kann es immerhin versuchen.«

»Das hat mein Onkel Fluffy auch gemeint, als Tante Knuddelchen ihm sagte, er könne die Autobahn bei Santa Barbara nicht überqueren. Wir haben ihn in einer Pizzaschachtel beerdigt.«

Die Menge um den gestürzten König verdichtete sich von Minute zu Minute. Onkel Corbly und Torse kamen und knieten neben Seiner Majestät nieder, weinten und rangen die Hände. Manchmal rief einer der beiden ohne erkennbaren Grund: »Potzblitz!«, worauf der andere erwiderte: »Sapperlot!« Sie hatten gerade dreizehn *Potzblitz* und zwölf *Sapperlots* hinter sich gebracht, als Mutter Krötenhauch ihnen sagte, sie sollten gefälligst entweder etwas Vernünftiges reden oder den Mund halten.

Basehart erschien mit einer Schüssel voll duftendem dampfendem Wasser und ein paar frischen weißen Handtüchern, als auch Grym und Mysti zurückkehrten, Zoltan zwischen sich herschleifend. Vielleicht war es ja nur meine Einbildung, aber ich hatte doch den Eindruck, daß mein früherer Schulkamerad sich nicht allzu nachhaltig zur Wehr setzte.

Ich bekam keine Gelegenheit mehr, darüber nachzudenken. Während Norris Seine Majestät abstützte, tränkte Mutter Krötenhauch ein Handtuch im Wasser, wrang es aus, faltete es säuberlich zusammen und preßte es dem König auf die Stirn. Der stöhnte und zuckte. Die Hexe beschnüffelte das Wasser und lächelte Paps an.

»Ah! Deine Tochter ist ein sehr aufgewecktes junges Mädchen. Sie hat fast dieselben Kräuter genommen, die ich auch ausgewählt hätte, und sie in die Schüssel gegeben: gestoßene Minze, Fieberkraut, Lösewurz, Hamsterschierling, Weck-mich-auf und ein Hauch Petersilie. Das wird Seine Majestät schon bald wiederbeleben.«

Sie legte eine weitere Kompresse auf, dann hielt sie König Steffan die Schüssel unter die Nase. Der König stöhnte etwas lauter und öffnete mit einem Ruck die Augen. »Wo bin ich?« fragte er.

»Ihr seid auf Gut Uxwutsch, Euer Majestät«, sagte Mama mit einem gezierten Knicks.

»Tatsächlich? Gütige Götter, *wozu denn das*?«

Bevor irgend jemand es ihm erklären konnte, vernahmen wir das Donnern trampelnder Füße, das den Weg entlang auf uns zukam, und den Klang vieler männlicher Stimmen, die sich des Gesangs befleißigten:

Wir sind auf dem Marsch, Marsch, Marsch,
Ja, dem Marsch, Marsch, Marsch,
Stets auf dem Marsch, Marsch, Marsch
Für unseren guten König Steffan!
Nur auf dem Marsch, Marsch, Marsch,
Ja dem Marsch, Marsch, Marsch,
Stets auf dem Marsch, Marsch, Marsch
Für unseren guten König Steffan!

Scandal musterte meine Mutter. »Irgend jemand scheint dein Material geklaut zu haben, Edelfrau.«

Da erschienen auch schon die ersten Reihen der königlichen Leibwache, die Speere hochgereckt, mit flatternden Wimpeln. Der Anführer trug einen Helm ganz ähnlich den Seifenkesseln von Mutter Krötenhauch, nur daß er golden war, verkehrt herum saß und mit drei Federn des seltenen Dematante-Vogels geschmückt war – rot, weiß und blau. Kaum hatte er einen Blick auf den König geworfen, als ihm schon nicht gefiel, was er da sah. Er bellte Befehle, worauf seine Leute sich schnell um uns herum aufstellten und zusammen mit Gut Uxwutsch selbst ein Karree bildeten.

Paps musterte die Masse der Speere, Pfeile und gezückten Schwerter, die allesamt auf uns zeigten. »Stimmt etwas nicht, Offizier?« fragte er den Chef der Wache.

»Ihr habt Seine Majestät auf dem Boden liegen«, sagte der Anführer. »Und für euch heiße ich Hauptmann Bamf.«

»Das ist sehr guter Boden«, erwiderte mein Vater ruhig. »Und außerdem geht dich das einen feuchten Kehricht an, Bamf.«

»*Hauptmann* Bamf.« Der Chef der Wache verschränkte die Arme. »Und außerdem interessiert es mich nicht, wie gut der Boden sein mag, werter Herr, es gehört sich trotzdem nicht, daß Könige auf ihm herumliegen. Sie machen sich dabei schmutzig und sind zu nichts Vernünftigem mehr zu gebrauchen, bis man sie wieder gewaschen hat.«

Auf Anweisung von Mutter Krötenhauch richtete Norris den König auf. Seine Majestät sah immer noch benommen aus, schaffte es aber immerhin zu lächeln und seinem Heer matt zuzuwinken. »Hallo, hallo, ich bin ja so froh, daß ihr alle gekommen seid, um an der Einweihung dieser Trollbrücke teilzunehmen«, sagte er. »Wenn jetzt jemand bitte dem Troll ein Stück rohes Fleisch zuwerfen würde, denke ich, daß ich das Band in Sicherheit durchschneiden kann, dann wird der erste Fußgänger eine Chance von fünfzig zu fünfzig haben, auf die andere Seite zu gelangen, ohne aufgefressen zu werden.«

Hauptmann Bamf warf Paps einen vorwurfsvollen Blick zu. »Er ist verrückt!«

»Na und?« Paps war unbesorgt.

»Wir können uns keinen verrückten König leisten!«

»Ach, komm schon, Hauptmann, das wäre ja wohl nicht das erste Mal, bei Wedwel!«

»Stimmt, aber die verrückten Könige, die wir bisher hatten, waren schon von Anfang an verrückt. Da wußte man wenigstens gleich, woran man war. Als Hauptmann der königlichen Leibwache pflegte ich immer, einen von denen aufzusuchen, und dann sagte er zu mir: ›Bamf, heute möchte ich, daß die Männer ausziehen und ganz Orbix erobern.‹ Dann pflegte ich mich ganz zackig zu verneigen und zu antworten: ›Jawohl, Euer Majestät‹, und dann verließ ich den Raum und kehrte eine Stunde später wieder. Dann fragte der König mich: ›Und, hast du ganz Orbix erobert?‹ und dann antwortete ich gewöhnlich: ›Jawohl, Euer Majestät, und ich habe Euch von unserer Reise auch ein nettes kleines Geschenk mitgebracht.‹ Dann gab ich ihm ein Spielzeugboot oder ein Holzschwert oder so etwas. Das machte *ihn* glücklich, und *ich* war es auch.«

Der Hauptmann seufzte mächtig schwer. »Aber wenn man sich einen vollkommen funktionstüchtigen König vorknöpft und den dann nachträglich verrückt macht – na ja, man kann doch schließlich nie wissen, ob seine Majestät auch wirklich *immer* verrückt bleiben wird, nicht wahr? Könnte ja sein, er befiehlt mir eines Tages, Orbix zu erobern, nur daß er es diesmal *ernst meint*, und zum Teufel mit sämtlichen Spielzeugbooten des Königreichs! Wie sehe ich denn dann aus, na? Ich bin schließlich Berufssoldat, und so etwas lasse ich nicht zu. Das ist doch *unzuverlässig*, ist das doch!«

»Na, na, mein guter Mann«, antwortete Paps. »Kein Grund, sich gleich aufzuregen. König Steffan ist jetzt vollkommen verrückt, und ich gebe dir gern mein Wort als Edelherr, daß er es auch bleiben wird.«

Hauptmann Bamf musterte ihn mißtrauisch. »Moment mal! Hat er sich das etwa dadurch eingefangen, daß ihr ihn einfach auf dem Boden habt rumliegen lassen?«

»Er hat nur einen kleinen Schlag auf den Kopf bekommen«, antwortete mein Vater und versuchte, die ganze Angelegenheit damit beiseite zu wischen.

»Mit einem Tagesauge«, warf Scandal ein. »Klatsch, voll auf die Stirn.«

»Was? Er ist von einer *Blume* getroffen worden, und das da ist alles, was von ihm übrig ist?« Hauptmann Bamf war so schockiert, daß er nicht einmal bemerkte, mit einer Katze zu sprechen. »Ich habe ja schon immer gesagt, daß die königliche Familie viel zu verdammt lange ständig Inzucht mit ihren Vettern und Basen betreibt, aber auf mich hört ja keiner!«

»Komm, Soldatenjunge, das war doch kein *richtiges* Tagesauge. Siehst du diesen bärtigen Knilch da drüben?« Mit einem Nicken wies Scandal zu Zoltan hinüber, der immer noch von Grym und Mysti festgehalten wurde. Sein spitzer Zaubererhut war zerknautscht und geknickt, seine Kutte wies einige kleine Risse auf, aber er nahm die Sache ganz gelassen. Viel zu gelassen.

»Ja, sehe ich.« Hauptmann Bamf hatte das Gesicht eines schlachterprobten Veteranen: die Nase an verschiedenen Stellen gebrochen, die Haut sonnengegerbt, narbenübersät und voller Bartstoppeln. Wenn er die Stirn runzelte, machte es den Eindruck, als würde gleich ein Gewitter losbrechen. »War der das, der Seine Majestät niedergestreckt hat?«

»Na ja, das war der, der den Löwenzahn der Verderbnis vollgezaubert hat«, antwortete der Kater. »Er hat sich einen Höhlenmenschenzwerg gekauft, um die Blume dann zu werfen, aber es war seine Idee, seine Blume, und falls du schlauer sein solltest, als du aussiehst, auch sein Hals.«

»Ich gestehe es.« Zoltan errötete nicht einmal. »Es ist genauso geschehen, wie das Tier sagt.«

»He! Wen nennst du da ein Tier?« wollte Hauptmann Bamf wissen.

»Ach, komm schon, Landser!« Scandal knuffte Bamf am Bein. »Nun brech dir nicht gleich einen Zacken aus der Krone. Er meint doch mich.«

»Ach ja?« Der Hauptmann musterte den Kater. »Und aus

was für einer Art von Alptraum bist du entsprungen, freches Freundchen?«

»Los Angeles.«

Hauptmann Bamf erblaßte und machte eine hastige Geste, um das Böse abzuwehren. »Komm mir bloß nicht mit irgendwelchen mystischen Worten der Macht, du Mißgeburt aus der Achselhöhle eines Drachen! Selber Lois Ann Jellies!«

»Er ist eine Katze«, sagte ich.

»Das behauptet er?« Der Hauptmann schielte Scandal mit einem Auge an. »Hat er eine Genehmigung dafür?«

Zoltans Stimme ergoß sich über uns, so geschmeidig wie Sirup und doppelt so klebrig. »Bitte, Hauptmann, laß das Tier doch behaupten, was es will. Das hilft deinem König auch nicht weiter. An seinem gegenwärtigen Zustand bin, das habe ich schon aus freien Stücken gestanden, allein ich schuld. Du mußt verstehen, daß es ein Unfall war. Ich wollte König Steffan kein Leid antun. Mein eigentliches Ziel war der junge Kendar Gangle da.« Er wies mit einem Nicken auf mich.

»Also gut!« Hauptmann Bamf holte ein kleines Notizbuch und einen Bleistift aus seiner Gürteltasche und begann zu schreiben. »Da haben wir also einmal einen versuchten Überfall, einmal einen *königlichen* Überfall, einmal Verschwörung und das Anheuern und Anstiften zum Behufe eines Überfalls, und schließlich einmal das Anheuern eines Amateurs für diese Aufgabe. Ich möchte nicht in deiner Haut stecken, wenn der Schutzverband der Attentäter davon Wind bekommt, mein Junge!«

»Ich fühle mich einfach schrecklich wegen der ganzen Angelegenheit«, erwiderte Zoltan mit fröhlichem Lächeln. »Vor allem, weil ich Kendar verfehlt habe. Der Zauber, mit dem ich das Tagesauge geimpft habe, sollte ihn in einen stammelnden Idioten verwandeln. Wir sind nämlich Todfeinde, mußt du wissen.«

»Das tut nichts zur Sache. Worauf es hinausläuft, ist die Tatsache, daß du den König beschädigt hast.«

»Nicht unumkehrbar«, murmelte Zoltan.

»Wie? Was war das?«

»Ich habe nur gesagt, Hauptmann, daß es nicht nur meine Magie war, die König Steffan in seinen gegenwärtigen Zustand versetzt hat, sondern daß es auch meine Magie ist, die ihn wieder zu sich bringen kann.«

»Warum hast du das nicht gleich gesagt, Mann! Ihr beide da!« bellte der Hauptmann Grym und Mysti an. »Laßt ihn sofort los!« Sie zögerten etwas, was Hauptmann Bamf prompt ungeduldig werden ließ. »Komm schon, kommt schon, laßt den Mann los! Wohin soll er denn schon rennen, umringt von meinen Leuten?«

»Wahrscheinlich, so ist es«, antwortete Grym. Er nickte Mysti zu, und gemeinsam ließen sie Zoltan los. Der löste sich mit einem geschmeidigen Schritt von ihnen und rieb sich Handgelenke und Arme.

»Wenn jetzt jemand vielleicht so gut sein würde, mir die verzauberte Tagesblume zu bringen, die an allem schuld ist, kann ich fortfahren.«

Es war mein eigener Bruder Basebart, der ihm die Blume brachte. »Es wäre besser, wenn das auch funktionierte, Zauberer«, knurrte er.

»Oh, es wird sogar noch besser kommen«, schnurrte Zoltan. Er legte die riesige Blume auf König Steffans Scheitel.

Der König wackelte mit dem Kopf mal zur einen, mal zur anderen Seite. »Ja, Edelherr Bisto, es ist *wirklich* ein wunderschöner Tag für eine Krönung, nicht wahr? Ich hoffe nur, daß die Hitze dem Eiersalat nichts antut. Mayonnaise hat ja überhaupt keinen Sinn für Loyalität.«

Er sprach immer noch mit Gespenstern, als Zoltan ein paar ausgesuchte Worte der Macht aufsagte, etwas Kompliziertes mit den Händen vollführte und dem König das Tagesauge vom Kopf riß.

»Ta-ta«, sagte er mit ausdrucksloser Miene.

Der Effekt war elektrisierend. König Steffan reagierte so, als hätte jemand einen Kübel Eiswasser über seinem Kopf ausgeleert. Seine Augen wurden immer weiter und weiter, als er sich im ganzen Kreis umsah und endlich erwachte. »Bin ich auf … Gut Uxwutsch?« fragte er.

»In der Tat, Euer Majestät!« Mama klatschte in kindlicher Freude in die Hände, als sie sah, daß ihr König wieder bei Trost war. »Und es wird Euch freuen zu hören, daß wir keinerlei Mayonnaise für die Erfrischungen verwendet haben.« Sie zeigte auf die Tafeln, die immer noch unberührt im Schatten des herabhängenden Baums dastanden.

»Gut Uxwutsch«, wiederholte der König nachdenklich. »Und ich bin König Steffan.«

»Na ja, wenigstens hat er keine Magnesie«, bemerkte Hauptmann Bamf. »Das ist ja schon mal etwas.«

»Und ich bin nach Gut Uxwutsch gekommen, wegen ... wegen ...« Er kratzte sich am Kopf.

»Wegen Mutter Krötenhauch!« warf Scandal ein.

»Ach ja! Jetzt erinnere ich mich. *Du* bist gekommen, um mich wegen Mutter Krötenhauch hierher zu bringen.« Er deutete auf mich. »Und du, und du, und du.« Er wählte damit Mysti Basehart und Scandal aus, dann zeigte er auf Grym und sagte: »Und als wir gerade hier ankamen, hast du sie verteidigt. Hast dem anderen Burschen glatt den Kopf abgehauen.«

»Das trifft gar wohl ins Schwarze, Majestät«, bestätigte Grym.

»Richtig!« Der König war außerordentlich zufrieden mit sich. »Das ist dann also die ganze Geschichte. Ich kann mich genau an alles erinnern. Mutter Krötenhauch – das ist doch eine Hexe, nicht wahr?«

»Das bin ich, Euer Majestät.« Mutter Krötenhauch machte einen unbeholfenen Hofknicks vor dem König.

»Das hatte ich mir schon gedacht. Na ja, die Sache ist ganz einfach. In diesem Königreich gibt es Gesetze gegen Hexerei. Und wir haben auch Gesetze gegen Leute, die mit Hexen anbändeln.« Er wandte sich an Hauptmann Bamf.

»Hängt sie alle, danach wollen wir endlich essen. Ich kann mich gar nicht daran erinnern, schon zu Mittag gegessen zu haben.«

KAPITEL 31

»Na, das war dann ja wohl doch nicht geträumt«, sagte Scandal. Er hatte eine Schlinge um den Hals und hockte auf den Schultern eines großen Wachsoldaten. Der Mann sah gar nicht glücklich aus. Das hätte ich auch nicht getan, wenn man mich als Schafott für eine Katze ausgewählt hätte. Wie Scandal schon zu ihm gesagt hatte: »Diese kleinen scharfen Dinger, die du da spürst und die sich gerade in deine Schulter graben, nennt man Krallen, und ich weiß sie auch anzuwenden. Hast du das Gefühl, daß heute dein Glückstag ist?« Doch der arme Mann hatte keine andere Wahl: Nach reichlichem Hin und Her und zahlreichen Experimenten hatte Hauptmann Bamf beschlossen, daß dies die einzige Möglichkeit sei, das Tier zu hängen.

Der Rest von uns saß auf fünf königlichen Einhörnern unter dem überhängenden Baum. Es sollte eine Gruppenhinrichtung werden, und Mutter Krötenhauchs ursprüngliches Schafott hätte uns niemals alle gleichzeitig getragen. Außerdem stand es immer noch im Gebrauch als Plattform des Königs. Grym hatte zwar sein schärfstes rechtliches Argument zu unserer Verteidigung vorgebracht, aber es waren einfach zu viele Wachsoldaten gewesen. Sie hatten ihn überwältigt und ihm das Schwert abgenommen. Basehart erlitt dieselbe Behandlung. Mysti bot auch einen guten Kampf. Mehr als einer der Männer des Königs würde den Rest der Woche nicht mehr aufrecht gehen können. Aber was hatte es schon gebracht? Wir hockten immer noch auf den Einhornrücken, mit Halsbändern aus Stricken, und warteten darauf, bald in der Luft zu tanzen.

»Das wird bei Kendar aber nicht funktionieren, wie du weißt!« rief Mysti Zoltan zu.

»Wenn du damit meinen solltest, daß es ihn nicht umbringen wird, das weiß ich bereits«, antwortete Zoltan. »Aber ich glaube kaum, daß es ihm sonderlich gefallen wird, zwei Stunden am Hals aufgehängt zu werden, auch wenn er davon nicht sterben kann. Letzten Endes bringt es ihn vielleicht sogar zur Vernunft.«

»Ich weiß nicht, warum er dir nicht seine Magik geben will, Zollie.« König Steffan schmollte. »Schließlich bist du doch mein Hofzauberer, und ich bin der König, und ich *habe* es ihm sogar befohlen.«

Ich schwöre jeden Eid darauf: Jedesmal, wenn der König Zoltan bei seinem Titel nannte, schwoll meinem Ex-Schulkameraden der Kopf um eine Nummer an. Der sogenannte Wiederherstellungszauber hatte König Steffan eine Menge Erinnerungen beschert, die er nie besessen hatte, einschließlich jener über Zoltans Funktion als Hofzauberer.

»Keine Sorge, Euer Majestät, er wird schon wieder zu sich kommen«, sagte Zoltan. »Oder er muß so lange im Wind baumeln, bis er es endlich tut.«

»*Imaginesie*«, flüsterte Mutter Krötenhauch.

»Meinst du nicht eigentlich *Amnesie*, Tantchen?« fragte Scandal.

»Ich sagte *Imaginesie*. Das ist es, was dem König fehlt. Erst vergißt du alles, was du jemals wußtest, und dann erinnerst du dich an Dinge, die du nie gewußt hast. Ich habe vor ein oder zwei Weilen mal in meinen Büchern darüber gelesen, hätte aber nie gedacht, daß ich mal einem echten Fall begegnen würde. Ach, das war aber auch ein lehrreicher Tag!« Sie wirkte zufrieden.

»Ich könnte auch ein wenig Belehrung vertragen«, erwiderte ich flüsternd. »Haben deine Bücher auch etwas dazu gesagt, wie man Imaginesie kuriert?«

»Ach, nein, ich kann mich nicht erinnern.«

Mein Mut sank wieder. In wenigen Minuten würde die Hinrichtung beginnen. Da standen Mama und Paps auf der Wiese, umgeben von einer Schar Wachsoldaten. Mama weinte an Paps' Brust, und Paps mühte sich redlich, nicht selbst in Tränen auszubrechen. Ein kleines Stück entfernt erschütterte Mutter Krötenhauchs Hausoktopus Norris den Himmel mit seinem erbärmlichem Jaulen, während acht Männer ihm die Arme auf dem Rücken festhielten.

Onkel Corbly und Torse standen etwas abseits und behielten unsere Einhörner in Auge. Es bestand keine Gefahr, daß die Tiere von sich aus unter uns losbrechen könnten. Sie waren zu klug für solche Streiche. Sie würden geduldig warten, bis ihre Wärter ihnen das Signal gaben, loszulaufen. Onkel Corbly und sein Gehilfe sahen nicht allzu glücklich über ihre neuen Rollen als Henkersknechte aus. Torse sagte sogar einmal zu unseren Ehren: »Potzblitz!«, aber Onkel Corbly war zu niedergeschlagen, um mit »Sapperlot!« zu antworten. Die anderen Diener des Königs hielten sich in der königlichen Kutsche auf, wo sie bequeme Sitzplätze und eine gute Aussicht hatten.

»Komm schon, komm schon«, knurrte der Wachsoldat, der Scandal stützte. »Typisch Barras: Erst alles huschhusch, und dann wartet man sich zu Tode. Wann fängt der Zirkus endlich an?«

»Warum hast du es denn so eilig, Köterchen?« fragte Scandal zuckersüß und grub dem Mann die Krallen in die Schultern, bis er aufschrie.

Der einzige Grund, weshalb wir noch nicht von unseren Schlingen baumelten, stand oben auf der Balustrade von Gut Uxwutsch. Meine Schwester benahm sich überhaupt nicht. Angefangen hatte sie damit, daß sie König Steffan, Zoltan und allen Männern des Königs die wüstesten Ausdrücke an den Kopf geworfen hatte, sobald sie uns aufgriffen. Dann war sie kurz von der Balustrade verschwunden und hatte versucht, aus dem Haus zu stürzen, um uns zu unterstützen, aber Hauptmann Bamf hatte die Türen verriegeln lassen, um unsere Diener daran zu hindern, den Söhnen ihres Herrn zu Hilfe zu eilen. (Er kannte unsere Diener nicht besonders gut. Allesamt wackere Käseburger, hatten sie sich im selben Augenblick, da der Ärger anfing, im Weinkeller versteckt.) Wir hörten, wie Lucy gegen die Türen hämmerte und dabei Ausdrücke gebrauchte, die selbst Hauptmann Bamf noch die Röte ins Gesicht trieben.

Als Lucy feststellen mußte, daß sie nicht aus dem Haus rauskam, war sie mit einem von Paps' Langbögen wieder auf der Balustrade erschienen. Die Wachsoldaten wichen von Gut Uxwutsch zurück und hoben ihre Schilde schützend um König Steffan. Die Mühe hätten sie sich sparen können. Erinnert ihr euch noch an die Nektarpiraten aus *So sündig war mein Lustmolch*? In der großen Schlachtszene nimmt Amberthral einem der gefallenen Seemänner das Schwert ab und tötet ungefähr fünfundsiebzig Piraten, obwohl sie noch nie im Leben eine Klinge in der Hand gehalten hat. Lucy hatte diesen Unsinn nicht nur geschrieben, sie glaubte auch noch daran. Sie verbrauchte vier Köcher voller Pfeile, ohne irgend etwas zu treffen außer der Luft, dann bekam sie einen Wutkoller und zerbrach den Bogen in Millionen Einzelteile, indem sie ihn gegen das Geländer der Balustrade hämmerte.

Jetzt hatte sie eine Kiste herausgeschleppt, die mit Mamas gesammelten Parfümen und Kosmetikmitteln gefüllt war, und bewarf die Wachen damit. Mit dem Duftflakon war sie eine sehr viel bessere Schützin als mit dem Bogen. So kam zwar niemand ums Leben, doch die Männer, die von ihr getroffen wurden, mußten davonhuschen und sich hastig waschen, wenn sie nicht vor Verlegenheit auf der Stelle tot umfallen wollten, als ihre Kameraden sie damit aufzogen, wie hübsch sie doch dufteten. Für uns bestand nicht die geringste Aussicht auf eine nette, würdige Hinrichtung, solange niemand etwas gegen Lucy unternahm, und so saßen wir nun hier und warteten.

»Bei Prodromias mageren und muskulösen Schenkeln, o Meister Kendar«, hörte ich Grym murmeln. »Solltest abwarten du die legendäre letzte Minute, eh uns'ren Speck du aus dem Feuer holst, so möcht' ich doch untertänigst darauf hinweisen, daß dieselbe nunmehr angebrochen scheint.«

»Aber die Wachsoldaten des Königs haben mir doch meine Sauciere weggenommen. Schau mal, da hinten steht sie, auf der Tafel mit den Erfrischungen.«

Der Barbar legte den Kopf schräg und sah, daß ich wahr gesprochen hatte. Dort stand die verzauberte Sauciere und leuchtete fröhlich inmitten der Tabletts mit Keksen und Quarkschnitten, knapp außerhalb unserer Reichweite.

»Bedarfst du tatsächlich solcher Scherzartikel, um deine Kräfte zu manifestieren?« frage Grym.

»Vielleicht, vielleicht auch nicht. Mit der Sauciere scheint es zwar um einiges leichter zu gehen, aber was soll's? Sauciere hin, Sauciere her, ich kann sowieso keinen Zauber ausführen, solange mir die Hände auf dem Rücken festgebunden sind.« Meine Stimme war leise und angespannt. »Es sind nicht nur die Worte, es sind auch die Gesten.«

»Wahrlich? Mich deucht, daß derlei Gesten doch nur zum Scheine dienen, die Arglosen zu beeindrucken.«

»Im Buch steht, wenn man Magik benutzt, dienen die Worte dazu, ihre Aufmerksamkeit zu erregen, und die Gesten sollen ihr zeigen, was sie tun muß.«

»Ein schlichter Barbar bin ich gar nur, doch mir erscheint's, daß ihr Zauberer nach so vielen Jahrhunderten euch ruhig eine etwas wirkungsvollere Weise des Umgangs mit dieser Macht hättet ergrübeln können, auf die ihr euch so sehr verlaßt.«

»Eine Macht ...« Ich dachte darüber nach. »Ich glaube, es steckt noch mehr hinter der Magik als das.«

»In der Tat? und was mag das sein?«

»Ich weiß es nicht, aber ich würde es doch ganz gern etwas eingehender studieren.«

»So mögen die Götter dir einen raschen Verstand gewähren, denn mich dünkt, daß deine Gelegenheit zur Weiterbildung die Länge dieses Stricks nicht übersteigt.«

Ich beschloß, ihn nicht daran zu erinnern, daß man mich dank meiner Magik gar nicht umbringen konnte. Es war schon schlimm genug, daß Grym überhaupt sterben mußte, da brauchte ich es ihm nicht noch schwerer zu machen.

»Könige!« schnaubte Scandals Wachsoldat. »Schaut ihn euch an, wie er da oben rumhockt, ganz allerliebst, als hätte er keine einzige Sorge auf der Welt, während wackere Soldaten gezwungen sind, sich scheußlichstem Mief auszusetzen beim Kampf gegen diese Wildkatze auf dem Balkon.«

»Wenn ich diese verdammte Schlinge nicht um den Hals

hätte, würde ich dir mal zeigen, was eine richtige Wildkatze so alles kann«, zischte Scandal.

»Ha! Es ist nicht gerecht, uns das alles in die Schuhe zu schieben. Willst du mal *meine* Meinung hören? Ich würde sagen, der wartet bloß darauf, daß sich das Problem von allein erledigt!«

»Das da ist meine Schwester«, sagte ich. »Die wird sich nicht von allein erledigen.«

»Und ein hüsches, lebhaftes Mädchen dazu, junger Mann. Aber selbst in einem Haus von dieser Größe wird ihr früher oder später die Munition ausgehen, und *das* ist auch der Zeitpunkt, da ihr hängen werdet. Eine Schande ist das!«

»Du würdest uns freilassen?«

»Ich würde euch hängen. Aber schnell und schmerzlos! Wenn unser König noch länger auf seinem königlichen Hinterteil sitzenbleibt, wird er die ganze Hinrichtung noch glatt vergessen, erinnert euch an meine Worte. Dann werdet ihr auf diesen spitzhornigen Ponys hocken, bis Orbix das nächste Mal die Gestalt wechselt.«

»Vielleicht sollte jemand ihn an uns're Gegenwart gemahnen«, schlug Grym vor.

»So durcheinander, wie der ist?« Der Wachsoldat lachte sarkastisch. »Es braucht mehr als ein paar höfliche Worte ins haarige königliche Ohr, um *diesen* gekrönten Kuckuck an irgend etwas zu erinnern.«

»*Das ist es*!« rief Scandal und machte einen plötzlichen Satz, daß er beinahe den Halt auf dem Soldaten verloren und sich selbst ohne königliche Lizenz aufgehängt hätte. »Das ist wie bei Amnesie! Das muß es sein! Wenn jemand im Fernsehen einen Schlag auf den Schädel verpaßt kriegt und sein Gedächtnis verliert, braucht er immer nur einen neuen Schlag, um seine Erinnerungen zurückzubekommen! Was wir tun müssen, ist, König Steffan ordentlich eins auf die Birne zu geben, dann erinnert er sich wieder daran, daß er Mutter Krötenhauch begnadigt hat, uns ziehen lassen wollte und Grym sein Anwalt geworden ist, während Zoltan seinen Tritt in den Hintern kriegt. Der Schock, das ist das Geheimnis.«

»Gute Idee!« sagte Basehart begeistert.

»Großartige Idee«, sagte ich mit etwas geringerer Begeisterung. »Und wie sollen wir das tun?«

Wir tauschten Blicke aus. Wir waren *hier*, und der König war *dort*. Unsere Hände waren gefesselt. So viel zu diesem Thema.

»Blödmänner«, brummte Scandals Posten. »Selbst wenn ihr es könntet, würdet ihr euch damit doch nur weiteren Ärger einhandeln. Es ist und bleibt ein Kapitalverbrechen, Königen eins auf den Kopf zu geben, ob sie es nötig haben oder nicht.«

Scandals Schnurrbarthaare sackten herab. »Ach, Mist«, sagte er.

»Nicht doch, Lieber«, tröstete Mutter Krötenhauch ihn. »Es hätte sowieso nicht funktioniert. Als du davon gesprochen hast, dem König einen Schlag zu verpassen, um sein Gedächtnis wiederherzustellen, hast du gleichzeitig meinem eigenen auf die Sprünge geholfen. Imaginesie ist anders als Amnesie. Da hilft ein Schlag auf den Kopf überhaupt nichts. Die wahren Erinnerungen im Geist des Königs sind durch falsche vertrieben worden. Wir müßten schon mit einigen seiner wahren Erinnerungen aufwarten und sie in ihn hineinzwingen, bis sie die falschen wieder vertrieben haben.«

»Das haben wir doch versucht!« wandte Mysti ein. »Die ganze Zeit, während ich gegen die Wachsoldaten kämpfte, habe ich dem König zugebrüllt, er soll sich gefälligst an die ganzen Versprechen erinnern, die er dir und Kendar und ...«

»Wenn man jemandem mit einer Feder auf den Kopf klopft, heilt das seinen Gedächtnisschwund nicht«, sagte die Hexe. »Da muß man schon einen Stein nehmen. Und wenn es um *Imaginesie* geht, kann man nicht irgendeine beliebige alte Erinnerung nehmen. Es muß die Erinnerung sein, die dem Patienten am teuersten ist.«

»Woher sollen wir denn wissen, welche das ist?« fragte die Welfie.

»Das können wir nicht«, antwortete die Hexe und ließ den Kopf hängen.

»O doch, das können wir!« Scandals Barthaare stellten sich auf. Seine Augen glitzerten, und sein Fell gab kurze Stöße von Magik-Funken ab.

»Aua! Hör auf damit!« protestierte sein Wachsoldat. »Meine beste Uniform hast du mir versengt!«

Das war Scandal völlig egal. Der Kater zitterte förmlich vor Tatkraft. »Lucy!« schrie er. »Lucy!«

Meine Schwester vernahm ihn. Sie senkte die Parfümflasche, mit der sie gerade werfen wollte. »Ja?« rief sie zurück. »Was ist los?«

»Das Buch! Sag etwas aus dem Buch!«

»Welches Buch?«

»Deins!«

Meine Schwester ist ein schlaues Mädchen, sie zögerte keinen Augenblick. Sie holte tief Luft, hielt sich am Geländer fest und begann aus vollem Hals zu rezitieren:

»›Woge um Woge versengender Leidenschaft brach über Lyriana zusammen, als sie Brunos heißen Atem an ihrem Hals spürte. Seine Pfoten waren geschickt und doch zärtlich, kitzelten ihre ohnehin schon schwindelnden Sinne zu neuen Höhen glückseligster Hingabe. Sie ergriff sein zottiges Haupt und flüsterte ihm drängend in die gespitzten Ohren: »Ja, ja, mein Liebling! Ich gehöre dir!« Ihre gemeinsame Freude gipfelte in einem Höhepunkt, der das All erzittern ließ. Als keine Steigerung mehr denkbar schien, warf Lyriana ihre Mähne aus silbernem Haar zurück, und gemeinsam mit ihrem Geliebten, die Stimmen vereinend, wie sie schon Leib und Seele vereint hatten, heulten sie den Vollmond an.‹«

Verblüfftes Schweigen. »Kotz«, sagte Zoltan und brach dasselbige damit.

»Was soll das heißen, ›Kotz‹?« fragte König Steffan verärgert. »Das war die wunderschönste Szene aus einem der wunderschönsten Bücher, die je geschrieben wurden: *Mein wunderbarer Werwolf,* von Raptura Eglantine.« Dann rieb der

König sich die Stirn und fügte hinzu: »Was machst du überhaupt hier?«

»Ich bin Euer Hofzauberer«, antwortete Zoltan.

»Das bist du *nicht*! Kendar Gangle ist mein neuer Hofzauberer. Wo ist er überhaupt?« Der König sah sich ungeduldig um.

»Er ist dort drüben, Euer Majestät«, sagte einer der Wachsoldaten. »Er wartet darauf, zusammen mit den anderen gehenkt zu werden.«

»Welche anderen? Wer wird da gehenkt? Es sollte doch überhaupt keine Hinrichtung stattfinden!«

»Doch, schon, wenn es nach *diesem* Vogel geht, Euer Majestät.« Der Soldat zeigte mit dem Daumen auf Zoltan. »Er sagte, Ihr wolltet die Welfie hängen, die Hexe und den Krieger. Dazu Euren neuen Hofzauberer und den Wieheißternochgleich – der Bursche in dem Lendenschurz –, den Anwalt. Ach ja, und den Kater auch.«

In der ungefähren Umgebung des Königs ereignete sich ein kleineres Erdbeben. Als sich der Staub wieder gelegt hatte, hatte Lucy die Balustrade verlassen und stand unten, vorn auf der Wiese bei allen anderen, und Zoltan war in Ketten und wir befreit.

Scandal lag in König Steffans Schoß und grinste. »Na, wie heißt es doch so schön: Die beste Schlinge ist gar keine.«

Zoltan war nicht der einzige, der ihn dafür verwünschte.

KAPITEL 32

Es war eine wunderschöne Feier. Die Wachsoldaten des Königs sagten alle, daß sie noch nie so köstliche Quarkschnitten gegessen hätten. Hauptmann Bamf mußte sogar einige von ihnen maßregeln, als sie sich noch ein paar davon in den Ausschnitt ihrer Uniform stecken wollten, »für später«.

»Es gibt nur eins, was ein alter Soldat noch mehr liebt als eine gute Quarkschnitte«, sagte Scandals früheres Schafott und zwinkerte Mama schelmisch zu. »Und das ist ein hübsches, heißes Stück ...«

»O bitte, *nicht*!« Mamas Wangen wurden rot, und sie floh in den Schutz der Erfrischungstafel.

»Was ist denn los?« fragte der Wachsoldat. »Von *der* habe ich doch nun wirklich kein hübsches, heißes Stück Frohbeerenpastete erwartet.« Er stopfte sich den Rest der Quarkschnitte in den Mund und stakste davon, wobei er irgend etwas über Frauen vor sich hin murmelte.

Paps war so froh, daß seinen Söhnen die Hinrichtung erspart geblieben war, daß er kein böses Wort für seine Tochter wegen der Balustradenszene fand.

»Diese Buchgeschichten immer«, hörte ich ihn zu Hauptmann Bamf sagen. »Nur so eine Marotte. So sind Mädchen nun einmal. Sie wird schon darüber hinwegkommen. Es ist besser, sich nicht groß anzustellen, sonst liest sie doch erst recht, nur um mir eins auszuwischen. Einfach ignorieren, dann geht es schon wieder weg, wie ich immer sage.«

»Das sagen wir in der Armee auch«, stimmte Hauptmann Bamf ihm zu. »Vor allem über Drachen.«

Ich fand Lucy an der Erfrischungstafel, wo sie Mama dabei half, den Wachsoldaten Punsch einzuschenken. Es gelang mir, sie beiseite zu ziehen und ihr zuzuflüstern: »Paps glaubt immer noch, daß du die Bücher nur *liest*.«

»König Steffan ahnt auch nichts«, erzählte sie mir. »Er glaubt, daß ich einfach nur eine Verehrerin von Raptura Eglantine bin. Belassen wir es ruhig dabei.«

»Bist du sicher?« zog ich sie auf. »Wenn er wüßte, wer du wirklich bist, würde es keine Sekunde dauern, bis er um deine Hand anhält.«

»Nein, danke.«

»Warum denn nicht?« Ich hatte nie gelernt, wann ich mit einem Witz besser Schluß machte. »König Steffan ist doch jung und sieht auch gar nicht so schlecht aus für einen König.«

»Ich bin nicht blind, Kendar.« Lucy warf mir einen Blick zu, der selbst Steine hätte zum Schmelzen bringen können. »König Steffan ist ein sehr attraktiver Mann.«

»Ein Curio ist er nicht.«

»Du auch nicht«, schoß sie zurück. Das tat weh. »Und trotzdem gibt es da ein Mädchen, das töricht genug ist, dein Aussehen dem seinen vorzuziehen.« Unter alleinigem Einsatz ihrer Augen wies sie auf einen schattigen Fleck unter ein paar blühenden Schweinepfeifenbüschen, wo Mysti und Mutter Krötenhauch zusammensaßen, ihr Mittagessen verzehrten und Norris hinter den Ohren kraulten.

Mutter Krötenhauch meinte sie jedenfalls nicht.

»Mysti?« entfuhr es mir. Das hörte sich ziemlich dämlich an, und zwar aus gutem Grund. »Die soll denken, daß ich gut aussehe?«

»Die denkt eine Menge Dinge. Warum versuchst du es nicht bei Gelegenheit mal damit, sie einfach danach zu fragen?«

»Ja, aber … aber das denkt sie doch nicht *wirklich*. Sie hat sich nur an mich gehängt, um aus dem Welfie-Dasein entfliehen zu können. Sie hat mir ja auch absichtlich ihren Namen mitgeteilt, damit die anderen sie zum Gehen zwingen würden.«

»Den hätte sie genausogut Grym mitteilen können«, erwiderte Lucy. »Grym sieht sehr viel mehr wie Curio aus, als du es jemals tun wirst.«

»Du sagst also, daß sie mich wirklich, wirklich, wirklich mag …?«

»Kein einziges weiteres Wort sage ich dazu. Und du auch nicht. Ich sage dir nur, daß du ab und zu vielleicht auch mal auf ein paar andere Dinge achten solltest als immer nur auf Magik.«

Ich runzelte die Stirn. »Das erklärt aber immer noch nicht, weshalb du König Steffan nicht sagen willst, wer du bist. Ich meine, wenn du ihn doch *magst* …«

»Mir wäre es lieber, wenn er erst die schlichte Lucy Gangle heiratet, um danach Raptura Eglantine kennenzulernen, als umgekehrt.«

Ich schlenderte davon, genau wie Scandals früheres Schafott, und murmelte eine Menge ähnlicher Dinge über Frauen.

»Meister Kendar! Komm doch auf einen Augenblick zu uns.« König Steffan winkte mir von seinem improvisierten Thron aus zu. Alle Diener, die er aus Gladderadatsch mitgebracht hatte, drängten sich hinter ihm und sagten nette Dinge über die Quarkschnitten. Als ich näher kam, sah ich Scandal auf dem Schoß des Königs sitzen, als würden ihm Gut Uxwutsch, Gladderadatsch und ganz Orbix gehören. Ich empfand einen Stich bei dem Gedanken, daß der Zeitpunkt, da wir getrennte Wege gehen würden, näher gerückt war denn je.

»Was kann ich für Euch tun, Euer Majestät?« fragte ich und kniete auf der Wiese nieder.

»Als erstes kannst du deiner wunderschönen Mutter einmal mitteilen, daß sie die besten Quarkschnitten macht, die ich je gekostet habe.«

»Danke, Euer Majestät, aber es ist unsere Köchin, der diese Ehre gebührt.«

»Dann teile deiner lieblichen Mutter bitte mit, daß sie wirklich weiß, wie man gute Köchinnen einstellt.«

»Jawohl, Euer Majestät. Ist das alles?«

»Nun, da wäre noch eine Klitzekleinigkeit.« Der König

beugte sich vor und flüsterte: »Was soll ich mit *dem da* tun?« Er wies mit einem Kopfnicken zu Zoltan hinüber.

Mein früherer Schulkamerad stand an einer Seite der Plattform und trug eiserne Handschellen. Sein altes, selbstzufriedenes Lächeln war verschwunden. In einem Antlitz, das so voller Haß war wie seins, gab es keinen Platz dafür. Der König hatte zwei seiner Männer abgestellt, ihn zu bewachen. Sie sahen nicht besonders glücklich aus. Sie hätten auch gern etwas von den Quarkschnitten abbekommen.

Was sollte man mit Zoltan machen? Ich hatte nicht die leiseste Vorstellung, aber ich wäre jede Wette eingegangen, daß jemand wie Grym oder Mysti gesagt hätte: »Bring ihn um.«

Oder jemand wie Scandal: »Mach ihn ganz tot.«

»Nettes Kätzchen«, sagte der König. »Das hast du mir schon einmal gesagt.«

»Darauf kannst du wetten«, erwiderte der Kater. »Aber ich sehe nur, daß er immer noch Sauerstoff verschwendet.«

»Bisher habe ich noch nie die Hinrichtung eines Zauberers anordnen müssen.« König Steffan war besorgt. »Außer deiner, Meister Kendar, und da war ich nicht ich selbst. Ich weiß nicht, ob ich ihn töten lassen *sollte*, mußt du wissen. Im allgemeinen kümmere ich mich um meine Angelegenheiten und die Zauberer um ihre. Es wäre nicht tunlich, den Rat der Zauberer zu verärgern.«

In diesem Punkt mußte ich ihm zustimmen.

»Wo soll denn da ein Problem sein?« hakte Scandal nach. »Hör mal, Zoltan ist ein fauler Apfel. Leg ihn erst um; und wenn dieser Rat auftauchen und sagen sollte, daß du etwas Falsches getan hast, sagst du ganz einfach: ›Ach wie peinlich! Mein Fehler. Aber für so was gibt es ja die Radiergummis an den Bleistiften.‹ Dann drückst du eine fette Spende für das Heim für Zauberer im Ruhestand ab, und alle sind glücklich.«

»Alle, *die noch am Leben sind*, sind glücklich«, berichtigte ich ihn. »Scandal, du kennst die Zauberer nicht.«

»*Ich* soll die Zauberer nicht kennen? Ha! Mit wem bin ich

denn die ganze Zeit zusammen, seit ich in dieses kreiselnde Irrenhaus geraten bin?«

»Also gut, dann kennst du eben den Rat der Zauberer nicht«, stellte ich klar. »Das sind elf der ältesten, klügsten, scharfsinnigsten, hinterlistigsten, strengsten, geizigsten, gnadenlosesten …«

»Vergiß die feschen Kutten nicht«, sagte der Kater und stellte plötzlich die Ohren auf.

»Was?«

»Dreh dich mal um.«

Das tat ich – gerade noch rechtzeitig, um zu sehen, wie meine Schwester Lucy elf weißbärtigen Zauberern in silbergesprenkelten schwarzen Kutten ein Tablett mit Quarkschnitten darbot. Sie waren ohne jede Vorwarnung auf der Wiese vor Gut Uxwutsch erschienen, nicht einmal von einem Rauchwölkchen oder einem leisen Donnergrollen begleitet. Wenn man als Zauberer Mitglied des Rats ist, braucht man nicht anzugeben oder irgend etwas zu beweisen. Dann fürchten die Leute einen schon aus Prinzip.

Die Ratsmitglieder verputzten jeweils drei Brote und vier volle Tabletts mit Keksen, bevor sie auch nur näher traten, um dem König die Ehre zu erweisen. Paps schnappte fast über, als er den Dienern befahl, Stühle für die Zauberer herbeizuschaffen. Die Diener befolgten die Befehle nicht allzu gründlich. Erinnert ihr euch noch, daß sie sich im Weinkeller versteckten? Na ja, da hatten sie sich nicht nur versteckt.

Einer der Zauberer, ein Magus namens Meister Walpole, musterte mit kaltem Blick den Melkschemel, den unser Diener Gunderslot ihm anbot. Die Nase des armen Gunderslot war so rot wie eine Blutrose, sein Blick war schwammig, er schwankte hin und her wie ein Rohr im Wind und hatte gerade einen schlimmen Schluckauf.

»Stuhl?« fragte er mit matter Stimme und streckte dem Zauberer den Schemel entgegen.

»Wenn du darauf bestehst«, sagte Meister Walpole, und schon wurde Gunderslot in einen großen blauen Armsessel mit massenweise Kissen verwandelt. Mit zufriedenem Seufzen nahm der Zauberer darauf Platz und sagte: »Ein Fußschemel wäre angenehm. Sind in der Nachbarschaft irgendwelche Kinder übrig?«

Als alle Ratsmitglieder Platz genommen hatten, befahl ihr Anführer, Meister Giftnatter, Stille. Er brauchte es kein zweitesmal zu sagen!

»Der Rat der Zauberer ist ordentlich versammelt. Ich halte hier in der Hand einen Brief, der mir von König Steffan dem Gutgenugen übersandt wurde.« Meister Giftnatter ließ den Brief hoch in der Luft flattern, weit über das Dach von Gut Uxwutsch hinaus. Dann streckte das Papier sich in die Länge und wurde immer größer, bis es den größten Teil des Himmels bedeckte und jedes Wort darauf so hoch war wie eine Mistgabel.

Meister Giftnatter setzte sich eine Brille auf die Nase und legte den Kopf in den Nacken, um den riesigen Brief für jene vorzulesen, die es selbst nicht konnten. »Wie ihr seht«, sagte er, »schreibt uns der König in Sachen eines gewissen *Meisters* Kendar. Er sagt, daß ihm seit dem Tod von Meister Thengor ein Hofzauberer fehlt, und möchte uns wissen lassen, daß er besagten *Meister* Kendar für diese Aufgabe ausgewählt hat. Dann sagt er, daß er hofft, es gehe uns allen gut und daß meine Gicht sich gelindert habe.« Er schnippte mit den Fingern, und der Brief verschwand. »Das hat sie.«

»Ach, da bin ich aber froh, das zu hören«, blubberte König Steffan. »Ganz gewiß. Ich habe zwar selbst keine Gicht, aber ich bin sicher, es muß sehr …«

»Mund halten«, sagte Meister Giftnatter.

»Nachdem wir den Brief des Königs erhalten haben, sind wir unsere Aufzeichnungen durchgegangen«, fuhr Meister Walpole fort. »Wir haben nirgendwo einen *Meister* Kendar finden können.« Seine Augen waren so klein und hart wie ein Paar getrockneter Erbsen. Als sein Blick über die Menge schweifte, hatte ich ein Gefühl, als würden tausend Mäusekrätzer an meiner Wirbelsäule nagen.

»Wir denken, es ist nur ein Gebot der Höflichkeit, diesen *Meister* Kendar einmal kennenzulernen«, sagte Meister Giftnatter.

»Wir halten das für eine kluge Idee, vor allem in Anbetracht der Tatsache, daß wir bei nochmaliger Überprüfung unserer Aufzeichnungen tatsächlich eine Reihe von Beschwerden von mehreren Studenten des verstorbenen Meisters Thengor vorfanden, von Dienstboten, Mätressen, Konkubinen, seiner Witwe Edeldame Inivria, und seinem Kollegen Meister Benidorm, und zwar über einen gewissen Kendar *Rattenklopper*«, sagte Meister Walpole mit angespanntem Lächeln. »Was könnt ihr uns über den erzählen?«

Niemand sagte auch nur einen Ton.

»Das bin ich«, ergriff ich schließlich das Wort und trat einen Schritt vor. Meine Stimme klang sehr viel lauter, als ich erwartet hatte. Anstelle eines kleinlauten verschreckten Piepsens gestand ich ganz offen und geradeheraus, wer ich war, so daß jeder es hören konnte. »Ich bin Kendar Gangle von Gut Uxwutsch, auch genannt Rattenklopper.«

»Auch genannt *Meister* Kendar!« rief Mysti. »Daß ihr mir das nicht vergeßt.«

Grym schwang sein wiedergewonnenes Schwert Grabräuber über dem Kopf und fügte hinzu: »Ebenfalls mit Stolz genannt Schwertbruder meiner selbst, Grym des Großen, einst von der barbarischen Horde von Uk-Uk dem Unaussprechlichen, gegenwärtig Anwalt Seiner Majestät.«

Die Ratsmitglieder zogen alle Gesichter, als müßten sie an einem heißen Tag an einem Haufen toter Schleimwürmer riechen.

Einer von ihnen sagte: »Ich bin Meister Mondhund, der Archivar. Ein Zauberlehrling darf seine Kutte und seinen Hut von seinem Lehrer in Empfang nehmen, aber er darf erst dann *Meister* genannt werden, nachdem er sich durch Prüfung vor dem Rat bewiesen hat. Danach erhält er seinen Stab, und sein Name wird in das große Buch eingetragen. Wir geben auch ein Bild von ihm dazu, obwohl es ihm in neun von zehn Fällen nicht im mindesten gleicht. Ich weiß noch, daß ich gerade die Augen geschlossen hielt, als man meins gemacht hat, und außerdem hat mir niemand gesagt, daß mein Haar so komisch absteht. Eine zweite Chance wurde mir verweigert, was übrigens völlig ungerecht war. Ich meine, wenn der nächste Archivar die Aufzeichnungen übernimmt, muß er doch glauben, daß ich die ganze Zeit so ausgesehen habe, ebenso alle anderen Archivare, die nach ihm kommen und ...«

»Meister Mondhund, dann wirst du schon längst tot sein; halte ebenfalls den Mund«, warf Meister Giftnatter ein. Der Oberzauberer blinzelte mich an. »Dann bist du also derjenige.«

Ich zwang mich dazu, seinem Blick zu begegnen, ohne Furcht zu zeigen. Innerlich allerdings rief ich nach meiner Mutter. Genaugenommen rief ich nach meiner verzauberten Sauciere; die war sehr viel nützlicher als Mama. Nur zu schade, daß ich sie auf der Erfrischungstafel hatte stehenlassen.

»Nun, *Meister* Kendar«, sagte der Vorsitzende des Rats. Langsam ging sie mir auf die Nerven, diese höhnische Betonung von *Meister*. »Wir fühlt man sich denn als stolzer Besitzer von soviel Magik?«

»Jetzt – oder als es zuerst passierte?« fragte ich und sah ihm fest in die Augen.

Meister Giftnatters zottige weiße Augenbrauen fuhren in die Höhe. »Gibt es da einen Unterschied?«

»Ich denke schon. Als ich mich zu Anfang in Meister Thengors Magik verwickelte, hat mir das alles nur einen riesigen Schrecken eingejagt. Ich konnte nur noch daran denken, wie ich sie so schnell wie möglich wieder loswürde. Als ich dann feststellte, daß ich sie erst weitergeben könnte, nachdem ich gelernt hätte, sie zu beherrschen, jagte mir das noch mehr Angst ein.«

Die blauen Augen des alten Zauberers glitzerten. »Soll ich daraus schließen, daß du dich jetzt nicht mehr fürchtest?«

»O doch, ich fürchte mich noch vor Magik. Und das werde ich auch immer tun. Das täte jeder, der klug genug ist. Magik ist ein mächtiges Zeug. Sie hat unsere Welt zu dem gemacht, was sie ist, hat sie in Stücke gerissen und so wieder zusammengefügt, wie es ihr gerade paßte. Manche Zauberer denken nur darüber nach, was sie mit Magik tun können; sie machen sich nie Sorgen darüber, was die Magik umgekehrt mit ihnen tun kann. Ja, ich habe immer noch Angst davor, aber ich werde sie nicht mehr loslassen.«

»Sehr aufschlußreich.« Meister Giftnatter schlug die Kuppen seiner zweigdürren braunen Finger gegeneinander. »Darf ich mal fragen, warum ein vernünftiger junger Mann an etwas festhalten will, das ihm so viel Angst einflößt?«

»Ich habe davon gehört, daß Feuer ganze Städte niederbrennen kann, aber ich bin noch niemandem begegnet, der deshalb auf gekochtes Fleisch verzichten würde.«

»Was hörst du dir dieses dumme Gerede überhaupt an, Meister Giftnatter? Der Welpe hat einen Vorgeschmack auf Macht bekommen, und das gefällt ihm, das ist alles!« fauchte Meister Walpole. »Er ist nicht so dumm, wie er aussieht. Dieses ganze Gerede über seine Furcht vor Magik ist der reinste Blödsinn. Schau ihn dir doch an! Er liebt sie; das kann man doch an seinem Gesicht ablesen.«

Die leuchtenden Augen des Oberzauberers ließen die meinen nicht los. »Was ich in seinem Gesicht sehe, ist Wahrheit.«

Meister Walpole ließ ein angewidertes Stöhnen hören. »Du wirst langsam weich, Giftnatter. Ich sage dir doch, der ist ebenso gierig auf die Macht der Magik wie jeder von uns. Wir säßen heute doch nicht hier, wenn wir nicht gekämpft und Listen geschmiedet und Verschwörungen angezettelt und Verrat geübt hätten, um soviel Magik zu verschlingen, wie wir nur fassen konnten. Meister Thengor war der schlimmste von allen, und ich schätze, als dieser Junge Thengors Magik aufgesaugt hat, hat er damit auch Thengors Habgier aufgenommen.«

»Weißt du was?« fragte ich. »Du hast recht.«

Das traf Meister Walpole unvorbereitet. »Ich habe recht?«

»Wenn Meister Thengor die Magik dafür liebte, wozu sie ihn bemächtigte, dann liebe ich Magik auf dieselbe Weise. Wenn er mehr und mehr und mehr davon haben wollte, um auch immer mehr *tun* zu können, dann bin ich genau wie er.«

»Ahhhh!« Meister Walpoles Mund wurde immer breiter. »Siehst du, Giftnatter? Ich habe es dir doch gesagt.«

Meister Giftnatters Lippen verzogen sich zu einem undeutbaren Ausdruck. »Komm mal her, Junge«, sagte er zu mir. Ich trat vor den Rat. Meine Knie zitterten ein wenig, weil ich sie so lang versteift hatte. Als ich schon fast auf Meister Giftnatters Schoß hockte, sagte er: »Das ist dicht genug. Nun beantworte einem alten Mann mal eine Frage: Wozu hast du deine Magik denn benutzt?«

Ich sagte es ihm. Ich erzählte ihm, wie ich mit Magik Grym geholfen hatte, gegen Zoltans Dämonen zu kämpfen, und wie ich damit Mystis Leben gerettet und uns alle nach Gladderadatsch geflogen hatte, um für Mutter Krötenhauch die Begnadigung einzuholen. Der ganze Rat hörte mir zu.

Als ich fertig war, sagte Meister Giftnatter: »Danke, junger Mann. Wir werden uns nun beraten und zu einem Urteil finden.« Die elf Zauberer schlossen die Augen für die Dauer eines einzigen Atemzugs, dann öffneten sie sie wieder. »Wir haben entschieden.«

»Ach ja?« schrie Scandal vom Schoß des Königs aus. »Na, wir gehen jedenfalls in Berufung! Das ist doch das reinste Buschgericht! Ein einziger Schauprozeß!« Er sprang auf den Boden und kam zu mir gerannt. »Das bekommt Perry Mason zu hören! Und Rumpole! Wir gehen bis vor das Oberste Bundesgericht, wenn wir ...«

Meister Giftnatter musterte den Kater. »Wunderbar«, sagte er. »Du bist ja wirklich ein zum Leben erwachtes Fabeltier.«

»Und außerdem habe ich ein hübsches kleines Nest mit eigener Magik, gut verstaut, Opa, und ich bin jederzeit bereit, sie für meinen Kumpel Kendar ins Gefecht zu werfen, bevor du auch nur *hokuspokus* sagen kannst, also komm uns bloß nicht in die Quere!« Steifbeinig stakste Scandal vor dem Rat auf und ab.

»Deine Loyalität gegenüber deinem Freund ist bewundernswert«, bemerkte der Oberzauberer. »Aber möchtest du nicht vielleicht erst unser Urteil anhören, bevor du es anfichst?«

Scandal warf dem Zauberer einen Blick zu, der besagte:

Dir traue ich nicht über den Weg. »Na schön.« Er sprach sehr vorsichtig. »Wie lautet denn das Urteil?«

Nun erhob sich ein anderer Zauberer und verkündete: »Ich bin Meister Caxtom, der protokollführende Sekretär des Rats. Diese erhabene Institution hat entschieden, daß Kendar Gangle, genannt Rattenklopper, keine der offiziellen Prüfungen der Hochzauberei abgelegt hat und demzufolge auch nicht das Recht hat, Meister Kendar genannt zu werden.«

»He!« warf Scandal ein. Meister Giftnatter sagte ein Wort und machte eine knappe Geste. Eine schimmernde Luftblase schloß sich um den Kater. Scandal hämmerte mit den Pfoten und dem Kopf dagegen, doch die Blase ließ sich nicht zerstören. Als er den Mund bewegte, drang kein Ton heraus.

»Ich empfand es nicht als angemessen, einem Fabeltier den Mund zu verbieten«, sagte Meister Giftnatter.

»Des weiteren«, fuhr Meister Caxtom fort, »da Kendar Gangle weder seine Zaubererkutte noch seinen Hut von einem anerkannten Lehrmeister der Magik empfangen hat, wird ihm untersagt, seine Kräfte allein zu verwenden.«

Ich wollte etwas sagen, hatte aber auch keine Lust, in einer Blase zu enden, also blieb ich lieber stumm. Es war allerdings die lauteste Stummheit, die ich je erlebt hatte, ein einziger innerer Aufschrei: *Das ist ungerecht*!

»Statt dessen wird ihm befohlen, weiterhin Magik in Gesellschaft und mit Hilfe jedes und aller Wesen zu verwenden, die über eine gewisse eigene Magik verfügen.«

»Was wird mir?« Ich konnte mich nicht zurückhalten – es platzte einfach hervor.

Genau wie Scandal. Seine Blase des Schweigens sprang auf, und er schoß heraus. »Ich hab's!« rief der Kater freudig. »Er ist Fahrschüler!«

»Wie bitte?« Meister Giftnatter beugte sich zu Scandal herab.

»Solange er allein ist, ist Magik für ihn tabu, aber das geht schon in Ordnung, solange ein Aufseher dabei ist.«

Der Oberzauberer wirkte von Scandals Erklärung zwar etwas verblüfft, aber nicht verärgert. »Du hast das Prinzip schon erfaßt, wenn auch nur in groben Umrissen. Da er in der Vergangenheit seine Magik im Verbund mit anderen, die ebenfalls über Magik verfügen, stets nur zum Besten verwendet hat, hielten wir es für das beste, daß er damit fortfährt. Das wird auf längere Sicht für alle Beteiligten das Gewinnbringendste sein.«

Ich spürte, wie mein Gesicht sich vor Freude aufhellte. »Das heißt also, ich darf weiterhin Magik studieren, solange ich mit Scandal zusammenbleibe?«

»Mit dem neuen Schoßtier des Königs? Wohl kaum. Du kannst nicht auf alle Zeiten im königlichen Palast bleiben. Du mußt den ganzen Rest von Meister Thengors verirrter Magik da draußen einholen, die nur auf dich wartet. Ja, der Rat befiehlt dir sogar, dies zu tun. Es wäre schrecklich, wenn soviel einstmals gezähmte Magik in die falschen Hände geriete. Bei dir wissen wir wenigstens, daß sie in Sicherheit wäre.«

»Aber was habt ihr denn da gesagt?« protestierte ich. »Scandal hat doch auch einen Teil von Meister Thengors Magik in sich, und ihr habt gesagt, daß ich sie nicht ohne ihn benutzen darf!«

»Ohne *ihn*? Nein«, berichtigte mich Meister Giftnatter. »Wir haben gesagt, daß du deine Magik nicht ohne jemanden – irgend *jemanden* – benutzen darfst, der nicht über eine gewisse eigene Magik verfügt. Oder *die* das tut. Ach ja, du wirst uns verzeihen müssen, junger Mann. Wir haben die Nachricht gehört – wir hören immer alle Nachrichten –, aber wir hatten noch nicht die Gelegenheit, dir zu gratulieren. So möchte ich dir im Namen des Rats der Zauberer alles Gute zu deiner Eheschließung wünschen.« Er strahlte Mysti an. »Ich denke, daß eine Welfenfrau mehr als genug Magik in sich trägt, um dem Urteil des Rats zu genügen.«

»Ich bin nicht seine Frau«, antwortete Mysti heiser. Sie mied es, mich dabei anzusehen. »Ich habe ihn nur dazu gebracht, mich zu heiraten, damit ich von meinen Verwandten wegkomme.«

»Nanana, da bist du nicht die einzige«, warf Meister

Mondhund ein. »Auf diese Weise bin ich an einige meiner besten Frauen gekommen.«

»Ihr versteht mich nicht.« Die Stimme der Welfie wurde brüchig. »Er will mich nicht haben!«

»Nun, er sollte dich aber besser haben wollen. Die Schoßkatze des Königs kann er jedenfalls nicht auf seine Suche mitnehmen, und du bist die einzige, die sich als anerkannte B.P.M. qualifiziert.«

»Besitzerin persönlicher Magik«, erklärte Meister Giftnatter.

»Soll er doch jemand anders nehmen!« schluchzte Mysti. »Laßt ihn doch Mutter Krötenhauch nehmen!«

»Mich kann er gar nicht nehmen, Liebes«, sagte die Hexe und legte der Welfie die Arme um die zitternden Schultern. »Ich benutze für meine Magie keine Magik. Vielleicht könnte er sich ja statt dessen Gryms Schwert ausleihen? Das ist doch bis zum Rand voll mit Magik.«

»Wiewohl mich von meinem wahren Stahlbruder Grabräuber trennen zu müssen, mir wäre, als würde ich mein lebend' Herz mir aus der Brust reißen und es vor Blut triefend vor mein sterbend' Antlitz halten«, verkündete Grym feierlich, »werde ich es tun.«

»Nein, nein, so geht das nicht.« Meister Caxtom schüttelte den Kopf. »Wir haben gesagt, daß es ein *Lebewesen* sein muß, kein *Ding*. Hört mal, wir sind vielbeschäftigte Zauberer. Wir haben euch unseren Urteilsspruch verkündet. Wie ihr das jetzt umsetzt, ist eure Angelegenheit. Wir müssen uns noch um andere Dinge kümmern, wenn ihr also jetzt die Güte hättet, weiterzugehen ...« Er scheuchte uns fort wie die Hühner.

Wir wanderten allesamt zur Seite ab. Ich versuchte, mit Mysti zu sprechen, doch sie kehrte mir immer wieder den Rücken zu. Gerade versuchte ich es noch einmal, als Meister Caxtom verkündete: »Der nächste Tagesordnungspunkt ist der Lehrling Zoltan, genannt Bösherr.«

Zoltan wurde vor den Rat geschleppt. Diesmal wehrte er sich tatsächlich, wobei er alle möglichen Flüche ausstieß.

Natürlich funktionierte keiner davon; nicht mit so schwer gefesselten Händen. Die größte Geste, die er vollbringen konnte, war ein Zappeln seiner Finger.

»Was haben wir denn hier, Meister Mondhund?« fragte Meister Giftnatter, als die Wachen Zoltan endlich gezwungen hatten, stillzustehen.

Meister Mondhund konsultierte eine aprikosengroße Kristallkugel. »Fälschliche Selbstbenennung als *Meister* Zoltan, obwohl er noch nicht seinen Stab erhalten hat; Bestechung eines ziemlich widerlichen Kinds, um König Steffan mit einem Imaginesie-Zauber anzugreifen, und ...« Er hob den Blick. »Da ist noch ein Beschwerdebrief aus Nichtzaubererkreisen gegen ihn in den Akten.«

»Tatsächlich?«

»Ja, von einem ehemaligen Dienstmädchen des Meisters Thengor namens Bini. Das Thema ist recht, äh, delikat. Das Mädchen ist der Auffassung, daß es ziemlich *dringlich* sei, daß Zoltan das Heiratsversprechen einlöst, das er ihr gegeben hat, bevor die, ahem, sieben verbleibenden Monate verstrichen sind. Sofern ihr mir folgen könnt?« Er errötete und verstaute die Kugel wieder.

»Das können wir, Meister Mondhund, danke.« Meister Giftnatter lehnte sich in seinem Sessel zurück. »Zoltan, was hast du zu deiner Verteidigung zu sagen?«

»Alles, was ich getan habe, tat ich nur aus gutem Grund«, erwiderte Zoltan stolz. »Durch einen tragischen Unfall wurde der rechtmäßige Erbe – oder die Erben«, fügte er hastig hinzu, »von Meister Thengor um seine Magik betrogen. Statt dessen gelangte sie in die Hände eines Versagers von einer Mißgeburt, der als Student an der Akademie nicht einmal den allereinfachsten Zauber gelernt hat. Seit dieser Zeit habe ich mein ganzes Leben der Aufgabe gewidmet, den Schatz meines verstorbenen Meisters zurückzugewinnen. Sollte ich zu diesem Zwecke fragwürdige Mittel angewandt haben, bitte ich um eure Vergebung.«

Meister Walpole klopfte gegen die Armlehnen seines Sessels. Ich hoffte nur, daß der arme Gunderslot es nicht spürte. »Mit anderen Worten, du hast es gut gemeint«, sagte er.

»Ich hatte nur die besten Vorsätze«, stimmte Zoltan ihm zu.

»Nun, wir wissen ja alle, wohin der Weg führt, der mit solcherlei Dingen gepflastert ist, nicht wahr, meine Herren?« fragte Meister Giftnatter. Der Rat nickte, und alle schlossen sie wieder für die Spanne eines Atemzugs die Augen.

Als sie sie wieder geöffnet hatten, verkündete Meister Caxtom, der protokollführende Sekretär: »Das Urteil des Rats lautet, daß es eine Schande wäre, einen so gut gepflasterten Weg verkommen zu lassen, deshalb sollst du ihn auch sofort beschreiten.«

»Mit anderen Worten«, sagte Scandal mit hämischem Feixen, »du kannst zur ...«

»Ich bin *verurteilt*?« brüllte Zoltan. Sein Gesicht wurde dunkelrot vor Zorn. »Ihr alten Narren! Ich brauche weder euch noch eure dämlichen Prüfungen, um zu erfahren, ob ich ein Meister der Magik bin oder nicht! Ich erkenne euer Urteil nicht an. Ich bestreite eure Befugnis. Euch werde ich zeigen, mit wem ihr es zu tun habt!«

Er rasselte eine Menge unheilvoller Worte herunter, konnte dabei aber die Hände überhaupt nicht bewegen. Ich sah nur, wie sich seine Finger ganz sachte bogen und krümmten. Der Rat sah es auch. Sie wußten genausogut wie ich, daß man nicht nur Worte, sondern auch Gesten braucht, um seine Magik zu benutzen. Es gab keinen Grund zur Sorge.

»So, falls dein kleiner Wutanfall jetzt abgeklungen sein sollte«, sagte Meister Walpole trocken, »können wir vielleicht ...«

Die Worte gefroren ihm auf den Lippen, die plötzlich knallblau angelaufen waren. Er schlug nach seinem Fußknöchel, stieß ein Stöhnen aus und glitt vom Sessel. Der Wachsoldat des Königs, der an seine Seite eilte, hatte gerade noch Zeit zu sagen: »Er stir- ...«, bevor auch er mit blauen Lippen mitten im Satz abbrach, gegen seinen Knöchel schlug und mit gräßlichem Stöhnen umkippte.

»Was ist das denn?« fragte Meister Giftnatter, als überall um ihn herum weitere Mitglieder des Rats und der königlichen Garde zu Boden sanken. »Was geht hier vor?«

Zoltan lächelte nur.

KAPITEL
33

»Werdet ihr nun euer Urteil noch einmal überdenken, meine Herren?« fragte Zoltan den Rat. »Oder wollt ihr alle ins selbe Grab?«

Die Versammlung auf unserer Gutswiese hatte sich von einer Feier in ein Pandämonium verwandelt. Die königlichen Einhörner hatten – nicht dumm – panikartig das Weite gesucht. Jene von ihnen, die noch angeschirrt gewesen waren, hatten die königliche Kutsche gleich mitgenommen. Die anderen hatten sich in alle Himmelsrichtungen verstreut. Onkel Corbly und Torse liefen ihnen nach.

Wachsoldaten rannten überall herum, zum größten Teil drängten sie sich um die Plattform des Königs. Argwöhnisch blickten sie in alle Richtungen, Ausschau haltend nach einem unsichtbaren Gegner. Sobald ein weiterer Gardesoldat zu Boden ging, stachen die Übriggebliebenen mit ihren Speeren und Schwertern nach der Luft. Das brachte zwar nichts, aber dafür fühlten sie sich hinterher besser. Bis der nächste Mann umfiel.

»Laßt mich durch! Ich bin eine Hexe!« rief Mutter Krötenhauch, als sie sich ihren Weg durch die Menge der Gardisten bahnte, die den Rat umgab. Sie stürzte sich auf Meister Walpole und untersuchte ihn eilig. »Er ist noch am Leben – gerade noch«, sagte sie. »Er wurde vergiftet.«

»Aha! Ich wußte doch, daß mit diesen Quarkschnitten irgend etwas nicht stimmen konnte«, winselte Meister Mondhund.

»Wohl kaum. Es sei denn, Quarkschnitten *beißen*.« Die Hexe musterte ihn streng. Sie hob den Saum von Meister Walpoles Kutte und gab einen kleinen Halbkreis aus Bißwunden an seinem Fußgelenk frei. Der war nicht größer als ein Abdruck meines Daumennagels. Alle, die noch auf den Beinen waren, beeilten sich, die anderen Opfer zu überprüfen. Sie wiesen ausnahmslos die gleichen Wunden auf.

»Diese Art von Schlangenbiß habe ich aber noch nie gesehen«, warf Meister Giftnatter ein.

»Das liegt daran, daß es sich ja auch um keine Schlange handelt«, erwiderte Zoltan. »Es ist ein Dämon. Einer meiner allerbesten Dämonen.«

»Die Krätze über jeden feigen Dämon!« empörte sich Grym. »Fürchtet er, dem Tod ins Aug' zu blicken? Ich habe viele seiner Brüder schon erschlagen, und diesen will ich also metzeln. So hebe du denn den Zauberbann von ihm, der ihn unsichtbar gemacht, Zoltan, damit ich deinen Kopf dir nicht erst von den Schultern trennen muß!«

»Und er meint damit nicht alsbald, er meint vielmehr *sofort*«, ergänzte Mysti.

»Ach, komm schon, mein fleischiger Freund.« Zoltan musterte Gryms gezücktes Schwert und feixte nur. »Unsichtbarkeit gehört zu den größeren Zaubern. Inzwischen müßte selbst ein rüpelhafter Tölpel wie du begriffen haben, daß große Zauber auch der großen Gesten bedürfen. Der Dämon, den ich diesmal herbeizitiert habe, ist vollkommen sichtbar.«

»Wo ist dann …? Agh!« Grym ließ Grabräuber fahren und schlug sich gegen das Fußgelenk, dann sackte er zu Boden. Wie bei allen anderen Opfern waren auch seine Lippen plötzlich blau geworden.

Mysti kniete sofort neben ihm nieder, legte den Kopf auf seine Brust, um seinen Herzschlag abzuhorchen. Plötzlich riß sie die Augen weit auf und stieß einen markerschütternden Schrei aus Ich rechnete schon damit, daß sie gleich mit blauen Lippen umkippen würde. Doch statt dessen zeigte sie mit heftiger Geste ins dichte Gras und rief: »Da ist er! Da flieht er! Bäh! Ich habe in meinem ganzen Leben noch nie etwas so Häßliches gesehen. Ach, gebiete ihm doch Einhalt, Kendar, gebiete ihm doch Einhalt!«

»Wem Einhalt gebieten?« Ich konnte nichts wahrnehmen, außer einem leisen Wogen im Gras. »Wo denn?«

»Dort!« Beharrlich zeigte sie mit dem Finger. »Er hält auf die Tafeln mit den Erfrischungen zu.«

»Er hält immer dort drauf zu, wo ich ihn hinschicke«, erläuterte Zoltan. »Nur eine Welfie hat Augen, die scharf genug sind, um einen so kleinen Dämon aufzuspüren.« Er hob seine gefesselten Hände und zappelte mit den Fingern. »Große Zauber zur Zitation großer Dämonen verlangen große Gesten, aber manchmal sind es eben doch die kleinen Dinge, die zählen.«

Ein Dämon, so klein, daß er ungesehen durchs Gras rasen konnte. Warum nicht? Ein Vogel am Himmel kann von oben auf den dichtesten Wald hinuntersehen und doch niemals bemerken, daß gerade ein Mensch zwischen den Bäumen unter ihm dahinläuft. Ein winziger Dämon, zitiert durch einen winzigen Zauber, aber ein Dämon immerhin, dessen Biß giftig war.

»Kendar, du mußt ihm Einhalt gebieten.« Mutter Krötenhauch wiederholte Mystis Worte. »Diese Männer liegen im Sterben. Ich habe zwar in meiner Hütte ein paar Seifen, die als Gegenmittel wirken könnten, aber wenn wir uns nicht sehr beeilen und sie hierherschaffen, bevor ...«

»Tu auch nur einen Schritt in Richtung deiner Hütte, Hexe, und du bist die nächste, die den Biß meines kleinen Freundes zu spüren bekommt«, bellte Zoltan. Im nächsten Augenblick lächelte er schon wieder. »Überlassen wir es doch dem Rat. Setzt mich frei, seht von der Anklage gegen mich ab, gebt mir, was ich will, und ich lasse die Hexe ziehen, um ihr Gegenmittel zu holen. Weigert ihr euch ...« Er ließ seine Stimme verklingen. Er brauchte nicht erst auszuführen, was geschehen würde, sollten die Zauberer nicht nachgeben.

»Das ist eine leere Drohung«, erwiderte Meister Giftnatter. »Wir können deinen Dämon vernichten.«

»Wie denn? konterte Zoltan. »Mit Feuerblitzen vielleicht? Ihr könnt nichts treffen, was ihr nicht seht. Oder wollt ihr vielleicht dieses ganze Anwesen und alle Versammelten vernichten, nur um danach festzustellen, daß mein kleines Helferlein sich unter dem Saum eurer eigenen Kutten verborgen hat?«

Meister Giftnatter erwiderte nichts. An seinem wütenden Gesichtsausdruck erkannte ich, daß Zoltan die Wahrheit sprach.

»He!« wandte mein Vater ein. »Zauberer oder nicht, versucht bloß nichts mit Feuerblitzen auf *meinem* Landsitz. Wenn ein Mann in gutem Glauben die Gastfreundschaft seines Hauses anbietet, hat er es nicht verdient, daß die Gäste ihm den Laden unter dem Hintern abfackeln! Um Wedwels willen, gebt dem frechen Affen, was er haben will, und schickt ihn dorthin, wo der Pfeffer wächst. Dann könnt ihr ihn nach einer Woche immer noch hetzen und stellen und ihm verabreichen, was er verdient hat.«

»Ich glaube nicht, daß das funktionieren wird«, widersprach ich.

»Warum nicht?« Paps plusterte seinen Schnurrbart auf. »Hat bei mir jedenfalls immer funktioniert, wenn ein Fuchs sich über meine Tauben hergemacht hat.«

»Um der Barmherzigkeit willen, tut doch etwas!« rief Mutter Krötenhauch und legte Meister Walpole dabei die Hand auf die Brust. »Der Mann ist schon fast tot.«

Meister Giftnatter schleuderte ein Dutzend Flüche gegen Zoltan, doch das waren nur zornige Worte. »Ich darf die Unschuldigen nicht sterben lassen. Also gut: Du bist frei.« Er spie den Zauber förmlich hervor, der die eisernen Handschellen von Zoltans Gelenken wegschmelzen ließ. »Und nun verzieh dich und nimm deine Ausgeburt der Hölle mit. Wir müssen hier Leben retten.«

Zoltan rieb sich die Handgelenke. »Nicht so schnell«, widersprach er. »Da ist immer noch die Sache mit meiner Verurteilung durch euch.«

»Heben wir auf. So. Du hast mein Wort darauf, daß in den Akten keine Anklage gegen dich auftauchen wird. Aber was die Zukunft angeht, um die mußt du dich schon selbst kümmern.« Der blauäugige finstere Blick des alten Zauberers hätte selbst einem Drachen noch das Herz gefrieren lassen können.

»Danke.« Zoltan hob eine Augenbraue. »Und ...?

»Was soll das heißen, ›*und ...?*, du schamloses, rotziges, unverschämtes, anmaßendes, arrogantes, respektloses ...«

»Miststück«, sagte Scandal. Er sprang auf Gryms Brust und verkündete: »Was Houdini versucht zu sagen, ist, daß er nirgendwo hingehen wird, solange du ihm nicht gegeben hast, was er haben will. Dreimal darfst du raten, was das ist. Die ersten beiden Male zählen nicht, und das dritte fängt mit *Kendar* an.«

»Gut geraten, Kater«, sagte Zoltan, ungerührt von der spitzen Zunge des Tiers. »Möchtest du es vielleicht noch einmal versuchen?«

»Klar. Soll ich mal raten, wie lange du wohl noch lächeln würdest, wenn einer der Männer des Königs dir einen Pfeil durch den Körper schiebt?«

»Damit mein kleiner Freund ganz allein zurückbleibt, ohne jemanden, dem er gehorchen muß?« Zoltan schnalzte mit der Zunge. »Er würde mich vermissen. Das würde ihn traurig machen. Wenn er traurig ist, beißt er noch kräftiger zu. Hier, du möchtest doch so gern Rätsel lösen: Wenn schon *ein* Biß meines kleinen Dämons einen Mann bis an den Rand des Todes treiben kann, was werden dann wohl *zwei* Bisse erst ausrichten?«

Sein Mund und sein Blick wurden hart, als er hinzufügte: »Kendar, ich bin froh, daß du etwas Kontrolle über deine Magik gewonnen hast. Dann wird es leichter für dich sein, sie aus deinen Händen in meine zu geben. Du kannst jetzt mit mir gehen, oder du kannst bleiben und erfahren, wie meines Rätsels Lösung lautet. Ich werde anfangen mit ...«

Lucy kreischte los und sprang auf die Tafel mit den Erfrischungen. »Da hat etwas mein Bein berührt!« rief sie.

»Diese Unverschämtheit!« schnaubte Paps.

»Ah, gut, eine Freiwillige«, sagte Zoltan freundlich. Zu Lucy rief er hinüber: »Es wird dich nicht retten, dort oben zu stehen, meine Liebe. Er kann dir jeder Zeit hinterherklettern, wenn er möchte, es sei denn ...« Er blickte mich mit halb geschlossenen Augen an.

Ich brauchte nicht lange, um mich zu entscheiden. Ich

hatte sowieso nie eine echte Wahl gehabt. Mein Heim war eine Ruine, mein Freund Grym lag im Sterben, meine Mutter war hysterisch geworden, das Leben meiner Schwester war in Gefahr, und meine Sauciere war außer Reichweite. Ohne diese konnte ich meine Magik nicht schnell genug bündeln. Wenn ich auch nur einen Schritt auf die Bankettafel zutat, würde Zoltan dem winzigen Dämon befehlen, Lucy zu beißen; *zweimal*. Und selbst wenn ich die Sauciere hätte an mich bringen können – ich kannte keinerlei Vernichtungszauber. Feuerwerk, schon; Vernichtung, nein. Und außerdem, wie hätte ich etwas bekämpfen sollen, das ich nicht einmal sehen konnte?

»Ich gebe auf«, sagte ich und neigte meinen Kopf. »Ich komme mit dir.«

Zoltans Schnurrbart kringelte sich genau wie der von Scandal. »Sehr klug von dir, Rattenklopper.«

»Ich komme mit«, wiederholte ich. »Aber erst mußt du diesen kleinen Dämon fortschicken und alle anderen in Frieden lassen.«

»Das ist nur billig.« Zoltan zappelte mit den Fingern und sagte: »*Verticillium japonica*. Erledigt. Zufrieden? Dann wollen wir die uns erwiesene Gastfreundschaft nicht überstrapazieren.« Er hakte sich bei mir ein und führte mich fort, wobei er sagte: »Wo geht es zu den Stallungen? Ich glaube, dein Vater wird nichts dagegen haben, seinem eigenen Sohn zwei seiner besten Pferde zu leihen.«

Als wir an den Erfrischungstafeln vorbeikamen, rief Lucy mir zu: »Tu es nicht, Kendar! Gib nicht so einfach auf!«

Ich blieb lange genug stehen, um zu sagen: »Begreifst du denn nicht? Ich muß einfach.«

»Aber sobald er hat, was er von dir will, wird er dich umbringen.« Ich sah Tränen in ihren Augen.

»Aber, aber, wie kann man nur so etwas sagen!« Zoltan tat empört. Er schlug mir auf den Rücken. »Kendar wird es mir als erster bestätigen, daß ich schon immer sein liebster, engster, vertrauenswürdigster …«

»Grrrrrrr!«

Es war ein Geräusch, wie ich es noch nie gehört hatte.

Plötzlich fühlten sich meine Knochen regelrecht haarig an. Ich mußte mich umdrehen und nachsehen, was wohl ein derart blutgerinnendes Grollen ausgestoßen haben mochte. Es mußte ja mal mindestens ein Drache sein.

»GrrrrrRowrrrrrRowrrrrrtRow!«

Na schön, also eine ganze Drachenherde.

»RoWllllerrrrRowffffzzzzgrrrrRowRowRow!«

Entweder das oder eine äußerst zornige Katze.

Scandal kauerte auf Gryms Brust, fauchte aus tiefster Kehle und hatte die hell lodernden Augen auf etwas Unsichtbares geheftet. *Whick-whick-whick* machte sein Schwanz, der vor- und zurückpeitschte. Alle anderen Muskeln waren steinhart angespannt.

»Vertrauenswürdig – von wegen, du Zwerg-Mephisto!« kreischte er und sprang ins Gras. Knurrend und spuckend schlug er mit gebleckten Krallen nach ... nichts.

»Das ist der Dämon!« schrie Lucy. »Zoltan hat gelogen! Er hat ihn *doch* nicht wieder gebannt! Der Kater ist klein genug, um ihn zu sehen! Ach, Kendar!«

Zoltan schlang einen Arm um meinen Hals und nahm mich in den Schwitzkasten. »Eine Bewegung, und ich löse den Dämon von dem verdammten Tier, damit er *auf der Stelle* deine Schwester umbringt.«

Ob er das wohl schaffen würde? War der kleine Dämon wirklich schnell genug? Ich wagte nicht, die Probe aufs Exempel zu machen. Ich konnte nur zusehen und beten, daß Scandal mehr Glück hatte als ich.

Es sah danach aus – jedenfalls zunächst. Der Kater sprang vor, die Ohren flach angelegt, stieß mit der Pfote nach vorn, machte einen Satz zurück. »Erwischt!« krähte er. Ich glaubte, einen grünen Tropfen von der Spitze einer gebogenen Kralle fallen zu sehen. »Sprich dein letztes Gebet, du Ausgeburt des Hades!« Er duckte sich tief, zappelte mit den Hüften – und sprang.

Sein Schmerzensschrei ließ mein Herz zerspringen. Er machte einen Satz in die Höhe, wedelte heftig mit den Vorderpfoten, als seien sie plötzlich beide auf einmal verwundet worden. Ich hörte Lucy die Luft einziehen und Zoltan laut loslachen, als Scandal sich auf den Rücken wälzte und erstarrt liegenblieb.

»Das wäre erledigt«, sagte Zoltan. »Und jetzt komm, es sei denn, du möchtest lieber bleiben und mitansehen, wie das gleiche mit allen deinen – *onk*.«

Man hätte eigentlich erwarten sollen, daß ein Mann ein sehr viel lauteres Geräusch von sich gibt, wenn man ihm eine gläserne Punschbowle auf den Kopf schlägt.

»Oh, danke schön, Meister Thengor«, sagte Zoltan. »Ich verspreche dir, daß ich das perfekte Versteck für deine ganze Magik finden werde.« Dann streckte er sich auf dem Boden aus, um die Sache zu überschlafen.

»Beeilung, Kendar«, sagte Lucy. Sie schob mir die Sauciere entgegen. Ihre Hände waren noch immer feucht von vergossenem Punsch. »Der Dämon hat jetzt niemanden mehr, der ihm sagt, was er zu tun hat. Du mußt ihn töten, bevor er Amok läuft.«

»Es wird mir ein Vergnügen sein.« Ich hatte einen Kloß in der Kehle. Wenn dieser sich erst einmal auflöste, würde ich Scandals Tod beweinen, also schnürte ich ihn nur noch fester und verwandelte ihn statt dessen in Zorn. Mein Kater – mein *Freund* – war klein genug gewesen, um den Dämon zu sehen, mit dem er gekämpft hatte. *Klein* – das war die Lösung. Gryms großes Schwert konnte der Kreatur nichts anhaben, aber ich kannte ein anderes, das dazu imstande war.

Die Oberfläche der verzauberten Sauciere funkelte, als der Ritter in der lodernden Rüstung daraus hervorkam. Er stieg auf meine Handfläche und zog sein Miniaturschwert. Ich sprach die Worte, die ihm mitteilten, gegen welche Art von Drachen er zu kämpfen hatte. Ganz Flamme und Feuerwerk, salutierte er vor mir, als ich niederkniete, um ihn im Gras abzusetzen.

Doch da passierte etwas Merkwürdiges. Sobald er von meiner Handfläche stieg und sich auf die Suche nach dem Dämon machte, hörte ich mich noch weitere Worte sagen,

Worte, die ich nie in Mutter Krötenhauchs Buch gelesen hatte. Es war, als würde die Magik selbst sie mir zuflüstern. Meine Sicht verschwamm, und ich fühlte mich, als würde ich in einen Strudel gerissen, der mich immer weiter und weiter in die Tiefen eines dunklen und geheimen Wassers zog.

Als ich wieder klar sehen konnte, stand ich inmitten eines Hains aus grünem Bambus. Die Stäbe ragten hoch über meinen Kopf hinaus, beugten sich und tuschelten miteinander in jeder vorbeiziehenden Brise. Ich sah auf meine rechte Hand und erblickte die prächtige Klinge in meinem eisernen Handschuh.

Das war es, was ich wollte: mehr sein als ein bloßer Zuschauer. Selbst derjenige zu sein, der das Ungeheuer umbrachte, das meinen Freund getötet hatte. Ich senkte mein Visier und folgte der Spur des Dämons, einer Schneise aus zerbrochenen Halmen, die ich so deutlich erkennen konnte wie schwarze Schrift auf weißem Grund.

Ich entdeckte den Dämon in Sichtweite von Gryms gefallenem Leib. Der Barbar hatte sich in einen wogenden braunen Gebirgszug verwandelt. Als Mysti sich einmal mehr zu ihm niederbeugte, um seinem Herzschlag zu lauschen, wurde ihr schimmerndes Haar zu einer Wolkenmasse, die über die Gipfel zog. Der Dämon huschte durch das Gras und schnatterte vor bösartiger Freude. Er war grünhäutig und klumpig, sein Gesicht bestand fast nur aus Maul, ein Maul, das wiederum fast nur aus Zähnen bestand. Er war unterwegs, um Grym den zweiten, tödlichen Biß zu verabreichen.

Ich brach einen Bambusstab ab und spitzte ihn vorne grob zu. Es war zwar kein richtiger Speer, doch als ich ihn warf, war seine Bahn stabil genug, um den Dämon voll zwischen den Schultern zu treffen. Er schrie auf und fuhr zu mir herum. Schwarzes Gift troff von seinen Fängen. Unbeholfen griff er hinter sich, bis er den Speer aus seinem Rücken ziehen konnte. Dann stieß er mit weit aufklaffendem Maul ein schreckliches Zischen aus und griff an.

Ich hatte noch nie zuvor in meinem Leben ein Schwert

benutzt, doch der feurige Ritter, den meine Magik erschaffen hatte, hatte schon zu König Steffans Unterhaltung siegreich gegen ein Dutzend Drachen gekämpft. Gemeinsam wichen wir mühelos dem ersten Angriff des Dämons aus und schlugen ihm eine blutige Seitenwunde, als er an uns vorbeistürmte. Das Ungeheuer verließ sich auf seine kleine Größe und den tödlichen Biß, nicht aber auf sein Gehirn. Es war so töricht, dieselbe Taktik zu wiederholen, die es bei seinen riesigen Opfern anzuwenden pflegte. Es schien nicht zu begreifen, daß dies ein Kampf in anderem Maßstab war.

Einmal schaffte der Dämon es, mich umzustoßen. Im Zuge unseres Kampfs trampelten wir viele Halme nieder, allesamt glatt und klebrig geworden vom Blut des Ungeheuers. Ich hatte das Pech, in eine grüne, glitschige Pfütze des Zeugs zu treten, als die Kreatur gerade angriff. Ein leichtes Streifen seiner Schulter genügte, um mir die gepanzerten Füße unter dem Leib wegzuschlagen. Ich rollte ab und ging auf ein Knie, sobald ich den Boden berührt hatte – gerade noch rechtzeitig, um die Luft durch die Zähne des Dämons pfeifen zu hören, als seine Kieferladen sich an derselben Stelle schlossen, wo kurz zuvor noch mein Kopf gewesen war. Gift spritzte durch mein Visier und verfehlte nur knapp das Auge. Meine Wange brannte, obwohl ich mich in einem Leib befand, der selbst ein Werk des Feuers war.

Ich kroch auf die Beine und stählte mich. Jetzt würde ich meinem Gegner nicht mehr mit Finten begegnen, ihm nicht mehr davontänzeln können. Das war nun vorbei. Mit hochgereckten Krallen und brüllendem Schlund raste das Ungeheuer auf mich zu. Die Geschicklichkeit, mit der ich auf den Dämon einstach und – hieb, war die des Ritters, doch die Befriedigung, die ich empfand, als die Klinge sich der Kreatur ins Herz bohrte, war allein die meine.

Als ich ihr den Kopf abschlug, stieg das grüne Blut überall um mich herum in einer Wolke aus glitzerndem weißen Nebel empor. Es roch nach Veilchen und spülte mir das Brennen des Dämons aus dem Gesicht. Ich seufzte und schloß die Augen vor Freude, als der Schmerz verebbte. Alles, was ich jetzt noch wollte, war: noch mehr von diesem köstlichen, heilenden Duft. Ich tat einen langen, tiefen Atemzug und roch …

… Fisch?

»Er ist wach! Schaut nur, er ist wach!« Mystis Stimme hallte mir in den Ohren. »Ist schon gut, du kannst aufhören, ihn abzulecken.«

Ablecken? Ich öffnete ein Auge.

»Tachchen, Boß«, sagte Scandal mit einem Lächeln. »He, hast du den kleinen Widerling erwischt? Quatsch, blöde Frage! Sonst wärst du ja wohl kaum noch am Leben. Saubere Arbeit, *Bruce Lee*! Ich hab's ja schon immer gesagt, wenn man jemanden sucht, der Dämonen einen echten Tritt in den Hintern verpaßt, dann ist Kendar unser Mann.«

»Du lebst«, stellte ich fest, beide Augen aufgerissen und gaffend.

»Hast du ein Problem damit?«

»Aber warst du nicht …?« Ich wollte es nicht aussprechen, und so nahm Scandal mir die Mühe ab.

»Das t-Wort? Toter als Disco, o ja. Ach, übrigens, während du geschlummert hast, haben dein Bruder und dein Vater die Seifen geholt, die Mutter Krötenhauch brauchte. Alle werden durchkommen, bis zu und einschließlich Tarzan.«

»Du warst tot!«

Scandal schüttelte den Kopf. »Weißt du, Boß, in dieser Welt kommst du nicht weit ohne Hochschuldiplom. Warst du nicht derjenige, der mir davon erzählte, daß auf Orbix die Geschichte von den Katzen, die neun Leben haben, genauso funktioniert wie die Immer-auf-die-Füße-fallen-Nummer?«

»Neun … neun … neun …« Ich konnte die idiotische Wiederholung des Worts nicht lassen, bis der Kater sich auf seine Hinterpfoten stellte und meinen Arm tätschelte.

»Acht sind noch übrig«, sagte er. »Sorgen wir dafür, daß sie es wert sind.«

Wenn ich jetzt noch weiter darüber nachdachte, würde ich gleich hören, wie irgend etwas in meinem Gehirn *ping*! machte. Also hörte ich lieber damit auf und fragte statt dessen Mysti: »Wo ist Zoltan?«

»Da drüben.« Mit einem Nicken wies die Welfie zur Plattform des Königs, während sie mir auf die Beine half. Ich erblickte Zoltan inmitten der Ratsmitglieder, wie er gerade *außerordentlich* schnell auf sie einredete.

Als wir ihn erreichten, sagte er gerade: » ... dein eigenes Ehrenwort, Meister Giftnatter, und das weißt du auch!« Seine Hände waren nicht nur in Handschellen gelegt, sondern auch noch mit eisernen Handschuhen bedeckt, damit er nicht mal mehr einen Fingernagel rühren konnte. Trotzdem blickte er triumphierend aus der Wäsche.

»Das ist wahr.« Meister Giftnatter seufzte. »Ich habe ihm tatsächlich mein Ehrenwort gegeben, daß wir das Urteil aufheben würden.«

»Siehst du?« Zoltan gönnte allen ein unerträgliches Lächeln.

»*Mußt* du denn unbedingt, Meister Giftnatter?« König Steffan schmollte. »Das ist doch einfach ungerecht. Nachdem er so eine wunderschöne Gartenparty ruiniert hat, kriegt er nicht einmal einen auf die Löffel für seine Eskapaden!«

»Ich habe ihm mein Wort gegeben«, wiederholte der alte Zauberer. »Das habe ich als Vorsitzender des Rats der Zauberer getan. Wenn ich es jetzt breche, wird niemand mehr Vertrauen in unser Urteil haben.«

»Aber so völlig ungeschoren davonkommen ...!«

»Meister Giftnatter?« Scandal stupste den Zauberer am Fuß. Der alte Mann fuhr zusammen, vergaß für einen Augenblick, daß der winzige Dämon ja inzwischen tot war. »Meister Giftnatter, auf ein Wort?«

Der Zauberer blickte zwar zweifelnd drein, nickte aber. Ich hob den Kater auf und hielt ihn Meister Giftnatter ans Ohr. Während Scandal auf ihn einflüsterte, sah ich, wie sich auf dem Antlitz des Oberzauberers plötzlich ein Lächeln ausbreitete.

»*Gutes* Kätzchen!« Dann sagte er: »*Pronuba chuppah oikophobia!*« und zog mehrere Schlenker in der Luft.

»Da bist du ja endlich, Zoltan Bösherr!« rief Bini und

stampfte mit dem Fuß auf. »Was fällt dir überhaupt ein, einfach so sang- und klanglos abzuhauen, nachdem du mir gesagt hast, du kommst jede Minute zurück? *Dir* werde ich eine Minute geben, die du nie wieder vergißt!«

»Ach, Liebes«, schniefte Mama. »Auf Hochzeiten muß ich immer weinen.«

EPILOG

»Kendar?« Mysti griff über das Bett und schüttelte mich.

»Bin ja wach, bin ja wach«, sagte ich, schnaufend und grunzend wie ein alter Bär.

»Ich habe etwas für dich.«

»Hmmmm.« Ich zog mir die Bettdecke über den Kopf und versuchte wieder zu schlafen. Ich hörte Mysti seufzen.

»Ich weiß wirklich nicht, was mit dir los ist«, sagte sie. »Du interessierst dich ja für überhaupt nichts mehr. Bist du etwa krank? Brauchst du einen Arzt? Vielleicht könnte dich ja ein Chiropraktiker ein wenig einrenken.«

Ich merkte, daß ich keine Ruhe mehr finden würde, bevor ich Mysti Aufmerksamkeit gezollt hätte. »Also schön, ich stehe auf«, sagte ich knurrig. »Und jetzt zeig mir, was du da hast.«

Sie tat es. Es war ein Obstkorb.

»Nicht schon wieder!« Stöhnend sank ich in die Kissen zurück.

»Selbe Sorte, selbe Quelle.« Mysti ließ den großen Korb am Griff kreiseln. »Man sollte doch eigentlich glauben, daß Zoltan inzwischen gemerkt hätte, daß du nicht so dumm bist, irgendwelches Obst zu essen, das er dir schickt – vor allem nicht vergiftete Äpfel.«

»Ja, ich weiß. Die sehen immer so *perfekt* aus.« Ich richtete mich auf und nahm einen davon aus dem Korb, drehte ihn hin und her. »Richtige Äpfel sind nicht so rot und so rund und glänzend. Für wen hält er mich eigentlich? Für irgendeine blöde Prinzessin?«

»Vorsicht.« Mysti setzte sich auf meine Bettkante und hob warnend einen Finger. »Nächste Woche sind wir zum Abendessen im königlichen Palast eingeladen, und da wird diese blöde Prinzessin auch anwesend sein, nur daß sie inzwischen eine blöde *Königin* geworden ist.«

»Müssen wir da unbedingt hin?« winselte ich. »Die kann doch über nichts anderes reden als darüber, wie sehr sie das einfache Leben in dieser Waldhütte vermißt. Und ihr Mann kann immer nur darüber reden, wieviel Glück sie doch gehabt hat, daß er tapfer genug war, sie zu küssen und den Zauber des Apfels zu brechen, während alle Welt glaubte, sie sei tot.«

»Ich weiß«, stimmte Mysti mir zu. Während des letzten Abendessens in Gladderadatsch hatte dieser langweilige Mann sie stundenlang in die Mangel genommen. »Wenn du mich fragst, war das keine Tapferkeit, sondern die pure Verzweiflung. Kein lebendes Mädchen hätte lange genug stillgehalten, damit der sie küßt. Wie jemand nur auf den Gedanken kommen konnte, ausgerechnet *den* auf den Namen Charmeur zu taufen ...!«

»Seine Eltern hatten seinen älteren Bruder bereits Prinz Widerling getauft. Also, laß uns nicht hingehen.«

»Wir müssen aber.«

»Laß uns sagen, wir wären krank.«

»Willst du *wirklich*, daß König Steffan schon wieder mit einem Genesungsgeschenk hier aufkreuzt?«

»Nein.« Darüber brauchte ich gar nicht erst nachzudenken. »Pfaunudelsuppe und die gesammelten Werke von Raptura Eglantine. Und ich mußte *die ganze* Suppe aufessen, während er zusah. ›Wir können schließlich nicht zulassen, daß unserem Hofzauberer irgendein Leid zustößt‹, hat er gesagt. Der sollte mal diese Suppe probieren!«

»Was soll ich mit den Äpfeln machen?«

»Schmeiß sie in den Graben.«

Mysti zog eine Schnute. »Das habe ich schon versucht. Die Schleimwürmer haben sie zurückgeworfen. Außerdem haben sie einen Mietschreiber angeheuert, um uns die Mitteilung zu übersenden, daß sie, sollten wir das noch einmal versuchen, Beschwerde beim Aufsichtsamt einlegen werden. Danach haben sie den Mietschreiber aufgefressen. Der

Graben ist selbst für sie schon zu scheußlich geworden. Sie fordern einige Veränderungen.«

Ich streckte mich wieder aus und zerrte mir das Kissen über das Gesicht. »Tun wir das nicht alle.«

Mysti riß das Kissen fort. »Was?«

»Ich sagte, vielleicht gehören wir gar nicht hierher. Vielleicht sollten wir lieber umziehen.«

Die Welfie blickte mich streng an. »Bist du verrückt geworden? Der König persönlich hat dir Meister Thengors früheren Palast umsonst überlassen, und da willst du *fort*?«

»Er ist viel zu groß, zu zugig, zu schwer zu beheizen, es ist unmöglich, genügend Dienstboten zu bekommen, um den Palast richtig zu verwalten, weil ich auch nicht genügend Bargeld habe, und außerdem ist da immer noch ein Riesenloch im Dach des Hauptschlafzimmers.«

»Sicher, der Palast braucht ein paar kleinere Schönheitsreparaturen«, meinte Mysti achselzuckend. »Das Heizungsproblem ist gelöst, sobald du die Lektion über das Zitieren von Feuerirrwischen abgeschlossen hast. Aber lern zuerst einmal die mit den Wasserleuchtern: Das Leitungssystem ist in einem furchtbaren Zustand, und wenn wir den Graben noch einmal benutzen, werden die Schleimwürmer sogar vor dir ausziehen.«

Ich stemmte die Ellenbogen auf die Knie. »Gefällt es dir hier etwa?«

»Nein«, gestand sie. »Aber wo soll ich schon hin? Wenigstens ist es groß genug, daß du mich nicht zu sehen brauchst, wenn du nicht willst.« Sie wandte den Blick ab.

Ein Dutzend verschiedener Worte kam mir auf die Lippen und verschied ungesagt. Ich wußte, was Mysti dachte: *Du hängst mit mir fest, weil der Rat das so beschlossen hat. Seitdem der König Scandal als Schoßtier mitgenommen hat, bin ich die einzige Besitzerin Persönlicher Magik, die du noch kennst. Du kannst deine Magik nicht ohne mich benutzen, aber der König will, daß du sie benutzt, und deshalb muß ich bei dir bleiben, ob du mich haben willst oder nicht. Deshalb leben wir unter einem Dach und gehen gemeinsam zu sämtlichen albernen Abendessen von König Steffan, genau wie die richtigen verheirateten Paare. Aber ich weiß, daß wir das nicht sind. Ich weiß, daß du mich überhaupt nicht haben willst.*

Was sie nicht wußte, war, daß sie sich irrte.

Was ich nicht wußte, war, wie ich es ihr sagen sollte.

»Vielleicht wäre es ja besser, du würdest dich auf die Suche nach den Resten von Meister Thengors Magik machen, wie du es ja ohnehin andauernd ankündigst«, fuhr Mysti fort. »Du könntest während der Reise weiterstudieren, und wir würden alle möglichen interessanten Orte sehen, neue Leute kennenlernen, und die frische Luft würde uns beiden guttun.« Ich erwiderte nichts. »Na, denk mal drüber nach. Ich werde jetzt hinaus zum Sumpf gehen und versuchen, diese Äpfel an die Voondrabs zu verfüttern.«

Sie schloß meine Schlafzimmertür hinter sich. Ihre eigene befand sich am anderen Ende des Palasts. Das Zimmer, das ich mir zum Schlafen ausgesucht hatte, hatte einmal Velma Chefköchin gehört. Obwohl ich unter Dutzenden von großen, schön möblierten Räumen hätte aussuchen können, fühlte ich mich in diesem kleinen Zimmer doch am behaglichsten, mit seinem Bett, dem Tisch, den beiden Stühlen und einem hübschen Blick auf den Kräutergarten. An kleinen, gemütlichen Orten kann ich immer besser denken als anderswo, und seit der König Mysti und mich hier einziehen ließ, gab es eine Menge zum Nachdenken.

Sollte ich mit Mysti auf die Reise gehen? Es wären ja nicht nur wir beide. Wir würden auch all das peinliche Schweigen und das falsche Lächeln mitnehmen müssen. Würden wir jemals dazu in der Lage sein, miteinander zu sprechen, ohne uns so steif anzuhören wie Pergament? Solange wir in Meister Thengors Palast hausten, wußte Zoltan wenigstens, wohin er seine vergifteten Äpfel schicken sollte, was uns immerhin einen etwas natürlicheren Gesprächsstoff bescherte.

Mein alter Schulkamerad tat mir fast leid. Seine neue Braut hatte ihn abgeschleppt, um in ihrer alten Heimatstadt zu wohnen. Im Vergleich zu dieser war Käseburg schon das reinste Gladderadatsch. Das letzte, was ich von ihm gehört hatte, war, daß die Einwohner ihn zum Bürgermeister gewählt hatten, weil er allen Angst einjagte. Allen bis auf Bini.

Ich beugte mich über die Bettkante und tastete unter dem Bett umher, bis ich die Kiste gefunden hatte. Ich zog sie hervor und stellte sie auf meinen Knien ab. Sie leuchtete in einem blassen goldenen Licht. Wenn ich den Deckel abnähme und sie schräg legte, könnte ich Zoltans Magik in meinen Schoß gießen. Der Rat hatte keinerlei Schwierigkeiten gehabt, ihm den größten Teil der Macht wieder abzunehmen, die er als Lehrling erhalten hatte. Man hatte ihm gerade genug übriggelassen, um ein paar kleinere Zauber durchführen zu können – einfache Hausreparaturen, das Vergiften von Äpfeln und die Berechnung der Einkommenssteuer –, um mir den Rest als Palasteinweihungsgeschenk zu übersenden. Mysti erbot sich, mir dabei zu helfen, das Zeug meiner eigenen Magik hinzuzufügen, aber ich war mir nicht sicher, ob ich jemals wieder etwas anrühren wollte, das einmal von Zoltan benutzt worden war.

Jetzt sah ich das etwas anders. Wenn ich genug Magik zusammenbekäme, würde ich vielleicht auch eine Möglichkeit finden, mein Verhältnis zu Mysti etwas zu verbessern. Und selbst wenn nicht: Wenn man über genug Magik verfügte, fühlte man sich möglicherweise nicht ganz so einsam. Ich nahm die Kiste auf, schloß die Augen und schickte mich an, ihren Inhalt über mich zu gießen.

»Weißt du eigentlich schon, daß jemand eure Voondrabs mit giftigen Äpfeln gefüttert hat?« Scandal zerrte einen schlaffen, knochigen purpurnen Kadaver aufs Bett und setzte sich neben ihn. »Wer immer das war, sag ihm, er möge das gute Werk bitte fortsetzen.«

»Scandal!« rief ich, schob die Kiste voll Magik aufs Fenstersims und nahm den Kater in die Arme. »Scandal, was tust du denn hier?« Ich preßte ihn an mich und streichelte ihm den seidigen Kopf, kraulte ihn unterm Kinn, bis das ganze Bett von seinem Schnurren bebte.

»Was soll das heißen, was ich hier tue?« fragte er schließlich. »Hast du etwa die ganze Zeit gepennt, als der Rat mit dir gesprochen hat? Du darfst doch überhaupt nicht mit Magik herumstümpern, ohne daß ein paar Sanitäter in der Nähe sind, nicht wahr? Also, da bin ich. Du brauchst mir nicht sofort zu danken. Trotzdem: Kleine gebrauchte Scheine werden immer gern entgegengenommen.«

»Aber der König …«

»Der wird sich schon damit abfinden. Ich schicke ihm eine Postkarte. Hör mal, Kendar, wenn ich mir nur noch einmal *Ooooh, was ist denn das für ein Eiti-teiti-meiti-weiti-Fabelungeheuer, putt-putt-putt?* von seiner dämlichen Base anhören muß – du weißt schon, die Biene, die mal in einen vergifteten Apfel gebissen hat und seitdem darüber die Klappe nicht mehr halten kann – springe ich noch glatt aus dem Fenster. Und das achtmal.« Er stolzierte im Kreis auf den Bettlaken umher und legte sich nieder. »Wann gibt's denn was zu essen?«

»Scandal, ich dachte … ich dachte, wenn du beim König bleibst, hast du doch Gelegenheit, ganz Gladderadatsch zu erkunden, und vielleicht findest du auch … vielleicht findest du auch … vielleicht findest du ja dann auch das Rattenloch, durch das du wieder nach Hause zurück kannst?«

Der Kater wälzte sich herum und prahlte mit seinem weißen Bauch. Er sah mich mit aufgelegtem Kopf von unten an und sagte: »Bwana, da gibt es eine tolle Stelle in einem alten Kintoppstreifen – frag jetzt nicht, was ein Kintroppstreifen ist, hör einfach nur gut zu, ja? –, wo Dorothy sagt: ›Toto, ich glaube, wir sind nicht mehr in Kansas.‹ Nur daß sie den Teil rausgeschnitten haben, wo Toto antwortet: ›Ist mir ganz recht so, Kindchen. Kansas ist doch 'ne Pleite.‹ Wenn ich hierbleibe, kriege ich drei volle Mahlzeiten, eine Menge Spaß, lande immer auf meinen Füßen, habe neun Leben, laufe nicht Gefahr, als Autobahn-Frisbee zu enden, und – ach ja, noch etwas …« Er wälzte sich wieder auf den Bauch und blickte mir in die Augen. » … obendrein kriege ich auch noch einen Freund.«

»Ach, Scandal, ich …«

»Einen Freund, der seinen lahmen Arsch gleich aus dem Bett bewegen wird, um die einzige Kleinigkeit zu beschaffen, die diesem Laden noch fehlt, bevor ich ihm mein kätzisches Siegel der Anerkennung verleihen kann.«

Kurze Zeit später kam Mysti, um nach mir zu sehen. Ich war nicht im Zimmer, ich war nicht im Garten, und ich war auch nicht in der Bibliothek der Akademie. Es gab nur einen einzigen anderen Ort, den ich in Meister Thengors Palast aufzusuchen pflegte: die Küche.

Ich hörte sie meinen Namen rufen. Er hallte merkwürdig von den Steinmauern wider. »Kendar? Kendar, hier ist ein Brief vom König. Er möchte, daß du ihm dabei hilfst, diesen Kater zu finden. Kendar, bist du unten? Ken- ...«

»*Pssssst!*« sagte Scandal, der gerade auf einem Zwiebelfaß hockte. »Der Boß ist beschäftigt.«

Ich kauerte vor demselben Rattenloch, das einst Scandal in unsere Welt geführt hatte. In der einen Hand hielt ich eine tote Sardine, in der anderen ein Netz. Ich ließ den Fisch vor dem Rattenloch baumeln und säuselte leise:

»Kommkommkommkommkomm, Miezimiezimiezi. Süühüühüühüüüüßes Miezimieziemiezi!«

»Määäääädchen ... Miezimiezimiezi«, sagte Scandal.

ENDE